LE LIVRE PERDU DES SORTILÈGES

Deborah Harkness est professeur à l'université de Californie du Sud. Spécialiste de l'histoire des sciences et de la magie en Europe du XVIe au XVIIIe siècle, elle a publié deux essais très remarqués avant de se lancer dans l'écriture de romans. Elle tient également un blog sur le vin qui a été plusieurs fois primé. Best-seller international salué par la critique, son premier roman, *Le Livre perdu des sortilèges*, s'est vendu dans une quarantaine de pays.

*Paru dans Le Livre de Poche :*

L'ÉCOLE DE LA NUIT

LE NŒUD DE LA SORCIÈRE

DEBORAH HARKNESS

# *Le Livre perdu des sortilèges*

ROMAN TRADUIT DE L'ANGLAIS (ÉTATS-UNIS) PAR PASCAL LOUBET

♡ Pour tes 40 ans, je te propose un voyage avec Diana dans l'Angleterre d'hier et d'aujourd'hui et une rencontre avec l'énigmatique Matthew ! Sorcières, vampires et secrets ancestraux. Bonne lecture

CALMANN-LÉVY

Mimi ♡ et encore bon anniversaire. Aurore

*Titre original :*

A DISCOVERY OF WITCHES

*Ouroboros* : Guillaume Fournier.

ISBN 978-2-253-16425-8 – 1re publication LGF.

*Pour Lexie et Jake et leur avenir radieux.*

Au commencement étaient l'absence et le désir.
Au commencement étaient le sang et la peur.
Au commencement était le livre perdu des sortilèges.

# 1

Le livre relié de cuir n'avait rien de remarquable. Pour un historien ordinaire, il était, comme des centaines d'autres manuscrits de la Bibliothèque bodléienne d'Oxford, usé et ancien. Mais je sus qu'il avait quelque chose d'étrange dès l'instant où je l'eus entre les mains.

En cet après-midi de la fin de septembre, la salle de lecture Duke Humfrey était déserte et les demandes de consultation étaient rapidement traitées, maintenant que la cohue des stages d'été était terminée et que la folie de la rentrée n'avait pas encore commencé. Malgré tout, je fus surprise quand Sean m'appela au comptoir.

— Docteur Bishop, vos manuscrits sont prêts, chuchota-t-il avec un rien de malice.

Il épousseta soigneusement les traînées brunâtres des antiques reliures de cuir sur le devant de son pull jacquard. Une mèche blonde retomba sur son front.

— Merci, répondis-je avec un sourire reconnaissant. (Je dépassais effrontément le nombre de livres qu'un universitaire peut consulter chaque jour. Lorsque nous étions étudiants, j'avais pris bien des verres avec Sean dans le pub aux moulures roses de notre rue ; cela faisait plus d'une semaine qu'il exauçait toutes mes demandes sans broncher.) Et arrête de m'appeler docteur Bishop. J'ai l'impression que tu t'adresses à quelqu'un d'autre.

Il me rendit mon sourire en faisant glisser les manuscrits sur le vieux bureau en chêne. Enfermés individuellement dans des boîtes en carton gris, ils contenaient tous de remarquables exemples d'illustrations alchimiques de la collection bodléienne.

— Oh, il en reste encore un. (Sean disparut un instant et revint avec un épais in-quarto relié d'un simple morceau de vélin un peu taché. Il le posa sur le dessus de la pile et se pencha pour l'examiner. Les fines montures dorées de ses lunettes brillèrent à la faible clarté de la vieille lampe de lecture en bronze.) Cela faisait longtemps qu'on nous avait demandé celui-là. Je vais noter qu'il faudra lui préparer un carton quand tu le rendras.

— Tu veux que je te le rappelle ?

— Non, c'est déjà enregistré là, fit-il en se frappant la tempe.

— Tu dois avoir une tête mieux organisée que la mienne.

Avec un sourire timide, il tira sur la fiche de consultation, qui restait coincée entre la couverture et les premières pages.

— Elle ne veut pas se laisser faire, observa-t-il.

Des voix étouffées s'élevèrent dans mes oreilles, troublant le silence habituel de la salle.

— Tu as entendu ? demandai-je en me retournant, intriguée.

— Quoi donc ?

Des traces de dorure qui brillaient sur le tranchant des pages du manuscrit attirèrent mon regard. Mais elles ne pouvaient être la source de la faible lueur irisée qui semblait s'évaporer d'entre les pages. Je clignai des yeux.

— Rien.

Je tirai précipitamment le manuscrit à moi, saisie d'un frisson à son contact. Sean n'avait pas lâché la fiche, qui sortit sans difficulté d'entre les pages. Je calai la pile de livres sous mon menton, prise à la gorge par une odeur âcre qui tranchait avec le parfum familier de cire et de crayons taillés qui baignait les lieux.

— Diana ? Ça va ? s'inquiéta-t-il.

— Très bien. Juste un peu fatiguée, répondis-je en éloignant les livres de mon nez.

Je traversai rapidement la section XVᵉ siècle et ses tables élisabéthaines usées et garnies d'étagères. Les fenêtres gothiques attiraient le regard vers les plafonds à caissons, où figuraient les armes de l'université, trois couronnes et un livre ouvert, soulignées de sa devise : *Dieu est mon illumination.*

Une universitaire américaine, Gillian Chamberlain, était la seule autre personne présente dans la salle en ce vendredi soir. Enseignant les lettres classiques à Bryn Mawr, elle passait son temps à scruter des fragments de papyrus protégés entre deux plaques de verre. Je passai rapidement en essayant de ne pas croiser son regard, mais le grincement du vieux parquet me trahit.

Un picotement me parcourut, comme chaque fois qu'une autre sorcière posait les yeux sur moi.

— Diana ? fit-elle dans la pénombre.

J'étouffai un soupir et m'immobilisai.

— Bonjour, Gillian.

Serrant sans raison jalousement mes manuscrits contre moi, je gardai mes distances en me tournant pour qu'elle ne puisse les voir.

— Que faites-vous pour Mabon ?

Gillian venait constamment me demander de passer du temps avec mes « sœurs » quand j'étais là. Les fêtes wiccanes de l'équinoxe d'automne approchant, elle redoublait d'efforts pour que je me joigne au coven d'Oxford.

— Je travaille, me hâtai-je de répondre.

— Il y a des sorciers et des sorcières très sympathiques là-bas, vous savez, observa-t-elle d'un ton pincé. Vous devriez vraiment vous joindre à nous lundi.

— Merci, je vais réfléchir, conclus-je en reprenant mon chemin vers Selden End, la vaste galerie ajoutée au XVIIe qui coupait la salle. Mais ne comptez pas trop là-dessus, je suis sur le texte d'une conférence.

Ma tante Sarah m'avait toujours mise en garde : une sorcière ne peut mentir à une autre. Mais cela ne m'empêchait pas d'essayer.

Gillian eut un murmure compatissant, mais me suivit du regard.

Arrivée à ma place habituelle devant les vitraux, je réprimai l'envie de laisser tomber mon fardeau sur la table et de m'essuyer les mains. Mais, soucieuse du grand âge de ces livres, je les déposai précautionneusement.

Le manuscrit qui avait semblé retenir sa fiche de consultation était sur le dessus de la pile. Le dos était orné des armes d'Elias Ashmole, un alchimiste et bibliophile du XVIIe siècle dont les livres et documents avaient été versés au fonds de la Bodléienne par le musée Ashmoléen au XIXe, avec celui-ci, le numéro 782. Je tendis la main et effleurai le cuir bruni.

Une petite décharge me la fit retirer prestement, mais pas assez ; le tressaillement remonta dans mon bras, me donnant la chair de poule jusqu'aux épaules et à la nuque. Elle disparut rapidement, mais elle me laissa une sensation de vide et de désir inassouvi. Ébranlée par cette réaction, je reculai.

Même à cette distance, ce manuscrit me lançait un défi, menaçant la muraille que j'avais élevée entre ma carrière d'universitaire et mon statut de dernière des sorcières Bishop. Ici, entre mon doctorat et ma chaire remportés de haute lutte, les promotions qui m'attendaient et une carrière bourgeonnante, j'avais renoncé à mon héritage familial et bâti une vie qui reposait sur la raison et les capacités professionnelles, pas sur des sortilèges et des intuitions inexplicables. J'étais à Oxford pour achever des recherches. Une fois terminées et publiées, mes découvertes, soutenues par une analyse poussée et présentées à mes collègues humains, ne laisseraient aucune place aux mystères et à tout ce qui ne peut être perçu que par le sixième sens des sorcières.

Mais – accidentellement – j'avais demandé à consulter un manuscrit alchimique nécessaire à mon travail qui semblait doué d'un pouvoir occulte que je ne pouvais ignorer. Cela me démangeait de l'ouvrir et d'en savoir plus. Pourtant, une force supérieure me retenait : ma curiosité était-elle seulement intellectuelle ou bien était-elle mue par les liens de ma famille avec la sorcellerie ?

Je pris une profonde inspiration et fermai les yeux en espérant m'éclaircir les idées. N'ayant aucun lien avec les Bishop, la Bibliothèque bodléienne avait toujours été pour moi un refuge. Je croisai les bras et fixai dans le crépuscule naissant la référence 782 en me demandant quoi faire.

À ma place, ma mère l'aurait su instinctivement. La plupart des membres de la famille Bishop étaient des sorcières de talent, mais ma mère, Rebecca, était particulière. Tout le monde le disait. Ses pouvoirs surnaturels s'étaient manifestés précocement, et dès l'école élémentaire, elle surpassait les sorcières les plus aguerries du coven local, avec sa compréhension intuitive des sortilèges, son stupéfiant don de prophétie et sa perception des gens comme des choses. Sa cadette, ma tante Sarah, était aussi une sorcière douée, mais ses talents étaient plus ordinaires : une main habile pour préparer les potions et une maîtrise parfaite du répertoire traditionnel des charmes et des sortilèges.

Mes collègues historiens ne savaient évidemment rien de ma famille, mais tout le monde connaissait les Bishop à Madison, la ville de l'État de New York où j'avais vécu avec ma tante à partir de mes sept ans. Mes ancêtres étaient venus du Massachusetts après la guerre d'Indépendance, plus d'un siècle après l'exécution de Bridget Bishop à Salem. Malgré tout, rumeurs et ragots les avaient suivis jusque-là. Une fois installés à Madison, les Bishop s'étaient donné beaucoup de mal pour prouver combien des sorciers étaient utiles pour prévoir le temps ou guérir les malades. Finalement, la famille s'était enracinée assez profondément dans la communauté pour surmonter les inévitables périodes de superstition et de crainte humaines.

Mais ma mère éprouvait pour le monde une curiosité qui lui fit quitter la sécurité de Madison. Elle alla d'abord à Harvard, où elle fit la connaissance d'un jeune sorcier, Stephen Proctor. Lui aussi provenait d'une longue lignée magique et nourrissait le désir de se libérer de l'histoire et de l'influence de sa famille de Nouvelle-Angleterre. Rebecca Bishop et Stephen Proctor formaient un couple charmant où la franchise très américaine de ma mère donnait le contrepoint à la rigueur plus compassée de mon père. Ils devinrent anthropologues, s'immergèrent dans des cultures et des croyances étrangères, alliant à leurs intérêts intellectuels communs une passion réciproque. Une fois titularisés dans la région – ma mère dans son ancienne université, mon père à Wellesley –, ils fondèrent un foyer à Cambridge.

J'ai peu de souvenirs de mon enfance, mais tous sont étonnamment nets et précis et mes parents y figurent : le velours côtelé des empiècements de coude de mon père, le muguet du parfum de ma mère, le tintement de leurs verres le vendredi soir, lorsqu'ils dînaient ensemble aux chandelles après m'avoir couchée. Ma mère me racontait des histoires pour m'endormir et l'attaché-case de mon père claquait quand il le déposait dans l'entrée. De tels souvenirs sont familiers pour tout un chacun.

Mais certains autres ne le seraient pas : ma mère ne semblait jamais faire la lessive, mais mes vêtements étaient toujours propres et bien pliés. L'autorisation que j'avais oubliée pour une excursion scolaire au zoo apparaissait dans mon casier quand la maîtresse venait la ramasser. Et lorsque j'allais embrasser mon père avant de dormir, son bureau avait l'air d'un champ de bataille, alors qu'il était toujours parfaitement rangé le lendemain matin. À l'école maternelle, je demandai un jour à la mère de ma camarade Amanda pourquoi elle se fatiguait à laver la vaisselle, puisqu'il suffisait de l'empiler dans l'évier et de claquer des doigts en murmurant quelques mots. Mrs. Schmidt éclata de rire devant cette étrange conception du ménage, mais un léger doute avait envahi son regard.

Ce soir-là, mes parents m'apprirent qu'il fallait parler magie avec prudence et pas avec n'importe qui. Les humains étaient plus nombreux que nous et redoutaient nos pouvoirs, m'expliqua ma mère, et la peur était la force la plus puissante au monde. Ce soir-là, je m'abstins d'avouer que la magie – surtout celle de ma mère – m'effrayait moi aussi.

Dans la journée, ma mère était semblable à toutes celles de Cambridge : un peu débraillée, un rien désorganisée, et constamment accablée par les exigences de sa vie personnelle et professionnelle. Ses cheveux blonds étaient élégamment décoiffés, mais ses tenues étaient irrémédiablement bloquées à l'année 1977, dans le style Annie Hall : longues jupes amples, pantalons et chemisiers trop grands, gilets et vestes d'homme qu'elle achetait dans les friperies de Boston. Elle passait inaperçue dans la rue comme dans la queue au supermarché.

Mais chez nous, une fois les rideaux tirés et la porte close, ma mère devenait une autre. Ses gestes étaient assurés et précis, et non plus précipités et désordonnés. Parfois, elle semblait même flotter. Quand elle parcourait la maison en chantonnant et ramassait peluches et livres, son visage prenait lentement une beauté d'un autre monde. Quand ma mère était habitée par la magie, on ne pouvait détacher d'elle son regard.

— Maman a un feu d'artifice en elle, expliquait mon père avec son grand sourire indulgent.

Mais j'appris à la longue que les feux d'artifice n'étaient pas seulement vifs et éclatants. Ils étaient imprévisibles et pouvaient vous surprendre et vous effrayer.

Un soir, mon père était à une conférence lorsque ma mère décida de nettoyer l'argenterie et se trouva hypnotisée par un bol d'eau qu'elle avait posé sur la table de la salle à manger. Elle en fixait la surface luisante qui se recouvrit d'un brouillard donnant naissance à de minuscules formes fantomatiques. Je poussai un cri ravi en les voyant grandir et remplir la pièce d'êtres fantasmagoriques qui grimpaient aux rideaux et se collaient au plafond. Je voulus attirer l'attention de ma mère, mais elle resta concentrée sur l'eau jusqu'à ce qu'une créature mi-humaine, mi-animale s'approche et me pince le bras. Cela la tira de sa transe et elle explosa dans un déluge d'étincelles rouges qui repoussa les spectres et laissa dans la maison une odeur de plumes brûlées. Mon père la sentit dès son retour et s'en alarma. Il nous trouva blotties ensemble dans le lit. En le voyant, ma mère éclata en sanglots désolés. Plus jamais je ne me sentis totalement à l'abri dans la salle à manger.

Et le peu de sécurité que j'éprouvais encore s'envola à mes sept ans, quand mon père et ma mère partirent pour l'Afrique, dont ils ne revinrent jamais vivants.

Je me concentrai à nouveau sur le dilemme qui s'offrait à moi. Le manuscrit était posé sur la table de la bibliothèque dans la clarté d'une lampe. Sa magie touchait en moi un nœud obscur. Je reposai les doigts sur le cuir lisse et cette fois, le frémissement me parut familier. Je me rappelai vaguement l'avoir déjà éprouvé en feuilletant des documents dans le bureau de mon père.

Me détournant résolument du livre, je m'occupai à une tâche plus rationnelle : la recherche de la liste de textes alchimiques que j'avais dressée avant de quitter New Haven. Elle était sur mon bureau, enfouie avec le plan de la bibliothèque et d'autres papiers, fiches de consultation, reçus, crayons et stylos. Je l'avais organisée par collection, puis selon le numéro assigné à chaque texte par un employé dès son acquisition par la Bodléienne. Depuis mon arrivée quelques semaines plus tôt, je l'avais suivie méthodiquement. La photocopie de la fiche du catalogue de l'Ashmole 782 disait : *Anthropologie, traité contenant une brève description de l'Homme en deux parties : la première anatomique, la seconde psychologique.* Comme pour la plupart des œuvres que j'étudiais, rien dans le titre ne laissait deviner le contenu.

Du bout des doigts, j'aurais pu en savoir plus sans même l'ouvrir. Ma tante Sarah faisait ainsi pour savoir ce que lui réservait son courrier, au cas où l'enveloppe aurait contenu une facture qu'elle n'avait pas envie de payer. Ainsi, elle pouvait plaider l'ignorance quand il s'avérait qu'elle devait de l'argent à la compagnie d'électricité.

Les chiffres dorés sur le dos me firent un clin d'œil.

Je m'assis et réfléchis.

Ignorer la magie, ouvrir le manuscrit et essayer de le lire comme un être humain ?

Mettre le livre ensorcelé de côté et m'en aller ?

Sarah aurait gloussé de plaisir devant mon dilemme. Elle avait toujours soutenu que mes efforts pour garder mes distances avec la magie étaient vains. Mais j'agissais ainsi depuis les obsèques de mes parents. Les sorcières présentes avaient cherché à discerner si le sang des Bishop et des Proctor coulait bien dans mes veines, tout en m'entourant de leur sympathie et en déclarant que je ne tarderais pas à prendre la place de ma mère dans le coven local. Certaines avaient murmuré que mes parents avaient été imprudents en se mariant.

— Trop de pouvoir, disaient-elles, pensant que je n'écoutais pas. Ils ne pouvaient qu'attirer l'attention, quand bien même ils n'auraient pas étudié les rites religieux antiques.

Cela avait suffi pour que je mette la mort de mes parents sur le compte de leurs pouvoirs surnaturels et que je cherche à mener un autre genre de vie. Tournant le dos à tout ce qui touchait à la magie, je me plongeai dans ce qui fait l'adolescence humaine – chevaux, garçons et romans d'amour – en essayant de me fondre parmi les habitants ordinaires de la ville. À la puberté, je connus des problèmes d'angoisse et de dépression. C'était tout à fait normal, affirma à ma tante l'aimable médecin humain.

Sarah ne lui avait pas parlé des voix, ni de mon habitude de décrocher le téléphone bien avant qu'il sonne, pas plus que de la nécessité d'enchanter portes et fenêtres durant la pleine lune pour m'empêcher d'errer dans les bois durant mon sommeil. Ni que les chaises de la maison, quand j'étais en colère, s'entassaient en une précaire pyramide avant de s'écrouler quand je redevenais de meilleure humeur.

À mes treize ans, ma tante décida que le moment était venu pour moi d'exploiter mes pouvoirs et d'apprendre les fondamentaux de la magie. Allumer des bougies en murmurant quelques mots ou dissimuler les boutons d'acné grâce à une potion ancestrale ; tout cela n'était que les premiers pas habituels d'une jeune sorcière. Mais j'étais incapable de maîtriser le sort le plus simple, je faisais brûler toutes les potions et refusais de me soumettre à ses examens visant à vérifier que j'avais hérité de l'étonnant don de prophétie de ma mère.

Les voix, les feux et autres événements inattendus diminuèrent quand mes hormones se calmèrent, mais ma réticence à apprendre le métier familial demeura. Ma tante redoutait dès lors de laisser une apprentie sorcière seule à la maison et c'est avec un certain soulagement qu'elle m'envoya à l'université dans le Maine. Si l'on excepte la magie, j'eus une adolescence ordinaire.

Ce fut mon intellect qui me permit de quitter Madison. J'avais toujours été précoce et j'avais appris à parler et à lire avant les enfants de mon âge. Aidée d'une mémoire photographique prodigieuse – qui me permettait de me rappeler sans peine quantité de livres et de tout régurgiter durant les examens –, je mis dans les études une ardeur telle que l'héritage magique familial n'avait plus de sens.

Je sautai les dernières années de lycée et entrai à l'université à seize ans.

J'essayai d'y faire mon trou dans le domaine du théâtre, mon imagination étant attirée par le spectacle et les costumes, et mon esprit fasciné par la capacité des auteurs à évoquer d'autres lieux et époques à l'aide des mots. Mes premières prestations sur scène furent saluées par mes professeurs comme d'extraordinaires exemples prouvant que le talent d'acteur peut transformer une étudiante ordinaire en un tout autre personnage. Je commençai à comprendre que ces métamorphoses n'étaient peut-être pas dues à mon talent lorsque je jouai Ophélie dans *Hamlet*. À peine le rôle me fut-il attribué que mes cheveux, longs jusqu'aux épaules, se mirent à pousser à une vitesse surnaturelle jusqu'à la taille. Je restais des heures assise au bord du lac voisin, irrésistiblement attirée par sa surface luisante, mes nouveaux cheveux flottant autour de moi. Le garçon qui jouait Hamlet fut happé par l'illusion et nous eûmes une liaison passionnée, bien que dangereusement explosive. Je me noyai lentement dans la démence d'Ophélie et j'y entraînai tout le reste de la troupe.

Cela aurait pu déboucher sur une performance captivante, mais chaque nouveau rôle apportait ses défis. Durant ma deuxième année, je reçus le rôle d'Annabella dans *Dommage qu'elle soit une putain* de John Ford. Comme le personnage, j'attirai une ribambelle de prétendants – pas tous humains – qui me suivaient partout sur le campus. Quand ils refusèrent de me laisser en paix après la dernière représentation, il fut évident que ce que j'avais déchaîné ne pouvait être maîtrisé. J'ignorais jusqu'à quel point la magie s'était insinuée dans mon travail d'actrice et je refusais de le savoir. Je coupai mes cheveux très court. Je cessai de porter des jupes et des chemisiers amples et optai pour les pantalons en toile, les cols roulés noirs et les mocassins, qui avaient la faveur des étudiants en droit ambitieux et équilibrés. Je dépensai mon excès d'énergie dans le sport.

Après avoir renoncé au théâtre, je tentai plusieurs autres domaines, en cherchant un qui soit suffisamment rationnel pour ne jamais laisser la magie y pénétrer. Je manquais de précision et de patience pour les mathématiques et mes efforts en biologie se soldèrent par une succession d'examens ratés et d'expériences de laboratoire inachevées.

À la fin de cette année, on me demanda de choisir une discipline ou d'entamer une cinquième année. Un programme d'études d'été en Angleterre m'offrit l'occasion de m'éloigner encore plus de tout ce qui avait trait aux Bishop. Je tombai amoureuse d'Oxford et du calme lumineux de ses rues au matin. Mes cours d'histoire traitaient des exploits des rois et des reines et les seules voix que j'entendais dans ma tête étaient celles de livres écrits aux XVIe et XVIIe siècles. On ne pouvait attribuer cela qu'à la grandeur de cette littérature. Mais surtout, personne dans cette ville ne me connaissait, et s'il y eut des sorcières cet été-là à Oxford, elles gardèrent leurs distances. Je rentrai chez moi, optai pour l'histoire, suivis tous les cours nécessaires en un temps record et décrochai mon diplôme avec mention avant mes vingt ans.

Quand je décidai d'entreprendre mon doctorat, Oxford fut mon premier choix parmi tous les autres. Ma spécialité était l'histoire des sciences et mes recherches se concentraient sur la période où elles supplantèrent la magie – l'époque où l'astrologie et les chasses aux sorcières le cédèrent devant Newton et les lois universelles.

Cette recherche de l'ordre rationnel dans la nature, plutôt que du surnaturel, était le reflet de mes efforts pour rester loin de tout ce qui était caché. La ligne que j'avais déjà tracée entre ce qui occupait mon esprit et ce qui courait dans mes veines se fit plus précise.

Ma tante Sarah ricana quand elle apprit ma décision de me spécialiser dans la chimie du XVIIe siècle. Ses cheveux d'un roux flamboyant étaient le signe extérieur de son caractère explosif et d'une langue acérée. C'était une sorcière au franc-parler et au tempérament carré qui s'imposait partout où elle apparaissait. Pilier de la communauté de Madison, elle était souvent appelée pour résoudre les crises, grandes ou petites. Nous étions en meilleurs termes maintenant que je n'étais pas soumise à ses constantes remarques sur l'incohérence et la fragilité humaines.

Bien que nous soyons séparées par des centaines de kilomètres, Sarah jugea risible ma dernière tentative pour éviter la magie et ne se priva pas de me le dire :

— Nous appelions cela l'alchimie, dit-elle. Il y est beaucoup question de magie.

— Non, pas du tout, rétorquai-je. (Le but de mon travail était de démontrer que cette discipline était en réalité tout à fait scientifique.) L'alchimie nous parle de l'accroissement de l'expérimentation, pas de la quête d'un élixir magique qui transmute le plomb en or et confère l'immortalité.

— Si tu le dis, répondit Sarah, dubitative. Mais c'est un étrange sujet d'étude pour quelqu'un qui essaie de passer pour humain.

Une fois mon diplôme en poche, je me battis pour décrocher un poste à Yale, seul endroit qui soit plus anglais que l'Angleterre. Des collègues m'avertirent que j'avais peu de chances de l'obtenir. Je rédigeai deux livres, remportai quelques prix et reçus des bourses de recherche. Puis je donnai tort à tout le monde en obtenant mon poste.

Plus important : désormais, ma vie m'appartenait. Personne dans le département, pas même les spécialistes de l'histoire de l'Amérique, ne fit le lien entre mon nom et celui de la première femme de Salem exécutée pour sorcellerie en 1692. Pour conserver cette indépendance durement gagnée, je continuai à refuser de laisser entrer dans ma vie la moindre trace de magie. Bien sûr, il y eut des exceptions, comme lorsque j'utilisai l'un des sorts de Sarah pour empêcher le lave-linge de déborder et d'inonder mon petit appartement de Wooster Square. Personne n'est parfait.

Du coup, gardant à l'esprit ce petit écart, je retins mon souffle, empoignai le manuscrit à deux mains et le déposai sur l'un des petits lutrins destinés à protéger les livres rares. J'avais pris ma décision : me comporter en chercheuse sérieuse et traiter l'Ashmole 782 comme un manuscrit ordinaire. Je ne tiendrais pas compte de la sensation de brûlure au bout de mes doigts ni de l'étrange odeur du livre et je me contenterais d'en décrire le contenu. Puis je jugerais – avec une impartialité toute professionnelle – s'il méritait un examen plus approfondi. Cependant, c'est en tremblant que mes doigts détachèrent les petits fermoirs de cuivre.

Le manuscrit laissa échapper un léger soupir.

D'un coup d'œil furtif, je m'assurai que la salle était toujours déserte. Seul résonnait le tic-tac bruyant de la pendule.

Préférant ne pas noter « le livre a soupiré », je me tournai vers mon ordinateur et ouvris un nouveau document. Cette tâche familière que j'avais déjà accomplie des centaines, sinon des milliers de fois, était aussi rassurante que le formulaire à remplir. Je saisis le nom et le numéro du manuscrit et copiai le titre donné dans le catalogue, j'en jaugeai le format et la reliure et les décrivis précisément.

Il ne restait plus qu'à l'ouvrir.

J'eus du mal à soulever la couverture, comme si elle était collée aux pages. J'étouffai un juron et laissai un instant ma main posée dessus, espérant que l'Ashmole 782 demandait simplement à faire ma connaissance. Ce n'était pas vraiment de la magie que de poser sa main sur la couverture d'un livre. Ma paume me chatouilla, exactement comme lorsqu'une sorcière me regarde, et le manuscrit se détendit. Dès lors, je n'eus aucune peine à l'ouvrir.

La première page était du papier épais. La deuxième, en parchemin, portait les mots *Anthropologie, traité contenant une brève description de l'Homme*, de la main d'Ashmole. Les courbes nettes des lettres m'étaient presque aussi familières que ma propre écriture. Le sous-titre – *en deux parties : la première anatomique, la seconde psychologique* – était rédigé d'une autre main, au crayon. Elle aussi m'était familière, mais je ne pus l'identifier. Effleurer les lettres aurait pu me donner un indice, mais c'était à l'encontre du règlement de la bibliothèque et je ne pourrais exploiter l'information que j'obtiendrais. Je me contentai de noter l'usage de l'encre et du crayon et les deux écritures différentes, ainsi que les dates possibles de leur rédaction.

Quand je tournai la première page, le parchemin me parut anormalement lourd et se révéla être la cause de l'étrange odeur du livre. Ce n'était pas seulement une odeur d'ancien, mais un mélange de moisi et de musc que je n'aurais su nommer. Et je remarquai immédiatement que trois pages avaient été proprement découpées.

Là, enfin, je pus noter quelque chose de facile à décrire : *Au moins trois feuillets découpés, à la règle ou avec un rasoir.* Je scrutai la reliure, mais je ne pus discerner si d'autres pages manquaient. Plus j'approchais mon nez du manuscrit, plus son pouvoir et son étrange odeur me faisaient tourner la tête.

Je m'intéressai à l'illustration qui suivait les trois pages manquantes. Elle représentait une minuscule fillette flottant dans un récipient de verre. Elle tenait une rose en argent dans une main et une en or dans l'autre. Ses pieds portaient de petites ailettes et des gouttes d'un liquide rouge coulaient sur ses longs cheveux noirs. Sous l'image, une légende à l'encre noire indiquait qu'il s'agissait de l'enfant philosophal, représentation allégorique d'une étape cruciale de la fabrication de la pierre philosophale, la substance qui promettait d'accorder à son propriétaire sagesse, richesse et immortalité.

Les couleurs lumineuses étaient remarquablement bien conservées. Des artistes d'autrefois mêlaient minéraux et pierres précieuses broyées dans leurs peintures pour fabriquer des pigments éclatants. Et l'auteur de l'image était doué d'un grand talent artistique. Je dus me retenir pour ne pas essayer d'en savoir plus en l'effleurant çà et là.

Mais l'enlumineur, malgré son évident talent, s'était totalement trompé dans les détails. L'ouverture du récipient de verre devait être dirigée vers le haut et non vers le bas. L'enfant devait être à moitié noir et à moitié blanc, afin de montrer qu'il était hermaphrodite. Il devait avoir des parties génitales masculines et une poitrine de femme – ou deux têtes, à tout le moins.

L'imagerie alchimique était allégorique et notoirement traîtresse. C'est pour cela que je l'étudiais, y cherchant des récurrences qui révéleraient une approche logique et systématique de l'avènement de la chimie à une époque précédant la table des éléments. Ainsi, les images de lune représentaient presque toujours l'argent, et le soleil, l'or. Quand les deux étaient chimiquement combinés, le processus était représenté comme des noces. Avec le temps, les images avaient été remplacées par des mots, qui à leur tour étaient devenus la grammaire de la chimie.

Mais ce manuscrit mettait à l'épreuve ma foi dans la logique des alchimistes. Chaque illustration contenait au moins une erreur fondamentale et aucun texte ne venait l'expliquer.

Je cherchai quelque chose qui soit en accord avec mes connaissances de l'alchimie. Dans la lumière faiblissante, des traces d'écriture apparurent sur l'une des pages. J'inclinai la lampe pour mieux voir. Il n'y avait rien. Je tournai la page précautionneusement. Des mots scintillèrent et coururent sur la feuille – par centaines – invisibles à moins de les éclairer et de se placer sous un certain angle. J'étouffai un cri de surprise.

L'Ashmole 782 était un palimpseste – un manuscrit écrit par-dessus un autre. Quand le parchemin était rare, les rédacteurs lavaient méticuleusement l'encre des vieux livres et écrivaient sur les pages redevenues vierges. Avec le temps, l'ancien texte réapparaissait souvent au-dessous, comme un fantôme textuel, discernable sous la lumière ultraviolette, capable de lui rendre la vie.

Mais là, il n'y avait pas de lumière ultraviolette assez puissante pour révéler ces traces. Il ne s'agissait pas d'un palimpseste ordinaire. L'écriture n'avait pas été lavée – elle avait été dissimulée à l'aide d'un sortilège quelconque. Mais pourquoi se donner le mal d'ensorceler le texte d'un livre alchimique ? Même les experts avaient du mal à en interpréter le langage obscur et les images saugrenues.

Laissant de côté les pâles lettres qui défilaient trop rapidement, je m'attachai à rédiger un résumé du contenu du manuscrit. *Intriguant. Légendes allant du* XV^e^ *au* XVII^e^*, illustrations principalement du* XV^e^*. Sources éventuellement plus anciennes ? Mélange de papier et de vélin. Encres noire et de couleur, ces dernières étant d'une qualité inhabituellement élevée. Illustrations bien exécutées, mais détails incorrects ou manquants. Descriptions de la fabrication de la pierre philosophale, naissance/création alchimique, mort, résurrection et transmutation. Copie erronée d'un manuscrit antérieur ? Ouvrage étrange, rempli d'anomalies.*

Mes doigts hésitèrent au-dessus du clavier.

Les chercheurs sont devant une alternative quand ils découvrent des informations qui ne cadrent pas avec ce qu'ils savent déjà. Soit ils les écartent pour ne pas remettre en question leurs théories chéries, soit ils y accordent la plus grande attention afin d'aller au bout de l'énigme. Si ce livre n'avait pas été ensorcelé, j'aurais penché pour la deuxième solution. Mais à cause de cela, j'étais tentée par la première.

Cependant, dans le doute, les chercheurs remettent généralement leur décision à plus tard.

Je tapai un dernier commentaire qui ne m'engageait pas : *À examiner plus en détail ? À redemander ?*

Retenant mon souffle, je refermai délicatement le livre. Des courants magiques continuaient de parcourir le manuscrit, en particulier autour des fermoirs. Soulagée de l'avoir refermé, je le contemplai un moment. Mes doigts voulaient revenir sur le cuir bruni. Mais cette fois, je résistai, tout comme je m'étais abstenue de toucher les inscriptions et les illustrations pour en apprendre plus qu'un historien humain ne pouvait légitimement prétendre savoir.

Ma tante Sarah m'avait toujours dit que la magie était un don. Si tel était le cas, elle me reliait à toutes les sorcières Bishop qui m'avaient précédée. Il y avait un prix à payer pour l'usage de ce pouvoir magique hérité et des sorts et charmes qui constituaient l'art soigneusement protégé des sorcières. En ouvrant le 782, j'avais franchi la frontière qui séparait mes pouvoirs de mon travail de chercheuse. Mais maintenant que j'étais revenue du bon côté, j'étais plus déterminée que jamais à y rester.

— Terminé ? demanda Sean quand je revins à son bureau.

— Pas tout à fait. Je voudrais réserver les trois premiers pour lundi.

— Et le quatrième ?

— J'en ai fini, bafouillai-je. Tu peux le ranger.

Sean le déposa sur la pile des retours. Il m'accompagna jusqu'à l'escalier, me dit au revoir et disparut derrière une porte à tambour. Le tapis roulant qui allait emporter l'Ashmole 782 dans les entrailles de la bibliothèque se mit en branle.

Je faillis me retourner pour l'arrêter, mais je me ravisai.

Ma main était posée sur la porte du rez-de-chaussée quand l'air se tendit autour de moi, comme si la bibliothèque m'enserrait. Il scintilla une fraction de seconde, tout comme les pages du manuscrit ; je frissonnai et les poils se hérissèrent sur mon bras. Quelque chose venait de se produire. Quelque chose de magique. Je me retournai vers la salle Duke Humfrey et faillis rebrousser chemin.

*Ce n'est rien*, me dis-je en sortant du bâtiment d'un pas décidé.

*En es-tu bien sûre ?* murmura une voix que j'avais longtemps ignorée.

# 2

Les cloches d'Oxford sonnèrent sept coups. La nuit ne suivit pas le crépuscule moins lentement que ces derniers mois. Le personnel de la bibliothèque avait allumé une demi-heure plus tôt les lampes qui formaient de petites flaques dorées dans la lumière grise.

Nous étions le 21 septembre. Dans le monde entier, des sorciers et des sorcières partageaient un repas à la veille de l'équinoxe d'automne pour fêter Mabon et accueillir les ténèbres de l'hiver. Mais celles d'Oxford devraient se passer de moi. Je n'avais pas terminé le discours d'ouverture que je devais prononcer le mois suivant lors d'une importante conférence, et j'étais angoissée.

À l'idée que mes consœurs sorcières étaient en train de dîner quelque part dans Oxford, mon estomac gargouilla. J'étais à la bibliothèque depuis 9 heures et demie et j'avais déjeuné sur le pouce.

Sean avait pris sa journée et sa remplaçante était une nouvelle. Elle m'avait fait des difficultés quand j'avais demandé un ouvrage fragile et avait voulu me convaincre de prendre le microfilm. Mr. Johnson, le directeur, avait surpris l'échange et était sorti de son bureau.

— Mes excuses, docteur Bishop, s'était-il hâté d'intervenir en rajustant ses grosses lunettes. Si vous désirez consulter ce manuscrit pour vos recherches, nous serons heureux de vous satisfaire.

Il était allé chercher l'objet lui-même et me l'avait confié en redoublant d'excuses pour les tracasseries des nouveaux embauchés. Ravie que mon statut m'ait sauvée, j'avais passé l'après-midi à lire en toute satisfaction.

Je retirai les deux poids des pages du manuscrit et le refermai soigneusement, contente de tout le travail accompli. Après ma rencontre avec le manuscrit ensorcelé le vendredi, j'avais passé le week-end à des tâches sans rapport avec l'alchimie pour retrouver un semblant de normalité. Formulaires de remboursements, factures à payer, lettres de recommandation, et même la critique d'un livre. Le tout assorti d'activités domestiques comme la lessive, d'innombrables tasses de thé et des essais de recettes.

J'avais commencé tôt ce matin et passé la journée absorbée par mon travail, loin des souvenirs des étranges enluminures et du mystérieux palimpseste de l'Ashmole 782. Je jetai un coup d'œil à la liste des tâches qui m'attendaient. La troisième des quatre était simple : la réponse se trouvait dans un périodique confidentiel, *Notes et Recherches*, classé dans l'un des rayonnages qui s'élevaient jusqu'au plafond. Je me levai, décidée à avancer dans ma liste avant de partir.

On parvenait aux plus hauts rayons de la section appelée Selden End par un escalier en colimaçon menant à une galerie surplombant les tables de lecture. Je montai les marches fatiguées jusqu'à l'emplacement des vieux ouvrages reliés en bougran classés par ordre chronologique. À part moi et un vieux spécialiste de littérature du Magdalen College, personne ne semblait jamais les consulter. Je repérai le volume et réprimai mon agacement : il était sur la dernière étagère, hors de portée.

Un petit gloussement me fit sursauter. Je tournai la tête vers l'autre bout de la galerie, mais il n'y avait personne. Voilà que j'entendais à nouveau des voix.

Oxford était encore une ville fantôme et quiconque appartenait à l'université était parti une heure plus tôt prendre un sherry avant le dîner. En raison de la fête wiccane, même Gillian était partie en fin d'après-midi, après m'avoir invitée une dernière fois en lorgnant ma pile de livres.

L'escabeau de la galerie était introuvable. La Bodléienne était connue pour en manquer et il me faudrait bien un quart d'heure pour en trouver un quelque part et le hisser jusqu'ici. J'hésitai. Bien qu'ayant touché un livre ensorcelé, j'avais résisté aux fortes tentations d'exercer la magie le vendredi. En plus, personne ne me verrait.

J'eus beau me raisonner, cela m'angoissait. Je n'enfreignais pas très souvent mes règles, et je comptais scrupuleusement les occasions où j'avais été contrainte de recourir à la magie. C'était la cinquième cette année, en comptant le lave-linge et le contact du 782. Ce n'était pas mal pour la fin septembre, mais il n'y avait pas de quoi pavoiser non plus.

Je respirai un bon coup, tendis la main et imaginai saisir le livre. Le volume 19 de *Notes et Recherches* recula d'une dizaine de centimètres, s'inclina comme mû par une main invisible et tomba dans ma paume ouverte avec un petit claquement sourd en s'ouvrant à la page voulue.

Il ne m'avait fallu que trois secondes. Je laissai échapper ma culpabilité dans un soupir. Et soudain, je sentis deux taches glaciales entre mes omoplates. J'avais été vue, et pas par un observateur humain ordinaire.

Quand une sorcière en épie une autre, le contact de son regard vous chatouille. Mais les sorcières ne sont pas les seules créatures à se partager le monde avec les humains. Il y a aussi des démons – des êtres créatifs et artistes qui sont toujours sur la corde raide entre folie et génie. « Rock stars et tueurs en série », c'est ainsi que ma tante qualifiait ces créatures étranges et fascinantes. Et il y avait aussi les vampires, race ancienne et belle, qui se repaissaient de sang et vous tenaient sous leur charme quand ils ne vous tuaient pas.

Quand un démon me jette un regard, je sens comme un léger et troublant baiser. Mais quand un vampire m'observe, c'est une intense et menaçante sensation glacée.

Je passai mentalement en revue les lecteurs présents dans la Duke Humfrey. Il y avait eu un seul vampire, un moine angélique qui dévorait avec amour missels et psautiers médiévaux. Mais les vampires se trouvent rarement dans les salles consacrées aux incunables. De temps en temps, succombant à la vanité et à la nostalgie, il leur arrive d'y entrer pour savourer des souvenirs, mais c'est rare.

Sorcières et démons étaient bien plus habitués des bibliothèques. Gillian Chamberlain était venue aujourd'hui étudier ses papyrus à l'aide d'une loupe. Et il y avait sans conteste deux démons dans la salle des partitions. Ils avaient levé les yeux, hagards, quand j'étais passée auprès d'eux pour chercher du thé chez Blackwell. L'un m'avait demandé de lui rapporter un *latte*, ce qui en disait long sur la folie qui s'était emparée de lui en cet instant.

Non, c'était un vampire qui m'observait en ce moment.

J'en avais déjà croisé quelques-uns, puisque je travaillais dans un domaine qui me mettait en contact avec des scientifiques et que les vampires pullulent dans les laboratoires du monde entier. La science récompense la patience et les longues recherches. Et grâce à leurs habitudes de travail solitaire, les scientifiques ont peu de chances d'être reconnus par quiconque en dehors de leurs collègues immédiats. Cela permettait de mener plus facilement une existence qui durait des siècles.

De nos jours, les vampires gravitaient autour des accélérateurs de particules, des programmes de décodage de génomes et de la biologie moléculaire. Autrefois, ils avaient peuplé alchimie, anatomie et électricité. S'il y avait la possibilité d'une explosion, du sang ou une promesse de découverte des secrets de l'univers, un vampire n'était jamais bien loin.

Je serrai contre moi mon exemplaire bien mal acquis de *Notes et Recherches* et me retournai pour affronter celui qui m'avait vue. Il était dans la pénombre, de l'autre côté de la salle, devant les livres de paléographie, nonchalamment appuyé à l'une des gracieuses colonnes de bois sous la galerie et tenait un exemplaire du *Guide des styles d'écriture anglaise jusqu'au XV^e^ siècle.*

Je ne l'avais jamais vu, mais je fus à peu près certaine qu'il n'avait pas besoin d'un guide pour déchiffrer les anciens manuscrits.

Quiconque a lu les best-sellers ou regardé la télévision sait que les vampires sont fascinants, mais rien ne vous prépare à ce qui vous attend en les voyant. Leurs traits sont si parfaits qu'on les dirait ciselés par un sculpteur prodige. Puis ils bougent ou parlent et votre esprit n'est même plus capable de percevoir ce que vous voyez. Chaque mouvement est gracieux, chaque parole musicale. Et leur regard est impérieux, ce qui leur permet précisément de capturer leurs proies. Un long regard, quelques mots, un frôlement : une fois pris dans le piège du vampire, vous n'avez aucune chance.

En regardant celui-là, je compris avec désarroi que ma connaissance du sujet était malheureusement toute théorique. Le peu que je savais ne me serait pas d'une grande utilité maintenant que j'étais confrontée à l'un d'eux dans la Bibliothèque bodléienne.

Le seul vampire avec lequel j'avais fait plus ample connaissance travaillait à l'accélérateur de particules situé en Suisse. Jeremy était svelte et d'une grande beauté, avec des cheveux blonds éclatants, des yeux bleus et un rire communicatif. Il avait couché avec la plupart des femmes du canton de Genève et s'attaquait désormais à Lausanne. Ce qu'il faisait après les avoir séduites, je n'avais jamais souhaité le savoir précisément, et j'avais décliné ses invitations insistantes à aller boire un verre. Je m'étais toujours dit que Jeremy était représentatif de sa race. Mais en comparaison de celui que j'avais devant moi, il paraissait mal dégrossi, gauche et vraiment très jeune.

Celui-ci était grand – largement plus du mètre quatre-vingt-trois, pour autant que je puisse en juger à cette distance. Et il n'était pas du tout menu. Épaules larges, hanches étroites, cuisses musclées et nerveuses. Ses mains étaient étonnamment longues et agiles, signe d'une délicatesse physique qui vous faisait vous demander comment elles pouvaient appartenir à un homme de cette carrure.

Pendant que je le scrutais, il me fixait. Ses yeux semblaient aussi noirs que la nuit, levés vers moi sous d'épais sourcils tout aussi sombres, haussés d'un air interrogateur. Son visage était vraiment frappant, tout en angles et en biseaux, avec de hautes pommettes. Le seul endroit où s'exprimait la douceur était sa bouche, aux lèvres pleines, aussi saugrenue que ses longues mains.

Mais le plus troublant chez lui n'était pas sa perfection physique. C'était le sauvage mélange de puissance, d'agilité et d'intelligence qu'il exhalait. Avec son pantalon noir et son pull gris, ses cheveux ramenés en arrière et coupés très court sur la nuque, il avait l'air d'une panthère capable de frapper à tout moment, mais qui prend son temps.

Il sourit. Un petit sourire poli qui ne découvrit pas ses dents. Cependant, je les devinais clairement, parfaitement régulières et aiguisées derrière ses lèvres pâles.

La simple pensée des *dents* me fit battre le cœur et fourmiller le bout des doigts. Soudain, je n'eus qu'une pensée : *File d'ici tout de suite.*

Les quatre pas menant à l'escalier me parurent le bout du monde. Je dévalai les marches, trébuchai sur la dernière et tombai droit dans les bras du vampire.

Évidemment, il était arrivé avant moi au bas de l'escalier.

Ses doigts étaient froids et ses bras me parurent faits d'acier plus que de chair. Une odeur de girofle, de cannelle et d'encens remplit l'air. Il me redressa, ramassa mon livre et me le rendit en s'inclinant légèrement.

— Docteur Bishop, je présume ?

Tremblant de la tête aux pieds, j'acquiesçai.

Les longs doigts pâles se glissèrent dans une poche et en sortirent une carte de visite bleu et blanc qu'il me tendit.

— Matthew Clairmont.

Je saisis la carte du bout des doigts en prenant bien garde de ne pas le toucher. Je vis le logo familier de l'université d'Oxford avec ses trois couronnes et son livre ouvert au-dessus de son nom, suivi d'une série d'initiales indiquant qu'il était déjà membre de la Royal Society.

Pas mal, pour quelqu'un qui paraissait un peu plus de la trentaine, et qui devait en avoir au moins dix fois plus.

Quant à sa spécialité, je ne fus pas surprise de voir qu'il était professeur de biochimie, affilié avec Oxford Neurosciences au John Radcliffe Hospital. Le sang et l'anatomie : les deux favoris des vampires. La carte portait les numéros de trois différents laboratoires en plus du numéro du bureau et de son e-mail. Je ne l'avais peut-être jamais vu, mais en tout cas, il n'était pas injoignable.

— Professeur Clairmont, dis-je d'une voix de fausset en réprimant l'envie de prendre mes jambes à mon cou.

— Nous ne nous connaissons pas, dit-il.

Son curieux accent était de l'Oxbridge mêlé d'une douceur que je ne sus identifier. Ses yeux, qui n'avaient pas quitté mon visage, n'étaient finalement pas du tout noirs, mais leur pupille dilatée atteignait presque le bord de l'iris gris-vert. Leur attraction était irrésistible et je fus incapable de m'en détourner.

— Je suis un grand admirateur de votre travail, poursuivit-il.

J'ouvris de grands yeux. Il n'était pas impossible qu'un professeur de biochimie s'intéresse à l'alchimie du XVIIe siècle, mais c'était hautement improbable. Je tripotai le col de mon chemisier en balayant la salle du regard. Nous étions seuls. Il n'y avait personne aux catalogues ni aux ordinateurs. Et le comptoir de consultation était trop loin pour qu'on puisse me venir en aide.

— J'ai trouvé fascinant votre article sur le symbolisme des couleurs de la transmutation alchimique, et votre travail sur l'approche de l'expansion et de la contraction chez Robert Boyle m'a paru très convaincant, continua suavement Clairmont, comme s'il avait l'habitude d'être le seul à mener les débats. Je n'ai pas encore terminé votre dernier ouvrage sur l'apprentissage et les études alchimiques, mais je le savoure.

— Merci, murmurai-je.

Son regard se baissa vers ma gorge. Ma main s'immobilisa sur mon col. Il releva les yeux vers les miens.

— Vous avez une manière merveilleuse d'évoquer le passé pour vos lecteurs. (Je pris cela pour un compliment, puisqu'un vampire était bien placé pour repérer les erreurs. Un silence.) Pourrais-je vous inviter à dîner ?

Je restai bouche bée. Dîner ? Je ne risquais pas de pouvoir lui échapper dans la bibliothèque, mais il n'avait aucune raison de perdre du temps à dîner, surtout qu'il ne le partagerait pas, étant donné son régime alimentaire.

— Je suis prise, répondis-je brutalement, incapable de trouver une explication raisonnable.

Matthew Clairmont devait savoir que j'étais une sorcière et d'évidence, je ne fêtais pas Mabon.

— Comme c'est dommage, murmura-t-il avec l'ombre d'un sourire. Une autre fois, peut-être. Vous êtes à Oxford pour toute l'année, n'est-ce pas ?

Se trouver en présence d'un vampire est toujours troublant, et son parfum de girofle me rappela l'étrange odeur du manuscrit 782. Incapable de penser clairement, je me contentai d'acquiescer, c'était plus sûr.

— Il me semblait bien, poursuivit Clairmont. Nos chemins se croiseront de nouveau, j'en suis sûr. Oxford est une si petite ville.

— Très petite, opinai-je, regrettant de ne pas avoir choisi Londres.

— En attendant, docteur Bishop, cela a été un plaisir, dit-il en tendant la main.

Hormis un bref coup d'œil à mon cou, son regard n'avait pas quitté le mien. Je crois même qu'il n'avait pas cillé. Je m'efforçai de ne pas détourner le regard la première.

Je tendis la main, hésitant brièvement avant de prendre la sienne. Il la serra légèrement avant de la retirer, puis il recula, sourit et disparut dans l'obscurité au fin fond de la bibliothèque.

Je restai immobile jusqu'à ce que je retrouve l'usage de mes mains glacées, puis je retournai à mon bureau et éteignis mon ordinateur. Pendant que je rangeais mes affaires, l'exemplaire de *Notes et Recherches* me demanda d'un ton accusateur pourquoi je m'étais donné tant de mal à me le procurer si je ne daignais même pas y jeter un regard. Ma liste de tâches était tout aussi réprobatrice. Je déchirai la feuille, la froissai et la jetai à la corbeille.

— À chaque jour suffit sa peine, murmurai-je.

Le veilleur de nuit jeta un coup d'œil à sa montre quand je rendis mes manuscrits.

— Vous partez de bonne heure, docteur Bishop ? (Je hochai la tête, lèvres pincées, me retenant de lui demander s'il savait qu'il y avait un vampire dans la section paléographie. Il rassembla les cartons gris.) Vous les voudrez demain ?

— Oui, demain, chuchotai-je.

Une fois ces politesses faites, je me sentis libre. Mes pas pressés résonnèrent sur le lino et les parois tandis que je passais la porte et longeais les livres protégés des doigts curieux par un cordon de velours rouge. Je descendis le vieil escalier et arrivai dans la cour. Je m'appuyai à la balustrade entourant la statue en bronze de William Herbert et pris une longue goulée d'air pour chasser de mes narines les derniers vestiges de girofle et de cannelle.

Oxford réservait toujours des surprises, songeai-je. Il y avait donc un autre vampire en ville.

J'avais eu beau me rassurer une fois dans la cour, je rentrai chez moi plus vite que d'habitude. La pénombre de New College Lane n'était déjà guère rassurante en temps ordinaire. Je glissai ma carte dans le lecteur de la grille arrière de New College et sentis un peu de soulagement quand elle se referma derrière moi dans un cliquetis, comme si tous les murs et les portes qui me séparaient de la bibliothèque pouvaient me protéger. Je passai sous les vitraux de la chapelle en prenant l'étroite ruelle jusqu'à la cour donnant sur l'unique jardin médiéval encore intact d'Oxford, avec l'éminence de verdure d'où les étudiants pouvaient méditer sur Dieu et la nature. Ce soir, les flèches et les arches avaient une allure particulièrement gothique et j'avais hâte de rentrer.

Quand la porte de mon appartement fut refermée, je poussai un soupir de soulagement. J'habitais tout en haut du bâtiment réservé au corps enseignant, dans la partie dévolue aux visiteurs. Mon logement – une chambre, un salon avec une table ronde, et une cuisine petite mais pratique – était décoré de vieilles gravures et de lambris, et rempli de meubles de style XIXe.

Je glissai deux tranches dans le grille-pain et me servis un verre d'eau. Je l'avalai d'un trait et ouvris les fenêtres pour aérer.

J'emportai mes toasts dans le salon, enlevai mes chaussures et allumai la chaîne. Les notes pures de Mozart emplirent la pièce. Je m'assis sur l'un des canapés bordeaux, avec l'intention de me reposer quelques instants puis de prendre un bain et de relire mes notes de la journée.

À 3 heures et demie du matin, je me réveillai avec le cœur battant, la nuque ankylosée et un fort goût de girofle dans la bouche. J'allai me servir un verre d'eau et refermai la fenêtre de la cuisine. Il faisait frais et je frissonnai dans l'air humide.

Je décidai d'appeler Madison. Il n'était que 22 h 30 là-bas, et Sarah et Em étaient nocturnes comme des chauves-souris. J'éteignis les lumières, sauf dans ma chambre, et pris mon portable. Je me déshabillai rapidement – comment pouvait-on se salir autant dans une bibliothèque ? – et enfilai un vieux jogging et un pull noir, bien plus confortables que n'importe quel pyjama.

Le lit ferme était si accueillant et réconfortant que je me convainquis presque qu'il était inutile d'appeler la famille. Mais l'eau n'ayant pu dissiper cette saveur de girofle, je composai le numéro.

— Nous attendions ton appel, furent les premiers mots que j'entendis.

Ces sorcières…

— Sarah, je vais bien.

— Tout prouve le contraire, répondit la cadette de ma mère, qui ne prenait jamais de gants. Tabitha n'a pas cessé de s'agiter de la soirée, Em t'a clairement vue perdue dans les bois en pleine nuit et je n'ai rien pu avaler depuis le petit déjeuner.

Le vrai problème, c'était cette fichue chatte. Tabitha, la petite chérie de Sarah, sentait la moindre tension dans la famille avec une précision surnaturelle.

— Je vais bien. J'ai juste fait une rencontre inattendue ce soir à la bibliothèque, rien de plus.

Un déclic m'indiqua qu'Em avait décroché de son côté.

— Pourquoi tu ne fêtais pas Mabon ? demanda-t-elle.

Emily Mather était omniprésente dans ma vie depuis toujours. Rebecca Bishop et elle s'étaient connues au lycée alors qu'elles travaillaient pendant l'été à la Plimoth Plantation, où elles creusaient des trous et charriaient les brouettes des archéologues. Elles étaient devenues de grandes amies, et avaient entretenu une correspondance nourrie quand Emily était partie à Vassar et ma mère à Harvard. Elles s'étaient retrouvées à Cambridge, où Em travaillait à la bibliothèque pour enfants. Après la mort de mes parents, les longs week-ends qu'Em passait à Madison l'avaient amenée à décrocher un poste à l'école élémentaire. Sarah et elle étaient devenues inséparables, même si Em avait gardé son appartement et qu'elles n'allaient jamais se coucher ensemble devant moi quand j'étais petite. Cela ne trompait ni moi ni les voisins ni personne en ville. Tout le monde les traitait comme le couple qu'elles étaient, sans chercher plus loin. Quand j'avais quitté le foyer familial, Em était venue y habiter et n'en était plus repartie. Comme ma mère et ma tante, elle était issue d'une longue lignée de sorcières.

— J'étais invitée au dîner du coven, mais je travaillais.

— C'est la sorcière de Bryn Mawr qui t'y a conviée ?

Em s'intéressait à elle surtout parce qu'elle était sortie dans le temps avec sa mère. Elle avait fini par l'avouer un soir d'été après avoir bu un peu trop de vin. « C'était les années soixante », s'était-elle bornée à dire.

— Oui, répondis-je d'un ton las. (Ces deux-là étaient convaincues que j'allais voir la lumière et que je prendrais la magie au sérieux une fois titularisée. Rien ne les en faisait douter et elles étaient toujours ravies d'apprendre que j'avais été en contact avec une sorcière.) Mais j'ai passé la soirée avec Elias Ashmole.

— Qui est-ce ? demanda Em à Sarah.

— Tu sais bien, ce type qui collectionnait les livres d'alchimie, dans le temps, répondit Sarah.

— Je vous entends toutes les deux, vous savez.

— Alors, qu'est-ce qui t'a troublée ? demanda Sarah.

Étant donné qu'elles étaient toutes les deux sorcières, ce n'était pas la peine d'essayer de dissimuler quoi que ce soit.

— J'ai croisé un vampire dans la bibliothèque. Un que je ne connaissais pas. Il s'appelle Matthew Clairmont.

Em se tut, le temps de fouiller dans son répertoire mental de créatures notables. Sarah aussi, mais parce qu'elle hésitait à se mettre en colère.

— J'espère que tu auras moins de mal à t'en débarrasser que les démons que tu as l'habitude d'attirer, siffla-t-elle.

— Les démons ne m'embêtent plus depuis que j'ai arrêté le théâtre.

— Non, il y en a un qui t'a suivie dans la bibliothèque Beinecke quand tu as commencé à travailler à Yale, corrigea Em. Il passait dans la rue et il est entré pour te chercher.

— C'était un malade mental, protestai-je.

Tout comme la sorcellerie avec le lave-linge, le fait que j'aie pu attirer un unique démon curieux ne pouvait pas être retenu contre moi.

— Tu attires ces créatures comme les fleurs les abeilles, Diana. Mais les démons sont loin d'être aussi dangereux que les vampires. Garde tes distances, dit Sarah d'un ton ferme.

— Je n'ai aucune raison de rechercher sa compagnie, dis-je en touchant machinalement mon cou. Nous n'avons rien en commun.

— Ce n'est pas la question, s'emporta Sarah. Sorcières, démons et vampires ne sont pas censés se fréquenter. Tu le sais. Les humains ont plus de chances de nous repérer quand cela se produit. Aucun démon ou vampire ne vaut la peine de prendre ce risque.

Les seules créatures au monde qui intéressaient Sarah étaient les autres sorcières. Pour elle, les humains étaient de pauvres petites choses aveugles au monde qui les entourait. Les démons, des adolescents attardés auxquels on ne pouvait se fier. Et dans sa hiérarchie, les vampires étaient bien au-dessous des chats et plus bas encore que les chiens bâtards.

— Tu m'as déjà énoncé les règles, Sarah.

— Tout le monde ne les observe pas, ma chérie, observa Em. Qu'est-ce qu'il voulait ?

— Il m'a dit s'intéresser à mon travail. Mais comme c'est un scientifique, c'est difficile à croire. Il m'a invitée à dîner, ajoutai-je en tripotant l'édredon.

— À dîner ? répéta Sarah, incrédule.

Em se contenta de rire.

— Il n'y a pas grand-chose sur les menus des restaurants qui puisse intéresser un vampire.

— Je ne le reverrai pas, j'en suis sûre. D'après sa carte de visite, il dirige trois labos et est titulaire de deux chaires.

— Classique, murmura Sarah. C'est ce qui arrive quand on a trop de temps à soi. Et arrête de tripoter cet édredon, tu vas finir par l'abîmer.

Voilà qu'elle avait allumé son radar de sorcière et qu'elle me voyait aussi bien qu'elle m'entendait.

— Ce n'est pas comme s'il volait les vieilles dames ou jouait l'argent d'autrui en Bourse, rétorquai-je. (Le fait que les vampires soient réputés pour leurs fabuleuses richesses agaçait Sarah.) C'est un biochimiste et un médecin, spécialiste du cerveau.

— C'est fascinant, je n'en doute pas, Diana, mais qu'est-ce qu'il voulait ? s'impatienta-t-elle.

— Pas dîner, c'est sûr, ponctua Em.

— Il voulait quelque chose, dit Sarah. Vampires et sorcières ne sortent pas ensemble. À moins que tu sois son repas, évidemment. Ils n'adorent rien tant que le sang de sorcière.

— Peut-être qu'il était simplement curieux. Ou qu'il apprécie vraiment ton travail, ajouta Em d'un ton si dubitatif que je ne pus m'empêcher de rire.

— Nous ne parlerions pas de cela si tu avais pris quelques précautions élémentaires, coupa Sarah. Un charme de protection. Ou si tu avais utilisé un peu de ta clairvoyance pour…

— Je n'utiliserai pas la magie ou la sorcellerie pour savoir pourquoi un vampire m'a invitée à dîner, répondis-je fermement. Ce n'est pas négociable, Sarah.

— Alors ne nous appelle pas pour nous demander un conseil si tu ne veux pas l'entendre, s'irrita Sarah.

Elle raccrocha avant que j'aie trouvé quoi répondre.

— Sarah s'inquiète pour toi, tu sais, s'excusa Em. Et elle ne comprend pas pourquoi tu n'utilises pas tes dons, ne serait-ce que pour te protéger.

Parce qu'on n'utilisait pas ces dons impunément. Je le leur avais déjà expliqué, mais je retentai le coup.

— C'est une pente glissante, Em. Je me protège d'un vampire dans la bibliothèque aujourd'hui, et demain ce sera d'une question délicate durant un cours. Et en un rien de temps, je commencerai à ne choisir que des sujets de recherche dont je connais d'avance le résultat ou je serai candidate pour une bourse que je suis sûre d'obtenir. Je tiens à me faire ma réputation toute seule. Si je commence à recourir à la magie, rien ne m'appartiendra entièrement. Je ne veux pas devenir la prochaine sorcière Bishop.

Je voulus parler à Em de l'Ashmole 782, mais quelque chose m'en empêcha.

— Je sais, ma chérie, m'apaisa Em. Je comprends, je t'assure. Mais Sarah se ronge les sangs pour toi. Tu es la seule famille qui lui reste, à présent.

Je levai une main impuissante et la posai sur ma tempe. Ce genre de conversations débouchait toujours sur mes parents. J'hésitai, réticente à exprimer mon unique sujet d'inquiétude.

— Qu'est-ce qu'il y a ? demanda Em, dont le sixième sens avait perçu mon malaise.

— Il connaissait mon nom. Je ne l'avais jamais vu, mais il savait qui j'étais.

— Ta photo figure sur la jaquette de ton dernier livre, n'est-ce pas ? demanda-t-elle après réflexion.

— Oui, ce doit être ça, approuvai-je, intérieurement soulagée. Que je suis bête. Tu embrasseras Sarah pour moi ?

— Tu penses bien. Mais fais attention, Diana. Les vampires anglais ne se comportent peut-être pas aussi bien avec les sorcières que leurs congénères américains.

Je souris en revoyant Matthew Clairmont qui s'inclinait cérémonieusement.

— Oui, mais ne t'inquiète pas. Je ne le reverrai sûrement jamais. (Em ne répondit pas.) Em ?

— L'avenir nous le dira.

Em n'était pas aussi clairvoyante que ma mère, mais quelque chose la tracassait. Convaincre une sorcière du bien-fondé d'une vague prémonition était presque impossible. Elle n'allait pas me dire ce qui l'inquiétait chez Matthew Clairmont. Pas tout de suite.

# 3

Le vampire était assis dans l'ombre au-dessus de la passerelle couverte qui enjambait New College Lane et reliait les deux bâtiments d'Hertford College, adossé aux pierres usées et les pieds posés sur le toit.

La sorcière fit son apparition, avançant d'un pas étonnamment assuré sur les pavés inégaux longeant la Bodléienne. Elle passa sous lui en pressant l'allure. Son inquiétude lui donnait un air plus jeune et soulignait sa vulnérabilité.

*Ainsi, c'est donc la redoutable historienne*, songea-t-il ironiquement. Bien qu'ayant vu sa photo, Matthew s'attendait à une Bishop plus âgée, étant donné ce qu'il savait d'elle et de sa réussite professionnelle.

Diana Bishop marchait la tête haute, malgré son apparente agitation. Peut-être qu'elle ne serait pas aussi facile à intimider qu'il l'espérait. C'est ce qu'il en avait déduit de son comportement dans la bibliothèque. Elle avait croisé son regard sans montrer cette crainte sur laquelle Matthew comptait quand il croisait des non-vampires – et beaucoup de ses congénères.

Quand elle disparut au coin de la rue, Matthew rampa sur les toits jusqu'au mur de New College et glissa silencieusement à l'intérieur. Il connaissait l'agencement des lieux et en avait déduit où se situait son logement. Il était déjà blotti dans une embrasure en face de l'escalier quand elle commença à monter.

Il la suivit du regard tandis qu'elle passait de pièce en pièce et allumait les lumières. Elle ouvrit la fenêtre de la cuisine, la laissa entrebâillée et disparut.

*Voilà qui m'évitera de briser la vitre ou de crocheter la serrure*, songea-t-il.

Matthew traversa rapidement la rue et escalada le bâtiment, trouvant des prises le long de la gouttière et d'une robuste vigne vierge. De ce nouveau poste d'observation, il percevait l'odeur particulière de la sorcière et le froissement des pages qu'elle feuilletait. Il se dévissa le cou pour jeter un coup d'œil par la fenêtre.

Bishop lisait. Il trouva que son visage était différent, une fois détendu. Elle dodelina de la tête, puis se laissa glisser sur les coussins en poussant un soupir las. Peu après, sa respiration régulière indiqua à Matthew qu'elle dormait.

Il quitta son poste et, d'un bond, passa par la fenêtre de la cuisine. Cela faisait très longtemps qu'il n'avait pas pénétré dans les appartements d'une femme. Autrefois, il l'avait rarement fait, généralement lorsqu'il était épris. Aujourd'hui, il avait une tout autre raison. Cependant, s'il se faisait surprendre, il aurait un mal de chien à s'en expliquer.

Matthew voulait savoir si Bishop était encore en possession de l'Ashmole 782. Il n'avait pas pu fouiller son bureau à la bibliothèque, mais un rapide regard lui avait permis de voir qu'il n'était pas parmi les manuscrits qu'elle avait sortis aujourd'hui. Cependant, il était très improbable qu'une sorcière – surtout une Bishop – ait laissé filer un tel livre. À pas de loup, il parcourut les pièces. Le manuscrit n'était ni dans la salle de bains ni dans la chambre. Il se faufila le long du canapé où elle sommeillait.

Ses paupières tressaillaient comme si elle regardait un film qu'elle était seule à voir. Elle serrait le poing et de temps en temps, ses jambes s'agitaient. Mais son visage restait serein, insensible aux mouvements de son corps.

Quelque chose clochait. Il l'avait senti dès le premier instant où il l'avait vue dans la bibliothèque. Il croisa les bras et la scruta vainement. Cette sorcière n'exhalait pas les odeurs habituelles de jusquiame, de soufre et de sauge. *Elle dissimule quelque chose*, songea-t-il. *Autre chose que le manuscrit perdu.*

Il se détourna et n'eut aucun mal à repérer la table de travail, envahie de livres et de papiers. C'était là qu'elle avait le plus certainement posé le volume volé. Il s'avança, sentit de l'électricité et se figea.

De la lumière s'échappait du corps de Diana Bishop, comme transpirant de tous ses pores. C'était une clarté d'un bleu pâle presque blanc qui forma d'abord pendant quelques secondes une sorte de suaire nébuleux. L'espace d'un moment, elle parut scintiller. Matthew secoua la tête, incrédule. C'était impossible. Cela faisait des siècles qu'il n'avait vu un tel phénomène lumineux chez une sorcière.

Mais d'autres affaires plus urgentes le réclamaient et il reprit sa quête du manuscrit parmi le désordre du bureau. Il se passa une main dans les cheveux, agacé. L'odeur de la sorcière était partout et le troublait. Il se retourna vers le canapé. Elle remuait à nouveau, ramenant ses genoux vers sa poitrine. Une fois de plus, une lumière apparut, scintilla brièvement et disparut.

Matthew se figea, perplexe devant l'écart entre ce qu'il voyait et la conversation qu'il avait surprise la veille.

Deux sorcières qui parlaient de l'Ashmole 782 et de la sorcière qui l'avait demandé en consultation. L'une avançait que l'historienne américaine n'utilisait pas ses pouvoirs magiques. Mais Matthew l'avait vue s'en servir dans la bibliothèque et il était témoin en cet instant de toute son intensité. Il la soupçonna d'y recourir également dans son travail. Beaucoup des personnages sur lesquels elle avait écrit avaient fait partie de ses amis – Cornelius Drebbel, Andreas Libavius, Isaac Newton. Elle avait parfaitement capté et rendu leurs petits travers et leurs obsessions. Sans la magie, comment une femme d'aujourd'hui aurait-elle pu comprendre des hommes d'une époque aussi lointaine ? Distraitement, il se demanda si Bishop serait en mesure de le cerner avec la même perspicacité surnaturelle.

L'horloge qui sonna trois coups le fit sursauter. Il avait la gorge sèche. Il se rendit compte qu'il était resté des heures immobiles à regarder la sorcière rêver et exhaler de temps à autre cette lumière. Il songea un instant à étancher sa soif avec son sang. Y goûter lui révélerait l'emplacement du livre disparu et quels secrets elle dissimulait. Mais il se retint. C'était seulement son désir de trouver l'Ashmole 782 qui l'avait fait s'attarder auprès de l'énigmatique Diana Bishop.

Si le manuscrit n'était pas dans l'appartement de la sorcière, il était encore à la bibliothèque.

Il retourna dans la cuisine, écarta le battant de la fenêtre et se fondit dans la nuit.

# 4

Quatre heures plus tard, je me réveillai allongée sur l'édredon, le téléphone à la main. À un moment, j'avais dû enlever une pantoufle et laissé mon pied pendre sur le côté du lit. Je gémis en voyant l'heure : je n'aurais pas le temps de me promener au bord de la rivière ou de faire un peu de jogging.

Abrégeant mon rituel matinal, je pris ma douche et bus une tasse de thé brûlant tout en me séchant les cheveux, blonds et rebelles malgré l'usage de la brosse. Comme la plupart des sorcières, j'avais du mal à les dresser. Sarah me disait que c'était parce que je refoulais la magie et me promettait qu'une utilisation régulière de mes pouvoirs empêcherait l'électricité statique de s'accumuler et rendrait mes cheveux plus dociles.

M'étant brossé les dents, j'enfilai un jean, un chemisier blanc et une veste noire. Cette routine familière et cette tenue habituelle ne me furent d'aucun réconfort ce jour-là. Mes vêtements me serraient et je me sentais mal à l'aise habillée ainsi. Je secouai la veste, espérant qu'elle irait mieux, mais c'était trop demander à un vêtement de mauvaise qualité.

Quand je me regardai dans le miroir, j'y vis le visage de ma mère. Je ne me rappelais plus quand j'avais commencé à lui ressembler de manière aussi frappante. Au début de l'université, peut-être ? Personne ne l'avait jamais relevé, jusqu'au jour où j'étais rentrée pour Thanksgiving durant ma première année. Depuis lors, c'était le premier commentaire que me faisaient ceux qui avaient connu Rebecca Bishop.

Ce petit coup d'œil me fit relever ma pâleur due au manque de sommeil. Mes taches de rousseur, héritées de mon père, en étaient d'autant plus visibles et mes cernes bleutés rendaient mes yeux encore plus clairs. La fatigue m'allongeait aussi le nez et rendait mon menton plus prononcé. Je songeai à l'impeccable professeur Clairmont et me demandai à quoi lui ressemblait au saut du lit. Il devait probablement être aussi irréprochable qu'hier soir, ce fauve. Je fis une grimace à mon reflet.

Sur le seuil, je m'immobilisai et inspectai la pièce. Quelque chose me tracassait – un rendez-vous manqué, une échéance ? J'oubliais quelque chose d'important. Mon ventre se noua un bref instant. Après avoir vérifié mon agenda et le courrier posé sur mon bureau, je mis cela sur le compte de la faim et descendis. Les obligeantes dames de la cuisine m'offrirent un toast au passage. Elles se souvenaient de moi quand j'étais étudiante et essayaient toujours de me goinfrer d'*apple pie* et de *custard* quand j'avais l'air stressée.

Grignoter mon toast en suivant les pavés de New College Lane dans l'air vif suffit à me convaincre que la nuit précédente avait été un rêve. Oxford était on ne peut plus normal le matin, avec les camions de livraison garés devant les cuisines des facultés, l'odeur du café et des trottoirs mouillés et les clairs rayons de soleil qui filtraient dans la brume. Ce n'était pas le genre d'endroit que l'on imaginait abriter des vampires.

L'employé en livrée bleue de la Bodléienne examina comme tous les jours ma carte de lectrice comme s'il ne m'avait jamais vue et me soupçonnait d'être une voleuse de livres, puis il finit par me laisser passer. Je déposai mon sac dans l'un des placards du hall après y avoir pris mon portefeuille, mon ordinateur et mes notes, et je montai l'escalier jusqu'au troisième.

L'odeur de la bibliothèque – ce mélange si particulier de vieilles pierres, de bois vermoulu et de papier de chiffon – ne manquait jamais de me mettre de bonne humeur. Le soleil se déversait par les fenêtres des paliers, illuminant les poussières qui flottaient dans l'air et traçant des barres dorées sur les vieux murs. Il éclairait les affiches de l'an dernier annonçant les cours ; bientôt, d'autres les remplaceraient et dans quelques jours, les vannes s'ouvriraient sur un flot d'étudiants venus rompre la quiétude de la ville.

En fredonnant, je saluai d'un petit signe de tête les bustes de Thomas Bodley et du roi Charles Ier qui encadraient l'entrée de la salle Duke Humfrey et passai la barrière menant à l'accueil.

— Il va falloir le mettre à Selden End, aujourd'hui, disait le directeur d'un ton exaspéré.

La bibliothèque était à peine ouverte, mais Mr. Johnson et son personnel étaient déjà dans tous leurs états. Ce n'était pas la première fois que j'en étais témoin, mais cela arrivait seulement quand ils attendaient des personnalités exceptionnelles.

— Il a déjà fait ses demandes et il attend là-bas. (La nouvelle employée de la veille se renfrogna en me voyant et s'empara d'une pile de livres.) Ceux-là aussi sont à lui.

Il les a fait apporter de la Nouvelle Salle de lecture bodléienne.

Là où étaient rangés les ouvrages extrême-orientaux. Comme ce n'était pas mon domaine, je me désintéressai de la question.

— Portez-les-lui tout de suite et dites-lui que nous lui apporterons les manuscrits dans l'heure, ordonna avec lassitude le directeur, avant de retourner dans son bureau.

Sean leva les yeux au ciel quand j'approchai du comptoir.

— Salut, Diana. Tu veux les manuscrits que tu as fait mettre de côté ?

— Merci, chuchotai-je en songeant avec délices à ce qui m'attendait. Grosse journée, alors ?

— Apparemment, ironisa-t-il avant de gagner la pièce grillagée où étaient conservés les manuscrits pour la nuit. Et voilà, dit-il en revenant. Numéro de place ?

— A4.

C'était là que je m'asseyais toujours, dans le coin sud-est de Selden End, où la lumière naturelle était la meilleure.

Mr. Johnson surgit de nouveau.

— Ah, docteur Bishop, nous avons placé le professeur Clairmont en A3. Peut-être préférerez-vous prendre A1 ou A6, dit-il en se dandinant d'un air embarrassé et en rajustant ses grosses lunettes.

— Le professeur Clairmont ?

— Oui. Il travaille sur le fonds Needham et il demande une bonne lumière et de la place.

— Joseph Needham, l'historien des sciences chinoises ?

Mon cœur se mit à battre.

— Oui. C'était un biochimiste aussi, bien sûr, d'où l'intérêt du professeur Clairmont, expliqua Mr. Johnson, l'air de plus en plus gêné. Voulez-vous prendre la place A1 ?

— Je prendrai la A6.

L'idée d'être assise à côté d'un vampire, même séparée par une place, était extrêmement dérangeante. M'asseoir en face à la A4 était impensable : comment pourrais-je me concentrer en me demandant ce que ces yeux étranges voyaient ? Si les bureaux de l'aile médiévale avaient été plus confortables, je me serais réfugiée sous l'une des gargouilles qui flanquaient les étroites fenêtres et j'aurais affronté la réprobation pincée de Gillian Chamberlain.

— Oh, c'est parfait. Merci de votre compréhension, soupira Mr. Johnson, soulagé.

Je plissai les paupières en entrant dans la lumière de Selden End. Clairmont avait l'air impeccable et reposé, sa peau pâle contrastant avec ses cheveux noirs. Cette fois, il portait un pull gris moucheté de vert. Un coup d'œil sous la table me révéla un pantalon anthracite, des chaussettes assorties et des souliers noirs qui devaient sans aucun doute coûter plus cher que la garde-robe entière d'un professeur.

Mon trouble revint. Que faisait Clairmont dans la bibliothèque ? Pourquoi n'était-il pas dans son laboratoire ?

Sans chercher à être discrète, je m'avançai à grands pas vers lui. Assis de biais au fond et ne remarquant apparemment pas ma présence, Clairmont poursuivait sa lecture. Je lâchai mon sac et les manuscrits à la place A5 afin de bien marquer les frontières de mon territoire.

Il leva la tête et haussa les sourcils d'un air surpris.

— Docteur Bishop. Bonjour.

— Professeur Clairmont.

Je songeai qu'il avait entendu tout ce qui s'était dit dans le hall, étant donné qu'il avait l'ouïe d'une chauve-souris. Je refusai de croiser son regard et continuai à sortir mes affaires pour construire une petite muraille entre lui et moi. Clairmont me regarda élever mes fortifications jusqu'à ce que je sois à court de matériel, puis il reprit sa lecture.

Je me baissai sous le bureau pour brancher mon portable. Quand je me redressai, il était toujours en train de lire, mais il s'efforçait de ne pas sourire.

— Vous seriez sûrement plus à votre aise dans l'aile nord, grommelai-je en me plongeant dans ma liste.

Clairmont leva le nez et ses pupilles dilatées assombrirent soudain ses yeux.

— Vous dérangerais-je, docteur Bishop ?

— Bien sûr que non, me hâtai-je de répondre, la gorge nouée par le parfum de girofle qui avait accompagné ses paroles. Mais je suis surprise que vous préfériez l'aile sud.

— Ne me dites pas que vous croyez tout ce que vous lisez ?

— Si vous me demandez si je crois que vous allez vous enflammer dès qu'un rayon de soleil vous touchera, la réponse est non. (Les vampires ne brûlaient pas à la lumière du jour et ils n'avaient pas non plus de crocs. C'étaient des mythes humains.) Mais je n'ai jamais rencontré non plus… *quelqu'un comme vous* qui aime s'exposer au soleil.

Clairmont ne broncha pas, mais j'aurais juré qu'il réprimait un rire.

— Quelle est l'ampleur de l'expérience que vous avez, docteur Bishop, avec « quelqu'un comme moi » ?

Comment savait-il que je n'en avais guère avec les vampires ? Ces créatures ont des sens et des capacités supérieures, mais pas surnaturelles, comme lire dans les pensées ou prévoir l'avenir. C'étaient les prérogatives des sorcières et, dans de rares cas, de certains démons. Tel était l'ordre naturel, du moins tel que me l'avait exposé ma tante quand j'étais enfant et que je ne pouvais pas dormir de peur qu'un vampire me dérobe mes pensées et les emporte avec lui en s'envolant par la fenêtre.

— Je ne sais pas pourquoi, professeur Clairmont, répondis-je en le dévisageant, mais je ne pense pas que des années d'expérience m'apprendraient ce que j'aimerais savoir en cet instant.

— Je serai heureux de répondre à votre question si je le peux, dit-il en refermant son livre.

Il le reposa et attendit avec la patience d'un professeur devant un étudiant agressif et pas très brillant.

— Qu'est-ce que vous voulez au juste ?

Clairmont se rencogna dans son fauteuil, les mains nonchalamment posées sur les accoudoirs.

— Je veux examiner les textes du docteur Needham et étudier l'évolution de ses idées sur la morphogénèse.

— La morphogénèse ?

— La modification de cellules embryonnaires débouchant sur la différenciation…

— Je sais ce qu'est la morphogénèse, professeur Clairmont. Ce n'est pas ce que je vous demande.

Ses lèvres tressaillirent. Je croisai les bras comme pour me protéger.

— Je vois. Je suis venu hier soir à la bibliothèque Bodley pour demander quelques manuscrits. Une fois là, j'ai décidé de jeter un coup d'œil. J'aime connaître mon environnement, voyez-vous, et je ne passe pas beaucoup de temps ici. Vous étiez dans la galerie. Et bien sûr, ce que j'ai vu était tout à fait inattendu.

Je rougis à cette évocation de mon petit tour de magie, et j'essayai sans y réussir vraiment de ne pas être désarmée par l'utilisation du terme désuet de « bibliothèque Bodley ».

*Attention, Diana*, me répétai-je. *Il essaie de te charmer.*

— Donc, vous me dites que c'est par de curieuses coïncidences qu'un vampire et une sorcière se retrouvent assis l'un en face de l'autre à étudier des manuscrits comme deux lecteurs ordinaires ?

— Je ne pense pas qu'on me jugerait ordinaire si l'on m'examinait en détail, ne croyez-vous pas ? murmura-t-il, moqueur, en se penchant en avant. Mais en dehors de cela, oui, ce n'est qu'une suite de coïncidences aisées à expliquer.

— Moi qui pensais que les scientifiques ne croyaient pas aux coïncidences.

— Certains y sont bien obligés, dit-il avec un petit rire.

Il continuait de me fixer, ce qui était affreusement déconcertant. L'employée arriva en poussant jusqu'à lui un antique chariot en bois portant les cartons de manuscrits soigneusement rangés. Le vampire se détourna de moi.

— Merci de votre obligeance, Valerie.

— Certainement, professeur Clairmont, répondit Valerie en rosissant d'un air énamouré. (Il avait suffi d'un simple remerciement pour qu'elle tombe sous son charme.) Faites-nous savoir si vous avez besoin de quoi que ce soit, ajouta-t-elle avant de retourner dans sa tanière.

Clairmont prit le premier carton et dénoua la cordelette de ses longs doigts.

— Je ne veux pas vous empêcher de travailler, me dit-il.

Matthew Clairmont avait le dessus. J'avais suffisamment côtoyé de collègues haut placés pour savoir que la moindre réponse n'aurait fait qu'empirer la situation. J'ouvris mon ordinateur, l'allumai un rien rageusement et pris le premier de mes manuscrits. Une fois le livre sorti, je le déposai sur le lutrin devant moi.

Durant l'heure et demie suivante, je lus au moins trente fois les premières pages. Je commençai par les vers familiers attribués à George Ripley promettant de révéler les secrets de la pierre philosophale. Étant donné les surprises de la matinée, la description de la fabrication du Lion Vert, du Dragon Noir et du sang mystique à partir d'ingrédients chimiques me parut encore plus obscure que d'habitude.

Cependant, Clairmont abattait le travail, griffonnant rapidement avec son Montblanc sur les pages de papier crème qu'il tournait régulièrement avec un froissement qui me crispait.

De temps en temps, Mr. Johnson s'aventurait dans la salle pour vérifier que personne n'abîmait les livres. Le vampire continuait d'écrire. Je les fusillai du regard l'un et l'autre.

À 10 h 45, un chatouillis familier accompagna l'arrivée de Gillian Chamberlain dans Selden End. Elle s'apprêtait à me rejoindre – sans doute pour me faire part du merveilleux moment qu'elle avait passé au dîner de Mabon – quand elle vit le vampire et lâcha son sac. Il leva les yeux et la fixa jusqu'à ce qu'elle file se réfugier dans l'aile médiévale.

À 11 h 10, j'eus la sensation d'un baiser insidieux sur mon cou. C'était le démon caféinomane et ahuri de la section musicale, qui jouait à enrouler et à dérouler le cordon de ses écouteurs. Il me vit, salua Matthew d'un signe de tête et s'assit à l'un des ordinateurs au milieu de la salle. Un panneau collé à l'écran indiquait : HORS SERVICE – RÉPARATION EN COURS. Il resta assis là pendant plusieurs heures, jetant régulièrement des coups d'œil au plafond ou derrière lui, comme s'il essayait de comprendre où il était et comment il y était arrivé.

Je retournai à George Ripley sous le regard imperturbable de Clairmont.

À 11 h 40, une sensation glacée s'étala entre mes omoplates. Ce fut la goutte d'eau. D'après Sarah, un être sur dix était une créature, mais ce matin, dans la salle Duke Humfrey, elles étaient cinq fois plus nombreuses que les humains. D'où sortaient-elles donc ?

Je me levai brusquement et fis volte-face, effrayant un angélique vampire tonsuré, chargé d'une pile de missels médiévaux, qui s'apprêtait à s'asseoir dans un fauteuil beaucoup trop petit pour lui. Il laissa échapper un petit cri puis, en voyant Clairmont, devint d'une pâleur que je n'aurais jamais crue possible, même pour un vampire. Il s'excusa et détala dans le coin le plus obscur de la bibliothèque.

Au cours de l'après-midi, quelques humains et trois autres créatures entrèrent dans Selden End.

Deux vampiresses que je ne connaissais pas et qui avaient l'air de sœurs passèrent près de Clairmont, s'arrêtèrent sous la fenêtre auprès des livres d'histoire régionale et choisirent des livres sur les premières implantations dans le Bedfordshire et le Dorset, puis prirent des notes sur une feuille. L'une d'elle chuchota et Clairmont tourna vivement la tête et laissa échapper un sifflement qui me hérissa les poils sur la nuque. Les deux femmes échangèrent un regard et s'en allèrent aussi silencieusement qu'elles étaient venues.

La troisième créature était un vieil homme qui resta dans un rayon de lumière à fixer avec extase les vitraux avant de poser son regard sur moi. Il portait une tenue d'universitaire – veste en tweed marron avec empiècements en daim aux coudes, pantalon en velours côtelé d'un vert mal assorti, chemise en coton tachée d'encre à la poche de poitrine. J'allais revenir à mes occupations quand un chatouillement me souffla que c'était un sorcier. Mais comme je ne le connaissais pas, je repris mon travail.

Néanmoins, une sensation insistante dans ma nuque m'empêchait de me concentrer. Elle gagna mes oreilles, devint plus pressante en envahissant mon front, et mon ventre se noua de panique. Ce n'était plus un salut muet, mais une menace. Cependant, pourquoi un sorcier m'aurait-il menacée ?

L'homme s'approcha de mon bureau d'un air détaché et une voix commença à chuchoter sous mon crâne douloureux, trop faiblement pour que je distingue les paroles. Cela venait de lui, j'en étais certaine, mais qui était-ce ?

Le souffle me manquait. *Sortez de ma tête*, dis-je muettement en me touchant le front.

Clairmont se leva si vivement que je ne le vis même pas faire le tour de la table. Un instant plus tard, il était derrière moi, une main sur le dossier de mon fauteuil et l'autre posée sur la table. Ses larges épaules se penchaient sur moi comme les ailes d'un faucon couvrant sa proie.

— Vous vous sentez bien ? demanda-t-il.

— Ça va, répondis-je d'une voix tremblante, ne comprenant pas pourquoi un vampire éprouvait le besoin de me protéger d'un autre sorcier.

Dans la galerie au-dessus de nous, une lectrice se dévissa le cou pour voir ce qui causait cet émoi. Elle se leva, fronça les sourcils. Deux sorciers et un vampire, c'était impossible de ne pas attirer l'attention.

— Laissez-moi. Les humains nous ont remarqués, dis-je entre mes dents.

Clairmont se redressa, mais continua de s'interposer entre moi et le sorcier comme un ange vengeur.

— Oh, pardonnez-moi, dit l'homme. Je croyais que cette place était disponible. Je suis désolé.

Il s'éloigna discrètement et ma migraine diminua progressivement.

Un souffle glacé accompagna la main du vampire qui approchait de mon épaule, hésita et revint sur le dossier. Clairmont se baissa.

— Vous êtes très pâle, dit-il doucement. Voulez-vous que je vous raccompagne chez vous ?

— Non, répondis-je, espérant qu'il retournerait s'asseoir et me laisserait reprendre contenance.

Dans la galerie, la femme continuait de nous regarder d'un air soupçonneux.

— Docteur Bishop, je trouve vraiment que vous devriez me laisser vous raccompagner.

— Non ! m'écriai-je malgré moi. Je refuse qu'on me fasse quitter cette bibliothèque, continuai-je à voix basse. Vous ou quiconque.

Le visage de Clairmont était si proche que j'en fus troublée. Il prit une longue inspiration et je sentis de nouveau le parfum entêtant de girofle et de cannelle. Mon regard le convainquit que je ne plaisantais pas ; il pinça les lèvres et retourna à sa place.

Il n'y eut plus d'incident. Je tentai de poursuivre au-delà de la deuxième page de mon manuscrit pendant que Clairmont consultait ses notes et documents avec l'attention d'un juge délibérant d'une peine capitale.

À 15 heures, j'avais les nerfs tellement à vif que je ne pouvais plus me concentrer. La journée était fichue.

Je rassemblai mes affaires et rangeai le manuscrit dans son carton.

Clairmont leva le nez.

— Vous rentrez, docteur Bishop ? demanda-t-il aimablement, le regard étincelant.

— Oui, répliquai-je sèchement.

Il reprit prudemment une expression impénétrable.

Toutes les créatures présentes dans la bibliothèque me regardèrent partir – le sorcier menaçant, Gillian, le moine vampire, et même le démon. L'employé de l'accueil m'était inconnu, car je ne partais jamais aussi tôt. Mr. Johnson recula légèrement sa chaise, me vit et consulta sa montre avec surprise.

La porte passée, je pris une longue bouffée d'air frais, mais il allait m'en falloir bien plus pour changer le cours de cette journée.

Un quart d'heure plus tard, j'avais enfilé un collant de sport, un vieux débardeur et un pull. Après avoir chaussé mes baskets, je partis vers la rivière pour courir.

Quand j'arrivai là-bas, une partie de ma tension s'était estompée. « Intoxication à l'adrénaline » : c'est ainsi que l'un de mes médecins qualifiait ces accès d'angoisse qui m'assaillaient depuis l'enfance. Les docteurs expliquaient que, pour des raisons obscures, mon organisme pensait être en permanence en danger. L'un des spécialistes consultés par ma tante déclara gravement que c'était un vestige de l'époque lointaine des chasseurs-cueilleurs. Tout irait bien du moment que je chassais de mon organisme l'excès d'adrénaline en courant, exactement comme l'antilope effrayée fuit le lion.

Malheureusement pour ce médecin, j'étais allée au Serengeti avec mes parents dans mon enfance et j'avais assisté à ce genre de scène. L'antilope avait perdu. Cela m'avait beaucoup impressionnée.

Depuis lors, j'avais essayé médicaments et méditation, mais pour éloigner la panique, rien ne valait l'activité physique. À Oxford, c'était l'aviron chaque matin, avant que les équipes universitaires transforment l'étroite rivière en autoroute. Mais les cours n'avaient pas encore commencé et elle serait déserte cet après-midi.

Mes pas crissaient sur le gravier de l'allée menant aux hangars à bateaux. Je fis signe à Pete, le gardien, qui, avec ses outils et des tubes de graisse, tentait de réparer ce que les étudiants avaient abîmé durant leur entraînement. Je m'arrêtai au septième hangar et me baissai pour atténuer un point de côté avant de prendre la clé posée sur le dessus de la lanterne, à côté de la porte.

À l'intérieur m'attendaient des rangées de yoles blanches et jaunes. Il y avait de grands huit de couple pour les hommes, des embarcations plus légères pour les femmes, et d'autres de qualité et de taille moindres. Une pancarte était accrochée à la proue d'un skiff qui n'était pas encore prêt : INTERDICTION DE SORTIR LA MAÎTRESSE DU LIEUTENANT FRANÇAIS SANS LA PERMISSION DU PRÉSIDENT DU NCBC [New College Boat Club]. Le nom du bateau venait d'être peint au pochoir sur le flanc en style cursif victorien, en hommage au diplômé de New College qui avait créé le personnage.

Au fond du hangar, un frêle skiff de moins de trente centimètres de large pour près de huit mètres de long reposait sur des tréteaux bas. *Merci, Pete*, songeai-je. Il avait pris l'habitude de le laisser par terre. Un mot posé sur le siège disait : *Entraînement universitaire lundi prochain. Le skiff sera sur son rack.*

J'ôtai mes baskets, choisis deux pelles dans la réserve près de la porte et les apportai au ponton, puis retournai prendre le skiff.

Je le déposai délicatement dans l'eau, le maintenant du bout d'un pied pendant que je fixais les pelles dans les tolets. Mes deux avirons à la main comme une paire de baguettes géantes, je montai précautionneusement dans le skiff et m'écartai du ponton d'un coup de la main.

L'aviron était pour moi une religion constituée d'une série de rituels et de mouvements répétés jusqu'à devenir une méditation. Ils commençaient dès l'instant où je touchais le matériel, mais leur véritable magie provenait de l'alliance de précision, de rythme et de puissance exigée par l'exercice. Depuis mes années d'étudiante, l'aviron instillait en moi une sérénité que je ne trouvais nulle part ailleurs.

Mes pelles plongeaient dans l'eau et frôlaient la surface. Je pris mon rythme, montant en puissance à chaque coup, l'eau glissant sous la rame. Je sentais me pénétrer l'air frais et vif.

À mesure que je prenais une cadence régulière, j'avais l'impression de voler. Durant ces moments bienheureux, suspendue dans le temps et l'espace, je n'étais plus qu'un corps sans poids sur une rivière en mouvement. Mon rapide petit skiff filait et mes mouvements étaient à l'unisson. Je fermai les yeux et souris, laissant les événements de la journée perdre toute importance.

Le ciel s'assombrit derrière mes paupières closes et le grondement de moteurs m'indiqua que je passais sous le pont de Donnington. En ressortant dans la lumière de l'autre côté, je rouvris les yeux – et sentis le contact glacé du regard d'un vampire sur ma poitrine.

Une silhouette se dressait sur le pont, son long manteau flottant dans la brise. Bien que je n'aie pu voir clairement son visage, sa taille et sa carrure indiquaient qu'il s'agissait de Matthew Clairmont. Une fois de plus.

Je poussai un juron et faillis lâcher une pelle. Le ponton municipal n'était pas loin. L'idée de faire une manœuvre interdite et de traverser la rivière pour pouvoir flanquer un coup sur la jolie tête de ce vampire avec ce qui me tomberait sous la main était très tentante. Tout en fomentant mon plan, je vis sur le ponton une femme mince vêtue d'une salopette tachée de peinture. Elle fumait une cigarette en téléphonant.

Ce n'était pas un spectacle très courant pour le hangar municipal. Elle leva les yeux et je sentis son regard sur ma peau. Une démone. Sa bouche se tordit dans un sourire carnassier et elle dit quelque chose à son interlocuteur.

C'était vraiment très étrange. D'abord Clairmont, et maintenant une kyrielle de créatures qui apparaissaient partout dans son sillage ? Renonçant à mon projet, je compensai ma frustration en ramant de plus belle.

Je parvins au bout de la rivière, mais la sérénité de cette petite sortie s'était évanouie. En faisant demi-tour devant l'Isis Tavern, je repérai Clairmont à côté de l'une des tables devant le pub. Il avait réussi à arriver là à pied depuis le pont de Donnington en moins de temps que moi sur un skiff de compétition.

Pesant sur mes avirons qui volèrent au-dessus de l'eau comme les ailes d'un énorme oiseau, je filai sur le ponton branlant du pub. Le temps que je débarque, Clairmont avait traversé la pelouse. Le ponton s'enfonça dans l'eau sous son poids et le skiff tressaillit.

— Mais qu'est-ce que c'est que cette comédie ? demandai-je en le rejoignant à grands pas, hors d'haleine et les joues rouges. Vous me suivez, vous et vos amis ?

— Ce ne sont pas mes amis, docteur Bishop, se rembrunit Clairmont.

— Ah bon ? Je n'ai jamais vu autant de vampires, de sorciers et de démons au même endroit depuis le jour où mes tantes m'ont traînée à un festival païen quand j'avais treize ans. Si ce ne sont pas vos amis, que fichent-ils constamment à vos basques ?

Je m'essuyai le front d'un revers de main et écartai mes cheveux collés.

— Mon Dieu, murmura-t-il, incrédule. Les rumeurs disaient vrai.

— Quelles rumeurs ? m'agaçai-je.

— Vous croyez que ces… *choses* ont envie de me côtoyer ? demanda-t-il avec un mépris mêlé de surprise. Incroyable.

J'ôtai mon pull. Les yeux de Clairmont glissèrent sur mes clavicules et mes bras jusqu'au bout de mes doigts. Je me sentis comme nue malgré cette tenue de sport familière.

— Oui, répliquai-je. J'ai vécu à Oxford. J'y viens chaque année. La seule différence cette fois, c'est vous. Depuis que vous êtes arrivé hier soir, j'ai dû changer de place à la bibliothèque, je me fais dévisager par des vampires et des démons inconnus et menacer par des sorciers que je n'ai jamais vus.

Clairmont leva légèrement les bras, comme pour me prendre par les épaules et me secouer. Bien que n'étant pas particulièrement petite avec mon mètre soixante-dix, il était si grand que je devais renverser la tête en arrière pour croiser son regard. Bien consciente de nos différences de taille et de force, je reculai et croisai les bras.

— Ils ne s'intéressent pas à moi, docteur Bishop, mais à vous.

— Pourquoi ? Que peuvent-ils bien me vouloir ?

— Ne savez-vous donc pas pourquoi tous les démons, sorciers et vampires au sud des Midlands vous suivent ? demanda-t-il, incrédule.

— Non, répondis-je en regardant deux buveurs de bière à la table voisine, qui étaient heureusement absorbés dans leur conversation. Je n'ai rien fait d'autre à Oxford que lire d'anciens manuscrits, de l'aviron, préparer ma conférence et ne fréquenter personne. C'est tout. Il n'y aucune raison pour qu'on s'intéresse à ce point à moi.

— Réfléchissez, Diana, insista-t-il. (Je frissonnai en l'entendant prononcer mon prénom.) Qu'avez-vous lu ?

Il baissa les paupières, mais j'eus le temps de voir l'expression avide de ses yeux étranges.

Mes tantes m'avaient prévenue que Matthew Clairmont désirait quelque chose. Elles avaient vu juste.

Il posa de nouveau sur moi ses yeux noirs frangés de gris.

— Ils vous suivent parce qu'ils croient que vous avez découvert quelque chose qui est perdu depuis longtemps, dit-il à contrecœur. Ils le veulent et pensent que vous pourrez le leur obtenir.

Je songeai aux manuscrits que j'avais consultés ces derniers jours. J'eus un pincement de cœur. Un seul pouvait correspondre.

— Si ce ne sont pas vos amis, comment savez-vous ce qu'ils veulent ?

— J'entends des choses, docteur Bishop. J'ai une excellente oreille, dit-il patiemment en revenant à son habituelle courtoisie. Je suis également assez observateur. À un concert dimanche soir, deux sorcières parlaient d'une consœur américaine qui avait trouvé à la bibliothèque Bodley un ouvrage considéré comme perdu. Depuis lors, j'ai remarqué bien des nouvelles têtes à Oxford, et elles me mettent mal à l'aise.

— C'est à cause de Mabon qu'il y a autant de sorcières à Oxford, répondis-je en imitant son ton patient, alors qu'il n'avait pas répondu à ma question.

— Non, ce n'est pas l'équinoxe, sourit Clairmont. C'est le manuscrit.

— Que savez-vous de l'Ashmole 782 ? demandai-je.

— Moins que vous, répondit-il avec un plissement de paupières qui lui donna l'allure d'un fauve redoutable. Je ne l'ai jamais vu. Vous l'avez eu entre les mains. Où est-il à présent, docteur Bishop ? Vous n'avez pas eu l'imprudence de le laisser chez vous ?

— Vous croyez que je l'ai volé ? m'écriai-je, consternée. À la Bodléienne ? Comment osez-vous insinuer une chose pareille ?

— Vous ne l'aviez pas lundi soir. Ni aujourd'hui.

— Vous êtes observateur, en effet, rétorquai-je, si vous avez pu voir tout cela depuis votre place. Je l'ai rendu vendredi, si vous voulez tout savoir. (Je songeai un peu tard qu'il avait très bien pu venir fouiller sur ma table.) Qu'est-ce que ce manuscrit a de si spécial pour que vous alliez fourrer votre nez dans les affaires d'une collègue ?

Il tressaillit, mais mon sentiment de triomphe fut remplacé par la crainte : ce vampire me traquait peut-être lui aussi.

— Simple curiosité, répondit-il en retroussant les babines.

Sarah ne m'avait pas menti : les vampires n'avaient pas de crocs.

— Vous n'espérez tout de même pas que je vous croie !

— Peu m'importe ce que vous croyez, docteur Bishop. Mais vous devriez être vigilante. Ces créatures ne plaisantent pas. Et imaginez, quand elles comprendront quelle sorcière particulière vous êtes, ajouta-t-il en secouant la tête.

— Comment cela ?

Tout le sang reflua de mon visage, me laissant tout étourdie.

— De nos jours, il est rare pour une sorcière de posséder un tel… potentiel, ronronna-t-il. Ce n'est pas perceptible pour tout le monde, pour l'instant, mais je le vois. Vous irradiez quand vous vous concentrez. Et aussi quand vous êtes en colère. Je ne doute pas que les démons de la bibliothèque le sentiront bientôt, si ce n'est déjà le cas.

— Je vous remercie de la mise en garde. Je n'ai cependant pas besoin de votre aide.

Je m'apprêtai à le planter là, mais sa main jaillit et m'empoigna le bras.

— N'en soyez pas si sûre. Prenez garde. Je vous en prie. (Il hésita et son visage parfait se tordit dans une grimace pensive.) Surtout si vous retombez sur ce sorcier.

Je fixai la main posée sur mon bras. Clairmont me lâcha et baissa les yeux.

Mon retour au hangar fut lent et régulier, mais les mouvements répétitifs ne purent dissiper mon malaise et ma perplexité. De temps en temps, j'apercevais une forme grise sur le sentier de halage, mais rien d'autre n'attira mon attention, en dehors de gens qui rentraient chez eux en vélo ou qui promenaient leur chien.

Une fois mon matériel rangé et le hangar refermé, je retournai chez moi par le sentier à petite allure.

Matthew Clairmont se dressait sur l'autre rive, en face du hangar à bateaux de l'université.

Je me mis à courir et quand je jetai un regard pardessus mon épaule, il avait disparu.

# 5

Après dîner, je m'installai sur le canapé devant la cheminée et allumai mon ordinateur. Pourquoi un scientifique de l'envergure de Clairmont tenait-il à voir un manuscrit alchimique – même ensorcelé –, au point de rester des journées entières à la bibliothèque en face d'une sorcière, en lisant de vieilles notes sur la morphogenèse ? Je sortis sa carte de visite restée dans mon sac et la posai contre l'écran.

Sur Internet, sous un lien menant à un roman policier sans rapport et les inévitables sites de réseaux sociaux, une série de liens biographiques parut prometteuse : la page de son université, un article de Wikipedia et des liens vers ses confrères de la Royal Society.

Je cliquai sur la page de l'université et ricanai. Matthew Clairmont n'était pas du genre à publier des informations – même ses diplômes – sur le Net. Sur le site Web de Yale, le visiteur disposait des contacts et d'un CV complet pour presque tous les professeurs. Oxford avait manifestement une tout autre politique de confidentialité. Pas étonnant qu'un vampire y enseigne.

Aucun résultat ne concernait l'hôpital mentionné sur sa carte. Je tapai *John Radcliffe Neurosciences* et tombai sur un résumé des services du département. En revanche, il n'y était pas fait la moindre référence à un médecin, mais seulement à une longue liste de sujets de recherche. En cliquant systématiquement sur tous les liens, je finis par le dénicher sur une page consacrée au « lobe frontal », sans plus de précision.

L'article de Wikipedia ne fut d'aucune utilité, pas plus que le site de la Royal Society. Tout ce qui était intéressant figurait sur des pages verrouillées par des mots de passe. Je n'eus aucune chance quand j'essayai de deviner le pseudo et le mot de passe de Clairmont et l'accès fut bloqué après ma sixième tentative infructueuse.

Dépitée, je saisis le nom du vampire dans les moteurs de recherche des publications scientifiques.

— Gagné ! murmurai-je avec satisfaction.

Matthew Clairmont n'était peut-être guère présent sur Internet, mais il était très actif question publications. Après avoir trié les résultats par date, je bénéficiai d'un aperçu de son profil intellectuel. Mais mon triomphe fut de courte durée. Matthew Clairmont avait quatre sujets de prédilection.

Le premier concernait le cerveau. C'était obscur pour la plus grande partie, mais Clairmont semblait s'être fait une réputation scientifique et médicale en étudiant les processus du désir liés au lobe frontal. Il avait fait plusieurs découvertes importantes concernant le rôle de ce mécanisme neurologique dans le circuit de la gratification différée, toutes en rapport avec le cortex préfrontal. J'ouvris une nouvelle fenêtre pour visualiser un schéma anatomique et situer la région en question.

Certains estiment que les études sont une forme d'autobiographie voilée. Mon cœur se mit à battre. Étant donné que Clairmont était un vampire, j'espérais sincèrement qu'il avait un seuil élevé de patience pour obtenir sa gratification.

Les clics suivants montrèrent que le travail de Clairmont s'écartait étrangement du cerveau pour s'intéresser aux loups – norvégiens, pour être précise. Il devait avoir passé beaucoup de temps à hanter les nuits scandinaves au cours de ses recherches, ce qui ne posait aucun problème aux vampires, étant donné leur température corporelle et leur capacité de vision nocturne. Je tentai vainement de me l'imaginer en parka et gros pull crasseux, prenant des notes sous la neige.

C'est ensuite qu'apparurent les premières références au sang.

Durant son séjour avec les loups en Norvège, le vampire s'était mis à analyser leur sang pour identifier des familiaux et la transmission du patrimoine génétique. Il avait isolé quatre groupes chez les loups de Norvège, dont trois étaient indigènes. Le quatrième groupe descendait d'un loup arrivé là de Suède ou de Finlande. Il concluait à la présence d'une surprenante quantité d'accouplements entre meutes conduisant à un échange de matériel génétique influençant l'évolution de l'espèce.

Désormais, il cherchait les caractéristiques transmises au sein des autres espèces ainsi que chez les êtres humains. Une grande partie de ses publications récentes étaient techniques : méthode de coloration des échantillons de tissus prélevés et de manipulation d'ADN ancien et fragile.

Je m'empoignai les cheveux en espérant que cela me dégourdirait les méninges. Cela ne tenait pas debout. Aucun scientifique ne pouvait produire une telle quantité de travail dans tant de domaines différents. Acquérir ne fût-ce que les compétences prenait toute une vie – *une vie humaine.*

Un vampire pouvait y parvenir, s'il travaillait sur ce genre de sujets depuis des décennies. Quel âge avait réellement Matthew Clairmont sous ce visage de trentenaire ?

J'allai me faire une tasse de thé. Mon mug fumant en main, je sortis mon mobile de mon sac et composai un numéro.

L'un des avantages des scientifiques est qu'ils ont toujours leur téléphone sur eux. Et qu'ils répondent à la deuxième sonnerie.

— Christopher Roberts.

— Chris ? C'est Diana Bishop.

— Diana ! s'exclama chaleureusement Chris pardessus la musique que j'entendais dans le fond. Il paraît que tu as eu un autre prix pour ton livre. Félicitations.

— Merci, répondis-je, gênée. C'était tout à fait inattendu.

— Pas pour moi. C'est un travail génial. À ce propos, où en sont tes recherches ? Tu as fini de rédiger ton speech ?

— J'en suis loin. (C'était ce que j'aurais dû faire, au lieu de traquer les vampires sur Internet.) Dis, excuse-moi de te déranger à ton labo, mais tu as une minute ?

— Bien sûr. (Il cria à quelqu'un de baisser la musique, qui resta au même volume.) Attends. (Quelques bruits étouffés, puis le silence.) C'est mieux, dit-il, penaud. Les nouveaux sont toujours très excités au début de l'année.

— Les nouveaux sont toujours excités, Chris, dis-je, regrettant l'ambiance de la rentrée.

— Tu es bien placée pour savoir. Bon, alors, de quoi tu as besoin ?

Chris et moi avions eu notre poste à Yale la même année. Il me devançait d'un an, ayant reçu une bourse MacArthur en route en récompense de ses brillants travaux en biologie moléculaire.

Il n'avait pas joué les génies méprisants quand je lui avais demandé un jour à l'improviste pourquoi un alchimiste pouvait décrire deux substances chauffées dans un alambic comme « poussant des branches » comme un arbre. Personne d'autre dans le département de chimie n'avait daigné m'aider, mais Chris avait envoyé deux doctorants se procurer le nécessaire pour reproduire l'expérience et avait tenu à ce que j'entre dans le labo. Nous avions observé au travers des parois d'un bécher une masse visqueuse grise évoluer en un magnifique arbre rouge avec des centaines de branches. Nous étions restés amis depuis.

— J'ai fait la connaissance de quelqu'un l'autre jour, dis-je.

Chris s'extasia : il me présentait ses copains sportifs depuis des années.

— Ce n'est pas de l'amour. C'est un scientifique.

— Un séduisant scientifique, c'est exactement ce qu'il te faut. Tu as besoin de relever des défis. Et de connaître la vie.

— Regarde qui parle. À quelle heure tu as quitté le labo, hier ? En plus, j'ai déjà un séduisant scientifique dans ma vie, le taquinai-je.

— Ne change pas de sujet.

— Oxford est une si petite ville que je suis vouée à le recroiser. Et il a l'air de quelqu'un d'important, ici. (Ce n'était pas tout à fait vrai, me dis-je, mais pas loin.) J'ai fait des recherches sur son travail et je comprends de quoi il s'agit, mais quelque chose doit m'échapper, parce que ça ne tient pas debout.

— Dis-moi que ce n'est pas un astrophysicien. Tu sais que je suis nul en physique.

— Tu es censé être un génie.

— J'en suis un, se hâta-t-il de dire. Mais mon génie ne va pas jusqu'aux jeux de cartes et à la physique. Son nom, s'il te plaît ?

Chris essayait d'être patient, mais personne n'allait jamais assez vite pour lui.

— Matthew Clairmont.

Le nom me collait au fond de la gorge, tout comme l'odeur de girofle de la veille.

— L'insaisissable et secret professeur Clairmont ? (J'eus la chair de poule.) Qu'est-ce que tu as fait, tu l'as ensorcelé d'un regard ?

Comme Chris ignorait que j'étais une sorcière, la remarque était involontaire.

— Il admire mon travail sur Boyle.

— Mais oui, ricana Chris. Tu as posé tes pupilles bleues sur lui et c'est à Boyle qu'il a pensé ? C'est un scientifique, Diana, pas un moine. Et c'est un grand ponte, au fait.

— Ah bon ? dis-je faiblement.

— Je t'assure. Un phénomène, tout comme toi, il a commencé à publier quand il était encore étudiant. Et pas du n'importe quoi bâclé : de bons trucs qu'on est fier d'avoir signé.

Je consultai mes notes griffonnées sur mon bloc.

— Tu parles de son étude sur les mécanismes neurologiques et le cortex préfrontal ?

— Je vois que tu n'as pas chômé, approuva-t-il. Je n'ai pas beaucoup suivi les débuts de Clairmont, c'est ses recherches en chimie qui m'intéressent, mais sa publication sur les loups a eu un grand retentissement.

— Comment cela se fait-il ?

— Il a eu d'étonnantes intuitions : pourquoi les loups choisissent tel ou tel habitat, comment ils forment leurs groupes sociaux, comment ils s'accouplent. À croire que lui-même était un loup.

— C'est peut-être le cas, fis-je d'un ton que je voulais léger, mais qui sonna aigrement envieux.

Utiliser ses capacités supérieures et sa soif de sang pour faire progresser sa carrière ne posait pas de problème à Matthew Clairmont. Si le vampire avait décidé à ma place concernant l'Ashmole 782 vendredi soir, il aurait touché les illustrations, j'en étais sûre.

— Ce serait plus facile d'expliquer la qualité de son travail s'il était vraiment un loup, répondit Chris sans relever ma remarque. Comme ce n'est pas le cas, il faut se résoudre à admettre qu'il est très doué. La publication de ces travaux l'a fait élire à la Royal Society. On le considérait comme le nouvel Attenborough. Et après ça, il a disparu un moment.

*Tu penses.*

— Et il a refait son apparition en étudiant évolution et chimie ?

— Oui, mais son intérêt pour l'évolution découle en toute logique de ses travaux sur les loups.

— Alors, qu'est-ce qui t'intéresse dans ses recherches en chimie ?

— Eh bien, hésita Chris, il se comporte comme un scientifique qui a découvert un truc énorme.

— Je ne comprends pas.

— Dans ces cas-là, on est sur ses gardes. On se terre dans son labo et on ne fréquente plus aucun séminaire, de peur de dévoiler quelque chose et de permettre à un autre de faire une découverte.

— Vous vous comportez comme des loups, ironisai-je.

Je connaissais bien les loups. Et le comportement possessif et méfiant que décrivait Chris correspondait parfaitement.

— Exactement ! répondit Chris en riant. Il n'a mordu personne et on ne l'a pas surpris en train de hurler à la lune, ces derniers temps ?

— Pas à ma connaissance, murmurai-je. Clairmont a toujours été aussi secret ?

— Ce n'est pas à moi qu'il faut demander, admit Chris. Il a un diplôme de médecine, oui, et il a dû voir des patients, mais il n'a jamais eu une réputation de clinicien. Et les loups l'appréciaient. Mais il n'est venu à aucune des grandes conférences des trois dernières années. Quoique… Il s'est passé quelque chose il y a quelques années.

— Quoi ?

— Il a exposé ses travaux, je ne me rappelle plus le détail, et une femme lui a posé une question. C'était intelligent, mais il l'a balayée. Elle a insisté. Il s'est énervé, puis mis en colère. Un ami qui a assisté à la scène m'a raconté n'avoir jamais vu personne passer de la courtoisie à la fureur en si peu de temps.

Je me remis aussitôt à taper sur mon clavier pour trouver des informations sur l'incident.

— Docteur Jekyll et Mister Hyde, hein ? Je ne trouve rien là-dessus en ligne.

— Ça ne m'étonne pas. Les chimistes ne lavent pas leur linge sale en public. C'est pénalisant lors de l'attribution des financements. Nous ne voulons pas que les administrations nous prennent pour des mégalomanes susceptibles. On laisse ça aux physiciens.

— Clairmont a des financements ?

— Oh, oui. En veux-tu, en voilà. Ne t'inquiète pas pour sa carrière. Il a peut-être la réputation de mépriser les femmes, mais il n'est pas à court d'argent. Il est très doué de ce côté-là.

— Tu l'as déjà rencontré ? demandai-je, espérant qu'il me donnerait son opinion sur le personnage.

— Non. Tu ne trouveras probablement pas plus de quelques dizaines de gens à prétendre l'avoir croisé. Il n'enseigne pas. Mais on raconte des tas de choses : qu'il n'aime pas les femmes, que c'est un snob intello, qu'il ne répond pas à ses mails et ne prend aucun étudiant sur ses recherches.

— Tu as l'air de trouver ça anormal.

— Pas anormal, répondit-il pensivement. Je me demande juste si c'est important, étant donné qu'il est peut-être le seul qui découvrira les secrets de l'évolution ou un remède contre la maladie de Parkinson.

— À t'entendre, c'est un mélange entre Salk et Darwin.

— La comparaison se tient, en fait.

— Il est si doué que ça ?

Je revis Clairmont étudiant les textes de Needham avec une concentration implacable et me dis qu'il devait être plus que doué.

— Oui, répondit Chris en baissant la voix. Si j'étais du genre à parier, je miserais cent dollars qu'il décrochera un Nobel avant sa mort.

Chris était un génie, mais il ignorait que Matthew Clairmont était un vampire. Il n'y aurait aucun Nobel – le vampire s'y emploierait, afin de préserver son anonymat. Les lauréats sont toujours pris en photo.

— Je prends le pari, dis-je en riant.

— Tu as intérêt à économiser, Diana, parce que tu vas perdre, cette fois, gloussa Chris.

Il avait perdu notre dernier pari. J'avais misé cinquante dollars qu'il aurait un poste avant moi. Le billet était glissé dans le cadre de la photo prise de lui le matin où la MacArthur Foundation avait appelé. Dessus, Chris se passait la main dans ses cheveux noirs bouclés, un sourire timide éclairant son visage sombre. Il avait eu son poste neuf mois plus tard.

— Merci, Chris. Tu m'as été d'une grande aide, dis-je, sincère. Tu devrais retourner à tes étudiants. Ils ont dû faire exploser quelque chose, depuis le temps.

— Oui, je vais aller voir. L'alarme incendie ne s'est pas déclenchée, ce qui est bon signe. (Il hésita.) Sois franche avec moi, Diana. Tu ne t'inquiètes pas de faire une gaffe si tu croises Matthew Clairmont à un cocktail. C'est autre chose. Tu te comportes comme ça quand tu es devant un problème. Qu'est-ce qui a attiré ton attention chez lui ?

Parfois, Chris semblait soupçonner que j'étais différente. Mais je ne pouvais pas lui dire la vérité.

— J'ai un faible pour les hommes brillants.

— OK, soupira-t-il. Ne dis rien. Tu mens très mal, tu sais. Mais fais attention. S'il te brise le cœur, je serai obligé de lui botter les fesses et j'ai beaucoup de travail en ce moment.

— Matthew Clairmont ne va pas me briser le cœur, insistai-je. C'est un confrère qui s'intéresse à beaucoup de choses, rien de plus.

— Pour quelqu'un d'intelligent comme toi, je te trouve bien faiblarde. Je te parie dix dollars qu'il t'invite avant la fin de la semaine.

— Mais quand apprendras-tu ? dis-je en riant. Bon, dix dollars, ou l'équivalent en livres. Quand je gagnerai.

Nous raccrochâmes. Je n'en savais pas beaucoup plus long sur Matthew Clairmont, mais je discernais mieux les questions qui demeuraient, notamment pourquoi quelqu'un qui travaillait sur l'évolution s'intéressait à l'alchimie du XVII^e.

Je continuai de surfer sur le Net jusqu'à me fatiguer les yeux. À minuit, j'étais entourée de notes sur les loups et la génétique, mais concernant le mystère de l'intérêt de Matthew Clairmont pour l'Ashmole 782, je n'étais pas plus avancée.

# 6

Le lendemain, la matinée grise cadrait plus avec le début de l'automne. Je n'avais qu'une envie : enfiler pull sur pull et rester chez moi.

Le temps me dissuada de retourner à la rivière et je sortis faire un peu de jogging. Je fis un petit signe au passage au concierge qui me regarda d'un air incrédule avant de m'encourager en levant le pouce.

À chaque pas, je sentais la raideur se dissiper un peu plus. Quand j'arrivai sur les allées gravillonnées d'University Parks, je respirai en profondeur et je me sentis détendue et prête pour une longue journée à la bibliothèque, et peu importait le nombre de créatures qui s'y trouveraient.

— Docteur Bishop ? m'arrêta le concierge à mon retour.

— Oui ?

— Je suis désolé d'avoir dû refuser votre ami hier soir, mais c'est le règlement. La prochaine fois que vous recevez des invités, prévenez-nous et nous les laisserons monter.

— C'était un homme ou une femme ? demandai-je aussitôt.

— Une femme. (Je me détendis.) Elle avait l'air charmante et j'apprécie les Australiens. Ils sont directs, mais sans être, voyez… (Il n'acheva pas, mais j'avais compris : les Australiens étaient comme les Américains. En moins envahissants.) Nous avons quand même appelé votre appartement.

Je fronçai les sourcils. J'avais débranché la sonnerie du téléphone, car Sarah ne calculait jamais correctement le décalage horaire entre Madison et Oxford et m'appelait constamment au milieu de la nuit. Ceci expliquait cela.

— Merci de m'avoir prévenue. Je vous avertirai la prochaine fois, promis-je.

Remontée chez moi, j'allumai la salle de bains et constatai que les deux derniers jours avaient fait des dégâts. Les cernes apparus la veille étaient maintenant noirs comme si j'avais été frappée. J'examinai mon bras et fus surprise de n'y trouver aucun bleu. La poigne du vampire avait été si ferme que j'étais sûre qu'elle aurait laissé des traces.

Je pris une douche et enfilai un pantalon ample et un col roulé. Le noir accentuait ma taille et dissimulait ma silhouette sportive, mais comme cela me donnait aussi des airs de cadavre, je nouai un pull mauve sur mes épaules. Du coup, mes cernes ressortaient, mais au moins, je n'avais pas l'air d'une morte. Mes cheveux menaçaient de se dresser sur ma tête et crépitaient à chaque mouvement. La seule solution fut de les nouer en un vague chignon.

Le chariot de Clairmont débordait de manuscrits et je me résignai à le voir dans la salle de lecture Duke Humfrey. Aujourd'hui encore, le directeur et les deux employés étaient très agités. Cette fois, ils faisaient des allées et venues entre le comptoir, les catalogues de manuscrits et le bureau du directeur en transportant des cartons et en poussant des chariots chargés de manuscrits sous les yeux des gargouilles jusqu'aux trois premières tables de lecture, d'où j'entendis s'élever la voix grave et courtoise de Clairmont.

— Merci, Sean.

La bonne nouvelle, c'est que je n'aurais plus à partager une table avec un vampire.

La mauvaise est que je ne pouvais plus entrer ni sortir – ni demander un livre ou un manuscrit – sans que Clairmont surprenne le moindre de mes gestes. Et aujourd'hui, il avait du renfort.

Une fille menue empilait des documents et des dossiers dans la deuxième alcôve. Elle portait un long pull marron ample qui lui arrivait presque aux genoux. Quand elle se retourna, je fus surprise de voir une adulte. Elle avait des yeux ambre et noirs, aussi glacés que du givre.

Même si je n'avais pas senti son regard, sa peau pâle et lumineuse et ses cheveux anormalement épais et luisants trahissaient la vampiresse. Les longues boucles ondulaient autour de son visage et sur ses épaules. Elle s'avança d'un pas vers moi sans chercher à dissimuler ses mouvements vifs et assurés, et me jeta un regard impérieux. Elle n'était manifestement pas ravie du tout de se trouver là, et elle m'en voulait.

— Miriam, l'appela à mi-voix Clairmont en débouchant dans l'allée. (Il s'interrompit et un sourire aimable se peignit sur ses lèvres.) Docteur Bishop. Bonjour.

Il se passa une main dans les cheveux en les ébouriffant savamment. Gênée, je l'imitai et rejetai une mèche derrière mon oreille.

— Bonjour, professeur Clairmont. Encore là, à ce que je vois.

— Oui, mais aujourd'hui je ne vous tiendrai pas compagnie dans Selden End. On a pu nous placer ici, où nous ne dérangerons personne.

La vampiresse classa bruyamment des papiers.

— Puis-je vous présenter ma collègue chercheuse ? sourit Clairmont. Docteur Miriam Shephard. Miriam, je vous présente le docteur Diana Bishop.

— Docteur Bishop, répéta Miriam avec froideur en tendant la main.

Je la pris et fus saisie du contraste entre sa main menue et glacée et la mienne, plus grande et plus chaude. Je voulus la retirer, mais elle serra de plus belle, à me broyer les doigts. Quand elle me lâcha enfin, je réprimai l'envie de secouer ma main.

— Docteur Shephard. (Nous restâmes figées, mal à l'aise. Que fallait-il demander à un vampire qu'on voit le matin ? Je me résignai aux platitudes humaines.) Il faut que j'aille me mettre au travail.

— Que votre journée soit productive, dit Clairmont d'un ton aussi peu amène que celui de Miriam.

Mr. Johnson apparut à côté de moi avec une petite pile de cartons gris dans les bras.

— Nous vous avons placée en A4, aujourd'hui, docteur Bishop, annonça-t-il, l'air tout content de lui. Je vais vous porter ceci.

Les épaules de Clairmont étaient si larges que je ne pus voir derrière lui s'il avait des manuscrits sur sa table. Je réprimai ma curiosité et suivis le directeur jusqu'à ma place familière dans Selden End.

Même si Clairmont n'était pas assis en face de moi, j'avais pleinement conscience de sa présence alors que je sortais mes affaires et allumais mon ordinateur. Le dos à la salle déserte, je pris mon premier carton, en sortis le manuscrit relié et le déposai sur le lutrin.

La tâche familière – lecture et prise de notes – m'absorba rapidement et je terminai le premier ouvrage en moins de deux heures. Il n'était pas encore 11 heures : j'avais le temps d'en prendre un autre avant le déjeuner.

Le manuscrit suivant était plus petit, mais il contenait d'intéressants croquis d'instruments alchimiques et des descriptions des procédés à mi-chemin entre livre de cuisine et manuel d'empoisonneur. *Prenez un vaisseau de mercure et le laissez bouillir sur flamme pendant trois heures*, commençait l'une, *et une fois joint à l'Enfant Philosophal, le prenez et laissez putréfier le temps que le Corbeau Noir l'emporte dans sa mort.* Je tapai avec un entrain croissant de minute en minute.

Je m'étais préparée à être observée par toutes sortes de créatures, mais lorsque l'horloge sonna 13 heures, j'étais toujours aussi seule dans Selden End, à l'exception d'un étudiant portant l'écharpe à rayures rouges, blanches et bleues de Keble College, qui se rongeait les ongles d'un air morose en fixant sans les lire une pile d'incunables.

Après avoir rempli deux demandes et remballé mes manuscrits, je sortis déjeuner, satisfaite de mon travail du matin. Gillian Chamberlain me toisa au passage d'un air malveillant depuis sa place apparemment peu confortable sous la vieille pendule, les deux vampiresses de la veille me glacèrent d'un regard, et je vis que le démon de la section musique avait rameuté deux acolytes. Tous trois démontaient un lecteur de microfilms dont les éléments étaient éparpillés sur leur table, tandis qu'un rouleau s'était répandu à leurs pieds.

Clairmont et son assistante étaient toujours à leur place près de l'entrée. Le vampire prétendait que c'était moi et non lui que les créatures suivaient. Mais, songeai-je avec triomphe, leur comportement d'aujourd'hui laissait penser le contraire.

Clairmont me jeta un regard froid tandis que je rendais mes manuscrits. J'eus du mal, mais je me retins de relever.

— C'est terminé pour ceux-là ? demanda Sean.

— Oui. Il en reste deux sur ma table. Si je pouvais avoir ces deux autres aussi, ce serait parfait, dis-je en tendant le formulaire. Veux-tu déjeuner avec moi ?

— Valerie vient de prendre sa pause, alors je suis coincé ici, dit-il avec regret.

— La prochaine fois, alors.

— Miriam, c'est l'heure de déjeuner, annonça Clairmont derrière moi.

— Je n'ai pas faim, répondit-elle d'un mélodieux soprano teinté d'une colère sourde.

— L'air frais ravivera votre concentration, ajouta Clairmont d'un ton sans réplique.

Miriam soupira, posa son crayon bruyamment et se leva pour me suivre.

Je déjeunais habituellement en vingt minutes à la cafétéria à l'étage de la librairie voisine. Je souris en songeant que Miriam serait obligée de s'occuper pendant tout ce temps, coincée chez Blackwell, où les touristes s'agglutinaient pour regarder les cartes postales entre les guides de voyage et les policiers.

Je pris un sandwich et du thé et me faufilai tout au bout de la salle bondée, entre un collègue vaguement familier qui lisait le journal et un étudiant très occupé par son lecteur MP3, son mobile et son portable.

Mon sandwich terminé, je me réchauffai les mains sur ma tasse tout en jetant un coup d'œil par la fenêtre. Je fronçai les sourcils. L'un des nouveaux démons de la bibliothèque, appuyé à la grille, scrutait les fenêtres de chez Blackwell.

Je sentis sur mes pommettes le frôlement furtif d'un baiser. Je levai les yeux et croisai le regard d'une autre démone. Elle était belle, avec des traits frappants et étranges – une bouche trop large pour ce visage délicat, d'immenses yeux bruns trop rapprochés et des cheveux trop clairs pour sa peau mate.

— Docteur Bishop ?

L'accent australien de la femme me glaça l'échine.

— Oui, dis-je faiblement en scrutant l'escalier où j'aperçus les cheveux de Miriam. C'est moi.

— Je m'appelle Agatha Wilson, sourit-elle. Et votre ami d'en bas ignore que je suis ici.

C'était un prénom étrangement démodé pour quelqu'un qui n'avait que dix ans de plus que moi, et bien plus élégant. Mais il m'était familier et je me rappelai vaguement l'avoir vu dans un magazine de mode.

— Puis-je m'asseoir ? demanda-t-elle en désignant le siège laissé par l'historien.

— Bien sûr, répondis-je.

Le lundi, je croisais un vampire. Le mardi, un sorcier essayait de pénétrer dans mon crâne. Le mercredi, apparemment, c'était le jour des démons.

Même s'ils m'avaient suivie dans les environs, j'en savais moins sur les démons que sur les vampires. Peu de gens semblaient comprendre ces créatures, et Sarah n'avait jamais pu m'en dire grand-chose, malgré mes questions. D'après elle, les démons constituaient une classe inférieure de criminels. Leur inventivité et leur astuce débordantes les amenaient à mentir, à voler, à tricher et même à tuer, car ils avaient toujours l'impression de pouvoir agir impunément. Plus dérangeantes encore, d'après Sarah, étaient les conditions de leur naissance. Il était impossible de déterminer où et quand ils apparaissaient, car ils étaient généralement le fruit de parents humains. Pour ma tante, cela ne faisait que renforcer leur statut déjà marginal dans la hiérarchie des créatures. Elle prisait la tradition des lignées de sorcières, et n'appréciait pas le caractère imprévisible des démons.

Agatha Wilson se contenta de s'asseoir à côté de moi et de me regarder boire mon thé sans rien dire. Puis elle se mit à parler avec une volubilité étourdissante. Sarah disait toujours que les conversations avec les démons étaient impossibles, parce qu'elles n'avaient ni queue ni tête.

— Une telle énergie ne peut que nous attirer, dit-elle nonchalamment comme si je lui avais posé une question. Les sorcières étaient à Oxford pour Mabon et bavardaient comme si le monde n'était pas rempli de vampires qui peuvent tout entendre. (Un silence.) Nous doutions de jamais le revoir.

— Quoi donc ?

— Le livre, confia-t-elle à voix basse.

— Le livre, répétai-je.

— Oui. Après ce que les sorciers en ont fait, nous ne pensions pas que nous le reverrions.

Elle fixait un point au milieu de la salle.

— Évidemment, vous êtes une sorcière aussi. Peut-être ai-je tort de vous parler. Mais j'aurais pensé que de toutes les sorcières, vous seriez la plus à même de deviner comment ils ont fait. Et puis maintenant, il y a ça, conclut-elle en prenant le journal abandonné et en me le tendant.

Le gros titre sensationnel attira aussitôt mon attention : UN VAMPIRE EN LIBERTÉ À LONDRES. Je m'empressai de lire l'article.

> *La police de Londres ne dispose d'aucune nouvelle piste dans le cadre du meurtre mystérieux de deux*

*hommes à Westminster. Les corps de Daniel Bennett, vingt-deux ans, et de Jason Enright, vingt-six ans, ont été découverts dans une impasse derrière le pub White Hart de St. Alban's Street dimanche en début de matinée par le tenancier de l'établissement, Reg Scott. Les deux hommes avaient l'artère carotide sectionnée et portaient de nombreuses lacérations sur le cou, les bras et le torse. Les examens ont révélé que la mort était due à une hémorragie massive, bien qu'aucune trace de sang n'ait été relevée sur le lieu du crime.*

*Les autorités chargées des « meurtres du vampire », ainsi qu'ils ont été nommés par les habitants du quartier, ont sollicité le conseil de Peter Knox. Auteur de best-sellers sur l'occultisme moderne, notamment* Le Diable à l'époque moderne et le développement de la magie : la soif de mystère à l'époque scientifique, *Knox a été consulté par les polices du monde entier dans le cadre de meurtres en série à caractère satanique.*

*« Rien n'indique qu'il s'agisse de meurtres rituels, a déclaré Knox durant une conférence de presse. Ni que ce soit l'œuvre d'un tueur en série », a-t-il conclu, malgré le meurtre similaire de Christiana Nilsson à Copenhague l'été dernier et de Sergei Morozov à Saint-Pétersbourg à l'automne 2007. Cependant, Knox a concédé qu'il puisse s'agir à Londres d'un ou plusieurs tueurs copycats.*

*Les habitants inquiets ont mis sur pied un réseau de vigilance et la police a lancé une campagne d'entretiens afin de répondre aux questions et de fournir soutien et conseils. Les autorités incitent fortement les Londoniens à redoubler de prudence, notamment la nuit.*

— Ce n'est que l'œuvre d'un journaliste en quête de sensation, dis-je en rendant le journal à la démone. La presse exploite les terreurs humaines.

— Vous croyez ? demanda-t-elle en scrutant la salle. Je n'en suis pas si sûre. Je pense que ce n'est pas que cela. On ne sait jamais, avec les vampires. Ce sont presque des animaux. (Elle fit une grimace pincée.) Quand je pense que c'est *nous* que vous qualifiez d'instables. Il n'en reste pas moins qu'il est dangereux pour nous tous d'attirer l'attention des humains.

Cela faisait un peu trop sur le sujet des sorcières et des vampires pour un lieu public. Mais l'étudiant avait toujours ses écouteurs sur les oreilles, et les autres clients étaient plongés dans leurs pensées ou absorbés dans leurs conversations.

— Je ne sais rien du manuscrit ni de ce que les sorcières en ont fait, Ms. Wilson. Et je ne l'ai pas non plus, me hâtai-je d'ajouter, au cas où elle aurait cru elle aussi que je l'avais volé.

— Appelez-moi donc Agatha. (Elle fixa le motif du tapis.) Il est à la bibliothèque. Ils vous ont dit de le rendre ?

Parlait-elle des sorcières ? Des vampires ? Des bibliothécaires ?

— Les sorcières ? chuchotai-je, choisissant le coupable le plus probable. (Elle opina, sans cesser de jeter des regards autour d'elle.) Non. Quand j'en ai eu terminé, je l'ai simplement remis sur la pile des retours.

— Ah, les retours, dit-elle d'un air entendu. Tout le monde croit que la bibliothèque n'est qu'un bâtiment, mais ce n'est pas que cela. (Une fois de plus, je me rappelai la tension que j'avais éprouvée quand Sean avait déposé le manuscrit sur le tapis roulant.) La bibliothèque est ce que les sorcières veulent en faire, continua-t-elle. Mais le livre ne vous appartient pas. Ce n'est pas aux sorcières de décider où il doit être rangé ni qui peut le voir.

— Qu'est-ce qu'il a de si particulier, ce manuscrit ?

— Il explique pourquoi nous sommes ici, dit-elle d'un ton un peu désespéré. Il raconte notre histoire, depuis le début, et même jusqu'à la fin. Nous autres démons avons besoin de comprendre la place qui nous est dévolue dans le monde. C'est plus important pour nous que pour vous autres sorcières et vampires.

Elle n'était plus du tout incohérente, à présent. C'était comme si quelqu'un avait enfin réglé la mise au point sur une caméra constamment floue.

— Vous la connaissez, votre place dans le monde, commençai-je. Il y a quatre sortes de créatures : les humains, les démons, les vampires et les sorcières.

— Et d'où viennent les démons ? Comment sont-ils faits ? Pourquoi sommes-nous ici ? Et vous, savez-vous d'où viennent vos pouvoirs ? Hein ?

— Non, chuchotai-je.

— Personne ne le sait, se lamenta-t-elle. Nous nous posons la question tous les jours. Les humains pensaient autrefois que les démons étaient des anges gardiens. Puis que nous étions des dieux, précipités sur terre et victimes de nos passions. Les humains nous ont haïs parce que nous étions différents et ils ont abandonné leurs enfants s'ils voyaient que c'étaient des démons. Ils nous ont accusés de les posséder et de les rendre fous. Les démons sont brillants, mais nous ne sommes pas méchants, contrairement aux vampires. (Elle s'était mise en colère, à présent, mais elle n'avait pas haussé le ton.) Jamais nous ne rendrions personne fou. Nous sommes victimes de la peur et de l'envie des humains, plus encore que les sorcières.

— Nous avons eu plus que notre part de légendes néfastes, répondis-je, songeant aux chasses aux sorcières et aux exécutions.

— Les sorcières naissent sorcières. Les vampires transforment des gens en vampires. Vous avez des anecdotes familiales et des souvenirs pour vous réconforter quand vous vous sentez seuls ou désorientés. Nous n'avons rien d'autre que les contes que nous racontent les humains. Pas étonnant que tant de démons soient si déprimés. Notre seul espoir, c'est de croiser d'autres démons un jour et de pouvoir nous dire que nous sommes semblables à eux. Mon fils a eu de la chance. Nathaniel a une démone comme mère : j'ai vu les signes et j'ai pu l'aider à comprendre. (Elle se détourna un instant et se ressaisit. Puis elle reposa sur moi un regard effondré.) Peut-être que les humains ont raison. Que nous sommes possédés. Je vois des choses, Diana. Des choses que je ne devrais pas voir.

Les démons pouvaient être des visionnaires. Personne ne savait si leurs visions étaient dignes de foi, contrairement à celles des sorcières.

— Je vois du sang et de la peur. Je vous vois, dit-elle, le regard de nouveau vague. Parfois, je vois le vampire. Il convoite ce livre depuis très longtemps. Mais c'est vous qu'il a trouvée. Curieux.

— Pourquoi Matthew Clairmont convoite-t-il ce livre ?

— Les vampires et les sorcières ne partagent pas leurs idées avec nous. Même votre vampire ne nous dit pas ce qu'il sait, bien qu'il apprécie plus les démons que la plupart de ses congénères. Il y a tant de secrets et d'humains très intelligents, de nos jours. Ils finiront par tout deviner, si nous ne faisons pas attention. Les humains aiment le pouvoir – et les secrets.

— Ce n'est pas *mon* vampire, m'offusquai-je.

— En êtes-vous sûre ? demanda-t-elle en fixant les chromes de la machine à expressos comme si c'était un miroir magique.

— Oui, répondis-je, pincée.

— Un petit livre peut contenir un grand secret capable de changer le monde. Vous êtes une sorcière. Vous savez que les mots ont un pouvoir. Et si votre vampire connaissait le secret, il n'aurait pas besoin de vous.

— Matthew Clairmont peut demander à consulter le manuscrit, s'il y tient tant.

L'idée qu'il puisse le faire me glaça soudain.

— Quand vous le récupérerez, me pressa-t-elle en m'empoignant le bras, promettez-moi de ne pas oublier que vous n'êtes pas les seuls à avoir besoin de connaître ces secrets. Les démons font partie de l'histoire, eux aussi. Promettez-le-moi.

J'éprouvai fugitivement une panique à son contact et je fus soudain consciente de la chaleur qui régnait dans la salle bondée. Instinctivement, je cherchai l'issue la plus proche tout en calmant ma respiration pour résister à cette pulsion primitive.

— Je le promets, dis-je sans trop savoir à quoi je m'engageais.

— Bon, fit-elle d'un air absent en me lâchant le bras. C'était gentil à vous de me parler. (Elle fixa de nouveau le tapis.) Nous nous reverrons. N'oubliez pas : certaines promesses comptent plus que d'autres.

J'allai déposer ma tasse et jeter l'emballage de mon sandwich. Je jetai un coup d'œil par-dessus mon épaule. Agatha lisait la page sports du journal laissé par l'historien. En sortant de chez Blackwell, je ne vis pas Miriam, mais je sentis son regard.

Pendant ma pause, Selden End s'était rempli d'êtres humains ordinaires, absorbés par leur travail et ignorant tout du rassemblement de créatures autour d'eux. Enviant leur inconscience, je pris un manuscrit, bien décidée à me concentrer, mais je ne pus m'empêcher de repenser à la conversation chez Blackwell et aux événements des derniers jours. Au premier abord, les illustrations de l'Ashmole 782 semblaient sans rapport avec ce qu'Agatha m'avait dit du livre. Et si Matthew Clairmont et la démone s'intéressaient tant à ce manuscrit, pourquoi ne le demandaient-ils pas ?

Je fermai les yeux en songeant à ma rencontre avec le manuscrit et visualisai le problème comme un puzzle dont j'assemblerais les pièces sur une table blanche. Mais où que je les place, aucune image claire n'apparaissait. Dépitée, je me levai et retournai au comptoir.

— Une commande ? demanda Sean en prenant les manuscrits.

Je lui tendis plusieurs fiches. Il sourit devant leur nombre, sans faire de commentaire.

Avant de partir, j'avais deux choses à faire. La première était pure courtoisie. Je ne savais pas comment ils s'y étaient pris, mais les vampires avaient réussi à me distraire avec ce flot ininterrompu de créatures à Selden End. Sorcières et vampires n'ont guère l'occasion de se remercier, mais Clairmont m'avait protégée à deux reprises en deux jours. Je tenais à ne pas me montrer ingrate et à n'avoir aucun des préjugés de Sarah ou de ses amies du coven de Madison.

— Professeur Clairmont ?

Le vampire leva les yeux.

— Merci, dis-je simplement en plongeant mon regard dans le sien.

— Je vous en prie, répondit-il, un peu surpris.

La seconde était plus calculée. Si Matthew Clairmont avait besoin de moi, c'était réciproque. Je voulais qu'il me dise pourquoi l'Ashmole 782 attirait autant les convoitises.

— Peut-être pourriez-vous m'appeler Diana, ajoutai-je précipitamment avant de perdre contenance.

Il sourit. Mon cœur s'arrêta une fraction de seconde. Ce n'était pas le petit sourire poli que je connaissais. Celui-ci fendit son visage jusqu'aux oreilles, illuminant son visage. *Mon Dieu, qu'il est beau*, songeai-je à nouveau, un peu éblouie.

— D'accord, dit-il, mais appelez-moi Matthew, alors.

J'acquiesçai, le cœur battant la chamade. Quelque chose déferla en moi, balayant les dernières inquiétudes qui subsistaient après ma conversation avec Agatha Wilson.

Les narines de Matthew palpitèrent et son sourire s'agrandit. Il avait senti ce qui se passait en moi. Et il semblait avoir compris de quoi il s'agissait. Je rougis.

— Passez une agréable soirée, Diana.

Sa voix s'attarda sur mon prénom, qui me parut exotique et étrange.

— Bonsoir, Matthew, répondis-je avant de battre en retraite.

Ce soir-là, tout en ramant sur la rivière silencieuse alors que tombait le crépuscule, je vis régulièrement une tache fuligineuse sur le chemin de halage, toujours légèrement en avance sur moi, comme une étoile noire me guidant vers la maison.

# 7

À 2 heures et quart, je fus tirée de mon sommeil par une horrible sensation de noyade. Je me débattais dans les draps et couverture, dont mon rêve avait fait une lourde masse d'algues, pour essayer de remonter à la surface. Mais quelque chose me tenait par la cheville et m'entraînait dans les profondeurs.

Comme souvent avec les cauchemars, je me réveillai en sursaut avant de savoir qui m'avait attrapée. Je restai désorientée plusieurs minutes, ruisselante de sueur et le cœur tambourinant dans ma poitrine. Puis je me redressai péniblement.

Un visage livide me fixait de ses grands yeux vides depuis la fenêtre.

Je me rendis compte trop tard que ce n'était que mon reflet sur la vitre. J'arrivai à peine à la salle de bains avant de vomir. Puis je restai prostrée pendant une demi-heure sur le carrelage, accusant Matthew Clairmont et les autres créatures de mon état. Je finis par retourner me coucher et dormis quelques heures. À l'aube, je me forçai à enfiler ma tenue d'aviron.

À la loge, le concierge me jeta un regard stupéfait :

— Vous n'allez pas sortir à pareille heure dans le brouillard, docteur Bishop ? On dirait que vous avez fait les quatre cents coups, si vous me permettez. Vous devriez rester au lit. La rivière sera encore là demain.

— Non, cela me fera du bien, répondis-je après réflexion.

— Sans compter que les étudiants rentrent ce week-end, ajouta Fred.

Tenant compte des pavés mouillés et de mon état de fatigue, je courus plus lentement qu'à l'accoutumée. Mon itinéraire habituel me fit passer devant Oriel College et les hautes grilles noires entre Merton et Corpus Christi. Elles étaient closes du crépuscule à l'aube pour empêcher les gens d'accéder aux prés bordant la rivière, mais la première chose que l'on apprenait quand on faisait de l'aviron à Oxford, c'était à les escalader. Ce que je fis sans peine.

Le rituel familier de la mise à l'eau du skiff fit son effet. Une fois le ponton quitté, sur la rivière embrumée, je me sentis presque normale.

Dans le brouillard, ramer donne encore plus l'impression de voler. L'air étouffe le bruit des oiseaux et des voitures et amplifie celui des avirons et du siège qui coulisse. En l'absence de repères visibles, il n'y a plus qu'à se fier à son instinct pour s'orienter.

Je m'installai dans un rythme régulier, yeux et oreilles guettant l'ombre d'une autre embarcation ou le moindre changement dans le chuintement des avirons qui m'indiquerait que je m'approchais trop des rives. Le brouillard était si épais que je faillis rebrousser chemin, mais la perspective d'une longue portion de rivière bien droite était trop engageante.

Peu avant le pub, je fis prudemment demi-tour. Plus bas, deux rameurs étaient absorbés dans une grande discussion sur les différentes manières d'acquérir le style caractéristique de nage d'Oxbridge, appelé « bumps ».

— Vous voulez passer devant ? criai-je.

— D'accord ! répondirent-ils aussitôt en filant sans rompre leur rythme.

Le bruit de leurs avirons décrut. Je décidai de rentrer au hangar. L'exercice avait été de courte durée, mais la raideur due à ma troisième nuit écourtée s'était estompée.

Mon équipement rangé, je fermai le hangar et rentrai lentement vers la ville. Tout était tellement silencieux que la notion du temps et de l'espace avait disparu. Je fermai les yeux, imaginant que je n'étais nulle part. Quand je les rouvris, une silhouette sombre se dressait devant moi. Je poussai un cri effrayé. La forme se précipita sur moi et je me protégeai instinctivement.

— Diana, pardonnez-moi, je pensais que vous m'aviez vu, dit Matthew Clairmont, l'air peiné.

— Je marchais les yeux fermés.

Je portai la main au col de mon pull et il recula légèrement. Je m'appuyai à un arbre, le temps de me calmer.

— Pouvez-vous me dire quelque chose ? demanda-t-il une fois que je me fus reprise.

— Si vous voulez me demander pourquoi je sors ramer dans le brouillard alors que sorcières, vampires et démons me collent aux basques, c'est non.

Je n'étais pas d'humeur à entendre un sermon.

— Non, répondit-il d'un ton acerbe, mais cela aurait fait une excellente question. Je voulais vous demander pourquoi vous marchiez les yeux fermés.

— Quoi ? dis-je en riant. Vous ne le faites jamais ?

— Les vampires n'ont que cinq sens. Nous estimons qu'il vaut mieux tous les utiliser.

— Il n'y a rien de magique là-dedans, Matthew. Je joue à ce jeu depuis mon enfance. Cela rendait folle ma tante. Je rentrais toujours avec des écorchures et des bleus à force de me cogner aux arbres et de m'égratigner dans les taillis.

Il enfonça les mains dans les poches de son pantalon gris et fixa pensivement le brouillard. Il portait un pull bleu-gris qui soulignait ses cheveux noirs, mais pas de veste. C'était un grave oubli, étant donné le temps. Je me sentis mal fagotée, avec mon collant troué à force de s'accrocher au siège du skiff.

— Comment s'est passée votre sortie matinale ? demanda-t-il enfin.

Comme s'il l'ignorait : il n'était pas dehors pour se promener.

— Bien, répondis-je laconiquement.

— Il n'y a pas beaucoup de gens dehors si tôt le matin.

— Non, mais je préfère qu'il n'y ait personne sur la rivière.

— N'est-ce pas un peu risqué par ce temps, avec si peu de monde alentour ?

Le ton était aimable, et s'il n'avait été un vampire épiant tous mes faits et gestes, j'aurais pris cette question pour une tentative de conversation maladroite.

— Comment cela, risqué ?

— S'il arrivait quelque chose, personne ne le saurait.

Je n'ai jamais eu peur sur la rivière, mais il n'avait pas tort. Cependant, je balayai son inquiétude.

— Les étudiants rentrent lundi. Je savoure la tranquillité pendant qu'il est encore temps.

— C'est vraiment la semaine prochaine, la rentrée ? demanda-t-il, sincèrement surpris.

— Vous faites partie des professeurs, non ? ironisai-je.

— En théorie, oui, mais je ne vois pas vraiment les étudiants. Je suis ici plus pour des recherches.

Il prit un air pincé. Il n'aimait pas qu'on lui rie au nez.

— Ce doit être agréable, dis-je, songeant au premier cours que j'allais devoir donner devant trois cents nouveaux angoissés.

— C'est calme. Mon matériel de laboratoire ne se plaint pas des horaires. Et comme j'ai le docteur Shephard et un autre assistant, le docteur Whitmore, je ne suis pas totalement seul.

Il faisait froid et humide. Et puis il y avait quelque chose d'irréel à échanger des banalités avec un vampire dans cette purée de pois.

— Il faut que je rentre.

— Voulez-vous que je vous dépose ?

Quatre jours plus tôt, je n'aurais pas accepté cette proposition d'un vampire, mais ce matin, cela me parut une excellente idée. En plus, cela me donnait l'occasion de lui demander pourquoi un biochimiste s'intéressait à un manuscrit alchimique du XVII^e^.

— Volontiers.

Son expression charmée et timide me désarma.

— Ma voiture est garée à côté, dit-il en désignant la direction de Church College.

Nous marchâmes en silence pendant quelques minutes, enveloppés de brouillard et formant un étrange couple, vampire et sorcière. Il ralentit exprès le pas pour moi et me parut plus détendu dehors que dans la bibliothèque.

— C'est votre collège ?

— Non, je n'ai jamais été étudiant ici.

Sa manière de formuler les choses me fit me demander quels collèges il avait pu fréquenter. Puis je songeai à la vie interminable qui avait dû être la sienne. Parfois, il semblait plus vieux qu'Oxford même.

— Diana ? demanda-t-il en s'immobilisant.

— Mmm ?

Je marchais toujours vers le parking du collège.

— C'est par là, dit-il en désignant l'autre côté.

Matthew me mena dans un petit emplacement à l'écart. Une Jaguar noire était garée sous une pancarte jaune annonçant : STATIONNEMENT INTERDIT. Au rétroviseur était accrochée une autorisation du John Radcliffe Hospital.

— Je vois, dis-je, les mains sur les hanches. Vous vous garez là où ça vous chante.

— D'ordinaire, à cet égard, je suis un bon citoyen, mais le temps de ce matin m'a laissé penser que je pouvais faire une exception, se défendit-il.

Il me contourna pour ouvrir la portière. La Jaguar était ancienne, démunie de tous les perfectionnements technologiques dernier cri, mais on l'aurait dite tout juste sortie de chez le concessionnaire. Je m'installai sur le siège en cuir cognac. Je n'étais jamais montée dans une voiture aussi luxueuse. Les pires soupçons de Sarah sur les vampires seraient confortés si elle apprenait qu'ils possédaient des Jaguar alors qu'elle conduisait une Honda Civic violette, devenue couleur aubergine grillée avec le temps.

Clairmont remonta l'allée vers les grilles de Christ Church, où il laissa passer les camions de livraison, bus et vélos du matin.

— Voulez-vous prendre le petit déjeuner avant de rentrer ? proposa-t-il nonchalamment, les mains sur le volant luisant. Vous devez avoir faim, après tout cet exercice.

C'était la deuxième fois que Clairmont m'invitait à ne pas partager un repas avec lui. C'était une manie chez les vampires ? Ils aimaient regarder les autres manger ?

Cela me fit penser à leur régime habituel. Tout le monde sait que les vampires se nourrissent de sang humain. Mais se limitaient-ils à cela ? Me disant que rouler en compagnie d'un vampire n'était plus une si bonne idée, je remontai la fermeture Éclair de mon pull et me collai contre la portière.

— Diana ? interrogea-t-il.

— Je mangerais bien un peu, avouai-je, hésitante. Et je tuerais pour une tasse de thé.

— Je connais l'endroit qu'il vous faut, déclara-t-il.

Il remonta vers la colline et prit à droite sur High Street. Nous passâmes devant la statue de l'épouse de George II sous la coupole du Queen's College, pour nous diriger vers les jardins botaniques. La voiture, qui étouffait les bruits d'Oxford, rendait la ville plus étrange que jamais, avec ses flèches et ses tourelles qui surgissaient du brouillard.

Nous nous taisions, et je me rendis compte devant son calme que je n'arrêtais pas de bouger, de ciller, de respirer ou de me rajuster. Pas Clairmont. Il ne cillait jamais et respirait à peine ; chacun de ses gestes était retenu et efficace, comme si sa longévité dépendait de l'économie de son énergie. Je me demandai une fois de plus quel âge avait Matthew Clairmont.

Le vampire prit une petite rue et se gara devant un minuscule café rempli de gens du quartier. Certains lisaient le journal, d'autres bavardaient. Tous, remarquai-je avec plaisir, engloutissaient d'énormes tasses de thé.

— Je ne connaissais pas cet endroit, dis-je.

— C'est un secret très bien gardé, répondit-il malicieusement. Ils ne veulent pas que les professeurs de l'université viennent gâcher l'ambiance.

Je m'apprêtais à ouvrir ma portière, mais avant que j'aie pu toucher la poignée, Clairmont était déjà sorti et l'ouvrait.

— Comment avez-vous fait si vite ? grommelai-je.

— La magie, répliqua-t-il avec une petite moue réprobatrice.

Apparemment, Clairmont n'appréciait pas plus les femmes qui ouvraient seules leur portière que celles qui lui tenaient tête.

— Je suis capable de le faire toute seule, dis-je en descendant.

— Pourquoi les femmes de cette époque imaginent-elles qu'il est important d'ouvrir leur portière toutes seules ? répliqua-t-il. Jugez-vous cela comme une preuve de votre force physique ?

— Non, mais de notre indépendance, oui.

Je croisai les bras, le défiant de me contredire, et me souvins de ce que m'avait dit Chris à propos du comportement de Clairmont devant une femme qui lui avait posé trop de questions à une conférence.

Sans un mot, il referma la portière et ouvrit la porte du café. Je restai immobile, attendant qu'il entre. Une bouffée d'air humide et chaud m'apporta l'odeur du bacon et des toasts. Je me mis à saliver.

— Vous êtes incroyablement rétrograde, soupirai-je, préférant céder.

Qu'il ouvre toutes les portes devant moi, du moment qu'il m'invitait à ce petit déjeuner.

— Après vous, murmura-t-il.

Nous nous frayâmes un chemin entre les tables bondées. Clairmont, qui avait l'air normal dans le brouillard, paraissait particulièrement pâle dans les vives lumières du café. Deux humains lui jetèrent un regard appuyé. Il se raidit.

*Ce n'était pas une bonne idée*, me dis-je tandis que d'autres regards nous dévisageaient.

— Bonjour, Matthew, s'exclama aimablement une voix de femme depuis le comptoir. Deux petits déjeuners ?

Son visage s'éclaira.

— Deux, répondit-il. Comment va Dan ?

— Assez bien pour se plaindre qu'il en a assez d'être au lit. Je pense qu'il se remet.

— Excellente nouvelle, dit Clairmont. Pouvez-vous apporter du thé à madame dès que possible ? Elle a menacé de commettre un meurtre, sinon.

— Pas besoin, chère madame, me dit Mary avec un sourire. Nous servons le thé sans effusion de sang, ici. (Elle extirpa son imposante personne de derrière le comptoir en Formica, nous conduisit à une table nichée dans un coin près de la porte de la cuisine et y déposa deux menus.) Vous serez tranquille ici, Matthew. Je vais vous envoyer Steph et du thé. Restez le temps que vous voulez.

Clairmont me fit asseoir dos au mur et s'installa en face de moi, s'interposant devant la salle, avant de rouler et de dérouler le menu entre ses doigts, manifestement les nerfs à vif. En présence de gens, le vampire était irritable et nerveux, tout comme je l'avais constaté dans la bibliothèque. Il était bien plus à l'aise quand nous étions en tête à tête.

Je compris la signification de ce comportement grâce à ce que j'avais récemment appris des loups norvégiens. Il me protégeait.

— Qui considérez-vous comme une menace au juste, Matthew ? Je vous ai dit que je pouvais me débrouiller toute seule.

— Oui, je vous crois, dit-il, dubitatif.

— Écoutez, repris-je calmement. Vous avez réussi à les garder à distance et j'ai pu travailler un peu. (Les tables étaient trop rapprochées pour que je puisse entrer dans les détails.) Je vous en suis reconnaissante. Mais ce café est rempli d'humains. Le seul danger serait d'attirer l'attention. Vous êtes officiellement en congé.

Clairmont désigna la caisse du menton.

— L'homme qui est là-bas a dit à son ami que vous aviez l'air appétissante, dit-il d'un ton léger, mais le visage sombre.

— Je ne pense pas qu'il va me mordre, rétorquai-je en riant. (Il se rembrunit de plus belle.) D'après ce que je sais, « appétissante » est un compliment, pas une menace. (Clairmont me fusilla du regard.) Si vous n'aimez pas ce que vous entendez, arrêtez d'écouter les conversations d'autrui, conclus-je, agacée par ses postures de macho.

— C'est plus facile à dire qu'à faire, observa-t-il en s'emparant du pot de Marmite.

Une version plus jeune et plus svelte de Mary arriva avec une énorme théière et deux mugs.

— Le lait et le sucre sont sur la table, Matthew, dit-elle en me dévisageant avec curiosité.

— Steph, je vous présente Diana, dit Matthew. Elle vient des États-Unis.

— C'est vrai ? Vous habitez en Californie ? Je meurs d'envie d'y aller.

— Non, je suis dans le Connecticut, dis-je avec regret.

— C'est un des petits États, n'est-ce pas ? fit-elle, déçue.

— Oui. Et il y neige.

— J'aime mieux les palmiers et le soleil, moi. (En entendant parler de neige, elle se désintéressa du sujet.) Vous prenez quoi ?

— J'ai vraiment très faim, m'excusai-je en commandant deux œufs brouillés, du bacon et quatre toasts.

Steph, qui avait dû en voir d'autres, griffonna la commande sans faire de commentaires et ramassa les menus.

— Juste du thé pour vous, Matthew ?

Il hocha la tête.

Une fois Steph éloignée, je me penchai vers lui.

— Ils sont au courant, pour vous ?

Clairmont se rapprocha de moi. Ce matin, son parfum était plus suave, comme celui d'un œillet fraîchement cueilli. J'inspirai profondément.

— Ils savent que je suis un peu différent. Mary soupçonne que je suis plus que cela, mais comme elle est convaincue que j'ai sauvé la vie de Dan, elle a décidé que ce n'était pas important.

— Comment avez-vous sauvé la vie de son mari ?

Les vampires étaient censés prendre des vies humaines, pas les sauver.

— Je l'ai examiné lors d'une rotation au Radcliffe quand ils étaient à court de personnel. Mary avait vu une émission qui décrivait les symptômes d'une attaque et elle les a reconnus quand son mari a commencé à les présenter. Sans elle, il serait mort ou gravement handicapé.

— Mais elle croit que c'est vous qui l'avez sauvé ?

Son parfum me tournait la tête. Je soulevai le couvercle de la théière, remplaçant l'odeur d'œillets par celle, plus âcre, du thé noir.

— Mary l'a sauvé la première fois, mais une fois admis à l'hôpital, il a fait une réaction à son traitement. Je vous ai dit qu'elle était observatrice. Le médecin à qui elle exprimait ses inquiétudes les a balayées. J'ai… surpris la conversation et je suis intervenu.

— Voyez-vous souvent des patients ?

Je servis le thé, si fort qu'une cuiller aurait tenu dedans toute seule. Mes mains tremblaient un peu à l'idée d'un vampire rôdant dans les salles du Radcliffe parmi les malades et les blessés.

— Non, répondit-il en tripotant le sucrier. Seulement quand ils ont des urgences.

Je poussai un mug vers lui en posant mon regard sur le sucre. Il me le tendit. Je versai précisément une demi-cuiller de sucre et un trait de lait dans ma tasse. C'était ainsi que je le préférais – noir comme du goudron, avec un rien de sucre pour atténuer l'âpreté, puis assez de lait pour qu'il n'ait pas l'air d'un bouillon. Puis je commençai à le tourner, et dès qu'il fut à la bonne température, j'en bus une gorgée. Parfait.

Le vampire sourit.

— Quoi ? demandai-je.

— Je n'ai jamais vu personne s'occuper de son thé avec une telle minutie.

— Vous ne devez pas passer beaucoup de temps avec les vrais buveurs de thé. Tout le secret est d'en estimer la force avant d'y ajouter le sucre et le lait. Vous préférez le vôtre noir, à ce que je vois, dis-je en désignant la tasse qu'il n'avait pas touchée.

— Ce n'est pas vraiment ma boisson de prédilection, répondit-il en baissant la voix.

— Laquelle est-ce ?

À peine eus-je posé la question que je la regrettai. Son expression amusée laissa la place à un pincement de lèvres furieux.

— Vous êtes obligée de demander ? dit-il avec mépris. Même les humains connaissent la réponse.

— Pardonnez-moi, je n'aurais pas dû, m'excusai-je en me cramponnant à ma tasse.

— Non, vraiment.

Je bus mon thé sans un mot. Nous levâmes les yeux quand Steph revint avec un porte-toasts rempli et une assiette débordant d'œufs au bacon.

— Maman a pensé qu'il vous faudrait aussi des légumes, expliqua-t-elle en voyant mes grands yeux devant la garniture de champignons et de tomates. Elle trouve que vous avez l'air d'un cadavre.

— Merci bien ! répondis-je.

L'opinion de Mary ne m'empêcha pas d'apprécier ce petit supplément.

Steph sourit et Clairmont l'imita tandis que je prenais ma fourchette pour m'attaquer à l'assiette.

Tout était brûlant et parfumé, avec un équilibre idéal entre croustillant et moelleux. Ma faim apaisée, j'entrepris de passer aux toasts, que je commençai à beurrer. Le vampire me regarda manger avec le même regard attentif que pour la préparation de mon thé.

— Alors, pourquoi la science ? hasardai-je en enfournant un toast pour l'obliger à combler mon silence.

— Pourquoi l'histoire ? répondit-il avec désinvolture.

Il en fallait plus pour me clouer le bec.

— Après vous.

— Sans doute que j'ai besoin de savoir pourquoi je suis ici, dit-il en fixant la table, où il édifiait un petit château avec les sachets d'édulcorant.

Je me raidis devant la similitude entre son explication et ce qu'Agatha m'avait dit la veille à propos du manuscrit.

— C'est une question pour des philosophes, pas des scientifiques, répondis-je.

Son regard flamboya de colère.

— Vous ne pensez tout de même pas que les scientifiques s'en moquent ?

— Ils s'y intéressaient autrefois, concédai-je en le dévisageant avec circonspection, tant ses brusques changements d'humeur étaient redoutables. Aujourd'hui, ils cherchent plus à savoir *comment* que *pourquoi* : comment fonctionne l'organisme, comment se déplacent les astres…

— Pas les bons scientifiques, ricana Clairmont.

Les clients derrière lui se levèrent et il se raidit, comme s'ils allaient renverser la table.

— Et vous en faites partie. (Il ne releva pas.) Un jour, il faudra m'expliquer la relation entre neurologie, recherche génétique, comportement animal et évolution. Le lien n'est pas évident.

— Je vois que vous vous êtes documentée, dit-il en haussant les sourcils.

— Vous aviez un avantage déloyal. Vous saviez tout de mon travail. J'ai juste remis les pendules à l'heure.

Il marmonna quelque chose qui sonnait français.

— J'ai eu beaucoup de temps pour réfléchir, répondit-il en continuant d'empiler les sachets. Il n'y a aucun lien entre eux.

— Menteur, soufflai-je.

Sans surprise, cette accusation le mit en fureur, mais la rapidité de la transformation me prit tout de même de court. Cela me rappela que je prenais mon petit déjeuner avec une créature qui pouvait être mortelle.

— Dites-moi où il se trouve, alors, siffla-t-il.

— Je ne sais pas très bien, dis-je pensivement. Quelque chose les réunit, une question qui relie vos intérêts scientifiques et leur donne tout leur sens. La seule autre explication est que vous êtes une pie intellectuelle, ce qui est ridicule, étant donné l'estime dans laquelle on tient vos travaux. Ou bien que vous vous ennuyez facilement. Vous n'avez pas l'air de quelqu'un qui s'ennuie facilement. C'est tout le contraire, en fait.

Clairmont me dévisagea jusqu'à ce que le silence devienne pénible. Mon ventre commençait à protester devant la quantité de nourriture que je lui avais fait ingérer. Je me servis une nouvelle tasse et attendis qu'il prenne la parole.

— Pour une sorcière, vous êtes observatrice, vous aussi, lâcha-t-il, admiratif malgré lui.

— Les vampires ne sont pas les seules créatures capables de chasser, Matthew.

— Non. Nous chassons tous un gibier, n'est-ce pas, Diana ? (Il s'attarda sur mon prénom.) À mon tour. Pourquoi l'histoire ?

— Vous n'avez pas répondu à toutes mes questions.

Et je ne lui avais pas encore posé la plus importante.

Il secoua énergiquement la tête et je préférai consacrer mon énergie à me protéger des questions de Clairmont au lieu d'essayer de lui extorquer des réponses.

— Au début, à cause de sa clarté, je pense, dis-je avec hésitation. Le passé semblait si prévisible, comme si rien de ce qui s'y est déroulé n'était surprenant.

— C'est ce que disent ceux qui ne l'ont pas connu, ironisa-t-il.

— Je m'en suis aperçue assez vite, admis-je en riant. Mais au début, c'est l'impression que j'avais. À Oxford, les professeurs faisaient de l'histoire un récit bien net, avec un début, un milieu et une fin. Tout semblait logique et inévitable. Leurs récits me tenaient en haleine, et c'était tout. Aucun autre sujet ne m'intéressait. Je suis devenue historienne sans jeter un regard en arrière.

— Même quand vous avez découvert que les êtres humains, d'hier comme d'aujourd'hui, ne sont pas logiques ?

— L'histoire n'est devenue que plus attirante en se montrant moins claire. Chaque fois que je prends un livre ou un document du passé, je me bats avec des gens qui vivaient il y a cinq siècles. Ils ont leurs secrets et leurs obsessions, toutes les choses qu'ils ne veulent ou ne peuvent pas révéler. Mon travail consiste à les découvrir.

— Et si vous n'y parvenez pas ? Si cela défie toute explication ?

— Ce n'est jamais arrivé, dis-je après réflexion. Du moins, il me semble. Il suffit de savoir bien écouter. Personne ne veut vraiment garder des secrets, pas même les morts. Les gens laissent des indices partout, et si on y prête attention, on peut les remettre dans le bon ordre.

— Vous êtes donc une historienne détective.

— Oui, mais avec des enjeux bien moins élevés.

Je m'adossai à ma chaise, pensant que l'interrogatoire était terminé.

— Pourquoi l'histoire des sciences, alors ? poursuivit-il.

— Le défi des grands esprits, je suppose !

Clairmont entreprit de démanteler son petit château. Le bon sens me dicta de me taire, mais les nœuds de mes propres secrets commençaient à se défaire.

— Je voulais savoir comment les humains sont parvenus à une vision du monde où il y a si peu de magie, ajoutai-je. Je voulais comprendre comment ils ont pu se convaincre qu'elle n'a pas d'importance.

Il leva les yeux.

— Et vous l'avez découvert ?

— Oui et non, hésitai-je. J'ai vu la logique qu'ils utilisent, et la disparition d'un monde perçu comme magique et inexplicable sous les innombrables coups des expérimentations scientifiques. Mais ils n'ont pas réussi, au bout du compte. La magie n'a jamais vraiment disparu.

Elle a attendu en silence que les gens retournent vers elle quand la science ne pouvait répondre à leurs désirs.

— D'où l'alchimie.

— Non, protestai-je. L'alchimie est l'une des premières formes de science expérimentale.

— Peut-être. Mais vous ne croyez pas qu'elle soit dénuée de magie. J'ai lu vos textes. Même vous n'arrivez pas à l'éloigner entièrement.

— Alors c'est de la science avec de la magie. Ou l'inverse, si vous préférez.

— Que préférez-vous, vous ?

— Je ne sais pas trop, me défendis-je.

— Merci.

Son expression laissait entendre qu'il comprenait combien c'était difficile pour moi d'aborder un tel sujet.

— De rien. Enfin, je crois. Puis-je vous poser une autre question ? (Il me dévisagea avec circonspection, mais hocha la tête.) Pourquoi vous intéressez-vous à mes travaux sur l'alchimie ?

Il faillit ne pas répondre, mais il se ravisa. Je lui avais confié un secret. C'était son tour.

— Les alchimistes eux aussi voulaient savoir pourquoi nous sommes là. (Il était sincère, je le voyais, mais cela ne m'avança guère concernant son intérêt pour l'Ashmole 782. Il consulta sa montre.) Si vous avez terminé, je vais vous ramener à l'université. Vous devez vouloir vous changer avant d'aller à la bibliothèque.

— J'ai surtout besoin d'une douche. (Je me levai en m'étirant ; ma nuque était ankylosée.) Et il faut que j'aille au yoga ce soir. Je passe trop de temps assise à un bureau.

Son regard s'alluma.

— Vous faites du yoga ?

— Je ne pourrais pas vivre sans. J'adore le mouvement, et la méditation.

— Cela ne me surprend pas. C'est ainsi que vous ramez : en mêlant mouvement et méditation.

Je rosis. Il me surveillait de plus près encore sur la rivière qu'à la bibliothèque.

Il posa un billet de vingt livres sur la table et fit signe à Mary. Elle lui rendit son salut et il me frôla légèrement le coude pour me guider entre les tables et les derniers clients.

— Avec qui prenez-vous vos cours ? demanda-t-il une fois que nous fûmes montés dans la voiture.

— Je vais dans une salle de High Street. Je n'ai pas encore trouvé de prof qui me convienne, mais ça va. Il ne faut pas trop demander.

New Haven avait plusieurs salles de yoga, mais Oxford était un peu en retard.

— Vous ne trouverez pas le cours qui vous convient ici, dit-il en manœuvrant avec dextérité.

— Vous faites du yoga aussi ?

J'étais fascinée à l'idée de son corps robuste se contorsionnant durant un cours.

— Un peu. Si vous voulez y aller avec moi demain, je peux passer vous prendre devant Hertford à 18 heures. Ce soir, vous devrez aller à la salle en ville, mais demain, vous aurez un meilleur cours.

— Où est votre salle ? J'appellerai pour voir s'il y a un cours ce soir.

— Elle n'est pas ouverte ce soir. Lundi, mercredi, vendredi et dimanche soir seulement.

— Oh, dis-je, déçue. C'est quel genre ?

— Vous verrez. C'est difficile à décrire, dit-il en réprimant un sourire.

À ma surprise, nous étions arrivés chez moi. Fred se dévissa le cou pour voir qui entrait, vit le badge du Radcliffe et s'approcha.

Clairmont me fit descendre. Je saluai Fred et tendis la main.

— Très agréable petit déjeuner. Merci pour le thé et la conversation.

— Quand vous voudrez. À plus tard à la bibliothèque.

Fred siffla tandis qu'il repartait.

— Belle voiture, docteur Bishop. Un ami à vous ?

C'était son travail d'en savoir le plus possible sur ce qui se passait à l'université, pour des questions de sécurité autant que pour satisfaire l'insatiable curiosité qui est l'apanage des concierges.

— On peut dire cela, répondis-je pensivement.

Une fois chez moi, je pris dans mon portefeuille un billet de dix dollars. Je le glissai dans une enveloppe sans mot d'accompagnement et l'adressai à Chris avant de la timbrer.

Il ne me laisserait jamais oublier qu'il avait gagné son pari. Jamais.

# 8

— Franchement, cette voiture, mais quel cliché.

Je tentai de repousser mes cheveux qui se collaient à mes doigts et crépitaient. Clairmont était appuyé sur le flanc de sa Jaguar, impeccable et détendu. Même sa tenue de yoga, gris et noir comme ses vêtements habituels, avait l'air neuve, bien que nettement moins étudiée que ce qu'il portait à la bibliothèque.

Je m'irritai sans raison en voyant la voiture noire et l'élégant vampire. Cela n'avait pas été une bonne journée. Le tapis roulant était tombé en panne dans la bibliothèque et il avait fallu des heures pour récupérer mes manuscrits. Je n'avais toujours pas rédigé mon discours d'ouverture et je commençais à considérer le calendrier avec inquiétude, imaginant une salle pleine de collègues me criblant de questions délicates. Nous étions au début d'octobre et la conférence était prévue pour novembre.

— Vous pensez qu'une mini urbaine ferait un meilleur camouflage ? demanda-t-il en tendant la main pour prendre mon tapis.

— Non, pas vraiment.

Dans le crépuscule, il avait vraiment l'allure d'un vampire, mais le flot des étudiants et des professeurs passait devant lui sans un regard. S'ils ne pouvaient pas sentir ce qu'il était – *voir* ce qu'il était – quand il se tenait sous leur nez, la voiture était secondaire. Mon irritation s'accrut.

— J'ai fait quelque chose de mal ? s'enquit-il en ouvrant innocemment ses grands yeux gris-vert.

Il ouvrit la portière et respira profondément à mon passage. J'explosai.

— Vous me flairez ?

La veille, j'avais soupçonné que mon corps lui offrait toutes sortes d'indices que je préférais lui dissimuler.

— Ne me tentez pas, murmura-t-il en refermant la portière.

Les poils se hérissèrent sur ma nuque quand je compris ce que cela sous-entendait. Il rangea mon tapis dans le coffre. L'air nocturne s'engouffra dans la voiture quand il s'y installa, souplement et sans le moindre effort. Il plissa le front en faisant mine de compatir :

— Mauvaise journée ?

Je le fusillai du regard. Clairmont savait précisément ce qu'il en avait été. Miriam et lui avaient de nouveau passé la journée à la bibliothèque pour écarter toute créature qui cherchait à m'approcher. Quand nous étions partis nous changer pour le yoga, Miriam était restée pour s'assurer que nous n'étions pas suivis par un cortège de démons – ou pire.

Il démarra et prit Woodstock Road en renonçant à me faire la conversation. C'était une rue résidentielle.

— Où allons-nous ? demandai-je, soupçonneuse.

— Au yoga, répondit-il calmement. D'après votre humeur, je crois que vous en avez besoin.

— Et où est-ce ?

Nous partions dans la campagne en direction de Blenheim.

— Vous avez changé d'avis ? rétorqua-t-il, un rien exaspéré. Préférez-vous que je vous conduise à la salle de High Street ?

Je frémis en repensant au morne cours de la veille.

— Non.

— Alors détendez-vous. Je ne vous enlève pas. Cela peut être agréable de laisser quelqu'un prendre les choses en main. Et puis, c'est une surprise.

— Hum.

Il alluma l'autoradio et de la musique classique se déversa des haut-parleurs.

— Arrêtez de réfléchir et écoutez, ordonna-t-il. Il est impossible d'être tendu quand on écoute Mozart.

Me reconnaissant à peine moi-même, je m'installai sur mon siège en soupirant et fermai les yeux. Le mouvement de la Jaguar était si subtil et les bruits extérieurs si étouffés que j'avais l'impression d'être suspendue audessus du sol, soulevée par d'invisibles mains musicales.

La voiture ralentit et nous nous arrêtâmes devant des grilles de fer si hautes que même moi, malgré mon expérience, je n'aurais pu escalader. Les murs de l'autre côté étaient en briques rouges irrégulières formant des motifs compliqués. Je me redressai.

— Vous ne le verrez pas d'ici, dit Clairmont en riant.

Il baissa la vitre et composa un code sur un clavier poli. Un bip retentit et les grilles s'ouvrirent.

Le gravier crissa sous les pneus alors que nous passions un autre portail encore plus ancien que le premier. Celui-ci n'était pas en fer forgé, c'était une arche dans un mur de briques plus bas que celui qui donnait sur Woodstock Road. Elle était surmontée d'un petit toit muni de fenêtres sur les quatre côtés, comme une lanterne.

À gauche de l'entrée se dressait un splendide corps de garde en briques avec des cheminées et des vitraux. Une petite plaque de bronze aux bords usés indiquait : THE OLD LODGE.

— Magnifique, soufflai-je.

— Je me disais que cela vous plairait, répondit-il, ravi.

Dans le crépuscule, nous débouchâmes sur un parc. Une petite harde de cerfs décampa en entendant la voiture et se réfugia dans la pénombre tandis que les phares de la Jaguar balayaient les environs.

— Voilà, dit Clairmont en tendant le bras.

Un manoir de style Tudor encadrait une cour. Les briques luisaient sous le feu de puissants projecteurs logés dans les branches des chênes noueux qui se dressaient en façade. Je fus si stupéfaite que je poussai un juron. Clairmont me regarda, choqué, puis il gloussa.

Il prit l'allée circulaire et se gara derrière un coupé Audi. Une dizaine d'autres voitures se trouvaient déjà là et des phares continuaient d'apparaître sur la route.

— Vous êtes sûr que je suis au niveau ?

Je pratiquais le yoga depuis plus de dix ans, mais cela ne voulait pas dire que j'étais douée. Il ne m'était pas venu à l'esprit de demander si c'était le genre de cours où les participants se tiennent la tête en bas, en équilibre sur un avant-bras.

— Les niveaux sont mélangés, me rassura-t-il.

— D'accord.

Mon angoisse monta d'un cran malgré son ton détaché.

Il sortit nos tapis du coffre. Puis, tandis que les derniers arrivants gagnaient l'entrée, il ouvrit ma portière et me tendit la main. *Voilà qui est nouveau*, songeai-je en lui donnant la mienne. Je n'étais toujours pas complètement à l'aise quand nous nous touchions. Il était d'un froid incroyable et le contraste de température me prit de court.

Il tint ma main légèrement et m'aida à descendre. Avant de la lâcher, il la serra délicatement en guise d'encouragement. Surprise, je lui jetai un regard et il recommença. Nous nous détournâmes, gênés.

Nous entrâmes dans la demeure par une autre arche et une cour. Le manoir était dans un état de conservation étonnant. Aucun architecte postérieur n'avait eu la liberté d'y ménager des fenêtres géorgiennes symétriques ou d'y ajouter de chichiteuses serres victoriennes. C'était comme remonter dans le temps.

— Incroyable, murmurai-je.

Avec un sourire narquois, Clairmont me conduisit par une grande porte en bois entrouverte. J'étouffai un cri. L'extérieur était remarquable, mais l'intérieur était stupéfiant. Ce n'étaient que lambris et moulures brunis et luisants de toutes parts. Un feu était allumé dans l'immense cheminée. Une unique table sur tréteaux et quelques bancs paraissaient aussi anciens que la maison et les lampes électriques étaient la seule preuve que nous étions au XXI^e^ siècle.

Des rangées de chaussures étaient posées devant les bancs où s'entassaient des pulls et des manteaux. Clairmont posa ses clés sur la table et ôta ses chaussures. J'en fis autant et le suivis.

— Vous n'avez pas oublié que les niveaux étaient mélangés ? me dit-il devant une porte ménagée dans les lambris. C'est bien le cas. Mais il y a une condition indispensable pour entrer dans cette salle : il faut être l'un de nous.

Il ouvrit la porte. Des dizaines d'yeux se tournèrent vers moi. La salle était remplie de démons, de sorcières et de vampires, assis sur des tapis de couleurs vives, à genoux ou en tailleur, en attendant le début du cours. Certains des démons portaient des écouteurs. Les sorcières bavardaient. Les vampires étaient assis en silence, impassibles. Je restai bouche bée.

— Pardonnez-moi, dit Clairmont. Je craignais que vous refusiez de venir si je vous le disais. Et c'est le meilleur cours d'Oxford.

Une grande sorcière aux cheveux noirs et à la peau caramel s'avança vers nous et le reste de la salle se détourna en reprenant ses méditations. Clairmont, qui s'était légèrement tendu en entrant, retrouva sa sérénité quand la sorcière nous rejoignit.

— Matthew, dit-elle d'une voix rauque à l'accent indien. Bienvenue.

— Amira, répondit-il. Je vous présente la femme dont je vous ai parlé, Diana Bishop.

Elle me dévisagea longuement et sourit.

— Diana. Ravie de faire votre connaissance. Vous avez déjà pratiqué le yoga ?

— Oui, répondis-je avec inquiétude. Mais c'est la première fois que je viens ici.

— Bienvenue à Old Lodge, dit-elle avec un grand sourire.

Je me demandai si certains dans l'assistance connaissaient l'Ashmole 782, mais je ne vis aucun visage familier et l'atmosphère était amicale, sans la moindre tension habituelle entre créatures.

Une main ferme et chaude se referma sur mon poignet et les battements de mon cœur se calmèrent aussitôt. Je regardai Amira avec étonnement. Comment avait-elle fait cela ?

Elle lâcha mon poignet et mon pouls resta régulier.

— Je pense que Diana et vous serez le plus à votre aise ici, lui dit-elle. Installez-vous et nous commencerons.

Nous déroulâmes nos tapis au fond de la salle, près de la porte. Je n'avais personne à proximité sur ma droite, mais un peu plus loin, deux démons étaient assis dans la posture du lotus, les yeux fermés. Mon épaule me chatouilla. Je sursautai, me demandant qui me regardait. La sensation se dissipa rapidement.

*Pardon*, dit une petite voix coupable dans ma tête.

La voix venait du devant de la salle, de la même direction que le chatouillis. Amira fronça les sourcils à l'adresse de quelqu'un du premier rang avant de réclamer le silence.

Par habitude, mon corps prit docilement la position en tailleur quand elle commença à parler, et Clairmont m'imita quelques secondes plus tard.

— Le moment est venu de fermer les yeux, dit Amira en prenant une petite télécommande.

Aussitôt, les suaves accents d'une psalmodie méditative s'élevèrent des murs et du plafond. C'était de style médiéval et l'un des vampires poussa un soupir de contentement.

Mon regard erra sur les moulures de ce qui devait être autrefois la grande salle de bal.

— Fermez les yeux, répéta doucement Amira. Il est parfois difficile de renoncer à nos soucis, à nos préoccupations, à nos ego. C'est pour cela que nous sommes réunis ce soir.

Les termes m'étaient familiers, je les avais déjà entendus dans d'autres cours, mais ils prenaient une signification nouvelle ici.

— Nous sommes réunis ce soir pour apprendre à gérer notre énergie. Nous passons notre temps à nous efforcer d'être quelque chose que nous ne sommes pas. Laissez ces désirs de côté. Honorez ce que vous êtes.

Amira nous fit faire quelques exercices d'assouplissement, puis nous nous mîmes à genoux pour échauffer la colonne vertébrale avant de prendre la posture du chien tête en bas. Nous la conservâmes le temps de plusieurs respirations avant de nous redresser et de nous lever.

— Enracinez vos pieds dans la terre, demanda-t-elle. Et prenez la posture de la montagne.

Je me concentrai sur mes pieds et sentis une décharge électrique inattendue provenant du sol. J'ouvris de grands yeux.

Nous suivîmes Amira qui commençait ses *vinyasa*. Nous levâmes les bras au ciel avant de nous plier en deux pour les poser à plat au niveau des pieds. Nous nous redressâmes à demi, la colonne vertébrale parallèle au sol, avant de poser les mains à terre et de lancer les jambes en arrière. Des dizaines de démons, de vampires et de sorcières plongèrent et courbèrent leurs membres avec grâce. Nous continuâmes le mouvement avant de lever les bras une dernière fois au-dessus de la tête et de joindre les mains. Puis Amira nous laissa poursuivre à notre propre rythme. Elle appuya sur sa télécommande et une version instrumentale du *Rocket Man* d'Elton John remplit la salle.

La musique était bizarrement déplacée, et je répétai les mouvements familiers en rythme, respirant pour détendre mes muscles noués et laissant mon esprit se vider de toute pensée. Après la troisième répétition de la série, l'énergie régnant dans la salle changea. Trois sorciers flottaient à une trentaine de centimètres du sol.

— Restez ancrés, demanda calmement Amira.

Deux redescendirent sans un bruit. Le troisième dut faire un saut de l'ange et atterrit sur les mains.

Démons et vampires avaient du mal à garder le rythme. Certains démons étaient si lents que je les crus coincés. Les vampires avaient le problème inverse, avec leurs muscles puissants qui se détendaient brusquement.

— Doucement, murmura Amira. Vous n'avez pas besoin de forcer.

Progressivement, l'énergie de la salle se rétablit. Amira nous fit prendre plusieurs postures statiques debout. C'est là que les vampires furent le plus à leur aise, étant capables de les tenir plusieurs minutes sans effort. Bientôt, je ne me souciai plus de savoir qui était avec moi ni si j'étais en mesure de suivre. Seuls comptaient le moment et le mouvement.

Quand nous nous allongeâmes pour les postures inversées, tout le monde ruisselait de sueur – sauf les vampires, qui n'avaient même pas l'air de perler. Certains exécutaient des postures d'équilibre saisissantes, mais je n'en faisais pas partie. Clairmont, en revanche, oui. À un moment, il sembla ne toucher le sol que du bout de l'oreille, son corps tout entier parfaitement aligné au-dessus de lui.

Le moment le plus difficile pour moi fut la posture finale, celle du cadavre ou *savasana.* Il me fut presque impossible de rester allongée sur le dos sans bouger. Le fait que tous les autres aient l'air de trouver cela relaxant ne fit qu'accroître mon malaise. Je m'efforçai de ne pas bouger, les yeux clos. Des pas furtifs passèrent entre moi et le vampire.

— Diana, chuchota Amira. Cette posture n'est pas pour vous. Mettez-vous sur le côté.

J'ouvris brusquement les yeux et plongeai mon regard dans ceux de la sorcière, mortifiée qu'elle ait découvert mon secret.

— Roulez-vous en boule. (Perplexe, j'obéis. Mon corps se détendit aussitôt. Elle me tapota gentiment l'épaule.) Et gardez les yeux ouverts.

Je m'étais tournée vers Clairmont. Amira baissa les lumières, mais la lueur que dégageait sa peau me permettait de distinguer clairement ses traits.

De profil, il avait l'air d'un gisant médiéval sur un tombeau de Westminster Abbey : jambes longues, torse élancé, longs bras, et un visage remarquablement énergique. Il y avait quelque chose d'âgé en lui, alors qu'il n'avait en apparence que quelques années de plus que moi. Je suivis mentalement le contour de son front du bout d'un doigt imaginaire, depuis la racine des cheveux jusqu'à ses épais sourcils noirs, puis le long de son nez jusqu'à ses lèvres.

Je comptai les secondes séparant ses respirations. À deux cents, sa poitrine se souleva. Il s'écoula un long moment avant qu'il expire.

Enfin Amira annonça qu'il était temps de rejoindre le monde extérieur. Matthew se tourna vers moi et ouvrit les yeux. Son visage se radoucit, tout comme le mien. Les gens s'ébrouaient autour de nous, mais je ne cédai pas à l'appel du socialement correct. Je ne bougeai pas, le regard plongé dans les yeux du vampire ; totalement immobile, Matthew me regardait le fixer. Je me redressai finalement, et restai étourdie par mon mouvement brusque. La salle finit par cesser de tourner autour de moi. Amira conclut le cours en psalmodiant et en faisant tinter des clochettes en argent. C'était terminé.

Des murmures s'élevèrent tandis que vampires et sorcières se saluaient. Les démons, plus bruyants, se donnaient rendez-vous dans les boîtes de la région, demandant laquelle proposait le meilleur jazz. Je me rendis compte en souriant qu'ils suivaient l'énergie, comme me l'avait décrit Agatha. Deux banquiers d'affaires de Londres – des vampires – parlaient de meurtres non résolus dans la capitale. Je songeai à

Westminster et frissonnai. Matthew leur jeta un regard noir et ils changèrent de conversation.

Tout le monde devait passer devant nous en sortant. Les sorciers nous regardèrent avec curiosité. Même les démons nous croisèrent en souriant et en échangeant des regards entendus. Les vampires m'évitèrent scrupuleusement, mais tous saluèrent Clairmont.

Il ne resta enfin plus qu'Amira et nous. Elle roula son tapis et nous rejoignit.

— C'était bien, Diana, dit-elle.

— Merci, Amira. Voilà un cours que je n'oublierai jamais.

— Revenez quand vous voulez. Avec ou sans Matthew, ajouta-t-elle en lui donnant une petite tape sur l'épaule. Vous auriez dû la prévenir.

— Je craignais qu'elle refuse. Et je me suis dit que cela lui plairait si je lui faisais connaître l'endroit.

— Éteignez la lumière en partant, voulez-vous ? dit-elle en sortant.

Je parcourus du regard la splendide salle.

— Pour une surprise, c'en était une, dis-je, bien décidée à ne pas le laisser s'en tirer à si bon compte.

Il vint se planter derrière moi.

— Agréable, j'espère. Vous avez aimé le cours ?

Je hochai la tête et me retournai pour répondre. Il était étrangement proche et je dus lever la tête pour croiser son regard.

— Oui.

Un sourire désarmant se peignit sur ses lèvres.

— J'en suis ravi.

C'était difficile de s'arracher à son regard magnétique. Je me résolus à me baisser pour rouler mon tapis. Matthew éteignit les lumières et prit ses affaires. Nous enfilâmes nos chaussures dans la galerie, où le feu s'était entièrement consumé.

— Puis-je vous proposer du thé avant de rentrer à Oxford ?

— Où cela ?

— Dans le corps de garde, dit-il nonchalamment.

— Il y a une cafétéria ?

— Non, mais une cuisine. Et de quoi s'asseoir. Je sais préparer le thé, me taquina-t-il.

— Matthew, dis-je, surprise. C'est votre maison ?

Nous étions arrivés sur le seuil. Je vis la date au-dessus du linteau de la porte : 1536.

— Je l'ai bâtie, dit-il en me scrutant.

Matthew Clairmont avait au moins cinq cents ans.

— Le butin de la Réforme, poursuivit-il. Henry m'a donné la terre, à la condition que j'abatte l'abbaye qui s'y trouvait et que je rebâtisse. J'ai sauvé ce que j'ai pu, mais c'était difficile de garder grand-chose. Le roi était d'une humeur massacrante cette année-là. Il reste un ange ici et là, et quelques maçonneries que je n'ai pas pu me résoudre à détruire. Le reste est neuf.

— C'est la première fois que j'entends quelqu'un dire d'une maison bâtie au XVIe siècle qu'elle est neuve.

J'essayai de voir la demeure non seulement au travers des yeux de Matthew, mais comme faisant partie de lui. C'était la maison où il avait voulu habiter cinq siècles plus tôt. En la voyant, je le connaissais mieux. Elle était calme et silencieuse, tout comme lui. Mieux encore, elle était solide et authentique. Il n'y avait rien d'excessif, pas le moindre ornement qui distraie l'esprit.

— Elle est belle, dis-je simplement.

— Trop grande à habiter aujourd'hui, répondit-il. Et trop fragile. Chaque fois que j'ouvre une fenêtre, quelque chose tombe, malgré un entretien soigneux. Je laisse

Amira habiter dans certaines pièces et ouvrir la maison à ses élèves plusieurs fois par semaine.

— Vous vivez dans le corps de garde ? demandai-je alors que nous traversions la cour pavée vers la voiture.

— En partie. J'habite à Oxford dans la semaine, mais je viens ici le week-end. C'est plus calme.

Je songeai que ce devait être difficile pour un vampire de vivre entouré d'étudiants bruyants dont il était forcé d'entendre les conversations.

Nous rejoignîmes le corps de garde en voiture. Étant autrefois la façade publique du manoir, le bâtiment était un peu plus décoré que la demeure elle-même. J'examinai les cheminées torses et les motifs de briques.

— Je sais, gémit Matthew. Les cheminées sont une erreur. Le maçon a voulu se faire la main dessus. Son cousin avait travaillé pour Wosley à Hampton Court et on ne pouvait rien lui refuser.

Il alluma et la pièce fut baignée dans une clarté dorée. Le sol était dallé et la cheminée assez grande pour y rôtir un bœuf.

— Vous avez froid ? demanda-t-il en rejoignant le coin aménagé en une élégante cuisine moderne.

Il y trônait un réfrigérateur mais pas de cuisinière. Je préférai ne pas penser à ce qu'il renfermait.

— Un peu.

Je me blottis dans mon pull. Il faisait encore relativement chaud à Oxford, mais j'avais froid d'avoir transpiré.

— Faites du feu, dans ce cas, proposa-t-il.

Il prépara la bouilloire et après avoir allumé le feu, je fis le tour de la pièce pour me faire une idée de ses goûts. C'était surtout du cuir brun et du bois sombre et poli, qui avait belle allure sur les dalles. Un tapis ancien rouge, bleu et ocre donnait une touche de couleur. Au-dessus de l'âtre était accroché un immense portrait d'une beauté du XVII^e à cheveux noirs et en robe jaune. Très probablement l'œuvre de Sir Peter Lely.

Il remarqua mon intérêt.

— Ma sœur Louisa, dit-il en apportant le plateau de thé et en levant vers la toile des yeux remplis de tristesse. *Dieu*[1], qu'elle était belle.

— Que lui est-il arrivé ?

— Elle est partie pour la Barbade, bien décidée à devenir reine des Indes occidentales. Nous avons tenté de lui dire que son goût pour les jeunes gens ne passerait pas inaperçu sur une petite île, mais elle ne voulait rien entendre. Louisa adora la vie de planteur. Elle investit dans le sucre – et les esclaves. (Une ombre passa sur son visage.) Durant l'une des révoltes dans l'île, ses compatriotes planteurs, qui avaient deviné ce qu'elle était, décidèrent de se débarrasser d'elle. Ils la décapitèrent et réduisirent son corps en pièces. Puis ils la brûlèrent et accusèrent les esclaves.

— Je suis désolée, dis-je, consciente que les paroles étaient vaines devant une telle tragédie.

Il s'efforça de sourire.

— Cette mort affreuse était à la mesure de la femme qui la subit. J'adorais ma sœur, mais elle ne facilitait pas les choses. Elle absorbait tous les vices de toutes les époques qu'elle traversait. S'il y avait des excès possibles, Louisa les faisait. (Il s'arracha difficilement à la contemplation du visage de sa sœur.) Voulez-vous servir ? demanda-t-il en posant le plateau sur une table basse en chêne placée entre deux gros canapés de cuir.

J'acceptai, heureuse de détendre l'atmosphère, même si j'avais assez de questions pour occuper plus d'une

1. Les mots en italique suivis d'un astérisque sont en français dans le texte original.

soirée de conversation. Les grands yeux noirs de Louisa m'observaient et je pris bien garde de ne pas répandre une goutte sur la table, de peur qu'elle lui ait appartenu. Matthew n'avait pas oublié le pichet de lait et le sucre, et je dosai le tout méticuleusement avant de me laisser tomber sur les coussins avec un soupir.

Matthew tenait poliment sa tasse sans jamais la porter à ses lèvres.

— Vous n'êtes pas obligé de jouer la comédie pour moi, vous savez, dis-je.

— Je sais. C'est une habitude, et c'est réconfortant de faire comme tout le monde.

— Quand avez-vous commencé le yoga ? demandai-je pour changer de sujet.

— À l'époque où Louisa est partie à la Barbade. Je suis allé dans les autres Indes et je me suis trouvé à Goa durant la mousson. Il n'y avait guère à faire d'autre que boire et apprendre ce qu'était l'Inde. Les yogis étaient différents à l'époque, plus portés sur le spirituel que ceux de nos jours. J'ai connu Amira il y a quelques années alors que je donnais une conférence à Bombay. Dès que j'ai su qu'elle animait des cours, j'ai compris qu'elle possédait les dons des anciens yogis et qu'elle ne partageait pas les préjugés qu'ont certaines sorcières à l'égard des vampires.

Je sentis un rien d'aigreur dans sa voix.

— Vous l'avez invitée à venir en Angleterre ?

— Je lui ai expliqué ce qui pouvait se faire ici et elle a accepté de se lancer. Cela fait presque dix ans, maintenant, et le cours est rempli chaque semaine. Évidemment, elle donne aussi des cours privés, principalement aux humains.

— Je n'ai pas l'habitude de voir des sorciers, des vampires et des démons partager quoi que ce soit, surtout un cours de yoga, avouai-je. (Les tabous concernant la fréquentation d'autres créatures étaient encore très présents.) Si vous m'aviez dit que c'était possible, je ne vous aurais pas cru.

— Amira est une optimiste, et elle adore les défis. Cela n'a pas été facile au début. Les vampires refusaient d'être dans la même salle que les démons et évidemment, personne n'a voulu se fier aux sorciers quand ils ont commencé à venir. (Sa voix trahit qu'il avait lui-même quelques préjugés.) À présent, la plupart des participants reconnaissent que nous avons plus de points communs que de différences et tout se passe dans la plus grande courtoisie.

— Nous avons des points communs en apparence, dis-je en prenant une gorgée de thé et en ramenant mes genoux sous mon menton. Mais la sensation est différente.

— Comment cela ? demanda Matthew en me scrutant.

— La manière dont nous savons que quelqu'un est de notre espèce… une créature, expliquai-je. Les frôlements, le chatouillis, le froid.

— Non, je ne connais pas cela. Je ne suis pas un sorcier.

— Vous ne sentez rien quand je vous regarde ? demandai-je.

— Non. Vous, si ?

Son regard innocent provoqua une réaction familière en moi. Je hochai la tête.

— Dites-moi quel effet cela fait.

Il se pencha vers moi. Tout semblait parfaitement normal, mais je sentis qu'un piège m'était tendu.

— Je sens… du froid, dis-je prudemment, ne sachant pas ce que je pouvais me permettre de divulguer. Comme de la glace m'envahissant sous la peau.

— Cela paraît bien désagréable.

— Ce ne l'est pas, répondis-je, sincère. Juste un peu étrange. Les démons sont les pires. Quand ils me regardent, j'ai l'impression d'être embrassée, expliquai-je en faisant la grimace.

Il éclata de rire et posa sa tasse. Les coudes sur les genoux, il se pencha de nouveau vers moi.

— Donc, vous utilisez un peu votre pouvoir de sorcière.

Le piège se referma.

Je fixai le sol, furieuse, les joues écarlates.

— Que je regrette d'avoir ouvert l'Ashmole 782 ou d'avoir attrapé ce périodique sur cette étagère ! C'était seulement la cinquième fois que je recourais à la magie cette année et le lave-linge ne devrait pas compter, car si je n'avais pas utilisé un sort, il y aurait eu une inondation et l'appartement du dessous aurait été dévasté.

Il m'arrêta d'un geste.

— Diana, peu m'importe que vous utilisiez ou non la magie. Mais je suis surpris que vous le fassiez autant.

— Je n'utilise pas la magie ou la sorcellerie, appelez cela comme vous voulez. Je ne suis pas comme ça.

J'avais le feu aux joues.

— Si, vous l'êtes. C'est dans votre sang. Dans votre chair. Vous êtes née sorcière, tout comme vous êtes née blonde aux yeux bleus.

Je n'avais jamais été capable d'expliquer pourquoi j'évitais la magie. Sarah et Em n'avaient jamais compris. Matthew ne le pourrait pas non plus. Mon thé refroidissait et je restai pelotonnée pour échapper à ses questions inquisitrices.

— Je ne veux pas de la magie, grinçai-je finalement. Je n'ai jamais rien demandé.

— Où est le mal ? Vous avez été touchée par le pouvoir d'empathie d'Amira, ce soir. Cela fait partie de ses pouvoirs. Ce n'est ni pire ni mieux d'avoir un talent de sorcière qu'un talent pour la musique ou la poésie. C'est différent, voilà tout.

— Je ne veux pas être différente, m'exclamai-je. Je veux une vie simple et ordinaire, comme les humains. (*Une vie où il n'y a ni mort ni danger ni peur d'être découverte*, songeai-je, me retenant de le lui dire.) Vous devez bien regretter de ne pas être normal ?

— En tant que scientifique, Diana, je peux vous dire qu'il n'existe rien qui soit qualifiable de « normal ». (Son ton s'était durci.) La « normalité », c'est une fable que les humains se racontent pour se réconforter, quand ils sont confrontés à la preuve que presque tout ce qui les entoure est tout sauf « normal ».

Rien de ce qu'il pouvait dire n'ébranlerait ma conviction : il était dangereux d'être une créature dans un monde dominé par les humains.

— Diana, regardez-moi. (J'obéis malgré moi.) Vous voulez mettre de côté votre magie, tout comme vous imaginez que l'ont fait vos scientifiques il y a des siècles. Le problème, c'est que cela n'a pas marché. Même les humains qui étaient parmi eux n'ont pas pu chasser entièrement la magie de leur monde. Vous l'avez dit vous-même : elle n'a pas cessé de revenir.

— C'est différent, murmurai-je. C'est ma vie. Je peux maîtriser ma vie.

— Ce n'est pas différent, dit-il d'une voix calme et assurée. Vous pouvez essayer de garder la magie à distance, mais cela ne donnera rien, pas plus que pour Robert Hooke ou Isaac Newton. Tous deux savaient qu'un monde sans magie n'existe pas. Hooke était un génie, capable de réfléchir aux problèmes en trois dimensions et de construire des instruments et des expériences. Mais il n'a jamais atteint tout son potentiel parce qu'il redoutait trop les mystères de la nature. Newton ? C'était l'esprit le plus téméraire que j'aie jamais connu. Il n'avait pas peur de ce qui est invisible et difficilement explicable : il s'y est jeté à corps perdu. En tant qu'historienne, vous savez que c'est l'alchimie et sa foi en des forces invisibles d'évolution et de transformation qui l'ont mené à la théorie de l'attraction universelle.

— Alors je suis la Robert Hooke de l'histoire, rétorquai-je. Je n'ai pas besoin d'être une légende comme Newton.

*Comme ma mère.*

— Les peurs de Hooke l'ont rendu aigri et envieux, m'avertit Matthew. Il a passé sa vie à tout redouter et à concevoir les expériences des autres. Ce n'est pas une existence.

— Je refuse que la magie empiète sur mon travail, m'obstinai-je.

— Vous n'êtes pas Hooke, Diana, dit-il sans ménagement. Ce n'était qu'un humain et il a gâché sa vie en tentant de résister à la séduction de la magie. Vous êtes une sorcière. Si vous faites comme lui, vous serez anéantie.

La peur commença à s'insinuer en moi et à m'éloigner de Matthew Clairmont. Il était séduisant, et à l'entendre, il était possible d'être une créature sans subir inquiétudes ou conséquences. Mais c'était un vampire et on ne pouvait lui faire confiance. Et il avait tort concernant la magie. C'était obligé. Sinon, toute ma vie n'avait été qu'une lutte vaine contre un ennemi imaginaire.

Et c'était entièrement ma faute si j'avais peur. J'avais laissé la magie entrer dans ma vie, enfreignant mes propres principes, et un vampire s'y était insinué à son tour. Des dizaines d'autres créatures l'avaient suivi. Me rappelant combien la magie avait contribué à la mort de mes parents, je sentis la panique m'envahir.

— Vivre sans magie est la seule manière que je connaisse de survivre, Matthew.

— Vous vivez dans le mensonge, un mensonge qui n'est guère convaincant. Vous croyez pouvoir passer pour un être humain, dit-il d'un ton quasi clinique. Vous ne trompez personne, hormis vous. Je les ai vus vous observer. Ils savent que vous êtes différente.

— C'est absurde.

— Chaque fois que vous regardez Sean, il reste sans voix.

— Il était amoureux de moi quand j'étais étudiante.

— Il l'est toujours, mais là n'est pas la question. Mr. Johnson est-il l'un de vos admirateurs, lui aussi ? Il est dans le même état que Sean à la moindre de vos sautes d'humeur et s'inquiète parce que vous allez devoir changer de place. Et il n'y a pas que les humains. Vous avez terrifié Dom Berno rien qu'en vous retournant et en le regardant.

— Le moine de la bibliothèque ? demandai-je, incrédule. C'est *vous* qui lui avez fait peur, pas moi !

— Je connais Dom Berno depuis 1718, ironisa Matthew. Il me connaît trop bien pour avoir peur de moi. Nous nous sommes rencontrés à une soirée du duc de Chando, où il chantait le rôle de Damon dans l'*Acis et Galatée* d'Haendel. Je vous assure que c'est votre pouvoir et non le mien qui l'a terrifié.

— Nous sommes dans un monde humain, Matthew, pas dans un conte de fées. Les humains nous craignent et sont plus nombreux que nous. Et il n'y a rien de plus puissant que la peur humaine, pas même la magie ni le pouvoir des vampires. Rien.

— La peur et le déni sont ce que les humains savent faire le mieux, Diana. Mais ce n'est pas une possibilité pour une sorcière.

— Je n'ai pas peur.

— Bien sûr que si, dit-il doucement en se levant. Et je pense qu'il est temps que je vous raccompagne.

— Écoutez, répliquai-je, oubliant toute prudence tant j'avais besoin d'en savoir plus sur le manuscrit. Nous nous intéressons tous les deux à l'Ashmole 782. Un vampire et une sorcière ne peuvent être amis, mais nous devrions pouvoir travailler ensemble.

— Je n'en suis pas si sûr, répondit-il.

Le retour se passa sans un mot. Les humains se trompaient totalement sur les vampires, songeai-je. Pour les rendre effrayants, ils les imaginaient assoiffés de sang. Mais c'était le côté distant de Matthew, allié à ses accès de colère et à ses sautes d'humeur, qui me faisait peur.

Quand nous arrivâmes à New College, Matthew sortit mon tapis du coffre.

— Passez un bon week-end, dit-il sans émotion.

— Bonne nuit, Matthew. Merci de m'avoir emmenée au yoga.

J'avais parlé sur le même ton que lui et je refusai résolument de me retourner, bien que je sentisse son regard froid qui me suivait.

# 9

La voiture de Matthew passa le pont enjambant l'Avon. Il trouva apaisant le paysage familier du Lanarkshire, avec ses collines irrégulières et son ciel sombre. Il n'y avait rien d'avenant ou de délicat dans cette partie de l'Écosse et cette beauté menaçante convenait à son humeur du moment. Il ralentit dans l'allée bordée de tilleuls qui conduisait autrefois à un palais et ne menait aujourd'hui nulle part, vestige saugrenu d'une existence grandiose que personne ne voulait plus vivre de nos jours. Il s'arrêta à l'arrière d'un ancien pavillon de chasse, où le grès brun contrastait avec les stucs crémeux de la façade, descendit de sa Jaguar et sortit ses bagages du coffre.

La porte blanche du pavillon s'ouvrit.

— Tu as une de ces têtes.

La main sur la clenche, un démon sec et nerveux, cheveux noirs, yeux bruns pétillants et nez crochu, toisa son meilleur ami.

Hamish Osborne avait fait la connaissance de Matthew Clairmont à Oxford presque vingt ans plus tôt. Comme la plupart des créatures à qui l'on a appris à se redouter mutuellement, ils n'avaient pas su sur quel pied danser. Ils étaient devenus inséparables quand ils s'étaient aperçus qu'ils partageaient le même sens de l'humour et la même passion pour les idées.

La colère, puis la résignation se peignirent tour à tour sur le visage de Matthew.

— Heureux de te voir aussi, grommela-t-il en laissant tomber ses sacs.

Il respira le parfum frais de la maison, mélange de plâtre et de vieux bois, et l'odeur caractéristique d'Hamish, mélange de lavande et de menthe. Le vampire voulait à tout prix oublier celle de la sorcière.

Jordan, le majordome d'Hamish, apparut sans un bruit en apportant avec lui un parfum de cire et d'amidon. Cela ne suffit pas à chasser complètement des narines de Matthew l'odeur de chèvrefeuille et de ballote de Diana, mais cela le soulagea.

— Heureux de vous voir, monsieur, dit-il avant d'emporter les sacs dans l'escalier.

Jordan était un majordome de l'ancienne école. Même s'il n'avait pas été grassement payé pour conserver les secrets de son employeur, il n'aurait jamais révélé à quiconque qu'Osborne était un démon ou qu'il recevait parfois des vampires. Cela aurait été aussi impensable que de dévoiler qu'on lui demandait parfois de servir des sandwiches au beurre de cacahuète et à la banane au petit déjeuner.

— Merci, Jordan. (Matthew contempla l'entrée pour ne pas croiser le regard d'Hamish.) Tu as acheté un nouveau Hamilton, à ce que je vois, dit-il en fixant avec ravissement le paysage inconnu accroché au mur opposé.

— Tu ne remarques pas mes nouvelles acquisitions, habituellement.

Comme Matthew, Hamish parlait avec un accent d'Oxbridge teinté d'une touche des rues de Glasgow.

— À propos de nouvelles acquisitions, comment va l'œillet du poète ?

C'était le surnom que Matthew avait donné à William, le nouvel amant d'Hamish, un humain, tant il était adorable et facile à vivre. Le surnom était resté et William avait commencé à dévaliser les fleuristes de la ville pour en offrir des pots à ses amis.

— Ronchon, gloussa Hamish. Je lui avais promis un week-end calme à la maison.

— Tu n'étais pas obligé de venir, tu sais. Je ne te le demandais pas, répondit Matthew en ronchonnant lui aussi.

— Oui, je sais. Mais cela faisait longtemps que nous nous étions vus et Cadzow est magnifique en cette saison.

Matthew le fusilla du regard, n'en croyant pas un mot.

— Bon sang, tu as besoin d'aller chasser, toi, hein ? se contenta de dire Hamish.

— Atrocement, répondit sèchement le vampire.

— Avons-nous le temps de prendre un verre avant, ou faut-il que tu te précipites maintenant ?

— Je crois que je peux supporter un verre, répondit Matthew de mauvaise grâce.

— Parfait. J'ai une bouteille de vin pour toi et du whiskey pour moi. (Hamish avait demandé à Jordan de monter du bon vin de la cave dès que Matthew l'avait appelé à l'aube. Il détestait boire seul, et Matthew ne prenait pas de whiskey.) Ensuite, tu pourras me dire pourquoi tu as un tel besoin de chasser en ce beau week-end d'automne.

Hamish le précéda dans l'escalier jusqu'à la bibliothèque. Les lambris bruns avaient été ajoutés au XIXe siècle, gâchant l'intention de l'architecte originel, offrir un espace vaste et aéré où les dames du XVIIIe pouvaient attendre pendant que leurs époux étaient occupés au sport. Le plafond blanc était resté, festonné de guirlandes de stuc et d'angelots papillonnants, comme un reproche constant à la modernité.

Les deux hommes s'installèrent dans les fauteuils en cuir qui encadraient la cheminée, où un feu ronronnant atténuait la fraîcheur de l'automne. Hamish montra la bouteille à Matthew, qui apprécia.

— Cela fera parfaitement l'affaire.

— C'est bien ce que je me disais. Ces messieurs de chez Berry Brothers & Rudd m'ont assuré qu'il était excellent.

Hamish servit le vin et déboucha son flacon. Verres en main, les deux hommes restèrent assis sans rien dire.

— Je suis désolé de t'entraîner là-dedans, commença Matthew. Je suis dans une situation difficile. C'est… compliqué.

— Comme toujours, avec toi, gloussa Hamish.

Matthew avait été attiré par Hamish Osborne à cause de sa franchise et parce que, contrairement à la plupart des démons, il avait la tête froide et ne se laissait pas troubler facilement. Au cours des années, les amis du vampire avaient été des démons aussi doués que maudits. Hamish était d'une fréquentation bien plus calme. Il n'y avait pas de disputes flamboyantes, de crises de fébrilité suivies de dangereuses dépressions. Avec Hamish, le temps s'écoulait en longs silences entrecoupés de brillantes conversations, le tout marqué de son approche sereine de l'existence.

La différence d'Hamish se reflétait jusque dans son travail, qui n'était pas l'art ou la musique, comme chez bien des démons. Il avait plutôt un don pour l'argent – en gagner et repérer les faiblesses fatales des instruments financiers et des marchés internationaux. Il appliquait la créativité typique des démons aux graphiques plutôt qu'aux sonates, comprenant les subtilités des changes avec une précision si remarquable qu'il était consulté par les présidents, monarques et Premiers ministres.

Sa prédilection peu courante pour l'économie fascinait Matthew, tout comme son aisance parmi les humains. Hamish adorait leur compagnie et trouvait leurs défauts plus stimulants qu'irritants. C'était l'héritage de son enfance, avec un père courtier en assurance et une mère au foyer. Ayant fait la connaissance des imperturbables Osborne, Matthew comprenait le tempérament d'Hamish.

Le crépitement du feu et le suave arôme du whiskey commencèrent à faire leur œuvre et le vampire se détendit. Il se redressa, faisant scintiller entre ses doigts le vin devant les flammes.

— Je ne sais pas par où commencer, dit-il d'une voix hésitante.

— Par la fin, évidemment. Pourquoi m'as-tu appelé ?

— Il fallait que je m'éloigne d'une sorcière.

Hamish l'observa un moment et remarqua son évidente agitation. Une femme.

— Et qu'a-t-elle de si particulier ?

— Tout.

— Oh. Tu es dans le pétrin, hein ?

— On peut dire cela, oui, sourit Matthew.

— A-t-elle un nom ?

— Diana. Elle est historienne. Et américaine.

— La déesse de la chasse, observa Hamish. Et à part ce nom antique, est-ce une sorcière ordinaire ?

— Non, répondit vivement Matthew. Loin de là.

— Ah. Les complications.

— C'est une Bishop.

Matthew attendit. Il avait appris à ne jamais estimer que le démon ne saisirait pas l'importance d'une référence, si obscure soit-elle.

Hamish réfléchit un instant, puis :

— Ceux de Salem, dans le Massachusetts ?

— Oui. C'est la dernière des sorcières Bishop. Son père était un Proctor.

Le démon émit un petit sifflement.

— Une sorcière à double titre, issue d'une lignée distinguée. Tu ne fais jamais rien à moitié, hein ? Elle doit être puissante.

— Sa mère l'est. Je ne sais pas grand-chose de son père. Mais Rebecca Bishop, c'est une autre histoire. Elle lançait à treize ans des sorts que la plupart des sorcières ne maîtrisent pas au bout de toute une vie d'étude. Et ses dons de prophétesse étaient stupéfiants, même enfant.

— Tu la connaissais, Matt ? ne put que demander Hamish.

Matthew avait vécu bien des existences et croisé trop de gens pour que ses amis se souviennent de tous.

— Non. On parle toujours beaucoup d'elle, et on l'envie. Tu sais comment sont les sorcières, ajouta-t-il aigrement comme chaque fois qu'il parlait de cette espèce.

Hamish ne releva pas et lorgna Matthew par-dessus son verre.

— Et Diana ?

— Elle prétend ne pas utiliser la magie.

Deux questions devaient être éclaircies dans cette phrase. Hamish commença par la plus simple.

— Comment, pour rien ? Même pas pour retrouver une boucle d'oreille égarée ? Ou se teindre les cheveux ?

— Ce n'est pas le genre bijoux et teintures. Plus le genre trois heures de jogging suivies d'une heure d'aviron dans un minuscule bateau.

— Avec ses antécédents, j'ai du mal à croire qu'elle n'utilise jamais son pouvoir. (Hamish était aussi pragmatique que rêveur. C'est pour cela qu'il était si doué avec l'argent des autres.) Et tu ne le crois pas non plus, sinon tu ne laisserais pas entendre qu'elle ment.

Là, c'était la deuxième question.

— Elle dit n'utiliser la magie qu'occasionnellement, pour des vétilles. (Matthew hésita, se passa la main dans les cheveux et but une gorgée de vin.) Mais je l'ai observée et elle s'en sert pour plus que cela. Je sens l'odeur. C'est la même que celle d'un orage, de la foudre en été. Et parfois, je peux le voir aussi. Diana luit quand elle est en colère ou qu'elle est absorbée dans son travail. (*Et quand elle dort*, songea-t-il.) Bon sang, il y a même des fois où j'ai l'impression de pouvoir en sentir le goût aussi.

— Elle luit ?

— Tu ne pourrais pas le voir, mais tu sentirais peut-être l'énergie d'une autre manière. C'est un très faible *chatoiement**. Même quand j'étais un jeune vampire, seules les sorcières les plus puissantes émettaient un tout petit peu de lumière. C'est rare de le voir de nos jours. Diana n'en a pas conscience et elle ignore combien c'est important.

Matthew frémit et serra le poing. Le démon consulta sa montre. La journée n'était guère avancée, mais il savait pourquoi son ami était en Écosse. Matthew Clairmont était en train de tomber amoureux. Jordan entra à point nommé.

— Le garde-chasse a déposé la Jeep, monsieur. Je lui ai dit que nous n'aurions pas besoin de ses services aujourd'hui.

Le majordome savait qu'il n'y avait pas besoin d'un garde-chasse pour traquer un cerf quand on avait un vampire chez soi.

— Très bien, dit Hamish en se levant et en vidant son verre.

Il mourait d'envie d'en boire un autre, mais il valait mieux garder l'esprit clair. Matthew leva le nez.

— Je vais y aller seul, Hamish. Je préfère chasser en solitaire.

Le vampire n'aimait pas chasser avec des êtres à sang chaud, catégorie qui incluait humains, démons et sorcières. Il faisait généralement exception pour Hamish, mais aujourd'hui, il voulait être seul, pendant qu'il maîtrisait encore son désir pour Diana.

— Oh, nous n'allons pas chasser, sourit Hamish avec un regard pétillant. Nous partons à la traque. (Le démon avait un plan. Il consistait à occuper l'esprit de son ami jusqu'à ce qu'il baisse sa garde et expose de plein gré ce qui se passait à Oxford, au lieu qu'Hamish soit obligé de lui tirer les vers du nez.) Allons, c'est une belle journée. Tu vas t'amuser.

Matthew monta dans la vieille Jeep d'Hamish. C'était avec elle qu'ils préféraient tous les deux se promener à Cadzow, même si une Land Rover était le véhicule favori dans les pavillons de chasse écossais. Cela ne gênait pas Matthew qu'on gèle dedans, et Hamish trouvait amusant le côté hypermacho de la Jeep.

Dans les collines, Hamish fit craquer l'embrayage – ce qui hérissa chaque fois le vampire – en montant vers les pâtures des cerfs. Matthew repéra un couple de bêtes sur la crête voisine et dit à Hamish de s'arrêter. Il sauta sans bruit de la Jeep et s'accroupit devant, déjà fasciné.

Hamish sourit et le rejoignit.

Il avait déjà chassé le cerf avec Matthew et comprenait ce dont le vampire avait besoin. Il ne se nourrissait pas toujours, même si aujourd'hui, Hamish était certain que, livré à lui-même, Matthew serait rentré repu à la tombée de la nuit et qu'il y aurait deux cerfs en moins dans la propriété. Son ami était autant un prédateur qu'un carnivore. C'était la chasse qui définissait l'identité des vampires, pas leur régime ni leurs proies. Parfois, quand Matthew était sur les nerfs, il se contentait de sortir et de traquer n'importe quoi, sans pour autant tuer.

Pendant que le vampire observait le cerf, le démon l'observait. Il y avait des problèmes à Oxford, il le sentait.

Matthew resta patiemment en position plusieurs heures, pour décider si les cerfs valaient la peine d'être courus. Grâce à sa vue, son odorat et son ouïe exceptionnels, il suivait leurs mouvements, devinait leurs habitudes et évaluait chaque réaction au craquement d'une brindille ou au vol d'un oiseau. Il était attentif, mais sans impatience. Pour Matthew, le moment crucial survenait quand sa proie se reconnaissait battue et se rendait.

La lumière baissait quand il se leva enfin et fit signe à Hamish. Cela suffisait pour la première journée, et bien qu'il n'ait pas besoin de lumière pour voir le cerf, il en fallait à Hamish pour conduire.

Quand ils revinrent au pavillon, il faisait nuit noire et Jordan avait tout allumé, ce qui rendait encore plus ridicule le bâtiment qui se dressait sur son éminence au milieu de nulle part.

— Ce pavillon n'a jamais eu de sens, dit Matthew d'un ton dont la désinvolture se voulait néanmoins acerbe. Robert Adam a été fou d'accepter de le construire.

— Tu m'as déjà copieusement fait part de tes opinions sur ma petite extravagance, Matthew, répondit sereinement Hamish, et je me fiche que tu comprennes mieux que moi les principes de l'architecture ou que tu estimes qu'Adam était fou de bâtir, comment dis-tu, déjà ?, une « folie bancale » dans la campagne du

Lanarkshire. Je l'adore et rien de ce que tu diras n'y changera quoi que ce soit.

Ils avaient eu cette conversation régulièrement depuis qu'Hamish avait annoncé son acquisition du pavillon, mobilier, garde-chasse et Jordan y compris, auprès d'un aristocrate qui n'avait aucun usage de la maison, ni argent pour la restaurer. Matthew avait été horrifié. Pour Hamish, en revanche, Cadzow prouvait qu'il s'était élevé très au-dessus de ses racines à Glasgow, et qu'il pouvait dépenser de l'argent pour quelque chose d'inutile qu'il aimait pour ce qu'il était.

— Mmm, grommela Matthew.

Ronchonner valait mieux que s'agiter, songea Hamish, qui passa à la deuxième partie de son plan.

— Dîner à 20 heures, dans la salle à manger.

Matthew détestait cette pièce, qui était immense, avec son haut plafond, et pleine de courants d'air. En plus, elle l'agaçait parce qu'elle était criarde et féminine. C'était la préférée d'Hamish.

— Je n'ai pas faim, gémit Matthew.

— Tu meurs de faim, corrigea Hamish en jaugeant la couleur et la texture de la peau du vampire. À quand remonte ton dernier vrai repas ?

— Des semaines, répondit Matthew, qui ne se souciait pas du temps qui passe. Je ne sais plus.

— Ce soir, ce sera du vin et de la soupe. Demain, c'est à toi de voir ce que tu manges. Tu veux rester dans ton coin avant le dîner ou tu te risques à jouer au billard avec moi ?

Hamish était redoutable au billard et encore meilleur au snooker, qu'il avait appris dans son adolescence. Il avait gagné ses premiers sous dans les clubs de billard de Glasgow et pouvait battre pratiquement tout le monde. Matthew refusait de jouer au snooker avec lui sous prétexte que ce n'était pas du tout amusant de perdre à chaque fois, même contre un ami. Le vampire avait tenté de lui enseigner la carambole, la variante française ancienne, mais Matthew gagnait toujours. Le billard semblait un compromis raisonnable.

Incapable de résister à un défi, Matthew accepta.

— Je me change et je te rejoins.

Le billard d'Hamish se trouvait dans la pièce en face de la bibliothèque. Il était déjà là, en pull et pantalon, quand Matthew le retrouva, en chemise blanche et jean. Le vampire évitait de porter du blanc, qui lui donnait des airs de spectre, mais c'était la seule chemise habillée qu'il avait prise. Il était venu pour chasser, pas pour une soirée.

— Prêt ? demanda-t-il en s'emparant d'une queue.

— Jouons une demi-heure, et ensuite, nous descendrons prendre un verre. (Les deux hommes se penchèrent sur la table.) Sois gentil avec moi, Matthew, murmura Hamish juste avant qu'ils tirent.

Les billes roulèrent jusqu'à la bande opposée et rebondirent.

— Je prends la blanche, dit Matthew quand elles revinrent.

Il lança l'autre à Hamish. Le démon posa la bille rouge sur sa marque et se redressa.

Comme pour la chasse, Matthew n'était pas pressé de marquer des points. Il tira une quinzaine de coups à la suite, mettant la bille rouge dans une poche différente à chaque fois.

— Si tu veux bien, fit-il en désignant la table.

Le démon posa sa bille jaune sans un mot.

Matthew mêla des tirs simples qui envoyèrent la bille rouge dans les poches avec d'autres plus compliqués qui n'étaient pas son fort et consistaient à frapper la bille jaune d'Hamish et la rouge d'un seul et même coup, exigeant non seulement puissance, mais aussi finesse.

— Où as-tu trouvé la sorcière ? demanda nonchalamment Hamish une fois que Matthew eut empoché les billes jaune et rouge.

— À la Bodléienne.

— La bibliothèque ? s'étonna le démon. Depuis quand es-tu un assidu ?

Matthew manqua son coup : la bille blanche sauta le bord et tomba à terre.

— Depuis qu'à un concert j'ai entendu deux sorcières parler d'une Américaine qui avait mis la main sur un manuscrit perdu depuis longtemps. Je n'arrivais pas à comprendre pourquoi elles s'en souciaient tant.

Il s'éloigna de la table, agacé par sa faute. Hamish joua rapidement ses quinze coups. Matthew posa sa bille sur la table et nota le score d'Hamish.

— Alors tu as simplement débarqué et lié conversation avec elle pour en savoir plus ? demanda le démon en empochant trois billes d'un coup.

— Je suis allé la trouver, oui. J'étais curieux.

— Elle a été heureuse de te voir ? demanda Hamish en continuant de jouer.

Il savait que vampires, sorcières et démons se mélangeaient rarement. Ils préféraient fréquenter un cercle étroit de créatures de leur espèce. Son amitié avec Matthew était une rareté et ses amis démons jugeaient que c'était de la folie d'être aussi proche d'un vampire. Par une nuit pareille, ils n'avaient peut-être pas tort.

— Pas exactement. Diana a d'abord eu peur, bien qu'elle ait soutenu mon regard sans ciller. Elle a des yeux extraordinaires. Bleu, or, vert et gris, dit-il pensivement. Ensuite, elle a voulu me frapper. J'ai senti l'odeur de la colère.

— Cela paraît une réaction raisonnable quand on se retrouve victime de l'embuscade d'un vampire dans la Bodléienne. (Hamish décida d'être charitable avec Matthew et de lui éviter de répondre. Il tira sa bille jaune par-dessus la rouge, la frôlant délibérément juste assez pour que la rouge se déplace et la heurte.) Zut, gémit-il. Manqué.

Matthew revint à la table et tira plusieurs coups.

— Vous vous êtes vus en dehors de la bibliothèque ? demanda Hamish une fois que le vampire eut repris contenance.

— Je ne la vois pas beaucoup, en fait, même à la bibliothèque. Je suis assis dans une salle et elle dans une autre. Mais je l'ai emmenée prendre le petit déjeuner. Et à Old Lodge, pour lui présenter Amira.

Hamish réprima difficilement son étonnement. Matthew voyait des femmes pendant des années sans pour autant les emmener à Old Lodge. Et qu'est-ce que c'était que cette histoire de s'asseoir chacun à un bout de la bibliothèque ?

— Ne serait-ce pas plus facile de t'asseoir dans la même salle, si tu t'intéresses à elle ?

— Je ne m'intéresse pas à elle ! Je veux le manuscrit. J'essaie de mettre la main dessus depuis plus d'un siècle. Il lui a suffi de le demander pour qu'on lui sorte, précisa-t-il avec envie.

— Quel manuscrit, Matt ?

Hamish s'efforçait de rester patient, mais l'échange était insupportable. Matthew lâchait les informations comme un pingre se sépare de ses sous. C'était extrêmement agaçant pour les démons à l'esprit vif d'avoir affaire à des créatures pour qui toute durée inférieure à dix ans était négligeable.

— Un ouvrage d'alchimie qui a appartenu à Elias Ashmole. Diana Bishop est une spécialiste très respectée de l'histoire de l'alchimie.

Matthew manqua en frappant trop fort. Hamish replaça les billes et continua de marquer des points pendant que son ami ruminait. Finalement, Jordan vint les avertir qu'ils étaient servis.

— Quel est le score ? demanda Hamish.

Il savait qu'il avait gagné, mais il était bien élevé de poser la question – du moins était-ce ce que Matthew lui avait appris.

— Tu as gagné, évidemment.

Matthew quitta la pièce et dévala l'escalier à toute vitesse. Jordan considéra les marches cirées avec inquiétude.

— Le professeur Clairmont a eu une journée difficile, Jordan.

— C'est ce qu'il semble, murmura le majordome.

— Mieux vaut monter une autre bouteille. La nuit va être longue.

Ils prirent leurs verres dans ce qui était autrefois la salle de réception du pavillon. Les fenêtres donnaient sur les jardins, qui étaient toujours entretenus en parterres réguliers, bien que de proportions démesurées et plus adaptés à un palais qu'à un pavillon de chasse.

Devant la cheminée, verre à la main, Hamish put enfin avancer vers le cœur du mystère.

— Parle-moi du manuscrit de Diana, Matthew. Que contient-il exactement ? La recette de la pierre philosophale ? demanda-t-il, un rien moqueur. Comment concocter l'élixir de vie pour devenir immortel ? (Il se tut dès que le regard de Matthew croisa le sien.) Tu n'es pas sérieux, chuchota-t-il.

La pierre philosophale n'était qu'une légende, comme le Saint-Graal ou l'Atlantide. Ce ne pouvait pas être possible. Un peu tard, il se rendit compte que vampires, démons et sorcières n'étaient pas censés non plus exister.

— J'ai l'air de plaisanter ? demanda Matthew.

— Non.

Le démon frémit. Matthew avait toujours été convaincu de pouvoir user de ses compétences scientifiques pour savoir ce qui rendait les vampires si résistants à la mort et à la dégénérescence. La pierre philosophale cadrait bien avec ce rêve.

— C'est le livre perdu, affirma Matthew. Je le sais.

Comme la plupart des créatures, Hamish avait entendu les légendes. L'une disait que les sorcières avaient volé aux vampires le précieux livre, qui contenait le secret de l'immortalité. Une autre que les vampires leur avaient dérobé un antique recueil de sortilèges et l'avaient perdu. Certains murmuraient que ce n'était pas du tout un livre de sortilèges, mais un manuel exposant les traits caractéristiques des quatre espèces humanoïdes vivant sur la terre.

Matthew avait ses propres théories sur la teneur du livre. L'explication de la difficulté à tuer les vampires et les récits de l'histoire ancienne des humains et des créatures n'en était qu'une petite partie.

— Tu penses vraiment que ce manuscrit alchimique est ton livre ? demanda Hamish. (Le voyant acquiescer, il laissa échapper un soupir.) Pas étonnant que les sorcières en parlent. Comment ont-elles découvert que Diana l'avait trouvé ?

— Quelle importance ? s'emporta soudain Matthew. Le problème a commencé parce qu'elles ne pouvaient pas tenir leur langue.

Hamish constata une fois de plus que Matthew et sa famille n'appréciaient vraiment pas les sorcières.

— Je n'ai pas été le seul à les entendre ce dimanche-là. D'autres vampires les ont surprises aussi. Puis les démons ont senti que quelque chose d'intéressant se tramait et…

— Et maintenant, Oxford grouille de créatures, acheva le démon. Quelle pagaille. Les cours ne vont pas reprendre bientôt ? Les humains vont s'y mettre. Ils vont arriver par centaines.

— C'est pire que cela. Le manuscrit n'a pas seulement été perdu. Il était ensorcelé et Diana a rompu le sort. Puis elle l'a rendu et ne montre plus aucun intérêt pour lui. Et je ne suis pas le seul à attendre qu'elle le redemande en consultation.

— Matthew, demanda Hamish. La protégerais-tu des autres sorcières ?

— Elle n'a pas l'air de reconnaître son propre pouvoir. Cela la met en danger. Je ne peux pas les laisser s'en prendre à elle, répondit Matthew, brusquement vulnérable.

— Oh, Matt, dit Hamish en secouant la tête. Tu ne devrais pas te mêler de ce qui se passe entre Diana et les siens. Tu ne peux que causer encore plus d'ennuis. En plus, aucune sorcière ne sera ouvertement hostile à une Bishop. Sa famille est trop ancienne et trop distinguée.

Les créatures d'aujourd'hui ne se tuaient plus les unes les autres, sauf en cas de légitime défense. L'agression était mal vue dans leur monde. Matthew avait raconté à Hamish comment cela se passait dans le temps, quand les dettes de sang et les vendettas faisaient rage et que les créatures attiraient constamment l'attention des humains.

— Les démons sont désorganisés et les vampires n'osent pas me défier. Mais on ne peut pas faire confiance aux sorciers, dit Matthew en se levant.

— Laisse Diana Bishop tranquille. Et puis, si le manuscrit est ensorcelé, tu ne pourras pas l'étudier.

— Je le pourrai si elle m'aide, répondit Matthew en fixant le feu.

— Matthew, l'avertit le démon. Laisse la sorcière et le manuscrit en paix.

Le vampire posa délicatement son verre sur le manteau de la cheminée et se détourna.

— Je ne crois pas en être capable, Hamish. J'ai… envie d'elle.

Rien que prononcer ce mot lui donna faim. Quand la faim était insistante comme maintenant, un sang quelconque ne suffisait pas. Son corps exigeait quelque chose de précis. Si seulement il pouvait y goûter – goûter à Diana – il serait satisfait et ce désir douloureux disparaîtrait.

Hamish scruta les épaules tendues de Matthew. Il n'était pas surpris que son ami ait envie de Diana Bishop. Un vampire devait désirer une créature plus que n'importe quoi afin de s'unir à elle, et les envies étaient enracinées dans le désir. Hamish soupçonna fortement que Matthew, qui pourtant prétendait ne trouver personne capable de lui faire éprouver ce genre de sentiment, désirait vivre avec quelqu'un.

— Dans ce cas, le véritable problème du moment, ce ne sont pas les sorciers ni Diana. Et certainement pas quelque antique manuscrit qui contiendrait ou non les réponses à tes questions. (Hamish le laissa digérer ses paroles avant de poursuivre.) Te rends-tu compte que tu la traques ?

Le vampire laissa échapper un soupir, soulagé que le mot ait été prononcé.

— Je sais. Je suis entré chez elle par la fenêtre pendant qu'elle dormait. Je la suis quand elle fait son jogging. Elle refuse que je l'aide et plus elle se dérobe, plus je suis tenaillé par la faim.

Il semblait si décontenancé qu'Hamish dut réprimer un sourire. Les femmes résistaient rarement à Matthew. Elles faisaient ce qu'il leur ordonnait, éblouies par son allure et son charme. Pas étonnant que celle-ci le fascine.

— Mais je n'ai pas besoin du sang de Diana, pas physiquement. Je ne céderai pas à cette envie. Être auprès d'elle ne doit pas être un problème. (Il fronça les sourcils.) Mais qu'est-ce que je raconte ? Nous ne pouvons pas être ensemble. Nous attirerions l'attention.

— Pas forcément. Nous avons passé beaucoup de temps ensemble toi et moi et personne ne s'en est soucié, lui fit remarquer Hamish.

Au début de leur amitié, ils avaient eu du mal à dissimuler leur différence aux yeux des gens. Ils étaient suffisamment brillants pour éveiller séparément l'intérêt des humains. Ensemble – en train de plaisanter dans un restaurant ou assis dans la cour de l'université à l'aube, une bouteille de champagne vide à leurs pieds –, ils étaient impossibles à ignorer.

— Ce n'est pas pareil, et tu le sais, s'impatienta Matthew.

— Oh, oui, j'ai oublié, s'irrita Hamish. Personne ne se soucie de ce que font les démons. Mais un vampire et une sorcière, ça, c'est important. Vous êtes les seules créatures qui comptent en ce monde.

— Hamish ! protesta Matthew. Tu sais bien que ce n'est pas ce que je pense.

— Tu as le mépris typique des vampires pour les démons, Matthew. Les sorciers aussi, d'ailleurs. Réfléchis bien à ce que tu éprouves envers les autres créatures avant de mettre cette sorcière dans ton lit.

— Je n'ai aucune intention de ce genre, rétorqua aigrement Matthew.

— Le dîner est servi, monsieur, dit Jordan, qui attendait discrètement sur le seuil depuis un moment.

— Dieu merci, soupira Hamish en se levant.

Le vampire était plus facile à manier s'il devait consacrer son attention à autre chose que la conversation.

Assis dans la salle à manger au bout d'une longue table conçue pour une cinquantaine de convives, Hamish s'attaqua au premier des plats pendant que Matthew jouait avec sa cuiller en attendant que sa soupe refroidisse. Il se pencha sur l'assiette et renifla.

— Champignons et sherry ?

— Oui. Jordan voulait essayer une nouveauté, et comme il n'y a rien là-dedans que tu refuses, je l'ai laissé faire.

Matthew n'exigeait d'ordinaire pas grand-chose côté nourriture à Cadzow, mais Jordan était un virtuose de la soupe et Hamish n'aimait pas plus manger que boire seul.

— Pardonne-moi, Hamish, dit Matthew en regardant son ami manger.

— Excuses acceptées, Matt, répondit Hamish. Mais tu n'imagines pas combien c'est difficile d'accepter d'être un démon ou une sorcière. Pour les vampires, c'est clair et indiscutable. Tu n'es pas un vampire, et puis tu le deviens. Pas de question, pas de place pour le doute. Nous autres, nous devons attendre, guetter, nous poser des questions. Cela rend votre supériorité de vampires doublement plus difficile à supporter.

Matthew faisait tourner sa cuiller entre ses doigts.

— Les sorcières savent qu'elles sont des sorcières. Elles ne sont pas du tout comme les démons, dit-il en fronçant les sourcils.

Hamish posa bruyamment sa cuiller et vida son verre de vin.

— Tu sais pertinemment qu'avoir une sorcière ou un sorcier comme parent ne garantit rien. Tu peux devenir tout à fait ordinaire. Ou mettre le feu à ton berceau. Rien n'indique si ou quand tes pouvoirs se manifesteront.

Contrairement à Matthew, Hamish avait une amie sorcière. Janine était sa coiffeuse, elle faisait des merveilles, et la lotion qu'elle préparait était miraculeuse. Il la soupçonnait d'utiliser la sorcellerie.

— Ce n'est pas tout à fait une surprise, cependant, insista Matthew en prenant une cuillerée de soupe et en la laissant refroidir. Diana peut se reposer sur des siècles d'histoire familiale. Cela n'a rien à voir avec ce que tu as vécu dans ton adolescence.

— Ça a été une partie de plaisir, dit Hamish, se rappelant les anecdotes qu'on lui avait confiées.

À douze ans, la vie d'Hamish avait été bouleversée en un après-midi. Il s'était rendu compte, au cours du long automne écossais, qu'il était bien plus futé que ses professeurs. C'est ce que la plupart des enfants de cet âge s'imaginent, mais Hamish le savait avec une certitude troublante. Il réagit en feignant la maladie pour pouvoir sécher les cours et, quand son subterfuge fut découvert, en faisant ses devoirs aussi rapidement que possible et en renonçant à la comédie de la normalité. En désespoir de cause, le lycée fit venir de l'université un professeur de mathématiques pour évaluer sa surprenante capacité à résoudre en quelques minutes des problèmes qui occupaient ses condisciples pendant une semaine.

Jack Watson, un jeune démon de l'université de Glasgow, avec une tignasse rousse et de vifs yeux bleus, n'eut qu'à jeter un regard sur l'espiègle Hamish Osborne pour deviner qu'il était lui aussi un démon. Après avoir fait semblant de l'évaluer, pour fournir un document officiel certifiant qu'Hamish était un prodige des mathématiques doté d'un esprit supérieur, Watson l'invita à des cours à l'université. Il expliqua au proviseur que l'enfant ne pouvait pas fréquenter une classe normale sans risquer de devenir pyromane ou quelque chose du même genre.

Après cela, Watson se rendit au modeste foyer des Osborne et expliqua à la famille stupéfaite comment fonctionnait le monde et quel genre de créatures l'habitaient. Percy Osborne, qui venait d'une famille solidement presbytérienne, refusa l'idée de créatures surnaturelles et supérieures, jusqu'à ce que sa femme lui fasse remarquer qu'on lui avait appris à croire aux sorcières. Pourquoi pas aux vampires et aux démons, dans ce cas ? Hamish pleura de soulagement, ne se sentant plus seul. Sa mère le serra contre elle et lui assura qu'elle avait toujours senti qu'il était différent.

Pendant que Watson buvait du thé avec le mari et le fils, Jessica Osborne s'était dit qu'elle pourrait en profiter pour aborder d'autres aspects de la vie d'Hamish qui pouvaient lui faire sentir sa différence. Elle déclara à son fils qu'elle savait également qu'il avait peu de chances d'épouser leur voisine, qui était amoureuse de lui. Hamish était plutôt attiré par le frère aîné de la fille, un robuste gaillard de quinze ans capable de tirer le ballon plus loin que tout le monde dans le quartier. Ni Percy ni Jack n'avaient paru surpris ou navrés de cette révélation.

— Cependant, reprit Matthew après une cuillerée de soupe tiède, toute la famille de Diana devait s'attendre à ce qu'elle soit une sorcière, et c'en est une, qu'elle utilise ou non sa magie.

— Je trouve que ce serait tout à fait aussi navrant que se retrouver au milieu d'une bande d'humains idiots. Tu imagines la pression ? Sans parler de la sensation de ne pas maîtriser sa vie ? frémit Hamish. Je préfère l'ignorance aveugle.

— Qu'as-tu éprouvé, demanda Matthew en hésitant, le premier jour où tu t'es réveillé en sachant que tu étais un démon ?

Il était rare que le vampire pose des questions aussi intimes.

— C'était comme si je renaissais, dit Hamish. C'était aussi puissant et déroutant que lorsque tu te réveilles avec des envies de sang ou en entendant l'herbe pousser, brin par brin. Tout paraissait différent. Tout était différent. La plupart du temps, je souriais béatement comme un imbécile qui a gagné à la loterie, et le reste, je pleurais dans ma chambre. Mais je ne crois pas que j'y ai cru, enfin, *vraiment* cru, jusqu'au jour où tu m'as fait entrer en douce à l'hôpital.

Le premier cadeau d'anniversaire que Matthew avait fait à Hamish une fois qu'ils étaient devenus amis avait été une bouteille de Krug et un tour au Radcliffe. Là, Matthew lui avait fait passer une IRM tout en lui posant des questions. Ensuite, ils avaient comparé le scan d'Hamish avec ceux d'un éminent neurochirurgien du service tout en buvant du champagne, le démon encore en chemise de nuit d'hôpital. Hamish lui avait fait repasser les scans plusieurs fois, fasciné de voir son cerveau clignoter comme un flipper quand il répondait à des questions de base. Cela restait son plus beau cadeau d'anniversaire à cette date.

— D'après ce que tu m'as dit, Diana en est là où j'en étais avant l'IRM, dit-il. Elle sait qu'elle est une sorcière. Mais elle a l'impression de vivre un mensonge.

— Elle vit un mensonge, grommela Matthew. Diana prétend être humaine.

— Ne serait-ce pas intéressant de savoir pourquoi ? Et aussi, si tu peux fréquenter quelqu'un comme elle ? Tu détestes les mensonges. (Matthew resta pensif, sans répondre.) Ce n'est pas tout, continua Hamish. Pour quelqu'un qui déteste les mensonges comme toi, tu gardes beaucoup de secrets. Si tu as besoin de cette sorcière, pour quelque raison que ce soit, tu vas devoir gagner sa confiance. Et la seule manière d'y parvenir est de lui confier des choses que tu ne veux pas qu'elle sache. Elle a éveillé tes instincts protecteurs et tu vas devoir les combattre.

Pendant que Matthew ruminait la situation, Hamish aborda les dernières catastrophes de la City et le gouvernement. Le vampire s'apaisa, attiré par les subtilités de la finance et de la politique.

— Tu as entendu parler des meurtres de Westminster, je suppose ? demanda Hamish une fois Matthew totalement calmé.

— Oui. Il faut que quelqu'un y mette un terme.

— Toi ?

— Ce n'est pas mon travail. Pas encore.

Hamish savait que Matthew avait une théorie sur les meurtres, en rapport avec ses recherches scientifiques.

— Tu penses toujours que les meurtres sont le signe que les vampires sont en voie d'extinction ?

— Oui.

Matthew était convaincu que les créatures étaient en train de disparaître. Hamish avait d'abord balayé les hypothèses de son ami, mais il commençait à penser que Matthew avait peut-être raison.

Ils revinrent à des sujets moins troublants et, après le dîner, retournèrent à l'étage. Le démon avait divisé l'une des salles de réception en un salon et une chambre. Dans le premier trônait un grand échiquier ancien avec des pièces en ébène et en ivoire qui auraient eu toute leur place dans la vitrine d'un musée plutôt que dans les courants d'air du pavillon. Comme l'IRM, l'échiquier était un cadeau de Matthew.

Leur amitié s'était renforcée durant de longues soirées comme celle-ci, entre parties et discussions. Un soir, Matthew avait commencé à raconter à Hamish ses exploits passés. À présent, Hamish n'ignorait plus grand-chose de Matthew Clairmont et le vampire était la seule créature qu'il ait rencontrée qui ne soit pas effrayée par ses capacités intellectuelles.

Le démon s'assit comme à son habitude derrière les pièces noires.

— Avons-nous terminé notre dernière partie ? demanda Matthew, feignant la surprise devant l'échiquier bien rangé.

— Oui, et tu as gagné, répondit sèchement Hamish.

Ils commencèrent à déplacer leurs pièces, Matthew prenant son temps et Hamish jouant ses coups rapidement et sans hésiter quand venait son tour. Le silence n'était troublé que par les crépitements du feu et le tic-tac de l'horloge.

Au bout d'une heure de jeu, Hamish passa à la dernière partie de son plan.

— J'ai une question, dit-il pendant que Matthew réfléchissait à son prochain coup. Tu désires la sorcière pour elle-même, ou pour le pouvoir qu'elle a sur le manuscrit ?

— Je ne veux pas de son pouvoir ! explosa Matthew en déplaçant imprudemment sa tour, qu'Hamish prit aussitôt. (Il baissa la tête, comme un ange de la Renaissance contemplant quelque céleste mystère.) Seigneur, je ne sais pas ce que je veux.

— Je crois que si, Matt. (Matthew déplaça un pion sans répondre.) Les autres créatures d'Oxford sauront très vite, si ce n'est déjà le cas, que tu t'intéresses à bien plus qu'à ce vieux livre. Quel est ton objectif final ?

— Je ne sais pas, chuchota le vampire.

— L'amour ? La goûter ? Faire en sorte qu'elle t'apprécie ? (Matthew gronda.) Très impressionnant, bâilla Hamish.

— Il y a beaucoup de choses que je ne comprends pas dans tout cela, Hamish, mais il y en a trois que je sais, dit Matthew en reprenant son verre. Je ne céderai pas à mon envie de son sang. Je ne veux pas contrôler son pouvoir. Et je n'ai certainement pas envie d'en faire une vampire.

— Il ne reste plus que l'amour. Tu as ta réponse. Tu sais ce que tu désires.

— Je désire ce que je ne devrais pas et j'ai envie de quelqu'un que je ne pourrai jamais avoir.

— Tu ne crains pas de lui faire du mal ? demanda Hamish. Ce n'est pas ta première relation avec des femmes à sang chaud et tu n'en as blessé aucune.

Le lourd verre en cristal se brisa en deux et le vin se répandit sur le tapis. Hamish aperçut la poussière de verre entre les doigts du vampire.

— Oh, Matt, pourquoi tu ne me l'as pas dit ?

— Comment pouvais-je ?

Matt contempla sa main et écrasa les éclats de verre entre ses doigts.

— Tu as toujours eu trop confiance en moi, tu sais.

— Qui était-ce ?

— Elle s'appelait Eleanor. (Il prononça le prénom difficilement et se passa un revers de main sur les yeux, comme pour tenter de chasser l'image de ce visage.) Mon frère et moi nous battions. J'ai oublié pour quoi aujourd'hui, mais à l'époque, je voulais l'anéantir à mains nues. Eleanor a tenté de me faire entendre raison, elle s'est interposée et… (Sa voix se brisa. Il se prit la tête entre les mains sans essuyer les dernières traces de sang sur ses doigts déjà cicatrisés.) Je l'aimais tellement. Et je l'ai tuée.

— Quand était-ce ?

Matthew baissa les mains et considéra ses longs doigts.

— Il y a des siècles. Hier. Quelle importance ? demanda-t-il avec l'habituel mépris des vampires pour le temps.

— C'est très important si tu as commis cette erreur quand tu étais un tout jeune vampire qui ne maîtrisait pas encore ses instincts et sa faim.

— Ah. Dans ce cas, il est aussi important que j'aie tué une autre femme, Cecilia Martin, il y a tout juste un siècle. Et je n'étais plus « un tout jeune vampire ».

Matthew se leva et s'approcha de la fenêtre. Il avait envie de courir dans la nuit et de disparaître pour ne pas avoir à affronter le regard horrifié d'Hamish.

— Y en a-t-il d'autres ? demanda celui-ci.

— Non. Deux, c'est bien assez. Il ne peut pas y en avoir une troisième. Jamais.

— Parle-moi de Cecilia, ordonna Hamish.

— C'était l'épouse d'un banquier, commença Matthew avec réticence. Je l'ai vue à l'opéra et j'en suis tombé amoureux. Tout le monde à Paris était épris de l'épouse d'un autre, à l'époque. (Il dessina le contour d'un visage de femme sur la vitre.) Je n'ai pas considéré cela comme un défi. Je voulais seulement la goûter et cette nuit-là, je suis allé chez elle. Mais je n'ai pas pu m'arrêter. En même temps, je ne pouvais pas la laisser mourir, elle était à moi et je ne voulais pas renoncer à elle. Je me suis arrêté de me nourrir juste à temps. *Dieu**, elle détestait être une vampire. Elle s'est précipitée dans une maison en feu avant que j'aie pu l'arrêter.

— Dans ce cas, tu ne l'as pas tuée, Matt. Elle s'est suicidée.

— Je me suis nourri d'elle jusqu'à ce qu'elle frôle la mort, puis je l'ai forcée à boire mon sang et je l'ai transformée en une créature sans sa permission parce que j'étais égoïste et que j'avais peur, s'emporta Matthew. Comment veux-tu que je ne l'aie pas tuée ? J'ai pris sa vie, son identité, sa force vitale : c'est la mort, Hamish.

— Pourquoi ne m'en as-tu jamais rien dit ?

Hamish avait du mal à ne pas en vouloir à son ami.

— Même les vampires éprouvent de la honte, se raidit Matthew. Je me déteste, à juste titre, pour ce que j'ai fait à ces femmes.

— C'est pour cela que tu dois cesser de garder des secrets, Matt. Ils te détruiront de l'intérieur. (Hamish réfléchit avant de poursuivre.) Tu n'as pas pris la décision de tuer Eleanor ou Cecilia. Tu n'es pas un meurtrier.

Matthew posa le front sur la vitre glacée.

— Non, je suis un monstre, dit-il d'une voix éteinte. Eleanor m'a pardonné. Cecilia, jamais.

— Tu n'es pas un monstre, l'apaisa Hamish.

— Peut-être pas, mais je suis dangereux. (Il se retourna.) Surtout pour Diana. Même Eleanor ne m'a jamais fait cet effet.

La simple pensée de Diana raviva son désir et lui serra le cœur et le ventre. L'effort qu'il dut faire pour le dominer fit passer une ombre sur son visage.

— Reviens terminer cette partie, dit Hamish.

— Je peux partir, Hamish, hésita Matthew. Tu n'es pas obligé de partager ton toit avec moi.

— Ne dis pas de sottises, répliqua Hamish. Tu restes là.

Matthew s'assit.

— Je ne comprends pas pourquoi tu ne me détestes pas, maintenant que tu es au courant pour Eleanor et Cecilia, dit-il après un silence.

— Je ne vois rien que tu puisses faire qui me force à te détester, Matthew. Je t'aime comme un frère et cela durera jusqu'à mon dernier soupir.

— Merci, dit Matthew, toujours aussi sombre. J'essaierai de le mériter.

— N'essaie pas. Fais-le, maugréa Hamish. Et tu es sur le point de perdre ton fou, au fait.

Les deux créatures reportèrent difficilement leur attention sur l'échiquier. Ils jouaient pourtant encore à l'aube, quand Jordan apporta le café pour Hamish et un flacon de porto pour Matthew. Le majordome ramassa le verre brisé sans un mot et Hamish l'envoya se coucher.

Jordan parti, le démon examina l'échiquier et joua son dernier coup.

— Échec et mat.

Matthew laissa échapper un soupir et se renversa dans son fauteuil en contemplant le jeu. Sa reine était entourée par ses autres pièces – des pions, un cavalier et une tour. De l'autre côté de l'échiquier, son roi était en échec devant un simple pion noir. La partie était terminée, et il l'avait perdue.

— Il ne suffit pas de protéger sa reine, aux échecs, observa Hamish. Pourquoi as-tu tant de mal à te rappeler que c'est le roi qui est la seule pièce indispensable ?

— Il se contente d'attendre et ne bouge que d'une case à la fois. La reine peut aller où bon lui semble. C'est sans doute que je préfère perdre la partie plutôt que de la priver de sa liberté.

Hamish se demanda s'il parlait des échecs ou de Diana.

— Vaut-elle ce prix, Matt ?

— Oui, dit Matthew sans un instant d'hésitation, en prenant la reine blanche et en la serrant entre ses doigts.

— C'est bien ce que je me disais. Tu ne t'en rends pas encore compte, mais tu as de la chance de l'avoir enfin trouvée.

Les yeux du vampire brillèrent et sa bouche se tordit dans un sourire.

— Mais elle, a-t-elle de la chance, Hamish ? Est-ce une bonne chose pour elle qu'une créature comme moi la courtise ?

— Tout dépend de toi. N'oublie pas : pas de secrets. Si tu l'aimes.

Matthew considéra le visage serein de sa reine et referma les doigts sur le petit personnage sculpté.

Il la tenait encore quand le soleil se leva, longtemps après qu'Hamish fut parti se coucher.

# 10

M'efforçant toujours de faire disparaître la tache glacée laissée entre mes omoplates par le regard de Matthew, j'entrai chez moi. Le chiffre 13 clignotait en rouge sur le répondeur et j'avais neuf autres messages sur mon mobile. Tous étaient de Sarah, qui exprimait une inquiétude croissante sur ce que son sixième sens lui soufflait.

Incapable d'affronter mes tantes trop clairvoyantes, je baissai le volume du répondeur, coupai la sonnerie des deux téléphones et me traînai péniblement dans mon lit.

Le lendemain matin, quand je passai devant sa loge, Fred agita une liasse de messages pour moi.

— Je les prendrai plus tard, répondis-je.

J'empruntai à petites foulées les sentiers familiers traversant marécages et prairies au nord de la ville et l'exercice m'aida à oublier ma culpabilité de ne pas rappeler mes tantes et le souvenir du visage glacial de Matthew.

À mon retour, je pris les messages et les jetai à la poubelle. Puis je remis à plus tard l'inévitable coup de fil à la famille en me livrant à mes rituels préférés du weekend : préparer un œuf dur et du thé, trier la lessive et classer les paperasses qui envahissaient le moindre espace libre. Ayant passé ainsi presque toute la matinée, il ne me restait plus d'autre choix qu'appeler New York. Il était encore tôt là-bas, mais tout le monde devait être déjà levé.

— Qu'est-ce que tu t'imagines que tu fais, Diana ? interrogea Sarah en guise de salut.

— Bonjour, Sarah.

Je me laissai tomber dans un fauteuil près de la cheminée et posai les pieds sur une étagère de la bibliothèque. J'étais partie pour un bon moment.

— Ce n'est pas un bon jour, répondit aigrement Sarah. Nous sommes dans tous nos états. Que se passe-t-il ?

— Bonjour, Em, dis-je en l'entendant décrocher de son côté.

Là, cela promettait vraiment de durer.

— Ce vampire t'ennuie ? demanda-t-elle.

— Pas vraiment.

— Nous savons que tu as fréquenté des vampires et des démons, intervint ma tante. Tu as perdu l'esprit ou il y a quelque chose qui ne tourne pas rond ?

— Ni l'un ni l'autre.

C'était un demi-mensonge, mais je croisai les doigts avec espoir.

— Penses-tu vraiment que tu vas nous berner ? On ne peut pas mentir à une sorcière ! s'exclama Sarah. Tu vas tout nous dire, Diana.

— Laisse-la parler, Sarah, intervint Em. Nous avions dit que nous lui faisions confiance pour prendre les bonnes décisions.

Le silence qui suivit m'amena à penser que la discussion avait dû être difficile. Sarah allait parler, mais Em la coupa :

— Où étais-tu hier soir ?

— Au yoga.

Il était impossible d'échapper à cet interrogatoire, mais mieux valait se contenter de réponses brèves et précises.

— Au yoga ? répéta Sarah, incrédule. Pourquoi faire du yoga avec ces créatures ? Tu sais que c'est dangereux de fréquenter des démons et des vampires.

— C'était un cours donné par une sorcière ! m'indignai-je en revoyant le visage serein d'Amira.

— C'était une idée du vampire, ce cours ? demanda Em.

— Oui. Et c'était chez Clairmont.

Sarah s'étrangla.

— Je t'avais dit que c'était lui, lui murmura Em. Je vois un vampire qui s'interpose entre toi et… quelque chose que je n'identifie pas bien, me dit-elle.

— Et je te répète, Emily Mather, que c'est une absurdité. Les vampires ne protègent pas les sorcières, affirma Sarah.

— Celui-là, si, répondis-je.

— Quoi ? s'exclamèrent Em et Sarah en chœur.

— Depuis des jours. Quelque chose s'est passé à la bibliothèque, finis-je par expliquer. J'ai demandé en consultation un manuscrit qui s'est révélé être ensorcelé.

Un silence.

— Un livre ensorcelé, répéta Sarah avec intérêt. Était-ce un grimoire ?

Elle était experte en grimoires et son bien le plus cher était le recueil de sortilèges ancien qui se transmettait de génération en génération dans la famille.

— Je ne pense pas. Je n'ai vu que des illustrations alchimiques.

— Quoi d'autre ? demanda ma tante, qui savait que les livres ensorcelés ne se limitent pas à ce qui est visible.

— Quelqu'un a ensorcelé le texte. J'ai aperçu des lignes écrites les unes par-dessus les autres, qui défilaient à la surface des pages.

J'entendis Sarah poser vivement sa tasse.

— Avant ou après l'apparition de Matthew Clairmont ?

— Avant.

— Tu ne crois pas que tu aurais pu nous en parler quand tu nous as annoncé ta rencontre avec un vampire ? s'emporta-t-elle. Par la déesse, Diana, tu es d'une imprudence ! Comment ce livre était-il ensorcelé ? Et ne me dis pas que tu l'ignores.

— Il avait une drôle d'odeur. Quelque chose clochait. Au début, je n'ai pas pu l'ouvrir. J'ai posé la main à plat dessus.

Je mimai le geste qui m'avait donné cette sensation de familiarité entre moi et le manuscrit.

— Et ? demanda Sarah.

— Cela m'a chatouillé la main, puis il y a eu comme un soupir, et il s'est… détendu. Je l'ai senti à travers le cuir et le bois.

— Comment as-tu réussi à lever ce sortilège ? Tu as prononcé une formule ? À quoi pensais-tu ?

La curiosité de Sarah était maintenant éveillée.

— Il n'y a pas eu de magie, Sarah. Je voulais consulter ce livre pour mes recherches et j'ai posé la main dessus, c'est tout. Une fois que je l'ai eu ouvert, j'ai pris des notes, je l'ai refermé et je l'ai rapporté.

— Tu l'as rendu ?

L'appareil tomba bruyamment sur le sol et je l'entendis pester.

— Diana ? demanda Em. Tu es encore là ?

— Oui.

— Diana Bishop, enfin, tu n'es pas idiote, s'indigna Sarah. Comment as-tu pu rapporter un objet magique que tu ne comprenais pas entièrement ?

Ma tante m'avait appris à reconnaître les objets enchantés et ce qu'il fallait en faire. On devait éviter de les toucher ou de les déplacer tant qu'on ignorait comment leur magie opérait. Les sorts pouvaient être délicats et beaucoup contenaient des mécanismes de protection.

— J'étais censée faire quoi, Sarah ? me défendis-je. Refuser de quitter la bibliothèque et continuer à l'examiner ? C'était un vendredi soir et je voulais rentrer.

— Qu'est-il arrivé quand tu l'as rendu ? demanda Sarah, tendue.

— L'air a paru bizarre, admis-je. Et la bibliothèque a donné l'impression de rétrécir brièvement.

— Tu as rendu le manuscrit et le sortilège s'est réactivé, dit-elle. Peu de sorciers sont assez doués pour jeter un sort qui se réactive automatiquement une fois rompu. Tu n'as pas eu affaire à un amateur.

— C'est l'énergie qui les attire à Oxford, compris-je brusquement. Ce n'est pas l'ouverture du manuscrit. C'est la réactivation du sortilège. Il n'y a pas qu'au cours de yoga qu'il y a des créatures, Sarah. Je suis entourée de vampires et de démons à la bibliothèque. Clairmont est arrivé le lundi soir, espérant entrevoir le manuscrit après avoir entendu deux sorcières en parler. Et le mardi, la bibliothèque grouillait de créatures.

— Voilà que ça recommence, soupira Sarah. Avant la fin du mois, il va y avoir des démons à ta recherche à Madison.

— Il doit bien y avoir des sorcières qui pourraient t'aider, suggéra Em, dissimulant mal son inquiétude.

— Il y en a, mais elles ne sont d'aucune aide. Un sorcier en tweed a essayé de pénétrer dans ma tête. Et il aurait réussi s'il n'y avait pas eu Matthew.

— Le vampire s'est interposé entre toi et un sorcier ? s'exclama Em, horrifiée. Mais cela ne se fait pas. On ne se mêle pas des affaires entre sorciers quand on n'en est pas un.

— Vous devriez lui être reconnaissantes ! (Je n'avais pas envie d'un autre sermon de Clairmont ni de reprendre un petit déjeuner avec lui, mais il fallait reconnaître au vampire le mérite qui lui était dû.) Sans lui, je ne sais pas ce qui serait arrivé. Aucun sorcier n'a jamais été si… intrusif avec moi.

— Peut-être devrais-tu quitter Oxford un moment, suggéra Em.

— Je ne vais pas m'en aller parce qu'il y a un sorcier mal élevé en ville.

Je les entendis chuchoter, chacune une main sur leur appareil.

— Je n'aime pas cela du tout, dit finalement ma tante d'un ton catastrophé. Des livres ensorcelés ? Des démons qui te suivent ? Des vampires qui t'emmènent au yoga ? Des sorciers qui menacent une Bishop ? Les sorcières doivent éviter de se faire remarquer, Diana. Même les humains vont finir par voir qu'il se trame quelque chose.

— Si tu restes à Oxford, il faut que tu sois plus discrète, renchérit Em. Il n'y a pas de mal à rentrer à la maison le temps que la situation se calme. Tu n'as plus le manuscrit. Peut-être qu'ils vont se désintéresser de toi.

Nous savions bien que c'était improbable.

— Je ne battrai pas en retraite.

— Mais ce n'est pas ça ! protesta Em.

— Si.

Et il était hors de question que je fasse montre de lâcheté tant que Matthew Clairmont était dans les parages.

— Il ne peut pas être avec toi à chaque minute, ma chérie, dit Em, qui avait entendu mes pensées.

— Je ne préférerais pas, ajouta Sarah.

— Je n'ai pas besoin de l'aide de Matthew Clairmont, je peux me défendre toute seule, rétorquai-je.

— Diana, ce vampire ne te protège pas par bonté, insista Em. Tu représentes quelque chose qu'il désire. Il faut que tu découvres quoi.

— Peut-être qu'il s'intéresse à l'alchimie. Ou qu'il s'ennuie.

— Les vampires ne s'ennuient pas, rétorqua sèchement Sarah. Surtout s'il y a du sang de sorcière à leur portée.

Je ne pouvais rien faire contre les préjugés de ma tante. Je fus tentée de lui parler du cours de yoga, où j'avais été bienheureusement libérée pendant une heure des autres créatures. Mais c'était inutile.

— Ça suffit, coupai-je d'un ton ferme. Matthew Clairmont ne m'approchera pas davantage et vous n'avez pas besoin de vous inquiéter que je tripote d'autres manuscrits ensorcelés. Mais je ne quitterai pas Oxford, point final.

— Très bien, dit Sarah, mais nous ne pourrons pas faire grand-chose d'ici si cela tourne mal.

— Je sais.

— Et la prochaine fois qu'on te donne un objet magique, que tu t'y attendes ou pas, comporte-toi comme la sorcière que tu es et non comme un imbécile d'être humain. Ne l'ignore pas et ne te dis pas que ton imagination te joue des tours. (L'ignorance délibérée et le mépris du surnaturel figuraient tout en haut de la liste des griefs de Sarah envers la race humaine.) Traite-le avec respect et si tu ne sais pas quoi faire, demande de l'aide.

— Promis, dis-je, pressée de raccrocher.

Mais Sarah n'en avait pas fini.

— Jamais je n'aurais cru voir le jour où une Bishop recourrait à la protection d'un vampire au lieu d'user de ses propres pouvoirs, continua-t-elle. Ma mère doit se retourner dans sa tombe. Voilà ce qui arrive quand on nie ce qu'on est, Diana. Tu es dans le pétrin, tout cela parce que tu as cru que tu pourrais ignorer ton héritage. Ça ne marche pas comme ça.

Les aigres paroles de Sarah alourdirent l'atmosphère de mon appartement longtemps après que j'eus raccroché.

Le lendemain matin, je m'étirai une demi-heure avec quelques postures de yoga et me préparai du thé. Son arôme fleuri et vanillé était réconfortant et il était suffisamment fort pour me retenir de m'assoupir durant l'après-midi, sans pour autant m'empêcher de dormir le soir. Une fois les feuilles infusées, j'enveloppai la petite théière blanche dans un torchon pour la garder au chaud et l'apportai près du fauteuil que je réservais à mes moments de grande réflexion.

Apaisée par le parfum familier du thé, les genoux sous le menton, je repensai à ma semaine. Où que je commence, j'aboutissais chaque fois à ma dernière conversation avec Matthew Clairmont. Mes efforts pour empêcher la magie de s'insinuer dans ma vie et mon travail avaient-ils été vains ?

Comme à mon habitude, je décidai de mettre sur la table toutes les pièces du puzzle : l'Ashmole 782, Matthew Clairmont, la distraite Agatha Wilson, le sorcier en tweed, ma tendance à marcher les yeux fermés, les créatures de la bibliothèque, comment j'avais attrapé *Notes et Recherches* sur l'étagère, le cours de yoga d'Amira.

J'essayai de tout rassembler pour former une image cohérente, mais il manquait trop de pièces.

Parfois, prendre au hasard une pièce me permettait de deviner ce qui était le plus important. Je me concentrai, pensant voir apparaître l'Ashmole 782. Ce furent les yeux noirs de Matthew Clairmont qui me regardèrent. Pourquoi ce vampire était-il si important ?

Les pièces de mon puzzle imaginaire se mirent à bouger toutes seules, trop vite pour que je puisse les suivre. Je posai les mains sur la table et elles s'immobilisèrent. Mes paumes me chatouillèrent.

Ce n'était plus un jeu. C'était de la magie, apparemment. Et dans ce cas, cela voulait dire que j'avais utilisé ce procédé à l'école, à l'université et maintenant dans mes recherches. Mais il n'y avait pas de place pour la magie dans ma vie et mon esprit repoussa résolument la possibilité que j'aie violé mes propres règles à mon insu.

Le lendemain, j'arrivai à la bibliothèque à l'heure habituelle, montai l'escalier et, en débouchant près du comptoir, je m'attendis à le voir. Mais Clairmont n'était pas là.

— Vous avez besoin de quelque chose ? demanda Miriam avec irritation en se levant.

— Où est le professeur Clairmont ?

— À la chasse, en Écosse.

*À la chasse.*

— Ah. Et quand revient-il ?

— Franchement, je n'en sais rien, docteur Bishop, répondit-elle en croisant les bras.

— J'espérais qu'il m'emmènerait au cours de yoga d'Old Lodge ce soir, dis-je faiblement, essayant de trouver une excuse.

Miriam se tourna et ramassa une boule d'étoffe noire qu'elle me lança et que j'attrapai au vol.

— Vous avez oublié ça dans sa voiture vendredi.

— Merci.

Mon pull sentait l'œillet et la cannelle.

— Vous devriez faire plus attention à vos affaires, murmura-t-elle. Vous êtes une sorcière, docteur Bishop. Débrouillez-vous toute seule et arrêtez de mettre Matthew dans cette situation impossible.

Je tournai les talons sans répondre et allai chercher mes manuscrits auprès de Sean.

— Tout va bien ? demanda-t-il en regardant Miriam d'un air préoccupé.

— Absolument.

Je lui donnai mon numéro de place habituel et, comme il avait l'air toujours aussi soucieux, je lui fis un sourire.

*Comment Miriam a-t-elle pu oser me parler comme cela ?* fulminai-je en m'installant à ma table.

Mes doigts fourmillaient comme si des centaines d'insectes grouillaient sous ma peau. De minuscules étincelles bleu-vert couraient au bout de mes doigts. Je fourrai vivement mes mains sous mes fesses.

Cela n'allait pas du tout. Comme tous les membres de l'université, j'avais solennellement juré de ne pas allumer de feu dans la bibliothèque Bodley. La dernière fois que mes doigts avaient flamboyé ainsi, j'avais treize ans et il avait fallu appeler les pompiers pour éteindre l'incendie dans la cuisine.

Quand la sensation cuisante se dissipa, je jetai prudemment un regard circulaire et poussai un soupir de soulagement. J'étais seule dans Selden End. Personne n'avait été témoin de mon petit feu d'artifice. Je sortis mes mains de sous mes cuisses et y cherchai d'autres signes d'activité surnaturelle. Le bleu virait au gris argenté alors que l'énergie refluait.

Je n'ouvris le premier carton qu'une fois certaine que je n'y mettrais pas le feu et fis comme si rien d'inhabituel n'était arrivé. Cependant, j'hésitais à toucher mon ordinateur, de peur que mes doigts fassent fondre les touches plastique du clavier.

Évidemment, j'eus du mal à me concentrer et à l'heure du déjeuner, j'étais toujours sur le même manuscrit. Peut-être que du thé me calmerait.

Au début du trimestre, il était normal de voir une poignée de lecteurs humains dans l'aile médiévale de Duke Humfrey. Aujourd'hui, il n'y en avait qu'un : une vieille femme qui examinait un manuscrit enluminé à l'aide d'une loupe. Elle était coincée entre un démon inconnu et l'une des vampiresses de la semaine précédente. Gillian Chamberlain était là elle aussi avec quatre autres sorcières qui me regardèrent sans aménité, comme si j'avais laissé tomber tous mes congénères.

Je les dépassai rapidement et m'arrêtai devant la table de Miriam.

— Je suppose que vous avez pour consigne de me suivre au déjeuner. Vous venez ?

Elle posa son crayon avec une délicatesse exagérée.

— Après vous.

Elle était déjà devant moi le temps que j'atteigne l'escalier. Elle désigna les marches de l'autre côté.

— Descendez par là.

— Pourquoi ? Qu'est-ce que cela change ?

— Comme vous voudrez.

Quelques marches plus bas, je jetai un regard par la lucarne de la porte à tambour ouvrant sur la Salle de lecture supérieure et j'étouffai un cri. La salle débordait de créatures qui s'étaient réparties en groupes. Une longue table accueillait uniquement des démons, repérables parce qu'ils n'avaient pas le moindre livre devant eux. Les vampires en occupaient une autre, parfaitement immobiles, sans jamais ciller. Les sorciers avaient l'air studieux, mais leurs fronts se plissaient d'agacement plus que de concentration, car démons et vampires s'étaient arrogé les tables les plus proches de l'escalier.

— Pas étonnant que nous ne soyons pas censés nous mélanger. Aucun humain ne pourrait ignorer cela, observa Miriam.

— Qu'est-ce que j'ai encore fait ? demandai-je à mi-voix.

— Rien. C'est que Matthew n'est pas là, dit-elle comme si c'était une évidence.

— Pourquoi ont-ils si peur de Matthew ?

— Vous lui demanderez. Les vampires ne racontent rien. Mais ne vous inquiétez pas, continua-t-elle en découvrant ses dents éclatantes. Les miennes fonctionnent parfaitement, vous n'avez rien à craindre.

J'enfonçai mes mains dans mes poches, dévalai l'escalier et me frayai un chemin dans la foule des touristes dans la cour. Chez Blackwell, je pris un sandwich et une bouteille d'eau. Miriam croisa mon regard quand je sortis, posa le roman policier qu'elle feuilletait et me suivit.

— Diana, dit-elle à mi-voix alors que nous arrivions à la bibliothèque. Que comptez-vous faire ?

— Cela ne vous regarde pas, répliquai-je.

Elle soupira. Dans la salle Duke Humfrey, je repérai le sorcier en tweed. Miriam me regarda faire depuis l'allée centrale, figée comme une statue.

— C'est vous le chef ? (Il hocha la tête.) Je suis Diana Bishop, dis-je en tendant la main.

— Peter Knox. Et je sais très bien qui vous êtes. La fille de Rebecca et Stephen.

Sa main effleura la mienne. Un grimoire du XIXe était posé devant lui avec une pile d'ouvrages de référence.

Le nom m'était familier, mais je ne pus le situer, et entendre les prénoms de mes parents dans sa bouche me troubla.

— Veuillez faire sortir… vos amis de la bibliothèque. Les nouveaux étudiants rentrent aujourd'hui et il vaut mieux ne pas les effrayer.

— Si nous pouvons discuter discrètement, docteur Bishop, je suis sûr que nous parviendrons à nous mettre d'accord.

Il repoussa ses lunettes sur son nez. Plus je m'approchais de lui, plus je flairais du danger. Je sentis au bout de mes doigts un fourmillement de mauvais augure.

— Vous n'avez rien à craindre de moi, protesta-t-il d'un ton désolé. Ce vampire, en revanche…

— Vous pensez que j'ai trouvé quelque chose qui appartient aux sorciers, coupai-je. Je ne l'ai plus. Si vous voulez l'Ashmole 782, il y a des formulaires de consultation devant vous.

— Vous ne comprenez pas la complexité de la situation.

— Non, et je ne souhaite pas la comprendre. Laissez-moi tranquille, je vous prie.

— Physiquement, vous êtes comme votre mère, dit-il en me dévisageant. Mais vous avez en vous un peu de l'obstination de Stephen, à ce que je vois. (Je sentis l'habituel mélange d'envie et d'irritation qui accompagnait chez un sorcier la mention de mes parents ou de ma famille, comme s'ils leur appartenaient autant qu'à moi.) J'essaierai, mais je ne maîtrise pas ces animaux, continua-t-il en désignant l'autre côté de l'allée, où l'une des sœurs Effroi nous observait avec intérêt.

J'hésitai, puis j'allai la trouver.

— Je suis sûre que vous avez entendu notre conversation et que vous devez savoir que je suis déjà surveillée par deux vampires. Vous pouvez rester, si vous ne faites pas confiance à Matthew et à Miriam. Mais faites sortir les autres de la Salle de lecture supérieure.

— Les sorcières sont à peine dignes qu'un vampire leur accorde un moment de son temps, mais vous êtes pleine de surprises aujourd'hui, Diana Bishop. Attendez que je raconte à ma sœur Clarissa ce qu'elle a manqué. (Elle avait parlé d'un ton posé et élégant qui trahissait une éducation et un milieu irréprochables. Elle sourit et ses dents étincelèrent dans la pénombre.) Défier Knox… Une enfant comme vous ? Quelle histoire…

Je me détournai de son visage parfait et partis à la recherche d'un visage familier de démon.

L'amateur de *latte* traînait autour des ordinateurs, écouteurs sur les oreilles, en fredonnant une musique impossible à entendre, étant donné que la prise pendait le long de ses jambes. Il les ôta et j'essayai de lui faire comprendre la gravité de la situation.

— Écoutez, vous pouvez surfer sur le Net tant que vous voulez, mais nous avons un problème en bas. Je n'ai pas besoin qu'une vingtaine de démons me surveillent.

— Vous comprendrez bientôt, répondit-il.

— Vous ne pouvez pas me surveiller de plus loin ? Depuis le Sheldonian Theater ? Ou le White Horse ? Sinon, les lecteurs humains vont commencer à se poser des questions.

— On n'est pas comme vous, souffla-t-il d'un ton rêveur.

— Cela veut dire que vous allez coopérer ou pas ?

— C'est tout pareil. On a besoin de savoir, nous aussi. C'était intenable.

— Si vous pouvez faire le nécessaire pour que ce soit moins voyant, j'apprécierai.

Miriam continuait de m'observer. Je retournai à ma table sans lui accorder un regard. À la fin de cette journée totalement improductive, j'étouffai un juron et remballai mes affaires.

Le lendemain matin, il y avait nettement moins de monde à la Bodléienne. Miriam griffonnait furieusement et ne leva pas les yeux à mon passage. Clairmont était toujours invisible. Malgré cela, tout le monde observait les règles qu'il avait clairement bien que muettement édictées, et personne ne vint à Selden End. Gillian était dans l'aile médiévale, courbée sur ses papyrus, tout comme les sœurs Effroi et quelques démons. À l'exception de Gillian, qui travaillait réellement, les autres faisaient semblant de manière tout à fait respectable. Et quand je passai la tête dans la Salle de lecture supérieure après une tasse de thé à la mi-matinée, seules quelques créatures levèrent les yeux. Le démon mélomane et caféinomane était parmi eux. Il agita les doigts et me fit un clin d'œil entendu.

J'abattis une raisonnable quantité de travail, mais pas assez pour rattraper mon retard de la veille. Je commençai à lire des poèmes alchimiques – les textes les plus difficiles – attribués à Marie, sœur de Moïse. *Trois choses si trois heures tu attends*, disait l'un, *sont liées dans la Fin.* La signification des vers demeurait un mystère, même si le sujet le plus probable était le mélange de l'argent, de l'or et du mercure. Chris pouvait-il élaborer une expérience d'après ce poème ? me demandai-je en notant les réactions chimiques impliquées.

Quand je m'attelai à un autre poème, anonyme, intitulé *Poème du Triple Feu sophique*, je ne pus que remarquer les similitudes entre son imagerie et l'enluminure que j'avais vue la veille d'une montagne alchimique couverte de mines et d'ouvriers creusant le sol à la recherche de pierres et de métaux précieux.

*En cette Mine, deux Pierres anciennes furent trouvées*
*Et les Anciens l'en baptisèrent Terre Sainte ;*
*Qui sait leur Valeur, Pouvoir et Étendue,*
*Et comment Nature avec Nature Fermenter*
*Car qui Fermente ceux-là avec Or Naturel*
*Ou Argent, découvre leurs Trésors celés.*

Je réprimai un gémissement. Mes recherches allaient se compliquer de plus en plus s'il fallait que je trouve des liens non seulement entre imagerie et science, mais aussi avec la poésie.

— Ce doit être difficile de vous concentrer sur vos recherches avec des vampires qui vous surveillent.

Gillian Chamberlain s'était approchée et ses yeux noisette étincelaient d'une malveillance à peine réprimée.

— Que voulez-vous, Gillian ?

— Je viens en amie, simplement, Diana. Nous sommes sœurs, n'oubliez pas.

Ses cheveux d'un noir luisant étaient impeccablement lissés, indiquant qu'elle n'avait pas de problèmes de décharges d'électricité statique. Elle devait régulièrement utiliser son pouvoir. Je frissonnai.

— Je n'ai pas de sœur, Gillian. Je suis fille unique.

— Et c'est tant mieux. Votre famille a causé assez d'ennuis. Regardez ce qui s'est passé à Salem. Tout était la faute de Bridget Bishop, dit-elle méchamment.

*Et ça recommence*, songeai-je en refermant mon livre. Comme d'habitude, les Bishop se révélaient être un irrésistible sujet de conversation.

— Qu'est-ce que vous racontez, Gillian ? demandai-je sèchement. Bridget Bishop a été reconnue coupable de sorcellerie et exécutée. Elle n'a pas déclenché la chasse aux sorcières, elle en a été victime, tout comme les autres. Vous le savez, comme n'importe quel autre sorcier dans cette bibliothèque.

— Bridget Bishop a attiré l'attention des humains, d'abord avec ses poupées et ensuite avec ses tenues provocantes et son immoralité. L'hystérie des humains serait retombée si elle n'avait pas été là.

— Elle a été reconnue innocente de cela, m'offusquai-je.

— En 1680, mais personne n'y a cru. Surtout une fois qu'on a découvert les poupées cachées dans le mur de sa cave, avec des épingles plantées dedans et les têtes arrachées. Ensuite, Bridget n'a rien fait pour protéger ses consœurs des soupçons. Elle était tellement indépendante. C'est le défaut qui a été fatal à votre mère aussi, ajouta-t-elle en baissant la voix.

— Taisez-vous, Gillian.

Autour de nous, l'air était devenu étrangement glacial.

— Votre mère et votre père restaient à l'écart, tout comme vous, estimant ne pas avoir besoin du soutien du coven de Cambridge une fois mariés. Ils ont eu une bonne leçon, n'est-ce pas ?

Je fermai les yeux, mais j'étais incapable de chasser l'image que j'avais tenté d'oublier presque toute ma vie : mes parents gisant morts au milieu d'un cercle de craie quelque part au Nigeria, brisés et ensanglantés. Ma tante n'ayant pas voulu me donner de détails à l'époque, j'étais allée à la bibliothèque municipale me renseigner. C'est là que j'avais vu la photo et le titre macabre qui la surmontait. Les cauchemars avaient duré pendant des années.

— Le coven de Cambridge ne pouvait rien faire pour empêcher le meurtre de mes parents. Ils ont été tués sur un autre continent, par des humains victimes de leurs peurs.

— Ce n'étaient pas des humains, Diana, rétorqua Gillian avec un rire déplaisant. Sinon, les meurtriers auraient été capturés et condamnés. (Elle se pencha vers moi et colla son visage au mien.) Rebecca Bishop et Stephen Proctor dissimulaient des secrets aux autres sorciers. Nous devions les découvrir. Leur mort a été malheureuse, mais nécessaire. Votre père possédait plus de pouvoir que nous n'en avions jamais rêvé.

— Cessez de parler de ma famille et de mes parents comme si c'étaient les vôtres, l'avertis-je. Ils ont été tués par des humains.

Un bourdonnement résonna dans mes oreilles et le froid qui nous entourait s'accentua.

— En êtes-vous sûre ? dit Gillian dans un chuchotement glaçant. Étant sorcière, vous devriez savoir si je vous mens.

Je me maîtrisai pour ne pas laisser voir mon trouble. Ce que Gillian disait de mes parents ne pouvait être vrai, et pourtant, je ne percevais aucun des signes qui accompagnent généralement les mensonges entre sorcières – une étincelle de colère et un irrésistible mépris.

— Songez à ce qui est arrivé à Bridget Bishop et à vos parents la prochaine fois que vous déclinerez une invitation à une réunion d'un coven, murmura Gillian à mes oreilles. Une sorcière ne doit pas dissimuler de secrets à d'autres, sans quoi, il arrive le pire.

Elle se redressa, me toisa un instant, et le poids de son regard me fut de plus en plus désagréable. Je refusai de le croiser et fixai le manuscrit devant moi.

Une fois qu'elle fut partie, la température redevint normale. Quand mon cœur et mon bourdonnement d'oreilles se furent calmés, je rangeai mes affaires en tremblant, pressée de rentrer à mon appartement et incapable de contenir plus longtemps la panique qui montait en moi.

Je parvins à quitter la bibliothèque sans incident en évitant le regard aigu de Miriam. Si Gillian disait vrai, c'était la jalousie des autres sorcières et non la peur des humains que je devais redouter. Et la mention des pouvoirs cachés de mon père éveilla en moi un vague souvenir qui disparut avant que j'aie pu l'identifier.

À New College, Fred m'accueillit en agitant une poignée de lettres. J'aperçus une enveloppe crème. C'était un mot du directeur de la résidence qui me priait de venir prendre un verre avant le dîner.

Une fois chez moi, je songeai à appeler son secrétariat en prétextant un malaise pour décliner l'invitation. J'avais mal à la tête et je me sentais incapable de boire ne fût-ce qu'une goutte de sherry.

Mais l'université s'était montrée obligeante quand j'avais posé ma candidature pour un séjour. Le moins que je pouvais faire était d'exprimer ma reconnaissance en personne. Mon sens des obligations professionnelles prit le dessus sur l'angoisse éveillée par les propos de Gillian. Me cramponnant à mon identité de chercheuse comme à une bouée, je résolus de répondre à l'invitation.

M'étant changée, j'allai chez le directeur. Un employé de l'administration me fit entrer dans un salon.

— Bonjour, docteur Bishop.

Avec les pattes-d'oie qui marquaient ses yeux bleus, ses cheveux d'un blanc neigeux et ses joues rondes et rouges, Nicholas Marsh avait l'air d'un Père Noël. Apaisée par son chaleureux accueil et armée de mon sens du devoir professionnel, je souris.

— Professeur Marsh, dis-je en tendant la main. Merci de votre invitation.

— Un peu tardive, hélas. J'étais en Italie, voyez-vous.

— Oui, c'est ce que m'a dit l'intendant.

— Vous m'avez donc pardonné de vous avoir négligée si longtemps. J'espère me racheter en vous présentant à un vieil ami qui est à Oxford pour quelques jours. C'est un écrivain connu, spécialiste de sujets qui pourraient vous intéresser.

Marsh s'écarta et me laissa apercevoir une tignasse brune semée de gris et la manche d'une veste en tweed brun. Je me figeai.

— Venez, que je vous présente Peter Knox, dit-il en me prenant par le coude. Il connaît votre travail.

Le sorcier se leva. Je compris enfin ce qui m'avait échappé. Le nom de Knox figurait dans l'article sur les meurtres du vampire. C'était un expert que la police consultait dans les affaires teintées d'occultisme. Mes doigts commencèrent à fourmiller.

— Docteur Bishop, dit Knox en tendant la main. Je vous ai vue dans la bibliothèque.

— Oui, il me semble bien.

Notre poignée de main fut aussi brève que possible et je fus soulagée de ne pas voir d'étincelles jaillir de mes doigts. Je vis sur les siens un imperceptible tressaillement que d'autres ne pouvaient remarquer. Cela me rappela mon enfance, quand ma mère agitait ainsi les doigts pour faire des crêpes ou plier le linge. Je fermai les yeux, me préparant à un déferlement de magie.

Le téléphone sonna.

— Je dois répondre, s'excusa Marsh. Asseyez-vous.

Je pris place aussi loin que possible de Knox, sur une chaise droite réservée habituellement aux étudiants en fâcheuse posture.

Nous restâmes cois pendant que Marsh discutait au téléphone, avant de revenir avec un verre de sherry.

— C'était le vice-chancelier, expliqua-t-il. Deux nouveaux ont disparu. Bavardez le temps que je règle cette affaire dans mon bureau. Veuillez m'excuser.

Des portes s'ouvrirent et se refermèrent, des voix étouffées s'élevèrent dans le couloir, puis s'éteignirent.

— Des étudiants disparus ?

Il était évident que Knox avait manigancé cette affaire et ce coup de téléphone pour éloigner Marsh.

— Je ne comprends pas, docteur Bishop, murmura Knox. Il paraît malheureux que l'université égare deux jeunes gens. Mais cela nous offre l'occasion de discuter en tête à tête.

— Et de quoi devons-nous parler ?

Je flairai le sherry en priant pour le retour rapide du directeur.

— De bien des choses. (Je jetai un regard vers la porte.) Nicholas sera très occupé jusqu'à ce que nous en ayons fini.

— Alors finissons-en, pour qu'il puisse revenir rapidement.

— Comme vous voudrez. Dites-moi ce qui vous amène à Oxford, docteur Bishop.

— L'alchimie.

Je voulais bien répondre à ses questions, ne fût-ce que pour hâter le retour de Marsh, mais je ne voulais pas lui en dire plus que nécessaire.

— Vous devez savoir que l'Ashmole 782 a été ensorcelé. Quiconque aurait même une seule goutte de sang

Bishop dans ses veines ne pourrait manquer de le remarquer. Pourquoi l'avez-vous rendu ?

Il posa sur moi un regard aigu. Il convoitait le manuscrit autant que Matthew Clairmont, sinon davantage.

— J'en avais terminé avec, répondis-je péniblement.

— N'y avait-il rien dans cet ouvrage qui ait piqué votre intérêt ?

— Rien.

Sa bouche se tordit en une grimace hideuse. Il savait que je mentais.

— Avez-vous fait part de vos observations au vampire ?

— Je suppose que vous voulez parler du professeur Clairmont ?

Quand les créatures refusaient d'utiliser un nom, c'était pour signifier qu'elles refusaient de considérer l'autre comme un égal.

Les doigts de Knox bougèrent de nouveau. Je crus qu'il allait les pointer vers moi, mais il posa les mains sur ses accoudoirs.

— Nous respectons tous votre famille et ce que vous avez enduré. Cependant, des questions sont soulevées sur votre relation peu orthodoxe avec cette créature. Vous trahissez votre lignée avec ce comportement désinvolte.

— Le professeur Clairmont est un confrère, éludai-je, et je ne sais rien du manuscrit. Je ne l'ai eu en main que quelques minutes. Oui, j'ai su qu'il était enchanté. Mais cela n'avait pas d'intérêt pour moi, puisque je ne voulais en étudier que le contenu.

— Le vampire convoite ce livre depuis plus d'un siècle, grinça Knox. Il ne doit pas être autorisé à le consulter.

— Pourquoi ? demandai-je en réprimant ma colère. Parce qu'il appartient aux sorciers ? Vampires et démons ne peuvent pas ensorceler un objet. Un sorcier a ensorcelé ce livre et il l'est toujours. Qu'est-ce qui vous inquiète ?

— Plus que vous ne pourriez comprendre, docteur Bishop.

— Je pense être en mesure de comprendre, *Mr*. Knox.

Il fit une grimace outragée en m'entendant souligner qu'il n'était pas un universitaire. Chaque fois que le sorcier utilisait mon titre, cela me donnait l'impression qu'il voulait me faire comprendre que c'était lui et non moi le véritable expert. Je n'utilisais peut-être pas mon pouvoir, même pour retrouver des clés égarées, mais la condescendance de ce sorcier était intolérable.

— Je suis choqué que vous, une Bishop, fréquentiez un vampire. (Il me fit taire d'un geste.) Ne nous faisons pas l'insulte de mensonges supplémentaires. Au lieu de la répugnance naturelle que vous devriez éprouver pour cet animal, vous exprimez de la gratitude. (Je fulminai sans répondre.) Et je m'inquiète parce que vous êtes dangereusement proche d'attirer l'attention des humains.

— J'ai essayé de faire sortir ces créatures de la bibliothèque.

— Ah, mais il ne s'agit pas seulement de la bibliothèque, n'est-ce pas ? Un vampire laisse derrière lui des cadavres exsangues à Westminster. Les démons sont plus agités que de coutume, plus susceptibles que jamaïs de céder à leur folie et aux sursauts d'énergie. Nous ne pouvons nous permettre d'être repérés.

— Vous avez déclaré à la presse qu'il n'y avait rien de surnaturel dans ces meurtres.

— Vous ne pensez tout de même pas que j'irais tout dire aux humains ? s'étonna Knox.

— Si, puisqu'ils vous paient.

— Vous n'êtes pas seulement désinvolte, vous êtes imprudente. Cela me surprend, docteur Bishop. Votre père était connu pour son bon sens.

— La journée a été longue. Ce sera tout ?

Je me levai brusquement pour sortir. Même dans des circonstances normales, c'était pénible d'entendre d'autres que Sarah et Em parler de mes parents. À présent, après les révélations de Gillian, c'en était presque obscène.

— Non, répliqua sèchement Knox. Ce qui m'intrigue le plus, pour l'heure, c'est comment une sorcière ignorante et sans aucune pratique a pu rompre un sort qui a défié les efforts d'autres sorciers bien plus compétents que vous le serez jamais.

— C'est donc pour cela que vous me surveillez tous, dis-je en me rasseyant.

— N'en tirez pas trop d'orgueil, coupa-t-il. Votre succès était peut-être un coup de chance. Une réaction liée à la date anniversaire du jour où le sort a été jeté. L'écoulement du temps peut interférer avec la magie et les anniversaires sont des moments particulièrement sensibles. Vous n'avez pas essayé de redemander le manuscrit, mais quand vous le ferez, ce ne sera peut-être pas aussi facile que la première fois.

— Et de quel anniversaire s'agirait-il ?

— Le cent cinquantenaire.

Je m'étais demandé pourquoi un sorcier aurait ensorcelé un manuscrit. On devait donc le rechercher depuis tout ce temps. Je blêmis. Nous revenions à Matthew Clairmont et à son intérêt pour l'Ashmole 782.

— Je vois que vous réussissez à suivre, n'est-ce pas ? La prochaine fois que vous verrez votre vampire, demandez-lui ce qu'il faisait à l'automne 1859. Je doute qu'il vous dise la vérité, mais il vous en révélera peut-être assez pour que vous la deviniez toute seule.

— Je suis fatiguée. Pourquoi ne me dites-vous pas, de sorcier à sorcière, ce qui vous intéresse dans l'Ashmole 782 ?

J'avais appris pourquoi les démons convoitaient le manuscrit. Même Matthew m'avait donné un début d'explication. La fascination qu'il exerçait sur Knox était la dernière pièce du puzzle.

— Ce manuscrit nous appartient, dit Knox avec véhémence. Nous sommes les seules créatures qui peuvent comprendre ses secrets et qui seront en mesure de les garder.

— Qu'y a-t-il dans ce texte ? insistai-je, cédant à la colère.

— Les premiers sortilèges jamais conçus. La description des enchantements qui maintiennent la cohérence du monde, répondit-il d'un air rêveur. Le secret de l'immortalité. Comment les sorcières ont créé le premier démon. Comment on peut anéantir les vampires, une bonne fois pour toutes. C'est la source de tout notre pouvoir passé et à venir. Il est inconcevable qu'il tombe entre les mains de démons ou de vampires. Ou d'humains.

La fatigue de l'après-midi commençait à me gagner et je dus faire un effort pour ne pas trembler.

— Personne ne consignerait autant de choses dans un seul livre.

— C'est ce qu'a fait la première sorcière, répondit-il. Et ses fils et ses filles à leur tour, avec le temps. C'est notre histoire, Diana. Je ne doute pas que vous souhaitiez la protéger des yeux indiscrets.

Le directeur entra comme s'il avait attendu derrière la porte. La tension était étouffante, mais heureusement il eut l'air de ne pas s'en rendre compte.

— Que d'émois pour rien, dit-il en secouant la tête. Ils avaient pris une barque sans autorisation. On les a retrouvés coincés sous un pont et un peu éméchés, mais tout à fait ravis de la situation. Peut-être même qu'une histoire d'amour va naître de cette aventure.

— J'en suis heureuse, murmurai-je. (Les clochers sonnèrent trois quarts d'heure et je me levai.) Est-ce l'heure ? J'ai un dîner.

— Vous ne vous joignez pas à nous ? s'étonna le directeur. Peter tenait tant à vous parler d'alchimie.

— Nos chemins se croiseront de nouveau. Bientôt, dit aimablement Knox. Ma visite était si imprévue, et bien sûr, madame a mieux à faire que dîner avec deux hommes de notre âge.

*Prenez garde à Matthew Clairmont*, résonna dans ma tête la voix de Knox. *C'est un tueur.*

— Bien sûr, sourit Marsh. J'espère vraiment vous revoir, quand les nouveaux seront calmés.

*Parlez-lui de 1859. Voyez s'il partage ses secrets avec une sorcière.*

*Ce n'est guère un secret, si vous le savez.*

La surprise se peignit sur le visage de Knox quand je répliquai mentalement. C'était la sixième fois que j'utilisais la magie cette année, mais j'avais des circonstances atténuantes.

— Ce sera un plaisir, monsieur le directeur. Et merci de m'avoir autorisée à séjourner à l'université cette année. Au revoir, Mr. Knox.

Fuyant l'appartement du directeur, je gagnai mon refuge habituel dans le cloître et marchai entre les colonnes jusqu'à ce que mon cœur s'apaise. J'avais l'esprit occupé par une unique question : que faire maintenant que deux sorciers – mes congénères – m'avaient menacée en l'espace d'un après-midi ? Avec une clarté soudaine, la réponse m'apparut.

Revenue chez moi, je cherchai dans mon sac la carte de visite froissée de Clairmont et composai le premier numéro.

Il ne répondit pas. Je laissai un message.

— Matthew, c'est Diana. Je suis désolée de vous importuner pendant votre absence. (Je respirai un bon coup pour dissiper ma culpabilité : j'avais décidé de ne pas lui parler de Gillian et de mes parents, mais seulement de Knox.) Il faut qu'on discute. Il s'est passé quelque chose. Le sorcier de la bibliothèque. Il s'appelle Peter Knox. Appelez-moi dès que vous aurez eu mon message.

J'avais assuré Sarah et Em qu'aucun vampire ne se mêlerait de ma vie. Gillian Chamberlain et Peter Knox m'avaient fait changer d'avis. Les mains tremblantes, je baissai les stores et verrouillai ma porte, regrettant d'avoir jamais entendu parler de l'Ashmole 782.

# 11

Cette nuit-là, il me fut impossible de dormir. Je restai assise sur le canapé, puis sur le lit, le téléphone à portée de main. Ni boire du thé ni répondre à mon courrier ne suffirent à me faire oublier ma journée. L'idée que des sorciers aient pu tuer mes parents dépassait mon entendement. Laissant ces pensées de côté, je réfléchis au sortilège de l'Ashmole 782 et à l'intérêt que nourrissait Knox pour lui.

Toujours éveillée à l'aube, je pris une douche et me changeai. L'idée du petit déjeuner ne me disait rien, contrairement à l'habitude. Au lieu de quoi, j'attendis l'ouverture de la bibliothèque, puis j'allai m'y installer à ma place habituelle. J'avais mon téléphone sur vibreur dans ma poche, alors que je détestais que celui des autres dérange la quiétude du lieu.

À 10 heures et demie, Peter Knox vint s'installer à l'autre bout de la salle. Sous le prétexte de rendre un manuscrit, je retournai au comptoir vérifier si Miriam était dans la bibliothèque. Elle était là – et elle était furieuse.

— Dites-moi que ce sorcier n'est pas allé s'asseoir là-bas.

— Si. Il n'arrête pas de me fixer pendant que je travaille.

— Si seulement j'étais plus grande, grinça-t-elle.

— Je crois qu'il faudrait plus que ça pour le faire reculer, répondis-je avec un sourire.

Quand Matthew arriva dans Selden End, sans un bruit, aucune sensation glaciale n'annonça son arrivée. Je sentis des flocons de neige effleurer mes cheveux, mes épaules et mon dos, comme s'il vérifiait rapidement que j'étais en un seul morceau.

Je me crispai. Un instant, je n'osai pas me retourner, au cas où ce n'aurait été que Miriam. Quand je vis que c'était bien Matthew, mon cœur fit un bond dans ma poitrine.

Mais le vampire ne regardait plus dans ma direction. Il fixait Peter Knox d'un air féroce.

— Matthew, l'appelai-je discrètement en me levant.

Il se détourna à regret et vint me rejoindre. Me voyant hausser les sourcils devant son expression irritée, il me rassura d'un sourire.

— J'ai cru comprendre qu'il y avait une certaine agitation.

Il était si proche que la froideur de son corps fut comme une brise rafraîchissante par une journée d'été.

— Rien que je ne puisse gérer, répondis-je.

— Notre conversation peut-elle attendre jusqu'à la fin de la journée ? (Ses doigts caressèrent sur sa poitrine une bosse visible sous son pull. Je me demandai ce qu'il avait ainsi à la hauteur du cœur.) Nous pourrions aller au yoga.

Bien qu'ayant besoin de sommeil, la perspective de me rendre à Woodstock dans une voiture parfaitement insonorisée pour passer une heure et demie à méditer me parut idéale.

— Ce serait merveilleux, dis-je, sincère.

— Voulez-vous que je travaille à côté de vous ? demanda-t-il.

Son parfum était si capiteux que j'en fus étourdie.

— Ce n'est pas nécessaire, répondis-je d'un ton ferme.

— Prévenez-moi si vous changez d'avis. Sinon, je vous retrouverai devant Hertford à 18 heures.

Il lança un regard haineux à Knox et retourna s'asseoir.

Quand je passai près de sa table en sortant déjeuner, Matthew toussota. Miriam posa bruyamment son crayon et m'emboîta le pas. Knox ne me suivrait pas chez Blackwell. Matthew y veillerait.

L'après-midi fut interminable et j'eus du mal à rester éveillée. À 17 heures, j'étais plus que prête à partir. Knox resta dans Selden End, avec quelques humains. Matthew descendit avec moi et mon humeur s'allégea quand je retournai chez moi, me changeai et pris mon tapis. Quand sa voiture s'arrêta devant les grilles d'Hertford, je l'attendais.

— Vous êtes en avance, observa-t-il avec un sourire en mettant mon tapis dans le coffre.

Il inspira profondément en m'aidant à monter et je me demandai quels messages mon corps lui faisait parvenir.

— Il faut qu'on parle.

— Rien ne presse. Sortons d'abord d'Oxford.

La circulation était plus dense sur Woodstock Road à cause de la rentrée. Matthew manœuvra habilement dans les embouteillages.

— Comment était l'Écosse ? demandai-je quand nous fûmes sortis.

Peu importait le sujet, du moment que nous parlions. Il me jeta un bref coup d'œil.

— Très bien.

— Miriam m'a dit que vous étiez parti chasser.

— Elle n'aurait pas dû.

— Pourquoi ?

— Parce que certains sujets ne doivent pas être abordés devant des tiers, répondit-il avec un rien d'impatience. Les sorcières disent-elles aux créatures qui ne sont pas des leurs qu'elles viennent de rentrer de quatre jours à jeter des sorts et à faire bouillir des chauves-souris ?

— Les sorcières ne font pas cela ! m'indignai-je.

— Vous m'avez très bien compris néanmoins.

— Vous étiez seul ?

— Non, répondit-il après un long moment.

— Je n'étais pas seule non plus à Oxford, commençai-je. Les créatures…

— Miriam m'a raconté. (Ses mains se crispèrent sur le volant.) Si j'avais su que le sorcier qui vous importunait était Peter Knox, je n'aurais jamais quitté Oxford.

— Vous aviez raison, bafouillai-je, éprouvant le besoin de lui faire un aveu avant de parler de Knox. Je n'ai jamais pu chasser la magie de ma vie. Je l'ai utilisée dans mon travail, sans m'en rendre compte. Elle est partout. Je me suis bercée d'illusions pendant des années. (Il ne répondit pas.) J'ai peur.

— Je sais, dit-il en posant une main glacée sur mon genou.

— Qu'est-ce que je vais faire ? chuchotai-je.

— Nous allons voir, m'apaisa-t-il alors que nous passions les grilles d'Old Lodge. Vous êtes fatiguée. Vous pourrez supporter le cours ?

Je hochai la tête. Il se gara et vint m'ouvrir la portière, sans m'aider à descendre, cette fois. Il alla sortir nos tapis et les porta pendant que d'autres personnes passaient en nous jetant des regards curieux.

Il attendit que nous soyons seuls sur l'allée. Il baissa les yeux vers moi, comme incertain. Je fronçai les sourcils, la tête levée vers lui. Je venais d'avouer avoir pratiqué la magie sans m'en rendre compte. Qu'avait-il de si affreux à me confier pour que ce soit si difficile ?

— J'étais en Écosse avec un vieil ami, Hamish Osborne, dit-il finalement.

— Celui dont la presse demande qu'il se présente aux législatives pour devenir chancelier de l'Échiquier ? demandai-je, stupéfaite.

— Hamish ne se présentera pas.

— Alors il est bien gay ! dis-je en repensant à une émission de télévision que j'avais vue récemment.

— Oui, répondit-il avec un regard sévère. Mais surtout, c'est un démon.

Je ne connaissais pas grand-chose du monde des créatures, mais je savais qu'il était interdit de prendre part à la politique ou à la religion humaines.

— Oh. La finance est une curieuse carrière pour un démon, dis-je pensivement. Mais cela explique son talent pour utiliser tout cet argent.

— Il est doué pour deviner les choses. (Le silence s'appesantit, et Matthew ne bougeait pas.) Il fallait que je m'éloigne et que je chasse. (Je le dévisageai avec perplexité.) Vous aviez laissé votre pull dans la voiture, ajouta-t-il comme si cela expliquait tout.

— Miriam me l'a déjà rendu.

— Je sais. Je ne pouvais pas le garder. Comprenez-vous pourquoi ? (Je secouai la tête et il maugréa en français.) Ma voiture était remplie de votre odeur, Diana. Je devais quitter Oxford.

— Je ne comprends toujours pas, avouai-je.

— Je ne pouvais cesser de penser à vous.

Il se passa la main dans les cheveux en contemplant l'allée. Mon cœur battait et je me sentais étourdie. Je finis par comprendre.

— Vous n'avez pas peur de me faire du mal ?

J'avais une prudente peur des vampires, mais Matthew semblait différent.

— Je ne peux pas en être sûr.

— Donc vous n'êtes pas parti à cause de ce qui s'est passé vendredi soir, dis-je, soulagée.

— Non, répondit-il doucement. Cela n'avait rien à voir.

— Vous allez entrer ou vous comptez faire le cours dans l'allée ? cria Amira depuis le seuil.

Pendant le cours, nous nous jetâmes de temps à autre des regards à la dérobée. Notre première discussion franche avait modifié la situation. Nous tentions l'un comme l'autre de deviner ce qui allait arriver.

Le cours terminé, quand Matthew ôta son pull, j'aperçus un objet argenté pendu à un mince lien de cuir. C'était ce qu'il n'avait cessé de tripoter à travers l'étoffe, comme un talisman.

— Qu'est-ce que c'est ? demandai-je.

— Un rappel, répondit-il laconiquement.

— De quoi ?

— De la force destructrice de la colère.

Peter Knox m'avait avertie d'être prudente en présence de Matthew.

— C'est un insigne de pèlerin ?

La forme me rappelait un objet de ce genre que j'avais vu au British Museum.

Il acquiesça et souleva le lien. L'objet se balança dans la lumière.

— C'est une ampoule de Béthanie.

De la forme d'un cercueil, elle était juste assez grande pour contenir quelques gouttes d'eau bénite.

— Lazare, dis-je faiblement en regardant le cercueil.

Béthanie était la ville où le Christ avait ressuscité Lazare d'entre les morts. Et, bien qu'élevée en païenne, je savais pourquoi les chrétiens y allaient en pèlerinage. Afin de se repentir de leurs péchés.

Matthew glissa l'ampoule sous son pull afin de la dissimuler aux yeux des créatures qui sortaient de la salle.

Nous dîmes au revoir à Amira et restâmes devant Old Lodge dans l'air vif de l'automne. Il faisait sombre, malgré les projecteurs qui illuminaient la façade.

— Vous sentez-vous mieux ? demanda-t-il. (J'acquiesçai.) Alors racontez-moi ce qui s'est passé.

— C'est le manuscrit. Knox le convoite. Agatha Wilson, la créature que j'ai rencontrée chez Blackwell, m'a dit que les démons le voulaient. Et vous le convoitez aussi. Mais l'Ashmole 782 est ensorcelé.

— Je sais.

Une effraie blanche fondit sur nous. Je frémis et me protégeai, convaincue qu'elle allait me déchiqueter à coups de bec et de serres, mais l'oiseau s'éloigna dans les chênes. Mon cœur battait la chamade et je me sentis envahie par la panique.

Soudain, Matthew ouvrit la porte arrière de la Jaguar et me poussa sur la banquette.

— Gardez la tête baissée et respirez, dit-il en s'accroupissant sur le gravier, la main sur mes genoux.

La bile monta dans ma gorge et me suffoqua – je n'avais rien absorbé de la journée à part de l'eau. Je couvris ma bouche d'une main et me mis à vomir. Il releva une mèche de mes cheveux derrière mon oreille. Ses doigts froids m'apaisèrent.

— Vous êtes en sécurité, dit-il.

— Je suis désolée. (La nausée s'estompa et je m'essuyai les lèvres.) La panique a commencé hier soir, après que j'ai vu Knox.

— Voulez-vous que nous en parlions un peu ?

— Non, répondis-je précipitamment.

Le parc me semblait immense et ténébreux et j'avais les jambes flageolantes. Matthew me dévisagea avec inquiétude.

— Je vais vous ramener chez vous. Le reste de cette conversation peut attendre.

Il m'aida à me relever et à m'installer devant. Je fermai les yeux pendant qu'il montait à son tour. Nous restâmes sans rien dire, puis il démarra.

— Cela vous arrive souvent ? demanda-t-il.

— Non, Dieu merci. C'était fréquent dans mon enfance, mais c'est beaucoup plus rare maintenant. C'est juste un excès d'adrénaline.

— Je sais, dit-il en lançant la voiture sur l'allée.

— Vous le sentez ?

— Oui. Elle s'accumule en vous depuis que vous m'avez dit que vous utilisiez la magie. C'est pour cela que vous faites autant de sport, jogging, aviron, yoga ?

— Je n'aime pas prendre des médicaments. Cela m'embrouille.

— Le sport est probablement plus efficace, de toute façon.

— Cela n'a pas suffi, cette fois, murmurai-je en repensant à l'électricité au bout de mes doigts.

Matthew déboucha sur la route. Il se concentra sur la conduite et je me laissai bercer par la voiture.

— Pourquoi m'avez-vous appelé ? demanda-t-il brusquement, me tirant de ma rêverie.

— À cause de Knox et de l'Ashmole 782, répondis-je, de nouveau paniquée devant son changement de ton.

— Je le sais. Je vous demande pourquoi vous m'avez appelé, *moi*. Vous avez certainement d'autres amis, sorciers ou humains, qui pourraient vous aider.

— Pas vraiment. Aucun de mes amis humains ne sait que je suis une sorcière. Il faudrait des jours rien que pour expliquer ce qui se passe vraiment dans le monde, à condition qu'ils aient la patience de m'écouter jusqu'au bout. Je n'ai pas d'amies sorcières et je ne veux pas mêler mes tantes à cette histoire. Ce n'est pas leur faute si j'ai commis une bêtise et rendu le manuscrit parce que je ne le comprenais pas. Il ne fallait pas que je vous appelle ?

— Je ne sais pas, Diana. Vendredi, vous disiez que sorcières et vampires ne devaient pas être amis.

— Vendredi, je vous ai dit des tas de choses.

Matthew se tut et se concentra sur la route.

— Je ne sais plus quoi penser, repris-je. Mais j'ai une certitude. Je préfère partager la bibliothèque avec vous qu'avec Knox.

— Les vampires ne sont pas totalement dignes de confiance, quand ils sont en présence de sang-chauds.

Il me considéra longuement.

— Des sang-chauds ?

— Humains, sorcières, démons… tout ce qui n'est pas un vampire.

— Je préfère risquer votre morsure que de laisser Knox s'insinuer dans mon esprit pour y dénicher des informations.

— Il a essayé ? demanda-t-il d'un ton calme où je perçus une violence sourde.

— Ce n'était rien, me hâtai-je de répondre. Il me mettait en garde contre vous.

— Il a bien fait. Nul ne peut être ce qu'il n'est pas, quels que soient ses efforts. Il ne faut pas idéaliser les vampires. Knox n'a peut-être pas vos intérêts à cœur, mais il dit vrai me concernant.

— Ce n'est pas à d'autres de choisir mes amis, et certainement pas à ceux qui sont rongés de préjugés, comme Knox.

Mes doigts commencèrent à me chatouiller sous la colère qui montait et je les glissai sous mes cuisses.

— C'est donc ce que nous sommes, alors ? Des amis ?

— Je crois. Les amis se disent la vérité, même quand c'est difficile.

Déconcertée par le sérieux de la conversation, je me mis à tripoter les cordons de mon sweat-shirt.

— Les vampires ne sont pas particulièrement doués pour l'amitié, reprit-il, de nouveau irrité.

— Écoutez, si vous voulez que je vous laisse tranquille…

— Bien sûr que non, coupa-t-il. C'est juste que les relations des vampires sont… compliquées. Nous sommes protecteurs, possessifs, même. Cela pourrait ne pas vous plaire.

— Un peu de protection me paraît très bien en ce moment.

Ma réponse sembla l'attendrir.

— Je vous le rappellerai le jour où vous commencerez à vous plaindre, plaisanta-t-il.

Il prit Holywell Street et gagna les portes de l'université. Fred jeta un regard à la voiture et sourit avant de se détourner. J'attendis que Matthew ouvre la portière et vérifiai que je ne laissais rien derrière moi, pas même un élastique à cheveux, afin de ne pas le contraindre à repartir en Écosse.

— Mais tout cela ne s'arrête pas à Knox et au manuscrit, dis-je pendant qu'il me donnait le tapis.

— Cela peut attendre, Diana. Et ne vous inquiétez pas. Peter Knox ne vous approchera plus.

Il avait parlé d'un ton sinistre en touchant l'ampoule sous son pull. Il fallait que nous passions du temps ensemble. Pas dans la bibliothèque, mais en tête à tête.

— Voulez-vous venir dîner demain ? demandai-je. Nous pourrions parler de ce qui s'est passé.

Il se figea, déconcerté et en proie à une émotion que je ne pus identifier. Il tripota légèrement l'insigne avant de le lâcher.

— Cela me plairait, dit-il lentement.

— Très bien, souris-je. Sept heures et demie ?

Il hocha la tête avec un sourire timide. Je parvins à faire deux pas avant de me rappeler qu'il fallait résoudre une autre question avant demain soir.

— Que mangez-vous ? demandai-je en rougissant.

— Je suis omnivore, dit-il, le visage éclairé d'un grand sourire qui me fit battre le cœur.

— Alors à 7 heures et demie. (Je me détournai en riant et en secouant la tête devant cette réponse qui ne m'aidait guère.) Et une dernière chose, ajoutai-je en me retournant. Laissez Miriam faire son travail. Je peux vraiment me débrouiller toute seule.

— C'est ce qu'elle m'a dit, répondit-il en retournant vers la voiture. J'y songerai. Mais vous me trouverez salle Duke Humfrey demain, comme d'habitude.

Il monta, et comme je ne bougeais pas, il baissa sa vitre.

— Je ne pars pas tant que vous ne serez pas rentrée, dit-il d'un ton réprobateur.

— Ah, ces vampires, murmurai-je en levant les yeux au ciel devant ses manières d'un autre temps.

# 12

Rien dans mon expérience de cuisinière ne m'avait appris quoi préparer à un vampire qui venait dîner.

À la bibliothèque, je passai presque toute la journée sur Internet à chercher des recettes de plats crus, mes manuscrits oubliés sur la table. Matthew avait dit manger de tout, mais ce ne pouvait être vrai. Un vampire devait plus probablement tolérer les mets crus s'il avait l'habitude de se nourrir de sang. Mais il était si bien élevé qu'il mangerait sans doute ce que je lui servirais.

Après ces recherches gastronomiques, je quittai la bibliothèque au milieu de l'après-midi. Matthew avait effectué seul sa surveillance aujourd'hui, ce qui avait dû ravir Miriam. Peter Knox et Gillian Chamberlain n'étaient nulle part en vue, ce qui m'enchanta. Même Matthew avait l'air de bonne humeur quand j'allai rendre mes manuscrits.

Je passai près du dôme de la Radcliffe Camera, où les nouveaux lisaient la bibliographie, puis les murs médiévaux du Jesus College, pour aller faire mes courses au marché couvert. Liste à la main, je m'arrêtai chez le boucher pour acheter du gibier et du lapin, puis chez le poissonnier pour du saumon écossais.

*Les vampires mangent-ils des légumes verts ?*

Grâce à mon mobile, je pus appeler le département de zoologie et m'enquérir des habitudes alimentaires des loups. On me demanda lesquels. J'avais vu des loups gris lors d'une lointaine visite au zoo de Boston, et comme c'était la couleur préférée de Matthew, ce fut ma réponse. Après m'avoir débité une longue liste de savoureux mammifères en expliquant que c'étaient leurs « mets de prédilection », la voix lasse de mon interlocuteur m'expliqua que les loups gris mangeaient également des noix, des graines et des baies.

— Mais ne leur donnez pas à manger, m'avertit-il. Ce ne sont pas des animaux de compagnie !

— Merci du conseil, répondis-je en réprimant mon rire.

Le marchand de primeurs me vendit les derniers cassis de l'été et quelques fraises des bois parfumées. Un sachet de châtaignes vint grossir mon sac.

Puis j'allai chez le marchand de vins, où je me trouvai à la merci d'un véritable prêcheur qui me demanda si « le monsieur s'y connaissait en vin ». Cela suffit à me faire perdre contenance. Il profita de ma confusion pour me servir un nombre de bouteilles de vin français et allemand inversement proportionnel à ce que je dus débourser. Puis il me fourra dans un taxi pour que je me remette du choc de la facture durant le trajet du retour.

Une fois rentrée, je débarrassai la table XVIII^e qui me servait de bureau et la poussai près de la cheminée. Je la dressai méticuleusement avec l'argenterie et les lourds verres en cristal, vestiges de la vaisselle édouardienne naguère utilisée dans la salle commune, sur la nappe et les serviettes immaculées que les dames de la cuisine m'avaient prêtées.

Une fois que j'eus commencé les préparatifs, je m'aperçus que cuisiner pour un vampire ne prenait pas beaucoup de temps. En fait, on ne cuisait pas grand-chose.

À 19 heures, les bougies étaient allumées et les plats prêts, excepté ce qui pouvait être fait à la dernière minute. Je n'avais plus qu'à me préparer.

J'avais dans ma garde-robe peu de choses prévues pour « un dîner avec un vampire ». Il était hors de question que je reçoive Matthew en tailleur ou dans la tenue que je portais pour aller voir le directeur. Je possédais un nombre ahurissant de pantalons noirs et de collants de sport, mais la plupart étaient tachés. Je finis par dénicher un pantalon noir qui faisait pyjama, en un peu plus élégant. Cela irait.

En pantalon et en soutien-gorge, je courus dans la salle de bains me coiffer. Non seulement mes cheveux étaient emmêlés, mais ils menaçaient de se dresser sur ma tête au moindre coup de peigne. Je songeai un instant à recourir au fer à friser, mais il y avait toutes les chances que je n'aie pas fini avant l'arrivée de Matthew. Il serait à l'heure : je le savais.

Tout en me brossant les dents, je décidai de me contenter de me faire un vague chignon. Cela faisait ressortir mon nez et mon menton, mais aussi mes yeux et mes pommettes. Je les attachai avec des épingles, mais ils retombèrent. Je poussai un soupir.

Le visage de ma mère me considéra depuis le miroir. Je me rappelai combien elle était belle quand elle arrivait au dîner et je me demandai comment elle faisait pour faire ressortir ses pâles sourcils et avoir une bouche si différente quand elle souriait. Le temps qui manquait m'interdisait d'opérer le même genre d'exploit cosmétique. Il ne me restait que trois minutes pour trouver un chemisier, sinon ce serait en sous-vêtements que j'accueillerais Matthew Clairmont, distingué professeur de biochimie et de neurologie.

Je n'avais le choix qu'entre un noir et un bleu nuit. Ce dernier avait le mérite d'être propre, ce qui fit pencher la balance pour lui. Il avait aussi un col fantaisie relevé sur l'arrière et ouvrant en V sur le devant, et des manches évasées au poignet. J'étais en train de mettre mes boucles d'oreilles en argent quand on frappa à la porte.

Mon cœur se mit à battre comme pour un premier rendez-vous amoureux. Je balayai aussitôt cette idée.

J'ouvris la porte et vis Matthew sur le seuil comme un prince de conte de fées. Contrairement à son habitude, il était entièrement vêtu de noir, ce qui rendait sa haute silhouette encore plus saisissante – et lui donnait encore plus l'air d'un vampire.

Il attendit patiemment pendant que je le regardais de la tête aux pieds.

— Où ai-je la tête. Donnez-vous la peine d'entrer, Matthew. C'est ainsi que l'on doit formuler l'invitation ?

J'avais vu cela à la télévision ou dans un livre.

— Oubliez presque tout ce que vous pensez savoir des vampires, Diana, sourit-il. C'est une simple question de courtoisie. Je ne me laisse pas arrêter par une quelconque barrière mystique se dressant entre moi et une belle demoiselle.

Il se baissa pour passer la porte. Il portait une bouteille de vin et des roses blanches.

— Tenez, me dit-il en me tendant le bouquet. Où puis-je déposer la bouteille en attendant le dessert ?

— Merci, j'adore les roses. Pourquoi pas sur la fenêtre ? proposai-je en allant chercher un vase dans la cuisine.

— Ce sera parfait.

Quand je revins avec les fleurs, il était en train d'examiner les gravures.

— Vous savez qu'elles ne sont pas mal du tout.

— Ce sont surtout des scènes de chasse.

— Cela ne m'avait pas échappé, s'amusa-t-il.

Je rougis, gênée.

— Avez-vous faim ? demandai-je, ayant totalement oublié les amuse-gueules censés constituer le prélude d'un dîner.

— Je pourrais manger, oui, sourit-il.

Je retournai dans la cuisine sortir deux assiettes du réfrigérateur. Le premier plat était le saumon fumé saupoudré d'aneth frais avec des câpres et des cornichons, que l'on pouvait considérer comme une décoration si les vampires ne mangeaient pas de légumes verts.

Quand je revins avec les assiettes, Matthew attendait à côté d'un fauteuil. Il s'assit à table pendant que je débouchais une bouteille de riesling allemand que je servis sans en répandre une seule goutte. Mon invité se perdit dans sa concentration en humant le vin. J'attendis en me demandant où se situait l'odorat des vampires par rapport à celui des chiens. Je ne savais vraiment rien des vampires.

— Très agréable, sourit-il en rouvrant les yeux.

— Je n'ai aucun mérite, dis-je vivement. C'est le vendeur qui a tout choisi, si cela ne va pas, ce n'est pas ma faute.

— Très agréable, répéta-t-il. Et le saumon a l'air parfait.

Il prit ses couverts et coupa un morceau. Je l'observai à la dérobée pour voir s'il mangeait vraiment, tout en empilant un morceau de cornichon, une câpre et un peu de saumon sur le dos de ma fourchette.

— Vous ne mangez pas comme une Américaine, observa-t-il.

— Non, dis-je en regardant ma fourchette dans la main gauche et le couteau dans la droite. Sans doute ai-je passé trop de temps en Angleterre. Vous pouvez vraiment manger cela ? ne pus-je résister à demander.

— Oui, dit-il en riant. Il se trouve que j'aime le saumon fumé.

— Mais vous ne mangez pas tout, insistai-je malgré moi.

— Non, avoua-t-il, mais je réussis à grignoter un peu de tout. Cela n'a cependant pas grande saveur, sauf si c'est cru.

— C'est étrange, étant donné que les vampires ont des sens si développés. J'aurais cru que tout avait pour eux un goût merveilleux.

Il leva son verre et contempla le liquide doré.

— Le vin a une saveur merveilleuse. La nourriture a un goût bizarre pour un vampire si elle a été cuite.

Je repassai mentalement mon menu en revue avec soulagement.

— Si la nourriture n'a pas bon goût, pourquoi m'invitez-vous constamment au restaurant ?

Ses yeux passèrent sur mes joues, mes yeux, et s'attardèrent sur mes lèvres.

— C'est plus facile d'être avec vous quand vous mangez. L'odeur de la nourriture cuite est écœurante. (Je le regardai sans comprendre.) Et tant que j'ai la nausée, je n'ai pas faim, expliqua-t-il, exaspéré.

— Oh !

La lumière se fit en moi. Je savais déjà qu'il aimait mon odeur. Apparemment, elle lui donnait aussi faim. Je rougis.

— Je croyais que vous saviez cela sur les vampires, se radoucit-il, et que c'est pour cela que vous m'avez invité à dîner.

— J'en sais probablement moins que la plupart des humains. Et je me méfie beaucoup du peu que m'a enseigné ma tante Sarah, étant donné ses préjugés. Elle est très claire sur votre régime alimentaire, par exemple. Selon elle, les vampires ne consomment que du sang, parce qu'ils n'ont besoin de rien d'autre pour survivre. Mais ce n'est pas vrai, n'est-ce pas ?

— Non, répondit-il d'un ton glacial. Vous avez besoin d'eau pour survivre. Mais vous ne vous contentez pas de cela.

— C'est un sujet que je ne devrais pas aborder ?

Mes questions l'agaçaient. Je ramenai mes jambes sous ma chaise et m'aperçus que je n'avais pas mis de chaussures. Je recevais un invité pieds nus.

— Vous ne pouvez pas retenir votre curiosité, j'imagine, répondit-il après un silence. Je bois du vin et je peux manger, cru de préférence, ou bien froid, afin qu'il n'y ait pas d'odeur.

— Mais ce que vous mangez et le vin ne vous nourrissent pas, devinai-je. Vous vous nourrissez de sang, de tout type de sang. (Il frémit.) Et vous n'avez pas besoin d'attendre d'être invité pour entrer chez quelqu'un. Quelle autre fausse idée est-ce que je me fais concernant les vampires ?

Il prit une expression patiente et résignée et s'adossa à son siège en prenant son verre. Je me redressai pour le lui remplir. Si je devais le cribler de questions, autant lui garder son verre plein. Je faillis mettre le feu à mon chemisier en passant au-dessus d'une bougie. Il s'empara de la bouteille.

— Laissez-moi donc faire. (Il nous servit tous les deux avant que j'aie pu répondre.) Presque tout ce que vous savez sur les vampires est issu des rêves des humains. Ces légendes leur permettent de vivre parmi nous. Les créatures leur font peur. Et je ne parle pas que des vampires.

— Chapeaux noirs, chauves-souris et balais.

C'était la trinité du folklore de la sorcière, telle qu'elle s'étalait, ridicule, chaque année à Halloween.

— Exactement. Chacune de ces légendes contient une parcelle de vérité, quelque chose qui effraie les humains et les aide à nier notre réalité. La caractéristique la plus distinctive des humains est leur faculté de déni. J'ai de la force et une vie quasi éternelle, vous, des pouvoirs surnaturels et les démons, une stupéfiante créativité. Les humains peuvent se convaincre que le blanc est noir et le haut en bas. C'est leur don particulier.

— Où est la vérité du mythe des vampires qui ne peuvent entrer que s'ils sont invités ?

L'ayant questionné sur son régime, je m'intéressais maintenant aux protocoles.

— Les humains sont constamment avec nous. Ils refusent simplement de reconnaître notre existence parce que nous n'entrons pas dans la logique de leur univers limité. S'ils nous laissent entrer, s'ils nous voient tels que nous sommes, nous restons, tout comme il est difficile de se débarrasser d'un invité. Ils ne peuvent plus nous ignorer.

— Donc c'est comme ces histoires de lumière du soleil, dis-je. Cela ne signifie pas que vous ne pouvez pas rester en plein jour, mais qu'une fois que vous y êtes, les humains ont plus de mal à ne pas vous voir. Au lieu d'admettre que vous vivez parmi eux, les humains se convainquent que vous ne pouvez pas survivre à la lumière.

— Oui. Ils réussissent tout de même à nous ignorer, évidemment. Nous ne pouvons pas rester à l'intérieur jusqu'à la tombée de la nuit. Mais nous paraissons plus logiques aux humains après le crépuscule, et cela vaut pour vous aussi. Vous devriez voir l'expression des gens quand vous entrez quelque part ou que vous vous promenez dans la rue.

Je songeai à mon allure bien ordinaire et lui jetai un regard dubitatif. Il gloussa.

— Je sais, vous ne me croyez pas, mais c'est la vérité. Quand les humains voient une créature en plein jour, ils sont mal à l'aise. Nous sommes trop, pour eux, trop grands, trop forts, trop créatifs, trop différents. Ils essaient constamment de nous faire entrer dans une catégorie, comme une cheville carrée dans un trou rond. Dans la nuit, c'est un peu plus facile de nous considérer comme une bizarrerie.

Je me levai pour débarrasser, heureuse de voir que Matthew avait tout mangé sauf la garniture. Il se servit du vin pendant que je sortais le plat suivant du réfrigérateur. C'était un carpaccio de gibier en tranches si fines qu'on voyait presque à travers. Si les vampires n'aimaient pas la verdure, nous verrions ce qu'il en était des autres légumes et du fromage. Je déposai au centre de chaque assiette de la betterave et du parmesan râpé.

J'apportai une carafe de vin rouge qui attira aussitôt l'attention de Matthew.

— Vous permettez ? demanda-t-il avant de remplir nos verres et de porter le sien à ses narines. Un côte-rôtie, reprit-il, ravi. L'un de mes préférés.

— Vous parvenez à le savoir rien qu'en le sentant ?

— Certaines légendes concernant les vampires sont exactes, dit-il en riant. J'ai un odorat exceptionnel, tout comme mon ouïe et ma vue. Mais même un humain aurait pu l'identifier. 2003 ?

— Oui ! répondis-je, stupéfaite. (C'était encore mieux qu'un numéro de cirque. Je me souvenais de la petite couronne qui figurait sur l'étiquette.) Et vous pouvez aussi dire qui l'a fait ?

— Oui, mais c'est parce que j'ai parcouru les vignobles où poussent ces raisins, avoua-t-il, penaud, comme s'il m'avait joué une farce.

— Vous sentez l'odeur du vignoble dans le vin ?

Je flairai le mien, rassurée de ne pas y sentir l'odeur du fumier.

— Parfois, il me semble pouvoir me rappeler tout ce que j'ai jamais senti. C'est probablement de la vanité, mais les odeurs m'apportent des souvenirs vivaces. Je me souviens comme si c'était hier de la première fois où j'ai senti du chocolat.

— C'est vrai ? demandai-je.

— C'était en 1615. La guerre n'avait pas encore éclaté et le roi de France avait épousé une princesse espagnole que personne n'aimait, le roi moins que quiconque. (Je souris et il en fit autant, le regard dans le vague.) C'est elle qui a apporté le chocolat à Paris. C'était aussi amer que le péché, et tout aussi décadent. Nous buvions le chocolat tel quel, sans eau ni sucre.

— Ce devait être affreux, dis-je en riant. Heureusement que quelqu'un a deviné que le chocolat méritait d'être sucré.

— C'était un humain, hélas. Les vampires le préféraient amer et épais.

Nous entamâmes le gibier.

— Il vient aussi d'Écosse, précisai-je.

— Du cerf, dit-il après avoir goûté. Un jeune animal des Highlands, d'après le goût. (Je secouai la tête, fascinée.) Je vous l'ai dit : certaines légendes sont vraies.

— Vous pouvez voler ? demandai-je, connaissant déjà la réponse.

— Bien sûr que non. Nous laissons cela aux sorcières, puisque vous pouvez maîtriser les éléments. Mais nous avons pour nous la force et la vitesse. C'est parce que nous courons et sautons très vite que les humains croient que nous pouvons voler. Et nous sommes efficaces.

— Comment cela ?

Je posai ma fourchette, pas très sûre d'apprécier le gibier cru.

— Notre organisme ne consomme pas beaucoup d'énergie. Nous en avons beaucoup à notre disposition lorsque nous devons nous déplacer.

— Vous ne respirez pas beaucoup, dis-je en repensant au cours de yoga.

— Non. Notre rythme cardiaque est très lent. Nous n'avons pas besoin de manger beaucoup. Notre température est basse, ce qui ralentit la plupart de nos processus physiologiques et explique pourquoi nous vivons si longtemps.

— La légende du cercueil ! Vous ne dormez pas beaucoup, mais quand cela vous arrive, vous avez l'air mort.

— Je vois que vous commencez à comprendre comme cela fonctionne, sourit-il.

Il ne restait plus que la betterave dans son assiette et le gibier dans la mienne. Je débarrassai et le priai de nous servir du vin.

Le plat principal était le seul qui devait être chauffé, mais très peu. J'avais fabriqué une sorte de biscuit avec les châtaignes écrasées. Il ne me restait plus qu'à saisir un peu le lapin. La recette prévoyait du romarin, du céleri et de l'ail, auquel je décidai de renoncer : avec son odorat aiguisé, l'arôme aurait écrasé tout le reste ; c'était là le fond de vérité dans cette légende. J'écartai aussi le céleri, ayant constaté que les vampires n'aimaient effectivement pas les légumes. Les épices ne posant apparemment pas de problème, je gardai le romarin et poivrai un peu pendant que je sautais le lapin.

Je laissai la part de Matthew un peu crue et cuisis la mienne plus que de nécessaire, dans l'espoir de chasser le goût du gibier cru de ma bouche. Après avoir dressé le tout artistement, je servis.

— C'est cuit, malheureusement, mais à peine.

— Vous ne prenez pas ce dîner pour une sorte d'examen, tout de même ? se rembrunit Matthew.

— Non, non, mais je n'ai pas l'habitude de recevoir des vampires.

— Je suis soulagé de l'apprendre, murmura-t-il en flairant le lapin. Cela sent délicieusement bon. Des châtaignes ? interrogea-t-il en goûtant une bouchée.

— Rien que des châtaignes, de l'huile d'olive et un peu de levure.

— Et du sel. De l'eau, du romarin et du poivre, ajouta-t-il.

— Étant donné vos restrictions alimentaires, c'est bien d'être capable d'identifier précisément ce que vous portez à vos lèvres, plaisantai-je.

Le dîner étant presque achevé, je commençai à me détendre. Nous bavardâmes à propos d'Oxford pendant que j'apportais le fromage, les fruits rouges et des châtaignes rôties.

— Servez-vous.

Matthew savoura le parfum des fraises des bois et soupira de contentement en prenant une châtaigne.

— Elles ont vraiment meilleur goût chaudes, observa-t-il.

— Qu'est-ce que je sens ? demandai-je en jouant avec mon verre.

L'espace d'un moment, je crus qu'il ne répondrait pas. Le silence devenait pénible quand il tourna son regard vers moi, ferma les paupières et inspira profondément.

— Vous sentez la sève de saule. Et la camomille écrasée. (Il respira encore et sourit tristement.) Je sens aussi le chèvrefeuille et les feuilles de chêne jaunies. L'hamamélis en fleur et le premier narcisse du printemps. Ainsi que d'autres choses anciennes : la ballote, l'oliban et l'alchémille. Des parfums que je croyais avoir oubliés.

Il rouvrit lentement les yeux et je me plongeai dans ces abîmes gris, craignant de respirer et de dissiper l'enchantement de ces dernières paroles.

— Et moi ? demanda-t-il.

— La cannelle, hésitai-je. Et le girofle. Parfois, c'est un peu comme de l'œillet, pas celui qu'on trouve chez les fleuristes, mais l'espèce ancienne qui pousse dans les jardins anglais.

— L'œillet girofle, dit-il avec amusement. Pas mal, pour une sorcière.

Je pris une châtaigne que je fis passer d'une main dans l'autre, laissant sa chaleur remonter dans mes bras soudain glacés.

Matthew me considéra, impassible.

— Comment avez-vous décidé du menu de ce soir ? demanda-t-il.

— Pas par magie. Le département de zoologie m'a beaucoup aidée, expliquai-je.

Il parut surprit, puis il éclata de rire.

— C'est à eux que vous avez demandé ce que vous deviez me préparer ?

— Pas tout à fait, me défendis-je. J'ai trouvé des recettes de plats crus sur le Net, mais je ne savais pas quoi faire une fois la viande achetée. Ils m'ont expliqué ce que mangeaient les loups.

Il secoua la tête en souriant.

— Merci, dit-il simplement. Cela faisait longtemps qu'on m'avait préparé à dîner.

— Je vous en prie. C'est le vin qui a été le plus difficile.

— À propos de cela, dit-il en se levant. J'ai apporté quelque chose à boire après le dîner.

Il me demanda d'aller chercher deux verres propres. Quand je revins, une vieille bouteille un peu tordue était posée sur la table. Elle portait une étiquette fanée ornée d'une couronne. Matthew la déboucha ; le liège était noirci et rendu friable par les années.

Ses narines frémirent et il servit avec l'expression d'un chat qui vient de capturer un succulent canari. Le vin, d'une consistance sirupeuse, était doré à la lueur des bougies.

— Sentez-le, ordonna-t-il en me tendant un verre. Et dites-moi ce que vous en pensez.

— On dirait du caramel et des baies sauvages, dis-je, surprise qu'un liquide si jaune puisse avoir une odeur si rouge.

— Buvez une gorgée.

La saveur suave se répandit dans ma bouche. Je sentis comme un mélange d'abricot et de crème vanillée qui me picota la langue longtemps après que j'eus avalé. C'était comme boire de la magie.

— Qu'est-ce que c'est ? demandai-je.

— Il est issu de raisins cueillis il y a très longtemps. L'été avait été chaud et ensoleillé, et les vignerons redoutaient que la pluie vienne gâcher les vendanges. Mais ils purent faire la récolte juste à temps.

— Vous réussissez à sentir le goût du soleil.

Mon commentaire me valut un autre de ses magnifiques sourires.

— Durant les vendanges, une comète passa au-dessus des vignes. Les astronomes la voyaient depuis des mois, mais en octobre, elle était si brillante qu'on pouvait presque lire à sa lumière. Les paysans virent là le signe que les raisins étaient bénis.

— C'était en 1986 ? Au moment de la comète de Halley ?

— Non, en 1811. (Je fixai avec étonnement ce vin qui avait presque deux siècles, craignant qu'il s'évapore sous mon nez.) La comète de Halley est passée en 1759 et en 1835.

— Où l'avez-vous eu ?

Ce n'était sûrement pas au magasin près de la gare.

— Je l'ai acheté à Antoine-Marie dès qu'il m'a dit qu'il serait extraordinaire, répondit-il avec amusement.

Je retournai la bouteille. Château d'Yquem. Même moi, j'en avais entendu parler.

— Et vous l'avez gardé depuis ce temps.

Il avait bu du chocolat à Paris en 1615 et reçu une terre du roi Henry VIII en 1536. Pas étonnant qu'il ait acheté du vin en 1811. Sans compter l'ampoule d'allure antique qui pendait à son cou.

— Matthew, demandai-je en guettant le moindre agacement sur son visage. Quel âge avez-vous ?

— Je fais plus jeune que mon âge, dit-il d'un ton léger.

— Ça, je le sais, m'impatientai-je.

— En quoi mon âge est-il important ?

— Je suis historienne. Quand quelqu'un me dit se rappeler la date d'introduction du chocolat en France ou le passage d'une comète en 1811, il est logique que j'éprouve de la curiosité sur d'autres événements qu'il aurait pu vivre. Vous viviez en 1536 : j'ai vu le manoir que vous avez fait bâtir. Vous avez connu Machiavel ? La peste noire ? Suivi les cours d'Abélard à la Sorbonne ? (Il resta coi.) Votre insigne de pèlerin indique que vous êtes allé en Terre sainte. Avez-vous fait une croisade ? Vu la comète de Halley passer au-dessus de la Normandie en 1066 ? (Toujours rien.) Assisté au couronnement de Charlemagne ? Survécu à la chute de Carthage ? Aidé Attila à atteindre Rome ?

— Quelle chute de Carthage ? interrogea-t-il.

— À vous de me le dire !

— Maudit sois-tu, Hamish Osborne, murmura-t-il.

Cela faisait deux fois en deux jours qu'il avait du mal à parler. Il fixa la bougie, passa lentement le doigt dans la flamme. Sa chair se couvrit de cloques rouges, puis redevint un instant plus tard lisse et blanche, sans qu'il paraisse éprouver la moindre douleur.

— Je crois que j'ai physiquement environ trente-sept ans. Je suis né à l'époque où Clovis s'est converti au christianisme. Ce sont mes parents qui me l'ont dit. Je ne pourrais le savoir, puisque les anniversaires n'étaient pas fêtés, à l'époque. C'est plus facile de choisir la date 500 et de s'en tenir là. Je suis né vampire en 537, et à l'exception d'Attila – c'était bien avant mon époque – vous avez mentionné la plupart des grands moments du millénaire entre cette époque et la date gravée sur le linteau de ma maison de Woodstock. Comme vous êtes historienne, je me sens le devoir de vous dire que Machiavel n'était pas aussi impressionnant que vous semblez tous le penser. Ce n'était qu'un politicien florentin, et pas particulièrement doué, d'ailleurs, ajouta-t-il avec une certaine lassitude.

Matthew Clairmont avait plus de cinq cents ans.

— Je n'aurais pas dû me montrer si indiscrète, m'excusai-je. (Comment avais-je pu croire que savoir quels événements historiques avait traversés ce vampire m'aiderait à mieux le connaître ? Une phrase de Ben Jonson me vint à l'esprit. Je trouvai qu'elle expliquait mieux Matthew que le couronnement de Charlemagne :) *Il n'était pas d'une époque, il était de tous les temps !* murmurai-je.

— *Avec toi, je ne distingue point les heures et les saisons*, répondit-il, remontant plus loin dans la littérature du XVIIe siècle pour m'offrir un vers de Milton.

Nous nous regardâmes longuement, puis je rompis cet enchantement :

— Que faisiez-vous à l'automne 1859 ?

— Que vous a raconté Peter Knox ? se rembrunit-il.

— Que vous seriez peu enclin à partager vos secrets avec une sorcière, répondis-je posément.

— Vraiment ? (Le ton était calme, mais je sentis sa colère.) En septembre 1859, je faisais des recherches dans les manuscrits du musée Ashmole.

— Pourquoi, Matthew ?

*Je vous en prie, dites-le-moi*, ajoutai-je muettement. Je l'avais forcé à révéler la première partie de son secret, mais je voulais qu'il me confie le reste de son plein gré. *Plus de jeux ni d'énigmes. Dites-le-moi.*

— Je venais de terminer la lecture d'un texte qui devait partir à l'imprimerie. Rédigé par un naturaliste de Cambridge.

Je portai une main à mes lèvres en songeant à la date. *L'Origine*. Comme le grand œuvre de physique de Newton, *Les Principes*, il s'agissait d'un ouvrage dont on n'avait pas besoin de donner le titre entier. Quiconque était allé au lycée connaissait *L'Origine des espèces* de Darwin.

— Son article paru l'été précédent exposait sa théorie de la sélection naturelle, mais le livre était tout à fait différent. C'était magnifique, la manière dont il exposait avec aisance les changements observables dans la nature et vous conduisait petit à petit à accepter quelque chose d'aussi révolutionnaire.

— Mais l'alchimie n'a rien à voir avec l'évolution, dis-je en me resservant de ce merveilleux vin.

— Selon Lamarck, chaque espèce descendait d'un ancêtre différent et avait évolué indépendamment vers des formes supérieures. C'est remarquablement similaire à ce que croyaient vos alchimistes : que la pierre philosophale était le terme hors d'atteinte de la transmutation naturelle de métaux vils en formes plus nobles comme le cuivre, l'argent et l'or.

— Mais Darwin divergeait de Lamarck, même s'il utilisait le même terme de « transmutation » dans ses premiers textes sur l'évolution.

— Il n'était pas d'accord avec la transmutation linéaire, effectivement. Mais la théorie de la sélection naturelle de Darwin peut tout de même être vue comme une succession de transmutations liées entre elles.

Peut-être que Matthew avait raison et qu'il y avait vraiment de la magie partout. Dans la théorie de l'attraction universelle de Newton et peut-être dans celle de Darwin aussi.

— Il y a des manuscrits alchimiques dans le monde entier, continuai-je, tentant de garder les détails à l'esprit tout en adoptant une vue d'ensemble. Pourquoi les manuscrits d'Ashmole ?

— Quand j'ai lu Darwin et que j'ai vu comment il semblait explorer la théorie de la transmutation alchimique à travers la biologie, je me suis rappelé les légendes concernant un mystérieux livre expliquant l'origine de nos trois espèces, démons, sorcières et vampires, et que j'avais toujours considéré comme des affabulations. La plupart disaient que l'histoire était cachée des regards humains dans un livre d'alchimie. La publication de *L'Origine* m'a amené à le chercher, et si un tel livre existait, Elias Ashmole l'aurait acheté. Il avait un don incroyable pour dénicher les textes les plus bizarres.

— Vous l'avez cherché ici à Oxford il y a cent cinquante ans ?

— Oui, et un siècle et demi avant que vous le demandiez en consultation, on m'a répondu que l'Ashmole 782 était manquant.

— Continuez, dis-je, le cœur battant.

— J'essaie de mettre la main dessus depuis. Tous les autres manuscrits d'Ashmole étaient là et aucun se semblait digne d'intérêt. J'ai fait des recherches dans d'autres bibliothèques, l'Herzog August Bibliothek en Allemagne, la Bibliothèque nationale de France, la bibliothèque Médicis à Florence, au Vatican, et la bibliothèque du Congrès. (Je m'imaginai le vampire en train d'arpenter les couloirs du Vatican.) Le seul manuscrit que je n'ai pas vu est l'Ashmole 782. Par élimination, j'en déduis que c'est celui qui contient notre histoire. S'il existe encore.

— Vous avez consulté plus de livres d'alchimie que moi.

— Peut-être, avoua-t-il, mais cela ne veut pas dire que je les comprenne aussi bien que vous. Cependant, tous les manuscrits que j'ai consultés affirment résolument que l'alchimiste peut permettre à une substance de se transmuer en une autre et de créer d'autres formes de vie.

— Cela ressemble à l'évolution, dis-je.

— Oui, en effet.

Nous allâmes nous installer sur les canapés ; je me pelotonnai au bout du sofa blanc pendant que Matthew s'étalait sur l'autre, les jambes étendues devant lui. Il avait heureusement pensé à prendre le vin. Nous devions poursuivre sur la voie de la franchise.

— J'ai rencontré une démone chez Blackwell, la semaine dernière. Agatha Wilson. Selon Internet, c'est une créatrice très connue. Elle m'a dit que pour les démons, l'Ashmole 782 est l'histoire de toutes les origines, même celle des humains. Peter Knox m'a raconté autre chose. Selon lui, c'est le premier grimoire, la source du pouvoir de toutes les sorcières. Il croit que le manuscrit recèle le secret de l'immortalité et explique comment anéantir les vampires. J'ai entendu les versions des démons et des sorciers : maintenant, j'aimerais connaître la vôtre.

— Pour les vampires, le manuscrit perdu explique notre longévité et notre force. Autrefois, nous redoutions que ce secret, s'il tombait entre les mains des sorciers, conduise à notre extermination. Certains craignent que la magie ait été utilisée pour nous donner le jour et que les sorciers trouvent le moyen de l'inverser et de nous détruire. Apparemment, cette légende serait en partie vraie.

Il poussa un soupir, l'air soucieux.

— Je ne comprends toujours pas pourquoi vous êtes si certain que ce livre des origines, quel que soit son contenu, est dissimulé dans un ouvrage d'alchimie.

— Un tel livre pourrait dissimuler ces secrets en pleine lumière, tout comme Peter Knox dissimule son identité de sorcier sous ses dehors d'expert en sciences occultes. C'est trop parfait pour être une coïncidence. Quand ils parlent de la pierre philosophale, les alchimistes humains semblent avoir saisi ce que c'est d'être un vampire. Devenir un vampire nous rend presque immortels et riches pour la plupart, et cela nous donne la possibilité d'amasser une quantité inimaginable de connaissances.

— Effectivement, cela a toutes les allures de la pierre philosophale. (Le parallèle entre cette substance mythique et la créature assise en face de moi était frappant – et glaçant.) Mais il n'en reste pas moins difficile d'imaginer qu'un tel livre existe. Pour commencer, toutes les versions se contredisent. Et qui serait assez imprudent pour consigner tant d'informations au même endroit ?

— Tout comme pour les légendes concernant vampires et sorciers, il y a au moins une parcelle de vérité dans toutes ces versions. Nous devons simplement la trouver et ne pas tenir compte du reste. Ensuite, nous pourrons commencer à comprendre.

Je ne vis aucune trace de tromperie sur son visage. Encouragée par ce « nous », je décidai de lui donner d'autres renseignements.

— Vous avez vu juste concernant l'Ashmole 782. Le livre que vous cherchez est à l'intérieur.

— Continuez, dit-il en réprimant difficilement sa curiosité.

— Superficiellement parlant, c'est un livre d'alchimie. Les illustrations contiennent des erreurs, qui sont peut-être volontaires, je l'ignore.

Je me mordis les lèvres et je vis son regard s'attarder sur la petite goutte de sang que mes dents y avaient fait perler.

— Comment cela, « superficiellement parlant » ? demanda-t-il en humant son vin.

— C'est un palimpseste. Mais l'encre n'a pas été entièrement lavée. Le texte est dissimulé par un sortilège. J'ai failli ne pas le voir, tellement c'est bien fait. Mais quand j'ai tourné l'une des pages, la lumière était à l'angle adéquat et j'ai pu voir des lignes de texte défiler dessous.

— Vous avez pu les lire ?

— Non. Si l'Ashmole 782 explique ce que nous sommes, comment nous sommes apparus et pourrions être détruits, c'est bien caché.

— Tant mieux si cela reste enfoui, dit-il tristement. Du moins pour le moment. Mais le temps viendra rapidement où nous aurons besoin de ce livre.

— Pourquoi ? Qu'est-ce qui justifie une telle urgence ?

— Mieux vaut vous montrer que vous expliquer. Pouvez-vous venir à mon laboratoire demain ? (Je hochai la tête, perplexe.) Nous irons après le déjeuner, dit-il en se levant et en s'étirant. Il est tard. Je dois partir.

Nous avions terminé la bouteille de vin durant notre conversation. Il alla à la porte et tourna la poignée, qui céda avec un déclic. Il fronça les sourcils.

— Avez-vous des problèmes avec votre serrure ?

— Non, dis-je en vérifiant le verrou.

— Vous devriez la faire examiner, insista-t-il en continuant de la tripoter. Elle pourrait bien ne pas fermer correctement.

Je levai les yeux et vis passer sur son visage une émotion que je ne sus discerner.

— Je suis désolé que la soirée se termine sur une note aussi grave, dit-il à mi-voix. J'ai passé un délicieux moment.

— Le dîner vous a vraiment convenu ?

Nous avions parlé des secrets de l'univers, mais j'étais plus inquiète pour son estomac qu'autre chose.

— Plus que cela, me rassura-t-il.

Je m'apaisai en regardant son magnifique visage d'un autre âge. Comment pouvait-on le croiser dans la rue sans s'émerveiller ? Avant que j'aie eu le temps de me retenir, je me haussai sur la pointe des pieds et lui déposai un rapide baiser sur la joue. Sa peau était douce et froide comme du satin.

*Pourquoi as-tu fait cela ?* me demandai-je en fixant la poignée de la porte pour cacher ma confusion.

Ce fut réglé en quelques secondes, mais comme je l'avais constaté en recourant à la magie pour attraper les *Notes et Recherches* sur l'étagère de la bibliothèque, il ne fallait que quelques secondes pour changer entièrement une existence.

Matthew me dévisagea. Comme je ne montrais aucun signe d'hystérie ou de panique, il se baissa et m'embrassa lentement sur les lèvres. Je le vis respirer mon parfum de sève de saule et de chèvrefeuille. Quand il se redressa, son regard était plus brumeux qu'à l'accoutumée.

— Bonne nuit, Diana, dit-il avec un sourire.

Un peu plus tard, appuyée au battant de ma porte, je vis le chiffre 1 qui clignotait sur mon répondeur. Par bonheur, le son de l'appareil était coupé.

Tante Sarah voulait me poser la question que je me posais à moi-même.

Mais je n'avais tout simplement pas envie d'y répondre.

# 13

Matthew vint me chercher après le déjeuner – seule créature parmi tous les lecteurs dans Selden End. Tout en m'entraînant sous les voûtes peintes, il me cribla de questions sur mon travail et mes lectures.

Oxford était devenu gris et froid et je remontai mon col en frissonnant dans l'air humide. Matthew ne semblait pas s'en soucier et ne portait pas de veste. Dans ce temps lugubre, son apparence était moins frappante, mais il ne passait pas inaperçu pour autant : dans la cour, des gens se retournèrent et le fixèrent.

— Vous vous faites remarquer, dis-je.

— J'ai oublié de prendre une veste. Et c'est vous qu'ils regardent.

Il me fit un sourire éblouissant. Une femme resta bouche bée et donna un coup de coude à sa compagne en le désignant du menton.

— Vous n'y êtes pas du tout, répliquai-je en riant.

Nous passâmes Keble College et University Parks et entrâmes dans le dédale de bâtiments modernes abritant les laboratoires et les salles informatiques. À côté du Musée d'histoire naturelle, l'énorme cathédrale victorienne en brique dédiée à la science, c'était une construction moderne et fonctionnelle sans imagination.

Matthew désigna notre destination, un bâtiment bas d'allure ordinaire, et sortit de sa poche un badge plastifié. Il le passa dans le lecteur de la porte et composa deux codes. Nous entrâmes et il m'inscrivit au poste de sécurité comme visiteuse avant de me donner un badge.

— C'est très sécurisé, pour un laboratoire universitaire, observai-je.

Ce n'était que le début, comme je le constatai alors que nous descendions les interminables couloirs. Au bout, Matthew sortit un autre badge, le passa devant le lecteur et posa son index sur un petit panneau de verre qui tinta et laissa apparaître un clavier. Matthew composa un nouveau code. La porte s'ouvrit avec un petit déclic et je sentis une odeur d'antiseptique qui me rappela l'hôpital. Je vis devant nous une immense étendue dallée remplie d'acier et d'équipements électroniques et divisée en salles par des panneaux de verre. L'une d'elle abritait une table ronde pour les réunions, un énorme moniteur et plusieurs ordinateurs. Dans une autre se trouvaient un bureau ancien en bois, un fauteuil en cuir et un vaste tapis persan qui devait valoir une fortune, des téléphones, fax, ordinateurs et écrans. Plus loin, j'aperçus des classeurs à tiroirs, microscopes, réfrigérateurs, autoclaves, centrifugeuses et des quantités de matériel scientifique inconnu.

L'endroit semblait désert, mais j'entendis s'élever quelque part les faibles accents de violoncelle d'un concerto de Bach et quelque chose qui évoquait les pires moments de l'Eurovision.

Nous passâmes devant les deux bureaux ; Matthew me désigna celui qui contenait le tapis persan.

— Mon bureau, expliqua-t-il.

Il me conduisit dans le premier laboratoire sur la gauche. Il était rempli d'ordinateurs, de microscopes et de flacons d'échantillons soigneusement rangés. D'autres classeurs occupaient les murs. L'un des tiroirs portait l'étiquette « <0 ».

— Bienvenue au laboratoire d'histoire. (Dans la lumière bleutée, son visage était encore plus pâle et ses cheveux plus noirs.) C'est là que nous étudions l'évolution. Nous prélevons des échantillons physiques dans d'anciennes sépultures, sites de fouilles, restes fossiles, êtres vivants, et nous en extrayons l'ADN. (Il ouvrit un tiroir et en sortit une poignée de dossiers.) Nous sommes un laboratoire parmi des centaines de par le monde qui utilisent la génétique pour étudier les problèmes d'origine et d'extinction des espèces. La différence entre nous et les autres, c'est que nous n'étudions pas que les êtres humains.

— Vous étudiez la génétique des vampires ?

— Et aussi des démons et des sorciers.

Il attrapa un tabouret en acier du bout du pied et m'y fit asseoir gentiment.

Un vampire en Converse noires arriva en trombe et s'arrêta tout net en ôtant ses gants en latex. Il approchait la trentaine et avait les cheveux blonds et les yeux bleus d'un surfer californien. À côté de Matthew, sa silhouette pourtant athlétique paraissait menue.

— AB négatif, dit-il en me toisant d'un air admiratif. Wow, magnifique trouvaille. (Il ferma les yeux et huma longuement.) Et une sorcière, en plus !

— Marcus Whitmore, voici Diana Bishop. Elle est professeur d'histoire à Yale. Et c'est mon invitée, pas un sujet d'expériences, ajouta-t-il sévèrement.

— Oh, fit Marcus, l'air déçu. Cela vous ennuierait que je prélève quand même un peu de votre sang ? demanda-t-il, enjoué.

— Oui, pour le coup, répondis-je.

Je n'avais aucune envie d'être tripotée et sondée par un vampire.

Marcus émit un sifflement.

— Vous avez une sacrée réaction au stress, docteur Bishop. Je sens l'adrénaline d'ici.

— Que se passe-t-il ? demanda une voix familière.

La silhouette de Miriam fit son apparition.

— Le docteur Bishop est un peu décontenancée par le laboratoire, Miriam.

— Pardon. Je ne m'étais pas rendu compte que c'était elle. Elle n'a pas l'odeur habituelle. C'est l'adrénaline ?

— Oui, opina Marcus. Vous êtes toujours comme ça ? Débordante d'adrénaline même quand il n'y a pas de raison ?

— Marcus.

En deux syllabes, Matthew avait réussi à se montrer particulièrement réfrigérant.

— Depuis mes sept ans, répondis-je.

Un nouveau sifflement.

— Ça explique beaucoup de choses. Aucun vampire ne pourrait résister à ça.

Il ne parlait pas de mon aspect physique, même si le geste était éloquent.

— De quoi parlez-vous ? demandai-je, ma curiosité l'emportant sur mon malaise.

Matthew se tripota les cheveux et lança un regard glaçant à Marcus. Le jeune vampire prit un air blasé et fit craquer ses doigts. Le bruit me fit sursauter.

— Les vampires sont des prédateurs, Diana, expliqua Matthew. Nous sommes attirés par la réaction de stress.

Quand les gens ou les animaux sont agités, nous le sentons.

— Et nous le savourons aussi. L'adrénaline rend le sang encore plus délicieux, ajouta Marcus. Épicé, soyeux, puis sucré. C'est vraiment un régal.

Matthew émit un grondement sourd. Ses lèvres se retroussèrent et Marcus recula. Miriam posa la main sur le bras du jeune homme.

— Quoi ? Je n'ai pas faim ! protesta Marcus en se dégageant.

— Le docteur Bishop ne sait peut-être pas que les vampires n'ont pas besoin d'avoir physiquement faim pour être sensibles à l'adrénaline, Marcus, dit Matthew qui avait visiblement du mal à se maîtriser. Les vampires n'ont pas toujours besoin de se nourrir, mais nous adorons la chasse et le sursaut d'adrénaline de la proie.

Étant donné le mal que j'avais à maîtriser mon angoisse, ce n'était pas étonnant que Matthew m'invite toujours à déjeuner ou à dîner. Ce n'était pas mon parfum de chèvrefeuille qui l'enivrait – c'était l'adrénaline que je sécrétais abondamment.

— Merci de l'explication, Matthew. (Malgré la soirée précédente, j'ignorais encore beaucoup de choses sur les vampires.) Je vais essayer de me calmer.

— Ce n'est pas nécessaire, répliqua Matthew. Ce n'est pas à vous de vous calmer, mais à nous de faire montre d'un peu de courtoisie et de maîtrise.

Il jeta un regard noir à Marcus et sortit l'un des dossiers.

— Peut-être devrions-nous commencer au début, dit Miriam avec un regard inquiet vers moi.

— Non, je pense qu'il vaut mieux commencer par la fin, répondit-il en ouvrant le dossier.

— Ils sont au courant pour l'Ashmole 782 ? demandai-je à Matthew, voyant que Miriam et Marcus restaient. (Il acquiesça.) Et vous leur avez dit ce que j'ai vu ?

Il opina de nouveau.

— En avez-vous parlé à d'autres ? demanda Miriam d'un ton qui exprimait des siècles de suspicion.

— Si vous voulez parler de Peter Knox, non. Seules ma tante et son amie Em sont au courant.

— Trois sorcières et trois vampires qui partagent un secret, dit pensivement Marcus. Voilà qui est intéressant.

— Espérons que nous saurons mieux le garder que nous n'avons réussi à cacher ceci, dit Matthew en me tendant le dossier.

Les trois vampires me regardèrent attentivement. La première page portait le titre : UN VAMPIRE EN LIBERTÉ À LONDRES. Prise d'une nausée, je passai à la suivante. C'était un rapport sur un décès mystérieux dont la victime avait été retrouvée vidée de son sang. Suivait un article de magazine en russe accompagné d'une photo éloquente : la victime avait été égorgée.

Il y en avait une dizaine d'autres, dans toutes les langues possibles. Dans certains cas, il y avait eu décapitation. Dans d'autres, les cadavres étaient exsangues, mais pas une goutte de sang n'avait été retrouvée sur le lieu du crime. Certains invoquaient l'attaque d'un animal en raison de la férocité des blessures infligées au cou et au torse.

— Nous sommes en train de mourir, dit Matthew quand j'eus terminé.

— Des humains meurent, c'est clair, dis-je, la gorge serrée.

— Pas seulement des humains, corrigea-t-il. D'après ces preuves, des vampires montrent des signes de dégradation de l'espèce.

— C'est ce que vous vouliez me montrer ? demandai-je. Quel est le rapport entre cela et l'origine des créatures ou l'Ashmole 782 ?

Les mises en garde de Gillian avaient éveillé des souvenirs douloureux que ces images ne faisaient que raviver.

— Écoutez-moi, je vous en prie, dit Matthew.

Il n'était pas très cohérent, mais il n'essayait pas non plus de m'effrayer. Matthew devait avoir une bonne raison de me faire part de tout cela. Le dossier serré contre moi, je me rassis sur le tabouret.

— Ces morts, commença-t-il en me reprenant délicatement le dossier, résultent de tentatives bâclées pour transformer des humains en vampires. Ce qui était autrefois pour nous une seconde nature est devenu difficile. Notre sang est de moins en moins capable de créer une nouvelle vie à partir de la mort.

L'incapacité à se reproduire provoque l'extinction d'une espèce. D'après les photos que je venais de voir, cependant, le monde n'avait pas besoin d'autres vampires.

— C'est plus facile pour les plus âgés, des vampires comme moi qui se sont principalement nourris de sang humain durant leur jeunesse, continua-t-il. Cependant, à mesure qu'il vieillit, un vampire éprouve de moins en moins le besoin de créer de nouveaux vampires. Les jeunes vampires, c'est une autre histoire. Ils veulent fonder des familles pour rompre la solitude de leur nouvelle existence. Quand ils trouvent un humain avec lequel ils veulent vivre ou faire des enfants, certains découvrent que leur sang n'est pas assez puissant.

— Vous disiez que nous allions tous nous éteindre, lui rappelai-je.

— Les sorcières modernes ne sont plus aussi puissantes que leurs ancêtres, répondit Miriam sans émotion. Et vous ne faites plus autant d'enfants qu'autrefois.

— Cela ne me paraît pas être une preuve, mais juste une opinion subjective, dis-je.

— Vous voulez voir une preuve ? expliqua-t-elle en prenant deux autres dossiers qu'elle fit glisser vers moi sur la table. En voici une, bien que je doute que vous puissiez la comprendre.

L'un portait une étiquette à bordure violette et le mot « Benvenguda ». L'autre était à bordure rouge avec le nom « Good, Beatrice ». Ils ne contenaient que des graphiques. Ceux du dessus étaient de forme ronde et de couleurs vives. Les suivants montraient une succession de barres noires et grises.

— Ce n'est pas juste, protesta Marcus. Une historienne ne peut pas déchiffrer cela.

— Ce sont des séquences ADN, dis-je en désignant les barres. Mais les graphiques en couleurs ?

— Ce sont également des résultats de tests génétiques, expliqua Matthew en prenant un dossier. Celui-ci traite de l'ADN mitochondrial d'une femme nommée Benvenguda, hérité de sa mère, de sa grand-mère et de tous ses ancêtres de sexe féminin. La lignée maternelle.

— Et la lignée paternelle ?

Matthew prit les graphiques noirs et gris.

— Le père humain de Benvenguda est ici, dans son ADN nucléaire, son génome, avec celui de sa mère, qui était une sorcière. (Il revint aux cercles multicolores.) Mais l'ADN mitochondrial, en dehors du noyau de la cellule, ne reflète que la lignée maternelle.

— Pourquoi étudiez-vous les deux ?

J'avais entendu parler du génome, mais l'ADN mitochondrial était une nouveauté pour moi.

— L'ADN nucléaire nous informe sur vous, en tant qu'individu unique, sur la combinaison des ADN paternel et maternel qui vous ont formée. C'est le mélange des gènes du père et de ceux de la mère qui font que vous avez les yeux bleus, les cheveux blonds et des taches de rousseur. L'ADN mitochondrial nous permet de comprendre l'histoire de toute une espèce.

— Ce qui veut dire que l'origine et l'évolution des espèces est enregistrée dans chacun de nous, dis-je lentement. Dans notre sang comme dans toutes nos cellules.

— Oui, mais toute histoire des origines en raconte une autre : non plus celle des débuts, mais de la fin.

— Nous voilà revenus à Darwin, dis-je, pensive. Son livre ne traitait pas seulement de l'origine de chaque espèce, mais aussi de la sélection naturelle et de l'extinction.

— Selon certains, il traitait surtout de l'extinction, opina Marcus.

— Qui était-ce ? demandai-je en considérant les cercles colorés de Benvenguda.

— Une très puissante sorcière, dit Miriam, qui vivait en Bretagne au VIIe siècle. C'était un prodige à une époque qui a produit bien des prodiges. Beatrice Good est l'une de ses dernières descendantes connues.

— Sa famille venait-elle de Salem ? demandai-je en effleurant le dossier.

Il y avait des Good qui y avaient vécu, tout comme les Bishop et les Proctor.

— L'arbre généalogique de Beatrice comprend Sarah et Dorothy Good de Salem, confirma Matthew.

Il ouvrit le dossier de Beatrice et posa les résultats mitochondriaux à côté de ceux de Benvenguda.

— Mais ils sont différents, remarquai-je.

Les couleurs et leur disposition n'étaient en effet pas les mêmes.

— Pas tant que cela, corrigea Matthew. L'ADN nucléaire de Beatrice a moins de marqueurs communs chez les sorcières. Cela indique que ses ancêtres, au cours des siècles, se sont de moins en moins appuyés sur la magie et la sorcellerie pour survivre. Cette modification des besoins a forcé des mutations de son ADN, des mutations qui ont écarté la magie.

Le message était tout à fait scientifique, mais il m'était destiné.

— Les ancêtres de Beatrice se sont détournés de la magie et c'est ce qui va finalement causer la disparition de la famille ?

— Ce n'est pas entièrement la faute des sorcières. La nature est également en cause, dit tristement Matthew. Il semblerait que les sorcières, comme les vampires, subissent la pression de la survie dans un monde de plus en plus humain. Les démons aussi. Ils font preuve de moins de génie, ce qui les distinguait du reste de la population humaine, et de plus de folie.

— Les humains sont en train de s'éteindre ? demandai-je.

— Oui et non, dit Matthew. Nous pensons que les humains ont fait montre d'une meilleure faculté d'adaptation, jusqu'à aujourd'hui. Leur système immunitaire est plus réactif et ils ont un besoin de se reproduire plus élevé que celui des vampires ou des sorciers. Autrefois, le monde était plus également réparti entre humains et créatures. À présent, les humains sont la majorité et les créatures ne représentent plus que dix pour cent de la population.

— Le monde était différent quand il y avait autant de créatures que d'humains, regretta Miriam. Mais leur système immunitaire sensible va se retourner contre eux.

— Jusqu'à quel point sommes-nous différents des humains ?

— Considérablement, du moins au niveau génétique. Nous avons une apparence similaire, mais l'agencement de nos chromosomes est particulier. (Matthew dessina un schéma sur la couverture du dossier de Beatrice Good.) Les humains ont vingt-trois paires de chromosomes dans chaque cellule, chacune arrangée en longues séquences. Les vampires et les sorcières en ont vingt-quatre.

— Plus que les humains, le pinot noir et les cochons, plaisanta Marcus.

— Et les démons ?

— Ils ont le même nombre de paires de chromosomes que les humains, mais ils possèdent aussi un chromosome supplémentaire. À notre connaissance, c'est ce qui les rend démoniaques, répondit Matthew, et de tendance instable.

— Qu'y a-t-il dans ce chromosome supplémentaire ? demandai-je.

— Du matériel génétique qui nous distingue des humains, expliqua Matthew, ainsi que du matériel qui régule les fonctions cellulaires ou ce que les scientifiques appellent « ADN poubelle ».

— Attendez un instant, coupai-je. Sorcières et démons naissent. Je suis née avec une paire de chromosomes en plus, et votre ami Hamish avec un chromosome supplémentaire. Mais les vampires ne naissent pas, ils sont créés à partir d'ADN humain. Où acquérez-vous cette paire supplémentaire ?

— Quand un humain renaît en vampire, son créateur lui ôte tout son sang humain, ce qui provoque la mort des organes. Mais avant que le décès se produise réellement, le créateur lui donne son sang pour le faire renaître, expliqua Matthew. D'après ce que nous constatons, l'influx de sang de vampire provoque une mutation génétique dans toutes les cellules.

J'avais déjà entendu le terme « renaître », mais jamais celui de « créateur » à propos des vampires.

— Le sang du créateur circule dans l'organisme de l'être créé, et y apporte un nouveau matériel génétique, dit Miriam. C'est similaire à ce qui se passe dans les transfusions humaines. Mais le sang d'un vampire provoque des centaines de modifications de l'ADN.

— Nous avons commencé à étudier le génome pour chercher la preuve de ce changement radical, continua Matthew. Nous l'avons trouvée : des mutations qui prouvent que tous les nouveaux vampires ont connu une adaptation spontanée pour survivre une fois absorbé le sang de leur créateur. C'est ce qui provoque le développement d'une paire de chromosomes supplémentaires.

— Un big-bang génétique. Vous êtes comme une galaxie qui naît d'une étoile agonisante. En quelques moments, vos gènes vous transforment en autre chose, une créature inhumaine.

Je regardai Matthew, émerveillée.

— Vous vous sentez bien ? demanda-t-il. Nous pouvons faire une pause.

— Je pourrais avoir un peu d'eau ?

— J'y vais, dit Marcus en se levant. Il y en a dans le frigo des échantillons.

— Les humains ont fourni le premier indice qu'un stress cellulaire aigu causé par des bactéries et d'autres formes de bombardement génétique pouvait provoquer des mutations rapides, plutôt que les modifications plus lentes de la sélection naturelle. (Miriam sortit un dossier, l'ouvrit et me montra un graphique en noir et blanc.) Cet homme est mort en 1375. Il a survécu à la variole, mais la maladie a provoqué une mutation sur le troisième chromosome, tandis que son corps réagissait rapidement à l'afflux de bactéries.

Marcus revint avec une bouteille d'eau. Je bus avidement une gorgée.

— L'ADN des vampires est rempli de mutations similaires, causées par une résistance à la maladie. Ces changements pourraient mener progressivement à notre extinction, continua Matthew, l'air préoccupé. En ce moment, nous essayons de nous concentrer sur ce qui, dans le sang des vampires, déclenche la création de nouveaux chromosomes. La réponse se trouve peut-être dans les mitochondries.

— Impossible, déclara Miriam. Elle est dans l'ADN nucléaire. Quand un organisme est agressé par le sang d'un vampire, il doit déclencher une réaction qui permet à l'individu d'assimiler les modifications.

— Peut-être, mais dans ce cas, nous devons examiner de plus près l'ADN poubelle aussi. Tout doit être réuni pour créer de nouveaux chromosomes, insista Marcus.

Pendant qu'ils débattaient tous les trois, je remontai ma manche. Quand mon coude et mes veines furent découvertes, ils se retournèrent tous les trois vers moi.

— Diana, dit Matthew d'un ton glacial en portant la main à l'ampoule à son cou. Que faites-vous ?

— Vos gants sont toujours à portée de main, Marcus ? demandai-je.

— Oui, sourit-il en sortant une paire neuve d'une boîte.

— Rien ne vous oblige à faire cela, dit Matthew d'une voix étranglée.

— Je le sais. Je le fais de plein gré.

Mes veines paraissaient encore plus bleues dans la lumière du laboratoire.

— Elles sont belles, approuva Miriam, ce qui lui valut un grondement menaçant de la part de Matthew.

— Si cela vous pose un problème, attendez dehors, lui dis-je calmement.

— Avant que vous vous lanciez, je veux que vous réfléchissiez bien, dit-il en se penchant vers moi, protecteur, comme lorsque Peter Knox m'avait abordée dans la bibliothèque. Nous n'avons aucun moyen de prévoir ce que les examens révéleront. C'est votre vie entière, l'histoire de votre famille, qui vont être décrites noir sur blanc. Vous êtes absolument sûre que vous voulez dévoiler tout cela ?

— Comment cela, « ma vie entière » ?

— Ces examens nous en apprennent beaucoup plus que la couleur de vos yeux ou de vos cheveux. Ils indiquent quels traits vous ont été transmis par vos parents. Sans parler de ceux qui proviennent de vos ancêtres féminins.

— C'est pour cela que je veux que vous préleviez un échantillon, dis-je patiemment. (Il parut perplexe.) Je me suis demandé toute ma vie le rôle que jouait le sang des Bishop. Tous ceux qui connaissaient ma famille se posaient la question. À présent, nous allons le savoir.

Cela me paraissait très simple. Mon sang pouvait apprendre à Matthew des choses que je ne désirais pas découvrir par hasard. Je n'avais pas envie de mettre le feu au mobilier, de voler dans les arbres, ou que penser du mal de quelqu'un provoque sa mort deux jours plus tard. Matthew pouvait penser que donner mon sang était risqué. Moi, je trouvais cela tout à fait rassurant, tout bien considéré.

— Par ailleurs, vous venez de me dire que les sorcières sont en voie d'extinction. Je suis la dernière des Bishop. Peut-être que mon sang vous permettra de comprendre pourquoi.

Nous nous dévisageâmes, pendant que Miriam et Marcus attendaient patiemment. Finalement, Matthew poussa un soupir exaspéré.

— Donnez-moi le matériel, demanda-t-il à Marcus.

— Je peux le faire, protesta le jeune homme en faisant claquer son gant sur son poignet.

Miriam voulut le retenir, mais Marcus continuait d'avancer vers moi avec son matériel.

— Marcus, le prévint Miriam.

Matthew s'empara du matériel et arrêta le jeune vampire d'un regard impérieux.

— Désolé, Marcus, mais si quelqu'un doit prélever le sang de Diana, ce sera moi.

Il me prit le poignet et me plia le bras plusieurs fois avant de le tendre entièrement et de poser ma main sur la table en acier. Il y avait quelque chose d'indéniablement inquiétant à se faire planter une aiguille dans la veine par un vampire. Il noua un garrot en caoutchouc au-dessus de mon coude.

— Serrez le poing, dit-il doucement en enfilant ses gants et en préparant sa seringue et son premier flacon.

J'obéis et vis mes veines gonfler. Matthew ne prit pas la peine de prévenir que j'allais sentir une petite piqûre. Il se pencha sans cérémonie et enfonça l'aiguille dans mon bras.

— Joli travail, dis-je en desserrant le poing pour laisser le sang s'écouler.

Matthew serra les dents en changeant de flacon. Quand il eut terminé, il retira l'aiguille et la jeta dans un container à déchets hospitaliers scellé. Marcus ramassa les flacons et les donna à Miriam, qui les étiqueta de sa petite écriture précise. Matthew appliqua sur la piqûre un morceau de gaze qu'il fixa avec du sparadrap.

— Date de naissance ? demanda sèchement Miriam, stylo levé.

— 13 août 1976.

— Le 13 août ? répéta-t-elle.

— Oui, pourquoi ?

— Je voulais être sûre, murmura-t-elle.

— Dans la plupart des cas, nous faisons également un frottis dans la joue, dit Matthew.

Il déchira un sachet et en sortit deux morceaux de plastique blanc en forme d'avirons. Sans un mot, j'ouvris la bouche et le laissai faire. Il enferma les deux échantillons dans des tubes distincts.

En contemplant le laboratoire, l'ambiance sereine toute de lumière bleutée et d'acier luisant, je songeai aux alchimistes qui travaillaient devant des feux de charbon, dans la pénombre, avec du matériel improvisé et des creusets en terre cuite ébréchés. Que n'auraient-ils pas donné pour avoir la possibilité de travailler dans un tel endroit, avec des outils qui auraient pu les aider à comprendre les mystères de la Création.

— Cherchez-vous le premier vampire ? demandai-je en désignant les classeurs.

— Parfois, répondit Matthew. Mais surtout, nous cherchons comment l'alimentation et les maladies peuvent affecter l'espèce, comment et quand certaines lignées s'éteignent.

— Et est-ce vraiment exact que nous formons quatre espèces distinctes, ou bien démons, humains, vampires et sorcières ont-ils un ancêtre commun ?

Sarah prétendait que les sorcières avaient peu en commun avec les autres créatures et je m'étais toujours demandé si ses convictions reposaient sur autre chose qu'un vœu pieux ou la tradition. À l'époque de Darwin, beaucoup pensaient qu'il était impossible qu'un couple d'humains communs ait produit tant de types raciaux. Quand certains Européens blancs considéraient les noirs africains, ils préféraient la théorie de la polygénie, selon laquelle les races descendaient d'ancêtres différents et sans relation.

— Démons, humains, vampires et sorcières varient considérablement d'un point de vue génétique, dit Matthew.

Il comprenait pourquoi je posais la question, bien qu'il ne m'ait pas donné une réponse franche.

— Si vous prouvez que nous ne sommes pas des espèces différentes, mais seulement des lignées distinctes d'une même espèce, cela changera tout, l'avertis-je.

— Nous finirons par pouvoir déterminer comment les quatre groupes sont apparentés, s'ils le sont. Mais nous en sommes encore loin. Je crois que cela fera assez de débat scientifique pour aujourd'hui, conclut-il en se levant.

Après avoir pris congé de Miriam et de Marcus, Matthew me reconduisit à New College. Il alla se changer et revint me prendre pour aller au yoga. Nous roulâmes en silence vers Woodstock, perdus dans nos pensées.

À Old Lodge, Matthew me laissa descendre pendant qu'il prenait les tapis dans le coffre.

Deux vampires passèrent. L'un d'eux m'effleura et la main de Matthew jaillit comme l'éclair pour empoigner la mienne. Il la garda jusqu'à ce que nous soyons entrés. Après le cours, nous repartîmes vers Oxford en parlant de ce qu'Amira avait dit, puis du comportement de l'un des démons, que nous trouvions tout à fait typique de leur espèce. Une fois passées les grilles de New College,

Matthew coupa le contact, contrairement à son habitude, avant de me laisser descendre.

Fred leva les yeux quand le vampire s'approcha de la paroi vitrée.

— Oui ? demanda le concierge.

— J'aimerais raccompagner le docteur Bishop chez elle. Puis-je laisser la voiture ici et les clés, au cas où vous souhaiteriez la déplacer ?

Fred aperçut le badge de John Radcliffe et acquiesça. Matthew lui confia les clés.

— Matthew, dis-je, je n'ai qu'à traverser, vous n'avez pas besoin de me raccompagner.

— Si, assena-t-il d'un ton qui n'admettait pas la réplique.

Une fois la loge du concierge passée, il reprit ma main. Cette fois, le contact glacé de ses doigts fut accompagné d'une sensation de chaleur au creux de mon ventre.

En bas de l'escalier, je me retournai vers lui.

— Merci de m'avoir emmenée au yoga, une fois de plus.

— Je vous en prie. (Il rajusta derrière mon oreille mon habituelle mèche rebelle et laissa ses doigts s'attarder sur ma joue.) Venez dîner demain, ajouta-t-il. Ce sera mon tour de cuisiner. Puis-je passer vous prendre à 19 h 30 ?

*Refuse*, me dis-je malgré le bond que mon cœur fit dans ma poitrine.

— J'en serai ravie, répondis-je cependant.

Il me déposa deux baisers glacés sur les joues.

— *Ma vaillante fille**, murmura-t-il à mon oreille.

Son parfum étourdissant me monta à la tête.

Quelqu'un était venu réparer la poignée de la porte, comme demandé, et j'eus du mal à ouvrir. Le voyant clignotant de mon répondeur m'accueillit, signalant un nouveau message de Sarah. J'allai à la fenêtre et regardai en bas. Matthew levait la tête vers mon appartement. Je lui fis un signe. Il sourit, fourra les mains dans ses poches et s'en alla vers la loge, en s'enfonçant dans la nuit comme si elle lui appartenait.

# 14

Matthew m'attendait à la loge à 19 h 30, toujours aussi impeccable dans son habituel mélange de gris perle et d'anthracite, ses cheveux noirs ramenés en arrière. Il supporta l'inspection que lui fit subir le concierge du week-end, qui me salua d'un : « À plus tard, docteur Bishop. »

— Vous éveillez vraiment l'instinct protecteur chez les gens, me murmura-t-il en passant la grille.

— Où allons-nous ? demandai-je, ne voyant sa voiture nulle part.

— Ce soir, nous dînons à l'université, répondit-il en désignant la Bodléienne.

J'avais espéré qu'il m'emmènerait à Woodstock ou dans un appartement des immeubles victoriens de North Oxford. Jamais il ne me serait venu à l'esprit qu'il puisse habiter à l'université.

— Dans la salle, à la grande table ?

Je me sentais affreusement mal habillée et je tirai sur le bas de mon chemisier de soie noire.

— J'évite la salle autant que possible. Et ce n'est pas là-bas que je vous emmène, pour que vous preniez place sur le Siège Périlleux[1] et que tous les membres vous dévisagent !

Nous nous dirigeâmes vers la Radcliffe Camera. Quand nous passâmes devant l'entrée d'Hertford College sans nous arrêter, je posai la main sur son bras. Il n'y avait qu'une université à Oxford connue pour son caractère exclusif et son observance scrupuleuse du protocole. Et réputée pour ses membres.

— Ne me dites pas…

Il s'arrêta.

— Quelle importance, l'université à laquelle j'appartiens ? Si vous préférez voir d'autres gens, je comprendrai, évidemment.

— Je ne m'inquiète pas de me faire dévorer toute crue, Matthew. C'est juste que je n'y suis jamais entrée.

Une double grille très ornementée protégeait son université comme Wonderland. Matthew toussota avec agacement et me prit la main pour que je n'aille pas regarder à travers.

— Ce n'est qu'un groupe de gens rassemblés dans de vieux bâtiments. (Malgré son ton bourru, il n'en faisait pas moins partie de la soixantaine de membres d'une université qui ne recevait aucun étudiant.) De toute façon, nous allons chez moi.

Il se détendit durant le reste du chemin, comme s'il était en compagnie d'une vieille amie. Nous passâmes la porte basse en bois qui protégeait la tranquillité des lieux. Il n'y avait personne en dehors du concierge, pas le moindre étudiant assis sur les bancs de la cour. L'endroit était silencieux et paisible, comme si ses membres étaient vraiment « les âmes de tous les loyaux défunts de l'université d'Oxford ».

---

1. La place vacante à la Table Ronde.

— Bienvenue à All Souls, me dit-il avec un sourire timide.

All Souls College était un chef-d'œuvre du gothique tardif, croisement entre pièce montée et cathédrale, avec ses flèches élancées et ses délicates sculptures. Je soupirai de plaisir, incapable de dire un mot – du moins pour le moment. Mais Matthew allait devoir me fournir quelques explications.

— Bonsoir, James, dit-il au concierge qui le lorgna par-dessus ses lunettes à double foyer et le salua. Je n'en ai que pour un instant, ajouta-t-il en montrant une vieille clé.

— Très bien, professeur Clairmont.

— Allons-y, dit Matthew en reprenant ma main. Nous devons poursuivre votre éducation.

Il se comportait comme un garçon espiègle qui m'entraînait dans une chasse au trésor. Nous nous faufilâmes par une porte fendillée et noircie par les ans, et il alluma la lumière. Sa peau blanche surgit de l'obscurité ; il avait tout à fait l'air d'un vampire.

— Heureusement que je suis une sorcière, plaisantai-je. Vous voir comme cela ici suffirait à faire mourir un humain de peur.

En bas d'un escalier, il tapa une longue suite de chiffres sur un clavier de sécurité. J'entendis un déclic et il ouvrit une autre porte. Je fus accueillie par une odeur de moisissure mêlée à une autre que je ne pus identifier. Les ténèbres s'étendaient au-delà.

— On se croirait dans un roman gothique. Où m'emmenez-vous ?

— Patience, Diana. Nous ne sommes plus loin.

Malheureusement, la patience n'était pas le fort des femmes Bishop.

Matthew appuya sur un interrupteur qui alluma une longue guirlande de vieilles ampoules éclairant une sorte d'écurie pour poneys.

Je levai un regard interrogateur.

— Après vous, dit-il en s'inclinant.

En avançant, je reconnus l'odeur : c'était celle de l'alcool aigre, comme dans un pub un dimanche matin.

— Du vin ?

— En effet.

Nous passâmes devant des dizaines de petites alcôves contenant des bouteilles sur des casiers et dans des caisses. Chacune portait une petite ardoise où était notée l'année à la craie. Je vis des vins qui dataient de la Première et de la Seconde Guerre, et des bouteilles que Florence Nightingale aurait pu emporter dans ses malles en partant pour la Crimée. Certaines avaient vu la construction du mur de Berlin et d'autres sa destruction. Plus loin dans la cave, les années laissaient la place à des catégories plus vagues comme « Vieux Claret » ou « Porto hors d'âge ».

Nous arrivâmes enfin au bout, devant une douzaine de petites portes fermées. Matthew en ouvrit une. Il n'y avait pas d'électricité à l'intérieur, mais il prit une chandelle qu'il fixa dans un bougeoir et alluma.

À l'intérieur, tout était aussi net et ordonné que Matthew lui-même, mais couvert de poussière. Des casiers de bois individuels renfermaient des bouteilles et le bas de la porte était taché, là où l'on avait recraché le vin, année après année. Une odeur de raisin, de liège et de moisi remplissait l'air.

— C'est à vous ? demandai-je, incrédule.

— Oui, c'est ma cave. Quelques-uns des membres ont leur cave personnelle.

— Que pouvez-vous donc avoir ici qu'il n'y a pas dans les autres ?

La cave devait contenir une bouteille de chaque vin jamais produit. Le meilleur magasin d'Oxford me semblait à présent bien pauvre en comparaison.

— Toutes sortes de choses, répondit-il mystérieusement.

Il s'affaira rapidement dans la petite pièce et choisit quelques bouteilles çà et là. Il m'en tendit une, lourde et noire, qui portait un écu doré en guise d'étiquette et dont le bouchon était pourvu d'un muselet. Du champagne : du Dom Pérignon.

L'autre bouteille était en verre vert sombre, avec une simple étiquette crème manuscrite. Il me la tendit cérémonieusement et je vis la date : 1976.

— L'année de ma naissance ! m'exclamai-je.

Il en prit deux autres : l'une avec une longue étiquette octogonale illustrée d'un château et au goulot trempé dans de la cire rouge ; l'autre, noire et un peu difforme, sans étiquette, semblait cachetée avec du goudron. Elle portait une étiquette en carton au bout d'une ficelle nouée autour du goulot.

— Allons-y, voulez-vous ? dit-il en soufflant la chandelle.

Il referma soigneusement la porte derrière lui, les deux bouteilles dans une main, puis nous remontâmes en laissant dernière nous l'odeur de vin.

Dans le crépuscule, Matthew semblait rayonner de plaisir, chargé de bouteilles comme il était.

— Quelle merveilleuse nuit, dit-il d'un ton allègre.

Nous montâmes à son logement, qui était plus grandiose que je l'aurais imaginé, mais plus petit que le mien, étant situé au dernier étage de l'un des plus anciens bâtiments et rempli de coins et de recoins. Même si la hauteur de plafond était suffisante pour lui, l'endroit restait trop petit. Il devait se baisser pour passer les portes et le bas des fenêtres lui arrivait quelque part à mi-cuisses.

Ce qui manquait en taille était compensé par le mobilier. Un tapis d'Aubusson fané couvrait le sol où trônait tout un assortiment de meubles William Morris originaux. D'une certaine façon, l'architecture du XVe, le tapis du XVIIIe et les lignes nettes du chêne du XIXe faisaient un magnifique ensemble et donnaient au logement l'atmosphère d'un club très fermé de gentlemen édouardiens.

Une grande table de réfectoire trônait au bout de la pièce principale, occupée d'un côté par des journaux, des livres et tous les vestiges soigneusement rangés d'une vie d'universitaire : mémos, publications, lettres de recommandation et articles de collègues. Chaque pile était maintenue par un objet particulier. La collection de presse-papiers de Matthew comprenait l'archétype en verre fumé, une vieille brique, une médaille de bronze qu'il devait avoir remportée et un petit tisonnier. À l'autre bout de la table, une nappe avait été déployée, retenue par une paire de chandeliers géorgiens en argent dignes d'un musée. Une rangée de verres différents montait la garde devant des assiettes blanches très simples et de l'argenterie.

— C'est ravissant, m'extasiai-je.

Rien dans cette pièce ne provenait de l'université. Tout était la quintessence de Matthew.

— Asseyez-vous.

Il récupéra les deux bouteilles que je portais et les rangea dans un placard.

— All Souls estime que les membres ne doivent pas prendre leurs repas dans leur logement, expliqua-t-il en me voyant regarder l'aménagement spartiate de la cuisine. Nous allons donc nous débrouiller comme nous pourrons.

Ce que j'allais manger serait aussi bon que le meilleur restaurant d'Oxford, je n'en doutais pas.

Matthew plongea le champagne dans un seau à glace en argent et s'assit dans l'un des confortables fauteuils devant sa cheminée, condamnée comme la mienne.

— On ne peut plus faire de feu à Oxford, regretta-t-il en désignant l'âtre vide. Quand tout le monde allumait le sien, la ville sentait le feu de joie.

— Quand êtes-vous venu ici la première fois ? demandai-je.

— En 1989, dit-il en étendant ses longues jambes. Je suis venu à Oriel étudier les sciences et je suis resté pour faire mon doctorat. Quand j'ai remporté la bourse d'All Souls, j'ai passé ici quelques années. Une fois mon diplôme obtenu, l'université m'a offert une place et j'ai été élu membre.

Chaque fois qu'il racontait quelque chose, c'était stupéfiant. Un lauréat du Prix ? Il n'y en avait que deux par an.

— Et c'est votre première fois à All Souls ?

Il éclata de rire en me voyant me mordre les lèvres.

— Réglons cela une fois pour toutes, dit-il en commençant à énumérer les universités sur ses doigts. J'ai été membre, une fois, de Merton, de Magdalen et d'University College. Je l'ai été deux fois de New College et d'Oriel. Et c'est la première fois qu'All Souls s'intéresse à moi.

En ajoutant à cette réponse Cambridge, Paris, Padoue et Montpellier – qui, je n'en doutais pas, avaient toutes eu un jour un étudiant nommé Matthew Clairmont, ou quelque chose de ce genre, j'entrevis un nombre étourdissant de diplômes. Qu'avait-il pu étudier durant ces innombrables années, et avec qui ?

— Diana ? s'enquit-il avec amusement. Vous m'écoutez ?

— Pardon, dis-je en me ressaisissant. C'est pire qu'une maladie : je ne peux pas refréner ma curiosité, dès que vous évoquez vos souvenirs.

— Je sais. C'est l'une des difficultés que connaît un vampire en présence d'une sorcière qui est historienne, ironisa-t-il, le regard pétillant.

— Si vous voulez éviter cela à l'avenir, je vous suggère d'éviter la section paléographie de la Bodléienne, répondis-je, sarcastique.

— Je ne peux affronter qu'une historienne à la fois pour le moment, dit-il en se levant souplement. Je vous demandais si vous aviez faim ?

— Oui, répondis-je en prenant la main qu'il me tendait pour pouvoir m'extraire du profond fauteuil.

Nous nous retrouvâmes face à face, à nous frôler. Je fixai l'ampoule de Béthanie sous son pull. Son regard passa brièvement sur moi en laissant sur mon visage comme une traînée de flocons de neige.

— Vous êtes ravissante. (Je penchai la tête de côté et ma mèche rebelle retomba sur mes yeux. Comme il en avait récemment pris l'habitude, il la replaça derrière mon oreille. Mais cette fois, ses doigts continuèrent jusqu'à ma nuque. Il souleva la masse de mes cheveux et les laissa couler entre ses doigts comme de l'eau. Je frissonnai.) J'adore vos cheveux, murmura-t-il. Ils sont de toutes les couleurs possibles. Certains sont même noirs et roux.

Je surpris une brève inspiration : il avait décelé une nouvelle odeur.

— Que sentez-vous ? demandai-je sans oser croiser son regard.

— Vous, souffla-t-il.

— Nous dînons ? fis-je en relevant la tête.

Après cet instant, c'était difficile de se concentrer sur le repas, mais je fis de mon mieux. Matthew sortit d'un minuscule réfrigérateur deux assiettes où six huîtres étaient dressées en étoile sur un lit de glace pilée.

— La première leçon de votre éducation portera sur les huîtres et le champagne, dit-il en s'asseyant, le doigt levé comme un professeur qui s'apprête à se lancer dans son sujet favori.

Il prit la bouteille et la déboucha d'un seul geste.

— J'ai généralement du mal à réussir cela, commentai-je en fixant ses longs doigts élégants.

— Je peux vous apprendre à le sabrer, si vous voulez, sourit-il. Bien entendu, un couteau fait l'affaire, quand on n'a pas de sabre.

Il versa le champagne qui pétilla dans la lumière des bougies, puis il leva son verre.

— *À la vôtre**.

— *À la vôtre**. (Je levai ma flûte et regardai les bulles éclater à la surface.) Pourquoi sont-elles si fines ?

— Parce que le vin est très vieux. La plupart des champagnes se boivent bien avant d'avoir l'âge de celui-ci. Mais j'aime le vieux vin, il me rappelle le goût qu'avait le champagne autrefois.

— Quel âge a celui-là ?

— Il est plus âgé que vous, répondit-il. (Il ouvrit les huîtres à main nue – opération qui exige généralement un couteau spécial et une certaine dextérité – et jeta les coquilles dans une coupe en verre au milieu de la table, puis il me tendit une assiette.) Il est de 1961.

— Dites-moi que c'est ce que nous boirons de plus vieux ce soir, répondis-je, songeant au vin qu'il avait apporté le jeudi précédent à notre dîner.

La bouteille, qui servait de vase à la dernière de ses roses blanches, trônait sur ma table de chevet.

— Non, et de loin, répondit-il avec un sourire narquois.

Je laissai glisser le contenu de la première coquille dans ma bouche, qui se remplit de toutes les saveurs de l'Atlantique, et j'ouvris de grands yeux.

— Maintenant, buvez, dit-il en levant son verre et en me regardant prendre une petite gorgée du liquide doré. Que sentez-vous ?

L'onctuosité du vin et des huîtres se mêla avec le sel d'une manière tout à fait fascinante.

— J'ai l'impression d'avoir l'océan tout entier dans la bouche, répondis-je en buvant une autre gorgée.

Nous terminâmes les huîtres et passâmes à une énorme salade. Elle contenait tout ce qui se fait de plus coûteux en matière de légumes verts, fruits rouges et fruits secs, assortis d'une délicieuse vinaigrette à l'huile d'olive et au vinaigre de champagne que Matthew prépara sur la table. Les petites lamelles de viande qui l'agrémentaient étaient de la perdrix provenant des terres d'Old Lodge. Nous bûmes ce que Matthew appela mon « vin d'anniversaire », qui avait un arôme de cire citronnée et de fumée et avait un goût de craie et de caramel au beurre.

Le plat suivant était un ragoût à la sauce parfumée servi avec du riz. Je devinai à la première bouchée qu'il s'agissait de veau avec des pommes et de la crème. Matthew me regarda manger et sourit quand je tombai sur un morceau de pomme aigrelette.

— C'est une vieille recette normande, dit-il. Cela vous plaît ?

— C'est délicieux. C'est vous qui l'avez préparé ?

— Non. C'est le chef du Old Parsonage – qui a expressément précisé comment le réchauffer sans le brûler.

— Vous pouvez me réchauffer mon dîner quand vous voulez, dis-je en savourant. Mais vous ne mangez pas ?

— Non, je n'ai pas faim.

Il continua de me regarder, puis il alla à la cuisine chercher un autre vin. C'était la bouteille cachetée à la cire rouge. Il la déboucha et huma le bouchon de liège.

— Parfait, jugea-t-il en le versant dans une carafe.

— Vous arrivez à le sentir comme cela ? demandai-je, encore incertaine de ses facultés olfactives.

— Oh, oui, ce vin en particulier, dit-il en nous servant. Êtes-vous prête à goûter quelque chose de miraculeux ? (Je hochai la tête.) C'est un château margaux d'une année exceptionnelle. Certains le considèrent comme le meilleur vin rouge jamais produit.

Nous prîmes nos verres et, comme lui, je plongeai le nez dans le mien. Le parfum de violettes me submergea. À la première gorgée, j'eus l'impression de boire du velours. Ensuite, ce fut une saveur de chocolat au lait, de cerise, puis un déluge d'arômes incohérents qui me rappelèrent la lointaine odeur du bureau de mon père quand il y avait fumé ou celle d'un taille-crayon dont on vidait les rognures à l'école élémentaire. Une dernière note épicée me rappela Matthew.

— Il a le même goût que vous ! m'exclamai-je.

— Comment cela ?

— Épicé, précisai-je en rougissant brusquement.

— Juste épicé ?

— Non, d'abord, j'ai cru qu'il aurait un goût de fleurs, de violettes, parce que c'était ce qu'il sentait. Mais ensuite, j'ai eu toute une succession de saveurs. Et pour vous, quel goût a-t-il ?

Cela allait être beaucoup plus intéressant et moins gênant que ma réaction. Il huma le vin, le fit tourner dans le verre et le goûta.

— Violettes, je suis d'accord avec vous. Des violettes confites. Elizabeth Tudor les adorait et cela lui a gâté les dents. (Une autre gorgée.) La fumée d'un bon cigare, comme ceux qu'on proposait au Marlborough Club quand le prince de Galles y venait. Des mûres sauvages cueillies dans les haies devant les écuries d'Old Lodge et des groseilles macérées dans du cognac.

Voir un vampire utiliser ses facultés sensorielles ne pouvait être qu'une expérience tout à fait irréelle. Non seulement Matthew entendait ou voyait des choses qui m'échappaient, mais sa perception était nette et précise. Il ne s'agissait pas d'une mûre quelconque, mais d'une mûre particulière provenant d'un endroit ou d'une époque précis.

Il continua de boire pendant que je terminais mon assiette. Je repris mon verre avec un petit soupir de contentement et le fis tourner dans la lumière des bougies.

— À votre avis, quel goût pourrais-je avoir ? plaisantai-je.

Matthew se leva d'un bon, le visage blême de rage. Sa serviette tomba et une veine se mit à palpiter sur son front.

J'avais dit une sottise.

Il fut à mes côtés avant que j'aie eu le temps de réagir et me leva de mon siège.

— Il reste une légende sur les vampires que nous n'avons pas abordée, n'est-ce pas ? (Son regard était étrange et son visage effrayant. Je tentai de lui échapper mais ses doigts s'enfoncèrent dans mes bras.) Celle selon laquelle un vampire ensorcelé par une femme est incapable de se retenir.

Je revis en un éclair ce qui s'était passé. Il m'avait demandé ce que je décelais dans le vin. Je lui avais dit qu'il avait le même goût que lui. Puis il m'avait dit ce qu'il percevait et j'avais répondu…

— Oh, Matthew, murmurai-je.

— Vous vous demandez ce que j'éprouverais si je vous goûtais ? reprit-il dans un grondement sourd et menaçant qui me révulsa.

Il me lâcha, mais je n'eus pas le temps de réagir ni de reculer. Il avait passé ses doigts dans mes cheveux, pressant ma nuque sous ses pouces. J'étais de nouveau prise au piège et une sensation apaisante m'envahit au contact de ses mains glacées. Étais-je ivre après deux verres de vin ? Droguée ? Comment expliquer autrement mon incapacité à me libérer ?

— Ce n'est pas seulement votre odeur qui me plaît. J'entends votre sang de sorcière couler dans vos veines, murmura-t-il à mon oreille. Saviez-vous que le sang des sorcières fait de la musique ? Comme une sirène qui enchante le marin, l'enjoint à virer de bord vers son rocher, l'appel de votre sang pourrait être fatal, à moi comme à vous.

Sa voix résonnait en moi comme si j'avais entendu ses pensées. Ses lèvres descendirent le long de ma joue. À chaque frôlement, ma chair se figeait, glacée, puis brûlait de nouveau quand le sang y revenait.

— Matthew, soufflai-je.

Je fermai les yeux, m'attendant à sentir ses dents sur ma gorge, mais sans pouvoir – ni vouloir – bouger.

Ses lèvres rencontrèrent les miennes. Ses bras se nouèrent autour de moi et ses mains enserrèrent ma tête. Mes lèvres s'ouvrirent sous les siennes, mes mains prises au piège entre nous. Je sentis sous mes paumes un unique battement de cœur. Et avec ce battement, le baiser changea. Matthew restait toujours aussi impérieux, mais cette avidité s'adoucit : il prit délicatement mon visage entre ses mains et recula à contrecœur. Pour la première fois, j'entendis un râle imperceptible qui ne ressemblait pas à un souffle humain. C'était le bruit de l'infime quantité d'oxygène qui traversait les poumons puissants du vampire.

— J'ai profité de votre peur. Je n'aurais pas dû, chuchota-t-il.

J'avais toujours les yeux fermés et j'étais encore enivrée par l'odeur de girofle et de cannelle qui avait chassé le parfum de violettes du vin. Je tentai de lui échapper.

— Ne bougez pas, dit-il d'une voix rauque. Je pourrais ne plus pouvoir me maîtriser si vous vous écartez.

Il m'avait parlé dans le laboratoire de la relation entre proie et prédateur. Il voulait que je fasse la morte pour que le prédateur en lui se désintéresse de moi.

Mais je n'étais pas morte.

J'ouvris brusquement les yeux. Son expression était sans ambiguïté, avide, affamée. Matthew avait cédé tout entier à son instinct. Mais moi aussi, j'avais un instinct.

— Je suis en sécurité avec vous, dis-je, les lèvres à la fois glacées et brûlantes après le baiser du vampire.

— Une sorcière… en sécurité avec un vampire ? N'en soyez pas si sûre. Il suffirait d'un seul instant. Vous seriez incapable de m'arrêter si je frappais et je ne le pourrais pas non plus. (Nos regards se croisèrent, sans ciller.) Comme vous êtes courageuse, s'étonna-t-il.

— Je n'ai jamais été courageuse.

— Quand vous avez donné votre sang au laboratoire, quand vous soutenez le regard d'un vampire, que vous avez ordonné à toutes les créatures de quitter la bibliothèque, et même le fait que vous retourniez là-bas jour après jour en refusant que quiconque vous empêche de faire votre travail, tout cela, c'est du courage.

— C'est de l'obstination.

Sarah m'avait expliqué depuis longtemps la différence.

— J'ai déjà vu un tel courage, surtout chez des femmes, continua-t-il sans relever. Les hommes ne le possèdent pas. Notre résolution naît de la peur ; ce n'est que de la bravade.

Son regard se posa sur moi comme des flocons de neige qui fondaient en me touchant. Du bout d'un doigt glacé, il recueillit une larme au coin de mes cils. Avec tristesse, il me fit asseoir et s'accroupit auprès de moi, une main sur mon genou et l'autre sur l'accoudoir, dans un geste protecteur.

— Promettez-moi de ne jamais plaisanter avec un vampire, pas même avec moi, sur le sang ou le goût que vous pourriez avoir.

— Pardonnez-moi, murmurai-je en me forçant à ne pas me détourner.

— Vous m'avez dit que vous ne saviez pas grand-chose des vampires. Il faut que vous compreniez qu'aucun d'entre nous n'est insensible à la tentation. Les vampires doués de conscience passent presque tout leur temps à essayer de *ne pas* imaginer quel goût les gens peuvent avoir. Si jamais vous en croisiez un dénué de conscience, et ils sont nombreux, vous n'auriez plus qu'à vous en remettre à Dieu.

— Je n'ai pas réfléchi.

J'étais toujours aussi étourdie. Dans mon esprit tourbillonnait encore le souvenir de son baiser, de sa colère et de sa faim.

Il baissa la tête et la posa sur mon épaule. L'ampoule de Béthanie tomba par son col et oscilla comme un pendule à la lumière des bougies.

— Sorcières et vampires, reprit-il d'une voix si basse que je l'entendis à peine, ne sont pas faits pour éprouver cela. J'éprouve des émotions que je n'ai jamais…

Il n'acheva pas.

— Je sais, répondis-je en appuyant ma joue contre ses cheveux d'une douceur satinée. Je les éprouve moi aussi.

À ces mots, il baissa lentement les bras et me saisit à la taille. Le froid de ses mains traversa mes vêtements, mais je ne frissonnai pas. Au lieu de cela, je me rapprochai pour poser mes bras sur ses épaules.

Un vampire aurait évidemment pu rester confortablement dans une telle position pendant des jours. Mais pour une sorcière, ce n'était pas envisageable. Je remuai légèrement et il leva vers moi un regard perplexe, puis il comprit.

— J'avais oublié, dit-il en se levant souplement.

Je bougeai l'une après l'autre mes jambes engourdies. Il me tendit mon verre et retourna s'asseoir. Je me résolus à aborder un sujet sans rapport avec le goût que je pouvais avoir.

— Quelle était la cinquième question qui vous a été posée pour le Prix ?

Durant le concours d'entrée, les candidats devaient répondre à quatre questions d'une diabolique complexité. En cas de succès, on leur posait la célèbre « cinquième question », qui n'en était pas une, mais un mot unique comme « eau » ou « absence ». Le candidat répondait comme il voulait et c'était la réponse la plus brillante qui était récompensée par une place à All Souls.

— Le désir, répondit-il en nous resservant du vin.

Pour la diversion, j'étais mal tombée.

— Le désir ? Et qu'avez-vous répondu ?

— Pour autant que je sache, il n'existe que deux émotions qui font tourner le monde année après année. (Il hésita, puis :) L'une est la peur. L'autre, le désir. C'est ce que j'ai écrit.

Je remarquai que l'amour n'avait pas fait partie de l'équation de sa réponse. C'était une image brutale, une lutte entre deux pulsions égales mais opposées. Cependant, elle recelait une certaine vérité, ce que l'on n'aurait pu dire du naïf « c'est l'amour qui fait tourner le monde ». Matthew ne cessait de sous-entendre que son désir – de sang, principalement – était si puissant qu'il mettait tout le reste en danger.

Mais les vampires n'étaient pas les seules créatures qui devaient gérer de telles pulsions. Une grande part de ce que l'on appelait magie n'était simplement que du désir en action. La sorcellerie était différente, exigeant des sortilèges et des rituels. Mais la magie ? Un souhait, un besoin, une faim trop puissants pour être niés… pouvaient devenir des actes une fois qu'ils traversaient l'esprit d'une sorcière. Et si Matthew devait me confier ses secrets, il me paraissait injuste de garder les miens.

— La magie est le désir fait réalité. C'est comme cela que j'ai attrapé *Notes et Recherches* le soir où nous nous sommes rencontrés, dis-je. Quand une sorcière se concentre sur quelque chose qu'elle désire, puis imagine comment elle pourrait l'obtenir, elle peut faire se réaliser les choses. C'est pourquoi je dois faire attention dans mon travail.

Je bus une gorgée de vin, la main tremblante.

— Alors vous passez presque tout votre temps à essayer de ne pas désirer, comme moi. Pour les mêmes raisons.

Son regard dansa sur mes joues.

— Si vous voulez dire que je crains de ne plus pouvoir m'arrêter si jamais je commençais, je répondrai oui. Je ne veux pas penser au terme de ma vie que j'ai tout volé au lieu de le mériter.

— Ainsi, vous le méritez deux fois. La première en ne le volant pas et la deuxième en y mettant votre travail et vos efforts, dit-il avec un rire amer. Il n'y a pas beaucoup d'avantages à être une créature surnaturelle, n'est-ce pas ?

Il proposa que nous prenions place devant la cheminée. Je m'installai sur le sofa et il apporta des biscuits aux noisettes avant de repartir dans la cuisine. Il en revint avec un petit plateau portant la bouteille ancienne qu'il avait débouchée et deux verres d'un liquide ambré. Il m'en tendit un.

— Fermez les yeux et dites-moi ce que vous sentez, demanda-t-il en reprenant son ton doctoral.

J'obéis. Le vin me parut immédiatement vieux et corsé. Il sentait les fleurs, les fruits secs, le citron confit et autre chose qui rappelait un passé que je n'avais jusqu'à présent pu que lire ou imaginer.

— Il sent le passé. Mais pas un passé mort. Pleinement vivant.

— Ouvrez les yeux et buvez une gorgée.

Alors que le liquide vif et sucré coulait dans ma gorge, quelque chose d'antique et de puissant me parcourut les veines. *Ce doit être cela le goût du sang de vampire*, me dis-je.

— Allez-vous me dire ce que c'est ? demandai-je.

— De la malvoisie, sourit-il. Très vieille.

— Mais de quel âge ? demandai-je. Aussi âgée que vous ?

— Non, dit-il en riant. Vous n'aimeriez pas boire un vin aussi vieux que moi. Il est de 1795, fait à partir de raisins de Madère. Il était très apprécié autrefois, mais personne ne s'y intéresse plus beaucoup, désormais.

— Tant mieux, répondis-je. Cela en fera encore plus pour moi.

Il s'assit en riant sur l'un des fauteuils Morris. Nous parlâmes de son séjour à All Souls, d'Hamish, qui se trouvait être l'autre lauréat du Prix, et de leurs aventures à Oxford. Je m'amusai de ses anecdotes – les dîners dans la grande salle, après lesquels il se précipitait à Woodstock pour laver sa bouche du goût du bœuf trop cuit.

— Vous avez l'air fatiguée, dit-il finalement en se levant après un autre verre de malvoisie et une heure de conversation.

— Oui, je le suis. (Malgré ma fatigue, je voulais lui confier quelque chose avant de rentrer. Je posai précautionneusement mon verre.) J'ai pris une décision, Matthew. Lundi, je demanderai à consulter de nouveau l'Ashmole 782. (Il se rassit brusquement.) J'ignore comment j'ai rompu l'enchantement la première fois, mais j'essaierai encore. Knox estime que j'ai peu de chances de réussir, dis-je, pincée. Mais qu'en sait-il ? Il n'a même pas réussi lui-même une seule fois. Et vous pourrez peut-être voir le texte du palimpseste magique caché sous les images.

— Comment cela, vous ignorez comment vous avez brisé l'enchantement ? s'étonna-t-il. Quelles paroles avez-vous prononcées ? Quels pouvoirs avez-vous invoqués ?

— Je l'ai brisé sans m'en rendre compte.

— Mon Dieu, Diana, s'exclama-t-il en se relevant. Knox sait-il que vous n'avez pas recouru à la magie ?

— S'il le sait, ce n'est pas moi qui le lui ai dit. Et en quoi cela importe-t-il ?

— Parce que si vous n'avez pas rompu l'enchantement, c'est que vous répondiez à ses conditions. Pour le moment, les créatures guettent, elles veulent savoir quel contre-sort vous avez utilisé, le copier si elles le peuvent, et se procurer l'Ashmole 782 toutes seules. Quand vos consœurs et confrères découvriront que l'enchantement s'est levé tout seul devant vous, ils montreront moins de patience et de courtoisie.

Le visage furieux de Gillian me revint en mémoire, ainsi que tout le mal que les sorcières s'étaient donné pour extorquer des secrets à mes parents. Je balayai cette pensée et préférai chercher les failles dans le raisonnement de Matthew.

— Le charme a été conçu un siècle avant ma naissance. C'est impossible.

— Ce n'est pas parce que quelque chose est impossible qu'il n'est pas vrai. Newton le savait. Rien ne nous indique ce que Knox va faire quand il comprendra la relation que vous entretenez avec l'enchantement.

— Je suis donc en danger, que je demande à consulter le manuscrit ou pas, fis-je remarquer. Knox ne va pas renoncer aussi facilement, n'est-ce pas ?

— Non, convint-il avec réticence. Et il n'hésitera pas à utiliser la magie contre vous même en présence d'humains à la bibliothèque. Je pourrais ne pas arriver à temps.

Les vampires étaient rapides, mais pas autant que la magie.

— Je resterai à vos côtés, dans ce cas. Nous saurons dès que vous aurez eu le manuscrit.

— Je n'aime pas cela, s'inquiéta visiblement Matthew. Il y a une marge entre le courage et l'aveuglement, Diana.

— Ce n'est pas de l'aveuglement. Je veux qu'on me laisse vivre en paix.

— Et si votre vie, c'était justement cela ? Si vous n'arriviez pas à mener une existence sans magie ?

— Je préserverai certains domaines. (Je me rappelai son baiser et l'intense sensation de vie qui l'avait accompagné, et je le regardai droit dans les yeux pour qu'il comprenne qu'il en ferait partie.) Mais je refuse de me laisser marcher sur les pieds.

Matthew s'inquiétait encore de mon projet quand il me raccompagna. Alors que je prenais New College Lane pour rentrer par-derrière, il me saisit la main.

— Certainement pas, dit-il. Vous avez vu comment m'a regardé votre concierge ? Je tiens à ce qu'il sache que je vous ai ramenée chez vous intacte.

Nous refîmes le tour et arrivâmes devant la loge, toujours main dans la main.

— Irez-vous ramer demain ? me demanda-t-il en bas de l'escalier.

— Non, gémis-je. J'ai des centaines de lettres de recommandation à écrire. Je vais rester chez moi et ranger mon bureau.

— J'irai à Woodstock chasser, dit-il nonchalamment.

— Eh bien, bonne chasse, alors, répondis-je sur le même ton.

— Cela ne vous soucie pas de savoir que je vais abattre un cerf qui m'appartient ? s'étonna-t-il.

— Non. Il m'arrive de manger de la perdrix. Et vous du cerf. Franchement, je ne vois pas la différence.

Son regard étincela. Il porta ma main à ses lèvres et déposa un baiser au creux de ma paume.

— Allez vous coucher, dit-il en me lâchant.

Son regard laissa une trace de givre et de neige en s'attardant sur mon visage et sur le reste de ma personne.

Interdite, je le regardai, étonnée qu'un baiser sur la main pût être aussi intime.

— Bonne nuit, soufflai-je. À lundi.

Je montai l'étroit escalier. L'employé qui avait réparé la porte avait fait un travail de cochon, car le métal et le bois étaient couverts d'entailles. J'allumai la lumière. Évidemment, le répondeur clignotait. J'allai à la fenêtre et fis un signe pour montrer que j'étais bien rentrée.

Quand je jetai de nouveau un coup d'œil dehors, Matthew avait disparu.

# 15

Le lundi matin, l'air avait cette limpidité magique qui n'appartient qu'à l'automne. Tout était vif et brillant et le temps semblait suspendu. Je sautai du lit à l'aube et enfilai ma tenue d'aviron, pressée de sortir.

La rivière resta déserte durant la première heure. Alors que le soleil s'élevait sur l'horizon, du brouillard monta sur l'eau et je me retrouvai à traverser des bandes alternées de brume et de lumière rosée.

Quand j'arrivai au ponton, Matthew m'attendait sur les marches menant au hangar, une vieille écharpe marron et beige de New College autour du cou. Je descendis de mon skiff et m'arrêtai, incrédule, les mains sur les hanches.

— D'où sortez-vous cela ? demandai-je en désignant l'écharpe.

— Vous devriez montrer plus de respect pour les membres les plus anciens, dit-il avec un sourire malicieux. Je crois que je l'ai achetée en 1920, mais franchement, je n'en suis pas sûr. Après la Grande Guerre, c'est certain.

Je rangeai les pelles dans le hangar. Deux équipages glissèrent devant le ponton, parfaitement synchronisés, pendant que je hissais mon skiff hors de l'eau.

— Laissez-moi donc vous aider, dit Matthew.

— Pas question.

Je remontai d'un pas ferme, le skiff sur la tête, tandis qu'il grommelait.

Le matériel rangé, Matthew n'eut aucune peine à me convaincre d'aller prendre le petit déjeuner chez Mary & Dan. Il allait devoir me tenir compagnie presque toute la journée et j'avais faim après cette sortie matinale. Il me guida entre les tables d'une main plus ferme que jamais. Mary m'accueillit comme une vieille amie et Steph ne prit pas la peine d'apporter le menu, se contentant de lâcher « comme d'habitude » en arrivant à notre table. Ce n'était même pas une question et quand l'assiette arriva – débordante d'œufs, de bacon, de champignons et de tomates – je fus ravie de ne pas avoir exigé quelque chose de moins roboratif.

Après le petit déjeuner, je remontai à mon appartement prendre une douche et me changer. Fred jeta un coup d'œil par sa fenêtre pour vérifier que c'était bien la Jaguar de Matthew qui s'arrêtait devant la grille. Les concierges devaient faire des paris sur notre relation au caractère curieusement cérémonieux. Ce matin, c'était la première fois que je parvenais à convaincre mon chevalier servant de simplement me déposer.

— Nous sommes en journée et Fred fera un drame si vous bloquez l'entrée durant les heures de livraisons, protestai-je quand il voulut descendre de voiture.

Il fulmina, mais convint que j'avais raison.

Ce jour-là, je décidai de ne pas me presser. Je pris une longue douche en laissant l'eau chaude glisser sur mon corps fatigué par l'effort. Puis j'enfilai un pantalon noir confortable, un col roulé pour me protéger de la fraîcheur croissante de la bibliothèque et un cardigan bleu marine relativement présentable pour atténuer tout ce noir. Je me fis une queue-de-cheval et ramenai en grommelant ma mèche rebelle derrière mon oreille.

Malgré mes efforts, mon angoisse monta quand je poussai la porte vitrée de la bibliothèque. Le vigile plissa les paupières en voyant mon sourire plus chaleureux que de coutume et il lui fallut plus de temps que d'ordinaire pour vérifier ma pièce d'identité. Finalement, il me laissa entrer et je montai l'escalier d'un pas lourd jusqu'à la salle Duke Humfrey.

J'avais quitté Matthew depuis seulement une heure, mais je fus heureuse de le voir déjà installé à l'une des premières tables de l'aile médiévale. Il leva le nez quand je posai mon ordinateur.

— Il est là ? demandai-je à mi-voix, refusant de prononcer le nom de Knox.

— Dans Selden End, oui.

— Eh bien, il peut attendre là-bas toute la journée, grand bien lui fasse.

Je pris une fiche de consultation, inscrivis *Ashmole MS 782*, mon nom et mon numéro de lectrice.

Sean était à la réception.

— J'ai deux livres de côté, dis-je en souriant.

Il alla les chercher, tendit la main pour prendre ma nouvelle demande et glissa la fiche dans l'enveloppe grise qui allait être envoyée à la réserve.

— Je peux te parler une minute ? demanda-t-il.

— Bien sûr.

Je fis signe à Matthew d'attendre pendant que je suivais Sean dans Arts End qui, comme Selden End, coupait perpendiculairement la bibliothèque. Nous nous arrêtâmes sous les vitraux qui laissaient filtrer un jour maussade.

— Il t'ennuie ?

— Le professeur Clairmont ? Non.

— Ce ne sont pas mes affaires, mais je ne l'aime pas. (Sean jeta un coup d'œil dans l'allée centrale, comme s'il s'attendait à ce que Matthew surgisse et le foudroie du regard.) Toute la bibliothèque est remplie de drôles de numéros depuis une semaine. (Ne pouvant le contredire, je me contentai d'opiner vaguement.) Tu me le dirais, s'il y avait quelque chose, n'est-ce pas ?

— Bien sûr, Sean. Mais il n'y a pas de problème avec le professeur Clairmont, tu n'as pas à t'inquiéter.

Il ne parut pas convaincu.

— Sean sait peut-être que je suis différente, mais apparemment, pas autant que vous, dis-je à Matthew en retournant m'asseoir.

— Il n'y en a pas beaucoup comme moi, répondit-il en prenant son livre.

J'allumai mon ordinateur et tentai de me concentrer sur mon travail. Le manuscrit ne serait pas disponible avant quelques heures. Mais réfléchir à l'alchimie était plus difficile que jamais, entre le vampire et la réception : chaque fois que de nouveaux livres remontaient des réserves, je levais le nez.

Après plusieurs fausses alertes, des pas discrets arrivèrent de Selden End. Matthew se raidit.

Peter Knox fit son apparition.

— Docteur Bishop, dit-il, glacial.

— Mr. Knox, répondis-je sur le même ton, avant de me replonger dans ma lecture.

Knox s'avança vers moi. Matthew ne se donna pas la peine de lever le nez de sa lecture, mais il annonça à mi-voix :

— À votre place, je m'arrêterais là, à moins que le docteur Bishop désire s'entretenir avec vous.

— Je suis très occupée. (Je sentis une pression sur mon front et une voix chuchota sous mon crâne. Je dus consacrer tous mes efforts à empêcher le sorcier d'entrer dans mes pensées.) J'ai dit que j'étais occupée, répétai-je fermement.

Matthew posa son crayon et recula sa chaise.

— Mr. Knox allait partir, Matthew, dis-je avant de taper sur mon clavier une phrase qui n'avait aucun sens.

— J'espère que vous comprenez ce que vous faites, cracha Knox.

Matthew gronda et je posai la main sur son bras. Knox se figea. Une main de sorcière sur le bras d'un vampire. Jusqu'à cet instant, il n'avait fait que suspecter que Matthew et moi étions trop proches au goût des sorciers. À présent, il en était sûr.

*Vous lui avez dit ce que vous savez sur notre livre.* La voix hargneuse de Knox résonna dans ma tête et je tentai de repousser son intrusion, mais le sorcier était trop puissant. J'étouffai un cri de surprise devant sa résistance.

Sean leva les yeux de son comptoir, l'air inquiet. Le bras de Matthew vibrait et son grondement se mua en une sorte de feulement menaçant.

— Qui attire l'attention des humains, à présent ? sifflai-je au sorcier en assurant d'un geste à Matthew que je n'avais pas besoin de son aide.

— Vous n'avez pas attiré l'attention que des humains ce matin, docteur Bishop, dit Knox avec un sourire déplaisant. Avant ce soir, tous les sorciers et sorcières d'Oxford sauront que vous les avez trahis.

Matthew porta la main à l'ampoule qu'il avait à son cou.

*Oh, mon Dieu*, songeai-je. *Il va tuer un sorcier au beau milieu de la Bodléienne*. Je m'interposai résolument entre les deux hommes.

— Ça suffit, dis-je à mi-voix à Knox. Si vous ne partez pas, je vais me plaindre de harcèlement à Sean et faire appeler la sécurité.

— La lumière de Selden End est suffisante, aujourd'hui, dit finalement Knox. Je crois que je vais m'installer là-bas.

Il s'éloigna. Matthew retira ma main de son bras et commença à ranger ses affaires.

— Nous partons.

— Certainement pas. Pas tant que je n'aurai pas eu le manuscrit.

— Mais vous n'avez donc pas entendu ? s'emporta-t-il. Il vous a menacée ! Je n'ai pas besoin du manuscrit, mais de…

Il s'interrompit.

Je le fis rasseoir. Sean continuait de regarder de notre côté, la main au-dessus du téléphone. En souriant, je lui fis signe que tout allait bien.

— C'est ma faute, dis-je à Matthew. Je n'aurais pas dû vous toucher devant lui.

— Vous regrettez de m'avoir touché ? demanda-t-il en me relevant le menton du bout des doigts. Ou bien que le sorcier vous ait vue faire ?

— Ni l'un ni l'autre. (Ma réponse le surprit.) Mais j'ai bien conscience que vous ne voulez pas qu'on commette d'imprudence.

En voyant Knox revenir, Matthew se raidit de nouveau. Comme le sorcier restait à quelques tables de nous, il se retourna vers moi.

— Qu'il revienne vous parler et nous partirons, manuscrit ou pas. Je ne plaisante pas, Diana.

Après cela, il me fut impossible de me concentrer sur les images alchimiques. Gillian qui m'avait prévenue de ce qui arrivait aux sorcières qui dissimulaient leurs secrets aux autres sorcières, Knox qui m'avait traitée de traître, tout cela résonnait encore dans ma tête. Quand Matthew tenta de m'emmener déjeuner, je refusai. Le manuscrit n'était toujours pas arrivé et nous ne pouvions pas prendre le risque de nous absenter chez Blackwell si Knox restait dans les parages.

— Avez-vous vu tout ce que j'ai mangé au petit déjeuner ? répondis-je devant l'insistance de Matthew. Je n'ai pas faim.

Mon démon mélomane arriva peu après, balançant ses écouteurs au bout de leur cordon.

— Salut ! dit-il en nous faisant un petit signe. (Matthew leva vivement les yeux.) C'est bien de vous voir tous les deux. Ça ne vous embête pas si je consulte mes mails là-bas, puisque la sorcière est avec vous ?

— Comment vous appelez-vous ? demandai-je en réprimant un sourire.

— Timothy, répondit-il en se balançant d'avant en arrière.

Il portait des santiags dépareillées, l'une rouge et l'autre noire. Comme ses yeux : l'un était vert et l'autre bleu.

— Consultez vos mails tant que vous voudrez, Timothy.

— Vous êtes super, dit-il en tournant les talons.

Une heure plus tard, je me levai, incapable de maîtriser mon impatience.

— Le manuscrit devrait déjà être là.

Le regard du vampire me suivit tandis que j'allais au comptoir deux mètres plus loin. Je le sentis, dur et coupant comme de la glace, et non plus semblable à de légers flocons, se poser entre mes omoplates.

— Sean, tu veux bien voir si le manuscrit que j'ai demandé ce matin est arrivé ?

— Quelqu'un d'autre doit l'avoir sorti : je n'ai rien pour toi.

— Tu es sûr ?

Personne d'autre ne l'avait en main. Sean fouilla dans la pile des fiches et trouva la mienne. Une note y était attachée avec un trombone.

— Il est manquant.

— Mais non, je l'ai eu il y a quelques semaines.

— Attends voir.

Il alla au bureau du directeur. Matthew leva le nez en l'entendant frapper.

— Le docteur Bishop a demandé ce manuscrit et on me l'a signalé manquant, expliqua Sean.

Mr. Johnson consulta un registre où étaient consignées les notes de générations de directeurs.

— Ah oui, l'Ashmole 782. Il est manquant depuis 1859. Nous n'avons pas de microfilm.

Matthew recula bruyamment sa chaise.

— Mais je l'ai consulté il y a quelques semaines seulement.

— C'est impossible, docteur Bishop. Personne n'a vu ce manuscrit depuis cent cinquante ans.

— Docteur Bishop, puis-je vous montrer quelque chose dès que vous aurez un moment ?

La voix de Matthew me fit sursauter.

— Oui, bien sûr, dis-je en me retournant. Merci, glissai-je à Mr. Johnson.

— Nous partons. Tout de suite, siffla Matthew.

Dans l'allée centrale, tout un assortiment de créatures avait les yeux fixés sur nous. Je vis Knox, Timothy, les sœurs Effroi, Gillian, et d'autres qui m'étaient inconnus. Au-dessus des rayonnages, les anciens portraits de rois, de reines et de personnages illustres nous considéraient avec le même air réprobateur.

— Il ne peut pas être manquant. Je l'ai vu, répétai-je. Il faut leur demander de vérifier.

— N'en parlons plus pour le moment. Oubliez cela.

Il rassembla mes affaires, sauvegarda mes notes et éteignit l'ordinateur, le tout en un éclair.

Docilement, j'entrepris de réciter mentalement la liste des souverains anglais en commençant par Guillaume le Conquérant, pour vider mon esprit de toute pensée concernant le manuscrit.

Knox passa en tapant des textos sur son mobile, suivi des sœurs Effroi, qui avaient l'air encore plus sinistres que d'habitude.

— Pourquoi partent-ils tous ? demandai-je à Matthew.

— Vous n'avez pas récupéré l'Ashmole 782. Ils se rassemblent.

Il me fourra mon sac et mon portable dans les bras et ramassa mes deux manuscrits puis, de sa main libre, me prit par le coude et m'entraîna vers le comptoir. Timothy me fit un petit signe désolé depuis Selden End et se détourna.

— Sean, le docteur Bishop rentre avec moi m'aider à résoudre un problème que j'ai trouvé dans les textes de Needham. Elle n'aura pas besoin de ces livres aujourd'hui. Et je ne reviendrai pas non plus.

Matthew tendit à Sean les cartons de manuscrits. Sean lui jeta un regard noir avant de les emporter vers la réserve.

Nous n'échangeâmes pas un mot dans l'escalier, et lorsque nous sortîmes dans la cour, j'étais prête à exploser de questions.

Peter Knox patientait le long des grilles entourant la statue en bronze de William Herbert. Matthew s'arrêta brusquement et s'interposa entre nous.

— Alors, docteur Bishop, vous ne l'avez pas récupéré, fit malicieusement Knox. Je vous avais dit que c'était un coup de chance. Même une Bishop ne pouvait pas rompre ce charme sans avoir eu la formation nécessaire en sorcellerie. Votre mère y serait peut-être parvenue, mais vous ne semblez pas avoir hérité de ses dons.

Matthew retroussa la lèvre mais resta coi. Il essayait de ne pas se mêler des affaires de sorciers, mais il n'allait pas résister indéfiniment au harcèlement de Knox.

— Il est manquant. Ma mère était douée, mais ce n'était pas un roquet, rétorquai-je.

— Il était inscrit comme manquant, pourtant vous l'avez déjà eu en consultation, répondit Knox. Cependant, c'est une bonne chose que vous n'ayez pas réussi à rompre l'enchantement une seconde fois.

— Et pourquoi cela ? m'agaçai-je.

— Parce que nous ne pouvons pas laisser notre histoire tomber entre les mains d'un fauve comme lui. Les sorcières et les vampires ne se mélangent pas, docteur Bishop. Il y a à cela d'excellentes raisons. Rappelez-vous qui vous êtes. Faute de quoi, vous le regretterez.

*Une sorcière ne doit pas dissimuler de secrets à d'autres, sans quoi, il arrive le pire.* Les paroles de Gillian résonnaient dans ma tête et je sentis les murs de la Bodléienne se refermer sur moi. Je dus contenir la panique qui montait en moi.

— Menacez-la encore et je vous tue sur-le-champ.

— Matthew, dis-je à mi-voix. Pas ici.

— On tue des sorciers, à présent, Clairmont ? le nargua Knox. Vous n'avez plus de vampires ni d'humains à maltraiter ?

— Laissez-la tranquille.

Matthew restait calme, mais tout son corps était tendu et prêt à frapper si Knox faisait le moindre geste. Le visage du sorcier se tordit dans une grimace.

— Pas question. C'est à nous qu'elle appartient, pas à vous. Tout comme le manuscrit.

— Matthew, répétai-je. (Un adolescent humain avec un piercing dans le nez et des problèmes d'acné nous dévisageait.) Les humains nous regardent.

Il me prit la main. Le contact de sa main glacée me donna l'impression d'être comme attachée à lui. Il m'attira contre lui. Knox éclata d'un rire méprisant.

— Il en faudra davantage pour la protéger, Clairmont. Elle récupérera le manuscrit pour nous. Nous nous en assurerons.

Sans un mot, Matthew me fit traverser la cour et gagner la large allée pavée qui contournait la Radcliffe Camera. Il jeta un coup d'œil aux grilles closes d'All Souls, poussa une exclamation et continua vers High Street.

— Ce n'est plus très loin, dit-il en serrant ma main dans la sienne.

Sans me lâcher, il salua d'un signe de tête le concierge et nous montâmes chez lui. L'appartement était aussi chaleureux et confortable que lors de notre dîner de samedi.

Matthew jeta ses clés sur une commode et me fit asseoir sans cérémonie sur le canapé, puis il alla chercher un verre d'eau dans la cuisine et me le tendit. Je restai le verre à la main, puis, devant son air renfrogné, je me résignai à boire une gorgée et faillis m'étouffer.

— Pourquoi je n'ai pas pu récupérer le manuscrit cette fois ?

J'étais furieuse que Knox ait eu raison.

— J'aurais dû suivre mon instinct, dit Matthew sans relever. Nous ne comprenons pas le lien que vous entretenez avec l'enchantement. Vous êtes en grand danger depuis que vous avez posé les yeux sur l'Ashmole 782.

— Knox peut me menacer, Matthew, mais il ne commettra aucune imprudence devant tant de témoins.

— Vous allez rester à Woodstock quelques jours. Il faut que vous soyez loin de Knox, que vous ne risquiez pas de le croiser en ville ou à la bibliothèque.

— Il a vu juste : je n'ai pas pu récupérer le manuscrit. Il va se désintéresser de moi.

— C'est un vœu pieu, Diana. Knox veut comprendre les secrets de l'Ashmole 782 autant que vous et moi.

À force de se passer la main dans les cheveux, Matthew était hirsute.

— Comment pouvez-vous être si certain que le texte caché contient des secrets ? demandai-je en m'approchant de la cheminée. C'est peut-être un livre d'alchimie et rien de plus.

— L'alchimie est l'histoire de la Création racontée chimiquement. Les créatures sont une chimie inscrite dans la biologie.

— Mais à l'époque de la rédaction de l'Ashmole 782, personne ne connaissait la biologie ou n'avait une connaissance aussi poussée que vous de la chimie.

Matthew plissa les paupières.

— Diana Bishop, je suis choqué de votre étroitesse d'esprit. Les créatures qui ont créé ce manuscrit ne savaient peut-être rien de l'ADN, mais qu'est-ce qui vous prouve qu'elles ne se posaient pas les mêmes questions sur la Création qu'un scientifique moderne ?

— Les textes alchimiques sont des allégories, pas des manuels d'instruction. Ils peuvent traiter de vérités plus générales, mais on ne peut pas concevoir une expérience fiable à partir de ce qu'ils racontent.

— Je n'ai jamais prétendu le contraire, répondit-il. Mais nous parlons de lecteurs potentiels qui seraient des démons, des sorciers ou des vampires. Il suffirait d'un peu de lecture, d'un peu d'inventivité et de quelques souvenirs anciens qui comblent les lacunes pour que ces créatures accèdent à une information que nous ne voulons pas qu'ils obtiennent.

— Que *vous* ne voulez pas qu'ils obtiennent ! (Je me rappelai ma promesse à Agatha Wilson et haussai le ton.) Vous ne valez pas mieux que Knox. Vous convoitez l'Ashmole 782 pour satisfaire votre curiosité.

Je m'emparai de mes affaires, les mains parcourues par un fourmillement.

— Calmez-vous, dit-il d'un ton qui me déplut.

— Arrêtez de me dire ce que je dois faire.

La sensation s'accrut. Mes doigts luisaient et lançaient de petites étincelles bleutées comme des cierges magiques sur un gâteau d'anniversaire. Je reposai mon ordinateur et levai mes mains devant mes yeux. Matthew aurait dû être horrifié, mais il semblait fasciné.

— Cela vous arrive souvent ? demanda-t-il d'un ton neutre.

— Oh, non !

Je courus à la cuisine dans une traînée d'étincelles. Il arriva avant moi.

— Pas d'eau, dit-il vivement. Je sens une odeur d'électricité.

Je restai bouche bée, les mains devant moi. Quelques minutes s'écoulèrent avant que mes doigts perdent cette couleur bleutée et que les étincelles disparaissent, laissant derrière elles l'odeur caractéristique d'une installation électrique défectueuse.

Quand le feu d'artifice fut terminé, Matthew resta appuyé dans l'embrasure avec l'air nonchalant d'un aristocrate de la Renaissance qui attend qu'on peigne son portrait.

— Eh bien, dit-il en posant sur moi le regard d'un aigle prêt à fondre, voilà qui était intéressant. Vous êtes toujours comme cela quand vous vous mettez en colère ?

— Je ne me mets pas en colère, rétorquai-je en me détournant.

Il me fit prestement faire volte-face.

— Vous ne vous en tirerez pas à si bon compte, dit-il calmement, mais fermement. Bien sûr que vous vous mettez en colère, je viens de le voir. Et vous avez fait dans le tapis au moins un trou qui le prouve.

— Lâchez-moi !

Ma bouche se tordit dans la grimace que Sarah appelait « soupe-au-lait ». Elle suffisait à terroriser mes étudiants, mais là, j'aurais voulu qu'elle force Matthew à battre en retraite. Ou au moins à me lâcher pour me laisser partir d'ici.

— Je vous avais prévenue. Les amitiés avec les vampires sont compliquées. Je ne pourrais pas vous laisser partir, même si je le voulais.

Je baissai les yeux vers sa main. Il la retira avec agacement et je me tournai pour prendre mon sac.

Il est très imprudent de tourner le dos à un vampire quand on se dispute avec lui. Matthew me saisit fermement à bras-le-corps et me chuchota à l'oreille :

— À présent, nous allons parler en gens civilisés de ce qui s'est passé. Vous n'allez pas vous défiler, ni me fuir.

— Lâchez-moi, Matthew, fis-je en me débattant.

— Non.

Aucun homme n'avait jamais refusé quand je lui ordonnais de cesser, qu'il s'agisse d'un lecteur qui se mouchait bruyamment dans la bibliothèque ou d'une tentative pour me voler un baiser après une sortie au cinéma.

Je continuai de me débattre, mais Matthew resserra son étreinte.

— Arrêtez de résister, dit-il, amusé. Vous vous fatiguerez bien avant moi, je vous assure.

Dans mon cours de self-défense, j'avais appris comment réagir en pareille situation. Je levai le pied pour lui écraser le sien. Matthew l'écarta et je ne réussis qu'à frapper le parquet.

— Nous pouvons continuer ainsi tout l'après-midi si vous le désirez, murmura-t-il. Mais franchement, je ne vous le recommande pas, mes réflexes sont bien plus rapides que les vôtres.

— Lâchez-moi et nous pourrons parler, grinçai-je.

Il eut un petit rire et son haleine parfumée chatouilla ma nuque.

— Ce n'était pas une tentative de négociation, Diana. Non, nous allons parler comme cela. Je veux savoir si vos doigts deviennent souvent bleus.

— Non. (Mon professeur m'avait recommandé de me détendre si j'étais saisie par-derrière, afin de glisser entre les bras de mon agresseur. L'étreinte de Matthew ne fit que se resserrer.) Il est arrivé qu'enfant, je mette le feu à des objets, comme les placards de la cuisine, mais c'est sans doute parce que j'avais mis les mains sous l'eau et que cela n'avait fait qu'aggraver la situation. Les rideaux de ma chambre, une ou deux fois. Et un arbre devant la maison, mais un petit.

— Et depuis ?

— C'est arrivé la semaine dernière, quand Miriam m'a mise en colère.

— Comment est-ce arrivé ? demanda-t-il en posant sa joue contre ma tempe.

C'était réconfortant, à condition d'oublier qu'il me retenait contre ma volonté.

— Elle m'a dit que je devais apprendre à me débrouiller toute seule et d'arrêter de compter sur vous pour me protéger. Grosso modo, elle m'accusait de jouer les demoiselles en détresse.

Le simple fait d'y repenser me fit fulminer et mes doigts me démangèrent de nouveau.

— Vous êtes bien des choses, Diana, mais pas une demoiselle en détresse. Vous avez eu cette réaction deux fois en moins d'une semaine, dit-il pensivement. Intéressant.

— Je ne trouve pas, moi.

— Non, je me doute bien. Mais c'est tout de même intéressant. Maintenant, passons à un autre sujet. (Sa bouche glissa vers mon oreille et j'essayai vainement de me dérober.) Je ne m'intéresserais à rien d'autre qu'un vieux manuscrit ? Qu'est-ce que c'est que ces absurdités ?

— Selon Sarah et Em, rougis-je, mortifiée, vous ne me fréquentez que parce que vous voulez quelque chose. J'imagine que c'est l'Ashmole 782.

— Mais ce n'est pas le cas, n'est-ce pas ? murmura-t-il en caressant mes cheveux de sa joue. (Mon sang se mit à chanter en écho ; même moi, je l'entendis. Il éclata de rire, satisfait.) Il me semblait bien que vous ne le pensiez pas. Je voulais simplement m'en assurer.

Je me détendis.

— Matthew, commençai-je.

— Je vous lâche, me coupa-t-il. Mais ne vous précipitez pas vers la porte, c'est compris ?

Nous étions de nouveau la proie et le prédateur. Si je courais, son instinct lui dicterait de se lancer à mes trousses. J'acquiesçai et il me relâcha, me laissant curieusement déséquilibrée.

— Que vais-je faire de vous ? demanda-t-il avec un sourire narquois, les mains sur les hanches. Vous êtes la créature la plus exaspérante que j'aie jamais rencontrée.

— Personne n'a jamais su quoi faire de moi.

— Je veux bien le croire. Nous allons aller à Woodstock.

— Non ! Je suis parfaitement en sécurité à l'université.

Il m'avait mise en garde concernant les vampires et leur instinct protecteur. Il avait raison : cela ne me plaisait pas.

— Pas du tout, répondit-il. Quelqu'un a tenté d'entrer chez vous par effraction.

— Quoi ? demandai-je, stupéfaite.

— La serrure branlante, vous ne vous souvenez pas ?

C'était vrai qu'il y avait quelques éraflures sur le métal. Mais j'avais estimé que Matthew n'avait pas besoin d'être mis au courant.

— Vous allez rester à Woodstock le temps que Peter Knox quitte Oxford. (Mon visage dut trahir mon désarroi.) Ce ne sera pas si déplaisant, ajouta-t-il gentiment. Vous pourrez faire autant de yoga qu'il vous plaira.

Matthew jouant les gardes du corps, je n'avais guère le choix. Et s'il avait raison – ce qui était fort probable –, quelqu'un était entré chez moi en mon absence.

— Venez, dit-il en prenant mon portable. Je vais vous emmener à New College et j'attendrai que vous preniez vos affaires. Mais cette conversation sur le lien entre l'Ashmole 782 et vos doigts qui bleuissent n'est pas terminée, continua-t-il en plongeant son regard dans le mien. Ce n'est que le début.

Nous descendîmes au parking des membres et Matthew sortit la Jaguar garée entre une modeste Vauxhall bleue et une vieille Peugeot. Étant donné le plan de circulation d'Oxford, il nous fallut deux fois plus de temps en voiture qu'à pied. Il s'arrêta devant les grilles de mon université.

— J'arrive dans un instant, dit-il en prenant mon sac et en m'aidant à descendre.

— Docteur Bishop, vous avez du courrier, me signala Fred.

Je pris le contenu de ma boîte, les tempes bourdonnantes de stress et d'angoisse, et agitai mon courrier vers Matthew avant de monter chez moi. Une fois rentrée, j'ôtai mes chaussures et me massai les tempes en jetant un coup d'œil au répondeur. Par bonheur, il ne clignotait pas. Le courrier ne consistait qu'en factures et en une grosse enveloppe brune avec mon nom tapé à la machine, sans timbre, indiquant qu'elle avait été déposée par quelqu'un de l'université. Je l'ouvris.

Je trouvai une feuille de papier qui portait deux mots tapés à la machine : *Rappelle-toi.* Les mains tremblantes, je fis tomber la photo à laquelle elle était fixée par un trombone. Elle m'était familière, mais je ne l'avais vue qu'en noir et blanc dans des journaux. Celle-ci était en couleurs, aussi vives et brillantes que le jour où elle avait été prise, en 1983.

Le corps de ma mère gisait à plat ventre dans un cercle de craie, une jambe de travers. Son bras droit était tendu vers mon père, allongé sur le dos, le crâne fracassé et le torse fendu de la gorge au bas-ventre. Une partie de ses entrailles avait été extraite et gisait à côté de lui sur le sol. Un cri, mi-gémissement, mi-hurlement, s'échappa de mes lèvres. Je me laissai tomber sur le sol, tremblante, mais incapable de détacher mon regard de la photo.

— Diana !

La voix de Matthew était alarmée, mais il était trop loin pour que je m'en soucie. J'entendis quelqu'un tourner la poignée de ma porte. Des pas précipités résonnèrent dans l'escalier et une clé s'enfonça dans la serrure.

La porte s'ouvrit brusquement et je levai les yeux sur le visage livide de Matthew et le regard affolé de Fred.

— Docteur Bishop ? demanda celui-ci.

Matthew se précipita à une telle vitesse que Fred dut comprendre que c'était un vampire. Il s'accroupit auprès de moi. Je claquais des dents, encore sous le choc.

— Si je vous laisse mes clés, pouvez-vous ramener ma voiture à All Souls ? demanda Matthew au concierge. Le docteur Bishop ne se sent pas bien, il ne faut pas qu'elle reste seule.

— Ne vous inquiétez pas, professeur Clairmont. Nous allons la garer dans le parking du directeur.

Matthew lui jeta ses clés. Fred les attrapa d'un geste vif, me jeta un coup d'œil inquiet et disparut.

— Je vais vomir, murmurai-je.

Matthew me releva et m'aida à gagner la salle de bains. Je m'effondrai devant les toilettes et vomis en lâchant la photo pour m'agripper à la cuvette. Mes tremblements diminuèrent, mais je continuai de frissonner.

Je baissai le couvercle et voulus tirer la chasse. La tête me tourna. Matthew me rattrapa avant que je me cogne au mur.

Soudain, je me sentis soulevée. Matthew m'avait prise dans ses bras. Il alla me déposer délicatement sur mon lit, alluma la lumière et inclina l'abat-jour. Il me prit la main et à son contact, mon pouls se calma lentement. Je pus lever les yeux vers son visage. Il paraissait aussi calme que d'habitude, mais la veine sombre sur son front palpitait de temps à autre.

— Je vais vous chercher quelque chose à boire, dit-il en me lâchant.

Une vague de panique me submergea. Je me levai d'un bond, cherchant instinctivement à m'enfuir. Matthew me saisit par les épaules et me scruta.

— Arrêtez, Diana.

Je me sentais oppressée, incapable de respirer, et je me débattis sans écouter ce qu'il me disait.

— Laissez-moi ! criai-je en le repoussant de toutes mes forces.

— Diana, regardez-moi. (Je ne pus ignorer sa voix et l'attraction lunaire de son regard.) Qu'avez-vous ?

— Mes parents. Gillian m'a dit que des sorciers les avaient tués, dis-je d'une voix suraiguë.

Matthew murmura dans une langue que je ne compris pas.

— Quand est-ce arrivé ? Où étaient-ils ? La sorcière a laissé un message sur votre répondeur ? Vous a-t-elle menacée ?

— Au Nigeria. Elle m'a dit que les Bishop avaient toujours été cause de problèmes.

— Je vais vous accompagner. Laissez-moi d'abord passer quelques coups de fil. Je suis désolé, Diana.

— Aller où ?

Je ne comprenais plus rien.

— En Afrique, dit-il. Quelqu'un doit identifier les corps.

— Mes parents ont été tués quand j'avais sept ans. (Il ouvrit de grands yeux.) Même si c'est arrivé il y a très longtemps, c'est le grand sujet de conversation de toute la sorcellerie, ces derniers temps – Gillian, Peter Knox. (Frissonnant sous la vague de panique qui me gagnait, je sentis un cri monter dans ma gorge. Matthew me serra contre lui avant qu'il ait pu jaillir et je fus réduite à des sanglots.) Le pire arrive aux sorcières qui gardent des secrets, c'est ce qu'a déclaré Gillian.

— Peu importe ce qu'elle a dit, je ne laisserai ni Knox ni quiconque vous faire du mal. Je suis là, ajouta-t-il en posant sa joue sur mes cheveux. Diana, pourquoi ne m'avez-vous rien dit ?

Quelque part en moi, dans un lieu obscur où elle l'avait attendu, une chaîne rouillée commença à se dérouler, maillon après maillon. Mes poings, que je serrais contre sa poitrine, se détendirent. La chaîne continua de descendre jusqu'au fond de cet abîme où il n'y avait que les ténèbres et Matthew, et s'arrêta, déployée, m'ancrant à un vampire. Malgré le manuscrit, malgré le fait qu'il y ait dans mes mains assez d'électricité pour faire marcher un micro-ondes et malgré la photo, tant que j'étais reliée à lui, j'étais en sécurité.

Quand mes sanglots se calmèrent, Matthew s'écarta.

— Je vais aller vous chercher de l'eau et vous allez vous reposer.

Il n'était pas question de discuter et il revint quelques secondes plus tard avec un verre et deux minuscules cachets.

— Prenez cela, dit-il en me les tendant.

— Qu'est-ce que c'est ?

— Un sédatif. (Son regard sévère m'encouragea à gober les deux pilules et à les faire passer d'une gorgée d'eau.) J'en ai sur moi depuis que vous m'avez dit souffrir de crises de panique.

— Je déteste prendre des tranquillisants.

— Vous avez subi un choc et vous avez trop d'adrénaline en vous. Vous devez vous reposer.

Il ramena la couette autour de moi comme un énorme cocon. Puis il s'assit sur le lit, ôta ses chaussures et vint s'allonger à mes côtés. Quand il attira contre lui mon corps ainsi enveloppé, je poussai un soupir. Son bras me maintenait en place et, malgré l'épaisseur de la couette, nous étions parfaitement emboîtés.

Le médicament commença à faire son effet. Alors que je m'assoupissais, j'entendis le téléphone de Matthew sonner dans sa poche.

— Ce n'est rien, probablement Marcus, me dit-il. Essayez de vous reposer. Vous n'êtes plus seule.

Je sentis encore la chaîne tendue entre moi et Matthew, entre sorcière et vampire, et je m'endormis.

# 16

La nuit avait envahi les fenêtres de l'appartement avant que Matthew puisse quitter le chevet de Diana. D'abord agitée, elle avait fini par sombrer dans un profond sommeil. Il remarqua les subtiles modifications de son odeur à mesure qu'elle se calmait, tandis qu'une colère glacée montait en lui chaque fois qu'il pensait à Peter Knox et à Gillian Chamberlain.

Il ne se rappelait pas avoir éprouvé un tel besoin de protéger quelqu'un. D'autres émotions lui venaient, mais il n'était pas prêt à les reconnaître ou à les nommer.

*C'est une sorcière*, se répéta-t-il en la regardant dormir. *Elle n'est pas pour toi.*

Et plus il se le disait, moins cela semblait avoir d'importance.

Finalement, il se dégagea délicatement et sortit de la pièce, laissant la porte entrebâillée au cas où elle se réveillerait.

Dans le couloir, il laissa éclater la colère froide qui bouillonnait en lui depuis des heures. Sa violence le fit presque suffoquer. Il tira sur le lien de cuir autour de son cou et toucha la surface usée et polie du cercueil d'argent de Lazare. Le souffle de Diana était la seule chose qui le retenait de bondir dans la nuit à la recherche des deux sorciers.

Les cloches d'Oxford sonnèrent 8 heures. Leur carillon las et familier lui rappela l'appel qu'il avait manqué. Il sortit son téléphone et consulta la liste des messages : il y en avait plusieurs de Marcus.

Il fronça les sourcils et appela sa messagerie. Marcus n'était pas du genre à s'alarmer. Qu'est-ce qui pouvait être si urgent ?

— Matthew, dit la voix familière avec une gravité qui ne lui était pas habituelle. J'ai les résultats des analyses d'ADN de Diana. Ils sont… surprenants. Rappelle-moi.

Il appuya sur une touche d'appel mémorisé sans écouter la suite. Marcus décrocha aussitôt.

— Matthew.

Il n'y avait aucune chaleur dans sa voix, mais un simple soulagement. Cela faisait des heures qu'il avait laissé des messages. Marcus était même allé au repaire favori de Matthew, le Pitt Rivers Museum, où le vampire allait souvent contempler le squelette d'un iguanodon ou un portrait de Darwin. Miriam avait fini par le chasser du laboratoire, irritée de l'entendre se demander où était Matthew et avec qui.

— Avec elle, évidemment, avait-elle répondu. Où veux-tu qu'il soit ? Et si tu ne comptes pas travailler, ne reste pas dans mes jambes, rentre chez toi attendre qu'il te rappelle.

— Quels sont les résultats ? demanda Matthew à mi-voix.

— Que s'est-il passé ? demanda Marcus, percevant la fureur dans sa voix.

Une photo sur le sol de la salle de bains attira l'attention de Matthew. Celle que Diana tenait dans l'après-midi. Il plissa les paupières en voyant ce qu'elle représentait.

— Où es-tu ?

— Chez moi, répondit Marcus, embarrassé.

Matthew ramassa la photo et suivit la piste de l'odeur jusqu'à une feuille de papier qui avait glissé sous le canapé. Il lut le message.

— Apporte les résultats et mon passeport à New College. L'appartement de Diana est dans la cour, tout en haut de l'escalier sept.

Vingt minutes plus tard, Matthew ouvrait la porte, hirsute, une expression féroce sur le visage. Le jeune vampire dut prendre sur lui pour ne pas reculer.

Il lui tendit un dossier et un passeport bordeaux et attendit patiemment. Il ne voulait pas entrer dans le logement de la sorcière sans la permission de Matthew, étant donné son état.

La permission fut longue à venir, mais Matthew finit par s'effacer.

Pendant qu'il examinait les résultats de Diana, Marcus le scruta. Son odorat aiguisé perçut l'odeur de vieux bois et d'étoffes usées, ainsi que celle de la peur de la sorcière et de l'agitation à peine réprimée du vampire. Les poils de sa nuque se hérissèrent devant ce mélange explosif et un grondement instinctif monta dans sa gorge.

Avec les années, Marcus avait fini par apprécier les grandes qualités de Matthew – sa compassion, sa conscience et sa patience avec ceux qu'il aimait. Il connaissait aussi ses défauts, notamment son tempérament colérique. En fait, ses fureurs étaient si destructrices qu'une fois qu'elles étaient passées, il disparaissait pendant des mois voire des années, le temps d'accepter ce qu'il avait fait.

Et Marcus n'avait jamais vu son père dans un tel état de fureur.

Matthew Clairmont était entré dans la vie de Marcus en 1777 et l'avait transformée pour toujours. Il était apparu à la ferme des Bennett, menant un attelage improvisé qui transportait le marquis de Lafayette, blessé sur le champ de bataille de Brandywine. Matthew dépassait tous les autres hommes de sa haute taille et aboyait des ordres à tous, quel que soit leur rang.

Personne ne les discutait – pas même Lafayette, qui plaisantait avec son ami malgré ses blessures. Mais l'humour du marquis ne pouvait le protéger des invectives de Matthew. Lorsque Lafayette avait protesté qu'il pouvait se débrouiller pendant que d'autres soldats en bien pire état nécessitaient des soins, Clairmont avait lâché une telle volée de bois vert que ses propres hommes en étaient restés médusés et que le marquis avait eu le bec cloué.

Marcus avait entendu, les yeux écarquillés, le soldat français s'en prendre au médecin-chef de l'armée, l'estimé docteur Shippen, en qualifiant son traitement de « barbare ». Clairmont avait exigé que ce soit l'assistant du médecin, John Cochran, qui soigne Lafayette. Deux jours plus tard, Clairmont et Shippen continuaient de se quereller sur des points de détail d'anatomie et de physiologie – en latin – pour le plus grand plaisir du personnel médical et du général Washington.

Matthew avait tué plus que sa part de soldats anglais avant que l'armée américaine soit défaite à Brandywine. Les hommes qu'on amenait à l'hôpital racontaient d'incroyables anecdotes sur son intrépidité dans la bataille. Certains disaient qu'il avait marché droit sur les lignes ennemies, sans se soucier des balles et des baïonnettes. Quand les canons s'étaient tus, Clairmont avait demandé que Marcus demeure auprès du marquis comme infirmier.

À l'automne, Lafayette fut de nouveau en mesure de monter en selle et les deux hommes disparurent dans les forêts de Pennsylvanie et de New York. Ils revinrent avec une armée de guerriers Oneida, qui appelaient Lafayette « Kayewla » en raison de ses talents de cavalier. Matthew avait droit au nom de « Atlutanu'n », le chef des guerriers, car il conduisait les hommes au combat.

Matthew resta avec l'armée longtemps après le retour de Lafayette en France. Marcus continua de servir comme assistant chirurgien. Jour après jour, il tentait de panser les soldats blessés par les mousquets, les canons ou l'épée. Clairmont venait toujours le trouver lorsqu'un de ses hommes était touché. Marcus, disait-il, avait le don de les guérir.

Peu après l'arrivée de l'armée américaine à Yorktown en 1781, Marcus attrapa une fièvre. Son don de guérison ne lui fut d'aucun secours. Il gisait, grelottant, et n'était soigné que lorsque quelqu'un en trouvait le temps. Après quatre jours de souffrances, il comprit qu'il allait mourir. Quand Clairmont vint rendre visite à ses hommes blessés, accompagné une fois de plus par Lafayette, il vit Marcus sur un lit de camp branlant et sentit l'odeur de la mort.

L'officier français s'assit à son chevet alors que la nuit cédait la place à l'aube et lui confia son histoire. Marcus crut qu'il rêvait. Un homme qui buvait du sang et ne pouvait mourir ? En entendant cela, il fut convaincu qu'il était déjà mort et que l'un des diables dont son père l'avait menacé le tourmentait pour ses péchés.

Le vampire expliqua à Marcus qu'il pourrait survivre à sa fièvre, mais qu'il y avait un prix à payer. D'abord, il devrait renaître. Puis il devrait chasser, tuer et boire du sang même humain. Pendant un certain temps, cette soif l'empêcherait de travailler auprès des malades et des blessés. Matthew promit à Marcus de l'envoyer à l'université dès qu'il se serait accoutumé à sa nouvelle vie.

Peu avant l'aube, quand la douleur devint intolérable, Marcus décida qu'il voulait davantage vivre qu'il ne craignait la nouvelle vie que lui proposait le vampire. Matthew le transporta, inerte et brûlant de fièvre, hors de l'hôpital et dans les bois, où les Oneida attendaient pour les conduire dans les montagnes. Matthew le vida de son sang dans une grotte éloignée où nul ne pourrait entendre ses cris. Encore aujourd'hui, Marcus se rappelait la soif inextinguible qu'il avait ensuite éprouvée. Il avait eu beau boire, elle l'avait rendu fou.

Puis Matthew s'était ouvert d'un coup de dents une veine au poignet et avait laissé Marcus boire. Et la puissance du sang du vampire l'avait fait entrer dans une nouvelle vie éblouissante.

Impassibles, les Oneida montèrent la garde à l'entrée de la grotte et l'empêchèrent de commettre des méfaits dans les fermes voisines quand sa faim le tenaillait. Ils avaient reconnu ce qu'était Matthew dès l'instant où il était arrivé dans leur village. Matthew était comme Dagwanoenyent, la sorcière qui habitait dans la tempête et ne pouvait mourir. Que les dieux aient décidé d'accorder ce don au guerrier français demeurait un mystère pour les Oneida, mais les dieux étaient connus pour leurs décisions énigmatiques. Ils ne pouvaient qu'enseigner à leurs enfants la légende de Dagwanoenyent et leur apprendre comment tuer une telle créature en la brûlant, puis en réduisant ses os en poudre avant de les disperser aux quatre vents afin qu'elle ne puisse renaître.

Frustré, Marcus se conduisit comme l'enfant qu'il était, hurlant de fureur et de faim. Quand Matthew chassa un cerf pour nourrir le jeune homme qui était né à nouveau comme son fils, Marcus le saigna jusqu'à la dernière goutte. Cela apaisa sa faim, mais n'atténua pas dans ses veines la pulsation du sang de Matthew.

Après une semaine à lui apporter du gibier fraîchement tué, Matthew décida que Marcus était prêt à chasser seul. Père et fils traquèrent cerfs et ours dans les profondes forêts et sur les crêtes baignées par la lune. Matthew lui enseigna à flairer l'air, à guetter le moindre mouvement dans l'ombre et à sentir les changements de vent qui apportaient les odeurs. Et il lui apprit comment tuer.

Au début, Marcus voulait un sang plus riche. Il en avait besoin pour étancher sa soif et nourrir son corps affamé. Mais Matthew attendit que Marcus sache chasser rapidement un cerf, l'abattre et le vider proprement de son sang avant de l'autoriser à chasser des humains. Les femmes étaient interdites. Matthew lui expliqua que la frontière entre le sexe et la mort, entre cour et chasse, était trop mince et trop déroutante pour les jeunes vampires.

Père et fils se nourrirent d'abord de soldats anglais. Certains supplièrent Marcus de les épargner, et Matthew lui apprit comment se nourrir de sang-chauds sans les tuer. Puis ils chassèrent des criminels, qui implorèrent une merci qu'ils ne méritaient pas. Chaque fois, Matthew demandait à Marcus d'expliquer pourquoi il avait choisi tel ou tel homme comme proie. Marcus se forgea une éthique, comme il se doit lorsqu'un vampire accepte ce qu'il doit faire pour survivre.

Matthew était connu de tous pour son sens aigu du bien et du mal. Toutes ses erreurs de jugement trouvaient leur cause dans la colère. On avait raconté à Marcus que son père était moins sujet à ces fureurs qu'autrefois. Peut-être, mais ce soir-là à Oxford, il vit sur le visage de Matthew la même expression meurtrière qu'il avait vue à Brandywine. Et cette fois, il n'y avait pas de champ de bataille où passer sa rage.

— Tu as fait une erreur, dit Matthew quand il eut terminé sa lecture.

— Non. J'ai analysé le sang deux fois. Miriam a confirmé mes résultats avec ceux du frottis. J'admets qu'ils sont surprenants.

— Ils sont grotesques, oui.

— Diana possède pratiquement tous les marqueurs génétiques que nous avons relevés chez les sorciers. (Il prit un air grave et lui montra la dernière page.) Mais ce sont ces séquences qui sont inquiétantes.

Matthew les examina. Il y avait plus d'une vingtaine de séquences d'ADN de longueurs variées qui portaient un point d'interrogation en rouge de la main de Miriam.

— Mon Dieu, dit-il en les rendant à son fils. Nous avons déjà assez de motifs d'inquiétude. Ce misérable Peter Knox l'a menacée. Il veut le manuscrit. Diana l'a demandé en consultation, mais l'Ashmole 782 est reparti dans les réserves et ne veut plus en sortir. Heureusement, Knox est convaincu, pour l'instant, qu'elle a réussi à l'obtenir en brisant l'enchantement volontairement.

— Et ce n'est pas le cas ?

— Non. Diana n'a ni les connaissances ni la maîtrise nécessaires pour quelque chose d'aussi compliqué. Son pouvoir est totalement hors de contrôle. Elle a fait un trou dans mon tapis, ajouta-t-il avec aigreur.

Marcus ne put s'empêcher de sourire : son père adorait ses antiquités.

— Dans ce cas, nous allons garder Knox à distance et donner à Diana la possibilité de développer ses dons. Cela ne paraît pas si difficile.

— Knox n'est pas mon seul souci. Diana a reçu ceci au courrier aujourd'hui. (Matthew tendit la photo et le message à son fils.) Ses parents. Je me rappelle avoir entendu parler d'un couple de sorciers tués au Nigeria, mais c'était il y a très longtemps. Je n'ai jamais fait le rapprochement avec Diana.

— Mon Dieu, souffla Marcus.

En voyant la photo, il tenta d'imaginer comment il réagirait s'il recevait une photo de son père déchiqueté et laissé à terre pour mort.

— Ce n'est pas tout. D'après ce que j'ai compris, Diana a toujours cru que ses parents avaient été tués par des humains. C'est principalement pour cela qu'elle a toujours refusé de laisser entrer la magie dans sa vie.

— Elle ne réussira pas, n'est-ce pas ? murmura Marcus en repensant à l'ADN de la sorcière.

— Non, en effet. Pendant que j'étais en Écosse, une autre sorcière américaine, Gillian Chamberlain, lui a appris que ce n'étaient pas des humains mais des sorciers qui avaient assassiné ses parents.

— C'est vrai ?

— Je n'en sais rien. Mais cette affaire ne s'arrête pas à la simple découverte du manuscrit Ashmole 782 par une sorcière. Et j'ai bien l'intention de découvrir ce que cela cache.

Marcus aperçut quelque chose d'argenté sur le pull sombre de son père. *Il porte le cercueil de Lazare*, songea-t-il.

Personne dans la famille ne parlait ouvertement d'Eleanor St. Leger ou des événements entourant sa mort, de peur que Matthew ne se mette en fureur. Marcus savait que son père n'avait pas voulu quitter Paris en 1140, où il était heureux d'étudier la philosophie. Mais quand le chef de famille, le père de Matthew, Philippe, le rappela à Jérusalem pour l'aider à résoudre les conflits qui continuaient de troubler la Terre sainte longtemps après la fin de la croisade d'Urbain II, Matthew obéit sans discuter. Il avait fait la connaissance d'Eleanor, s'était lié avec sa famille, des Anglais, et en était tombé amoureux.

Mais les St. Leger et les Clermont étaient souvent opposés dans les conflits et les frères aînés de Matthew, Hugh, Godfrey et Baldwin, le pressèrent de délaisser la jeune femme afin qu'ils puissent anéantir sa famille. Matthew refusa. Un jour, une querelle entre Baldwin et Matthew concernant les St. Leger dégénéra. Avant que l'on ait pu appeler Philippe pour qu'il y mette un terme, Eleanor intervint. Mais lorsque Matthew et Baldwin reprirent leurs sens, elle avait perdu trop de sang pour être sauvée.

Marcus ne comprenait toujours pas pourquoi Matthew avait laissé mourir Eleanor s'il l'aimait à ce point.

Depuis, Matthew ne portait son insigne de pèlerin que lorsqu'il craignait de tuer quelqu'un ou qu'il pensait à Eleanor – ou les deux à la fois.

— Cette photo est une menace, et à ne pas prendre à la légère. Hamish pensait que le nom des Bishop rendrait les sorciers plus prudents, mais je crains que ce soit l'inverse. Quelle que soit l'ampleur de ses dons, Diana ne peut se protéger toute seule et elle est beaucoup trop indépendante pour demander de l'aide. Il faut que tu restes avec elle pendant quelques heures. Je vais aller à la recherche de Gillian Chamberlain.

— Rien ne certifie que ce soit elle qui ait déposé l'enveloppe, fit remarquer Marcus. Elle porte deux odeurs différentes.

— L'autre est celle de Peter Knox.

— Mais il fait partie de la Congrégation ! (Un conseil de neuf membres composé de trois représentants de chaque espèce – démons, sorciers et vampires – avait été instauré durant les croisades. Il était chargé d'assurer la sécurité de toutes les créatures, en veillant à ce que personne n'attire l'attention des humains.) Si tu t'en prends à lui, ce sera vu comme un défi à l'autorité de la Congrégation. Toute la famille sera impliquée. Tu n'envisages tout de même pas de nous mettre en danger simplement pour venger une sorcière ?

— Tu ne mets pas en doute ma loyauté, j'espère ? gronda Matthew.

— Non, mais ton jugement, si, rétorqua Marcus, tenant tête à son père. Cette amourette est déjà assez ennuyeuse. La Congrégation a une bonne raison de prendre des mesures contre toi. Ne lui en donne pas d'autres.

Lors de la première visite de Marcus en France, sa grand-mère vampire lui avait expliqué qu'il était désormais lié par un pacte qui interdisait les relations intimes entre les différents ordres de créatures, ainsi que toute immixtion dans les affaires politiques et religieuses des humains. Toutes les autres relations avec les humains, y compris les affaires de cœur, devaient être évitées, mais étaient permises, du moment qu'elles ne provoquaient aucun trouble. Marcus préférant fréquenter des vampires depuis toujours, les termes du pacte lui importaient peu – jusqu'à maintenant.

— Tout le monde s'en moque, à présent, se défendit Matthew en laissant son regard dériver vers la porte de la chambre de Diana.

— Mon Dieu, elle ne connaît pas le pacte, dit Marcus, méprisant, et tu n'as aucune intention de lui en parler. Tu sais très bien que tu ne peux pas le lui cacher indéfiniment.

— La Congrégation ne va pas forcer quelqu'un à respecter une promesse faite il y a presque mille ans, dans un monde très différent, dit Matthew.

Il regardait à présent une gravure ancienne de Diane visant de son arc un chasseur fuyant dans une forêt. Il se rappela en frissonnant un passage d'un livre écrit par un ami – *car ils ne sont plus les chasseurs, mais les chassés.*

— Réfléchis avant de faire cela, Matthew.

— J'ai pris ma décision, répondit Matthew en évitant le regard de son fils. Tu veux bien veiller sur elle pendant mon absence ?

Marcus acquiesça, incapable de désobéir au ton impérieux de son père.

Une fois celui-ci parti, il alla trouver Diana. Il souleva ses paupières l'une après l'autre, puis il lui saisit le poignet. Il la flaira, nota l'odeur de peur et de trouble qui émanait d'elle. Il décela aussi le médicament qui courait dans ses veines. *Tant mieux*, se dit-il. Au moins son père avait-il eu la présence d'esprit de lui faire prendre un sédatif.

Il continua d'examiner Diana, scrutant minutieusement sa peau et écoutant sa respiration. Quand il eut terminé, il resta debout à côté du lit à la regarder rêver. Le front de la jeune femme était froncé, comme si elle se disputait avec quelqu'un.

Son examen avait appris deux choses à Marcus. D'abord, Diana allait bien. Elle avait subi un grand choc et avait besoin de repos, mais elle n'aurait aucune séquelle. Ensuite, elle était recouverte de l'odeur de son père. Il l'avait fait exprès, pour la marquer afin que chaque vampire sache à qui elle appartenait. Cela signifiait qu'ils étaient allés plus loin que Marcus ne l'avait cru possible. Son père allait avoir du mal à se détacher de cette sorcière. Et il le faudrait bien, pourtant, si les histoires que lui avait racontées sa grand-mère étaient vraies.

C'est après minuit que Matthew réapparut. Il paraissait plus en colère qu'en partant, mais il était impeccable, comme toujours. Sans un mot pour son fils, qui eut la prudence de ne pas poser de question, il alla droit à la chambre de Diana.

— Feras-tu part à Diana des résultats de l'analyse d'ADN ? demanda seulement Marcus quand son père ressortit.

— Non, répondit Matthew, sans se sentir le moins du monde coupable de dissimuler une information aussi importante à la sorcière. Je ne lui dirai pas non plus ce que les sorciers de la Congrégation pourraient lui faire. Elle en a déjà trop subi.

— Diana Bishop est moins fragile que tu le penses. Tu n'as pas le droit de garder cette information pour toi si tu veux continuer à la fréquenter.

La vie d'un vampire ne se mesurait pas en heures ou en années mais au nombre des secrets qu'il révélait ou dissimulait. Les vampires protégeaient leurs relations personnelles, les noms qu'ils avaient adoptés et les détails des nombreuses existences qu'ils avaient menées. Cependant, son père en gardait plus que la plupart et sa tendance à en dissimuler certains vis-à-vis de sa famille s'aggravait.

— Ne te mêle pas de cela, Marcus, gronda son père. Cela ne te regarde pas.

— Tes maudits secrets seront la perte de la famille.

Matthew le prit à la gorge avant qu'il ait pu finir sa phrase.

— Mes secrets ont mis cette famille à l'abri pendant des siècles, mon petit. Où serais-tu aujourd'hui, sans eux ?

— Rongé par les vers dans une tombe anonyme de Yorktown, j'imagine, répondit Marcus dans un souffle.

Au cours des années, le jeune vampire avait vainement tenté de découvrir certains des secrets de son père. Par exemple, il n'avait jamais su qui avait informé Matthew de ses méfaits à La Nouvelle-Orléans après le rachat de la Louisiane par Jefferson. Il y avait fondé une famille aussi charmante et tapageuse que lui à partir des citoyens les plus jeunes et les moins responsables de la ville. Sa bande, qui comprenait un nombre inquiétant de joueurs et de bons à rien, risquait d'être découverte par les humains chaque fois qu'ils sortaient la nuit. Les sorciers de la ville avaient fermement exigé qu'ils la quittent.

Matthew était arrivé sans prévenir, accompagné d'une ravissante vampiresse métisse : Juliette Durand. Tous les deux s'étaient lancés dans une campagne pour dompter la famille de Marcus. En quelques jours, ils avaient noué une alliance malsaine avec un jeune et élégant vampire français du Garden District aux cheveux d'un blond improbable, et totalement dénué de scrupules. C'est alors que les vrais ennuis avaient commencé.

Quinze jours plus tard, la nouvelle famille de Marcus avait diminué en nombre, aussi considérablement que mystérieusement. À mesure que morts et disparitions s'accumulaient, Matthew levait les mains au ciel en invoquant les dangers de La Nouvelle-Orléans. Juliette, que Marcus avait détestée en quelques jours, souriait et murmurait des encouragements aux oreilles de son père. Marcus n'avait jamais croisé quelqu'un d'aussi manipulateur et il fut ravi quand son père et elles se séparèrent.

Pressé par ses derniers enfants, Marcus assura solennellement que tous se rachèteraient une conduite à condition que Matthew et Juliette quittent la ville.

Matthew accepta, après avoir exposé dans les moindres détails ce qu'il attendait des nouveaux membres de la famille Clermont.

— Si tu es décidé à faire de moi un grand-père, sois plus soigneux, lui ordonna-t-il durant un entretien extrêmement désagréable, en présence de plusieurs des vampires les plus anciens et les plus puissants de la ville.

Ce souvenir faisait encore blêmir Marcus.

Ce qui donnait à Matthew et à Juliette l'autorité d'agir comme ils le faisaient demeurait un mystère. La puissance de son père, la ruse de Juliette et le prestige du nom des Clermont les avaient peut-être aidés à obtenir le soutien des vampires. Mais il avait autre chose. Toutes les créatures de La Nouvelle-Orléans – jusqu'aux sorciers – avaient traité son père comme un monarque.

Marcus se demanda si son père avait été membre de la Congrégation autrefois. Cela expliquerait bien des choses.

La voix de Matthew le ramena à la réalité.

— Diana est peut-être courageuse, Marcus, mais elle n'a pas besoin de tout savoir tout de suite.

Il lâcha Marcus et recula.

*Est-elle au courant de notre famille, alors ? De tes autres enfants ? Et de ton père ?* demanda muettement Marcus.

Mais Matthew savait tout de même ce qu'il pensait.

— Je ne raconte pas les histoires des autres vampires.

— Tu commets une erreur. Diana ne te sera pas reconnaissante de lui avoir dissimulé certaines choses.

— C'est ce qu'estime aussi Hamish. Quand elle sera prête, je lui dirai tout, mais pas avant, répondit son père d'un ton ferme. Pour le moment, ma seule préoccupation est de lui faire quitter Oxford.

— Tu vas la déposer en Écosse ? Personne ne risque de la trouver là-bas, dit Marcus, songeant immédiatement à la propriété d'Hamish. Ou vas-tu la laisser à Woodstock avant de partir ?

— Partir où ? demanda Matthew, perplexe.

— Tu m'as demandé de t'apporter ton passeport.

Marcus ne comprenait plus. C'était ainsi que se comportait son père : il se mettait en colère, puis il partait s'isoler le temps de se ressaisir.

— Je n'ai aucune intention de laisser Diana, répondit Matthew, glacial. Je l'emmène à Sept-Tours.

— Tu ne peux tout de même pas la mettre sous le même toit qu'Ysabeau ! s'exclama Marcus.

— C'est chez moi aussi, répondit Matthew d'un ton buté.

— Ta mère se vante ouvertement des sorciers qu'elle a tués et accuse tous ceux qu'elle croise de ce qui est arrivé à Louisa et à ton père.

Le visage de Matthew se tordit et Marcus comprit enfin. La photo lui avait rappelé la mort de Philippe et le combat qu'avait mené Ysabeau dans les années qui avaient suivi.

Matthew se massa les tempes, comme pour tenter d'échafauder un meilleur plan.

— Diana n'a rien à voir avec ces deux tragédies. Ysabeau comprendra.

— Certainement pas, et tu le sais, s'obstina Marcus.

Il aimait sa grand-mère et ne voulait pas la faire souffrir. Et si Matthew, son préféré, amenait une sorcière chez eux, elle souffrirait. Horriblement.

— Il n'y a pas plus sûr endroit que Sept-Tours. Les sorciers y réfléchiront à deux fois avant de s'en prendre à Ysabeau. Surtout dans sa propre demeure.

— Pour l'amour du Ciel, ne les laisse pas seules ensemble.

— J'y veillerai, promit Marcus. Il faut que Miriam et toi alliez vous installer dans la maison de gardien, en espérant que cela convaincra tout le monde que Diana y séjourne. Ils finiront par deviner la vérité, mais cela nous fera gagner quelques jours. J'ai laissé mes clés au concierge. Reviens dans quelques heures, quand nous serons partis. Prends la couette sur le lit, elle est imprégnée de son odeur, et pars à Woodstock. Restes-y en attendant de mes nouvelles.

— Tu es capable de vous protéger tous les deux ?

— Oui, répondit Matthew sans hésiter.

Marcus hocha la tête et les deux vampires s'étreignirent en échangeant un regard lourd de sens. Il était inutile d'ajouter quoi que ce soit : tout avait déjà été dit il y avait bien longtemps.

Une fois seul, Matthew se laissa tomber sur le canapé et se prit la tête dans les mains. L'opposition véhémente de Marcus l'avait ébranlé.

Il leva les yeux et contempla la gravure de la déesse traquant sa proie. Un autre vers du poème lui vint à l'esprit : *Je la vis sortant de la forêt*, chuchota-t-il, *ma chasseresse, ma bien-aimée Diane.*

Dans la chambre, trop loin pour qu'un sang-chaud puisse entendre, Diana s'agita et poussa un cri. Matthew se précipita à son chevet et la prit dans ses bras. Son instinct protecteur s'était réveillé et renforcé.

— Je suis là, murmura-t-il dans ses cheveux.

Il baissa les yeux vers le visage endormi, les lèvres froncées et le pli furieux de ses sourcils. Ce visage, il l'avait contemplé durant des heures et il le connaissait par cœur, mais ses contradictions continuaient de le fasciner.

— M'as-tu ensorcelé ? se demanda-t-il à haute voix.

Désormais, Matthew comprenait qu'il avait besoin d'elle plus que de toute autre chose. Sa famille ou la prochaine gorgée de sang comptaient moins que de savoir qu'elle était en sécurité et auprès de lui. Si c'était cela, être ensorcelé, il était perdu.

Il la serra contre lui comme il n'aurait jamais osé lorsqu'elle était éveillée. Elle soupira et se blottit contre lui.

S'il n'avait pas été un vampire, il n'aurait pas entendu son murmure quand elle saisit l'ampoule à travers le pull, sa main résolument posée sur son cœur.

— Tu n'es pas perdu. Je t'ai trouvé.

Matthew se demanda un instant si son imagination lui avait joué un tour, mais il sut qu'il n'en était rien. Elle pouvait entendre ses pensées.

Pas toujours, pas lorsqu'elle était consciente. Pour l'instant. Mais ce n'était qu'une question de temps avant que Diana sache tout sur lui. Elle connaîtrait ses secrets, les choses terribles et obscures qu'il n'avait pas le courage d'affronter.

— Je suis assez courageuse pour nous deux, murmura-t-elle faiblement.

Matthew se pencha vers elle.

— Il le faudra.

# 17

Un goût de girofle m'envahissait la bouche et j'étais littéralement momifiée dans ma couette. Le matelas geignit quand je m'étirai dans ce cocon.

— Chut, murmura Matthew à mon oreille, collé contre mon dos, un bras autour de moi.

— Quelle heure est-il ? demandai-je d'une voix rauque.

Il s'écarta légèrement pour consulter sa montre.

— 13 heures passées.

— Combien de temps ai-je dormi ?

— Depuis 18 heures hier soir.

*Hier soir.*

Des images se bousculèrent dans ma tête : le manuscrit alchimique, la menace de Peter Knox, mes doigts chargés d'électricité virant au bleu, la photo de mes parents, la main de ma mère, figée dans un geste qu'elle n'avait jamais achevé.

— Vous m'avez donné des cachets, dis-je en tentant vainement de me libérer de la couette. Je n'aime pas prendre des médicaments, Matthew.

— La prochaine fois que vous aurez une crise de panique, je vous laisserai souffrir inutilement, répondit-il en m'aidant à me dégager.

De nouvelles images me vinrent à l'esprit. Le visage grimaçant de Gillian Chamberlain me mettant en garde contre les secrets trop bien gardés et le message m'ordonnant de me souvenir. L'espace d'un instant, je me revis à sept ans, tentant de comprendre comment mes parents, si vifs et alertes, avaient pu disparaître de ma vie.

Je tendis la main vers Matthew, comme ma mère avait tendu la sienne vers mon père dans le cercle de craie. Le chagrin de les avoir perdus se raviva alors que je comprenais ce geste désespéré pour atteindre mon père. Je me dégageai brusquement des bras de Matthew et ramenai mes genoux sous mon menton pour me protéger.

Matthew voulait m'aider, je le voyais bien, mais il doutait de moi. La voix de Knox résonna à nouveau en moi, venimeuse : *Rappelez-vous qui vous êtes.*

*Rappelle-toi*, disait le message.

Soudain, je me retournai vers le vampire et me blottis contre lui. Mes parents avaient disparu, mais Matthew était toujours là. Ma tête sous la sienne, je guettai pendant plusieurs minutes le prochain battement de son cœur. Et ce rythme lent finit par m'assoupir.

Je me réveillai de nouveau en sursaut et me redressai tant bien que mal. Matthew alluma la lampe.

— Qu'y a-t-il ?

— La magie m'a trouvée. Les sorciers aussi. Je vais être tuée à cause de ma magie, tout comme l'ont été mes parents, débitai-je d'un trait, en proie à la panique, avant de me lever d'un bond.

— Non, dit Matthew en s'interposant devant la porte. Nous allons affronter cela, Diana, quoi qu'il arrive. Sinon, vous passerez votre vie à fuir.

J'étais partagée : je savais qu'il avait raison et je n'avais qu'une envie, fuir dans la nuit. Mais comment l'aurais-je pu, avec un vampire qui me barrait le chemin ?

L'air commença à s'agiter autour de moi comme pour dissiper cette sensation d'emprisonnement. Un souffle glacé souleva le bas de mon pantalon et remonta jusqu'à mon visage en faisant voler mes cheveux. Matthew étouffa un juron et s'avança vers moi en tendant le bras. Le souffle se transforma en rafales qui secouèrent les rideaux et les draps.

— Tout va bien, cria-t-il par-dessus le sifflement du vent, tentant de me calmer.

Mais ce n'était pas suffisant.

Le vent continua d'enfler et je levai les bras, formant une colonne tourbillonnante d'air qui me protégeait comme la couette. De l'autre côté, Matthew s'était figé, une main encore tendue, les yeux fixés sur moi. Quand j'ouvris la bouche pour lui dire de ne pas s'approcher, il n'en sortit qu'un air glacé.

— Tout va bien, répéta-t-il sans me quitter du regard. Je ne bouge pas. (C'est seulement en l'entendant prononcer ces mots que je compris quel était le problème.) Je vous assure, ajouta-t-il.

Le vent faiblit. Le cyclone qui m'enveloppait diminua jusqu'à redevenir un souffle, puis disparut entièrement. Je tombai à genoux en étouffant un cri.

— Qu'est-ce qui m'arrive ?

Tous les jours, je faisais du jogging, de l'aviron et du yoga et mon corps m'obéissait. À présent, voilà qu'il faisait des choses inimaginables. Je vérifiai que mes mains ne crépitaient pas d'étincelles et qu'aucun vent ne tourbillonnait plus autour de mes pieds.

— C'était un vent sorcier, expliqua Matthew sans bouger. Vous savez ce que c'est ?

J'avais entendu parler d'une sorcière d'Albany capable de provoquer des orages, mais jamais de « vent sorcier ».

— Pas vraiment, avouai-je en continuant de jeter à la dérobée des coups d'œil à mes mains et à mes pieds.

— Certaines sorcières ont la faculté de maîtriser l'élément air. Vous en faites partie.

— Ce n'est pas ce que j'appellerais maîtriser.

— C'était la première fois que cela vous arrivait, expliqua-t-il posément. (Il balaya la pièce d'un geste circulaire : les rideaux et les draps étaient intacts, les vêtements étaient encore posés là où je les avais laissés.) Nous sommes encore debout et la chambre n'a pas l'air d'avoir été traversée par une tornade. C'est de la maîtrise – pour le moment.

— Mais je ne l'ai pas cherché. Ces feux électriques et ces rafales de vent surviennent-ils comme cela, sans que les sorciers les invoquent ?

Je repoussai les cheveux qui me tombaient dans les yeux et vacillai, épuisée. Il était arrivé trop de choses au cours de ces dernières vingt-quatre heures.

— Les vents sorciers et les doigts bleus sont des phénomènes rares, de nos jours. Il y a de la magie en vous, Diana, et elle veut sortir, que vous le demandiez ou non.

— J'ai eu l'impression d'être prise au piège.

— Je n'aurais pas dû vous retenir, hier soir, se lamenta Matthew. Parfois, je ne sais pas comment agir avec vous. Vous êtes comme animée d'un mouvement perpétuel. Je voulais simplement que vous arrêtiez de bouger pour écouter.

Ce devait être encore plus difficile de supporter mon incessant besoin d'action quand on était un vampire qui a à peine besoin de respirer. Une fois de plus, je trouvai que l'abîme qui me séparait de Matthew était immense. Je voulus me lever.

— Suis-je pardonné ? demanda-t-il, sincère. (J'acquiesçai.) Vous permettez ? ajouta-t-il en désignant ses pieds.

Je hochai la tête. Il fit trois pas et m'aida à me relever. Je m'effondrai contre lui comme ce premier soir dans la bibliothèque, quand je l'avais vu, serein et aristocratique, dans la salle Duke Humfrey. Mais cette fois, je ne reculai pas. Je m'appuyai contre lui et sa peau fut d'une fraîcheur apaisante au lieu de me paraître froide et effrayante.

Nous restâmes sans rien dire un moment, dans les bras l'un de l'autre. Mon cœur se calma et il ne tenta pas de m'étreindre davantage, même si je sentais que cela lui était difficile.

— Je suis désolée, moi aussi. Je vais essayer de maîtriser mon énergie.

— Vous n'avez pas à être désolée. Ni à essayer d'être ce que vous n'êtes pas. Voudrez-vous du thé si j'en prépare ?

Dehors, il faisait encore nuit noire.

— Quelle heure est-il ?

Il leva le bras.

— Trois heures passées.

— Je suis affreusement fatiguée, gémis-je, mais du thé me ferait plaisir.

— Je vais le préparer, dit-il en ôtant mes bras noués autour de sa taille. Je reviens.

Je le suivis tandis qu'il fouillait parmi les innombrables boîtes et sachets de thé.

— Je vous avais dit que j'aimais le thé, m'excusai-je.

— Avez-vous une préférence ? demanda-t-il en désignant l'assortiment dans le placard.

— Le sachet noir avec une étiquette dorée, s'il vous plaît.

Du thé vert : c'était ce qui serait le plus apaisant.

Il s'affaira avec la bouilloire et la théière, versa l'eau sur les feuilles parfumées et me tendit un mug ébréché quand il fut prêt. L'arôme de thé vert, de vanille et d'agrumes était bien différent de son parfum, mais il me réconforta.

Il s'en servit une tasse et la flaira d'un air satisfait.

— Cela n'a pas une odeur trop déplaisante, finalement, reconnut-il en buvant une petite gorgée.

C'était la première fois que je le voyais boire autre chose que du vin.

— Où nous asseyons-nous ? demandai-je en serrant le mug entre mes paumes.

— Là-bas, dit-il en désignant le salon. Nous devons parler.

Il prit place au coin du confortable vieux canapé et je m'installai en face. Les volutes de vapeur du thé montaient vers mon visage, me rappelant le vent sorcier.

— Il faut que je comprenne pourquoi Knox croit que vous avez brisé l'enchantement de l'Ashmole 782, dit-il.

Je me repassai mentalement ma conversation chez le directeur.

— Il a dit que les sorts étaient sensibles lors des dates anniversaires du jour où ils ont été jetés. Que d'autres sorciers, qui étaient compétents, avaient tenté de le briser et qu'ils n'avaient pas réussi. Pour lui, je me suis trouvée au bon endroit au bon moment.

— Un sorcier très puissant a ensorcelé l'Ashmole 782 et je soupçonne que ce sort est presque impossible à briser. Tous ceux qui ont tenté d'obtenir le manuscrit jusqu'ici n'y ont pas réussi, quelles qu'aient été leurs compétences ou la date à laquelle ils s'y sont essayés. (Il fixa pensivement sa tasse.) Vous, si. Le tout est de savoir comment et pourquoi.

— L'idée que je puisse répondre aux conditions d'un enchantement prononcé bien avant ma naissance est plus difficile à croire que la coïncidence de la date anniversaire. Et si j'ai rempli les conditions une fois, pourquoi pas une deuxième ? (Il ouvrit la bouche et je secouai la tête.) Non, ce n'est pas à cause de vous.

— Knox connaît la sorcellerie et les enchantements sont compliqués. Peut-être est-il possible qu'avec le temps, ils se corrompent, dit-il d'un ton pas très convaincu.

— Si seulement je percevais une logique dans tout cela.

Mentalement, je déplaçai les pièces du puzzle – Knox, le manuscrit, mes parents –, mais elles refusèrent de former une image. La voix de Matthew me tira de mes pensées.

— Diana ?

— Oui ?

— Que faites-vous ?

— Rien, répondis-je un peu trop précipitamment.

— Vous utilisez la magie, dit-il en posant sa tasse. Je le sens. Et je le vois. Vous êtes en train de scintiller.

— C'est ce qui se produit quand je n'arrive pas à résoudre une énigme, comme en ce moment. J'imagine une table blanche recouverte de différentes pièces. Elles ont des formes et des couleurs et bougent pour former un motif. Quand le motif apparaît, elles s'immobilisent et je sais que je suis sur la bonne piste.

— Et vous jouez souvent à ce petit jeu ? demanda-t-il après un long silence.

— Constamment, répondis-je à contrecœur. Pendant que vous étiez en Écosse, j'ai compris que c'était là aussi de la magie, comme lorsque je sais qui me regarde sans avoir à tourner la tête.

— La voici, la logique : vous utilisez votre magie quand vous ne réfléchissez pas.

— Comment cela ?

Les pièces du puzzle commencèrent à se déplacer sur la table.

— Quand vous avez une activité, vous ne réfléchissez pas, du moins pas avec la partie rationnelle de votre esprit. Vous êtes totalement ailleurs quand vous ramez, quand vous faites du jogging ou du yoga. Quand votre esprit ne contrôle pas vos facultés, elles apparaissent.

— Mais tout à l'heure, je réfléchissais, et le vent est apparu quand même.

— Oui, mais vous étiez sous l'emprise d'une émotion intense, expliqua-t-il. Cela court-circuite l'intellect. Il s'est passé la même chose quand vos doigts sont devenus bleus avec Miriam, puis avec moi. Cette histoire de table blanche est une exception à la règle générale.

— Les sautes d'humeur et les mouvements suffisent à déclencher ces forces ? Qui voudrait être sorcier si quelque chose d'aussi simple peut déclencher des cataclysmes ?

— Beaucoup de gens, sûrement. Je vais vous demander de faire quelque chose pour moi. Et je veux que vous réfléchissiez bien avant de répondre. Vous êtes d'accord ?

— Bien sûr.

— Je veux vous ramener à la maison.

— Je ne veux pas retourner en Amérique.

Il m'avait fallu cinq secondes pour réagir précisément comme il m'avait demandé de ne pas le faire.

— Pas *votre* maison. La mienne. Il faut que vous quittiez Oxford.

— Je vous ai déjà dit que je voulais bien aller à Woodstock.

— Old Lodge est l'une de mes maisons, Diana, expliqua-t-il. Je veux vous emmener chez moi, en France.

— En France ?

— Les sorciers ont la ferme intention de s'emparer de l'Ashmole 782 et d'empêcher les autres créatures de l'avoir. C'est parce qu'ils pensent que vous avez rompu l'enchantement et que votre famille est importante qu'ils n'ont encore rien tenté. Quand Knox et les autres découvriront que vous n'avez pas recouru à la magie pour obtenir le manuscrit, que le charme était prévu pour céder devant vous, ils voudront savoir comment et pourquoi.

Je fermai les yeux pour ne pas revoir la photographie de mes parents.

— Et ils ne prendront pas de gants.

— Probablement pas. J'ai vu la photo, Diana. Je veux que vous soyez loin de Peter Knox et de la bibliothèque. Que vous restiez sous mon toit pendant un certain temps.

— Gillian a dit que c'étaient des sorciers. (Mon regard croisa le sien et je fus surprise de voir combien ses pupilles étaient rétrécies. Habituellement, elles étaient énormes et noires, mais quelque chose avait changé chez Matthew ce soir. Il avait moins le teint d'un spectre et ses lèvres paraissaient plus colorées.) Elle a dit vrai ?

— Je ne peux en être sûr, Diana. Pour les Haoussa du Nigeria, le pouvoir des sorciers est concentré dans des os du ventre. Quelqu'un a cherché à s'emparer de ceux de votre père, dit-il, désolé. C'est donc probable qu'il s'agisse d'un autre sorcier.

Un petit déclic se fit entendre et le répondeur se mit à clignoter. Je soupirai.

Même si le volume était baissé, le vampire allait entendre le message. Je me levai pour décrocher.

— Je suis là, je suis là, coupai-je ma tante.

— Nous te pensions morte, dit Sarah.

Je me rendis brusquement compte qu'elle et moi étions les dernières Bishop. Je la vis assise dans la cuisine, échevelée, téléphone à l'oreille. Elle vieillissait, et malgré son caractère bien trempé et la distance, elle avait perçu que j'étais en danger.

— Je ne suis pas morte, je suis chez moi et Matthew est là.

Je lui fis un petit sourire qui le laissa de marbre.

— Que se passe-t-il ? demanda Em de son côté.

Après la mort de mes parents, les cheveux d'Em avaient blanchi en quelques mois. À l'époque, elle n'avait pas trente ans, mais elle avait toujours paru plus frêle après cette tragédie, comme à la merci du moindre coup de vent. Comme ma tante, elle était manifestement bouleversée par ce que son sixième sens lui avait soufflé.

— J'ai essayé de redemander le manuscrit en consultation, c'est tout, dis-je d'un ton léger pour ne pas les inquiéter davantage. (Matthew me jeta un regard réprobateur et je lui tournai le dos. Ce qui ne me fut pas d'un grand secours : je sentis sur mon dos son regard glacial.) Mais cette fois, il n'a pas pu sortir de la réserve.

— Parce que tu crois que c'est à cause de ce livre que nous t'appelons ? demanda Sarah.

De longs doigts froids s'emparèrent du téléphone et me le retirèrent.

— Ms. Bishop, je suis Matthew Clairmont, dit-il. (Je voulus lui reprendre l'appareil, mais il me saisit le poignet et secoua la tête.) Diana a été menacée. Par d'autres sorciers. L'un d'eux est Peter Knox.

Je n'avais pas besoin d'une ouïe aiguisée de vampire pour entendre les éclats de voix à l'autre bout du fil. Matthew me lâcha le poignet et me rendit le téléphone.

— Peter Knox ! s'écria Sarah. (Matthew ferma les yeux comme si le cri lui brisait les tympans.) Depuis combien de temps est-il dans les parages ?

— Depuis le début, hésitai-je. C'est le sorcier en tweed qui a essayé de pénétrer dans ma tête.

— Tu ne l'as pas laissé faire, n'est-ce pas ? demanda Sarah, qui semblait effrayée.

— J'ai fait ce que j'ai pu, Sarah. Je ne sais pas très bien ce que je fais, question magie.

— Ma chérie, intervint Em, bon nombre d'entre nous avons des problèmes avec Peter Knox. Mais surtout, ton père ne lui faisait pas du tout confiance.

— Mon père ?

Le sol se déroba sous moi et Matthew me rattrapa de justesse. Je m'essuyai les yeux, sans pouvoir chasser l'image de mon père déchiqueté et mutilé.

— Diana, qu'est-il arrivé d'autre ? demanda Sarah. Je comprends que Peter Knox t'ait fait peur, mais il n'y a pas que cela ?

— Quelqu'un m'a envoyé une photo de papa et maman, dis-je en saisissant le bras de Matthew.

Il y eut un long silence à l'autre bout du fil.

— Oh, Diana, souffla Em.

— *Cette* photo-là ? demanda Sarah.

— Oui, murmurai-je.

— Repasse-le-moi ! s'exclama Sarah.

— Il t'entend très bien de là où il est, dis-je. Et tu peux t'adresser directement à moi.

Matthew passa sa main dans mon dos dans un geste apaisant.

— Alors écoutez-moi tous les deux. Partez, fuyez loin de Peter Knox. Et que ce vampire veille à ce que tu obéisses, sinon je l'en tiendrai responsable. Stephen Proctor était la crème des hommes. Il en fallait beaucoup pour qu'il n'aime pas quelqu'un, et il détestait ce sorcier, Diana. Il faut que tu rentres immédiatement.

— Je ne veux pas, Sarah ! Je pars en France avec Matthew.

La proposition de Sarah venait de vaincre mes dernières résistances. Il y eut un silence.

— En France ? répéta faiblement Em.

Matthew tendit la main.

— Matthew voudrait vous parler.

Je lui tendis l'appareil avant que Sarah ait pu protester.

— Ms. Bishop ? Avez-vous la présentation de numéro ?

J'étouffai un rire. Le téléphone marron de la cuisine de Madison avait un cadran à l'ancienne et un cordon de un kilomètre pour que Sarah puisse aller et venir à sa guise tout en parlant. Composer un numéro prenait une éternité. La présentation du numéro ? Sûrement pas.

— Non ? Dans ce cas, notez. (Il lui dicta le numéro de son portable et un autre qui devait être celui de la maison.) Vous pouvez appeler à tout moment.

Sarah dut répondre quelque chose de désagréable, à en juger par l'expression de Matthew.

— Je veillerai sur elle, dit-il avant de me rendre l'appareil.

— Je raccroche. Je vous embrasse toutes les deux. Ne vous inquiétez pas.

— Arrête de nous dire de ne pas nous faire de souci, pesta Sarah. Tu es notre nièce. Nous sommes bel et bien inquiètes, Diana, et cela risque de durer.

— Que dois-je faire pour vous convaincre que tout va bien ? soupirai-je.

— Commence par décrocher plus souvent quand nous appelons.

Je raccrochai et restai auprès de Matthew, m'efforçant de ne pas croiser son regard.

— Tout est ma faute, comme le dit Sarah. Je me suis conduite comme une humaine qui ne comprend rien à rien.

Il alla s'asseoir sur le canapé, aussi loin que possible de moi.

— La décision que vous avez prise de ne pas laisser entrer la magie dans votre vie, vous l'avez prise quand vous étiez une enfant solitaire et effrayée. Maintenant, chaque fois que vous faites un pas, vous marchez sur des œufs, comme si votre avenir en dépendait. (Il parut surpris que je vienne m'asseoir à côté de lui et que je prenne ses mains dans les miennes, résistant à l'envie de lui dire que tout irait bien.) En France, vous pourrez être vous-même pendant quelques jours sans craindre de commettre une erreur, continua-t-il. Vous pourrez vous reposer, bien que je ne vous aie jamais vue arrêter un instant. Vous savez que vous bougez même dans votre sommeil ?

— Je n'ai pas le temps de me reposer, Matthew, dis-je, ne sachant plus trop si je voulais quitter Oxford. La conférence sur l'alchimie est dans moins de six semaines. Je dois prononcer le discours d'ouverture. J'ai à peine commencé à le rédiger, et si je ne peux pas aller à la bibliothèque, je ne risque pas de pouvoir le finir à temps.

— Le sujet, c'est l'imagerie alchimique, je suppose ?

— Oui, la tradition allégorique en Angleterre.

— Eh bien, j'imagine que cela ne vous intéressera pas de voir mon exemplaire de l'*Aurora Consurgens* du XIV^e^ siècle. Il est en français, malheureusement.

J'ouvris de grands yeux. L'*Aurora Consurgens* était un stupéfiant manuscrit sur les forces antagonistes de la transmutation alchimique – argent et or, mâle et femelle, obscurité et lumière. Ses illustrations étaient aussi complexes que déroutantes.

— Le plus ancien exemplaire date des années 1420.

— Le mien est de 1356.

— Mais un manuscrit aussi ancien ne peut pas être illustré, fis-je remarquer.

Trouver un manuscrit alchimique enluminé avant 1400 était aussi improbable que découvrir une Ford sur le champ de bataille de Gettysburg.

— Le mien l'est.

— Il contient les trente-huit illustrations ?

— Non, il en contient quarante, sourit-il. Il semble que les historiens se sont trompés sur plusieurs points.

Des découvertes de cette ampleur étaient rares. Mettre la main sur un exemplaire illustré de l'*Aurora Consurgens* datant du XIVe siècle était la chance d'une vie pour une historienne de l'alchimie.

— Que représentent les illustrations supplémentaires ? Le texte est le même ?

— Vous allez devoir venir en France pour le savoir.

— Allons-y, alors, me hâtai-je de répondre.

Après des semaines de frustration, rédiger mon discours semblait brusquement faisable.

— Vous n'y allez pas pour vous mettre à l'abri, mais seulement à cause du manuscrit ? s'étonna-t-il. Bravo pour votre bon sens.

— Je suis connue pour n'en avoir aucun, avouai-je. Quand partons-nous ?

— Dans une heure ?

— Une heure !

Ce n'était pas une décision prise sur un coup de tête. Il avait prévu cela depuis la veille.

— Un avion attend à l'aérodrome de l'ancienne base américaine. Combien de temps vous faut-il pour préparer vos affaires ?

— Tout dépend de ce qu'il faut que j'emporte.

— Pas grand-chose. Nous n'irons nulle part. Prenez des vêtements chauds, et vos chaussures de jogging. J'imagine que vous n'envisagez pas de partir sans. Il n'y aura que nous, ma mère et la gouvernante.

Sa mère.

— Matthew, dis-je faiblement. Je ne savais pas que vous aviez une mère.

— Tout le monde en a une, Diana, dit-il en posant ses yeux gris sur moi. J'en ai eu deux. Celle qui m'a mis au monde et Ysabeau, la femme qui a fait de moi un vampire.

Matthew, c'était une chose. Une maisonnée remplie de vampires inconnus, c'était une tout autre affaire. Mon empressement à consulter le manuscrit refroidit devant cette dangereuse perspective. Mon hésitation dut se voir.

— Je n'avais pas réfléchi, dit-il, un peu blessé. Bien sûr, vous n'avez aucune raison de faire confiance à Ysabeau. Mais elle m'a assuré que vous seriez en sécurité avec elle et Marthe.

— Si vous leur faites confiance, alors moi aussi.

Ma sincérité me surprit moi-même, même si j'étais un peu inquiète qu'il ait dû leur demander si elles avaient l'intention de me mordre le cou.

— Merci, dit-il simplement. (Son regard glissa sur mes lèvres et un fourmillement me parcourut.) Faites vos bagages pendant que je passe quelques coups de fil. (Il saisit ma main quand je passai à côté de lui.) Vous avez pris la bonne décision, murmura-t-il.

C'était jour de lessive et ma chambre était jonchée de vêtements sales. J'inspectai ma garde-robe : il me restait plusieurs pantalons noirs quasi identiques, des collants de sport et une demi-douzaine de tee-shirts à manches longues et de cols roulés. Je fourrai le tout dans un vieux sac de voyage bleu et blanc de Yale avec quelques pulls et ma polaire, mes chaussures de sport, des sous-vêtements et ma tenue de yoga qui me servirait de pyjama. Songeant à la mère de Matthew, je pris un chemisier et un pantalon plus habillés.

La voix grave de Matthew me parvint depuis le couloir. Il appela d'abord Fred, puis Marcus, et enfin une compagnie de taxis. Mon sac en bandoulière, je passai dans la salle de bains et y jetai brosse à dents, savon, shampooing, brosse à cheveux et mascara. J'en portais rarement, mais pour l'occasion, un petit coup de pouce cosmétique me parut une bonne idée.

Quand j'eus terminé, je le rejoignis dans le salon. Il était en train de consulter ses messages sur son téléphone, mon ordinateur dans son sac à ses pieds.

— C'est tout ? demanda-t-il en regardant mon sac avec surprise.

— Vous m'avez dit que je n'avais pas besoin de grand-chose.

— Oui, mais je n'ai pas l'habitude que les femmes m'écoutent quand il s'agit de bagages. Quand Miriam part pour le week-end, elle emporte assez pour habiller un régiment, et ma mère exige des malles de voyage. Louisa n'aurait jamais traversé la rue avec ce que vous prenez, alors imaginez, partir à l'étranger.

— Outre mon manque de bon sens, je suis connue pour me contenter de peu.

— Vous avez votre passeport ?

— Il est dans le sac avec l'ordinateur.

— Alors nous pouvons partir, dit-il en jetant un dernier regard circulaire dans la pièce.

— Où est la photo ? demandai-je, gênée de la laisser.

— Marcus l'a.

— Quand est-il venu ici ?

— Pendant que vous dormiez. Voulez-vous que je la récupère ? demanda-t-il en sortant son téléphone.

— Non.

Je n'avais aucune raison de vouloir la revoir.

Matthew prit mes sacs et nous descendîmes. Un taxi attendait devant la grille. Matthew s'arrêta un instant pour parler avec Fred ; il lui donna une carte et les deux hommes se serrèrent la main. Un accord venait d'être passé, dont les détails ne me seraient jamais connus. Nous montâmes dans le taxi et roulâmes une trentaine de minutes, laissant derrière nous les lumières d'Oxford.

— Pourquoi n'avez-vous pas pris votre voiture ? demandai-je alors que nous gagnions la campagne.

— C'est mieux, expliqua-t-il. Marcus n'aura pas à aller la rechercher.

Le balancement du taxi me berçait et je m'assoupis sur son épaule.

À l'aérodrome, nous embarquâmes immédiatement après la vérification de nos passeports, une fois que le pilote eut effectué les formalités. Nous fûmes installés face à face sur des couchettes séparées par une table basse. Une fois l'altitude de croisière atteinte, Matthew détacha sa ceinture et alla prendre des couvertures et des oreillers dans un placard sous les hublots.

— Nous serons bientôt en France, dit-il en déposant les oreillers au bout de ma couchette vaste comme un lit et en dépliant la couverture. En attendant, dormez un peu.

Je ne voulais pas dormir. Pour tout dire, cela me faisait peur. La photo ne cessait de me revenir en mémoire. Il s'accroupit à côté de moi.

— Qu'y a-t-il ?

— Je ne veux pas fermer les yeux.

Il jeta les oreillers par terre sauf un.

— Venez là, dit-il en le tapotant.

Je pivotai, glissai sur le revêtement de cuir et posai ma tête sur ses genoux avant d'étendre les jambes. Puis il déploya la couverture sur moi.

— Merci, murmurai-je.

— Je vous en prie. (Il porta ses doigts à ses lèvres, puis aux miennes. Je sentis un goût de sel.) Dormez. Je suis là.

Je dormis effectivement d'un profond sommeil sans rêve et ne me réveillai que lorsque les doigts froids de Matthew frôlèrent mon visage et qu'il m'annonça que nous allions atterrir.

— Quelle heure est-il ?

— Huit heures.

— Où sommes-nous ?

— Pas très loin de Lyon, en Auvergne.

— Dans le centre du pays ? demandai-je en voyant mentalement la carte de France. C'est de là que vous êtes originaire ?

— C'est mon lieu de naissance et de renaissance. Ma maison, la demeure familiale, est à une ou deux heures de là. Nous devrions y arriver en milieu de matinée.

Nous atterrîmes sur la piste privée de l'aéroport régional et fûmes contrôlés par un fonctionnaire à l'air las qui se ressaisit en voyant le nom de Matthew.

— Vous voyagez toujours ainsi ?

C'était plus facile que de prendre un avion de ligne entre Heathrow et Roissy.

— Oui, dit-il sans la moindre honte. Le seul moment où je suis totalement heureux d'être un vampire et d'avoir de l'argent, c'est lorsque je voyage.

Il s'arrêta à côté d'une énorme Range Rover et sortit des clés de sa poche avant de jeter mes bagages à l'arrière. La voiture était à peine moins luxueuse que sa Jaguar, mais ce qui lui manquait en élégance était compensé par sa robustesse. C'était comme rouler dans un char blindé.

— Vous avez besoin d'une voiture pareille en France ? demandai-je en voyant les routes parfaitement goudronnées.

— Vous n'avez pas encore vu la maison de ma mère, répondit-il en riant.

Nous traversâmes une région magnifique où se dressaient çà et là de grandioses châteaux et de hautes montagnes. Des champs et des vignobles s'étendaient partout à perte de vue, et sous le ciel couleur de plomb, tout resplendissait des couleurs de l'automne. Un panneau indiquait la direction de Clermont-Ferrand. Ce ne pouvait être une coïncidence, malgré l'orthographe différente.

Matthew continua de rouler vers l'ouest. Il ralentit, prit une route étroite et se gara.

— Voilà, dit-il en désignant le lointain. Sept-Tours.

Au centre d'un ensemble de collines se dressait un pic aplati surmonté d'une massive bâtisse crénelée de pierre rose et beige. Elle était entourée de sept petites tours et d'un corps de garde à tourelles. Ce n'était pas un château de conte de fées pour un bal au clair de lune. Sept-Tours était une forteresse.

— C'est chez vous ?

— C'est chez moi. (Il sortit son portable et composa un numéro.) *Mère* ?* Nous sommes presque arrivés.

Quelqu'un répondit brièvement et raccrocha. Matthew eut un sourire pincé et redémarra.

— Elle nous attend ? demandai-je en réprimant avec peine le tremblement de ma voix.

— Oui.

— Et cela ne l'ennuie pas ?

Je m'abstins de poser la véritable question – *Vous êtes sûr qu'elle est d'accord pour que vous ameniez une sorcière chez elle ?* – mais ce n'était pas nécessaire.

— Ysabeau n'aime pas autant les surprises que moi, dit Matthew d'un ton léger, sans quitter la route des yeux.

Il tourna sur un véritable sentier de chèvres qui montait entre des châtaigniers. Une fois au château, Matthew passa entre deux des sept tours pour pénétrer dans une cour pavée devant l'entrée. De part et d'autre, j'aperçus des jardins et des parterres donnant sur la forêt. Le vampire se gara.

— Vous êtes prête ? demanda-t-il avec un grand sourire.

— Comme jamais, répondis-je, circonspecte.

Il ouvrit ma portière et m'aida à descendre. Je relevai le col de ma veste et levai les yeux vers l'imposante façade de pierre. La silhouette menaçante du château n'était rien en comparaison de ce qui m'attendait à l'intérieur. La porte s'ouvrit.

— *Courage**, dit Matthew en déposant un baiser sur ma joue.

# 18

Depuis l'entrée, Ysabeau, impériale et glacée, jeta un regard noir à son fils vampire tandis que nous montions l'escalier.

Il se plia presque en deux pour l'embrasser délicatement sur les joues.

— Nous entrons, ou vous préférez poursuivre les salutations dehors ?

Sa mère s'effaça. Je sentis son regard furieux et une odeur qui me rappela le caramel et la salsepareille. Nous traversâmes un hall sombre bordé de hallebardes désagréablement pointées sur la tête des visiteurs, pour entrer dans une pièce aux murs et au haut plafond ornés de fresques d'un artiste imaginatif du XIXe siècle qui avait voulu illustrer un passé médiéval qui n'avait jamais existé. Lions, fleurs de lys, un serpent se mordant la queue et coquilles Saint-Jacques décoraient les murs blancs. Au fond, un escalier en colimaçon montait dans l'une des tours.

À l'intérieur, j'affrontai toute la force du regard d'Ysabeau. La mère de Matthew incarnait l'élégance terrifiante qui semblait innée aux Françaises. Comme son fils – qui paraissait curieusement un peu plus âgé qu'elle –,

elle affectionnait une tenue monochrome atténuant sa pâleur. Ysabeau avait opté pour un camaïeu de crème et de bruns. En ses moindres détails, sa tenue était simple et hors de prix, depuis ses souliers en cuir beige jusqu'aux topazes de ses oreilles. Des éclats d'émeraude glacée entouraient ses pupilles noires et ses pommettes taillées à la serpe empêchaient ses traits parfaits et son teint d'albâtre d'être banalement jolis. Ses cheveux couleur de miel retombaient sur sa nuque en un lourd chignon.

— Vous auriez pu montrer un peu de considération, Matthew.

Son accent adoucit le prénom et lui donna une résonance ancienne. Comme tous les vampires, elle avait une voix séduisante et mélodieuse. La sienne évoquait un carillon lointain, pur et grave.

— Vous redoutez les ragots, *maman** ? Je croyais que vous vous piquiez d'être une radicale, répondit Matthew avec un mélange d'impatience et de désinvolture.

Il jeta sur une table ses clés qui glissèrent sur le vernis et vinrent heurter le pied d'une coupe en porcelaine de Chine.

— Je n'ai jamais été une radicale ! répliqua Ysabeau, scandalisée. Le changement, c'est surfait.

Elle se tourna et me toisa longuement. Ses lèvres parfaites se pincèrent. Elle n'appréciait pas ce qu'elle voyait – et cela n'avait rien de surprenant. Je tentai de me voir à travers ses yeux : les cheveux couleur sable éternellement indisciplinés, les taches de rousseur dues à une existence trop souvent passée au grand air, un nez trop long pour le reste de mon visage. Mes yeux étaient ce que j'avais de mieux, mais ils ne risquaient pas de racheter mon piètre sens de l'élégance. À côté d'elle et de Matthew qui était toujours impeccable, j'avais l'impression d'être une souris des champs mal dégrossie. Je rajustai ma veste d'une main, soulagée de constater qu'aucune magie n'apparaissait au bout de mes doigts, en espérant que je ne montrerais pas le « scintillement » fantôme dont Matthew avait parlé.

— *Mère**, je vous présente Diana Bishop. Diana, ma mère, Ysabeau de Clermont.

Les narines d'Ysabeau palpitèrent délicatement.

— Je n'aime pas l'odeur des sorcières, dit-elle dans un anglais parfait, ses yeux flamboyants posés sur moi. Elle est douceâtre et épouvantablement verte, comme le printemps.

Matthew se lança dans une diatribe, dans un mélange inintelligible entre français, espagnol et latin. Il n'avait pas haussé la voix, mais sa colère était perceptible.

— *Cela suffit**, répliqua Ysabeau. Diana ? (Elle tendit une main blanche et froide et prit la mienne. Matthew me saisit la main gauche et l'espace d'un instant, nous formâmes une étrange chaîne de vampires et sorcière.) *Encantada*.

— Elle est heureuse de faire votre connaissance, traduisit Matthew.

— Oui, oui, s'impatienta Ysabeau. Bien sûr, elle ne parle qu'anglais et français moderne. Les sang-chauds d'aujourd'hui ont si peu de savoir.

Une vieille femme rondelette, à la peau neigeuse et aux abondants cheveux noirs tressés en couronne, entra en tendant les bras.

— Matthew ! s'écria-t-elle. *Cossí vas ?*

— *Va plan, mercés. E tu ?*

— *Aital aital*, répondit-elle en massant son coude avec une grimace douloureuse.

Matthew compatit et Ysabeau leva les yeux au ciel.

— Marthe, voici mon amie Diana, dit-il en m'attirant vers lui.

Marthe était elle aussi une vampiresse, l'une des plus vieilles que j'aie jamais vues. Elle devait avoir la soixantaine lors de sa renaissance et malgré ses cheveux noirs, on ne pouvait se méprendre sur son âge. Son visage était sillonné de rides et elle avait les mains si tordues qu'apparemment même du sang de vampire ne pouvait les redresser.

— Bienvenue, Diana, dit-elle d'une voix rocailleuse en plongeant son regard dans le mien. (Elle me tendit la main et ses narines frémirent.) *C'est une puissante sorcière**, dit-elle à Matthew d'un ton admiratif.

La présence de Matthew atténua mon malaise instinctif d'être flairée par une vampiresse. Ignorant ce qu'il convenait de répondre à ce commentaire, je me contentai d'un petit sourire, en espérant que cela suffirait.

— Vous êtes épuisée, dit Matthew en me dévisageant.

Il commença à questionner rapidement les deux femmes dans leur langue inconnue. Il y eut un festival de gestes, d'yeux levés au ciel et de soupirs. Quand Ysabeau prononça le prénom Louisa, Matthew la foudroya du regard et il répondit d'un ton sec et autoritaire.

— Bien sûr, Matthew, dit Ysabeau en haussant les épaules.

— Nous allons vous installer, se radoucit Matthew.

— J'apporte du vin et à manger, dit Marthe.

— Merci, répondis-je. Et à vous également, Ysabeau, de me recevoir chez vous.

Elle renifla et retroussa les lèvres dans ce que j'espérai vainement être un sourire.

— Et de l'eau, Marthe, ajouta Matthew. Des provisions vont être livrées ce matin.

— Une partie est déjà arrivée, dit sa mère, sarcastique. De la verdure et des œufs. Vous avez eu tort de demander qu'on en apporte.

— Diana a besoin de manger, *mère**. J'ai supposé que vous n'aviez pas grand-chose comme vraie nourriture ici, répondit Matthew avec agacement.

— Moi, j'ai besoin de sang frais, mais je n'attends pas de Victoire et d'Alain qu'ils aillent m'en chercher à Paris au milieu de la nuit.

Ysabeau eut l'air ravie de voir mes genoux flageoler.

Matthew poussa un soupir irrité et me soutint.

— Marthe, demanda-t-il, ignorant délibérément sa mère. Peux-tu apporter des œufs, du pain grillé et du thé pour Diana ?

Le regard de Marthe alla d'Ysabeau à Matthew et elle se mit à rire.

— *Òc*, opina-t-elle.

— Nous vous retrouverons au dîner, dit calmement Matthew.

Je sentis deux taches glaciales dans mon dos alors que nous laissions les deux femmes. Marthe murmura à Ysabeau quelque chose qui la fit ricaner et Matthew sourit largement.

— Qu'a-t-elle dit ? chuchotai-je, me rappelant trop tard que c'était inutile de baisser la voix en présence de vampires.

— Que nous avions belle allure ensemble.

— Je n'ai pas envie qu'Ysabeau me fasse la tête pendant tout le séjour.

— Ne faites pas attention à elle, dit-il avec insouciance. Elle aboie plus qu'elle ne mord.

Nous entrâmes dans une longue salle remplie de sièges et de tables de styles et d'époques variés. Elle était pourvue de deux cheminées et deux chevaliers en armure luisante joutaient au-dessus de l'une d'elles. La fresque était manifestement du même auteur féru de chevalerie qui avait décoré le hall. Une double porte ouvrait sur une autre pièce aux murs couverts de rayonnages.

— C'est une bibliothèque ? demandai-je, oubliant momentanément l'hostilité d'Ysabeau. Puis-je voir votre exemplaire de l'*Aurora Consurgens* ?

— Tout à l'heure, répondit Matthew. Vous allez d'abord manger un peu et vous reposer.

Il me conduisit vers un autre escalier en colimaçon en contournant le dédale de meubles avec la facilité de celui qui les a toujours connus. Cela me fut plus difficile et je fis vaciller un vase en frôlant une commode. Au bas de l'escalier, il s'arrêta.

— C'est très haut et vous êtes fatiguée. Voulez-vous que je vous porte ?

— Non, m'indignai-je. Vous n'allez pas me charger sur vos épaules comme un chevalier médiéval qui emporte son trophée. (Ses yeux pétillèrent et il réprima un sourire.) Et ne vous moquez pas de moi.

Il éclata d'un rire qui résonna contre les murs de pierre comme si une horde de vampires hilares assistaient à la scène. Après tout, nous étions précisément dans le genre d'endroit où un chevalier aurait agi ainsi. Mais je n'avais pas l'intention de subir le même sort.

À la quinzième marche, j'étais hors d'haleine. Le vieil escalier de pierre de la tour n'était pas fait pour des jambes ordinaires, mais d'évidence pour des vampires comme Matthew, aussi grands que lestes. Je serrai les dents et continuai mon ascension. Et au dernier détour, une pièce s'ouvrit à moi.

— Oh ! m'exclamai-je, ébahie.

Il n'y avait nul besoin de me dire à qui appartenait cet endroit. Il portait l'empreinte de Matthew du sol au plafond.

Nous étions dans l'élégante tour ronde du château, encore pourvue de son toit conique couvert d'ardoises, qui se dressait à l'arrière du corps de bâtiment. Les murs étaient percés d'étroites et hautes fenêtres dont les vitraux laissaient passer des rais de lumière aux couleurs de l'automne.

De hautes bibliothèques brisaient çà et là les courbes de la pièce circulaire. Une immense cheminée, ménagée dans la paroi adossée au reste du château, avait miraculeusement échappé à l'attention du fresquiste du XIXe. Il y avait des fauteuils et des divans, des tables et des repose-pieds, tapissés de brun, vert et or. Malgré la taille de la pièce et les murailles de pierre, l'ambiance était chaleureuse.

Les objets les plus étonnants étaient ceux que Matthew avait choisi de conserver de ses nombreuses vies passées. Une peinture de Vermeer était dressée sur une étagère à côté d'un coquillage. Je ne l'avais jamais vue : elle ne faisait pas partie des œuvres connues du peintre. Le sujet ressemblait terriblement à Matthew. Une épée si longue et si lourde que seul un vampire aurait pu la manier était accrochée au-dessus de la cheminée et une armure de sa taille se dressait dans un coin. De l'autre côté, je vis un squelette humain qui paraissait sans âge, dont les os étaient attachés avec du fil de fer. Sur la table voisine trônaient deux microscopes datant du XVIIe siècle, sauf erreur de ma part. Un crucifix incrusté de grosses pierreries rouges, vertes et bleues était logé dans une niche du mur avec une éblouissante statuette en ivoire de la Vierge.

Des flocons neigeux effleurèrent mon visage tandis que Matthew me regardait contempler son univers.

— C'est un musée Matthew, dis-je à mi-voix, consciente que chaque objet racontait une histoire.

— C'est simplement mon bureau.

— Où avez-vous… ? commençai-je en désignant les microscopes.

— Plus tard, dit-il. Il reste encore trente marches à gravir.

Il me conduisit à l'autre bout de la pièce où s'ouvrait un deuxième escalier. Et trente pénibles marches plus tard, je me trouvai sur le seuil d'une autre pièce circulaire où trônait un immense lit à baldaquin en chêne avec son dais et ses lourdes tentures. Au-dessus, je vis les poutres qui soutenaient le toit. Une table se dressait contre un mur, face à une cheminée entourée de confortables fauteuils. En face, une porte entrebâillée révélait une vaste baignoire.

— On dirait un nid d'aigle, fis-je en jetant un coup d'œil par la fenêtre.

Matthew contemplait ce paysage depuis le Moyen Âge. Je songeai brièvement aux autres femmes qu'il avait amenées ici avant moi. J'étais certaine de ne pas être la première, mais il ne devait pas y en avoir eu beaucoup. On sentait que le château était une demeure très privée.

Matthew vint se poster derrière moi.

— Cela vous plaît ? me souffla-t-il à l'oreille.

— De quand date-t-elle ? ne pus-je m'empêcher de demander.

— Cette tour ? Environ sept siècles.

— Et le village ? Ils savent ce que vous êtes ?

— Oui. Comme les sorciers, les vampires sont plus en sécurité quand ils font partie d'une communauté qui sait qui ils sont mais ne pose pas trop de questions.

Des générations de Bishop avaient vécu à Madison sans que personne ne s'en soucie. Comme Peter Knox, nous nous cachions en pleine lumière.

— Merci de m'avoir amenée à Sept-Tours, dis-je. Je m'y sens plus à l'abri qu'à Oxford.

*Malgré Ysabeau.*

— Merci d'avoir tenu tête à ma mère, répondit-il comme s'il avait lu dans mes pensées. (Un parfum d'œillets accompagna son petit rire.) Elle me couve, comme toutes les mères.

— Je me suis sentie idiote, et pas assez habillée. Je n'ai rien apporté qui puisse lui convenir.

— Coco Chanel ne lui a jamais convenu. Vous mettez peut-être la barre un peu trop haut.

J'éclatai de rire et me retournai. Nos regards se croisèrent et le souffle me manqua. Ses yeux s'attardèrent sur les miens, puis sur mes lèvres. Il leva la main.

— Vous êtes si vive, dit-il d'un ton bourru. Vous devriez être avec un homme beaucoup plus jeune.

Je me haussai sur la pointe des pieds. Il baissa la tête. Avant que nos lèvres se touchent, on posa bruyamment un plateau sur la table.

— « *Vos etz arbres e branca* », chantonna Marthe avec un clin d'œil malicieux.

Il éclata de rire et répondit d'un baryton limpide :

— « *On fruitz de gaug s'asazona*[1]. »

— Quelle est cette langue ? demandai-je en suivant Matthew jusqu'à la cheminée.

— L'ancienne langue, répondit Marthe.

— L'occitan, précisa Matthew en soulevant la cloche en argent qui dissimulait une assiette d'œufs. Marthe a décidé de réciter de la poésie avant que vous preniez place pour déjeuner.

Marthe gloussa et lui donna une tape sur le poignet avec son torchon. Il reposa la cloche et s'assit.

---

1. Vieille chanson de troubadour de Peire Vidal.

— Venez, venez, dit-elle en me désignant la chaise en face de lui. Asseyez-vous. Mangez.

J'obéis. Marthe servit à Matthew un verre de vin d'une haute carafe à poignée d'argent.

— *Mercés*, murmura-t-il en humant aussitôt le verre avec gourmandise.

Une carafe identique contenait de l'eau glacée qu'elle versa dans un autre verre et qu'elle me tendit. Elle me servit une tasse de thé fumant que je reconnus immédiatement comme provenant de chez Mariage Frères, à Paris. Apparemment, Matthew avait inspecté mes placards pendant que je dormais la veille et avait été très précis dans sa liste de courses. Elle ajouta du lait avant qu'il ait pu la retenir et je jetai à Matthew un bref regard. Pour le moment, j'avais besoin d'alliés, et puis j'avais trop soif pour m'en soucier. Il se rencogna d'un air penaud dans son fauteuil et but son vin.

Marthe disposa des couverts en argent, salière et poivrier, du beurre, de la confiture, du pain grillé et une omelette dorée parsemée d'herbes.

— *Merci**, Marthe, dis-je avec une sincère gratitude.

— Mangez ! ordonna-t-elle en pointant son torchon vers moi.

Marthe parut satisfaite devant mon enthousiasme après mes premières bouchées. Elle huma l'air, fronça les sourcils et poussa un cri scandalisé pour Matthew avant de se précipiter sur la cheminée. Elle frotta une allumette et le bois sec commença à crépiter.

— Marthe, protesta Matthew en se levant. Je peux très bien le faire.

— Elle a froid, grommela Marthe, manifestement irritée qu'il n'y ait pas pensé avant de s'asseoir. Et tu as soif. Je fais le feu.

Quelques minutes plus tard, le feu ronronnait. Bien que ne risquant pas de surchauffer la vaste pièce, il en atténua la fraîcheur. Marthe s'essuya les mains et se releva.

— Elle doit dormir. Je sens qu'elle a eu peur.

— Elle dormira quand elle aura terminé de déjeuner, l'arrêta Matthew.

Elle le considéra un moment, puis elle agita l'index comme s'il était un garnement de quinze ans et non de quinze cents. Finalement, son expression innocente la convainquit et elle nous laissa.

— L'occitan est la langue des troubadours, n'est-ce pas ? demandai-je alors que ses pas décroissaient dans l'escalier. (Il acquiesça.) Je ne pensais pas qu'on le parlait au nord.

— Nous ne sommes pas si loin au nord, sourit Matthew. Autrefois, Paris n'était rien d'autre qu'une petite ville des confins du pays. La plupart des gens parlaient l'occitan, à l'époque. Les collines tenaient les gens du nord et leur langue à l'écart. Encore aujourd'hui, ils se méfient des étrangers.

— Que signifiaient les paroles ?

— « Vous êtes arbre et branche où le fruit de joie se mûrit », traduisit-il en contemplant le paysage. Marthe va chantonner cela tout l'après-midi et cela va rendre folle Ysabeau.

Le feu continuait de réchauffer la chambre et je me sentis gagnée par le sommeil. Quand j'eus terminé le déjeuner, j'eus du mal à garder les yeux ouverts.

Je bâillais à m'en décrocher la mâchoire quand Matthew recula ma chaise. Il me souleva dans ses bras et je voulus protester.

— Assez, dit-il. Vous tenez à peine debout, alors n'imaginez pas parler.

Il me déposa délicatement au bout du lit et tira l'édredon. Les draps d'une blancheur de neige me parurent bien tentants. Je laissai tomber ma tête sur la montagne d'oreillers dressés contre la tête de lit sculptée.

— Dormez, dit-il en tirant les tentures d'un geste sec.

— Je ne sais pas si je vais pouvoir, dis-je en étouffant un autre bâillement. Je ne suis pas douée pour les siestes.

— Vous donnez toute l'apparence du contraire, ironisa-t-il. Vous êtes en France, à présent. Vous n'avez plus besoin de faire semblant. Je descends. Appelez si vous avez besoin de quoi que ce soit.

Avec un escalier menant du hall à son bureau et un deuxième de l'autre côté entre le bureau et la chambre, personne ne pouvait venir sans passer devant lui. Les deux pièces semblaient avoir été aménagées comme s'il voulait se protéger de sa propre famille.

Une question me vint à l'esprit, mais il acheva de tirer les tentures et son geste me cloua le bec. Les lourds rideaux masquaient la lumière et arrêtaient les courants d'air. Je me détendis sur le matelas ferme, bien au chaud, et ne tardai pas à m'assoupir.

Je me réveillai en entendant feuilleter des pages et me redressai dans un sursaut, essayant de comprendre pourquoi j'étais enfermée. Puis je me rappelai. La France. Matthew. Le château.

— Matthew ? appelai-je à mi-voix.

Il écarta les tentures et me sourit. Derrière lui, des dizaines de bougies étaient allumées. Certaines étaient fichées dans les bougeoirs accrochés aux murs, d'autres dans des candélabres posés par terre et sur les tables.

— Pour quelqu'un qui ne fait pas la sieste, vous dormez assez bruyamment, dit-il d'un air satisfait.

Pour lui, ce voyage en France commençait bien.

— Quelle heure est-il ?

— Je vais vous offrir une montre pour que vous cessiez de poser cette question, dit-il en consultant sa vieille Cartier. Presque 14 heures. Marthe va probablement arriver sous peu avec du thé. Voulez-vous prendre une douche et vous changer ?

L'idée d'une douche chaude me fit sortir du lit.

— Oui, avec plaisir !

Il m'aida à descendre du lit, qui était plus haut que je ne pensais. Les dalles glacées me picotèrent les pieds.

— Votre sac est dans la salle de bains, l'ordinateur est dans mon bureau et il y a des serviettes propres. Prenez votre temps, dit-il en me regardant sautiller vers la salle de bains.

— C'est un palais ! m'exclamai-je.

Une immense baignoire blanche trônait entre deux fenêtres ; mon sac élimé était posé sur un long banc de bois. Une douche était fixée au mur opposé.

Je fis couler l'eau, pensant qu'elle mettrait du temps à chauffer. Miraculeusement, je fus immédiatement enveloppée de vapeur et le parfum de mon savon au miel et à la nectarine m'aida à oublier la tension des dernières vingt-quatre heures.

Ainsi détendue, j'enfilai un jean, un col roulé et des chaussettes. Comme il n'y avait pas de prise pour mon sèche-cheveux, je me contentai de les sécher comme je pus avec une serviette, de les peigner et de me faire une queue-de-cheval.

— Marthe a monté du thé, dit-il quand je revins dans la chambre. En voulez-vous ?

Je soupirai d'aise en savourant l'apaisante boisson.

— Quand pourrai-je voir l'*Aurora* ?

— Quand je serai sûr que vous ne vous perdrez pas sur le chemin de la bibliothèque. Vous êtes prête pour la visite ?

— Avec plaisir.

Je chaussai des mocassins et pris un pull pendant que Matthew m'attendait patiemment en haut des marches.

— Il ne faudrait pas descendre la théière ? demandai-je.

— Non, elle sera furieuse si je laisse une invitée toucher à quoi que ce soit. Attendez une journée avant de proposer votre aide à Marthe.

Matthew descendit les marches inégales avec la facilité de quelqu'un qui l'aurait fait les yeux bandés. Je le suivis en me cramponnant aux parois.

Dans son bureau, il me désigna mon ordinateur, déjà branché et posé sur la table près de la fenêtre, avant que nous descendions au salon. Marthe y avait allumé un feu qui embaumait la pièce. Je pris Matthew par le bras.

— La bibliothèque, dis-je. C'est par là qu'il faut commencer.

C'était une autre pièce qui avait été remplie au cours des années de tout un bric-à-brac. Un fauteuil trônait devant un secrétaire Directoire, et des vitrines qui semblaient sortir tout droit d'un musée victorien étaient posées sur une vaste table en chêne du XVIIIe. Malgré l'aspect disparate du mobilier, les kilomètres de livres reliés en cuir qui occupaient les murs et l'immense tapis d'Aubusson brun, bleu et or donnaient une harmonie à la pièce.

Comme dans la plupart des bibliothèques anciennes, les livres étaient classés par taille. Il y avait d'épais manuscrits à couverture de cuir rangés dos au mur et fermoirs devant, avec le titre inscrit sur le repli en vélin. Sur un panneau étaient alignés de minuscules incunables et des livres au format de poche couvrant l'histoire de l'imprimerie des années 1450 à nos jours. J'y vis un bon nombre de premières éditions modernes, dont la collection des Sherlock Holmes et *Excalibur, l'épée dans la pierre* de T.H. White. Un panneau ne contenait que de grands albums – livres de botanique et de médecine et atlas. S'il y avait tout cela en bas, quels trésors abritait le bureau de Matthew dans la tour ?

Il me laissa faire le tour et examiner les titres en poussant des cris. Quand je revins à ses côtés, je ne pus dissimuler mon ébahissement.

— Imaginez ce que vous auriez si vous achetiez des livres depuis des siècles, dit-il avec un haussement d'épaules qui me rappela celui d'Ysabeau. On entasse. Nous en avons beaucoup cédé avec le temps. Nous étions obligés, sans quoi cette pièce serait aussi grande que la Bibliothèque nationale.

— Alors, où est-il ?

— Votre patience a déjà atteint ses limites, à ce que je vois.

Il alla à un rayonnage, en sortit un petit livre à la couverture noire embossée et me le tendit. Il éclata de rire en me voyant chercher un lutrin.

— Ouvrez-le, Diana. Il ne va pas tomber en poussière.

C'était étrange de tenir un tel manuscrit entre les mains, quand on avait l'habitude de les considérer comme des objets rares et précieux plutôt que comme des livres à lire. Je l'entrouvris pour ne pas fendre la reliure et jetai un coup d'œil. Un ensemble de vives couleurs rehaussées d'or et d'argent me sauta aux yeux.

— Oh, m'exclamai-je. (Les autres exemplaires de l'*Aurora Consurgens* que j'avais vus n'étaient pas aussi raffinés.) C'est magnifique. Savez-vous qui est l'auteur des enluminures ?

— Une certaine Bourgot Le Noir. Elle était très connue à Paris au milieu du XIVe siècle. (Il me prit le livre et l'ouvrit complètement.) Voilà, maintenant vous pouvez le voir à votre aise.

La première enluminure représentait une reine sur une éminence, protégeant sept petites créatures sous sa cape déployée. De délicates plantes grimpantes encadraient l'image, semées çà et là de fleurs qui s'épanouissaient et d'oiseaux perchés sur les branches. Dans la lumière de l'après-midi, le manteau brodé d'or de la reine scintillait sur le fond vermillon éclatant. En bas de la page, un homme en robe noire était assis sur un bouclier portant une cotte d'armes noir et argent. Il regardait la reine avec une expression extasiée en levant des mains suppliantes.

— Personne ne va croire cela. Un exemplaire inconnu de l'*Aurora Consurgens*, avec des enluminures faites par une femme. Comment voulez-vous que je le cite ?

— Je prêterai l'ouvrage à la bibliothèque Beinecke pour un an, si cela peut vous aider. Anonymement, évidemment. Quant à Bourgot, les experts diront que c'est l'œuvre de son père. Mais c'est sa main. Nous avons probablement le reçu quelque part, dit-il en regardant autour de lui. Je demanderai à Ysabeau où sont rangées les affaires de Godfrey.

— Godfrey ?

La cotte d'armes inconnue représentait une fleur de lys entourée d'un serpent qui se mordait la queue.

— Mon frère, se rembrunit-il. Il est mort en 1668 dans l'une des infernales guerres de Louis XIV. (Il referma le manuscrit et le posa sur une table.) Je le monterai dans mon bureau pour que vous puissiez l'examiner à loisir. Le matin, Ysabeau vient lire le journal ici, mais le reste du temps, la pièce est vide. Vous pouvez venir y fouiner tant que vous voulez.

Sur cette promesse, il m'entraîna par le salon jusque dans le hall. Nous nous arrêtâmes près de la table à la coupe chinoise et il me montra les particularités de la pièce, dont l'ancienne galerie pour les ménestrels, la trappe du toit qui laissait passer la fumée avant la construction des âtres et des cheminées, et l'entrée de la tour de guet carrée qui dominait les abords du château. Cette ascension-là pouvait attendre.

Il m'entraîna au sous-sol, avec son dédale de resserres, celliers, cuisines, quartiers des domestiques, offices et garde-manger. Marthe surgit de l'une des cuisines, les bras couverts de farine jusqu'aux coudes, et me tendit un croissant tout juste sorti du four. Je le grignotai tout en suivant Matthew dans les couloirs et en écoutant ses explications sur les fonctions de chaque pièce – là, on préparait les fromages et le gibier, ailleurs, c'était un grenier.

— Mais les vampires ne mangent rien, m'étonnai-je.

— Non, mais nos locataires, si. Marthe adore cuisiner.

Je promis de l'occuper : le croissant était délicieux et l'omelette avait été parfaite.

Les jardins étaient l'étape suivante. Ils sortaient tout droit du XVIe siècle, avec des plates-bandes séparées remplies d'herbes et de légumes d'automne, et bordées de rosiers dont certains étaient encore fleuris.

Mais l'arôme qui m'intriguait n'était pas floral. Je filai directement vers un bâtiment bas.

— Faites attention, Diana, cria-t-il en me suivant sur l'allée de graviers. Balthasar mord.

— Lequel est-ce ?

Il arriva sur le seuil de l'écurie, l'air inquiet.

— L'étalon qui est derrière vous, répondit-il.

Je tournais le dos à un énorme cheval, tandis qu'un mastiff et un chien-loup me flairaient les pieds avec intérêt.

— Oh, il ne me mordra pas. (Le gros percheron baissa la tête pour frotter ses oreilles sur ma hanche.) Et qui sont ces messieurs ? demandai-je en caressant le cou du chien-loup pendant que le mastiff essayait de m'attraper la main.

— Le chien-loup s'appelle Fallon et le mastiff, Hector. (Il claqua des doigts et les deux chiens accoururent vers lui et s'assirent docilement en levant la tête.) Ne restez pas près de ce cheval.

— Pourquoi ? Il est très gentil.

Balthasar piaffa avec approbation et baissa une oreille en regardant dédaigneusement Matthew.

— *Si le papillon vole vers la douce lumière qui l'attire, c'est seulement parce qu'il ignore que le feu peut le brûler*, murmura Matthew. Balthasar est gentil jusqu'au moment où il en a assez. J'aimerais que vous vous écartiez avant qu'il abatte la porte de sa stalle d'une ruade.

— Nous inquiétons ton maître et il a commencé à réciter des vers obscurs d'un religieux italien dément[1]. Je reviendrai demain avec une friandise.

Je me retournai et fis un baiser sur le museau de l'animal, qui hennit et piaffa de plus belle.

— Vous avez reconnu la citation ? s'étonna Matthew.

— Giordano Bruno. *Si l'étalon assoiffé court vers le ruisseau, c'est seulement parce qu'il ignore l'arc cruel*, continuai-je. *Si la licorne court à son chaste nid, c'est seulement parce qu'elle ne voit pas le collet qui l'y attend.*

— Vous connaissez l'œuvre du moine de Nole ?

Je plissai les paupières. Seigneur, avait-il connu personnellement Giordano Bruno, comme Machiavel ?

---

1. Giordano Bruno, *Gli Eroici Furori*, traduit par Pascal Loubet.

Matthew semblait avoir attiré les personnages les plus singuliers qui aient jamais vécu.

— C'était un des premiers partisans de Copernic et je suis une historienne des sciences. Comment connaissez-vous son œuvre ?

— Je suis un avide lecteur, répondit-il évasivement.

— Vous le connaissiez ! l'accusai-je. C'était un démon ?

— De l'espèce qui passait trop souvent la frontière entre génie et folie, malheureusement.

— J'aurais dû m'en douter. Il croyait à la vie extraterrestre et a maudit les inquisiteurs alors qu'on le conduisait au bûcher, déplorai-je.

— Quoi qu'il en soit, il comprenait le pouvoir du désir.

Je lui jetai un regard aigu.

— *Le désir me pousse en avant quand la peur me freine.* Figurait-il dans votre dissertation pour All Souls ?

— Un peu, dit-il, pincé. Vous voulez bien ressortir ? Nous parlerons philosophie une autre fois.

D'autres passages me revinrent en tête. Il y avait autre chose dans l'œuvre de Giordano Bruno qui l'avait rappelé à l'esprit de Matthew. Il avait écrit sur la déesse Diane. Je sortis de l'écurie.

— Balthasar n'est pas un poney, dit Matthew en me prenant le coude.

— Je le vois bien. Mais j'aurais pu m'en débrouiller.

J'oubliai le manuscrit alchimique et le philosophe italien à la perspective d'un tel défi.

— Ne me dites pas que vous montez aussi ? demanda-t-il, incrédule.

— J'ai grandi à la campagne et je monte depuis mon enfance. Dressage, jumping, tout.

Monter me donnait encore plus l'impression de voler que l'aviron.

— Nous avons d'autres chevaux. Balthasar ne sortira pas d'ici, dit-il d'un ton ferme.

Faire du cheval était un petit plus imprévu de ce séjour en France, au point de rendre tolérable la présence glaciale d'Ysabeau. Matthew me conduisit de l'autre côté de l'écurie, où attendaient six autres magnifiques bêtes. Deux chevaux noirs un peu moins imposants que Balthasar, une jument alezane assez ronde et un hongre bai. Il y avait aussi deux andalouses grises aux gros pieds et au cou incurvé. L'une vint à la porte voir ce qui se passait.

— Je vous présente Nar Rakasa, dit-il en lui flattant le museau. Son nom signifie « danseuse de feu ». Nous l'appelons généralement Rakasa tout court. Elle est gracieuse, mais elle a son caractère. Vous devriez bien vous entendre.

Je refusai de mordre à l'hameçon, si charmante soit la manière de me le présenter, et laissai Rakasa flairer mon visage.

— Et comment s'appelle sa sœur ?

— Fiddat, « argent ». (L'animal s'approcha en entendant son nom.) C'est le cheval d'Ysabeau. Les miens, ajouta-t-il en désignant les deux autres, ce sont Dahr et Sayad.

— Que signifient leurs noms ?

— Dahr signifie « temps » en arabe, et Sayad, « chasseur », expliqua-t-il en me rejoignant. Sayad adore galoper dans les champs derrière le gibier et sauter les haies. Dahr est patient et calme.

Nous poursuivîmes la visite et Matthew me montra les montagnes et la position du château par rapport à la ville. Il m'expliqua les restaurations des bâtiments, effectuées avec une pierre différente, l'originale ne se trouvant plus.

Quand nous eûmes terminé, je ne risquais pas de me perdre – notamment grâce à la tour de guet, qu'il était difficile de manquer.

— Pourquoi suis-je si fatiguée ? bâillai-je en rentrant.

— Vous êtes incroyable, s'agaça-t-il. Vous voulez vraiment que je vous raconte les trente-six dernières heures ?

À sa suggestion, je fis une autre sieste. Je le laissai dans son bureau et me jetai dans le lit, trop fatiguée pour souffler les bougies.

Quelques instants plus tard, je rêvais que je chevauchais dans une sombre forêt, revêtue d'une ample tunique verte. Je portais des sandales dont les lacets montaient jusqu'à mes mollets. Des chiens aboyaient et des sabots galopaient dans les taillis derrière moi. Je portais un carquois à l'épaule et je tenais un arc. Malgré le grondement menaçant de mes poursuivants, je n'éprouvais aucune peur. Dans mon rêve, je souriais, certaine de pouvoir semer ceux qui me traquaient.

— Envole-toi, ordonnai-je.

Et mon cheval obéit.

# 19

Le lendemain matin, la première pensée qui me vint fut de monter.

Je me passai un coup de brosse, me rinçai la bouche et enfilai un collant. C'était ce que j'avais emporté de plus approchant d'une culotte de cheval. Comme mes chaussures de sport n'auraient pas tenu dans les étriers, je me rabattis sur mes mocassins. Un tee-shirt à manches longues et ma polaire complétèrent la tenue. Je me fis une queue-de-cheval et retournai dans la chambre.

Matthew haussa les sourcils en me voyant entrer en trombe et m'arrêta d'un geste. Il était dans l'embrasure de l'arche menant à l'escalier, impeccable comme toujours, en pantalon anthracite et pull noir.

— Nous monterons dans l'après-midi.

Je m'y attendais. Le dîner avec Ysabeau avait été pour le moins tendu et ma nuit avait été ponctuée de cauchemars. Matthew était monté me voir plusieurs fois.

— Je vais très bien. De l'exercice et de l'air frais me feront du bien.

— Si jamais vous vacillez sur votre selle, ne serait-ce qu'un peu, je vous ramène. C'est compris ?

— Oui.

Une fois en bas, Matthew me retint alors que je m'apprêtais à aller au salon.

— Déjeunons dans les cuisines.

J'allais échapper à un petit déjeuner guindé avec Ysabeau me lorgnant par-dessus *Le Monde*, voilà qui était une bonne nouvelle.

Nous nous installâmes dans le quartier des domestiques devant un feu à une table dressée pour deux, même si j'étais la seule à manger les plats de Marthe, aussi délicieux que copieux. Une grosse théière attendait sur la table ronde, enveloppée d'un linge pour la garder au chaud. La gouvernante jeta un regard soucieux à mes cernes noirs et à ma peau blême.

Quand mon coup de fourchette se ralentit, Matthew m'apporta un empilement de cartons couronné d'un casque recouvert de velours noir.

— C'est pour vous.

Le solide casque était orné d'un gros-grain noir. Je détestais porter une bombe d'équitation, mais c'était une sage précaution en cas de chute.

— Merci, dis-je. Qu'y a-t-il dans les cartons ?

— Ouvrez-les, vous verrez.

Le premier contenait un jodhpur noir avec empiècements en daim à l'intérieur des cuisses. Ce serait nettement plus plaisant pour monter que mon mince collant glissant, et il paraissait à ma taille. Matthew avait encore dû passer des coups de fil pendant mon sommeil. Je lui fis un sourire reconnaissant. Le carton contenait également une queue-de-pie rembourrée qui paraissait aussi inconfortable et incommode qu'une carapace de tortue.

— Ce n'est pas nécessaire, dis-je en la regardant d'un air réprobateur.

— Elle l'est si vous voulez monter, répondit-il sans émotion. Si c'est vrai que vous avez l'habitude, vous n'aurez aucune peine à la supporter.

Le sang me monta aux joues et mes doigts fourmillèrent. Matthew me dévisagea avec intérêt et Marthe apparut sur le seuil en humant l'air. Je laissai échapper un soupir et le fourmillement cessa.

— Vous bouclez votre ceinture dans ma voiture, continua Matthew sur le même ton. Vous porterez une veste sur mon cheval.

La perspective du grand air l'emporta et Marthe nous regarda avec amusement. Sans doute que nos négociations étaient aussi distrayantes que les piques que se lançaient Matthew et Ysabeau.

Je tirai vers moi le dernier carton sans un mot. Il était long et lourd et une forte odeur de cuir monta vers moi quand je soulevai le couvercle.

Des bottes, hautes et noires. N'ayant jamais participé à des concours ni eu beaucoup de moyens, je n'avais jamais eu de vraies bottes d'équitation. Le cuir souple et la tige incurvée étaient splendides. Je caressai la surface luisante.

— Merci, soufflai-je, ravie de cette surprise.

— Je pense qu'elles vous iront, se radoucit Matthew.

— Venez vous changer, jeune fille, dit Marthe depuis la porte.

Elle eut à peine le temps de m'entraîner dans la buanderie que j'avais déjà enlevé mes mocassins et mon collant pour enfiler la culotte.

— Dans le temps, les femmes ne montaient pas comme les hommes, observa-t-elle.

Quand je revins, Matthew était au téléphone en train de donner des instructions à son personnel. Il leva vers moi un regard approbateur.

— Vous serez plus à l'aise avec elles, dit-il en prenant les bottes. (Je tendis les mains.) Asseyez-vous, ordonna-t-il devant mon impatience. Vous n'arriverez pas à les enfiler toute seule la première fois.

Il nous fallut de longues minutes d'efforts, mais une fois que je les eus chaussées, je tendis les jambes pour admirer le résultat, puis je me levai, fis quelques pas et esquissai une pirouette.

— Merci, dis-je en me jetant à son cou. Je les adore.

Matthew porta la veste et la bombe jusqu'aux écuries, dont les portes ouvertes laissaient filtrer des bruits d'activité.

— Georges ? appela Matthew.

Un petit homme sec d'un âge indéterminé – mais pas un vampire – fit son apparition avec une bride et une étrille. Quand nous passâmes devant la stalle de Balthasar, l'étalon piaffa avec colère en secouant la tête. *Tu m'avais promis*, semblait-il dire.

— Tiens, mon garçon, dis-je en sortant de ma poche une petite pomme que Marthe m'avait donnée et en la lui tendant paume ouverte.

Matthew regarda avec inquiétude l'animal tendre l'encolure et prendre délicatement le fruit du bout des lèvres. Une fois la pomme croquée, le cheval regarda son maître avec un air de triomphe.

— Oui, je vois bien que tu te comportes comme un prince, ironisa Matthew, mais cela ne veut pas dire que tu ne joueras pas les diables dès que tu en auras l'occasion.

Balthasar piaffa d'agacement.

Nous passâmes par la sellerie. Outre les selles, brides et rênes habituels, je vis des cadres de bois portant des espèces de petits fauteuils.

— Qu'est-ce que c'est ? demandai-je.

— Des selles à fourche, répondit Matthew en ôtant ses chaussures pour enfiler une paire de bottes usées. Ysabeau les préfère.

Dans le paddock, Dahr et Rakasa tournèrent la tête et nous observèrent avec intérêt pendant que Georges et Matthew discutaient des obstacles que nous pourrions rencontrer en route. Je tendis la paume vers Dahr, désolée de ne plus avoir de pomme. Le hongre eut l'air déçu, une fois qu'il en eut senti l'odeur.

— La prochaine fois, promis-je en allant vers Rakasa. Bonjour, ma beauté.

Rakasa plia une jambe et inclina la tête vers moi. Je passai la main sur son encolure pour l'habituer à mon contact et à mon odeur, et je vérifiai que la selle était bien installée. Elle tourna la tête et me flaira, sentant à son tour l'odeur de la pomme, puis elle secoua sa crinière, indignée.

— Toi aussi, tu en auras une, promis-je en riant et en posant la main sur sa croupe. Voyons voir.

Les chevaux aiment autant qu'on leur touche les pieds que les sorcières d'être plongées dans l'eau. Mais, par habitude ou par superstition, je n'avais jamais monté un cheval sans d'abord vérifier l'état de ses sabots.

Quand je me redressai, les deux hommes me regardaient attentivement. Georges eut un murmure d'approbation et Matthew opina pensivement en me tendant ma veste et la bombe. La veste était raide et dure, mais pas autant que je le pressentais, et j'eus un peu de mal à coiffer la bombe à cause de ma queue-de-cheval. Le temps que j'empoigne les rênes et glisse un pied dans l'étrier, Matthew était déjà derrière moi.

— Vous ne voulez donc jamais attendre que je vous aide, grommela-t-il à mon oreille.

— Je suis capable de monter toute seule.

— Mais rien ne vous y oblige, dit-il en me soulevant sans effort sur la selle.

Après quoi, il vérifia mes étriers et la sous-ventrière, puis il monta sur son cheval avec une maîtrise qui laissait penser qu'il faisait cela depuis des siècles. Une fois en selle, il avait l'air d'un roi.

Rakasa commença à piaffer d'impatience et je serrai les chevilles. Elle s'arrêta, perplexe.

— Du calme, chuchotai-je.

Elle baissa la tête et regarda droit devant en agitant les oreilles.

— Faites-lui faire le tour du paddock pendant que je vérifie ma selle, dit Matthew.

Je plissai les paupières : il n'avait pas besoin de régler quoi que ce soit. Il voulait juste voir comment je montais.

Je fis faire le tour du paddock à Rakasa pour l'éprouver. L'Andalouse dansait véritablement en soulevant délicatement ses jambes et en les reposant avec assurance, dans un splendide mouvement de balancier. Je la talonnai et elle passa à un trot tout aussi allègre et équilibré. Nous passâmes devant Matthew, qui avait renoncé à faire semblant de régler sa selle. Georges s'appuya à la barrière avec un grand sourire.

Bonne fille, murmurai-je. Elle coucha une oreille et accéléra légèrement l'allure. Je lui pressai le flanc et elle passa au petit galop. Matthew se fâcherait-il si nous sautions la clôture du paddock ? Probablement. Rakasa fit un dernier tour et je passai au trot.

— Alors ? demandai-je.

Georges hocha la tête et ouvrit la barrière.

— Vous avez une bonne assise, dit Matthew en lorgnant mes fesses. Une bonne main, aussi. Tout ira bien. Et en passant, ajouta-t-il nonchalamment, si vous aviez sauté la clôture, la promenade d'aujourd'hui se serait terminée là.

Quand nous eûmes quitté les jardins et franchi la grande grille, les arbres s'épaissirent, et Matthew scruta la forêt. Puis il se détendit, ayant discerné qu'aucune des créatures qu'elle abritait n'était un bipède. Matthew lança Dahr au trot et Rakasa attendit docilement que je la talonne, émerveillée de la souplesse de ses mouvements.

— Quel genre de cheval est Dahr ? demandai-je, remarquant sa démarche tout aussi souple.

— Je pense que vous diriez que c'est un destrier, expliqua Matthew. Élevé pour sa vitesse et son agilité.

— Je croyais que les destriers étaient énormes.

Dahr n'était pas tellement plus imposant que Rakasa.

— Ils étaient énormes pour l'époque. Mais pas assez pour porter au combat aucun homme de notre famille, une fois revêtu d'une armure et de ses armes. Nous nous entraînions sur des chevaux comme Dahr et nous les montions pour le plaisir, mais nous combattions sur des percherons comme Balthasar.

— Je peux vous poser une question sur votre mère ? demandai-je après avoir rassemblé tout mon courage.

— Bien sûr.

Il se tourna sur sa selle, un poing sur la hanche, tenant négligemment les rênes de l'autre main. Je n'eus plus aucun doute : c'était exactement ainsi que devait se tenir un chevalier médiéval.

— Pourquoi déteste-t-elle autant les sorciers ? Les vampires et nous sommes des ennemis héréditaires, mais avec Ysabeau, cela va au-delà. On dirait que c'est personnel.

— Dire que c'est parce que vous sentez le printemps ne suffira pas, j'imagine.

— Non, je veux la véritable raison.

— Elle est jalouse.
— Mais de quoi donc ?
— Voyons. De votre pouvoir, notamment votre faculté de voir l'avenir comme toute sorcière. De votre capacité à porter des enfants et à transmettre ce pouvoir à la génération suivante. Et sans doute de votre facilité à mourir, dit-il pensivement.
— Louisa et vous êtes les enfants d'Ysabeau.
— Oui, Ysabeau nous a créés tous les deux. Mais ce n'est pas tout à fait la même chose que porter un enfant, il me semble.
— Pourquoi envie-t-elle le don de prémonition des sorcières ?
— C'est lié à sa renaissance. Son créateur ne lui a pas demandé sa permission, se rembrunit-il. Il voulait qu'elle devienne son épouse et il s'est contenté de la prendre et d'en faire une vampire. On lui prêtait le don de prophétie et elle était encore assez jeune pour espérer avoir des enfants. En devenant vampire, elle a perdu ces deux facultés. Elle ne s'en est jamais vraiment remise et les sorcières lui rappellent constamment la vie qu'elle a perdue.
— Pourquoi envie-t-elle notre facilité à mourir ?
— Parce que mon père lui manque.
Il s'interrompit ; je compris que j'avais déjà trop insisté. La forêt s'éclaircit et Rakasa agita les oreilles avec impatience.
— Allez-y, dit-il, résigné, en désignant la prairie qui s'étendait devant nous.

Rakasa bondit à peine l'eus-je talonnée et gravit lentement la colline. Une fois en haut, elle piaffa et agita la tête, manifestement ravie que Dahr soit resté en bas.

Dahr s'élança au galop à une vitesse vertigineuse. J'étouffai un cri de surprise et retins Rakasa. Les destriers étaient donc faits pour partir en flèche comme une voiture de sport. Matthew n'essaya pas de ralentir sa monture à notre approche, mais l'animal pila net à deux mètres de nous.

— Quel flambeur ! Vous ne me laissez pas sauter une clôture et vous faites votre petit numéro ?

— C'est surtout que Dahr n'a pas beaucoup d'occasions de se défouler et c'est exactement ce dont il a besoin, répondit Matthew en lui flattant l'encolure. Une course, cela vous dirait ? Nous vous laisserons partir la première, bien entendu, ajouta-t-il en s'inclinant.

— D'accord. Vers où ?

Matthew désigna un arbre solitaire au sommet de la crête et me regarda. Il avait choisi un but que l'on pouvait dépasser sans heurter quoi que ce soit. Peut-être que Rakasa n'était pas aussi douée pour piler que Dahr.

Il était impossible que je prenne de surprise un vampire et que mon cheval, si doué soit-il, puisse battre Dahr. Cependant, j'étais très curieuse de voir comment Rakasa s'en tirerait. Je me baissai et lui flattai l'encolure.

*Vole*, l'encourageai-je muettement.

Elle s'élança comme si elle avait été piquée et je laissai mon instinct me guider. Je me soulevai sur la selle pour la soulager et serrai les rênes dans mes poings. Puis, une fois qu'elle fut lancée, je me baissai sur ma selle en la serrant entre mes cuisses. Je me libérai des étriers et me cramponnai à sa crinière. Matthew et Dahr galopaient derrière nous. J'étais comme dans mon rêve, celui où des chiens et des chevaux me pourchassaient. Je serrai le poing sur un arc imaginaire et me couchai sur l'encolure de Rakasa, les yeux fermés.

*Vole*, répétai-je, mais la voix qui résonnait dans ma tête ne ressemblait plus à la mienne. Rakasa accéléra de plus belle.

Je sentis l'arbre approcher. Matthew poussa un juron et Rakasa obliqua à la dernière seconde, puis elle ralentit et termina au trot. Je sentis les rênes se tendre et j'ouvris les yeux.

— Cela vous arrive souvent de lancer au galop un cheval que vous montez pour la première fois, les yeux fermés, sans rênes ni étriers ? s'emporta Matthew. Vous ramez les yeux fermés, je vous ai vue faire. Et vous marchez les yeux fermés aussi. J'ai toujours pensé qu'il y avait de la magie là-dessous. Vous avez dû user de votre pouvoir à l'instant, sans quoi vous seriez morte. Et à mon avis, vous dites mentalement à Rakasa ce qu'elle doit faire au lieu de vous servir de vos mains et de vos pieds.

Peut-être disait-il vrai. Matthew grommela et sauta de son cheval.

— Descendez, dit-il avec brusquerie en prenant les rênes de Rakasa. (Il m'aida à démonter, puis il me retourna et m'écrasa contre sa poitrine.) *Dieu**, murmura-t-il dans mes cheveux. Ne recommencez jamais cela, je vous en prie.

— Vous m'avez dit de ne plus m'inquiéter de ce que je faisais. C'est pour cela que vous m'avez emmenée en France, répondis-je, interloquée.

— Pardonnez-moi. Je ne veux pas me mêler de cela, mais j'ai du mal à vous voir utiliser des pouvoirs que vous ne comprenez pas, surtout si vous n'en êtes pas consciente.

Il me laissa et alla attacher les chevaux de manière à les laisser paître la maigre herbe d'automne. Quand il revint, son visage était sombre.

— Il faut que je vous montre quelque chose.

Il me conduisit sous l'arbre et nous nous assîmes, puis il sortit de sa poche une feuille de papier portant des barres noires et grises. Elle semblait avoir été maintes fois pliée et dépliée. Une analyse d'ADN.

— C'est le mien.

— Oui.

— Quand l'avez-vous eu ?

— Marcus m'a apporté les résultats à New College. Je ne voulais pas vous en parler alors qu'on venait de vous rappeler la mort de vos parents. (Il hésita.) Ai-je bien fait ?

— Oui. Qu'est-ce que cela dit ?

— Nous ne comprenons pas tout, mais Marcus et Miriam ont identifié des marqueurs que nous avons déjà vus ailleurs.

L'écriture nette et serrée de Miriam s'étalait dans la marge face aux barres, dont certaines étaient entourées de rouge.

— Voici le marqueur génétique de la précognition, continua-t-il en désignant la première barre encerclée. (Son doigt descendit sur la suivante.) Et celui-ci correspond à la fuite. Il permet aux sorciers de retrouver ce qui a été perdu.

Il continua d'énumérer les différents pouvoirs. J'en avais la tête qui tournait.

— Celui-ci permet de parler avec les morts, celui-là est la métamorphose, là nous avons la télékinésie, les enchantements, les charmes et les sorts. Et vous avez également la télépathie et l'empathie.

— Cela ne se peut pas.

Je n'avais jamais entendu parler d'une sorcière qui possède plus d'un ou deux pouvoirs. Matthew venait d'en dénombrer une dizaine.

— Je pense que les résultats sont exacts, Diana. Ces pouvoirs peuvent ne jamais se manifester, mais vous avez hérité d'une prédisposition génétique. (Il tourna la feuille et je vis d'autres cercles rouges et des notes de Miriam.) Voici les marqueurs élémentaires. La terre est présente chez la plupart des sorcières, et certains possèdent terre et air ou terre et eau. Vous possédez les trois, ce qui ne s'est jamais vu. Et vous avez également le feu. Cet élément est extrêmement rare.

— Les marqueurs élémentaires ? Qu'est-ce que c'est ?

Je sentais du vent tourbillonner autour de mes pieds et mes doigts me chatouillaient.

— Des indicateurs de vos prédispositions génétiques à maîtriser un ou plusieurs éléments. Ils expliquent pourquoi vous avez pu susciter un vent sorcier. D'après ces résultats, vous pourriez aussi faire naître un feu sorcier ou ce que l'on appelle une eau sorcière.

— Et que fait la terre ?

— Elle concerne la magie des simples, le pouvoir de modifier la croissance des choses. C'est le fondamental. Si on y ajoute les sorts, les charmes et les enchantements, n'importe lequel des trois, en fait, cela signifie que vous possédez non seulement des pouvoirs magiques très puissants, mais aussi un talent inné pour la sorcellerie.

Ma tante avait un don pour les enchantements. Emily, non, mais elle pouvait voler sur de courtes distances et voir l'avenir. C'était ce qui distinguait les sorcières utilisant la sorcellerie – comme Sarah – de celles qui utilisaient la magie. La différence résidait dans le recours aux mots pour exercer un pouvoir ou la possibilité de l'utiliser à sa guise. Je cachai mon visage dans mes mains. La perspective de voir l'avenir comme ma mère m'avait déjà assez effrayée. Mais maîtriser les éléments ? Parler aux morts ?

— Il y a une longue liste de pouvoirs sur cette feuille. Et nous n'en avons vu que quatre ou cinq se manifester.

C'était terrifiant.

— Je pense que nous en avons vu davantage, comme votre faculté à vous déplacer les yeux fermés, à communiquer avec Rakasa, ou les étincelles au bout de vos doigts. Nous n'avons tout simplement pas encore su leur donner un nom.

— Dites-moi que c'est tout, je vous en supplie.

— Pas tout à fait, dit-il après une hésitation, en tournant une autre page. Nous ne pouvons pas encore identifier ces marqueurs. Dans la plupart des cas, nous devons faire le lien entre les récits des activités d'une sorcière, certains remontant à plusieurs siècles, avec les résultats d'une analyse d'ADN. C'est parfois difficile.

— L'examen explique-t-il pourquoi ma magie apparaît seulement maintenant ?

— Nous n'avons pas besoin d'un examen pour le savoir. C'est comme si votre magie se réveillait après un long sommeil. Toute cette inaction l'a accumulée et elle a besoin de s'exprimer, de jaillir. (Il se releva et m'aida à en faire autant.) Vous allez prendre froid si vous restez assise par terre, et j'aurai beaucoup de mal à m'expliquer devant Marthe si vous êtes malade.

Nous nous promenâmes encore pendant une heure dans les bois et les terres qui entouraient Sept-Tours. Matthew me montra le meilleur endroit pour chasser le lièvre, et celui où son père lui avait appris à se servir d'une arbalète sans se blesser. Sur le chemin du retour, mon inquiétude devant les résultats de l'examen l'avait cédé à une agréable fatigue.

— Je vais avoir mal partout demain, gémis-je. Cela faisait des années que je n'étais pas montée.

— Personne ne s'en serait douté en vous voyant faire aujourd'hui, dit-il alors que nous passions la grille. Vous êtes bonne cavalière, Diana, mais vous ne devez pas sortir seule. Il est trop facile de se perdre.

Il ne craignait pas que je me perde, mais plutôt que l'on me trouve.

— Ne vous inquiétez pas, je ne le ferai pas.

Il se détendit. Ce vampire avait coutume de donner des ordres et d'être aussitôt obéi. Il n'avait pas l'habitude de devoir demander ou négocier. Et là, je ne voyais aucune trace de son tempérament colérique. J'approchai mon cheval du sien, lui pris la main et la portai à mes lèvres. Il ouvrit de grands yeux surpris

Je la relâchai et, d'un claquement de langue, je dirigeai Rakasa vers l'écurie.

# 20

Par bonheur, Ysabeau ne se montra pas au déjeuner. Après quoi, je montai directement dans le bureau de Matthew pour commencer à examiner l'*Aurora Consurgens*, mais il me convainquit de prendre un bain avant, me promettant que cela atténuerait mes crampes. À mi-chemin dans l'escalier, je dus m'arrêter pour me frotter le mollet. J'allais devoir payer pour mon enthousiasme du matin.

Le bain fut un délice – long, chaud, relaxant. J'enfilai un pantalon noir ample, un pull et des chaussettes, et je redescendis. Un feu flambait dans la cheminée. Mon visage et mes mains virèrent à l'orange alors que je tendais les paumes devant les flammes. Quel effet cela ferait-il de maîtriser le feu ? En réponse, mes doigts me chatouillèrent et je les fourrai prestement dans mes poches.

Matthew leva les yeux de son bureau.

— Votre manuscrit est à côté de votre ordinateur.

La couverture noire m'attira comme un aimant. Je m'installai et ouvris le livre précautionneusement. Les couleurs étaient plus vives que dans mon souvenir. Après avoir longuement contemplé la reine, je tournai la première page.

*Incipit tractatus Aurora Consurgens intitulatus.* Ces mots m'étaient familiers – « Ici commence le traité intitulé *Le Lever de l'Aurore* » – mais j'éprouvai tout de même un petit frisson ravi, comme si je voyais le manuscrit pour la première fois. *Tout ce qui est bon vient à moi avec elle. Elle est connue comme la Sagesse du Sud, dont la voix s'élève dans les rues pour les multitudes*, lus-je mentalement en traduisant du latin. C'était une belle œuvre, remplie de paraphrases des Écritures et d'autres textes.

— Avez-vous une bible ici ?

Il valait mieux que j'en aie une à portée de main pendant que je progressais dans ma lecture.

— Oui, mais je ne sais pas où elle est. Voulez-vous que je la cherche ? demanda-t-il en se levant sans quitter des yeux son écran.

— Non, je vais la trouver.

Je me levai et allai voir l'étagère la plus proche. Les livres de Matthew étaient classés non pas par taille, mais par ordre chronologique. Les premiers étaient si anciens que je renonçai à imaginer ce qu'ils contenaient – les œuvres perdues d'Aristote, peut-être ? Tout était possible.

Presque tous ses livres étaient rangés dos au mur, de manière à protéger leurs bords fragiles. Ceux-là portaient des marques permettant de les identifier et de grosses lettres noires donnaient ici un titre, là un nom d'auteur. À partir de la moitié de la pièce, les livres étaient rangés normalement et les titres s'étalaient sur leurs dos en lettres d'or ou d'argent.

Je passai devant des manuscrits aux pages épaisses et inégales, certains portant de petites lettres grecques sur la tranche. Je continuai, cherchant un gros volume imprimé.

Mon index s'immobilisa devant un livre relié en cuir brun et incrusté d'or.

— Matthew, dites-moi que *Biblia Sacra 1450* n'est pas ce que je pense.

— D'accord. Ce n'est pas ce que vous pensez, répondit-il machinalement en continuant à taper à toute vitesse, sans prêter attention à ce que je faisais ou racontais.

Je laissai la Bible de Gutenberg à sa place et continuai ma recherche, espérant que ce n'était pas la seule. Mon doigt s'arrêta de nouveau sur un livre intitulé *Will's Playes*. Les pièces de William Shakespeare.

— Ces livres vous ont-ils été offerts par des amis ?

— Pour la plupart, répondit-il sans lever le nez.

Comme l'imprimerie allemande, les débuts du théâtre anglais devraient attendre.

Pour la plupart, les livres de Matthew étaient en parfait état. Ce n'était pas vraiment surprenant, quand on connaissait leur propriétaire. Mais certains étaient usés. Par exemple, un mince et haut livre de l'étagère du bas était si écorné et élimé que l'on voyait le bois sous le cuir. Curieuse de voir ce qui lui valait son rang de préféré, je le sortis et l'ouvris. C'était le livre d'anatomie d'André Vésale, datant de 1543, premier ouvrage à décrire dans leurs moindres détails des corps humains disséqués.

Guettant désormais des indices nouveaux sur la personnalité de Matthew, je cherchai d'autres livres usés. Le suivant était plus petit et plus épais et portait sur la tranche le titre *De motu*. L'étude de la circulation sanguine de William Harvey et son explication du fonctionnement du cœur devaient avoir représenté une lecture captivante pour les vampires quand elle avait été publiée dans les années 1620, même s'ils devaient avoir déjà quelques notions sur le sujet.

Les livres favoris de Matthew traitaient d'électricité, de microscopie et de physiologie. Mais le plus usé de tous faisait partie des œuvres du XIXe siècle : une première édition de *L'Origine des espèces* de Darwin.

Avec un regard oblique à Matthew, je sortis le livre de son logement avec toute la discrétion d'une voleuse à l'étalage. Sa reliure en toile verte avec le nom imprimé en doré était élimée. Matthew avait inscrit son nom d'une belle écriture cursive sur la page de garde.

Une lettre était glissée à l'intérieur.

*Cher monsieur*, disait-elle. *Votre lettre du 15 octobre vient enfin de me parvenir. Je suis mortifié de vous répondre avec tant de retard. J'ai, pendant de nombreuses années, recueilli tous les faits qu'il m'a été possible concernant la diversité et l'origine des espèces, et votre approbation de mon raisonnement est une heureuse nouvelle à l'heure où mon livre doit être confié à l'éditeur.*

Elle était signée *C. Darwin* et datée de 1859.

Les deux hommes avaient échangé une correspondance quelques semaines seulement avant la publication du livre en novembre. Des notes au crayon et à l'encre de la main du vampire couvraient les marges. Trois chapitres étaient tout particulièrement annotés, ceux traitant de l'instinct, de l'hybridité et des affinités entre espèces.

Comme le traité d'Harvey sur la circulation sanguine, le septième chapitre de Darwin, portant sur les instincts naturels, devait être captivant pour les vampires. Matthew avait souligné des passages particuliers et consigné entre les lignes et dans les marges ce que lui inspiraient les idées de Darwin. *Nous pouvons conclure de là que les animaux réduits en domesticité ont perdu certains instincts naturels et en ont acquis certains autres, tant par l'habitude que par la sélection et l'accumulation qu'a faite l'homme pendant des générations successives, de diverses dispositions spéciales et mentales qui ont apparu d'abord sous l'influence de causes que, dans notre ignorance, nous appelons accidentelles.* Dans ses notes, Matthew se demandait quels instincts pouvaient être acquis et si des accidents pouvaient se produire dans la nature : *Se peut-il que nous ayons conservé comme instincts ce à quoi les humains ont renoncé par accident ou par habitude ?* avait-il écrit au bas de la page. Je n'eus pas besoin de demander ce que recouvrait ce « nous ». Il parlait des créatures – pas seulement des vampires, mais aussi des sorciers et des démons.

Dans le chapitre sur l'hybridité, l'intérêt de Matthew avait été attiré par les problèmes de croisement et de stérilité. *Les premiers croisements*, écrivait Darwin, *entre des formes assez distinctes pour constituer des espèces et les hybrides qui en proviennent sont très généralement, quoique pas toujours, stériles*[1]. Le dessin d'un arbre généalogique remplissait la marge en face du passage souligné, avec un point d'interrogation à la place des racines et des quatre branches. *Pourquoi la consanguinité n'a-t-elle pas conduit à la stérilité ou à la démence ?* s'interrogeait Matthew. En haut de la page, il avait noté : *1 espèce ou 4 ? Et comment sont faites les dāēōs ?**.

Je suivis l'écriture du bout du doigt. Ma spécialité consistait à transformer les gribouillis des scientifiques en quelque chose de compréhensible pour tout le monde. Dans cette dernière note, Matthew avait utilisé une technique familière pour dissimuler ses pensées. Il avait écrit dans un mélange de français et de latin, et utilisé une abréviation archaïque qui consistait à remplacer, par un trait au-dessus de chaque voyelle, toutes les consonnes

1. Charles Darwin, *L'Origine des espèces*, traduit par Pascal Loubet.

sauf la première et la dernière. Ainsi, quiconque feuilletait le livre ne pouvait remarquer le mot latin *daemons* et y regarder de plus près.

« Comment sont créés les démons ? » s'était demandé Matthew en 1859. Il cherchait toujours la réponse un siècle et demi plus tard.

Quand Darwin abordait la question des affinités entre espèces, Matthew avait noirci la page de ses notes, couvrant presque le texte imprimé. Face à un passage expliquant : *Dès la période la plus reculée de l'histoire du globe on constate entre les êtres organisés une ressemblance continue héréditaire, de sorte qu'on peut les classer en groupes subordonnés à d'autres groupes*, Matthew avait noté en capitales le mot *ORIGINES*. Quelques lignes plus bas, un autre passage était souligné deux fois : *L'existence des groupes aurait eu une signification très simple si l'un eût été exclusivement adapté à vivre sur terre, un autre dans l'eau ; celui-ci à se nourrir de chair, celui-là de substances végétales, et ainsi de suite ; mais il en est tout autrement, car on sait que, bien souvent, les membres d'un même groupe ont des habitudes différentes*.

Matthew pensait-il que le régime alimentaire du vampire était une habitude plutôt qu'une caractéristique de l'espèce ? En poursuivant ma lecture, je trouvai un nouvel indice : *En résumé, les diverses classes de faits que nous venons d'étudier dans ce chapitre me semblent établir si clairement que les innombrables espèces, les genres et les familles qui peuplent le globe sont tous descendus, chacun dans sa propre classe, de parents communs, et ont tous été modifiés dans la suite des générations*. Dans la marge, Matthew avait noté : *PARENTS COMMUNS* et *ce qui explique tout**.

Le vampire estimait que la monogenèse expliquait tout. Du moins l'avait-il pensé en 1859. Pour Matthew, il était possible que démons, humains, vampires et sorciers descendent d'ancêtres communs. Nos considérables différences n'étaient qu'une question de descendance, d'habitudes et de sélection. Dans son laboratoire, il avait éludé lorsque je lui avais demandé si nous formions une seule espèce ou quatre, mais il ne pouvait plus le faire ici.

Matthew avait toujours le regard fixé sur son ordinateur. Je refermai l'*Aurora Consurgens* afin de ne pas abîmer les pages, renonçai à trouver une bible ordinaire et apportai l'exemplaire de Darwin près de la cheminée, où je me pelotonnai sur le canapé. Je l'ouvris avec l'intention de comprendre le vampire grâce aux notes qu'il avait laissées dans son livre.

Matthew était encore un mystère pour moi – peut-être plus encore ici, à Sept-Tours. Le Matthew de France était différent de celui d'Angleterre. Je ne l'avais jamais vu s'absorber ainsi dans son travail. Il n'était pas arc-bouté, mais détendu, et il mordillait sa lèvre inférieure du bout d'une canine. C'était un signe de concentration, tout comme le pli de son front. Matthew ne faisait pas attention à moi et tapait énergiquement sur son clavier. À ce rythme, il devait massacrer les portables. Arrivé à la fin d'une phrase, il s'étira. Puis il bâilla.

C'était la première fois que je le voyais bâiller. Était-ce là aussi le signe qu'il se détendait ? Le lendemain de notre rencontre, Matthew m'avait dit qu'il aimait connaître son environnement. Ici, il connaissait les lieux comme sa poche, chaque odeur lui était aussi familière que toutes les créatures qui rôdaient dans les parages. Et puis, il y avait sa relation avec sa mère et avec Marthe. Cet étrange assortiment de vampires formait une famille qui m'avait acceptée pour lui faire plaisir.

Je me replongeai dans Darwin, mais le bain, la chaleur du feu et le cliquetis de ses doigts sur les touches finirent par m'endormir. Je me réveillai enveloppée d'une couverture, *L'Origine des espèces* posée à terre avec un marque-page là où je m'étais arrêtée.

Je rougis. J'avais été surprise en flagrant délit, en train de fouiner.

— Bonsoir, dit Matthew depuis le canapé opposé en refermant son livre. Un peu de vin vous plairait-il ?

L'idée était tout à fait tentante.

— Oui, s'il vous plaît.

Matthew alla à une petite table XVIIIe servir deux verres d'une bouteille sans étiquette déjà débouchée et les rapporta. Je humai, connaissant la question d'avance.

— Framboise et pierre.

— Pour une sorcière, vous êtes vraiment douée.

— Qu'est-ce que je bois ? demandai-je en prenant une gorgée. C'est un vin très vieux ? Rare ?

— Ni l'un ni l'autre, répondit-il en riant. Il a probablement été mis en bouteille il y a cinq mois. C'est un vin des vignobles d'ici qui n'a rien de raffiné ni de particulier.

Peut-être, mais il était rafraîchissant, avec une saveur de bois et de terre, comme l'air des environs de Sept-Tours.

— Je vois que vous avez renoncé à chercher une bible pour quelque chose de plus scientifique. Darwin vous a plu ? demanda-t-il.

— Croyez-vous toujours que les créatures et les humains descendent d'un ancêtre commun ? Est-il vraiment possible que les différences entre nous soient purement raciales ?

— Je vous ai dit au laboratoire que je n'en savais rien, s'impatienta-t-il.

— Vous en étiez sûr en 1859. Et vous pensiez que boire du sang était peut-être simplement une habitude alimentaire et non une marque de différenciation.

— Savez-vous combien d'avancées scientifiques ont été faites depuis Darwin ? Le scientifique a le droit de changer d'avis à mesure que de nouvelles données apparaissent. (Il but une gorgée et reposa son verre sur son genou pour le faire luire devant le feu.) Par ailleurs, il n'y a plus grand-chose qui étaie scientifiquement la notion humaine de différence raciale. Les études modernes laissent entendre que cette idée de race n'est rien de plus qu'une méthode humaine dépassée pour expliquer des différences facilement observables entre eux et les autres.

— Savoir pourquoi et comment nous sommes ici, tous, vous tenaille vraiment. Je l'ai vu sur toutes les pages de votre exemplaire de Darwin.

— C'est la seule question qui vaille la peine d'être posée, répondit-il pensivement. (La pendule de son bureau sonna 19 heures.) Allons retrouver Ysabeau au salon avant le dîner.

— Oui, mais laissez-moi me changer.

Ma garde-robe ne pouvait rivaliser avec celle d'Ysabeau, mais je ne voulais pas que Matthew ait honte de moi. Comme d'habitude, il avait l'air prêt pour entrer dans un conseil d'administration ou défiler sur un podium, avec un simple pantalon de laine noire et un autre pull tiré de son inépuisable collection. À force de les frôler ces derniers temps, j'étais convaincue qu'ils étaient tous en cachemire, épais et sensuels.

Je fouillai dans mes affaires et choisis un pantalon gris et un pull bleu saphir. Je rajustai mes cheveux tout froissés de m'être allongée sur le sofa la tête encore humide après le bain. Étant à peu près présentable, j'enfilai mes mocassins et repris l'escalier. L'ouïe fine de

Matthew avait suivi le moindre de mes mouvements et il m'attendait en bas. En me voyant, son regard s'éclaira et un grand sourire se peignit sur ses lèvres.

— Je vous trouve aussi bien en bleu qu'en noir. Vous êtes splendide, murmura-t-il en posant sur mes joues un baiser qui les enflamma. Bon. Et ne vous laissez pas faire par Ysabeau, quoi qu'elle dise.

— J'essaierai, répondis-je avec un petit rire.

Marthe et Ysabeau étaient déjà au salon. Sa mère était entourée de journaux publiés dans les principales langues européennes, plus un en hébreu et un autre en arabe. Marthe, elle, lisait à une vitesse qui me rendit envieuse un roman policier à la couverture criarde.

— Bonsoir, *mère**, dit Matthew en se penchant pour l'embrasser.

Je vis ses narines palpiter et son regard glacial me foudroya. Je compris pourquoi : Matthew avait mon odeur sur lui.

— Venez, ma fille, dit Marthe en tapotant le coussin auprès d'elle et en jetant un regard à la mère de Matthew.

Ysabeau ferma un instant les yeux. Quand elle les rouvrit, la colère avait disparu, remplacée par une sorte de résignation.

— *Es gab einen anderen Tod*, murmura-t-elle à son fils qui prit *Die Welt* et commença à le parcourir avec une grimace.

— Où ? demandai-je.

Un autre cadavre exsangue avait été découvert. Si Ysabeau s'imaginait pouvoir m'écarter de la conversation en parlant allemand, elle allait devoir trouver autre chose.

— À Munich, répondit Matthew en poursuivant sa lecture. Seigneur, mais pourquoi personne n'agit ?

— Prends garde à ce que tu souhaites, Matthew, dit Ysabeau. Comment avez-vous trouvé votre promenade, Diana ? demanda-t-elle brusquement.

Matthew leva le nez du journal et regarda sa mère avec inquiétude.

— Merveilleuse. Merci de m'avoir laissée monter Rakasa, répondis-je en m'asseyant à côté de Marthe et en me forçant à soutenir le regard d'Ysabeau.

— Elle est trop entêtée à mon goût, dit-elle en se retournant vers son fils, qui eut la présence d'esprit de se réfugier de nouveau dans son journal. Fiddat est beaucoup plus docile. Avec l'âge, j'apprécie cette qualité chez les chevaux.

*Et chez les fils aussi*, songeai-je.

Avec un sourire encourageant pour moi, Marthe se leva et alla s'affairer près d'une desserte. Elle apporta un grand verre de vin à Ysabeau, un nettement plus petit pour moi et un autre pour Matthew, qui le huma avec satisfaction.

— Merci, *mère**, dit-il en levant son verre.

— Voyons, ce n'est pas grand-chose, répondit-elle.

— Non, certes, mais c'est l'un de mes préférés. Merci de vous en être souvenue.

Il savoura longuement les arômes du vin avant de le boire.

— Tous les vampires sont-ils aussi amateurs de vin que vous ? demandai-je à Matthew en humant le mien. Vous en buvez constamment et je ne vous vois jamais ne serait-ce qu'un peu ivre.

— La plupart des vampires l'adorent encore plus, sourit Matthew. Et pour ce qui est de l'ivresse, notre famille a toujours été connue pour son admirable retenue, n'est-ce pas, *mère** ?

Ysabeau émit un ricanement fort peu digne d'une dame.

— Parfois, répondit-elle. À l'égard du vin, peut-être.

— Vous devriez être diplomate, Ysabeau, dis-je. Vous êtes très douée pour les non-réponses.

— *Dieu**, s'exclama Matthew en riant. Je n'aurais jamais pensé voir un jour quelqu'un qualifier ma mère de diplomate. Surtout avec sa langue. Ysabeau a toujours bien mieux manié la diplomatie de l'épée.

Marthe eut un petit sourire approbateur. L'air indigné d'Ysabeau et le mien le fit rire de plus belle. L'atmosphère du dîner fut nettement plus chaleureuse que la veille. Matthew s'assit en bout de table, Ysabeau à sa gauche et moi à sa droite. Marthe, qui ne cessait de faire des allées et venues entre cuisine, cheminée et table, s'asseyait de temps en temps pour boire une gorgée de vin ou se mêler à la conversation.

Les plats se succédèrent : j'eus droit à tout, depuis le velouté de champignons sauvages jusqu'à la caille et à un délicieux rôti de bœuf. Je m'émerveillai qu'une femme qui ne mangeait plus puisse cuisiner en maniant aussi habilement les épices. Marthe rougit et voulut faire taire Matthew lorsqu'il commença à parler de ses plus spectaculaires catastrophes culinaires.

— Te rappelles-tu la tourte au pigeon ? gloussa-t-il. Personne ne t'avait expliqué qu'il fallait faire jeûner les volailles pendant une journée avant de les rôtir, sans quoi leurs entrailles finiraient en bouillie.

Cela lui valut une calotte.

— Matthew, le prévint Ysabeau en essuyant ses larmes de rire, vous ne devriez pas provoquer Marthe. Vous n'avez rien à lui envier en ce qui concerne les catastrophes.

— Et j'y ai assisté, ajouta Marthe en apportant la salade et une coupe de fruits secs. Quand tu as inondé le château en voulant recueillir les eaux de pluie, et d'une. Quand tu as oublié de collecter les impôts, et de deux. C'était le printemps, tu t'ennuyais et tu as décidé en te levant le matin de partir faire la guerre en Italie. Ton père a dû implorer à genoux son pardon au roi. Et puis il y a eu New York ! s'écria-t-elle, triomphante.

Les trois vampires continuèrent d'échanger des souvenirs. Cependant, aucun n'évoqua le passé d'Ysabeau. Dès qu'un sujet l'effleurait, elle, le père de Matthew ou sa sœur, la conversation dérivait élégamment sur autre chose. Je finis par le remarquer et je me demandai pourquoi, mais je m'abstins de poser des questions, ravie que la soirée se passe comme ils l'entendaient et étrangement réconfortée de faire à nouveau partie d'une famille – même si c'était une famille de vampires.

Après le dîner, nous retournâmes au salon, où le feu ronronnait de plus belle, si bien qu'il y faisait presque une température agréable. Matthew s'assura qu'Ysabeau était à l'aise, lui apporta encore du vin et s'affaira auprès de la chaîne. Marthe me prépara une tisane et me colla la tasse dans les mains.

— Buvez, dit-elle. (Ysabeau me regarda faire en jetant un long regard à Marthe.) Cela vous aidera à dormir.

— C'est vous qui l'avez préparée ?

D'habitude, je n'aimais pas les tisanes, mais celle-ci sentait les herbes et les fleurs et je la trouvai rafraîchissante et légèrement amère.

— Oui, répondit-elle. C'est une vieille recette que m'a enseignée ma mère. Je vous la donnerai.

Une musique rythmée s'éleva dans la pièce. Matthew poussa les fauteuils près de la cheminée pour faire de la place.

— *Vòletz dançar amb ieu ?* demanda-t-il à sa mère en tendant les deux mains.

Ysabeau fit un sourire rayonnant qui métamorphosa ses traits glacés et leur rendit leur incroyable beauté.

— *Òc*, répondit-elle en se levant.

Ils se placèrent devant le feu en attendant la chanson suivante. Puis ils commencèrent à danser, et en comparaison, Fred Astaire et Ginger Rogers auraient été ridicules. Leurs corps tourbillonnaient, se rejoignaient et se séparaient à l'unisson. Il suffisait à Matthew de l'effleurer pour qu'elle réponde au moindre de ses gestes.

À l'instant où la musique s'arrêta, Ysabeau fit une gracieuse révérence et Matthew s'inclina.

— Qu'est-ce que vous dansiez ? demandai-je.

— Cela a commencé par une tarentelle, dit Matthew en raccompagnant sa mère à son fauteuil, mais comme *mère** ne peut jamais se contenter d'une seule danse, il y a eu un peu de volte au milieu et nous avons terminé par un menuet, n'est-ce pas ?

Ysabeau opina et lui tapota la joue.

— Vous avez toujours été un excellent danseur, dit-elle avec fierté.

— Ah, mais pas autant que vous, et certainement pas autant que *père**, répondit-il en s'asseyant à son tour.

Le regard d'Ysabeau s'assombrit et une tristesse déchirante passa sur son visage. Matthew lui prit la main et y déposa un baiser. Ysabeau se força à sourire.

— Maintenant, c'est votre tour, dit-il en venant vers moi.

— Je n'aime pas danser, protestai-je.

— J'ai peine à le croire, dit-il en me prenant la main et en m'attirant à lui. Vous prenez des postures incroyables au yoga, vous filez sur l'eau dans un skiff à peine large comme une plume et vous montez comme personne. Danser devrait être une seconde nature.

Avec ses percussions et sa trompette, la chanson suivante évoquait le genre de musique qui devait résonner dans les bals parisiens des années vingt.

— Matthew, fais attention, dit Ysabeau alors qu'il m'entraînait.

— Elle n'est pas en sucre, *mère**.

Il commença à danser, malgré mon insistance à lui marcher sur les pieds à la moindre occasion. Une main à ma taille, il me conduisit habilement. Je commençai à essayer de visualiser mes pas, mais cela ne fit qu'empirer les choses. Je me raidis et Matthew me serra de plus belle.

— Détendez-vous, murmura-t-il à mon oreille. Vous essayez de conduire, alors que vous devriez suivre.

— Je n'y arrive pas, répondis-je en me cramponnant à son épaule comme à une bouée.

— Mais si, vous pouvez, reprit-il en nous faisant tourbillonner. Fermez les yeux, arrêtez d'y penser et laissez-moi m'occuper du reste.

Prise entre ses bras, je n'eus aucun mal à faire ce qu'il demandait. Et, ne voyant plus la pièce tourner autour de moi, je parvins à me détendre et à ne plus me répéter que nous allions tomber. Petit à petit, dans cette obscurité, le mouvement de nos corps devint agréable. Et bientôt, je réussis à me concentrer, non plus sur mes gestes, mais sur ce que ses jambes et ses bras me disaient qu'il allait faire. J'eus l'impression de flotter.

— Matthew, s'alarma Ysabeau. *Le chatoiement**.

— Je sais, murmura-t-il. Faites-moi confiance, ajouta-t-il en sentant que je me raidissais à nouveau. Je vous tiens.

Je gardai les yeux fermés et poussai un soupir de contentement. Nous continuâmes de tourbillonner ensemble. Il me fit délicatement glisser jusqu'au bout de ses doigts, puis m'enrouler autour de son bras et revenir, le dos contre sa poitrine. La musique se tut.

— Ouvrez les yeux, dit-il à mi-voix.

Je soulevai lentement mes paupières. La sensation de flottement persistait. Danser était plus agréable que je ne l'aurais cru – du moins avec un cavalier qui dansait depuis plus de mille ans et ne vous marchait jamais sur les pieds. Je levai la tête pour le remercier et la trouvai plus proche que d'habitude.

— Baissez les yeux, dit-il.

J'obéis et je me rendis compte que mes pieds flottaient à une dizaine de centimètres du sol. Il me lâcha. Ce n'était pas lui qui me soulevait. C'était moi. C'était l'air qui me portait.

Quand je m'en aperçus, le poids revint brusquement dans mon corps. Matthew me rattrapa par les coudes pour atténuer ma chute. Depuis son fauteuil auprès du feu, Marthe se mit à fredonner. Ysabeau tourna vivement la tête en plissant les paupières. Matthew me fit un sourire rassurant, pendant que je me concentrais sur la sensation étrange du sol sous mes pieds. La terre m'avait-elle toujours paru aussi vibrante ? C'était comme si des milliers de minuscules mains s'agitaient sous mes semelles pour me pousser ou me retenir.

— Cela vous a plu ? demanda Matthew.

— Oui, répondis-je en riant après une hésitation.

— Je l'espérais bien. Maintenant, peut-être que vous monterez à cheval les yeux ouverts, pour changer.

Ysabeau se mit à chanter l'air que Marthe avait fredonné.

*Qui la voit danser*
*Avec autant de grâce*

*Peut dire en vérité*
*Qu'il n'est nulle au monde*
*Égale à notre joyeuse reine.*
*Partez, partez, jaloux,*
*Laissez-nous, laissez-nous*
*Danser ensemble, ensemble.*

— *Partez, partez, jaloux*, répéta en écho Matthew, *laissez-nous danser ensemble.*

— Avec vous, je veux bien danser, dis-je en riant. Mais tant que je n'aurai pas compris comment je fais pour voler, je n'accepterai pas d'autre cavalier.

— Vous flottiez plus que vous ne voliez, corrigea-t-il.

— Flotter, voler, appelez cela comme vous voudrez, mais il ne vaut mieux pas s'y essayer avec des inconnus.

— Je suis bien d'accord.

Marthe avait quitté le sofa pour venir s'asseoir avec Ysabeau. Matthew et moi prîmes place ensemble, toujours main dans la main.

— C'était la première fois ? lui demanda Ysabeau, manifestement intriguée.

— Diana n'utilise pas la magie, *mère**, sauf pour des broutilles.

— Elle déborde de pouvoir, Matthew. Le sang des sorciers chante dans ses veines. Elle devrait pouvoir l'utiliser pour de grandes choses aussi.

— C'est à elle d'en décider.

— Assez d'enfantillages, coupa-t-elle en se tournant vers moi. Il est temps de grandir, Diana, et d'accepter ce que vous êtes. (Matthew se mit à gronder.) Et ne grondez pas devant moi, Matthew de Clermont ! Je dis ce qui doit être dit.

— Vous lui dites ce qu'elle doit faire. Cela ne vous regarde pas.

— Pas plus que vous, mon fils ! rétorqua-t-elle.

— Excusez-moi ! (Mon ton sec prit de court les deux Clermont, qui se retournèrent vers moi.) C'est à moi de décider si j'utilise ma magie, et de quelle manière. Mais, ajoutai-je pour Ysabeau, je ne peux plus me permettre de l'ignorer. J'ai l'impression qu'elle bouillonne en moi. J'ai besoin d'apprendre comment maîtriser mon pouvoir, à tout le moins.

Ysabeau et Matthew restèrent à me fixer un moment. Puis elle opina et Matthew l'imita. Nous restâmes devant la cheminée jusqu'à ce que les bûches se soient consumées. Matthew dansa avec Marthe, chantant de temps à autre quand un morceau leur rappelait une nuit passée. Mais de mon côté, je m'abstins de danser et Matthew ne me le demanda pas.

— Je vais emmener se coucher la seule d'entre nous qui a besoin de dormir, dit-il finalement en se levant.

— Bonne nuit, Ysabeau, dis-je en l'imitant. Bonne nuit, Marthe. Merci à toutes les deux de ce délicieux dîner et de cette surprenante soirée.

Marthe me remercia d'un sourire. Ysabeau fit de son mieux, mais ne réussit qu'à esquisser une grimace. Matthew m'entraîna vers l'escalier, une main sur les reins.

— Je vais peut-être lire un peu, dis-je lorsque nous arrivâmes dans son bureau.

Il prit mon visage entre ses mains.

— Quel sort m'avez-vous jeté ? demanda-t-il en me scrutant. Ce ne sont pas seulement vos yeux, même s'ils troublent toutes mes pensées, ni votre parfum de miel. (Il enfouit son visage dans mon cou en caressant mes cheveux et m'attira contre lui. Je me laissai aller, comme si mon corps était fait pour se blottir contre le sien.) C'est votre intrépidité, murmura-t-il. Votre manière d'agir sans réfléchir, et ce chatoiement que vous laissez paraître quand vous vous concentrez, ou quand vous volez.

Il me releva la tête en effleurant mes lèvres de son pouce.

— Savez-vous que vous faites la moue quand vous dormez ? On dirait que vous n'aimez pas vos rêves, mais je préfère penser que vous demandez à ce que l'on vous embrasse.

Il semblait de plus en plus français à chaque mot.

Consciente de la présence réprobatrice d'Ysabeau en bas et de son ouïe fine de vampire, je tentai de me dégager. Ce ne fut guère convaincant et les bras de Matthew se resserrèrent sur moi.

— Matthew, votre mère…

Il ne me laissa pas terminer ma phrase. Avec un soupir satisfait, il posa ses lèvres sur les miennes et m'embrassa délicatement, mais fermement, jusqu'à ce que tout mon corps, et non plus seulement mes mains, commence à fourmiller. Je lui rendis son baiser, avec la sensation de flotter et de tomber, comme si je ne sentais plus les limites de nos corps. Ses lèvres remontèrent sur mes joues et mes paupières et quand elles frôlèrent mon oreille, j'étouffai un cri. Il sourit et m'embrassa de nouveau.

— Vos lèvres sont rouges comme des coquelicots et vos cheveux sont si pleins de vie, dit-il après ce baiser qui me laissa le souffle coupé.

— Qu'est-ce que vous avez avec mes cheveux ? Comment quelqu'un qui a les vôtres peut être impressionné par cela, dis-je en empoignant une mèche blonde. Cela dépasse mon entendement. Les cheveux d'Ysabeau ont l'air de satin, comme ceux de Marthe. Les miens ne ressemblent à rien.

— C'est pour cela que je les adore, dit-il en les écartant de mes doigts. Ils sont imparfaits, comme la vie. Ce ne sont pas des cheveux de vampire, luisants et sans défaut. J'aime que vous ne soyez pas une vampire, Diana.

— Et moi que vous en soyez un, Matthew. (Une ombre passa fugitivement dans son regard.) J'aime votre force, dis-je en l'embrassant avec passion. Votre intelligence. Et parfois même votre côté autoritaire. Mais plus que tout, j'aime votre parfum.

— Vraiment ?

— Oui, dis-je en enfouissant mon nez dans son cou, là où j'avais appris à reconnaître que le parfum était le plus fort.

— Il est tard. Vous devez vous reposer, dit-il en me lâchant à contrecœur.

— Venez dormir avec moi.

Il ouvrit de grands yeux surpris et je me sentis rougir. Il posa ma main sur son cœur. Je sentis un unique battement, puissant.

— Je vous rejoindrai, mais je ne resterai pas. Nous avons le temps, Diana. Vous ne me connaissez que depuis quelques semaines. Nous n'avons pas besoin de nous précipiter.

C'étaient bien là des paroles de vampire.

Il perçut ma tristesse et m'attira contre lui pour m'embrasser longuement.

— C'est un avant-goût, dit-il. De ce qui viendra. Plus tard.

Pour moi, le moment était venu. Mais mes lèvres tour à tour glacées et brûlantes me firent me demander un instant si j'étais vraiment prête.

Je vis en entrant dans la chambre des dizaines de bougies et un feu crépitant. Comment Matthew avait réussi à monter, à changer toutes ces bougies et à les allumer pour qu'elles brûlent encore lorsque j'arriverais, c'était un mystère. Mais comme il n'y avait pas le moindre appareil électrique dans la chambre, je lui fus doublement reconnaissante de cette attention.

En me changeant dans la salle de bains, la porte entrebâillée, j'écoutai les projets de Matthew pour le lendemain. Il était question d'une longue promenade, d'une autre sortie à cheval et d'étude dans le bureau.

J'acceptai tout, à condition de pouvoir commencer par travailler. Le manuscrit alchimique m'appelait et j'avais hâte de le voir de plus près.

Je montai dans l'immense lit à baldaquin et il me borda avant de moucher les bougies.

— Chantez pour moi, dis-je en voyant ses doigts courir de flamme en flamme. Une vieille chanson, de celles qui plaisent à Marthe.

Je n'avais pas manqué de remarquer le penchant malicieux de la gouvernante pour les chansons d'amour. Il continua de moucher les bougies sans un mot jusqu'à ce que la chambre s'enfonce dans la pénombre, puis il commença à chanter de sa voix de baryton.

*Ni muer ni viu ni no guaris,*
*Ni mal no'm sent e si l'ai gran,*
*Quar de s'amor no suy devis,*
*No sai si ja n'aurai ni quan,*
*Qu'en lieys es tota le merceçs*
*Que'm pot sorzer o decazer.*

C'était une chanson pleine de passion mêlée de tristesse. Il termina le temps de me rejoindre, laissant une seule bougie allumée auprès du lit.

— Que signifient les paroles ? demandai-je en tendant la main.

— *Je ne meurs ni ne vis ni ne guéris, et si grand soit mon mal, je ne le sens point, car je ne suis point séparé de son amour*, traduisit-il en se penchant pour me baiser le front. *Je ne sais si je le gagnerai jamais, car en elle est toute la grâce qui peut m'élever ou m'abaisser*.

— Qui a écrit cela ? demandai-je, notant combien les paroles étaient faites pour un vampire.

— Mon père, pour Ysabeau. Mais quelqu'un d'autre s'en est attribué le mérite, dit-il avec un sourire.

Il continua de fredonner l'air en redescendant, tandis que je restais dans son lit, seule, à regarder la dernière bougie se consumer.

# 21

Un vampire chargé d'un plateau de petit déjeuner m'accueillit le lendemain matin après ma douche.

— J'ai dit à Marthe que vous vouliez travailler ce matin, expliqua Matthew en soulevant la cloche.

— Vous me gâtez, tous les deux, dis-je en dépliant la serviette qui m'attendait sur la chaise.

— Je ne pense pas que vous soyez en danger de ce côté-là, répondit-il en se baissant pour me donner un long baiser, le regard brumeux. Avez-vous bien dormi ?

— Très bien.

Je pris l'assiette, rougissant au souvenir de l'invitation que je lui avais faite la veille. J'étais encore un peu piquée qu'il ait aimablement décliné, mais le baiser de ce matin confirmait que nous avions franchi les limites de l'amitié pour entrer dans un nouveau territoire.

Le petit déjeuner terminé, nous descendîmes et nous mîmes au travail devant nos ordinateurs. Matthew avait laissé un exemplaire tout à fait ordinaire du XIX^e^ siècle d'une des premières traductions anglaises de la Bible près de son manuscrit.

— Merci, dis-je en la prenant.

— Je l'ai trouvée en bas. Apparemment, celle que j'ai ne vous suffisait pas, sourit-il.

— Je refuse de traiter une bible de Gutenberg comme un ouvrage de référence, Matthew, répondis-je avec une sévérité qui me surprit.

— Je connais la Bible en long, en large et en travers. Si vous avez une question, il suffit de me demander.

— Je refuse de vous considérer comme un ouvrage de référence aussi.

— Comme il vous plaira, sourit-il.

Mon ordinateur à portée de main et le manuscrit alchimique devant moi, je fus bientôt absorbée par ma lecture, analysant et prenant des notes. Un petit incident survint lorsque je demandai à Matthew de quoi maintenir les pages pendant que je tapais. Il fouilla un peu partout et trouva une médaille en bronze représentant Louis XIV et un petit pied en poids qu'il déclara provenir d'un angelot allemand. Il exigea que je promette de les lui rendre et c'est seulement au prix de plusieurs baisers qu'il accepta de s'en séparer.

L'*Aurora Consurgens*, l'un des plus beaux textes de la tradition alchimique, était une méditation sur la figure féminine de la Sagesse doublée d'une étude de l'alliance « chymique » de deux forces naturelles opposées. Le texte de l'exemplaire de Matthew était presque identique à ceux que j'avais consultés à Zurich, à Glasgow et à Londres. Mais les illustrations étaient tout à fait différentes.

L'auteur, Bourgot Le Noir, était véritablement au sommet de son art. Chaque enluminure était précise et magnifiquement exécutée. Mais son talent ne se bornait pas à une simple maîtrise technique. Ses représentations des personnages féminins témoignaient d'une sensibilité différente. La Sagesse de Bourgot débordait d'énergie, mais elle avait aussi en elle une certaine douceur. Sur la première image, où la Sagesse protégeait l'incarnation des sept métaux sous sa cape, elle arborait une farouche expression de fierté maternelle.

Il y avait deux enluminures qui ne figuraient dans aucun autre exemplaire connu de l'ouvrage – comme l'avait promis Matthew. Elles apparaissaient dans la parabole finale, consacrée aux noces chymiques de l'or et de l'argent. La première illustrait les paroles prononcées par le principe femelle de la transmutation alchimique. Souvent représentée sous les traits d'une reine vêtue de blanc et portant le symbole de la lune pour signaler son association avec l'argent, sous les pinceaux de Bourgot, elle devenait une splendide et terrifiante créature aux cheveux hérissés de serpents argentés, le visage plongé dans l'ombre comme la lune éclipsée par le soleil. Je traduisis mentalement le texte latin qui l'accompagnait : *Tourne-toi vers moi de tout ton cœur. Ne te refuse pas à moi parce que je suis plongée dans l'ombre. Le feu du soleil m'a altérée. Les mers m'ont entourée. La terre a été corrompue à cause de mon œuvre. La nuit est tombée sur la terre quand j'ai sombré dans les fangeuses profondeurs et ma substance a été cachée.*

La Lune Reine tenait une étoile dans sa paume tendue. *Des profondeurs de l'abîme j'ai crié vers toi et des profondeurs de la terre j'appellerai ceux qui passent auprès de moi. Regarde-moi. Vois-moi. Et si tu en trouves un autre tel que moi, je lui donnerai l'étoile du matin.* L'illustration de Bourgot donnait vie au texte avec l'expression de la Lune Reine mêlant crainte du refus et farouche fierté.

La deuxième illustration apparaissait sur la page suivante et accompagnait les paroles du principe mâle, le Soleil Roi. Les poils se hérissèrent sur ma nuque quand je vis la représentation d'un lourd sarcophage de pierre dont le couvercle entrebâillé révélait le corps doré qu'il abritait. Les yeux du roi étaient paisiblement clos, et son visage exprimait un espoir, comme s'il rêvait de sa libération. *Je me lèverai désormais et marcherai dans la ville. Dans ses rues, je chercherai pour l'épouser une femme pure douée d'un beau visage, d'un corps plus beau encore et vêtue du plus beau vêtement. Elle écartera la pierre de mon tombeau et me donnera les ailes d'une colombe afin que je puisse voler avec elle au firmament pour y vivre éternellement dans le repos.*

Le passage me fit penser à l'insigne de Béthanie et au cercueil d'argent de Lazare. Je tendis la main vers la Bible.

— Marc XVI, psaumes 55 et Deutéronome XXXII, verset 40, énonça calmement Matthew.

— Comment avez-vous su ce que je lisais ? demandai-je en me redressant.

— Vos lèvres bougeaient, répondit-il en continuant à taper.

Avec une moue, je revins à mon texte. L'auteur s'était inspiré de tous les passages de la Bible qui traitaient de la mort de la Création en les paraphrasant et les mélangeant. Je tirai la Bible vers moi. Elle était reliée en cuir noir et la couverture était ornée d'une croix dorée. Je l'ouvris à l'Évangile selon saint Marc et parcourus le chapitre XVI. Je trouvai la référence, XVI:3 : *Elles disaient entre elles : Qui nous roulera la pierre loin de l'entrée du sépulcre ?*

— Vous l'avez ? demanda aimablement Matthew.

— Oui.

— Parfait.

Un silence.

— Où se trouve le vers sur l'étoile du matin ?

Parfois, mon éducation païenne était un sérieux handicap professionnel.

— Apocalypse II:28.
— Merci.
— C'est un plaisir, répondit-il avec un petit rire.

Au bout de deux heures à lire de minuscules lettres gothiques manuscrites et à chercher des références bibliques, j'étais plus que prête à partir en promenade quand Matthew proposa de faire une pause. Il me promit même de me raconter durant le déjeuner comment il connaissait le médecin du XVIIe siècle William Harvey.

— Ce n'est pas très intéressant, avait-il protesté devant mon enthousiasme.

— Peut-être pas pour vous. Mais pour une historienne des sciences ? C'est presque comme si je pouvais rencontrer en personne l'homme qui a compris que le cœur fonctionne comme une pompe.

Nous n'avions guère vu le soleil depuis que nous étions arrivés à Sept-Tours, mais nous ne nous en souciions ni l'un ni l'autre. Matthew était plus détendu et moi, j'étais étonnamment heureuse d'avoir quitté Oxford. Les menaces de Gillian, la photo de mes parents et même Peter Knox – tout s'éloignait à mesure que le temps passait.

Quand nous sortîmes dans les jardins, Matthew se lança dans une explication sur un problème concernant des résultats d'analyse. Il dessina un chromosome dans les airs, montrant l'endroit où manquait quelque chose et j'opinai, sans pour autant avoir compris grand-chose. Il continua de parler en me prenant par l'épaule et en m'attirant à lui.

Nous contournâmes des haies. Un homme en noir se tenait devant la grille que nous avions passée la veille. À sa manière de s'appuyer contre un châtaignier, avec toute l'élégance d'un léopard aux aguets, je soupçonnai que c'était un vampire.

Matthew me fit passer derrière lui.

L'homme se détacha souplement du tronc et marcha vers nous. Mes soupçons furent confirmés par sa peau d'un blanc surnaturel et ses immenses yeux sombres que faisait ressortir sa tenue. Il était vêtu de cuir noir de la tête aux pieds : manifestement, il se souciait peu d'être visiblement différent. Son expression de fauve était la seule imperfection dans son visage angélique, aux traits symétriques et aux cheveux noirs bouclés descendant jusqu'à son col. Il était plus petit, d'une moindre carrure que Matthew, mais il exsudait la puissance. Je sentis son regard glacial pénétrer jusque sous ma peau.

— Domenico, dit Matthew calmement, mais d'une voix plus forte que d'habitude.

— Matthew.

Le regard qu'il posa sur lui était rempli de haine.

— Cela fait des années, reprit Matthew d'un ton égal, comme s'ils avaient l'habitude de se croiser.

— À quand cela remonte-t-il ? répondit Domenico d'un air songeur. À Ferrare ? Nous combattions tous les deux le pape, mais pour des raisons différentes, si je ne m'abuse. Je voulais sauver Venise. Et toi, les Templiers.

— Tu dois avoir raison, fit Matthew sans le quitter des yeux.

— Et ensuite, l'ami, tu as comme disparu. Nous avons partagé tant d'aventures dans notre jeunesse, sur les mers et en Terre sainte. Venise ne manquait jamais de distractions pour un vampire comme toi, Matthew. (Domenico secoua la tête d'un air apparemment chagrin. Il avait effectivement l'air vénitien, ou du moins d'un malsain croisement entre un ange et un diable.) Pourquoi n'es-tu pas venu me voir quand tu es passé entre la France et l'un de tes autres repaires ?

— Si je t'ai causé offense, Domenico, c'était sûrement il y a bien trop longtemps pour que nous nous en souciions désormais.

— Peut-être, mais une chose n'a pas changé depuis toutes ces années. Chaque fois qu'il y a un problème, il y a un Clermont dans les parages. (Il se tourna vers moi avec une expression avide.) Ce doit être la sorcière dont j'ai tant entendu parler.

— Diana, rentrez à la maison, ordonna vivement Matthew. (Le danger était palpable et j'hésitai à le laisser seul.) Partez !

Le visiteur vit quelque chose derrière moi et sourit. Une brise glacée me frôla et un bras froid et dur prit le mien.

— Domenico, dit Ysabeau de sa voix mélodieuse. Quelle visite inattendue.

— Ma dame, répondit-il en s'inclinant courtoisement, c'est un plaisir de vous voir en si excellente santé. Comment avez-vous su que j'étais là ?

— Je t'ai senti, répondit Ysabeau, méprisante. Tu arrives chez moi sans y être invité. Que dirait ta mère si elle savait que tu te comportes ainsi ?

— Si ma mère était encore en vie, nous pourrions le lui demander, répondit Domenico d'un ton hargneux.

— *Mère**, ramenez Diana à la maison.

— Bien sûr, Matthew. Nous allons vous laisser parler tous les deux, dit Ysabeau en tournant les talons et en m'entraînant.

— Je partirai plus vite si tu me laisses délivrer mon message, l'avertit Domenico. Si je dois revenir, je ne serai pas seul. Ma visite de ce jour était de politesse, Ysabeau.

— Elle n'a pas le livre, dit vivement Matthew.

— Je ne suis pas là pour le maudit livre des sorciers, Matthew. Qu'ils le gardent. Je viens de la part de la Congrégation.

Ysabeau laissa échapper un long soupir, comme si elle avait retenu son souffle pendant des jours. Une question me vint aux lèvres, mais elle me fit taire d'un regard.

— Bravo, Domenico. Je suis surpris que tu aies le temps de venir voir de vieux amis, avec toutes tes nouvelles responsabilités, cracha Matthew, méprisant. Pourquoi la Congrégation perd-elle son temps à rendre visite aux Clermont alors que des vampires laissent des cadavres vidés de leur sang partout en Europe, au vu et au su des humains ?

— Il n'est pas interdit aux vampires de se nourrir d'humains, bien que cette négligence soit regrettable. Comme tu le sais, la mort suit les vampires partout où ils vont, dit-il avec une désinvolture pour la vie humaine qui me fit frémir. Mais le pacte interdit clairement toute liaison entre un vampire et une sorcière.

Je me tournai vers lui.

— Quoi ? Qu'avez-vous dit ?

— Mais elle sait parler ! fit mine de s'extasier Domenico. Et si nous laissions la sorcière participer à cette conversation ?

Matthew m'attira à lui. Ysabeau ne me lâcha pas. Nous nous retrouvâmes bras dessus, bras dessous, une sorcière encadrée par deux vampires.

— Diana Bishop, fit Domenico avec une révérence. C'est un honneur de rencontrer une sorcière issue d'une lignée aussi ancienne et distinguée. Il reste si peu de nos vieilles familles parmi nous.

Chaque mot qu'il prononçait, si aimable fût-il, sonnait comme une menace.

— Qui êtes-vous ? demandai-je. Et en quoi mes fréquentations vous regardent-elles ?

Le Vénitien me considéra avec intérêt, puis il renversa la tête en arrière et éclata de rire.

— On m'avait dit que vous étiez aussi chicaneuse que votre père, mais j'avais refusé de le croire.

Mes doigts fourmillèrent légèrement et Ysabeau resserra un peu son étreinte.

— Aurais-je fâché votre sorcière ? lui demanda Domenico.

— Dis ce que tu as à dire et quitte nos terres, déclara calmement Matthew.

— Je suis Domenico Michele. Je connais Matthew depuis ma renaissance et Ysabeau depuis à peu près aussi longtemps. Je ne les connais bien sûr pas aussi bien que la délicieuse Louisa. Mais il ne faut pas parler légèrement des défunts, ajouta-t-il en se signant d'un air contrit.

— Tu ne devrais pas parler de ma sœur.

Matthew paraissait toujours aussi calme, mais Ysabeau lui jeta un regard assassin.

— Vous n'avez toujours pas répondu à ma question, dis-je.

Son regard étincelant me détailla sans vergogne.

— Diana, fit Matthew dans un grondement.

Jamais je ne l'avais entendu prendre ce ton avec moi. Marthe sortit des cuisines, l'air inquiète.

— Elle est plus volontaire que la plupart de ses congénères, à ce que je vois. Est-ce pour cela que tu risques tout pour la garder auprès de toi ? T'amuse-t-elle ? Ou bien as-tu l'intention de te repaître d'elle jusqu'à ce que tu t'en lasses et t'en débarrasses comme tu l'as déjà fait avec d'autres sang-chauds ?

Matthew, qui ne l'avait pas touchée depuis que nous étions à Sept-Tours, porta la main à son amulette sous son pull.

Le geste n'échappa pas à Domenico, qui poursuivit avec un sourire vindicatif :

— On se sent coupable ?

Furieuse de la manière dont il traitait Matthew, j'ouvris la bouche pour riposter.

— Diana, rentrez immédiatement, dit Matthew d'un ton qui augurait d'une déplaisante conversation ultérieure.

Il me poussa légèrement vers sa mère et s'interposa entre nous et le Vénitien. Entre-temps, Marthe était arrivée et s'était campée, les bras croisés, aux côtés de Matthew.

— Pas avant que la sorcière n'ait entendu ce que j'ai à dire. Je suis venu vous mettre en garde, Diana Bishop. Les relations entre vampires et sorcières sont interdites. Vous devez quitter cette demeure et ne plus fréquenter ni Matthew Clairmont ni sa famille. Faute de quoi, la Congrégation prendra les mesures nécessaires pour que le pacte soit respecté.

— Je ne connais pas votre Congrégation et je n'ai signé aucun pacte, ripostai-je, furieuse. Par ailleurs, les pactes n'ont aucune force de loi. Ils se concluent volontairement entre les parties.

— Seriez-vous juriste en plus d'être historienne ? Vous autres, femmes modernes, avec toute votre belle éducation, vous êtes si fascinantes. Mais les femmes sont fort peu versées en théologie, regretta-t-il. C'est pourquoi nous n'avons pas jugé qu'il valait la peine de leur offrir une éducation. Pensez-vous que nous avons adhéré aux idées de cet hérétique de Calvin lorsque nous nous sommes fait cette promesse ? Quand le pacte a été conclu, il a lié tous les vampires, démons et sorciers, du passé, du présent et de l'avenir. Ce n'est pas une voie que l'on peut choisir ou refuser à sa guise.

— Tu as fait part de ton message, Domenico, dit suavement Matthew.

— C'est tout ce que j'ai à dire à la sorcière, répliqua Domenico. J'ai autre chose pour toi.

— Dans ce cas, Diana va rentrer. Emmenez-la, *mère**, ajouta-t-il.

Cette fois, sa mère obéit immédiatement et Marthe nous emboîta le pas.

— Surtout pas, siffla-t-elle lorsque je voulus me retourner.

— D'où sortait cette créature ? demanda Marthe quand nous fûmes rentrées.

— De l'enfer, sans doute, répondit Ysabeau. (Elle effleura mon visage et retira prestement les doigts au contact de mes joues encore en feu.) Vous êtes courageuse, ma fille, mais vous vous êtes montrée imprudente. Vous n'êtes pas une vampiresse. Ne prenez pas de risque en vous querellant avec Domenico ou aucun de ses alliés. Gardez vos distances. (Elle ne me laissa pas le temps de répondre et m'entraîna précipitamment jusqu'aux cuisines puis, à travers les pièces, jusqu'à l'escalier menant à la tour de guet. Mes mollets se raidirent à la perspective de l'ascension.) Il le faut, insista-t-elle. Matthew guette notre arrivée là-haut.

La peur et la colère me firent gravir la première moitié, mais c'est la détermination qui me permit d'arriver tout en haut. En franchissant la dernière marche, je me trouvai sur une terrasse dominant tous les alentours. Une légère brise soulevait mes cheveux et des lambeaux de brume.

Ysabeau se dirigea vivement vers un mât de quatre mètres qui se dressait dans le ciel. Elle hissa une bannière noire ornée d'un ouroboros argent. L'étoffe se déploya dans la lumière avec son serpent scintillant qui se mordait la queue. Je courus jusqu'aux remparts crénelés et Domenico leva les yeux.

Un instant plus tard, une bannière semblable apparut tout en haut d'une maison du village et une cloche commença à sonner. Des gens se mirent à sortir lentement des maisons et des boutiques, levant les yeux vers Sept-Tours, où l'antique symbole de l'éternité et de la renaissance claquait dans le vent. Je jetai à Ysabeau un regard interrogateur.

— Les armes de notre famille. Afin que les villageois soient sur leurs gardes. Nous ne hissons la bannière que lorsque d'autres sont avec nous. Avec le temps, les villageois ont pris l'habitude de vivre auprès des vampires, et bien qu'ils n'aient rien à craindre de nous, nous l'avons conservée pour les moments comme celui-ci. Le monde est rempli de vampires auxquels on ne peut se fier, Diana. Domenico Michele en fait partie.

— Vous n'aviez pas besoin de me le dire. Mais qui est-ce ?

— Un des plus anciens amis de Matthew, murmura-t-elle en contemplant son fils. Ce qui en fait son plus redoutable ennemi.

Je me retournai pour voir Matthew, qui continuait à parler avec Domenico. Je vis bouger une forme noire et grise et le Vénitien fut projeté en arrière contre le châtaignier, dans un fracas qui résonna dans tout le domaine.

— Bien joué, murmura Ysabeau.

— Où est Marthe ?

— En bas. Au cas où, répondit Ysabeau sans quitter son fils des yeux.

— Domenico serait-il capable d'entrer ici et de m'égorger ?

— Ce serait trop facile, ma chère, dit-elle en posant sur moi ses yeux noirs et luisants. Il jouerait d'abord avec vous. Il agit toujours ainsi avec ses proies. Et il aime se donner en spectacle.

— Je peux me défendre, répondis-je d'une voix mal assurée.

— Certainement, si vous avez autant de pouvoir que le croit Matthew. Les sorcières savent très bien se protéger, à ce que je sais, avec un peu d'effort et un soupçon de courage.

— Qu'est-ce que c'est que cette Congrégation dont il a parlé ?

— Un conseil de neuf membres, trois de chaque ordre, démons, sorciers et vampires. Il a été fondé durant les croisades pour empêcher que nous dévoilions notre existence aux humains. Nous étions imprudents et nous nous mêlions trop de leurs affaires politiques et autres folies, répondit-elle avec aigreur. L'ambition, l'orgueil et des créatures cupides comme Michele, qui ne se satisfaisaient jamais de ce que la vie leur donnait et voulaient toujours plus. Voilà ce qui a conduit au pacte.

— Et vous avez accepté certaines conditions ?

Il était grotesque de penser qu'une promesse faite par des créatures au Moyen Âge puisse concerner Matthew et moi.

Elle hocha la tête. Le vent souleva quelques mèches de ses cheveux couleur miel et les fit voler sur son visage.

— Quand nous nous mélangions les uns aux autres, nous étions trop visibles. Quand nous nous mêlions des affaires des humains, notre habileté les rendait soupçonneux. Ces pauvres êtres ne sont pas bien vifs, mais ils ne sont pas totalement sots non plus.

— Par « mêler », vous ne parlez pas de dîners ou de bals.

— L'un comme l'autre étaient interdits, ainsi que s'embrasser ou chanter ensemble, répliqua-t-elle. Et ce qui suit danses et baisers était également interdit. Nous débordions d'arrogance avant d'accepter le pacte. Nous étions plus nombreux et nous avions pris l'habitude de nous emparer de ce qui nous plaisait, à n'importe quel prix.

— Sur quoi d'autre porte le pacte ?

— Pas de politique ni de religion. Trop de papes et de princes étaient des créatures. Il devenait difficile de passer d'une vie à l'autre une fois que les humains ont commencé à rédiger leurs chroniques. (Elle frémit.) Les vampires avaient du mal à feindre la mort, puis à réapparaître dans une nouvelle vie, avec les humains qui mettaient leur nez partout.

Je jetai un rapide coup d'œil à Matthew et à Domenico, mais ils continuaient à parler devant les murailles.

— Donc, répétai-je en énumérant les conditions. Pas de mélange entre les différents types de créatures. Pas de carrières dans la religion ou la politique humaines. Autre chose ?

Apparemment, la xénophobie de ma tante et son farouche refus de me laisser faire du droit provenaient d'une interprétation maladroite de cet ancien accord.

— Oui. Si une créature enfreint le pacte, la Congrégation est chargée de mettre un terme à cette négligence et de faire respecter le serment.

— Et si *deux* créatures l'enfreignent ?

Il y eut un long silence tendu.

— À ma connaissance, ce n'est jamais arrivé, dit-elle d'un ton lugubre. C'est d'ailleurs une excellente chose que vous et Matthew ne l'ayez pas enfreint.

La veille, j'avais demandé à Matthew de venir dormir avec moi. Pour moi, c'était anodin, mais lui savait. Il n'avait pas hésité parce qu'il doutait de ses sentiments ou des miens. C'était parce qu'il voulait savoir jusqu'où il pouvait aller avant que la Congrégation intervienne.

La réponse n'avait pas tardé. On n'allait pas nous permettre d'aller bien loin.

Mon soulagement laissa rapidement la place à la colère. Si personne ne s'était plaint, à mesure que notre relation aurait évolué, il ne m'aurait peut-être jamais parlé de la Congrégation ou du pacte. Et son silence aurait eu des conséquences sur ma relation avec ma famille et sur les siennes avec sa famille. J'aurais peut-être vécu jusqu'à mon dernier jour en croyant que ma tante et Ysabeau étaient remplies de préjugés. Alors qu'en réalité, elles respectaient une promesse faite autrefois – ce qui n'était pas moins compréhensible, mais plus excusable.

— Votre fils doit cesser de me cacher des choses, m'emportai-je, sentant mes doigts qui fourmillaient déjà. Et vous devriez moins vous soucier de la Congrégation que de ce que je vais faire la prochaine fois que je le verrai.

— Vous n'aurez guère le temps avant qu'il vous reproche d'avoir mis en doute son autorité devant Domenico, ricana-t-elle.

— Je ne suis pas sous l'autorité de Matthew.

— Ma chère, il vous reste beaucoup à apprendre sur les vampires, dit-elle avec satisfaction.

— Et vous sur moi. Et la Congrégation aussi.

Elle me prit par les épaules, ses doigts s'enfonçant dans ma chair.

— Ce n'est pas un jeu, Diana ! Matthew serait tout à fait prêt à tourner le dos aux créatures qu'il connaît depuis des siècles pour protéger votre droit d'être ce que vous voulez au cours de votre brève existence. Je vous supplie de ne pas le laisser faire. Ils le tueront s'il persiste dans cette voie.

— Il est assez grand pour décider lui-même, Ysabeau, répliquai-je froidement. Je n'ai pas à dire à Matthew ce qu'il doit faire.

— Non, mais vous avez le pouvoir de l'éconduire. Dites-lui que vous refusez d'enfreindre le pacte pour lui, pour son bien, ou que vous n'éprouvez pour lui rien de plus que de la curiosité, un défaut pour lequel les sorciers sont bien connus. (Elle me repoussa.) Si vous l'aimez, vous saurez quoi dire.

— C'est terminé, cria Marthe depuis l'escalier.

Nous nous précipitâmes aux remparts. Un cavalier monté sur un cheval noir sortait au galop de l'écurie et sautait la clôture, puis il s'enfonça dans la forêt.

# 22

Nous avions attendu dans le salon, toutes les trois, depuis qu'il était parti avec Balthasar en fin de matinée. À présent, les ombres du crépuscule s'allongeaient. Un humain aurait été à moitié mort de devoir maîtriser l'énorme cheval pendant si longtemps en pleine campagne. Cependant, les événements du matin m'avaient rappelé que Matthew n'était pas un humain, mais un vampire – avec de nombreux secrets, un passé compliqué et d'effrayants ennemis.

Une porte claqua à l'étage.

— Il est rentré. Il va aller dans la chambre de son père, comme toujours quand il est préoccupé, expliqua Ysabeau.

La jeune et belle femme qu'était la mère de Matthew contempla le feu, pendant que je me tordais les mains, refusant tout ce que Marthe me proposait. Je n'avais rien mangé depuis le matin, mais la sensation de vide que j'éprouvais n'avait rien à voir avec la faim.

J'étais anéantie, entourée par les débris de ma vie jusque-là si ordonnée. Mon diplôme d'Oxford, mon poste à Yale et mes livres si méticuleusement documentés et rédigés avaient donné un sens et une forme à ma vie. Mais rien de tout cela ne pouvait me réconforter. Mon irruption dans cet univers inconnu, rempli de vampires et de sorciers menaçants, me laissait à vif et je sentais en moi une fragilité nouvelle, provoquée par un vampire et par le bourdonnement invisible mais indéniable du sang de sorcière dans mes veines.

Matthew vint enfin nous rejoindre après s'être lavé et changé. Il me chercha aussitôt des yeux et je sentis le frôlement glacé m'effleurer. Il parut soulagé en constatant que j'étais indemne.

Ce fut le dernier signe réconfortant et familier que je décelai en lui.

Le vampire qui était entré n'était pas le Matthew que je connaissais. Ce n'était pas l'élégante et charmante créature qui s'était insinuée dans ma vie avec un sourire moqueur et des invitations à déjeuner. Ni même le scientifique absorbé par son travail, s'interrogeant sur les raisons de sa présence en ce monde. Pas plus que le Matthew qui m'avait prise dans ses bras et passionnément embrassée la veille.

Ce Matthew était froid et impassible. Le peu de douceur qu'il possédait jusque-là – sur ses lèvres, dans la délicatesse de ses mains – avait été remplacé par de la dureté. Il paraissait plus âgé que dans mon souvenir, avec un mélange de lassitude et de distance prudente qui me rappela qu'il avait presque quinze cents ans.

Une bûche s'effondra dans l'âtre, dans une gerbe d'étincelles rouge sang.

*D'abord, rien n'apparaît en dehors de cette couleur : rouge. Puis elle prend une texture, des mèches rousses semées çà et là d'or et d'argent. Des cheveux. Ceux de Sarah. Je saisis les courroies de mon sac à dos et le laisse tomber sur le sol du salon avec la même autorité bruyante que mon père quand il déposait son attaché-case près de la porte.*

*— Je suis rentrée ! (Ma voix d'enfant, vive et aiguë.) Il y a des cookies ?*

*La tête de Sarah se tourne, rouge et orange, illuminée par les derniers rayons du soleil de l'après-midi.*

*Mais son visage est d'un blanc pur.*

*Le blanc domine toutes les autres couleurs, vire à l'argent et prend l'aspect d'écailles de poissons. Une cotte de mailles recouvrant une silhouette musclée et familière. Matthew.*

*— J'en ai assez.*

*Ses mains blanches déchirent une tunique noire ornée d'une croix d'argent. Il la jette aux pieds de quelqu'un, tourne les talons et s'éloigne.*

En un clin d'œil, la vision disparut, remplacée par l'atmosphère chaleureuse du salon de Sept-Tours, mais la certitude de ce qui venait de se passer demeura. Comme pour le vent sorcier, rien n'avait annoncé l'apparition de cette nouvelle faculté chez moi. Les visions de ma mère lui étaient-elles venues avec la même soudaineté et la même clarté ? Je balayai la pièce du regard, mais la seule personne qui semblait avoir remarqué quelque chose d'étrange était Marthe, qui me jeta un regard inquiet.

Matthew s'avança vers Ysabeau et lui baisa les deux joues.

— Je suis vraiment désolé, *mère**, murmura-t-il.

— Allons, il a toujours été un porc. Ce n'est pas votre faute, répondit-elle en lui prenant la main. Je suis heureuse de vous voir rentré.

— Il est parti. Il n'y a aucune raison de s'inquiéter pour cette nuit, ajouta Matthew, mâchoires serrées.

— Buvez, dit Marthe en apportant un verre de vin à Matthew et une tasse de thé pour moi.

— Merci, Marthe. (Il but une longue gorgée. Son regard passa brièvement sur moi et se détourna aussitôt.) Mon téléphone, dit-il en levant les yeux vers son bureau.

Il redescendit un instant plus tard.

— C'est pour vous, dit-il.

Il fit bien attention à ne pas me toucher lorsqu'il me le tendit. Je sus qui était à l'autre bout du fil.

— Bonjour, Sarah.

— Cela fait huit heures que j'essaie de te joindre ! Qu'est-ce qui se passe ?

Sarah savait que quelque chose n'allait pas, sans quoi elle n'aurait pas appelé un vampire. Sa voix tendue me rappela le visage blanc de ma vision. Un visage non seulement triste, mais effrayé.

— Tout va bien, dis-je, ne voulant pas l'inquiéter davantage. Je suis avec Matthew.

— C'est être avec lui qui a commencé à te valoir des ennuis.

— Sarah, je ne peux pas parler, là.

Je n'avais surtout pas envie de me disputer avec ma tante.

— Diana, il y a quelques petites choses que tu dois savoir avant de décider de t'acoquiner avec un vampire.

— Vraiment ? m'emportai-je. Tu crois que c'est le moment de me parler du pacte ? Est-ce que tu ne connaîtrais pas les sorciers qui sont actuellement membres de la Congrégation, par hasard ? J'aurais deux mots à leur dire.

Mes doigts commençaient à me brûler et sous mes ongles, la peau virait au bleu ciel.

— Tu refusais ton pouvoir, Diana, et tu ne voulais pas parler de magie. Le pacte ne te concernait pas, pas plus que la Congrégation, se défendit-elle.

J'éclatai d'un rire sarcastique et mes doigts reprirent leur couleur normale.

— Justifie cela comme tu voudras, Sarah. Après le meurtre de papa et maman, Em et toi auriez dû m'en parler, au lieu de vous réfugier dans de mystérieuses demi-vérités. Mais il est trop tard, à présent. Il faut que je parle avec Matthew. Je te rappellerai demain.

Ayant raccroché et posé brutalement le téléphone sur le repose-pied, je fermai les yeux et attendis que diminue le fourmillement dans mes doigts.

Les trois vampires m'observaient, je le sentais.

— Alors, commençai-je. Devons-nous attendre d'autres visites de cette Congrégation ?

— Non, répondit sèchement Matthew. (C'était laconique, mais au moins, c'était ce que je voulais entendre. Ces derniers jours, j'avais apprécié que les sautes d'humeur de Matthew soient plus rares et j'avais presque oublié combien elles étaient effrayantes. La suite m'ôta tout espoir de le voir reprendre son calme.) Nous n'aurons plus aucune visite de la Congrégation, parce que nous n'allons pas enfreindre le pacte. Nous allons rester ici encore quelques jours, puis nous retournerons à Oxford. Cela vous convient-il, *mère** ?

— Bien sûr, répondit aussitôt Ysabeau avec un soupir de soulagement.

— Nous devrions laisser l'étendard hissé, continua Matthew. Le village doit rester sur ses gardes.

Ysabeau hocha la tête et son fils but une autre gorgée de vin. Je leur jetai un regard interrogateur, mais ils ne réagirent pas.

— Cela ne fait que quelques jours que nous avons quitté Oxford.

— Eh bien, maintenant, vous y retournez, répondit Matthew. En attendant, il n'y aura pas de promenades dans la propriété ni de chevauchées toute seule.

Sa froideur était plus effrayante que tout ce qu'avait pu dire Domenico.

— Et ?

— Plus de danse, répondit-il d'un ton qui sous-entendait que cela incluait tout un tas d'autres activités. Nous allons respecter les règles de la Congrégation. Si nous cessons d'attirer leur attention, ils s'occuperont de questions plus importantes.

— Je vois. Vous voulez que je fasse la morte. Et vous allez renoncer à vos travaux et à l'Ashmole 782. Je refuse de le croire, dis-je en me levant pour sortir.

Matthew m'empoigna le bras sans ménagement, avec une vitesse qui violait toutes les lois de la physique.

— Asseyez-vous, Diana.

— Pourquoi cédez-vous ? murmurai-je.

— Pour éviter que les humains perçoivent notre existence. Et pour vous garder en vie. (Il me ramena vers le sofa et me fit asseoir.) Cette famille n'est pas une démocratie, surtout en un moment pareil. Quand je vous dis de faire quelque chose, vous le faites, sans hésiter ni discuter. C'est compris ? conclut-il d'un ton sans réplique.

— Sinon quoi ? le défiai-je.

Il posa son verre, qui étincela dans la lumière des bougies. Je me sentis tomber, cette fois dans un bassin rempli d'eau.

*Le bassin devient une goutte, puis une larme qui scintille sur une joue blanche.*

*Les joues de Sarah ruissellent de larmes, elle a les yeux rouges et gonflés. Em est dans la cuisine. Elle nous rejoint et je vois qu'elle aussi a pleuré. Elle a l'air effondrée.*

*— Qu'y a-t-il ? demandé-je, le cœur serré. Qu'est-il arrivé ?*

*Sarah essuie ses larmes. Ses doigts sont encore tachés des herbes et des poudres qu'elle a utilisées pour jeter un sort.*

*Ses doigts s'allongent, les taches disparaissent.*

*— Qu'y a-t-il ? demande Matthew, le regard éperdu, essuyant une larme de sang sur une joue blanche. Qu'est-il arrivé ?*

*— Les sorciers. Ils détiennent votre père, répond Ysabeau d'une voix brisée.*

La vision s'évanouit et je me tournai vers Matthew, espérant que ses yeux dissiperaient mon trouble. À peine nos regards se croisèrent qu'il fondit sur moi. Mais je n'éprouvai rien du réconfort habituel de sa présence.

— Je vous tuerai de mes propres mains avant de laisser quiconque vous faire du mal, dit-il d'une voix étranglée. Et je ne désire pas vous tuer. Aussi, faites ce que je vous dis, je vous en prie.

— Alors c'est tout ? parvins-je à dire enfin. Nous allons nous plier à un accord stupide conclu il y a mille ans ? La discussion est close ?

— Il ne faut pas que vous soyez l'objet de la surveillance de la Congrégation. Vous ne maîtrisez pas votre magie et vous ne comprenez pas votre relation avec l'Ashmole 782. À Sept-Tours, vous êtes peut-être à l'abri de Peter Knox, Diana, mais je vous ai déjà dit que vous n'êtes pas en sûreté auprès de vampires. Aucun sang-chaud ne l'est jamais.

— Vous ne me ferez jamais de mal.

Malgré ce qui était arrivé ces derniers jours, j'en étais absolument certaine.

— Vous persistez à avoir cette vision romantique des vampires, mais malgré toute ma volonté, j'ai le goût du sang.

— Vous avez tué des humains, dis-je avec un geste désinvolte. Je le sais, Matthew. Vous êtes un vampire et vous avez vécu des siècles. Pensiez-vous que j'imaginais que vous ne vous étiez nourri que d'animaux ?

Ysabeau scruta son fils.

— Dire que vous savez que j'ai tué des humains et comprendre ce que cela signifie, ce sont deux choses différentes, Diana. Vous n'avez aucune idée de ce dont je suis capable.

Il porta la main à l'ampoule de Béthanie et s'éloigna de moi d'un pas rapide.

— Je sais qui vous êtes.

Cela aussi, j'en étais certaine. Je me demandai ce qui me rendait instinctivement aussi sûre de lui, alors que s'accumulaient les preuves de la brutalité des vampires – et des sorciers.

— Vous ne vous connaissez pas vous-même. Et il y a trois semaines, vous ignoriez tout de moi.

Ses mains tremblaient autant que les miennes, mais cela m'inquiéta moins que de voir Ysabeau se pencher en avant sur son siège. Matthew alla s'occuper du feu. Quand il rangea le tisonnier, le métal crissa contre la pierre et l'entama comme s'il s'était agi de beurre.

— Nous allons trouver comment arranger la situation. Accordons-nous un peu de temps, tentai-je de l'apaiser.

— Il n'y a rien à arranger, répondit-il en arpentant la pièce. Vous possédez un trop grand pouvoir incontrôlé. C'est comme une drogue, hautement addictive, dangereuse, que d'autres créatures cherchent à tout prix à s'approprier. Vous ne serez jamais en sécurité auprès de vampires ou de sorciers. (Avant que j'aie eu le temps de répondre, il avait fondu sur moi et me soulevait du bout de ses doigts glacés.) Je suis un prédateur, Diana, dit-il avec la voix séductrice d'un amant. (Le capiteux parfum de girofle me tourna la tête.) Je dois chasser et tuer pour survivre.

Il me tourna brutalement la tête, découvrant mon cou. Ses yeux avides se posèrent sur ma gorge.

— Matthew, repose Diana à terre.

Ysabeau avait parlé sans inquiétude et le comportement de Matthew n'avait pas ébranlé ma confiance en lui. Il voulait m'effrayer, mais je n'étais pas véritablement en danger, pas comme en présence de Domenico.

— Elle est convaincue de me connaître, *mère**, gronda-t-il. Mais elle ne sait pas ce que c'est, quand le désir de sang-chaud vous noue le ventre, au point que cela vous rend fou. Elle ignore combien nous aimons sentir le sang d'un autre cœur courir dans nos veines. Et combien il m'est difficile de rester là, si près d'elle, et de ne pas la goûter.

Ysabeau se leva, mais elle n'avança pas.

— Ce n'est pas le moment de le lui apprendre, Matthew.

— Voyez-vous, ce n'est pas simplement que je pourrais vous tuer sur-le-champ, continua-t-il sans relever. Je pourrais me nourrir de vous lentement, prendre le temps que votre sang se régénère, pour recommencer le lendemain.

Sa main descendit de mon menton à mon cou et son pouce effleura ma jugulaire, comme s'il cherchait l'endroit où planter ses dents.

— Cessez, dis-je sèchement.

Son petit numéro d'épouvante avait assez duré. Matthew me laissa retomber, et le temps que mes pieds et mes mains touchent le sol, il était déjà de l'autre côté de la pièce et me tournait le dos, la tête basse.

Je fixai le motif du tapis devant moi.

*Un tourbillon de couleurs, trop nombreuses pour que je puisse les discerner, bouge sous mes yeux.*

*Des feuilles qui dansent dans le ciel, vertes, brunes, bleues et or.*

*— C'est ton père et ta mère, explique Sarah d'une voix tendue. Ils ont été tués. Ils ne sont plus là, ma chérie.*

Je relevai la tête vers le vampire, qui me tournait toujours le dos.

— Non, dis-je en secouant la tête.

— Qu'y a-t-il, Diana ?

*Le tourbillon de couleurs attire de nouveau mon attention, vert, brun, bleu, or. Ce sont des feuilles, emportées par le courant, qui tombent autour de moi. Un arc de bois poli est posé près d'un carquois presque vide et de flèches éparpillées.*

*Je tends la main vers l'arc et je sens une corde s'enfoncer dans ma chair.*

— Matthew, s'alarma Ysabeau en humant délicatement l'air.

— Je sais, j'ai senti, répondit-il.

*Il est à toi*, murmura une voix inconnue. *Tu ne dois pas le laisser partir*.

— Je sais, murmurai-je avec impatience.

— De quoi parlez-vous, Diana ? demanda Matthew en s'avançant.

Marthe se précipita à mes côtés.

— Laisse-la, siffla-t-elle. Cette enfant n'est plus dans notre monde.

Je n'étais nulle part, prise entre l'affreuse douleur de perdre mes parents et la certitude que bientôt, Matthew aurait disparu.

*Prends garde*, m'avertit la voix inconnue.

— Il est trop tard pour cela. (Je levai une main et l'abattis sur l'arc, qui se brisa en deux.) Beaucoup trop tard.

— Qu'est-ce qui est trop tard ? interrogea Matthew.

— Je suis tombée amoureuse de vous.

— C'est impossible, dit-il dans le silence qui avait envahi la pièce. Il est trop tôt.

— Pourquoi les vampires ont-ils une attitude aussi étrange à l'égard du temps ? demandai-je distraitement, toujours prise entre passé et présent. Les sorcières n'ont pas des siècles devant elles pour tomber amoureuses. Nous sommes rapides. Selon Sarah, ma mère est tombée amoureuse de mon père au premier regard. Je vous ai aimé depuis l'instant où j'ai décidé de ne pas vous donner un coup de rame, sur le ponton municipal d'Oxford.

Le sang commença à bourdonner dans mes veines et Marthe parut surprise, l'entendant apparemment elle aussi.

— Vous ne comprenez pas.

— Si. La Congrégation essaiera de m'arrêter, mais elle n'a pas à me dire qui je dois aimer.

Quand mes parents m'avaient été enlevés, j'étais une enfant qui n'avait pas le choix et faisait ce qu'on lui disait. À présent, j'étais adulte et prête à me battre pour Matthew.

— La visite de Domenico n'est rien en comparaison de ce que vous pouvez attendre de la part de Peter Knox. Aujourd'hui, c'était une tentative de rapprochement diplomatique. Vous n'êtes pas prête à vous mesurer à la Congrégation, Diana, quoi que vous pensiez. Et si vous leur tenez tête, qu'arrivera-t-il ? Si vous ravivez d'anciennes querelles, elles risquent de vous échapper et de nous signaler à l'attention des humains. Votre famille pourrait en souffrir.

Il avait parlé brutalement afin que je réfléchisse. Mais rien de ce qu'il disait n'avait de valeur devant les sentiments que j'éprouvais pour lui.

— Je vous aime et je ne compte pas m'arrêter.

De cela aussi, j'étais certaine.

— Vous n'êtes pas amoureuse de moi.

— Je décide qui j'aime, comment et quand. Arrêtez de me dire ce que je dois faire, Matthew. Ma conception des vampires est peut-être romantique, mais vous devriez revoir celle que vous avez des femmes.

Avant qu'il ait pu répondre, son téléphone sonna sur le repose-pied. Il poussa un juron en occitan qui devait être redoutable, car même Marthe eut l'air choquée, et il s'empara de l'appareil.

— De quoi s'agit-il ? demanda-t-il sans me quitter des yeux. (Une voix grésilla à l'autre bout du fil et Marthe et Ysabeau échangèrent un regard inquiet.) Quand ? s'écria-t-il. Ont-ils pris quoi que ce soit ? Dieu merci. Y a-t-il des dégâts ? (Il était arrivé quelque chose à Oxford pendant notre absence, apparemment un cambriolage. J'espérai que ce n'était pas à Old Lodge. Son correspondant continua ses explications. Matthew se passa une main sur les yeux.) Quoi d'autre ? demanda-t-il. (Il se détourna et alla s'appuyer à la cheminée.) Bravo pour la diplomatie. Je serai là dans quelques heures. Peux-tu venir me chercher ? (Nous rentrions à Oxford. Je me levai.) Très bien. Je t'appelle quand j'atterris. Marcus ? Trouve-moi qui fait partie de la Congrégation en dehors de Peter Knox et de Domenico Michele.

Peter Knox ? Les pièces du puzzle commençaient à se mettre en place. Rien d'étonnant à ce que Matthew soit revenu si vite à Oxford quand je lui avais dit qui était le sorcier en tweed. Cela expliquait pourquoi il tenait tant à me repousser, à présent. Nous enfreignions le pacte et c'était le rôle de Knox de le faire respecter.

Matthew resta un moment sans rien dire après avoir coupé, le poing serré.

— C'était Marcus, annonça-t-il enfin. On a essayé de forcer l'entrée du laboratoire. Il faut que je retourne à Oxford.

— Il n'y a pas eu de mal ? demanda Ysabeau avec un regard dans ma direction.

— Ils n'ont pas réussi à franchir le contrôle de sécurité. Cependant, il faut que je voie les autorités de l'université et que je m'assure que cela ne se reproduira pas.

Ce qu'il racontait ne tenait pas debout. Si les cambrioleurs avaient échoué, pourquoi n'était-il pas soulagé ? Et pourquoi secouait-il la tête devant sa mère ?

— Qui était-ce ? demandai-je.

— Marcus ne sait pas très bien.

Ce qui était étrange, étant donné l'acuité de l'odorat des vampires.

— Des humains ?

— Non.

— Je vais prendre mes affaires.

— Vous ne m'accompagnez pas, vous restez ici.

Je m'immobilisai.

— Je préfère être à Oxford, avec vous, protestai-je.

— Oxford n'est pas sûr en ce moment. Je reviendrai quand ce sera réglé.

— Vous venez de me dire que je devais y retourner ! Décidez-vous, Matthew ! Où est le danger ? Le manuscrit et les sorciers ? Peter Knox et la Congrégation ? Ou bien Domenico Michele et les vampires ?

— Mai vous n'écoutez donc pas ? C'est *moi*, le danger.

— Oh, je vous ai entendu. Mais vous me cachez quelque chose. Or c'est le travail des historiens de découvrir les secrets. Et je suis très douée pour cela. (Il voulut répliquer, mais je l'arrêtai d'un geste.) Plus d'excuses ni d'explications vaseuses. Allez à Oxford. Je resterai ici.

— Vous devriez mettre un manteau, dit Ysabeau à son fils. Les humains s'étonneront si vous ne portez qu'un pull.

— Je vais monter prendre mon ordinateur. Mon passeport est dans mon sac.

— Je m'en occupe.

Cherchant à m'éloigner un instant des Clermont, je courus dans l'escalier. Arrivée dans le bureau, je contemplai cette pièce qui était tellement à son image.

L'armure polie qui luisait à la lueur des flammes retint mon attention, tandis qu'une avalanche de visages défilait dans mon esprit comme une pluie de comètes. Je vis une femme pâle avec d'immenses yeux bleus et un doux sourire, une autre dont le menton volontaire et la pose exsudaient la détermination, un homme au nez aquilin en proie au chagrin. D'autres visages m'apparurent, mais le seul que je reconnus fut celui de Louisa de Clermont, levant devant ses yeux des doigts ensanglantés.

Je résistai à cette vision et les visages disparurent, mais je restai tremblante et stupéfaite. Les résultats de l'analyse d'ADN indiquaient que de telles visions étaient susceptibles de m'arriver. Mais rien ne les avait annoncées, pas plus que mon soudain envol la veille dans les bras de Matthew. C'était comme si on avait débouché un flacon et que ma magie, enfin libérée, en jaillissait.

Je débranchai l'ordinateur et glissai le cordon dans le sac de Matthew, où se trouvait effectivement déjà son passeport. Quand je redescendis au salon, Matthew était seul, clés à la main, un blouson en daim sur les épaules. Marthe faisait les cent pas dans le hall en marmonnant.

Je tendis à Matthew son ordinateur sans trop m'approcher pour ne pas être tentée de le toucher. Il empocha ses clés et prit le sac.

— Je sais que c'est difficile, dit-il à mi-voix. Mais vous devez me laisser m'en occuper. Et je dois être sûr que vous êtes en sécurité pendant ce temps.

— Je suis en sécurité avec vous, où que vous soyez.

— Mon nom aurait dû suffire à vous protéger, mais je me suis trompé.

— M'abandonner n'est pas la solution. Je ne comprends pas tout ce qui s'est passé aujourd'hui, mais la haine de Domenico me dépasse. Il veut détruire votre famille et tout ce qui vous est cher. Il se peut que Domenico décide que ce n'est pas le bon moment pour assouvir sa vengeance. Mais Peter Knox ? Il convoite l'Ashmole 782 et pense que je peux le lui obtenir. Ce ne sera pas aussi facile de l'écarter.

— Il acceptera si je lui propose un marché.

— Qu'avez-vous à lui proposer en échange ? Matthew ?

— Le manuscrit. Je ne toucherai ni au livre ni à vous s'il promet d'en faire autant. L'Ashmole 782 repose depuis un siècle et demi. Personne ne le réveillera.

— Vous ne pouvez pas conclure un accord avec Peter Knox, on ne peut pas lui faire confiance, dis-je, horrifiée. En plus, vous pouvez attendre tout le temps que vous voulez pour consulter ce livre. Pas Peter Knox. Votre proposition ne l'intéressera pas.

— Laissez-moi m'occuper de lui, répondit-il, bourru.

— Il faut que je vous laisse vous occuper de Domenico, il faut que je vous laisse vous occuper de Peter Knox, m'emportai-je. Et moi, qu'est-ce que vous croyez que je vais faire ? Vous m'avez dit que je n'étais pas une damoiselle en détresse. Alors arrêtez de me traiter comme telle.

— J'admets, je l'ai bien cherché, répondit-il. Mais vous avez beaucoup à apprendre sur les vampires.

— C'est ce que m'a dit votre mère. Mais vous avez aussi des choses à apprendre sur les sorcières, dis-je en croisant les bras. Allez à Oxford. Réglez tout cela. (*Et je sais bien que vous ne me raconterez rien.*) Mais pour l'amour du Ciel, Matthew, ne négociez pas avec Peter Knox. C'est à vous de décider ce que vous éprouvez pour moi, sans vous préoccuper de ce que le pacte interdit ou de ce qu'exige la Congrégation, voire de ce dont Peter Knox ou Domenico Michele vous menacent.

Mon vampire bien-aimé pencha vers moi un visage à rendre jaloux un ange.

— Vous savez ce que j'éprouve pour vous.

— Non, je ne le sais pas. Quand vous vous sentirez prêt, dites-le-moi.

Matthew hésita, mais il ne poursuivit pas. Sans un mot, il gagna la porte, puis, une fois sur le seuil, il me lança un long regard qui répandit sur moi ses flocons givrés et s'en alla.

Marthe le retrouva dans le hall. Il l'embrassa rapidement sur les joues et murmura quelque chose en occitan.

— *Compreni, compreni*, opina-t-elle énergiquement en me regardant.

— *Mercés, ambe tot mon còr*, répondit-il.

— *Al reveire ! Mèfi.*

— *T'afortissi.* (Il se tourna vers moi :) Et vous aussi, promettez-moi de faire attention. Écoutez Ysabeau.

Il partit sans un autre regard.

Je me mordis les lèvres, cherchant vainement à retenir mes larmes. J'avançai lentement vers l'escalier de la tour de guet, puis je me mis soudain à courir, en pleurs. Marthe, compréhensive, ne chercha pas à me retenir.

Quand je sortis dans l'air froid et humide, l'étendard des Clermont flottait encore et les nuages continuaient de cacher la lune. L'obscurité m'enveloppait de toute part, et l'unique être qui pouvait m'en protéger venait de partir en emportant la lumière.

Je baissai les yeux vers la cour et vis Matthew près de la Range Rover, en train de se quereller avec Ysabeau. Elle parut choquée et l'empoigna par la manche de son blouson, comme pour l'empêcher de monter dans sa voiture.

Il se dégagea d'un geste vif et assena un coup de poing sur le toit du véhicule. Je sursautai. Matthew n'avait jamais usé de sa force sur autre chose qu'une noix ou une huître en ma présence et la tôle me parut dangereusement enfoncée.

Il baissa tristement la tête. Ysabeau lui effleura la joue, puis il monta dans la voiture et prononça encore quelques mots. Sa mère hocha la tête et jeta un bref regard vers la tour. Je reculai, espérant qu'ils ne m'aient pas vue. La voiture fit demi-tour dans un crissement de gravier, puis elle s'éloigna et finit par disparaître derrière la colline. Matthew parti, je me laissai glisser contre le mur de pierre et cédai à mes larmes.

C'est alors que je découvris ce qu'était l'eau sorcière.

# 23

Avant ma rencontre avec Matthew, il n'y avait pas de place dans ma vie pour quiconque, et surtout pas un vampire de mille cinq cents ans. Mais il s'y était insinué malgré tout.

Maintenant qu'il était parti, son absence se faisait cruellement sentir. Tout en haut de la tour de guet, je cédai à mes larmes. Bientôt, il y eut de l'eau partout et je me retrouvai assise dans une flaque qui ne cessait de grandir. Il ne pleuvait pas, malgré le ciel nuageux.

L'eau venait de moi.

Mes larmes coulaient normalement, mais en tombant, elles devenaient de grosses boules qui s'écrasaient sur le sol. Mes cheveux se tordaient sur mes épaules en filets d'eau qui ruisselaient sur moi. J'ouvris la bouche pour respirer, et l'eau qui s'y engouffra avait un goût salé.

À travers ce flot, je vis Marthe et Ysabeau qui me regardaient. Les lèvres d'Ysabeau bougèrent, mais le grondement de milliers de coquillages m'empêchait de l'entendre.

Je me levai, espérant que l'eau cesserait de couler. Je voulus leur dire de laisser ce torrent m'emporter avec mon chagrin et le souvenir de Matthew, mais je ne réussis qu'à produire une autre cascade. Je levai le bras, mais de l'eau se mit à jaillir de mes doigts. Je repensai à la main de ma mère tendue vers mon père et les vagues redoublèrent.

La soudaine apparition de Domenico m'avait effrayée plus que je ne voulais l'avouer. Matthew était parti. Et j'avais juré de me battre pour lui contre des ennemis que j'étais incapable d'identifier ou de comprendre. Il était à présent évident que le passé de Matthew ne s'était pas écoulé entre livres et vins auprès d'une cheminée et au sein d'une famille aimante. Domenico avait fait allusion à des choses plus sombres, pleines d'hostilité, de danger et de mort.

Je fus vaincue par l'épuisement et l'eau m'enveloppa. Une étrange extase accompagna cette lassitude. Je flottais entre la mortalité et la promesse d'un immense et incompréhensible pouvoir. Si je cédais à ce courant, il n'y aurait plus de Diana Bishop. Je deviendrais de l'eau – partout, nulle part, libérée de mon corps et de ma peine.

— Pardonnez-moi, Matthew, gargouillai-je dans l'eau qui commençait son œuvre inexorable.

Ysabeau s'avança vers moi et une explosion se fit entendre dans mon cerveau. Je voulus la mettre en garde, mais mes paroles furent couvertes par le rugissement d'un raz-de-marée qui déferle. Le vent s'éleva autour de mes pieds, soulevant une tornade d'eau. Je tendis les bras vers le ciel et une colonne d'eau et d'air se mit à tourbillonner autour de moi.

Marthe empoigna Ysabeau, qui essaya de se dégager, mais la gouvernante tenait bon. Au bout d'un moment, Ysabeau se résigna. Elle se tourna vers moi et se mit à chanter. Sa voix envoûtante traversa l'eau et me fit revenir en ce monde.

Le vent commença à faiblir. L'étendard des Clermont cessa de claquer et flotta de nouveau paisiblement, tandis que l'eau qui s'échappait en cascade de mes doigts se réduisait petit à petit à un filet pour bientôt se tarir. Les vagues qui jaillissaient de mes cheveux diminuèrent puis disparurent à leur tour. Je poussai un cri de surprise. Les boules d'eau furent le dernier vestige de l'eau sorcière à disparaître, tout comme elles en avaient été le signe annonciateur. Les restes de ce déluge disparurent dans les bondes d'évacuation au pied des murs, pour éclabousser tout en bas l'épais lit de gravier de la cour.

Je me sentis alors comme vidée de l'intérieur et glacée. Mes genoux se dérobèrent et je m'effondrai.

— Dieu soit loué, murmura Ysabeau. Nous avons failli la perdre.

Je grelottais de froid et d'épuisement. Les deux femmes se précipitèrent sur moi, me relevèrent et m'entraînèrent dans l'escalier à une vitesse qui me fit frissonner. Une fois dans le hall, Marthe voulut m'emmener dans les appartements de Matthew et Ysabeau dans la direction opposée.

— Les miens sont plus près, dit Ysabeau.

— Elle se sentira plus en sécurité près de lui, répliqua Marthe.

Exaspérée, Ysabeau céda. Au bas des marches, elle se répandit dans un torrent d'invectives tout à fait incongrues dans une si jolie bouche.

— Je vais la porter, dit-elle quand elle eut fini de s'en prendre à son fils, aux forces de la nature et à tous les membres de sa famille qui avaient édifié la tour. Je ne comprendrai jamais pourquoi il a construit un escalier aussi tortueux et en deux parties séparées, maugréa-t-elle en me soulevant sans le moindre effort.

— Pour que ce soit plus difficile, évidemment, répondit Marthe en relevant mes cheveux trempés. Il a toujours voulu que ce soit ainsi. Pour lui et pour les autres.

Personne n'avait pensé à monter dans l'après-midi allumer les bougies, mais le feu brûlait encore et la pièce n'était pas trop fraîche. Marthe disparut dans la salle de bains pendant qu'Ysabeau jetait dans l'âtre deux énormes bûches comme si c'était du petit bois. Puis, l'ayant tisonné, elle alluma une dizaine de bougies en quelques secondes et me regarda de la tête aux pieds à leur lumière.

— Il ne me pardonnera jamais si vous tombez malade, dit-elle en examinant mes mains.

Elles étaient bleutées, à cause du froid et non de l'électricité, et ridées d'être restées dans l'eau. Elle les frotta vigoureusement entre les siennes.

Encore grelottante et claquant des dents, je me dégageai et me frictionnai pour retrouver un peu de chaleur. Elle me prit de nouveau dans ses bras sans cérémonie et m'emporta dans la salle de bains.

— Elle doit rester ici, dit-elle.

La pièce était remplie de vapeur et Marthe vint l'aider à me déshabiller. Je me retrouvai toute nue et hissée dans la baignoire, et l'eau chaude sur mon corps glacé me fit un tel choc que je me débattis.

— Chut, dit Ysabeau en me caressant le front pendant que Marthe me retenait dans la baignoire. Cela va vous réchauffer. Il le faut.

Elles restèrent chacune d'un côté en murmurant des paroles apaisantes, et au bout d'un long moment, mes tremblements cessèrent.

Marthe s'adressa en occitan à Ysabeau. Je surpris le prénom de Marcus et répondis en même temps qu'Ysabeau.

— Je vais bien. Ne dites pas à Marcus ce qui s'est passé. Matthew ne doit pas le savoir. Pas encore.

— Il faut simplement un peu de temps pour vous réchauffer, dit calmement Ysabeau, qui était tout de même inquiète.

Lentement, la chaleur commença à faire son effet. Marthe continuait de faire couler l'eau chaude à mesure que mon corps la refroidissait. Ysabeau s'empara d'un broc en fer-blanc et entreprit de me baigner la tête et les épaules. Quand ma tête fut réchauffée, elle me l'enveloppa dans une serviette et m'enfonça dans l'eau jusqu'au menton.

— Restez ainsi, ordonna-t-elle.

Pendant ce temps, Marthe faisait des allers-retours entre salle de bains et chambre avec des vêtements et des serviettes. Elle fit une grimace en voyant la tenue de yoga que j'avais emportée en guise de pyjama. Ce ne serait pas suffisant pour me tenir chaud. Ysabeau me tâta le front et les joues et hocha la tête.

Elles me laissèrent sortir de la baignoire. L'eau ruisselant sur ma peau me rappela ce qui était arrivé en haut de la tour et mes orteils se crispèrent pour résister à l'attraction insidieuse de l'élément.

Les deux femmes m'enveloppèrent dans des serviettes chaudes qui sentaient encore le feu de bois. Elles me séchèrent en me frictionnant énergiquement et je sentis enfin la chaleur rayonner en moi. Puis Marthe me tressa les cheveux pendant qu'Ysabeau jetait les serviettes humides sur un fauteuil près de la cheminée, sans se soucier d'abîmer la tapisserie. Une fois rhabillée, je m'assis et contemplai vaguement le feu. Marthe s'éclipsa sans un mot et revint avec un plateau chargé de petits sandwiches et d'une théière de sa tisane.

— Mangez, maintenant, ordonna-t-elle. (Je grignotai sans conviction un sandwich. Marthe fronça les sourcils en me voyant.) Mangez !

Cela avait goût de carton, mais mon estomac gargouillait malgré tout. Une fois que j'eus avalé deux sandwiches, elle me fourra un mug dans les mains. Je ne me fis pas prier et avalai d'un trait le liquide brûlant pour oublier le goût salé qui m'était resté dans la gorge.

— C'était une eau sorcière ? demandai-je en frissonnant au souvenir de toute cette eau qui jaillissait de moi.

Ysabeau se détourna de la fenêtre et revint vers moi.

— Oui. Mais cela faisait longtemps que nous n'en avions pas vu un tel déluge.

— Je suis soulagée que cela ait été exceptionnel, dis-je faiblement.

— La plupart des sorcières d'aujourd'hui n'ont pas assez de pouvoir pour y réussir comme vous. Elles peuvent provoquer des vagues dans des mares ou faire pleuvoir quand il y a des nuages. Mais elles ne se changent jamais elles-mêmes en eau, expliqua Ysabeau en me dévisageant avec une curiosité compréhensible.

Je m'étais changée en eau. Savoir que ce n'était pas courant ne me réconforta guère ; je me sentais encore plus à part. Un téléphone sonna.

Ysabeau sortit de sa poche un petit portable rouge qui jurait avec son teint blême et ses vêtements discrets.

— *Oui** ? Ah, tant mieux. Je suis heureuse que vous soyez arrivé à bon port. Oui, elle va bien. Elle est en train de manger. (Elle se leva et me tendit le téléphone.) Matthew voudrait vous parler.

— Diana ?

— Oui ?

— Je voulais juste m'assurer que tout allait bien.

— Votre mère et Marthe sont aux petits soins pour moi.

*Et je n'ai pas inondé le château*, songeai-je.

— Vous êtes fatiguée.

La distance qui nous séparait le rendait inquiet et il guettait la moindre inflexion dans mes paroles.

— Oui, en effet. La journée a été longue.

— Dormez, dans ce cas, dit-il avec une douceur inattendue.

Je fermai les yeux pour retenir des larmes. Je n'allais guère pouvoir dormir, cette nuit. J'étais trop inquiète qu'il joue les héros pour tenter de me protéger.

— Vous êtes allé au laboratoire ?

— Je suis en route. Marcus veut que j'examine tout soigneusement et que je m'assure que nous avons pris toutes les précautions nécessaires. Miriam a également vérifié la sécurité à la maison.

Je compris qu'il me cachait quelque chose. Le silence qui s'installa devint intolérable.

— Ne le faites pas, Matthew. Ne tentez pas de négocier avec Knox, je vous en prie.

— Je tiens à ce que vous soyez en sécurité pour pouvoir revenir à Oxford.

— Dans ce cas, je n'ai plus rien à dire. Vous avez pris votre décision. Moi aussi.

Je rendis le téléphone à Ysabeau.

Elle le prit en fronçant les sourcils, dit encore quelques mots à son fils et raccrocha.

— Merci de ne pas lui avoir parlé de l'eau sorcière, dis-je.

— C'est à vous de le faire, pas à moi, répondit-elle en s'approchant de la cheminée.

— Comment voulez-vous que je raconte quelque chose que je ne comprends pas ? Pourquoi mon pouvoir apparaît-il maintenant ? D'abord, il y a eu le vent, puis les visions, et maintenant, l'eau.

— Quel genre de visions ?

— Matthew ne vous a rien dit ? Mon ADN déborde de… *magie*. Selon les résultats des analyses, je devais avoir des visions, et elles ont commencé.

— Matthew ne m'aurait jamais dit ce que votre sang révélait, sûrement pas sans votre permission, et probablement pas avec, d'ailleurs.

— Les visions sont arrivées ici au château. Comment avez-vous appris à les maîtriser ? demandai-je après une hésitation.

— Matthew vous a dit que j'avais des visions avant de devenir vampire. Il n'aurait pas dû.

— Vous étiez une sorcière ?

Cela aurait expliqué pourquoi elle m'appréciait si peu.

— Une sorcière ? Non. Matthew se demande si j'étais une démone, mais je suis sûre d'avoir été un être humain ordinaire. Ils ont aussi leurs visionnaires. Il n'y a pas que les créatures qui soient douées de telles facultés.

— Avez-vous réussi à maîtriser votre don de prémonition ?

— C'est plus facile avec le temps. Il y a des signes avant-coureurs, qui sont parfois subtils, mais vous apprendrez. Marthe m'a aidée.

Ce fut tout ce que j'appris du passé de Marthe. Une fois de plus, je me demandai quel âge avaient ces deux femmes et quels coups du destin les avaient réunies.

— Oui, dit Marthe avec un regard protecteur vers Ysabeau. C'est plus facile, si on laisse venir les visions sans résister.

— Je suis trop sous le choc pour résister, dis-je en repensant au salon et à la bibliothèque.

— L'état de choc, c'est l'expression de votre résistance, précisa Ysabeau. Vous devez essayer de vous détendre.

— C'est difficile de se détendre quand on voit des chevaliers en armure et des visages de femmes inconnues se mélanger avec des scènes de son propre passé, répondis-je en étouffant un bâillement.

— Vous êtes trop fatiguée pour y penser pour le moment, dit Ysabeau en se levant.

— Je ne suis pas en état de dormir.

Je réprimai un autre bâillement et elle me dévisagea pensivement, comme un magnifique faucon qui examine une souris.

— Allez vous coucher, dit-elle avec un sourire malicieux. Et je vous raconterai comment j'ai fait Matthew.

La proposition était trop tentante. J'obéis tandis qu'elle tirait un fauteuil et que Marthe rangeait.

— Par où vais-je commencer ? dit-elle en fixant les flammes des bougies. Je ne peux pas me contenter de ma portion de l'histoire ; il faut que je commence par sa naissance, ici, dans le village. Je me souviens de lui bébé, vous savez. Ses parents sont arrivés ici quand Philippe décida de bâtir sur ces terres, à l'époque de Clovis. C'est la seule raison de la présence de ce village : c'est là que vivaient les paysans et les artisans qui construisirent l'église et le château.

— Pourquoi votre époux a-t-il choisi cet endroit ? demandai-je, adossée aux oreillers, les genoux ramenés contre moi sous les draps.

— Clovis lui avait promis cette terre afin de l'encourager à combattre les rivaux du roi. Mon époux, lui, jouait toujours sur les deux tableaux. Mais rares furent ceux qui s'en aperçurent.

— Le père de Matthew était paysan ?

— Paysan ? répéta-t-elle, surprise. Non, il était charpentier, comme Matthew – avant de devenir maçon.

Un maçon. Les pierres de la tour s'ajustaient si parfaitement qu'elles semblaient n'avoir aucun besoin de mortier. Et puis il y avait les cheminées étrangement décorées du corps de garde d'Old Lodge. Les longs doigts de Matthew étaient assez robustes pour ouvrir une huître ou briser une châtaigne. Une autre pièce du puzzle se mit en place, à côté du guerrier, du scientifique et de l'homme de cour.

— Et tous les deux travaillaient à construire le château ?

— Pas celui-ci, dit Ysabeau. L'actuel est un cadeau de Matthew, pour me consoler de devoir quitter un endroit que j'aimais. Il a abattu la forteresse que son père avait bâtie et en a édifié une nouvelle. (Ses yeux vert et noir pétillèrent d'amusement.) Philippe était furieux. Mais il était temps de changer. Le premier château était en bois, et même s'il avait été renforcé de pierres, il était un peu branlant.

Je tentai de reconstituer mentalement la succession des événements, depuis la construction de la première forteresse et de son village au VIe siècle jusqu'à la tour édifiée par Matthew au XIIIe.

Ysabeau fronça le nez de dégoût.

— Et puis il a rajouté cette tour à l'arrière quand il est rentré et a refusé de vivre si près de la famille. Je ne l'ai jamais aimée, je trouvais qu'elle était inutile, mais puisqu'il y tenait, je l'ai laissé faire. Quelle drôle de tour. Elle ne permettait pas de défendre le château. Il avait déjà édifié bien plus de tours qu'il ne nous en fallait.

Elle continua de raconter son histoire, comme perdue à une autre époque.

— Matthew est né dans le village. Il a toujours été un enfant brillant et curieux. Il rendait son père fou à force de le suivre au château et de tripoter les outils, le bois, les pierres. Les enfants apprenaient leur métier de bonne heure, à l'époque, mais Matthew fut précoce. Il savait à peine tenir une hache qu'il a commencé à travailler.

Je m'imaginai un Matthew de huit ans, dégingandé, avec ses yeux gris-vert.

— Oui, sourit-elle comme si elle lisait dans mes pensées. C'était un très bel enfant. Et qui devint un beau jeune homme. Matthew était d'une taille peu commune à l'époque, mais pas aussi grand qu'il le devint une fois vampire. Et il avait un sens de l'humour espiègle. Quand quelque chose était mal fait, il prétendait toujours qu'on ne lui avait pas donné les bonnes instructions. Et Philippe croyait tout ce qu'il lui racontait. Le premier père de Matthew mourut alors qu'il approchait les vingt ans ; sa première mère était déjà morte depuis des années. Il était seul et nous espérions qu'il trouve une femme et fonde une famille. C'est alors qu'il fit la connaissance de Blanca. Vous n'imaginez pas dans quel état il était quand il n'y avait pas de femme avec lui.

Marthe lui jeta un regard fâché, mais resta coite.

— Bien sûr que non, répondis-je calmement, mais le cœur lourd.

— Blanca était une nouvelle venue, une servante de l'un des maîtres maçons que Philippe avait fait venir de Ravenne pour la première église. Elle était aussi pâle que son prénom le laisse entendre, avec une peau blanche, des yeux couleur de ciel et des cheveux qu'on aurait dit d'or filé.

Une belle femme pâle m'était apparue dans ma vision quand j'étais allée chercher l'ordinateur de Matthew. La description qu'en faisait Ysabeau correspondait parfaitement.

— Elle avait un beau sourire, n'est-ce pas ?

— Oui, en effet, répondit Ysabeau, surprise.

— Je sais, je l'ai vue dans un reflet de l'armure de Matthew dans le bureau.

Ysabeau continua son récit malgré l'air alarmé de Marthe.

— Parfois, Blanca semblait si frêle que je craignais qu'elle se brise le dos quand elle tirait de l'eau du puits ou qu'elle travaillait aux champs. Mon Matthew était attiré par cette délicatesse, sans doute. Il a toujours eu un penchant pour les choses fragiles, ajouta-t-elle avec un bref regard sur ma silhouette qui était tout sauf fragile. Ils se sont mariés quand Matthew a eu vingt-cinq ans et pu entretenir une famille. Blanca n'en avait que dix-neuf. Ils formaient un très beau couple, bien sûr. Il y avait un tel contraste entre Matthew, si ténébreux, et la pâle beauté de Blanca. Ils étaient très amoureux et ce fut un mariage heureux. Mais ils ne pouvaient avoir d'enfants. Blanca faisait fausse couche sur fausse couche. Je ne peux imaginer ce que cela devait être pour eux de voir tant d'enfants mourir sans avoir pu voir le jour.

Je n'étais pas sûre que les vampires puissent pleurer, bien que je me souvienne d'avoir vu une larme couleur de sang sur la joue d'Ysabeau lors de l'une de mes visions dans le salon. Mais même sans pleurer, elle semblait au bord des larmes, le visage rongé par le regret.

— Finalement, après bien des années d'échecs, Blanca conçut. Nous étions en 531. Quelle année. Il y avait un nouveau roi dans le sud et les batailles avaient repris. Matthew commença à sembler heureux, comme s'il osait espérer que leur enfant vivrait. Et il fut exaucé. Lucas naquit à l'automne et fut baptisé dans l'église inachevée à laquelle Matthew travaillait. L'accouchement fut difficile. La sage-femme déclara qu'elle ne pourrait plus en avoir d'autre. Mais Lucas suffisait à Matthew. Il ressemblait tellement à son père, avec ses boucles noires et son menton pointu. Et ses longues jambes.

— Que sont devenus Blanca et Lucas ? demandai-je.

Il restait seulement six ans avant que Matthew renaisse en vampire. Il avait dû arriver quelque chose, sinon il n'aurait jamais laissé Ysabeau échanger sa vie contre une autre.

— Matthew et Blanca virent grandir leur enfant. Matthew avait appris le métier de la pierre et il était très demandé par tous les seigneurs, jusqu'à Paris. Puis la fièvre vint au village. Tout le monde fut malade. Matthew survécut, mais pas Blanca ni Lucas. Nous étions en 536. L'année précédente avait été étrange, guère ensoleillée et avec un hiver rigoureux. Quand le printemps arriva, il apporta la maladie et lui prit Blanca et Lucas.

— Les villageois ne se demandaient pas pourquoi Philippe et vous étiez en pleine santé ?

— Certes. Mais à l'époque, c'était plus facile à expliquer qu'aujourd'hui. Il était plus simple pour les villageois de croire que la colère de Dieu était tombée sur le village ou que le château était maudit, plutôt que de se dire que les *manjasang* vivaient parmi eux.

— *Manjasang* ?

— C'est le mot de l'ancienne langue pour « vampire » : « mangeur de sang ». Il y en avait qui soupçonnaient la vérité et chuchotaient le soir à la veillée. Mais à l'époque, on redoutait bien plus le retour des guerriers ostrogoths que d'avoir un *manjasang* comme seigneur. Philippe avait promis sa protection au village si les pillards revenaient. Et nous prenions bien garde de ne pas choisir nos proies dans les parages, ajouta-t-elle d'un air digne.

— Qu'a fait Matthew après la mort de Blanca et Lucas ?

— Il est resté inconsolable. Il ne mangeait plus. Il avait l'air d'un spectre. Le village est venu nous trouver. Je lui ai apporté à manger (elle sourit à Marthe) et je lui ai tenu compagnie. Quand il ne pouvait dormir, nous allions à l'église prier pour les âmes de Blanca et Lucas. Matthew était très pieux, à l'époque. Nous parlions de l'enfer et du paradis : il se demandait où étaient leurs âmes et s'il les retrouverait un jour. (Matthew était si doux avec moi lorsque je faisais des cauchemars. Avant de devenir un vampire, avait-il passé des nuits sans dormir, comme toutes celles qui avaient suivi ?) À l'automne, il sembla reprendre espoir, continua-t-elle. Mais l'hiver fut difficile. Le peuple avait faim et la maladie demeurait. La mort était partout. Le printemps ne put rien arranger. Philippe s'inquiétait de l'avancement du chantier de l'église et Matthew travaillait plus que jamais. Au début de la deuxième semaine de juin, on le trouva gisant sur le sol, les jambes et le dos brisés. (J'étouffai un cri en imaginant Matthew tombant de son échafaudage sur les dalles.) Bien sûr, il ne pouvait survivre à une telle chute. Il était mourant. Un maçon déclara qu'il avait glissé. D'autres qu'il s'était jeté dans le vide et qu'il ne pourrait être inhumé chrétiennement car il s'était suicidé. Je ne pouvais le laisser mourir, convaincue qu'il n'échapperait pas à l'enfer. Il voulait tant retrouver Blanca et Lucas : comment aurait-il pu rester séparé d'eux pour l'éternité ?

— Vous avez bien fait.

Je n'aurais pas pu l'abandonner non plus. Le laisser ainsi brisé et en souffrance était impensable. Si mon sang avait pu le sauver, j'en aurais fait autant.

— Vraiment ? Je n'en ai jamais été sûre. Philippe me déclara que j'étais seule à pouvoir décider si je voulais qu'il entre dans notre famille. J'avais déjà créé d'autres vampires, et il y en aurait d'autres encore. Mais Matthew était différent. Je l'aimais beaucoup et je savais que les dieux me donnaient la possibilité d'en faire mon enfant. Ce serait à moi de lui enseigner comment un vampire doit se comporter en ce monde.

— Matthew a-t-il résisté ? ne pus-je m'empêcher de demander.

— Non. Il était fou de douleur. Nous avons ordonné à tout le monde de partir en disant que nous allions appeler un prêtre. Nous n'en avons rien fait, bien sûr. Philippe et moi lui avons expliqué que nous pouvions lui accorder la vie éternelle, sans peine ni souffrance. Plus tard, il nous raconta qu'il avait cru que nous étions saint Jean-Baptiste et la Vierge venus l'emporter au Ciel rejoindre son épouse et son fils. Quand je lui offris mon sang, il crut que j'étais un prêtre qui lui administrait l'extrême-onction.

Dans la chambre, seuls résonnaient mon souffle et le crépitement du feu. J'avais envie qu'Ysabeau m'explique en détail comment elle avait procédé, mais je n'osais demander, craignant que la question soit déplacée. Peut-être était-ce un geste trop intime ou douloureux. Cependant elle m'expliqua sans que j'aie besoin de demander.

— Il prit mon sang avec une telle facilité qu'il semblait être né pour cela, dit-elle avec un soupir. Matthew n'était pas de ces humains qui se détournent à la vue du sang. J'ouvris les veines de mon poignet d'un coup de dents et lui dis que mon sang le guérirait. Il but sans peur ce qui allait être son salut.

— Et ensuite ?

— Ensuite, ce fut… difficile. Tous les nouveaux vampires sont puissants et dévorés par la faim, mais Matthew était presque impossible à maîtriser. Il était furieux d'être devenu un vampire et sa soif était inextinguible. Philippe et moi dûmes chasser toute la journée pendant des semaines pour la satisfaire. Et son corps changea plus que nous ne le pensions. Il devint plus grand, plus svelte et plus fort. J'étais beaucoup plus petite avant de devenir vampire. Mais Matthew passa de frêle roseau à une créature formidable. Mon époux était plus robuste que mon nouveau fils, mais après avoir bu mon sang, même lui avait du mal à le contenir.

Je me forçai à accepter que Matthew ait connu une telle fureur et une telle faim. Je gardai les yeux fixés sur sa mère. C'était ce que Matthew redoutait : que je finisse par savoir ce qu'il avait été – ce qu'il était encore – et que cela me fasse fuir.

— Qu'est-ce qui l'a calmé ?

— Philippe l'a emmené chasser une fois qu'il a jugé que Matthew ne tuerait pas tout ce qui lui tombait sous la main. La chasse lui occupait l'esprit et le corps. Bientôt, il eut davantage le goût de la chasse que celui du sang, ce qui est bon signe chez les jeunes vampires. Cela signifiait qu'il n'était plus une créature mue seulement par son appétit, mais de nouveau par la raison. Après cela, ce n'était plus qu'une question de temps avant que la conscience lui revienne et qu'il réfléchisse avant de tuer. Nous n'aurions plus qu'à redouter les périodes les plus sombres, lorsque la perte de Blanca et Lucas ressurgirait en lui et qu'il apaiserait sa faim sur les humains.

— Il y avait quelque chose qui le soutenait, à l'époque ?

— Parfois, je chantais pour lui, la même chanson que je vous ai chantée ce soir, et d'autres, aussi. Cela dissipait souvent sa peine. D'autre fois, Matthew partait. Philippe m'interdisait de le suivre ou de le questionner à son retour.

Elle posa sur moi un regard noir et vide qui me confirma qu'elle pensait tout comme moi : Matthew s'était perdu dans les bras d'autres femmes, avait cherché à se consoler avec leur sang et les caresses de mains qui n'appartenaient ni à sa mère ni à son épouse.

— Il a une telle maîtrise de soi, dis-je pensivement, que j'ai peine à l'imaginer ainsi.

— Matthew est très sensible. C'est à la fois une bénédiction et un fardeau d'aimer au point de souffrir affreusement quand l'amour vous échappe.

Je perçus une menace dans ces paroles et relevai le menton, tandis qu'un fourmillement gagnait mes doigts.

— Je ferai en sorte que mon amour ne le quitte jamais.

— Et comment y parviendrez-vous ? me défia-t-elle. Iriez-vous jusqu'à devenir vampire et à vous joindre à nos chasses ? (Elle éclata d'un rire sans joie.) Sans doute est-ce ce que Domenico suggérait. Une simple morsure, vos veines vidées de leur sang, le nôtre pour le remplacer. La Congrégation n'aurait dès lors plus de raisons de se mêler de nos affaires.

— Que voulez-vous dire ?

— Ne voyez-vous pas ? Si vous devez être avec Matthew, devenez l'une d'entre nous et épargnez-nous à tous le danger. Les sorciers veulent peut-être vous garder parmi eux, mais ils ne trouveront rien à redire à cette relation si vous êtes un vampire aussi.

Marthe émit un grondement sourd.

— Est-ce pour cela que Matthew est parti ? La Congrégation lui a-t-elle demandé de me changer en vampire ?

— Matthew ne ferait jamais de vous une *manjasang*, dit Marthe d'un ton méprisant.

— Non, dit Ysabeau avec malice. Il a toujours adoré les choses fragiles, comme je vous l'ai dit.

C'était l'un des secrets que gardait Matthew. Si j'étais une vampiresse, aucune interdiction ne planerait au-dessus de nous et nous n'aurions donc aucune raison de redouter la Congrégation. Il me suffisait de devenir autre chose.

J'envisageai cette perspective avec étonnamment peu de crainte. Je pourrais être avec Matthew, et en plus, je serais même peut-être plus grande. Ysabeau me transformerait. Ses yeux étincelèrent en me voyant porter la main à mon cou.

Mais il fallait tenir compte de mes visions, sans oublier le vent et l'eau. Je ne comprenais pas encore le potentiel magique de mon sang. Une fois vampire, je ne pourrais peut-être jamais résoudre l'énigme de l'Ashmole 782.

— Je lui ai promis, intervint Marthe. Diana doit rester elle-même. Une sorcière.

Ysabeau retroussa les lèvres dans un sourire déplaisant, mais elle hocha la tête.

— Avez-vous aussi promis de ne pas me dire ce qui s'est vraiment passé à Oxford ?

La mère de Matthew me scruta.

— Vous devrez le demander à Matthew à son retour. Ce n'est pas à moi de le dire.

J'avais d'autres questions – que Matthew n'avait peut-être pas songé à interdire.

— Pouvez-vous me dire pourquoi c'est important que ce soit une créature qui ait essayé de s'introduire dans le laboratoire, plutôt qu'un humain ?

Il y eut un silence, puis elle finit par répondre.

— Vous êtes astucieuse. Mais après tout, je n'ai pas promis à Matthew de ne rien dire des règles de conduite. Un tel comportement n'est pas acceptable chez les créatures. Nous espérons que c'était un démon malveillant qui ne s'est pas rendu compte de la gravité de ses actes. Matthew lui pardonnera peut-être.

— Il a toujours pardonné aux démons, murmura sombrement Marthe.

— Et si ce n'était pas un démon ?

— Si c'était un vampire, cela représente une grave insulte. Nous sommes des êtres très territoriaux. Un vampire n'entre pas dans la demeure ou sur les terres d'un autre sans sa permission.

— Matthew pardonnerait-il une telle insulte ?

Étant donné son expression quand il avait donné un coup de poing sur le toit de la voiture, je soupçonnais que non.

— Peut-être, dit Ysabeau, dubitative. Rien n'a été pris ni abîmé. Mais il est probable que Matthew exige réparation sous une forme quelconque.

De nouveau, je me retrouvais au Moyen Âge, où l'honneur et la réputation étaient une préoccupation capitale.

— Et si c'était un sorcier ? demandai-je.

— Un sorcier qui agirait ainsi, ce serait une agression, dit-elle en se détournant. Aucune excuse ne serait suffisante.

La lumière se fit en moi. Je rejetai les couvertures et me levai d'un bond.

— Ce cambriolage a été fait pour provoquer Matthew. Il est allé à Oxford pensant qu'il pourrait conclure un accord avec Knox. Nous devons le prévenir.

Ysabeau me retint d'une main ferme.

— Il le sait déjà, Diana.

— Est-ce pour cela qu'il n'a pas voulu que je l'accompagne à Oxford ? Court-il un danger ?

— Bien sûr, répliqua-t-elle. Mais il fera ce qu'il peut pour mettre un terme à tout cela.

Elle me força à me recoucher et me borda.

— C'est là-bas que je devrais être, protestai-je.

— Vous ne feriez que le distraire. Vous allez rester ici, comme il l'a demandé.

— Je n'ai donc pas voix au chapitre ?

Ce devait être la centième fois que je posais la question depuis mon arrivée à Sept-Tours.

— Non, répondirent les deux femmes en chœur.

— Vous avez vraiment beaucoup de choses à apprendre sur les vampires, répéta Ysabeau, cette fois avec indulgence.

Oui, j'ignorais encore beaucoup de choses, c'était certain. Mais qui allait me les apprendre ? Et quand ?

# 24

*Dans le lointain, je vis un nuage noir qui couvrait la terre. Il dévorait la terre et enveloppait mon âme, tandis que les mers y pénétraient, se putréfiant et se corrompant à l'approche de l'enfer et de l'ombre de la mort. Une tempête m'avait submergé*, lus-je dans l'*Aurora Consurgens* de Matthew.

Je me tournai vers mon ordinateur et tapai des notes sur l'imagerie que l'auteur anonyme avait utilisée pour décrire le *nigredo*, l'une des dangereuses étapes de la transmutation alchimique. Au cours de ce processus, la combinaison de substances comme le mercure et le plomb libérait des vapeurs nocives pour l'alchimiste. C'était fort justement que l'un des visages de gargouilles dessinés par Bourgot Le Noir se pinçait le nez pour se protéger du nuage décrit dans le texte.

— Mettez votre tenue d'équitation. (Je levai le nez de mon manuscrit.) Matthew m'a fait promettre de vous sortir. Selon lui, cela vous empêchera de tomber malade, expliqua Ysabeau.

— Vous n'êtes pas obligée, Ysabeau. Domenico et l'eau sorcière ont épuisé toute mon adrénaline, si c'est ce qui vous inquiète.

— Matthew a dû vous dire combien l'odeur de la panique est alléchante pour les vampires.

— C'est Marcus qui me l'a appris, corrigeai-je. D'ailleurs, c'est de sa saveur qu'il m'a parlé. Qu'est-ce que cela sent ?

— Cela a le goût de son odeur, répondit-elle évasivement. Peut-être un peu plus exotique, un peu plus musqué. Cela ne m'a jamais vraiment attirée. Je préfère tuer que chasser. Mais chacun ses goûts.

— Je n'ai plus beaucoup de crises de panique, en ce moment. Vous n'êtes pas obligée de m'emmener en promenade, dis-je en me remettant au travail.

— Pourquoi pensez-vous qu'elles ont cessé ? demanda-t-elle.

— Franchement, je n'en sais rien, soupirai-je.

— Vous étiez comme cela depuis longtemps ?

— Depuis mes sept ans.

— Que s'est-il passé à l'époque ?

— Mes parents ont été tués au Nigeria.

— C'était la photo que vous avez reçue, celle qui a conduit Matthew à vous amener à Sept-Tours ?

J'acquiesçai et Ysabeau fit son habituelle moue pincée.

— Porcs.

Il y avait pire comme commentaire, mais « porcs » convenait assez bien. Si le terme regroupait ceux qui m'avaient envoyé la photo et Domenico Michele, il était bien choisi.

— Panique ou pas, reprit-elle vivement, nous allons prendre un peu d'exercice, comme le désire Matthew.

J'éteignis mon ordinateur et descendis me changer. Ma tenue attendait dans la salle de bains, grâce à Marthe, mais bottes, veste et bombe étaient dans les écuries. J'enfilai donc la culotte, un col roulé noir et mes mocassins, puis descendis retrouver la mère de Matthew.

— Je suis là, cria-t-elle.

Je suivis la voix jusqu'à une petite pièce peinte en ocre. Elle était décorée d'assiettes anciennes, de trophées de chasse et d'une desserte assez grande pour accueillir toute la vaisselle d'une auberge. Ysabeau leva le nez des pages du *Monde* et m'inspecta de la tête aux pieds. Marthe arriva avec du thé et en fit autant.

— Vous allez mieux aujourd'hui, annonça-t-elle en me tendant une tasse.

Quand j'eus terminé mon thé, nous allâmes aux écuries. Ysabeau m'aida à enfiler les bottes encore raides et à mettre la veste et la bombe. Il était évident que Matthew avait tenu à ce que je sois équipée. Ysabeau ne portait rien de plus qu'une veste molletonnée. Être pratiquement indestructible était un avantage pour les vampires.

Fiddat et Rakasa attendaient dans le paddock, côte à côte, quasi identiques, jusqu'aux selles à fourche.

— Ysabeau, protestai-je. Georges s'est trompé pour Rakasa. Je ne monte pas en amazone.

— Auriez-vous peur d'essayer ?

— Non ! Mais je préfère monter sur une selle traditionnelle.

— Qu'en savez-vous ?

Une lueur malicieuse passa dans ses yeux verts.

Nous restâmes un moment face à face, sans rien dire. Rakasa donna un coup de sabot et hocha la tête.

*Tu comptes sortir ou bavarder ?* semblait-elle demander.

*Un peu de tenue*, répondis-je en m'approchant d'elle et en lui soulevant une jambe.

— Georges y a déjà veillé, dit Ysabeau d'un ton las.

— Je ne monte pas un cheval sans l'avoir examiné moi-même.

— Philippe était comme vous, concéda-t-elle à contrecœur.

Elle me laissa terminer mon inspection en dissimulant mal son impatience, puis elle conduisit Fiddat auprès d'un escabeau et m'attendit. Après m'avoir aidée à m'installer sur cette drôle de selle, elle sauta sur sa monture. Il me suffit de lui jeter un coup d'œil pour comprendre que j'étais partie pour une sacrée matinée. D'après sa manière de monter, Ysabeau était bien meilleure cavalière que Matthew – et c'était le meilleur que j'avais vu jusqu'ici.

— Faites un tour, dit-elle, que je m'assure que vous ne vous romprez pas le cou.

— Ayez un peu confiance, Ysabeau.

*Ne me fais pas tomber*, priai-je Rakasa. *Et tu auras une pomme par jour jusqu'à la fin de ta vie.* Ma monture agita les oreilles et poussa un petit hennissement. Nous fîmes deux tours de paddock et je m'arrêtai devant Ysabeau.

— Satisfaite ?

— Vous êtes meilleure cavalière que je ne m'y attendais, concéda-t-elle. Vous pourriez probablement sauter, mais j'ai promis à Matthew que vous ne le feriez pas.

— Il a réussi à vous extorquer bien des promesses avant de partir, murmurai-je, espérant qu'elle n'entendrait pas.

— En vérité, répliqua-t-elle sèchement, certaines sont plus difficiles à tenir que d'autres.

Nous sortîmes du paddock. Georges nous salua et referma la barrière.

Ysabeau resta sur un terrain relativement plat le temps que je m'habitue à la selle. Le tout était de se tenir droit, même si on avait l'impression d'être tout de guingois.

— Ce n'est pas trop déplaisant, dis-je au bout de vingt minutes.

— C'est mieux maintenant que les selles ont deux pommeaux, dit-elle. Autrefois, les selles à fourche étaient tout juste bonnes à vous laisser promener par un homme, dit-elle avec mépris. C'est seulement quand la reine italienne a fait mettre un pommeau et un étrier sur la sienne que nous avons pu diriger nous-mêmes les chevaux. La maîtresse de son époux montait comme un homme afin de pouvoir l'accompagner quand il chassait. Catherine devait toujours rester chez elle, ce qui est très déplaisant pour une épouse. (Elle me jeta un regard glacial.) La putain d'Henri avait le prénom de la déesse chasseresse, tout comme vous.

— Je n'aurais pas voulu fâcher Catherine de Médicis.

— La maîtresse du roi, Diane de Poitiers, était une dangereuse femme, dit-elle d'un ton sombre. C'était une sorcière.

— Réellement, ou c'est une métaphore ? demandai-je, intéressée.

— Les deux, grinça-t-elle.

J'éclatai de rire. Elle parut surprise, puis elle m'imita.

Nous continuâmes la promenade. Ysabeau huma l'air et se redressa sur sa selle, l'œil aux aguets.

— Qu'est-ce que c'est ? demandai-je, inquiète.

— Un lièvre, répondit-elle en pressant son cheval.

Je la suivis, ne voulant pas vérifier s'il était aussi difficile de retrouver une sorcière dans une forêt que l'avait prétendu Matthew.

Nous sortîmes du couvert et débouchâmes dans une prairie. Elle retint Fiddat et je la rejoignis.

— Avez-vous déjà vu un vampire tuer ? demanda-t-elle en me dévisageant.

— Non, répondis-je sans m'émouvoir.

— Les lièvres sont une petite proie. Nous commençons tous par là. Attendez. (Elle sauta de selle avec légèreté et Fiddat ne bougea pas, observant sa maîtresse.) Diana, dit-elle sans quitter sa proie du regard, ne vous approchez pas de moi pendant que je chasse ou que je me nourris. C'est compris ?

— Oui.

Je songeai à ce que cela voulait dire. Ysabeau allait chasser un lièvre, le tuer et boire son sang devant moi ? Il me paraissait sage de garder mes distances.

La mère de Matthew fila dans la prairie à une telle vitesse que j'eus peine à la suivre. Elle ralentit tout comme un faucon qui s'immobilise avant de fondre sur sa proie, puis elle se baissa et empoigna un lièvre terrifié par les oreilles. Elle le brandit triomphalement avant de plonger ses dents dans son cœur.

Les lièvres sont peut-être de petite taille, mais ils regorgent de sang lorsqu'on mord dedans à pleines dents et qu'ils sont encore en vie. Ce fut affreux. Ysabeau suça le sang de l'animal, qui cessa rapidement de se débattre, puis elle s'essuya les lèvres sur sa fourrure et jeta la dépouille dans les herbes. Trois secondes plus tard, elle sautait en selle, les joues légèrement rosies et les yeux plus étincelants que d'habitude. Elle se tourna vers moi.

— Alors ? demanda-t-elle. Cherchons-nous quelque chose de plus consistant ou préférez-vous rentrer ?

Ysabeau de Clermont me mettait à l'épreuve.

— Après vous, dis-je en talonnant Rakasa.

La suite de notre promenade se mesura aux quantités de sang qu'Ysabeau but. Bien que difficile à rassasier, elle mangeait plutôt proprement. Mais il me faudrait un peu de temps avant d'avoir de nouveau envie d'un steak saignant.

La vue du sang ne me fit plus rien après le lièvre, la marmotte, le renard et la chèvre. Mais quand elle décida de s'en prendre à un jeune cerf, je me rebiffai.

— Ysabeau, protestai-je. Ne me dites pas que vous avez encore faim. Arrêtez.

— Quoi ? La déesse chasseresse m'interdirait de poursuivre un cerf ? se moqua-t-elle, avec un rien de curiosité.

— Oui, rétorquai-je.

— Et moi je n'apprécie pas que vous ayez poursuivi mon fils de vos assiduités. Voyez où cela nous a menés, dit-elle en sautant de son cheval.

Je brûlais d'intervenir, mais je ne pouvais rien faire, ne devant pas approcher Ysabeau pendant qu'elle traquait ses proies. Après chaque prise, je voyais dans son regard qu'elle n'était plus entièrement maître de ses émotions – ni de ses actes.

Le cerf tenta de fuir et y parvint presque en se réfugiant dans des taillis, mais elle le débusqua. Une fois à découvert, l'animal fut traqué jusqu'à l'épuisement. La scène me souleva le cœur. Ysabeau tuait rapidement, et le cerf ne souffrit pas, mais je dus me mordre la lèvre pour ne pas crier.

— Voilà, dit-elle avec satisfaction en revenant. Nous pouvons rentrer à Sept-Tours.

Sans un mot, je tournai bride. Elle s'empara de mes rênes. Je vis des gouttelettes de sang sur son chemisier crème.

— Alors, vous trouvez toujours les vampires aussi beaux, à présent ? Pensez-vous que ce serait facile de vivre avec mon fils en sachant qu'il doit tuer pour survivre ?

J'eus du mal à associer « Matthew » et « tuer » dans la même phrase. Si je devais l'embrasser un jour alors qu'il rentrerait de la chasse, peut-être aurait-il encore le goût du sang sur les lèvres. Et des journées comme celle que j'étais en train de passer avec Ysabeau seraient fréquentes.

— Si vous essayez de me faire peur pour m'éloigner de votre fils, Ysabeau, vous avez échoué, répondis-je résolument. Vous devrez trouver autre chose.

— Selon Marthe, ce ne serait pas suffisant pour vous faire changer d'avis, avoua-t-elle.

— Elle a vu juste, répondis-je sèchement. L'épreuve est terminée ? Nous pouvons rentrer, à présent.

Nous chevauchâmes en silence vers les arbres. Une fois dans la forêt, elle se tourna vers moi.

— Comprenez-vous pourquoi vous ne devez pas discuter quand Matthew vous dit de faire quelque chose ?

— Nous en avons fini des leçons pour la journée, soupirai-je.

— Pensez-vous que notre régime alimentaire soit le seul obstacle entre vous et mon fils ?

— Dites-le et finissons-en, Ysabeau. Pourquoi dois-je obéir à Matthew ?

— Parce que c'est le vampire le plus fort du château. C'est le maître de maison.

Je la fixai avec stupéfaction.

— Vous êtes en train de me dire que je dois l'écouter parce que c'est le mâle dominant ?

— Parce que vous vous imaginiez que c'était vous ? s'esclaffa-t-elle.

— Non.

Ysabeau n'était pas la femelle dominante non plus. Elle faisait ce que Matthew lui disait. Tout comme Marcus, Miriam et les autres vampires de la bibliothèque Bodléienne. Même Domenico avait fini par se soumettre.

— Ce sont les règles de la meute des Clermont ?

Elle hocha la tête, le regard flamboyant.

— C'est pour votre sécurité, la sienne et celle de tout le monde que vous devez obéir. Ce n'est pas un jeu.

— J'ai compris, Ysabeau, m'impatientai-je.

— Non, vous n'avez pas compris, poursuivit-elle. Vous ne comprendrez que lorsque vous serez forcée de le voir, tout comme je viens de vous contraindre à voir un vampire tuer. En attendant ce moment, ce ne seront pour vous que des paroles. Un jour, votre obstination vous coûtera la vie, la vôtre ou celle d'un autre. Et vous comprendrez pourquoi je vous ai dit cela.

Le reste du trajet se fit sans un mot de plus. Quand nous passâmes devant les cuisines, Marthe en sortit avec un poulet à la main. Je blêmis. Marthe aperçut les gouttes de sang sur les poignets d'Ysabeau et étouffa un cri.

— Il fallait qu'elle sache, siffla Ysabeau.

Marthe marmonna quelque chose en occitan puis elle me fit signe.

— Venez avec moi, ma fille, je vais vous montrer comment préparer ma tisane.

Là, c'est Ysabeau qui prit un air furieux. Marthe me prépara à boire et m'offrit des biscuits aux noisettes. Manger du poulet était hors de question. La gouvernante m'occupa pendant des heures à trier des herbes séchées et des épices dont elle m'enseigna les noms. L'après-midi n'était pas terminé que j'étais déjà capable de les identifier les yeux fermés, rien qu'à l'odeur.

— Persil. Gingembre. Partenelle. Romarin. Sauge. Graine de carotte sauvage. Armoise. Menthe pouillot. Angélique. Rue. Tanaisie. Racine de genièvre.

— Très bien, dit Marthe en me donnant une poignée de sachets de mousseline. Maintenant, remplissez-les d'une pincée de chaque.

— Pourquoi ne les mélangeons-nous pas toutes ensemble avant d'en mettre une cuillerée dans chaque sachet ? demandai-je.

— Il pourrait en manquer une. Chaque sachet doit contenir toutes les herbes sans exception.

— Et oublier une petite graine comme cela changerait vraiment le goût ? demandai-je en prenant une minuscule graine de carotte entre le pouce et l'index.

— Une pincée de chaque, répéta Marthe.

Ses mains expérimentées volèrent de sachet en sachet, les remplissant et les nouant l'un après l'autre. Quand nous eûmes terminé, elle me prépara une tasse avec l'un des sachets que j'avais remplis moi-même.

— C'est délicieux, dis-je en sirotant, ravie, le fruit de mon labeur.

— Vous les emporterez à Oxford. Une tasse par jour. Cela vous gardera en bonne santé, dit-elle en les rangeant dans une boîte en fer-blanc. Quand vous n'en aurez plus, vous saurez comment en préparer d'autres.

— Marthe, vous n'êtes pas obligée de tout me donner, protestai-je.

— Vous en boirez une tasse par jour pour me faire plaisir. D'accord ?

— Bien sûr.

C'était le moins que je puisse faire pour mon unique alliée dans cette maison – sans oublier qu'elle me préparait à manger.

Après cela, je remontai dans le bureau de Matthew et allumai mon ordinateur. Je m'installai à sa table, espérant y être plus à l'aise, mais le fauteuil était trop haut pour moi et mes pieds ne touchaient pas le sol. Comme m'y asseoir me rendait Matthew plus proche, j'y restai le temps que l'ordinateur se lance. Mon regard tomba sur un objet sombre posé sur une haute étagère, qui se confondait avec le bois et le cuir des reliures. Depuis la table de Matthew, on le voyait facilement.

Ce n'était pas un livre, mais un vieux morceau de bois de forme octogonale, noirci et déformé par le temps. De petites fenêtres en ogive étaient sculptées de chaque côté.

Avec un pincement de cœur, je compris que c'était un jouet d'enfant.

Matthew l'avait sculpté pour Lucas avant de devenir vampire, à l'époque où il bâtissait la première église. Il l'avait placé sur cette étagère, là où personne ne pouvait l'apercevoir en dehors de lui. Et il le voyait chaque fois qu'il s'installait à cette place.

Avec Matthew à mes côtés, je pouvais me dire que nous étions seuls au monde. Ni les avertissements de Domenico ni les épreuves d'Ysabeau n'avaient pu ébranler ma certitude que notre intimité croissante ne concernait que nous.

Mais cette petite tour en bois, taillée avec amour à une époque incroyablement lointaine, venait de fracasser mes illusions. Il fallait penser aux enfants, les vivants comme les morts. Il y avait des familles à prendre en compte, dont la mienne, avec leurs généalogies longues et complexes, leurs préjugés profondément ancrés, même en moi. Et Sarah comme Em ne savaient toujours pas que j'étais amoureuse d'un vampire. Il était temps de leur annoncer la nouvelle.

Ysabeau était dans le salon en train d'arranger des fleurs dans un grand vase posé sur un écritoire Louis XIV d'époque qui n'avait jamais changé de mains.

— Ysabeau ? hésitai-je. Pourrais-je utiliser le téléphone ?

— Il vous appellera quand il voudra vous parler, répondit-elle en disposant une branche aux feuilles dorées entre les fleurs blanches et jaunes.

— Je n'appelle pas Matthew, Ysabeau. Il faut que je parle à ma tante.

— La sorcière qui a appelé l'autre soir ? Comment s'appelait-elle ?

— Sarah.

— Et elle vit avec une autre femme, une autre sorcière, n'est-ce pas ? dit-elle en continuant sa tâche.

— Oui. Emily. C'est un problème ?

— Non, dit-elle en examinant son œuvre. Ce sont toutes les deux des sorcières. C'est tout ce qui importe.

— Oui, et le fait qu'elles s'aiment.

— Sarah est un joli prénom, continua-t-elle sans relever. Vous connaissez la légende, bien sûr.

Je secouai la tête. Ysabeau avait un don pour passer d'un sujet à l'autre, ce qui était aussi déconcertant que les sautes d'humeur de son fils.

— La mère d'Isaac se nommait Sarai, « la querelleuse », mais quand elle fut grosse, Dieu le changea en Sarah, qui signifie « princesse ».

— Dans le cas de ma tante, Sarai aurait mieux convenu.

J'attendis qu'elle me dise où se trouvait le téléphone.

— Emily aussi est un joli prénom. Fort et romain.

Elle coupa une rose d'un geste sec.

— Et que signifie-t-il, Ysabeau ? demandai-je, contente que ma famille ne compte pas plus de membres.

— « Industrieuse ». Bien sûr, le prénom le plus intéressant était celui de votre mère. Rebecca signifie « captive », dit-elle en étudiant d'un œil critique le vase d'un côté puis de l'autre. Un prénom intéressant, pour une sorcière.

— Et que signifie le vôtre ? m'agaçai-je.

— Je n'ai pas toujours été Ysabeau, mais c'est le nom que Philippe préférait pour moi. Il signifie « promesse de Dieu ». (Elle hésita, me scruta, puis se lança.) Mon nom complet est Geneviève Mélisande Hélène Ysabeau Aude de Clermont.

— C'est magnifique, dis-je, oubliant mon impatience, tandis que je songeais à toute l'histoire que recelait ce nom.

— Les noms sont importants, dit-elle.

— Matthew en a-t-il d'autres ? demandai-je en lui tendant une rose blanche que je pris dans une corbeille.

— Merci, murmura-t-elle. Oui, bien sûr. Nous donnons tous de nombreux prénoms à nos enfants quand nous les faisons renaître. Mais Matthew (Mathieu en français) était son prénom d'origine et il a voulu le conserver. Le christianisme était encore balbutiant à l'époque et Philippe a jugé utile que notre fils ait le prénom d'un apôtre.

— Quels sont les autres ?

— Son nom complet est Matthew Gabriel Philippe Bertrand Sébastien de Clermont. Il faisait un très bon Sébastien et un Gabriel passable. Il déteste Bertrand et ne répond pas si on l'appelle Philippe.

— Qu'est-ce qui l'ennuie dans Philippe ?

— C'était le prénom préféré de son père. (Elle s'interrompit un instant dans sa tâche.) Vous devez savoir qu'il est mort. Les nazis l'ont capturé alors qu'il combattait dans la Résistance.

Dans la vision que j'avais eue d'Ysabeau, elle disait que le père de Matthew avait été capturé par des sorciers.

— Des nazis ou des sorciers, Ysabeau ? demandai-je, redoutant le pire.

— Matthew vous a raconté ? fit-elle, surprise.

— Non. Je vous ai vue dans l'une de mes visions, hier. Vous pleuriez.

— Ce sont des sorciers *et* des nazis qui ont tué Philippe, dit-elle après un long silence. La douleur est récente et encore vive, mais elle diminuera avec le temps.

Pendant des années après sa mort, je n'ai chassé qu'en Argentine et en Allemagne. C'est la seule chose qui m'a empêchée de devenir folle.

— Je suis désolée, Ysabeau.

Je ne trouvai pas mieux à dire, mais j'étais sincère. Elle dut s'en rendre compte, car elle fit un sourire hésitant.

— Ce n'est pas votre faute, vous n'étiez pas née.

— Quels prénoms me donneriez-vous si vous deviez choisir ? demandai-je à mi-voix en lui tendant une autre fleur.

— Matthew a raison. Vous êtes seulement Diana. Il n'y a pas d'autres prénoms. C'est ce que vous êtes. (Elle tendit un index blanc vers la bibliothèque.) Le téléphone est là-bas.

Une fois dans la bibliothèque, je m'installai au bureau, allumai la lampe et appelai New York, espérant que Sarah et Em seraient là.

— Diana, répondit Sarah, soulagée. Em était sûre que ce serait toi.

— Désolée de ne pas avoir pu rappeler hier soir. Il s'est passé beaucoup de choses, dis-je en tripotant un crayon.

— Tu veux en parler ? proposa-t-elle.

Je faillis lâcher le téléphone de surprise. Ma tante exigeait toujours d'abord tel ou tel sujet. Elle ne me demandait jamais mon avis.

Em décrocha de son côté.

— Bonjour, Diana, où es-tu ? demanda-t-elle de sa voix chaleureuse et réconfortante.

— Avec la mère de Matthew, près de Lyon.

— La mère de Matthew ?

Em était toujours curieuse de généalogie. Pas seulement la sienne, qui était longue et compliquée, mais celle de tout le monde.

— Ysabeau de Clermont, dis-je. C'est quelque chose, Em. Parfois, je me dis que c'est à cause d'elle que les humains ont si peur des vampires. On la croirait sortie d'un roman.

Un silence.

— Tu veux parler de *Mélisande* de Clermont ? demanda Em d'une voix tendue. Je n'avais même pas pensé aux Clermont quand tu m'as parlé de Matthew. Tu es sûre que son prénom est Ysabeau ?

— En fait, c'est Geneviève. Je crois qu'il y a aussi un Mélisande dans le lot. Elle préfère simplement Ysabeau.

— Prends garde, Diana, m'avertit Em. Mélisande de Clermont a très mauvaise réputation. Elle déteste les sorciers et a fait un carnage à Berlin juste après la guerre.

— Elle a de bonnes raisons de détester les sorciers, dis-je en me frottant la tempe. Je suis surprise qu'elle m'ait accueillie chez elle.

Si des vampires avaient été mêlés à la mort de mes parents, je ne me serais pas montrée aussi magnanime qu'elle.

— Et l'eau ? coupa Sarah. Je m'inquiète surtout parce qu'Em a eu la vision d'une tempête.

— Oh, il a commencé à pleuvoir hier soir, après le départ de Matthew.

Le souvenir de cet épisode me fit frissonner.

— Une eau sorcière, souffla Sarah, qui avait compris. Qu'est-ce qui l'a provoquée ?

— Je ne sais pas, Sarah. Je me suis sentie… vide. Quand Matthew est parti, les larmes que je retenais depuis la visite de Domenico se sont mises à jaillir partout.

— Domenico qui ? demanda Em, qui fouillait dans son répertoire mental des personnages légendaires.

— Michele. Un vampire vénitien. Et si jamais il revient me harceler, je lui arrache les yeux, vampire ou pas.

— Il est dangereux ! s'écria Em. Cette créature ne respecte aucune règle.

— Ce n'est pas la première fois qu'on me le dit, crois-moi, et tu peux être tranquille, je suis surveillée vingt-quatre heures sur vingt-quatre.

— Nous continuerons de nous inquiéter tant que tu seras avec des vampires, répliqua Sarah.

— Tu risques de t'inquiéter longtemps, alors, m'obstinai-je. J'aime Matthew, Sarah.

— C'est impossible, Diana. Les vampires et les sorcières…

— Domenico m'a parlé du pacte, coupai-je. Je ne demande à personne d'autre de l'enfreindre et je comprends que vous puissiez ne plus vouloir entendre parler de moi. Mais je n'ai pas le choix.

— La Congrégation fera tout pour mettre un terme à cette relation, intervint Em.

— On me l'a dit aussi. Il faudra me tuer, alors. (Jusqu'à cet instant, je n'avais pas formulé cette éventualité, mais j'y pensais depuis la veille.) Ce sera plus difficile de se débarrasser de Matthew, mais je suis une cible plutôt facile.

— Tu ne peux pas te jeter tête baissée dans la gueule du loup, sanglota Em.

— Sa mère l'a bien fait, répliqua Sarah.

— Comment cela, ma mère ?

— Rebecca s'est jetée dans les bras de Stephen alors que tout le monde disait que c'était une mauvaise idée que deux sorciers aussi puissants s'unissent. Et elle a refusé d'écouter ceux qui lui déconseillaient d'aller au Nigeria.

— Diana a d'autant plus de raisons de nous écouter, à présent, dit Em. Tu le connais depuis seulement quelques semaines. Rentre à la maison et vois si tu parviens à l'oublier.

— L'oublier ? (C'était ridicule.) Ce n'est pas juste une amourette. Je n'ai jamais éprouvé cela pour personne de ma vie.

— Laisse-la, Em. Nous avons assez entendu ce genre de propos dans la famille. Je n'ai pas plus réussi à t'oublier qu'elle pourra l'oublier, lui. (Sarah laissa échapper un soupir.) Ce n'est peut-être pas la vie que j'aurais choisie pour toi, mais c'est à chacun de nous de décider. C'est ce qu'a fait ta mère. C'est ce que j'ai fait. Et cela n'a pas particulièrement plu à ta grand-mère. Maintenant, c'est ton tour. Mais sache qu'aucun Bishop ne tourne le dos à un autre.

— Merci, Sarah, dis-je, les larmes aux yeux.

— En plus, continua-t-elle sur sa lancée, si la Congrégation se compose de *choses* comme Domenico Michele, ils peuvent tous aller au diable.

— Qu'en pense Matthew ? demanda Em. Je suis surprise qu'il soit parti une fois que vous avez décidé de rompre avec une tradition vieille d'un millénaire.

— Matthew ne m'a pas encore fait part de ses sentiments, répondis-je en déroulant méthodiquement un trombone.

Il y eut un silence de mort au bout du fil.

— Qu'est-ce qu'il attend ? demanda finalement Sarah.

J'éclatai de rire.

— Vous n'avez cessé de m'exhorter à garder mes distances avec Matthew. Maintenant, vous êtes fâchées parce qu'il refuse de me faire courir un danger encore plus grand que celui que j'affronte déjà ?

— Tu veux vivre avec lui. Cela devrait suffire.

— Ce n'est pas une espèce de mariage magique arrangé, Sarah. J'ai voix au chapitre. Et lui aussi.

La petite pendule posée sur le bureau indiquait qu'il était parti depuis vingt-quatre heures.

— Si tu es décidée à rester là-bas avec ces créatures, fais attention, me recommanda Sarah en guise de conclusion. Et si tu veux rentrer, tu peux.

Quand je raccrochai, la pendule sonna la demi-heure. Il faisait déjà nuit à Oxford. Pas question d'attendre. Je repris le téléphone et composai son numéro.

— Diana ? demanda-t-il d'une voix inquiète.

— Vous avez deviné que c'était moi ou bien vous avez la présentation du numéro ? dis-je en riant.

— Je vois que vous allez bien, répondit-il, soulagé.

— Oui, votre mère s'ingénie à me fournir des distractions.

— C'est ce que je redoutais. Quels mensonges vous a-t-elle racontés ?

Je préférai faire l'impasse sur les moments les plus éprouvants de la journée.

— Seulement la vérité, dis-je. Que son fils est une sorte de mélange diabolique entre Lancelot et Superman.

— C'est tout à fait Ysabeau, l'entendis-je sourire. Quel soulagement de savoir qu'abriter une sorcière sous son toit ne l'a absolument pas changée.

La distance me permettait sans aucun doute d'éluder avec des demi-vérités. Mais elle ne pouvait m'empêcher de l'imaginer, assis dans son fauteuil Morris à All Souls. Les lampes devaient être allumées et sa peau luire comme une perle. Je l'imaginai en train de lire, concentré, le front plissé.

— Que buvez-vous ? demandai-je, incapable de deviner ce détail.

— Depuis quand vous intéressez-vous au vin ?

— Depuis que j'ai découvert qu'il y avait beaucoup à apprendre sur le sujet.

*Depuis que je sais que vous aimez cela, imbécile.*

— Un cru espagnol, ce soir. Du Vega Sicilia.

— De quand ?

— De quelle année, vous voulez dire ? me taquina-t-il. 1964.

— Plutôt jeune, à côté de vous, alors ? répliquai-je sur le même ton, heureuse qu'il soit de bonne humeur.

— Tout à fait.

— Comment s'est passée votre journée ?

— Très bien. Nous avons doublé la sécurité, mais rien ne manquait. Quelqu'un a essayé de pirater les ordinateurs, mais Miriam m'a assuré qu'il est impossible de s'introduire dans son système.

— Vous rentrez bientôt ?

Le silence qui suivit fut trop long pour être supportable. Il devait y avoir un rapport.

— Je ne sais pas, dit-il sèchement. Dès que je pourrai.

— Voulez-vous parler à votre mère ? Je peux aller la chercher.

Son changement de ton m'avait blessée et j'eus du mal à ne rien en laisser paraître.

— Non, vous pouvez lui dire que tout va bien au labo comme à la maison.

Nous raccrochâmes. J'avais le cœur serré. Quand je parvins à me lever et à me retourner, je vis la mère de Matthew qui attendait sur le seuil.

— C'était Matthew. Tout va bien au laboratoire et à la maison. Je suis fatiguée, Ysabeau, et je n'ai pas très faim. Je crois que je vais aller me coucher.

Il était presque 20 heures, une heure raisonnable pour se retirer.

— Bien sûr, répondit-elle en s'effaçant devant moi. Dormez bien, Diana.

# 25

Marthe était montée dans le bureau de Matthew pendant que j'étais au téléphone et y avait porté des sandwiches, du thé et de l'eau. Elle avait alimenté le feu pour la nuit et des bougies étaient allumées. Le même confort chaleureux m'attendait dans la chambre, mais mon esprit était toujours en éveil et tenter de dormir était inutile. L'*Aurora* était posé sur le bureau de Matthew. Je m'assis à mon ordinateur, évitai de regarder son armure scintillante et allumai sa lampe de bureau design.

*Et je dis : donne-moi connaissance de ma fin et de la mesure de mes jours, afin que je sache ma fragilité. Ma vie n'excède pas la largeur de ma main et n'est qu'un moment, comparée à la tienne.*

Le passage ne fit que me rappeler Matthew.

Comme il était inutile de chercher à me concentrer sur l'alchimie, je décidai de dresser la liste des questions soulevées par ma lecture. Je n'avais besoin que d'un crayon et d'une feuille.

L'énorme bureau en acajou de Matthew était aussi sombre et massif que son propriétaire et dégageait la même sévère autorité. Des tiroirs étaient ménagés de part et d'autre et le meuble reposait sur des pieds en forme de boule. Tout autour du plateau courait une frise sculptée de feuilles d'acanthe, de tulipes, de rouleaux et de formes géométriques qui donnaient envie de toucher. Contrairement à mon bureau, qui était toujours encombré d'une masse de papiers, de livres et de tasses à moitié pleines rendant périlleuse toute tentative de travail, celui-ci ne comportait qu'un sous-main édouardien, un coupe-papier en forme d'épée et la lampe. Comme Matthew, c'était un mélange bizarrement harmonieux d'ancien et de moderne.

Mais il n'y avait pas la moindre fourniture en vue. J'ouvris le premier tiroir de droite. À l'intérieur, tout était méticuleusement rangé. Les stylos Montblanc séparés des porte-mines Montblanc, les trombones classés par taille. Ayant choisi un stylo, je voulus ouvrir les autres tiroirs. Ils étaient fermés – et je ne trouvai pas la clé parmi les trombones.

Faute de papier, j'allais devoir me contenter d'écrire sur le buvard du sous-main. Mais en poussant l'ordinateur de côté, je fis tomber le stylo, qui atterrit pile sous les tiroirs. Je dus me mettre à genoux pour pouvoir glisser la main dessous, et ce faisant, je repérai un autre tiroir, dissimulé juste sous le plateau.

Je me relevai en fronçant les sourcils. Rien dans les ciselures de la frise ne permettait d'en libérer l'ouverture. Si le buvard de Matthew finissait couvert de notes, cela lui apprendrait à ranger son papier dans un tiroir difficile à ouvrir. Je commençai donc par inscrire le chiffre 1 sur le vert du buvard. Puis je m'immobilisai.

Un tiroir dissimulé, c'était fait pour cacher quelque chose.

Matthew avait des secrets, cela, je le savais. Mais nous ne nous connaissions que depuis quelques semaines et même des gens très proches ont le droit d'avoir une vie privée. Cependant, le mutisme de Matthew était irritant et ses secrets l'entouraient comme une forteresse que nul ne pouvait pénétrer – moi la première.

Et puis, je n'avais besoin que d'une feuille de papier. N'avait-il pas fouiné dans mes affaires à la Bodléienne, quand il cherchait l'Ashmole 782 ? Nous nous connaissions à peine quand il avait fait cela. Et il m'avait laissée seule en France.

Je replaçai le capuchon du stylo, retenue par ma conscience. Mais j'étais trop vexée pour lui obéir. J'appuyai de nouveau sur tous les motifs sculptés de la frise, sans plus de succès. Le coupe-papier était à portée de main. Peut-être pourrais-je le glisser dans la fente et forcer le tiroir. *Songe que ce bureau est une antiquité*, s'indigna en moi l'historienne, bien plus que ma conscience. Il était peut-être envisageable de violer l'intimité de Matthew, mais pas d'abîmer un objet ancien.

Je replongeai sous le bureau. Il faisait trop sombre pour que je voie bien le dessous du tiroir, mais je sentis au bout de mes doigts quelque chose de dur incrusté dans le bois. J'entendis un petit déclic quand j'appuyai dessus. Je me relevai et vis un tiroir d'une dizaine de centimètres de profondeur, tapissé de velours noir, creusé de trois emplacements dans lesquels reposaient trois médailles en bronze.

La plus grosse, d'une dizaine de centimètres de diamètre, était gravée d'un bâtiment, très détaillé, où l'on distinguait quatre marches menant à une porte flanquée de deux colonnes, où se dressait un personnage vêtu d'un linceul. Les creux de la gravure étaient incrustés de cire noire et tout autour s'étalaient les mots *Militie Lazari a Bethania*.

*Les Chevaliers de Lazare de Béthanie.*

Je me laissai tomber sur le fauteuil. Ce n'étaient pas des médailles, mais des sceaux, de ceux qui cachettent une correspondance officielle ou certifient une transaction. Un cachet de cire au bas d'une simple feuille pouvait autrefois ordonner à une armée de lever un siège ou de sceller la propriété d'un immense domaine.

D'après les traces, au moins un sceau avait été utilisé récemment.

Les doigts tremblants, je sortis l'un des plus petits disques du plateau. Il était orné du même bâtiment. Les colonnes et la silhouette de Lazare, l'homme de Béthanie que le Christ avait ressuscité d'entre les morts après quatre jours au tombeau, étaient très reconnaissables. Ici, on le voyait sortir d'un cercueil. Mais le sceau ne portait pas de devise : il était entouré d'un serpent qui se mordait la queue.

Je revis l'étendard de la famille Clermont orné de son ouroboros argenté flottant dans le vent au-dessus de Sept-Tours.

Le sceau était posé au creux de ma paume. Je me concentrai sur le bronze luisant pour tenter de forcer mon récent pouvoir de vision à éclaircir ce mystère. Mais j'avais passé plus de vingt ans à nier la magie qui courait dans mes veines et elle n'éprouvait aucune envie de me venir en aide en cet instant.

Puisque je n'avais pas de vision, il fallait que je me replie sur mes connaissances historiques. J'examinai le revers. Une croix pattée divisait le sceau en quartiers, comme celle que portait Matthew sur sa tunique dans ma vision. Dans le quartier supérieur droit se trouvait un croissant de lune horizontal portant une étoile à six pointes dans son creux. Le quartier inférieur gauche contenait une fleur de lys, symbole traditionnel de la France.

Sur le pourtour du sceau était gravée la date MDCI (1601 en chiffres romains) ainsi que les mots *Secretum Lazari*, « le secret de Lazare ».

Ce ne pouvait être une coïncidence que Lazare, comme un vampire, soit revenu d'entre les morts. En outre, la croix, alliée à un personnage légendaire de la Terre sainte et à la mention de chevaliers, indiquait que les sceaux appartenaient à l'un des ordres de chevalerie des croisades du Moyen Âge. Les plus connus étaient les Templiers, qui avaient mystérieusement disparu au début du XIVe siècle, après avoir été accusés d'hérésie et de pire encore. Mais je n'avais jamais entendu parler de chevaliers de l'ordre de Saint-Lazare.

Je m'interrogeai sur la date. 1601. C'était tardif pour un ordre de chevalerie médiévale. Je cherchai dans ma mémoire des événements significatifs de cette année-là qui auraient pu éclairer ce mystère. La reine Elizabeth Ire avait fait décapiter le comte d'Essex et l'astronome danois Tycho Brahe était mort dans des circonstances beaucoup plus ordinaires. Aucun de ces événements ne semblait pertinent.

Je passai le doigt sur la gravure. La signification de MDCI m'apparut soudainement. *Matthew de Clermont.*

C'étaient des lettres, et non pas des chiffres romains. L'abréviation du nom de Matthew : MDCl. Je m'étais méprise sur la dernière lettre.

Je refermai les doigts sur le disque de cinq centimètres, enfonçant profondément la surface gravée dans ma paume. Ce devait être le sceau personnel de Matthew. Leur pouvoir était tel qu'on les détruisait généralement après la mort de leur propriétaire ou lorsqu'ils quittaient leurs fonctions, afin que personne d'autre ne puisse les utiliser frauduleusement.

Et un seul chevalier pouvait avoir en sa possession à la fois le grand sceau et un sceau personnel : le grand-maître de l'ordre.

J'étais intriguée que Matthew les cache. Qui pouvait se soucier ou se souvenir des chevaliers de l'ordre de Saint-Lazare, et du rôle qu'il y avait tenu autrefois ?

Je repensai au résidu de cire noire sur le grand sceau.

— Ce n'est pas possible, murmurai-je, abasourdie.

Les chevaliers appartenaient au passé. Ils n'étaient plus actifs de nos jours. L'armure de Matthew luisait dans la lumière des bougies. Je laissai retomber le sceau dans le tiroir. Je l'avais tellement serré que ma paume en portait maintenant l'impression exacte, jusqu'à la croix pattée, le croissant de lune, l'étoile et la fleur de lys.

Si Matthew possédait ces sceaux et si l'un d'eux portait encore des traces de cire, c'est qu'il était utilisé. Et que les chevaliers de l'ordre de Saint-Lazare existaient toujours.

— Diana ? Tout va bien ? demanda la voix d'Ysabeau depuis le bas de l'escalier.

— Oui, oui ! criai-je en fixant l'image du sceau dans ma main. Je suis en train de lire mes mails et j'ai reçu des nouvelles inattendues, c'est tout !

— Voulez-vous que Marthe vienne débarrasser le plateau ?

— Non ! criai-je. Je n'ai pas fini de manger.

Les pas décrurent. Une fois le silence revenu, je laissai échapper mon souffle. Discrètement, je retournai l'autre petit sceau. Il était presque identique à celui de Matthew, sauf que le quartier supérieur droit ne portait qu'un croissant de lune et que le prénom *Philippus* était inscrit tout autour.

Celui-ci appartenait au père de Matthew, ce qui signifiait que les chevaliers de l'ordre de Saint-Lazare étaient une affaire de famille chez les Clermont.

Certaine de ne pas trouver d'autres indices dans ce tiroir, je remis les sceaux tels que je les avais trouvés et refermai le tout.

Je pris un guéridon et le portai jusqu'aux rayonnages. Matthew ne se fâcherait pas que j'aie inspecté sa bibliothèque, me dis-je en ôtant mes mocassins. Le guéridon gémit quand je montai dessus, mais il tint bon.

À présent, le jouet en bois sur la dernière étagère était à hauteur d'œil. Je respirai un bon coup et tirai à moi le premier objet situé à l'autre extrémité. C'était le manuscrit le plus ancien que j'aie jamais touché. La couverture en cuir protesta quand je l'ouvris et une odeur de peau de mouton monta des pages.

*« Carmina qui quondam studio florente peregi, / Flebilis heu maestos cogor inire modos »*, disaient les premiers vers. Des larmes me montèrent aux yeux. C'était l'œuvre de Boèce, datant du VIe siècle, *La Consolation de philosophie*, rédigée en prison alors qu'il attendait la mort. *« Autrefois, l'enjouement de ma muse répondait aux agréments de mon âme et à la splendeur de ma fortune ; aujourd'hui, les plus tristes accents conviennent seuls au déplorable état où je me trouve. »* J'imaginai Matthew, pleurant la mort de Blanca et de Lucas, abasourdi par sa condition toute neuve de vampire, lisant ces mots écrits par un condamné. Remerciant intérieurement celui qui lui avait offert ce livre dans l'espoir d'atténuer son chagrin, je le remis en place.

Le volume suivant était un manuscrit magnifiquement enluminé de la Genèse. Ses bleus et ses rouges étaient aussi éclatants que s'ils avaient été peints la veille. Je trouvai un autre manuscrit enluminé, un exemplaire du traité de botanique de Dioscoride, ainsi que plus d'une dizaine d'autres ouvrages bibliques, plusieurs livres de droit et un ouvrage en grec.

L'étagère du dessous contenait le même genre d'ouvrages – principalement des textes religieux –, ainsi qu'un traité de médecine et un très ancien exemplaire d'une encyclopédie du VII^e^ siècle, la tentative d'Isidore de Séville d'englober toutes les connaissances humaines : elle avait dû éveiller l'insatiable curiosité de Matthew. Au bas de la première page étaient inscrits le prénom *MATHIEU* et les mots *« meus liber »*, « mon livre ».

J'éprouvai le même besoin irrésistible de toucher ces lettres que devant l'Ashmole 782. La première fois, j'avais été trop effrayée par la présence des employés de la bibliothèque et ma propre magie pour prendre ce risque. À présent, c'était la peur d'apprendre quelque chose d'inattendu sur Matthew qui me retenait. Mais il n'y avait personne dans la pièce et mes craintes n'étaient rien à côté de mon désir de comprendre le passé du vampire. J'effleurai du bout des doigts le prénom. Son image m'apparut, claire et distincte, sans que j'aie besoin de prononcer le moindre mot ou de regarder une surface réfléchissante.

Il était assis à une table près d'une fenêtre, comme ces derniers jours, se mordant la lèvre, absorbé dans des exercices d'écriture. Ses longs doigts tenaient un calame et il était entouré de rouleaux de vélin qui portaient tous ses essais maculés de taches pour écrire son prénom ou copier des passages des Écritures. Je suivis le conseil de Marthe et n'opposai aucune résistance à ma vision ; l'expérience fut moins déroutante que la veille.

Mes doigts m'ayant révélé ce qu'ils pouvaient, je replaçai l'encyclopédie à sa place et continuai d'examiner les autres volumes. Je vis d'autres ouvrages d'histoire, de droit, de médecine et d'optique, de la philosophie grecque, des récits et les recueils de personnalités de l'Église comme Bernard de Clairvaux, ainsi que des romans de chevalerie, dont un sur un chevalier qui se changeait en loup un jour par semaine. Mais aucun ne m'apporta de nouvelle révélation sur les chevaliers de l'ordre de Saint-Lazare. Je poussai un soupir dépité et sautai de la table.

Ma connaissance des ordres croisés était sommaire. La plupart étaient apparus sous la forme d'unités militaires renommées pour leur bravoure et leur discipline. Les Templiers étaient célèbres pour être les premiers à arriver sur le champ de bataille et les derniers à le quitter. Mais les entreprises militaires des ordres ne s'étaient pas limitées à la région de Jérusalem. Les chevaliers avaient combattu également en Europe et beaucoup obéissaient au pape plutôt qu'à un souverain ou à une autre autorité séculière.

Et leur pouvoir n'était pas uniquement militaire. Ils avaient bâti des églises, des écoles et des léproseries. Les ordres militaires protégeaient les intérêts croisés, spirituels, financiers et matériels. Des vampires comme Matthew étant extrêmement possessifs et territoriaux, ils étaient idéalement faits pour ce rôle de gardiens.

Ce fut le pouvoir de ces ordres qui conduisit à leur disgrâce. Monarques et papes étaient jaloux de leurs richesses et de leur influence. En 1312, le pape et le roi de France firent en sorte de démanteler les Templiers pour se débarrasser de la menace que représentait cette immense et prestigieuse confrérie. La plupart des autres ordres périclitèrent à leur tour en raison du manque de soutien et d'intérêt.

Bien sûr, il y avait tout un tas de théories du complot. Une grande institution internationale est difficile à abattre du jour au lendemain et la dissolution brutale des chevaliers du Temple avait mené à tout un ensemble de légendes fantastiques sur des croisés rebelles et des opérations secrètes. Certains cherchaient encore les vestiges de leur fabuleux trésor. Le fait que personne n'en ait découvert la moindre trace ne faisait qu'ajouter au mystère.

*L'argent.* C'était l'une des premières leçons que l'on apprenait en histoire : remonter la piste de l'argent. Je m'y attelai donc.

Le premier gros registre était sur la troisième étagère, coincé entre l'*Optique* d'Alhazen et une chanson de geste. Une minuscule grecque était inscrite sur la tranche du manuscrit : α. Me doutant qu'il s'agissait d'une indexation, je cherchai le deuxième volume : lui aussi portait une lettre grecque : β. Mon regard s'alluma en voyant parmi les livres les lettres γ, δ, et ε. Je fus certaine qu'en cherchant un peu, je trouverais les suivantes.

Je me sentis comme Eliot Ness se lançant aux trousses d'Al Capone en brandissant une poignée de feuilles d'impôts, et je levai la main. Pas question de perdre du temps à l'attraper : le premier registre sortit de son logement et atterrit dans ma paume ouverte.

Les différentes rubriques dataient de 1117 et étaient d'écritures différentes. Des noms et des chiffres dansaient sur les pages. Mes doigts volèrent, absorbant toute l'information qu'ils pouvaient. Des visages surgissaient régulièrement : Matthew, l'homme brun au nez aquilin, un homme aux cheveux couleur de cuivre, un autre avec des yeux bruns et un visage grave.

Mes mains s'arrêtèrent sur un reçu d'argent daté de 1149 : *« Eleanor Regina, 40 000 marks. »* C'était une somme impressionnante, plus de la moitié du revenu annuel du royaume d'Angleterre. Pourquoi la reine d'Angleterre donnait-elle autant à un ordre dirigé par des vampires ? Mais le Moyen Âge était bien trop éloigné de mon domaine d'expertise pour que je puisse répondre à cette question ; je ne connaissais pas suffisamment les personnages impliqués dans la transaction. Je refermai le registre et passai aux rayonnages des XVIe et XVIIe siècles.

Un volume marqué de la lettre *l* était niché entre les autres livres. Je restai les yeux écarquillés une fois que je l'eus ouvert.

D'après ce registre, les chevaliers de l'ordre de Saint-Lazare avaient financé – fait incroyable – nombre de guerres, de biens, de services et de négociations diplomatiques, payé la dot de Marie Tudor lorsqu'elle avait épousé Philippe d'Espagne, acheté les canons de la bataille de Lépante, acheté les Français pour qu'ils n'assistent pas au concile de Trente et financé la plupart des actions militaires de la Ligue luthérienne de Schmalkade. Apparemment, la confrérie ne s'embarrassait pas de considérations politiques ou religieuses quand il s'agissait d'investir. En une seule année, elle avait financé le retour de Mary Stuart sur le trône d'Écosse et remboursé l'énorme dette d'Elizabeth Ire envers la Bourse d'Anvers.

Je parcourus les rayonnages à la recherche d'autres livres marqués de lettres grecques. Sur les étagères du XIXe siècle, j'en trouvai un portant la lettre ψ, sur sa tranche en toile bleue. À l'intérieur, d'énormes sommes d'argent étaient consignées avec des ventes de propriétés qui me firent tourner la tête – comment pouvait-on acheter secrètement la plupart des fabriques de Manchester ? – et des noms familiers de l'aristocratie, de familles royales, de présidents et de généraux de la guerre de Sécession. Il y avait également des sommes plus modestes payant des études, des vêtements et des livres, des dots ou des notes de soins, ainsi que des arriérés de loyers. À côté de tous ces noms inconnus figuraient l'abréviation « MLB » ou « FMLB ».

Mon latin n'était pas aussi bon qu'il aurait dû, mais je fus sûre qu'elle signifiait *Militie Lazari a Bethania* ou *Filia Militie* ou *Filius Militie* – les filles et fils des chevaliers. Et si l'ordre continuait de dépenser au milieu du XIXe siècle, il en était probablement de même aujourd'hui. Quelque part dans le monde, un contrat, pour une transaction immobilière ou légale, portait le cachet à la cire noire de l'ordre.

Et c'était Matthew qui l'avait appliqué.

Quelques heures plus tard, j'étais revenue dans la section médiévale de la bibliothèque de Matthew et j'ouvrais le dernier registre. Ce volume couvrait la période de la fin du XIIIe siècle jusqu'à la première moitié du XIVe. Je n'étais plus surprise par les sommes effarantes, mais vers 1310, le nombre de rubriques augmentait considérablement. Tout comme les flux financiers. Une nouvelle annotation accompagnait certains noms : une petite croix rouge. En 1313, à côté de l'une de ces marques, figurait un nom que je reconnus : Jacques de Molay, le dernier grand-maître des chevaliers du Temple.

Il avait péri sur le bûcher pour hérésie en 1314. Un an avant son exécution, il avait fait don de tous ses biens aux chevaliers de Saint-Lazare.

Des centaines de noms étaient marqués de croix rouges. Étaient-ce tous des Templiers ? Si oui, le mystère des Templiers était résolu. Les chevaliers et leur trésor n'avaient pas disparu : ils avaient simplement été absorbés par l'ordre de Saint-Lazare.

Ce ne pouvait être vrai. Une telle chose aurait exigé une planification et une coordination gigantesques. Et personne n'aurait pu garder un tel secret. L'idée était aussi peu plausible que les histoires que l'on racontait sur…

Les sorciers et les vampires.

Les chevaliers de l'ordre de Saint-Lazare n'étaient ni plus ni moins crédibles que moi.

Quant aux théories du complot, leur principale faiblesse était leur trop grande complexité. Une vie ne suffisait pas pour rassembler l'information nécessaire, faire les liens entre tous les éléments et ensuite mettre les plans à exécution. À moins, bien sûr, que les acteurs du complot aient été des vampires. Pour un vampire – ou mieux encore, une famille de vampires –, le temps n'avait guère d'importance. Si j'en jugeais par la carrière professionnelle de Matthew, les vampires avaient tout le temps qu'ils voulaient.

Je replaçai le livre en me rendant compte des immenses implications d'une relation avec un vampire. Il n'était pas seulement question de son âge ou de ses habitudes alimentaires, ni de sa tendance à tuer des humains. Il y avait aussi tous les secrets.

Matthew les avait accumulés depuis plus d'un millénaire : énormes, comme les chevaliers de l'ordre de Saint-Lazare ou son fils Lucas ; moindres, comme ses relations avec Charles Darwin ou William Harvey. Ma vie était trop courte pour que je puisse les apprendre tous, et encore moins les comprendre.

Mais il n'y avait pas que les vampires qui avaient des secrets. Toutes les créatures acquéraient cette tendance, de peur d'être découvertes ou pour protéger quelque chose au sein de leur univers presque tribal. Matthew n'était pas simplement un chasseur, un tueur, un scientifique ou un vampire, mais un réseau de secrets, tout comme moi. Pour que nous puissions être ensemble, nous devions décider lesquels partager, et renoncer aux autres.

L'ordinateur émit un carillon quand j'appuyai sur l'allumage. Les sandwiches de Marthe avaient séché et le thé était froid, mais je grignotai un peu pour qu'elle ne pense pas que ses efforts étaient vains.

Quand j'eus fini, je restai à fixer le feu. Les chevaliers de l'ordre de Saint-Lazare éveillaient mon intérêt d'historienne et mon instinct de sorcière me soufflait que la confrérie était une clé importante pour comprendre Matthew. Mais leur existence n'était pas son secret le plus capital. Matthew gardait pour lui sa nature la plus intime.

Que cela allait être compliqué et délicat de l'aimer. Nous étions faits de l'étoffe des légendes – vampires, sorcières, chevaliers. Mais il y avait une réalité troublante à affronter. J'avais été menacée, des créatures m'avaient guettée dans la bibliothèque Bodléienne dans l'espoir que je demande un livre que tout le monde convoitait et que personne ne comprenait. Le laboratoire de Matthew avait été pris pour cible. Et notre relation compromettait le fragile consensus qui régnait depuis longtemps entre démons, humains, vampires et sorciers. C'était un nouvel univers, dans lequel des créatures se dressaient contre d'autres en une armée silencieuse et secrète qui pouvait être convoquée rien qu'en apposant un sceau dans un cachet de cire noire. Rien d'étonnant à ce que Matthew ait préféré me laisser de côté.

Je soufflai les bougies et montai dans la chambre. Épuisée, je m'endormis rapidement, rêvant de chevaliers, de sceaux de bronze et de registres de comptes.

Une main fine et glacée me toucha l'épaule et me réveilla en sursaut.

— Matthew ? demandai-je en me redressant.

Le visage blême d'Ysabeau m'apparut dans la pénombre.

— C'est pour vous, dit-elle en me tendant son mobile rouge, avant de quitter la pièce.

— Sarah ?

J'étais terrifiée à l'idée qu'il soit arrivé quelque chose à mes tantes.

— Tout va bien, Diana.

Matthew.

— Qu'y a-t-il ? Avez-vous conclu un accord avec Knox ?

— Non. Je n'avance pas de ce côté-là. Il ne reste rien pour moi à Oxford. Je veux rentrer auprès de vous. Je serai là dans quelques heures.

Sa voix me parut étrange, pâteuse.

— Je suis en train de rêver ?

— Pas du tout. (Il hésita.) Diana ? Je vous aime.

C'était ce que j'aspirais le plus à entendre.

— Venez me le dire en personne, répondis-je, les yeux embués de larmes.

— Vous n'avez pas changé d'avis ?

— Jamais, répondis-je vivement.

— Vous serez en danger, votre famille aussi. Vous êtes prête à prendre ce risque, pour moi ?

— J'ai pris ma décision.

Nous raccrochâmes à contrecœur, redoutant le silence qui suivrait de telles paroles.

Pendant son absence, je m'étais trouvée à la croisée de chemins, incapable de voir ce qui allait arriver.

Ma mère était connue pour son don de prémonition exceptionnel. Aurait-elle eu assez de pouvoir pour discerner ce qui nous attendait alors que nous faisions nos premiers pas ensemble ?

# 26

Je guettais le crissement de pneus sur le gravier depuis que j'avais raccroché le téléphone, que je n'avais pas quitté des yeux.

Une théière fumante et des croissants chauds m'attendaient quand je sortis de la salle de bains, le téléphone à la main. J'expédiai le petit déjeuner, enfilai ce qui me tomba sous la main et dévalai l'escalier, les cheveux encore mouillés. Matthew n'arriverait pas à Sept-Tours avant des heures, mais j'étais bien décidée à être là quand il franchirait le seuil.

J'attendis d'abord sur le sofa du salon, devant le feu, en me demandant ce qui était arrivé à Oxford pour que Matthew change d'avis. Marthe m'apporta une serviette et, voyant que je ne l'utilisais pas, me sécha les cheveux.

Alors que l'heure de son arrivée approchait, je me mis à faire les cent pas dans le hall. Ysabeau fit son apparition et me regarda, les mains sur les hanches. Je continuai malgré tout, jusqu'à ce que Marthe vienne poser une chaise sur le perron. Elle me convainquit de m'asseoir et la mère de Matthew se retira dans la bibliothèque.

Quand la Range Rover entra dans la cour, je sortis comme une flèche. Pour une fois, Matthew ne me devança pas. Il se redressait à peine quand je me jetai à son cou, mes pieds touchant à peine le sol.

— Ne recommencez jamais, chuchotai-je en retenant mes larmes. Jamais.

Matthew m'enlaça et enfouit son visage dans mon cou. Nous restâmes ainsi sans prononcer une parole, puis il se dégagea doucement et me reposa à terre. Il prit mon visage dans ses mains et les flocons de neige familiers fondirent sur ma peau.

— *Dieu**, murmura-t-il, émerveillé. J'ai eu tort.

— Tort ? m'inquiétai-je.

— Je pensais savoir combien vous me manqueriez, mais je n'en avais aucune idée.

— Dites-le-moi.

Je voulais entendre à nouveau ce qu'il m'avait dit la veille au téléphone.

— Je vous aime, Diana. Dieu m'est témoin, j'ai tout fait pour m'en empêcher.

— Je vous aime aussi, Matthew, de tout mon cœur.

À ces mots, quelque chose changea subtilement en lui. Ce n'étaient pas les battements de son cœur, qui étaient toujours aussi imperceptibles, ni sa peau, qui restait délicieusement fraîche. J'entendis un murmure sourd dans sa gorge qui fit monter le désir en moi. Matthew le sentit et baissa la tête pour plaquer ses lèvres froides sur les miennes.

Ce qui se passa en moi ne fut ni léger ni subtil. Un flamboiement parcourut tout mon corps et mes mains glissèrent le long de son dos. Il voulut se dégager, mais je l'attirai contre moi.

*Pas si vite*, songeai-je.

Il resta penché sur moi, surpris. Mes mains se refermèrent sur ses reins, possessives, et un feulement monta dans sa gorge.

— Diana ?

D'un baiser, je coupai court à sa question. Sa main caressa ma gorge, puis glissa et se referma sur ma poitrine, et de l'autre, il m'attira plus étroitement contre lui.

Après un long moment, il desserra son étreinte.

— Vous êtes mienne, à présent. (Encore trop étourdie pour répondre, je me contentai de hocher la tête sans le lâcher. Il plongea son regard dans le mien.) Vous n'avez toujours aucune arrière-pensée ?

— Aucune.

— Nous ne faisons plus qu'un, dorénavant. C'est compris ?

— Je crois.

En tout cas, je comprenais que rien ni personne ne pourrait me séparer de Matthew.

— Elle n'a aucune idée de ce que cela signifie ! (La voix d'Ysabeau résonna dans la cour. Matthew se raidit et il m'enlaça dans ses bras protecteurs.) Avec ce baiser, vous avez enfreint toutes les règles qui cimentent notre univers et nous protègent. Matthew, vous avez marqué cette sorcière comme vôtre. Et vous, Diana, vous avez offert votre sang de sorcière, votre pouvoir, à un vampire. Vous avez tourné le dos à votre espèce et vous vous êtes livrée à une créature qui est votre ennemie.

— C'était un baiser, répondis-je, ébranlée.

— C'était un serment. Et en le prononçant, vous êtes tous les deux devenus des hors-la-loi. Les dieux vous viennent en aide.

— Dans ce cas, nous sommes des hors-la-loi, dit tranquillement Matthew. Devons-nous partir, Ysabeau ?

Je perçus le petit garçon dans cette voix d'homme et je m'en voulus de le forcer à choisir. Sa mère s'avança et le gifla.

— Comment osez-vous poser cette question ?

L'un et l'autre étaient bouleversés. La marque de la main resta une fraction de seconde sur la joue de Matthew et vira au bleu avant de disparaître.

— Vous êtes le fils que je chéris le plus, continua-t-elle, inflexible. Et Diana est désormais ma fille, j'en suis autant responsable que vous. Votre combat est le mien, vos ennemis sont les miens.

— Vous n'êtes pas obligée de nous abriter, *mère**, dit Matthew d'une voix tendue.

— Assez d'absurdités. Vous allez être traqués jusqu'au bout du monde à cause de cet amour que vous partagez. Nous combattrons comme une famille unie. (Elle se tourna vers moi.) Quant à vous, ma fille, vous vous battrez comme vous l'avez promis. Vous êtes intrépide, comme le sont tous les vrais braves, mais je ne peux vous en vouloir de votre courage. Cependant, vous avez autant besoin de lui que de l'air que vous respirez et il vous désire comme il n'a désiré personne depuis que je l'ai créé. Puisqu'il en est ainsi, nous devrons faire au mieux. (Elle m'attira contre elle et m'embrassa sur les deux joues. J'habitais sous son toit depuis des jours, mais avec ce geste inattendu, elle m'offrait officiellement la bienvenue.) Et pour faire au mieux, poursuivit-elle, il faut que Diana se conduise comme une sorcière et non comme une misérable humaine. Les femmes des Clermont se défendent toutes seules.

— Je veillerai sur elle, se hérissa Matthew.

— C'est pour cela que vous perdez toujours aux échecs, Matthew. Comme Diana, la reine dispose d'un pouvoir presque illimité. Pourtant, vous tenez à la protéger et vous vous rendez vulnérable. Mais ce n'est pas un jeu et sa faiblesse nous fait à tous courir un danger.

— Restez en dehors de cela, Ysabeau, l'avertit-il. Personne ne peut forcer Diana à être ce qu'elle n'est pas.

— Précisément, ironisa sa mère. Nous n'allons plus la laisser s'efforcer d'être humaine, ce qu'elle n'est pas. C'est une sorcière. Vous êtes un vampire. Si tel n'était pas le cas, nous ne serions pas dans une telle situation. Matthew, *mon cher**, si la sorcière est assez courageuse pour vous désirer, elle n'a aucune raison de craindre son propre pouvoir. Vous pourriez la déchiqueter si vous le vouliez. Tout comme ceux qui vont s'en prendre à vous quand ils comprendront ce que vous venez de faire.

— Elle a raison, Matthew, intervins-je.

— Venez, il vaut mieux rentrer. Vous avez froid et nous devons parler d'Oxford. Ensuite, nous verrons la question de la magie.

— Il faut aussi que je vous dise ce qui s'est passé ici.

Si nous voulions réussir, nous devions révéler certains de nos secrets. L'éventualité que je me transforme à tout instant en eau.

— Nous avons amplement le temps pour cela, dit Matthew en m'entraînant vers le château.

Marthe l'attendait. À peine eut-il franchi le seuil qu'elle l'étreignit farouchement, comme s'il rentrait triomphalement du combat, puis elle nous installa tous au salon devant un feu.

Matthew se plaça à côté de moi et me regarda boire du thé. De temps à autre, il posait la main sur mon genou ou balayait ma mèche rebelle, comme pour compenser sa brève absence. Une fois qu'il se fut détendu, les questions commencèrent, d'abord innocentes. Puis nous passâmes rapidement à Oxford.

— Marcus et Miriam étaient-ils dans le laboratoire lors de la tentative d'effraction ? demandai-je.

— Oui, répondit-il en buvant une gorgée de vin. Mais les cambrioleurs ne sont pas allés bien loin. Marcus et Miriam n'ont pas vraiment été en danger.

— Dieu merci, murmura Ysabeau.

— Que cherchaient-ils ?

— Des renseignements. Sur vous, précisa-t-il à contrecœur. Quelqu'un s'est également introduit dans votre logement à New College. (Un secret venait d'être révélé.) Fred était horrifié. Il m'a assuré qu'il avait remplacé la serrure de votre porte et installé une caméra dans l'escalier.

— Ce n'est pas la faute de Fred. Il suffit de passer devant le concierge d'un pas assuré avec une écharpe de l'université pour avoir l'air d'un nouveau. Mais il n'y avait rien à voler ! On s'intéressait à mes travaux ?

Cette simple idée était ridicule. Qui pouvait s'intéresser assez à l'histoire de l'alchimie pour commettre un cambriolage ?

— Vous avez votre ordinateur ici avec vos notes, dit-il en me prenant la main. Mais ce n'est pas ce qui les intéressait. Ils ont mis l'appartement sens dessus dessous. Nous pensons qu'ils cherchaient un échantillon de votre ADN, un cheveu, une rognure d'ongle. Comme ils n'avaient pas pu entrer dans le laboratoire, ils sont allés fouiller chez vous. (Je voulus retirer ma main pour qu'il ne sente pas combien la nouvelle m'avait ébranlée. Il la retint.) Vous n'êtes pas seule, n'oubliez pas, dit-il en me scrutant.

— Ce n'était donc pas un cambriolage anodin. C'était une créature, quelqu'un qui est au courant pour nous et pour l'Ashmole 782. (Il hocha la tête.) Eh bien, ils ne trouveront pas grand-chose. Pas chez moi. Ma mère m'obligeait à nettoyer ma brosse à cheveux chaque matin et à tout jeter avec les rognures d'ongles aux toilettes avant de partir à l'école. L'habitude m'est restée.

Matthew parut abasourdi. Sa mère, pas du tout.

— J'ai de plus en plus l'impression que j'aurais adoré connaître votre mère, dit-elle.

— Vous rappelez-vous ce qu'elle vous avait dit ? interrogea Matthew.

— Pas vraiment. (Je me rappelais vaguement être assise sur le rebord de la baignoire pendant que ma mère me montrait ce qu'il fallait faire. Je me concentrai.) Je me souviens que nous comptions jusqu'à vingt. Que je faisais une pirouette et que je disais quelque chose.

— Que pouvait-elle bien avoir en tête ? se demanda Matthew. Les cheveux et les ongles recèlent une grande quantité d'information génétique.

— Qui sait ? Ma mère était connue pour ses prémonitions. Ou bien elle se comportait comme toutes les Bishop. Nous sommes tous un peu toqués.

— Votre mère n'était pas folle, Diana, et tout ne peut pas être expliqué par votre science moderne, Matthew. Depuis toujours, pour les sorcières, les cheveux et les ongles recèlent du pouvoir, dit Ysabeau. (Marthe opina en levant les yeux au ciel devant l'ignorance de la jeunesse.) Elles s'en servent pour jeter des sorts, continua-t-elle. Les philtres d'amour sont faits avec, par exemple.

— Vous m'avez dit que vous n'étiez pas une sorcière, Ysabeau, m'étonnai-je.

— J'en ai connu beaucoup au cours des années. Aucune ne laissait un cheveu ou un ongle, de peur qu'une autre sorcière s'en empare.

— Jamais ma mère ne me l'a dit.

Je me demandai quels autres secrets elle gardait.

— Parfois, il vaut mieux que les mères révèlent progressivement les choses à leurs enfants, dit-elle avec un bref regard vers son fils.

— Qui a commis l'effraction, alors ?

— Au laboratoire, ce sont des vampires, mais chez vous, nous ne savons pas trop. Pour Marcus, ce sont des vampires et des sorciers qui se sont ligués, mais je pense que ce n'étaient que des sorciers.

— C'est pour cela que vous étiez si fâché ? Parce que ces créatures ont violé mon territoire ?

— Oui. Je peux tolérer qu'on s'introduise chez moi ou dans mon laboratoire, Diana, mais je ne supporterai pas qu'on le fasse chez vous. Pour moi, c'est comme une menace, c'est... insupportable. Vous protéger est devenu instinctif, à présent.

— Je ne suis pas vampire et je ne connais pas les règles. Il faut que vous m'expliquiez, dis-je en lui caressant les cheveux. Alors c'est le cambriolage de mon logement qui vous a convaincu de revenir vers moi ?

Il prit mon visage dans ses mains.

— Je n'avais besoin d'aucun encouragement pour être avec vous. Vous dites que vous m'avez aimé depuis que vous vous êtes retenue de me donner un coup de rame. Mais je vous aime depuis plus longtemps encore, depuis l'instant où vous avez utilisé votre magie pour attraper un livre dans la bibliothèque. Vous avez eu l'air si soulagée, et en même temps, si coupable.

— Nous allons vous laisser, dit Ysabeau en se levant, gênée devant l'étalage d'affection de son fils.

Marthe s'apprêta à regagner les cuisines, où elle préparerait sans doute en un clin d'œil un festin de dix plats.

— Non, *mère**. Il faut que vous entendiez le reste.

— Vous n'êtes donc pas seulement des hors-la-loi, dit Ysabeau d'un ton grave en se rasseyant.

— Il y a toujours eu une animosité entre les créatures, surtout entre vampires et sorciers. Mais Diana et moi avons exposé ces tensions au grand jour. Cependant, ce n'est qu'un prétexte. La Congrégation se soucie fort peu de notre décision de rompre le pacte.

— Arrêtez de parler par énigmes, Matthew, le coupa Ysabeau. Ma patience a des limites.

Matthew me jeta un regard navré avant de répondre.

— La Congrégation a commencé à s'intéresser à l'Ashmole 782 et à la manière mystérieuse dont Diana a pu le consulter. Les sorciers surveillent le manuscrit depuis au moins aussi longtemps que moi. Ils n'ont jamais prévu que ce serait vous qui réussiriez à l'obtenir. Et personne ne pensait que je serais le premier à vous aborder. (D'anciennes craintes remontèrent à la surface, me soufflant que quelque chose n'allait pas chez moi.) S'il n'y avait pas eu Mabon, continua-t-il, il y aurait eu à la Bodléienne de puissants sorciers, de ceux qui connaissaient l'importance du manuscrit. Mais ils étaient occupés par la fête. Ils ont délégué la surveillance à cette jeune sorcière et elle vous a laissée filer entre ses doigts, vous et le manuscrit.

— Pauvre Gillian, murmurai-je, songeant combien Peter Knox avait dû lui en vouloir.

— En effet. Mais la Congrégation vous surveillait aussi, pour des raisons qui vont bien au-delà du livre et qui ont trait à votre pouvoir.

— Depuis combien de temps ?

— Probablement depuis toujours.

— Depuis la mort de mes parents. (Des souvenirs troublants de mon enfance me revinrent : le fourmillement du regard d'une sorcière alors que je jouais à la balançoire à l'école, ou le regard glacé d'un vampire à une fête d'anniversaire.) Ils me surveillent depuis cette époque.

Ysabeau voulut parler mais, voyant l'expression de son fils, elle se ravisa.

— S'ils vous tiennent, ils tiendront le livre : c'est ce qu'ils s'imaginent. Vous avez avec l'Ashmole 782 des liens puissants que je ne comprends pas encore. Eux non plus, je pense.

— Pas même Peter Knox ?

— Marcus s'est renseigné. Il est doué pour faire parler les gens. Et d'après ce que nous savons, Peter Knox ne sait toujours pas.

— Je ne veux pas que Marcus se mette en danger pour moi. Il faut qu'il reste en dehors de cela, Matthew.

— Marcus sait se débrouiller tout seul.

— J'ai des choses à vous confier, moi aussi, me lançai-je.

— Vous êtes fatiguée, dit-il en me prenant les mains. Et vous avez faim. Mieux vaut attendre que nous ayons déjeuné.

— Parce que vous arrivez aussi à sentir quand j'ai faim ? demandai-je, incrédule. Ce n'est pas juste.

— Et vous vous plaignez ! dit-il en riant. Vous, une sorcière capable de lire mes pensées si l'envie lui en prenait. Diana, ma chérie, je sais lorsque vous changez d'avis. Je sais quand vous viennent de vilaines pensées, comme l'envie de sauter par-dessus la clôture du paddock. Et quand vous avez faim, oui, je le sais aussi, conclut-il avec un long baiser.

— Puisque nous sommes sur le sujet des sorcières, commençai-je quand j'eus repris mon souffle, nous avons confirmé l'eau sorcière sur la liste des possibilités génétiques.

— Quoi ? s'alarma-t-il. Quand est-ce arrivé ?

— À l'instant où vous quittiez Sept-Tours. J'avais retenu mes larmes en votre présence. Et quand vous êtes parti, elles ont coulé. Abondamment.

— Ce n'était pas la première fois que vous pleuriez, dit-il pensivement en examinant mes doigts. L'eau sortait de vos mains ?

— De partout. (Il haussa des sourcils inquiets.) De mes mains, de mes cheveux, de mes pieds, et même de ma bouche. C'était comme si je n'existais plus que sous forme d'eau. J'ai cru que j'allais avoir éternellement ce goût salé sur la langue.

— Vous étiez seule ?

— Non, bien sûr que non, me hâtai-je de répondre. Marthe et votre mère étaient là, mais elles ne pouvaient même pas m'approcher. Il y avait beaucoup d'eau. Et du vent.

— Qu'est-ce qui a permis de l'arrêter ?

— Ysabeau. (Matthew considéra longuement sa mère.) Elle m'a chanté une chanson.

Il baissa les paupières.

— Autrefois, elle chantait tout le temps. Je vous remercie, *mère**.

J'attendis qu'il me dise qu'elle chantait pour lui et qu'elle n'était plus la même depuis la mort de Philippe. Mais il n'en fit rien. Il se contenta de m'étreindre fougueusement et je m'efforçai de ne pas lui en vouloir pour le fait qu'il ne se confiait pas à moi.

À mesure que passa la journée, le bonheur qu'éprouvait Matthew d'être rentré nous gagna tous. Après le déjeuner, nous passâmes dans son bureau. Alors que nous étions allongés devant la cheminée, il découvrit où j'étais chatouilleuse, mais il ne me laissa pas franchir la muraille qu'il avait soigneusement érigée autour de lui pour protéger ses secrets.

À un moment, je tentai de sonder mentalement ses défenses. Il leva vers moi un regard surpris.

— Vous avez dit quelque chose ?

— Non, répondis-je en me retirant précipitamment.

Nous dînâmes en compagnie d'Ysabeau, qui était elle aussi gagnée par l'humeur légère de son fils. Mais elle le scrutait attentivement, avec tristesse.

Alors que j'enfilais ce qui me tenait lieu de pyjama, m'inquiétant que mon odeur ait imprégné le velours du tiroir secret, je m'armai de courage pour souhaiter bonne nuit à Matthew avant qu'il se retire seul dans son bureau.

Il apparut peu après, vêtu d'un ample bas de pyjama rayé et d'un tee-shirt noir, pieds nus.

— Préférez-vous le côté gauche ou le droit ? demanda-t-il en s'arrêtant près du lit. Si cela ne vous ennuie pas, je préfère le gauche, continua-t-il gravement. Je me détendrai plus facilement si je suis entre vous et la porte.

— Je… cela m'est égal, bafouillai-je.

— Alors montez dans le lit et glissez-vous de l'autre côté.

Il me prit des mains les couvertures et j'obéis, puis il se glissa sous les draps derrière moi avec un grognement de satisfaction.

— C'est le lit le plus confortable de la maison. Ma mère estime que nous n'avons pas besoin de nous soucier d'avoir de bons matelas, étant donné que nous passons si peu de temps à dormir. Ses lits sont un supplice.

— Vous allez dormir avec moi ? demandai-je d'un ton moins nonchalant que je l'aurais voulu.

Il sortit un bras et m'attira contre lui pour que ma tête repose sur son épaule.

— C'est ce que j'avais en tête, dit-il. Mais je ne dormirai pas vraiment.

Blottie contre lui, je posai une main sur son cœur pour le sentir battre.

— Qu'allez-vous faire ?

— Veiller sur vous, quelle question. Et quand j'en aurai assez, je lirai, si tant est que je me lasse. (Il déposa un baiser sur chacune de mes paupières.) La lumière des bougies vous gêne-t-elle ?

— Non. J'ai le sommeil lourd. Rien ne me réveille.

— J'aime les défis. Si je m'ennuie, j'inventerai quelque chose pour vous réveiller.

— Vous ennuyez-vous facilement ? le taquinai-je en me redressant et en passant mes doigts dans ses cheveux.

— Vous verrez bien, répondit-il avec un sourire malicieux.

Ses bras étaient d'une fraîcheur apaisante et la sécurité que j'éprouvais en sa présence était plus reposante que n'importe quelle berceuse.

— Est-ce que cela cessera jamais ? demandai-je.

— La Congrégation ? Je ne sais pas.

— Non, dis-je en relevant la tête, surprise. Cela, je m'en moque.

— De quoi parlez-vous, alors ?

Je l'embrassai.

— De cette sensation que j'ai auprès de vous. Comme si je commençais enfin à vivre.

Il eut un sourire timide que je ne lui avais jamais vu.

— J'espère que non.

Avec un soupir de contentement, je posai ma tête sur sa poitrine et dormis d'un sommeil sans rêves.

# 27

Le lendemain matin, je me rendis compte que mes journées avec Matthew entraient dans deux catégories. Soit il dirigeait tout du matin au soir en me protégeant et en s'assurant que rien ne bouleversait ce qu'il avait minutieusement organisé, soit la journée s'écoulait sans rime ni raison. Moi-même, il n'y avait pas si longtemps, je planifiais mon emploi du temps.

Aujourd'hui, j'allais prendre les rênes et Matthew allait me laisser pénétrer dans sa vie de vampire. Malheureusement, ma décision fut vouée à gâcher une journée qui promettait d'être merveilleuse.

Elle commença à l'aube aux côtés de Matthew, dont la présence éveilla en moi le même désir que la veille dans la cour. Sa réaction fut immédiate et il m'embrassa passionnément.

— J'ai cru que vous ne vous réveilleriez jamais, grommela-t-il entre deux baisers. J'ai eu peur de devoir faire venir la fanfare du village, surtout que le seul trompettiste qui savait sonner le réveil est mort l'an dernier.

— Où est passé votre insigne de pèlerin ? demandai-je, remarquant qu'il ne portait pas l'ampoule de Béthanie.

C'était l'occasion ou jamais de me parler des chevaliers de l'ordre de Saint-Lazare, mais il n'en fit rien.

— Je n'en ai plus besoin, répondit-il en enroulant une mèche de cheveux autour d'un doigt et en m'embrassant derrière l'oreille.

— Dites-moi, insistai-je en me tortillant.

— Plus tard, dit-il en glissant le long de ma nuque.

Mon corps me priva de toute tentative de conversation rationnelle. Nos gestes étaient instinctifs, nous nous touchions à travers les minces étoffes, remarquant d'imperceptibles signes – un frisson, la chair de poule, un petit gémissement – annonciateurs des plus grands plaisirs qui nous attendaient. Quand je voulus toucher sa peau nue, il m'arrêta.

— Nous ne sommes pas pressés, nous avons le temps.

— Oh, ces vampires, parvins-je tout juste à dire avant qu'il me bâillonne d'un baiser.

Nous étions encore couchés quand Marthe entra. Elle posa bruyamment le plateau du petit déjeuner sur la table et jeta deux bûches dans le feu. Matthew passa la tête entre les tentures, déclara que la matinée était magnifique et que je mourais de faim.

Marthe débita toute une tirade en occitan et s'en alla en fredonnant. Il refusa de traduire au prétexte que les paroles étaient trop lestes pour mes délicates oreilles.

Ce matin-là, au lieu de me regarder déjeuner, Matthew se plaignit qu'il s'ennuyait, une lueur malicieuse dans le regard.

— Nous irons faire une promenade à cheval après le petit déjeuner, promis-je en engloutissant mes œufs. Mon travail peut attendre.

— Une promenade n'arrangera rien, gronda Matthew.

Mais mes baisers parvinrent à soulager son ennui. Je ne sentais plus mes lèvres quand il estima enfin qu'il était temps de sortir. Il descendit se changer pendant que je prenais une douche. Marthe remonta prendre le plateau et je lui exposai mes projets tout en me tressant les cheveux. Elle ouvrit de grands yeux quand j'arrivai à la question la plus importante, mais elle accepta d'apporter des sandwiches et une bouteille d'eau à Georges pour qu'il les mette dans les fontes de Rakasa.

Après quoi, il ne me resta plus qu'à informer Matthew, qui était en train de taper sur son ordinateur et de consulter en fredonnant ses messages sur son téléphone. Il leva les yeux avec un sourire.

— Vous voici, dit-il. Je pensais que j'allais devoir vous sortir de l'eau.

Son sourire narquois fit monter le désir en moi, mais je savais que ce que je m'apprêtais à annoncer allait lui déplaire. *Faites que tout se passe bien*, me dis-je en posant mes mains sur ses épaules. Il inclina la tête en arrière et me sourit.

— Embrassez-moi, ordonna-t-il.

Je ne me le fis pas dire deux fois, fascinée que nous soyons si à l'aise l'un avec l'autre. C'était tellement différent des romans et du cinéma, où l'amour était toujours difficile et compliqué. Aimer Matthew, c'était plus revenir au port que sortir dans la tempête.

— Comment faites-vous ? lui demandai-je en prenant son visage dans mes mains. J'ai l'impression de vous connaître depuis toujours.

Matthew sourit tout en éteignant son ordinateur. Je m'enivrai de son parfum épicé en lui caressant les cheveux.

— C'est délicieusement agréable, dit-il en s'appuyant contre ma main.

Le moment était venu de lui gâcher la journée. Je me baissai, le menton sur son épaule.

— Emmenez-moi chasser.

Je le sentis se raidir.

— Ce n'est pas drôle, Diana, répondit-il, glacial.

— Ce n'était pas mon intention, dis-je sans bouger de ma place. (Il essaya de me déloger, mais je ne me laissai pas faire. Je n'avais peut-être pas le courage de le regarder en face, mais je n'allais pas le laisser s'échapper.) Nous devons le faire, Matthew. Vous devez savoir que vous pouvez me faire confiance.

Il se leva brutalement, m'obligeant à reculer, et s'éloigna en portant la main à son cou, là où aurait dû se trouver l'ampoule de Béthanie. Ce n'était pas bon signe.

— Les vampires n'emmènent pas un sang-chaud à la chasse, Diana.

Ce n'était pas non plus un bon signe qu'il me mente.

— Certainement que si, répondis-je. Vous chassez avec Hamish.

— C'est différent. Je le connais depuis des années et je ne partage pas mon lit avec lui, répondit-il d'un ton bourru en fixant la bibliothèque.

— Si Hamish peut vous accompagner, insistai-je en le rejoignant, je le peux aussi.

— Non.

— Ysabeau m'a emmenée.

Il se crispa. Un silence absolu enveloppa la pièce. Je fis un pas de plus.

— N'avancez plus, gronda-t-il. Ne m'approchez pas quand je suis en colère.

Me répétant que ce n'était pas lui qui décidait aujourd'hui, je parcourus prestement la distance qui nous séparait et me plantai devant lui. Ainsi, il ne pourrait manquer de percevoir mon odeur et les battements de mon cœur, qui étaient calmes et réguliers.

— Je n'avais pas l'intention de vous fâcher.

— Ce n'est pas contre vous que je le suis, répondit-il aigrement. En revanche, ma mère aura à en répondre. Elle a maintes fois éprouvé ma patience au cours des siècles, mais vous emmener chasser est impardonnable.

— Ysabeau m'a demandé si je préférais rentrer au château.

— Elle n'aurait pas dû vous laisser le choix, aboya-t-il en faisant volte-face. Les vampires ne se maîtrisent pas complètement quand ils chassent. On ne peut en tout cas pas se fier à ma mère quand elle sent l'odeur du sang. Elle aime seulement tuer et se nourrir. Si le vent avait porté votre odeur, elle se serait repue de vous aussi sans plus de façons.

Sa réaction était encore plus négative que je ne l'avais escompté. Mais puisque je m'étais lancée, je n'avais plus qu'à continuer.

— Votre mère ne faisait que vous protéger. Elle craignait que je ne comprenne pas les enjeux. Vous auriez fait de même pour Lucas.

Une fois de plus, un lourd silence s'installa.

— Elle n'avait aucun droit de vous parler de Lucas. C'est à moi qu'il appartenait, et non à elle, dit-il d'un ton venimeux, sans se départir de son calme.

— À vous et à Blanca, répliquai-je tout aussi calmement.

— C'est à un vampire de raconter les anecdotes de sa vie, et à lui seul. Nous sommes peut-être des hors-la-loi, vous et moi, mais ma mère a enfreint quelques règles elle aussi ces derniers jours, dit-il en portant de nouveau la main à son cou.

Je m'avançai vers lui, d'un pas ferme, comme si c'était un animal inquiet, pour qu'il ne se déchaîne pas et le regrette ensuite. Une fois devant lui, je le pris par les bras.

— Ysabeau m'a confié d'autres choses. Nous avons parlé de votre père. Elle m'a dit tous vos prénoms, y compris ceux que vous n'aimez pas, et les siens aussi. Je ne comprends pas vraiment leur importance, mais ce n'est pas quelque chose qu'elle confie à tout le monde. Et elle m'a raconté comment elle vous avait créé. La chanson qu'elle a chantée pour apaiser l'eau sorcière, c'était celle qu'elle vous chantait aux premiers jours de votre existence de vampire. *Quand vous ne pouviez étancher votre soif.*

Matthew eut du mal à tourner son regard vers le mien et j'eus le cœur brisé d'y voir soudain cette tristesse et cette vulnérabilité qu'il avait soigneusement dissimulées jusqu'ici.

— Je ne peux pas prendre ce risque, Diana. Je vous désire, plus que je n'ai jamais désiré personne. Physiquement, émotionnellement. Si je suis distrait ne serait-ce qu'un instant quand nous chassons, votre odeur pourrait se mêler à celle du cerf, et mon désir de capturer un animal se confondre avec celui de vous posséder.

— Vous me possédez déjà, dis-je en m'accrochant à lui de tout mon être. Vous n'avez pas besoin de me capturer, je suis à vous.

— Cela ne fonctionne pas ainsi. Je ne vous posséderai jamais entièrement. Je voudrai toujours plus que vous ne pourrez me donner.

— Ce n'est pas ce que j'ai remarqué ce matin dans le lit, dis-je, rougissant encore d'avoir été repoussée. J'étais plus que disposée à me donner à vous et vous avez refusé.

— Je n'ai pas dit non, mais plus tard.

— Vous chassez aussi comme cela ? Séduction, attente, puis capture ?

Il frissonna. La réponse me suffit.

— Montrez-moi, insistai-je.

— Non.

— Montrez-moi !

Il gronda, mais je lui tins tête : c'était un avertissement et non une menace.

— Je sais que vous avez peur. Moi aussi. (Je lus du regret dans son regard et je m'impatientai.) Pour la dernière fois, ce n'est pas de vous que j'ai peur, mais de mon propre pouvoir. Vous n'avez pas vu l'eau sorcière, Matthew. Quand l'eau s'est mise à jaillir, j'aurais pu tout anéantir sans éprouver le moindre remords. Vous n'êtes pas la seule créature dangereuse, ici. Mais nous devons apprendre à être ensemble, malgré ce que nous sommes.

— Peut-être est-ce pour cela qu'une règle interdit aux vampires et aux sorcières d'être ensemble, répondit-il, sarcastique. Peut-être que c'est trop difficile, finalement.

— Vous n'en croyez pas un mot, rétorquai-je. (Je pris sa main et la portai à mon visage. La sensation glacée sur ma joue me fit délicieusement frissonner.) Ce que nous éprouvons l'un pour l'autre n'est pas mal. C'est impossible.

— Diana…

Je retins sa main et la retournai. Je suivis du bout des doigts sa ligne de vie, longue et ininterrompue, jusqu'à ses veines, qui paraissaient noires sous sa peau blanche. Il frémit. Il semblait encore peiné, mais il n'était pas fâché.

— Ce n'est pas mal, et vous le savez. Maintenant, vous n'avez plus qu'à savoir que vous pouvez me faire confiance.

Je nouai mes doigts aux siens, lui laissant le temps de réfléchir.

— Je vais vous emmener chasser, dit-il enfin, à condition que vous ne vous approchiez pas de moi et que vous ne descendiez pas de cheval. Si vous sentez que je vous regarde, ou même que je pense à vous, tournez bride et rentrez ici auprès de Marthe.

La décision prise, nous descendîmes. Alors que nous passions devant le salon, Ysabeau se leva de son fauteuil.

— Venez, dit-il en me prenant par le coude.

Nous n'étions pas arrivés aux cuisines qu'Ysabeau était déjà derrière nous. Marthe sortit de l'office et nous dévisagea. Il était évident pour tout le monde que quelque chose n'allait pas.

— Je ne sais pas quand nous rentrerons, lança Matthew par-dessus son épaule en m'entraînant, tandis que je me contentais de faire une grimace d'excuse.

— *Elle a plus de courage que je pensais**, murmura Ysabeau à Marthe.

Matthew s'immobilisa brusquement.

— Oui, mère. Diana a plus de courage que nous ne le méritons vous et moi. Et si jamais vous la mettez de nouveau à l'épreuve, ce sera la dernière fois que vous nous verrez. Est-ce clair ?

— Bien sûr, Matthew, murmura-t-elle.

Il ne prononça pas un mot jusqu'aux écuries. Plusieurs fois, je crus que nous allions rebrousser chemin. Devant la porte, il me prit par l'épaule et me scruta. Je redressai le menton.

— Nous y allons ? demandai-je en désignant le paddock.

Il poussa un soupir exaspéré et appela Georges. Balthasar hennit en réponse et attrapa au vol la pomme que je lui lançais. Matthew me regarda enfiler mes bottes et coiffer ma bombe.

— Prenez ceci, dit-il en me tendant une cravache.

— Je n'en ai pas besoin.

— Prenez-la, vous dis-je.

J'obéis, bien décidée à m'en débarrasser dans le premier buisson venu.

— Et si vous la jetez quand nous serons dans la forêt, nous rentrerons.

Pensait-il vraiment que je m'en servirais contre lui ? Je la glissai dans ma botte et sortis dans le paddock.

Les chevaux tressaillirent en nous voyant. Comme Ysabeau, ils avaient senti que quelque chose n'allait pas. Rakasa prit la pomme que je lui avais promise et je la flattai en murmurant pour l'apaiser. Matthew ne s'embarrassa pas de cela avec Dahr et vérifia rapidement le harnachement avant de me hisser sur ma selle, sans trop s'attarder afin de ne pas garder mon odeur sur ses mains.

Dans la forêt, il vérifia que j'avais toujours la cravache.

— Votre étrier droit a besoin d'être raccourci, observa-t-il alors que nous trottions.

Il voulait que je sois prête pour le galop au cas où ce serait nécessaire. De mauvaise grâce, j'arrêtai Rakasa et ajustai la sangle.

La prairie désormais familière s'ouvrit devant nous et Matthew flaira l'air. Il empoigna les rênes de Rakasa et l'arrêta.

— Il y a un lièvre là-bas, dit-il en désignant l'ouest.

— J'ai déjà eu droit au lièvre, répondis-je calmement. Ainsi qu'à la marmotte, à la chèvre et au cerf.

Matthew laissa échapper un juron si éloquent que j'espérai que nous étions hors de portée des oreilles d'Ysabeau.

— Je ne chasse pas le cerf comme le fait ma mère, en le faisant mourir de peur avant de fondre dessus. Je peux tuer un lièvre devant vous ou même une chèvre. Mais je ne traquerai pas un cerf en votre présence, dit-il d'un ton ferme.

— Arrêtez de faire semblant et ayez confiance en moi, dis-je en désignant mes fontes. J'ai emporté de quoi patienter.

— Pas avec vous à mes côtés.

— Depuis que je vous connais, dis-je tranquillement, vous m'avez montré tout ce qu'il y a d'agréable dans la vie d'un vampire. Vous percevez des saveurs que je ne peux même pas imaginer. Vous vous souvenez d'événements et de gens que je ne peux connaître que par des livres. Vous sentez quand je change d'avis ou quand j'ai envie de vous embrasser. Vous m'avez éveillée à un univers de possibilités sensorielles dont je n'avais jamais rêvé. (Je marquai une pause, pensant commencer à le convaincre. Je me trompais.) De votre côté, vous m'avez vue vomir, mettre le feu à votre tapis et m'effondrer quand j'ai reçu une photo qui m'a choquée. Vous n'avez pas assisté au festival de jets d'eau, mais ce n'était pas particulièrement beau à voir. En échange, je vous demande simplement de me laisser vous regarder vous nourrir. C'est élémentaire, Matthew. Si vous ne supportez pas cela, autant en rester là : la Congrégation sera ravie.

— *Dieu**. Cesserez-vous jamais de me surprendre ?

Il leva la tête et je regardai au loin. Son attention avait été attirée par un jeune cerf au sommet de la colline. L'animal broutait et comme nous étions vent de face, il ne nous avait pas sentis.

*Merci*, murmurai-je intérieurement. C'était un don des dieux que ce cerf apparaisse ainsi. Le regard de Matthew se fixa sur sa proie et sa colère céda le pas à son instinct de chasseur. Je l'observai, guettant vainement le moindre changement annonçant ce qu'il pensait ou éprouvait.

*Ne bouge surtout pas*, avertis-je Rakasa en la sentant prête à s'élancer. La jument planta ses sabots dans le sol.

Matthew flaira la brise et prit les rênes de Rakasa. Il entraîna lentement les deux chevaux sur la droite pour rester face au vent. Le cerf leva la tête de notre côté, puis reprit paisiblement son repas. Matthew parcourut les environs du regard, s'arrêtant brièvement sur un lièvre, puis sur un renard qui pointait son museau hors de sa tanière. Le faucon qui planait au-dessus de nous ne passa pas non plus inaperçu. Je commençai à comprendre comment il avait géré le flot de créatures dans la Bodléienne. Il n'y avait pas un être vivant dans cette prairie qu'il n'avait pas repéré et identifié, se préparant à le tuer en quelques minutes. Matthew poussa les chevaux vers les arbres, camouflant ma présence en me plaçant au milieu d'autres odeurs.

Il remarqua l'arrivée d'un autre oiseau près du faucon et la disparition du lièvre dans son terrier, qui fut remplacé par un autre. Nous effrayâmes un animal tacheté qui avait l'air d'un chat, avec une longue queue à rayures. D'après l'attitude de Matthew, qui eut du mal à s'en détourner, je compris qu'il avait envie de se lancer à sa poursuite et qu'il l'aurait fait avant de s'occuper du cerf s'il avait été seul.

Il nous fallut presque une heure pour parvenir du bas de la prairie à l'orée de la forêt. Une fois presque au sommet, Matthew sauta de cheval et donna une claque sur la croupe de Dahr, qui repartit docilement vers le château.

Durant tout ce temps, Matthew n'avait pas lâché les rênes de Rakasa. Il la mena jusqu'à l'orée de la forêt et inspira profondément. Sans un bruit, il nous poussa dans un petit bosquet de bouleaux.

Il s'accroupit, genoux pliés dans une position qui aurait été intenable pour un humain. Il resta ainsi pendant presque deux heures. Je commençais à avoir des fourmis dans les jambes.

Matthew n'avait pas exagéré la différence entre sa manière de chasser et celle de sa mère. Pour Ysabeau, il s'agissait avant tout de combler un besoin physique. Il lui fallait du sang, les animaux en avaient et elle le leur prenait aussi efficacement que possible, sans éprouver le moindre remords à l'idée qu'un être vivant doive mourir pour assurer sa survie. Pour son fils, en revanche, c'était manifestement plus compliqué. Lui aussi avait besoin de se nourrir de sang. Mais il éprouvait envers sa proie une parenté qui me rappela le ton respectueux de ses articles sur les loups. Pour Matthew, la chasse était avant tout une question de stratégie, et consistait à exercer son intelligence de fauve sur un être qui pensait et percevait le monde comme lui.

Je repensai à nos petits jeux du matin dans le lit et fermai les yeux pour réprimer un soudain sursaut de désir. Je le désirais aussi passionnément dans cette forêt où il s'apprêtait à tuer que ce matin et je commençais à comprendre pourquoi Matthew redoutait de m'emmener à la chasse. La survie et la sexualité étaient liées d'une manière que je commençais seulement à appréhender.

Il laissa échapper son souffle et me quitta brusquement pour filer le long de la forêt. Lorsqu'il arriva sur la crête, le cerf leva la tête, curieux de voir ce qu'était cette étrange créature.

Il ne fallut que quelques secondes à l'animal pour comprendre que Matthew était une menace. Je sentis mes poils se hérisser et j'éprouvai la même inquiétude pour le cerf que pour celui qu'Ysabeau avait tué. L'animal s'enfuit d'un bond, mais Matthew fut plus rapide et lui coupa la route avant qu'il ait pu venir vers moi. Il le repoussa vers le haut de la colline, se rapprochant à chaque pas du cerf de plus en plus effrayé.

*Je sais que tu as peur*, murmurai-je intérieurement en espérant que l'animal m'entendrait. *Mais il a besoin de faire cela. Ce n'est pas par goût du sport ni parce qu'il te veut du mal. C'est pour survivre.*

Rakasa tourna la tête et me lorgna. Je lui flattai l'encolure pour la rassurer.

*Ne bouge pas*, priai-je silencieusement le cerf. *Cesse de courir. Tu n'es pas assez rapide pour le distancer.* L'animal ralentit et trébucha sur un terrier. Il courait droit sur moi, comme s'il avait pu m'entendre et suivait ma voix.

Matthew bondit et l'empoigna par les cornes. Le cerf bascula et s'effondra. Matthew tomba à genoux en lui maintenant la tête, à une dizaine de mètres du bosquet. L'animal se débattit et tenta de se relever.

*Ne résiste plus*, murmurai-je tristement. *L'heure est venue. C'est cette créature qui va abréger tes jours.*

Le cerf donna une dernière ruade et se calma. Matthew plongea son regard dans celui de sa proie, comme s'il attendait la permission d'achever sa tâche, puis il s'abattit sur le cou de l'animal avec une telle rapidité que je ne vis qu'un tourbillon flou.

À mesure que la vie abandonnait le cerf, une nouvelle énergie s'insinuait en Matthew. Bien qu'aucune goutte n'en ait été répandue, je sentis l'odeur âcre et métallique du sang flotter dans l'air. Quand toute la force vive de l'animal l'eut quitté, Matthew resta immobile, tête baissée, auprès de la dépouille.

D'un coup de talon, je fis avancer Rakasa au pas. Matthew se raidit à mon approche. Il leva vers mois ses yeux gris-vert brillants de satisfaction. Je tirai la cravache de ma botte et la jetai le plus loin possible derrière moi, dans les taillis, où elle resta coincée. Matthew me regarda faire, mais il était clair qu'il n'y avait plus de risque qu'il me confonde avec un cerf.

J'ôtai ma bombe et démontai en lui tournant le dos. Je ne redoutais rien, même en cet instant, alors qu'il ne se faisait pas confiance à lui-même. Une main sur son épaule, je m'agenouillai et posai le casque près des yeux morts du cerf.

— Je préfère votre manière de chasser à celle d'Ysabeau. Le cerf aussi, à mon avis.

— Ma mère tue-t-elle si différemment de moi ?

Son accent français était revenu et sa voix paraissait plus fluide et hypnotique que d'habitude. Et son odeur avait changé.

— Elle chasse par besoin physiologique, dis-je simplement. Vous, parce que cela donne un sens à votre vie. Et je pense que vous êtes tombés d'accord, ajoutai-je en désignant le cerf. Il était en paix, à la fin.

Matthew me scruta et les flocons de neige devinrent du givre sous son regard.

— Avez-vous parlé à ce cerf comme vous parlez à Balthasar et à Rakasa ?

— Je ne m'en suis pas mêlée, si c'est ce qui vous inquiète, me hâtai-je de répondre. C'était votre proie.

Peut-être que ce genre de détail était important pour les vampires.

— Je ne tiens pas le décompte. (Il se leva avec cette souplesse si caractéristique des vampires et tendit vers moi sa longue main fine.) Venez, vous allez attraper froid, à genoux par terre.

Je pris sa main et me levai en me demandant qui s'occuperait de la carcasse du cerf. Sans doute Georges et Marthe. Rakasa broutait avec entrain, sans se soucier de la présence d'un cadavre. Quant à moi, j'étais affamée, sans raison aucune.

*Rakasa*, appelai-je muettement.

Elle leva les yeux et s'approcha.

— Cela ne vous ennuie pas si je mange ? demandai-je, incertaine de la réaction de Matthew.

— Non. Étant donné ce que vous avez vu aujourd'hui, le moins que je puisse faire, c'est vous regarder manger un sandwich.

— Il n'y a pas de différence, Matthew.

Je débouclai la fonte et remerciai mentalement Marthe d'avoir préparé des sandwiches au fromage. Une fois ma fringale apaisée, je m'essuyai les mains sous le regard attentif de Matthew.

— Cela vous ennuie ? demanda-t-il.

— Quoi donc ?

— Blanca et Lucas. Que j'aie été marié et que j'aie eu un enfant, il y a si longtemps.

J'étais jalouse de Blanca, mais Matthew ne comprendrait pas comment ni pourquoi. Je rassemblai mes pensées, tentant de les formuler de manière à ne pas mentir et à rester compréhensible pour lui.

— Le moment d'amour que vous avez partagé avec quelqu'un, vivant ou mort, cela m'est égal, du moment que vous voulez être avec moi en cet instant.

— Uniquement cet instant ?

— C'est le seul qui compte. (Tout semblait si simple.) Quand on a vécu aussi longtemps que vous, Matthew, on a forcément un passé. Vous n'étiez pas un moine et je ne vous demande pas de ne pas regretter ceux que vous avez perdus. Comment auriez-vous pu ne jamais avoir été aimé autrefois, alors que je vous aime autant ?

Il m'attira contre son cœur. Je me laissai faire avec bonheur, heureuse que la partie de chasse ne se soit pas terminée en désastre, que sa colère se soit dissipée et ne nous menace plus, même s'il était encore tendu. Il me releva le menton du bout des doigts.

— Cela vous ennuierait-il beaucoup que je vous embrasse ? demanda-t-il en se détournant brièvement.

— Bien sûr que non, dis-je en me haussant sur la pointe des pieds. (Puis, le voyant hésiter encore, je lui saisis le cou.) Ne soyez pas bête. Embrassez-moi.

Son baiser fut bref, mais franc. Il restait encore un peu de sang sur ses lèvres, mais ce ne fut ni effrayant ni désagréable. C'était juste Matthew.

— Vous savez que nous n'aurons jamais d'enfants, dit-il. Les vampires ne peuvent engendrer de descendance de manière traditionnelle. Cela vous est égal ?

— Il y a plus d'une manière de faire un enfant. (C'était un sujet auquel je n'avais pas pensé.) Ysabeau vous a créé et vous ne lui appartenez pas moins que Lucas était à vous et à Blanca. Et il y a beaucoup d'enfants dans le monde qui n'ont pas de parents. Nous pourrions en adopter. Tout un coven, si nous le voulions.

— Je n'ai pas créé de vampire depuis des années. Je peux encore le faire, mais j'espère que vous n'avez pas l'intention de fonder une famille nombreuse.

— Ma famille a doublé au cours des trois dernières semaines, avec vous, Marthe et Ysabeau. Je ne sais pas si je pourrais l'agrandir encore.

— Il faut que vous rajoutiez une personne.

— Il y a d'autres membres dans votre famille ?

— Oh, il y en a toujours d'autres, s'amusa-t-il. La généalogie des vampires est plus compliquée que celle des sorciers, après tout. Nous avons des relations de sang de trois côtés, pas seulement de deux. Mais il s'agit d'une personne que vous connaissez déjà…

— Marcus ? demandai-je en pensant au jeune vampire américain en baskets.

— Oui. Il faudra qu'il vous raconte son histoire lui-même. Je ne suis pas aussi iconoclaste que ma mère, même si je suis tombé amoureux d'une sorcière. Je l'ai créé il y a plus de deux cents ans. Et je suis fier de lui et de ce qu'il a fait de sa vie.

— Mais vous ne vouliez pas qu'il prélève mon sang au laboratoire, dis-je, perplexe. C'est votre fils. Pourquoi n'aviez-vous pas confiance en lui ?

Les parents étaient censés faire confiance à leurs enfants.

— Il a été créé avec mon sang, ma chérie, dit-il patiemment. Si je vous trouve si irrésistible, pourquoi n'en serait-il pas de même pour lui ? N'oubliez pas qu'aucun de nous n'est insensible à l'appel du sang. Je lui ferais plus confiance qu'à un inconnu, mais je ne serai jamais totalement à l'aise que vous soyez en présence d'un autre vampire.

— Même Marthe ? demandai-je, stupéfaite, moi qui faisais entièrement confiance à la gouvernante.

— Même elle, affirma-t-il. Même si vous n'êtes pas du tout son genre. Elle préfère le sang de créatures beaucoup plus robustes.

— Vous n'avez pas à vous inquiéter pour Marthe ou Ysabeau, répondis-je sur le même ton.

— Prenez garde à ma mère. Mon père me disait de ne jamais lui tourner le dos et il avait raison. Elle a toujours été fascinée par les sorcières, qu'elle envie. Si l'occasion se présentait et qu'elle était d'humeur à le faire…

— Il y a aussi ce qui est arrivé à Philippe. (Il se figea.) J'ai des visions, à présent, Matthew. J'ai vu Ysabeau vous parler des sorciers qui avaient capturé votre père. Elle n'a aucune raison de me faire confiance, mais elle m'a tout de même accueillie chez elle. La véritable menace est la

Congrégation. Et nous n'aurions aucun danger à redouter d'elle si vous faisiez de moi une vampiresse.

— Il va falloir que ma mère et moi ayons une longue conversation sur les sujets convenables à aborder.

— Vous ne pouvez pas m'interdire l'accès au monde des vampires. Je suis en plein dedans. J'ai besoin de savoir comment il fonctionne et quelles en sont les règles, m'emportai-je. (Des étincelles commencèrent à fuser au bout de mes doigts. Matthew ouvrit de grands yeux.) Vous n'êtes pas la seule créature qui fasse peur, vous voyez bien, dis-je en agitant les mains sous son nez. Alors arrêtez de jouer aux héros et laissez-moi partager votre vie. Je n'ai pas envie de vivre avec Lancelot. Soyez vous-même, Matthew Clairmont. Avec vos dents de vampire et votre effrayante mère, vos tubes à essai remplis de sang et votre ADN, votre insupportable autoritarisme et votre odorat crispant.

Une fois que j'eus tout débité, les étincelles décrurent. Je les sentais encore dans mes bras, prêtes à ressurgir au besoin.

— Si je m'approche, demanda-t-il d'un ton désinvolte, vous allez encore devenir bleue, ou bien c'est fini pour aujourd'hui ?

— Je crois que c'est terminé.

— Vous croyez ?

— Je me maîtrise parfaitement, dis-je avec plus de conviction en repensant au trou que j'avais fait dans son tapis.

Il se jeta sur moi et m'enlaça à m'étouffer. Je protestai comme je pus.

— Et vous, vous allez me donner des cheveux blancs, ce que l'on a toujours cru impossible chez les vampires, avec vos bravades, vos mains qui font des feux d'artifice et ces choses insensées que vous me dites.

Et pour m'empêcher d'en proférer d'autres, il m'embrassa longuement. Après un tel baiser, je ne risquais plus de pouvoir dire grand-chose. Je laissai ma tête contre sa poitrine, attendant patiemment le prochain battement de cœur.

— Vous avez gagné, *ma vaillante fille**. Je vais essayer de ne plus vous couver autant. Mais vous ne devez pas sous-estimer le danger que représentent les vampires.

C'était difficile d'envisager les mots « danger » et « vampire » dans la même phrase alors que j'étais blottie contre lui. Rakasa nous regarda avec bienveillance en mâchonnant son herbe.

— Vous avez terminé ?

— Si vous voulez savoir si j'ai besoin de chasser encore, la réponse est non.

— Rakasa va finir par exploser. Elle broute depuis un moment. Et elle ne peut pas nous porter tous les deux, dis-je en lui palpant les hanches.

Il étouffa un cri dans un feulement très différent de celui qu'il poussait lorsqu'il était en colère.

— Vous la monterez et je marcherai, proposa-t-il après un autre long baiser.

— Marchons tous les deux.

Après des heures en selle, je n'avais plus très envie de remonter sur Rakasa.

Le crépuscule tombait quand nous franchîmes les grilles du château. Sept-Tours brillait de tous ses feux.

— Enfin chez nous, dis-je.

Il me regarda et sourit.

— Chez nous.

# 28

Revenus au château, nous dînâmes dans le logement de la gouvernante, devant un feu ronflant.

— Où est Ysabeau ? demandai-je à Marthe qui m'apportait une tasse de thé.

— Sortie, répondit-elle en retournant vers la cuisine.

— Mais où ?

— Marthe, s'écria Matthew. Nous essayons de ne rien cacher à Diana.

Elle se retourna et je ne sus si le regard noir qu'elle lança était destiné à Matthew, à moi ou à sa mère absente.

— Elle est allée au village voir le prêtre. Et le maire. (Elle hésita.) Puis elle est partie nettoyer les bois, les collines et les grottes.

J'interrogeai du regard Matthew qui buvait son vin dans une lourde coupe dont les facettes scintillaient dans le feu.

— Il semblerait que *mère** soit allée s'assurer qu'aucun vampire ne rôde autour de Sept-Tours.

— En cherche-t-elle un en particulier ?

— Domenico, bien sûr. Et un autre membre de la Congrégation, Gerbert, qui est aussi d'Auvergne, à Aurillac. Elle va aller voir dans ses cachettes habituelles.

— Gerbert d'Aurillac ? Le fameux Gerbert d'Aurillac, le pape du Xᵉ siècle que l'on disait posséder une tête de bronze qui proférait des oracles ?

Que Gerbert soit un vampire et un ancien pape m'intéressait nettement moins que sa réputation d'étudiant en science et en magie.

— J'oublie toujours vos connaissances d'historienne. Oui, ce Gerbert-là. Et j'apprécierais beaucoup que vous évitiez de l'approcher, m'avertit-il. Et si jamais vous vous trouvez en sa présence, pas de questions sur la médecine arabe ou l'astronomie. Il a toujours été très avide dès qu'il s'agit de sorcières ou de magie.

— Ysabeau le connaît ?

— Oh, oui. Ils étaient comme les doigts de la main, autrefois. S'il est dans les environs, elle le trouvera. Mais ne vous inquiétez pas, il ne viendra pas au château. Il sait qu'il n'est pas le bienvenu. Ne sortez qu'accompagnée par l'un de nous.

— Ne vous inquiétez pas, je ne quitterai pas la propriété.

Gerbert d'Aurillac n'était pas un personnage que j'avais envie de croiser.

— Je pense que ma mère veut s'excuser de son comportement, poursuivit Matthew, qui lui en voulait manifestement encore.

— Vous allez devoir lui pardonner, elle ne voulait pas que vous souffriez.

— Je ne suis pas un enfant, Diana, et ma mère n'a pas à me protéger de ma propre épouse.

Il continua de tripoter son verre. Le mot « épouse » résonna un moment dans la pièce.

— J'ai sauté un épisode ? demandai-je finalement. Quand nous sommes-nous mariés ?

— Dès l'instant où je suis rentré et où j'ai dit que je vous aimais. Ce n'est peut-être pas recevable au tribunal, mais pour les vampires, nous sommes mariés.

— Pas lorsque je vous ai dit que je vous aimais ni lorsque vous me l'avez dit au téléphone, mais seulement quand vous me l'avez dit de vive voix ici ?

Le sujet nécessitait des précisions. Il y avait de quoi créer sur mon ordinateur un nouveau fichier intitulé : « Phrases ayant un sens pour les sorcières et un autre pour les vampires ».

— Les vampires s'accouplent comme les lions ou les loups, expliqua-t-il doctement. La femelle choisit son partenaire et une fois que le mâle accepte, c'est fait. Ils sont ensemble pour le reste de leur vie et toute la meute reconnaît ce lien.

— Ah, fis-je faiblement.

Nous étions revenus aux loups norvégiens.

— Cela dit, vous n'êtes pas une vampiresse. Cela vous ennuie-t-il que je vous considère comme mon épouse ?

Je tentai de comprendre ce que mon amour pour Matthew avait à voir avec les créatures les plus dangereuses du règne animal et une institution sociale qui ne m'avait jamais beaucoup enthousiasmée, mais sans repères, je n'étais guère avancée.

— Et quand deux vampires s'accouplent, demandai-je, est-il d'usage que la femelle obéisse au mâle comme tout le reste de la meute ?

— J'en ai bien peur, dit-il en baissant les yeux vers ses mains.

— Hum, fis-je en le fixant. Et qu'est-ce que je retire d'un tel arrangement ?

— Amour, honneur, protection et soutien, énonça-t-il en croisant enfin mon regard.

— On dirait une cérémonie médiévale.

— C'est un vampire qui a rédigé cette partie de la liturgie. Mais je ne vais pas vous demander d'être une servante, se hâta-t-il de préciser sans rire. Elle a été ajoutée pour contenter les humains.

— Les hommes, en tout cas. Je ne vois pas en quoi cela a ravi les femmes.

— Sans doute pas, admit-il en s'efforçant de sourire et en baissant de nouveau la tête.

Le passé semblait gris et froid sans Matthew. Et l'avenir promettait d'être beaucoup plus intéressant en sa compagnie. Notre relation avait beau être récente, je me sentais réellement liée à lui. Étant donné le comportement de meute des vampires, il n'allait pas être possible d'échanger l'obéissance pour quelque chose de plus moderne, qu'il m'appelle ou non « épouse ».

— J'estime que je devrais souligner, mon époux, qu'à strictement parler, votre mère ne vous protégeait pas de votre épouse. (Les termes « époux » et « épouse » me paraissaient étranges dans ma bouche.) Je n'étais pas votre épouse, selon les termes que vous avez énoncés, tant que vous n'étiez pas rentré. Je n'étais encore qu'une créature que vous aviez abandonnée comme un paquet sans destinataire. Étant donné les circonstances, je m'en suis tirée à bon compte.

— Vous trouvez ? sourit-il. Dans ce cas, j'imagine que je vais devoir lui pardonner. (Il prit ma main et la porta à ses lèvres.) Je vous ai dit que vous étiez mienne. Je le pensais.

— C'est pour cela qu'Ysabeau a été si fâchée devant votre baiser dans la cour. Une fois que vous étiez avec moi, il n'était plus possible de revenir en arrière.

— Pour un vampire, non, en effet.

— Ni pour une sorcière.

Matthew lorgna ostensiblement mon assiette vide. J'avais dévoré une énorme part de ragoût, sans cesser de prétendre que je n'avais pas faim.

— Vous avez terminé ? demanda-t-il.

— Oui, grommelai-je, ennuyée d'être prise sur le fait.

Il était encore tôt, mais je bâillais déjà. Nous prîmes congé de Marthe, qui était en train de récurer une table.

— Ysabeau va bientôt rentrer, dit Matthew.

— Elle va rester dehors toute la nuit, répondit sombrement Marthe. Je vais l'attendre ici.

— Comme tu voudras, Marthe.

Dans l'escalier menant à son bureau, Matthew me raconta où il avait acheté son traité d'anatomie de Vésale et ce qu'il en avait pensé la première fois qu'il avait vu les illustrations. Je m'installai sur le canapé avec le livre en question et regardai avec entrain les cadavres disséqués, trop fatiguée pour me concentrer sur l'*Aurora Consurgens*, pendant que Matthew répondait à ses mails. Je remarquai avec soulagement que le tiroir secret de son bureau était toujours fermé.

— Je vais aller prendre un bain, dis-je une heure plus tard en me levant et en m'étirant.

J'avais besoin de m'isoler un peu pour réfléchir à ce qu'impliquait mon nouveau statut d'épouse de Matthew. L'idée de mariage était déjà assez troublante en soi. Si on y ajoutait le caractère possessif d'un vampire et mon ignorance, c'était le moment ou jamais pour y songer.

— Je monterai tout à l'heure, répondit Matthew sans lever le nez de son écran.

Je me laissai glisser avec un soupir de contentement dans la baignoire, dont l'eau était plus délicieuse que jamais. Le feu et les bougies que Marthe était montée allumer donnaient une atmosphère confortable, même s'il ne faisait pas très chaud. Avec satisfaction, je me repassai mentalement les progrès de la journée. C'était bien plus agréable de décider que de se laisser porter par le courant.

J'en étais là quand on frappa doucement à la porte. Je me redressai. Matthew entra sans attendre ma réponse et je me replongeai aussitôt dans l'eau.

Il prit une serviette et la déploya.

— Venez vous coucher, dit-il d'un ton bourru, le regard embrumé.

Je restai un instant à le scruter. Matthew attendit patiemment, serviette tendue. Je respirai un bon coup et me levai, ruisselante. Les pupilles de Matthew se dilatèrent brusquement et il se figea. Puis il recula pour que je puisse sortir et m'enveloppa dans la serviette que je serrai contre moi.

Je ne le quittai pas des yeux. Comme il restait impassible, je laissai la serviette tomber et la lumière des bougies scintilla sur ma peau encore humide. La caresse froide de son regard qui s'attardait sur moi me fit frissonner d'impatience. Il m'attira contre lui sans un mot et posa ses lèvres sur mon cou et mes épaules. Il respira mon odeur en soulevant mes cheveux dans ses longs doigts glacés et j'étouffai un cri quand son pouce s'arrêta sur l'artère palpitante de ma gorge.

— *Dieu**, que vous êtes belle, murmura-t-il. Et si vivante.

Il m'embrassa de nouveau. Je glissai les mains sous son tee-shirt et caressai sa peau lisse et fraîche. Il frémit, comme moi la première fois que j'avais senti ses doigts. Il s'écarta et me regarda d'un air interrogateur.

— C'est agréable, vous ne trouvez pas, quand votre froideur et ma chaleur se mêlent ?

Il éclata de rire et m'aida à enlever son tee-shirt. Je m'apprêtais à le plier, mais il me l'arracha, le roula en boule et le jeta dans un coin.

— Plus tard, dit-il avec impatience en me caressant de plus belle.

Nos peaux nues se touchèrent pour la première fois ; la rencontre du feu et de la glace. Je me mis à rire en lui caressant le dos, puis Matthew se pencha pour happer du bout des lèvres le creux de ma gorge et mes seins. Je vacillai et me retins à ses hanches. Là non plus nous n'étions pas à jeu égal. Mes mains descendirent sur le pantalon de pyjama. Il interrompit ses baisers pour me scruter. Sans ciller, je dénouai le cordon et laissai glisser le pantalon.

— Voilà, dis-je à mi-voix. Nous sommes à égalité, à présent.

— Que vous dites, répondit-il.

J'étouffai un cri de surprise en ouvrant de grands yeux. Matthew avait la perfection éclatante d'une sculpture antique ramenée à la vie. Sans un mot, il me prit la main et m'entraîna vers le lit, écarta les draps et couvertures et me hissa dessus. Puis il y monta à son tour et s'allongea sur le côté, la tête posée sur la main. Comme sa posture à la fin du cours de yoga, cette position me rappela celle de certains gisants médiévaux dans les églises anglaises. Je remontai les draps sous mon menton, consciente que j'étais loin d'être aussi parfaite que lui.

— Qu'y a-t-il ? demanda-t-il.

— Je suis un peu nerveuse, c'est tout.

— À cause de quoi ?

— C'est la première fois que je fais l'amour avec un vampire.

Il eut l'air sincèrement surpris.

— Et cela n'arrivera pas non plus cette nuit.

Oubliant le drap, je me relevai sur mes coudes.

— Vous entrez dans la salle de bains, vous me regardez sortir de la baignoire toute nue et ruisselante, vous me laissez vous déshabiller et ensuite, vous me dites que nous n'allons pas faire l'amour cette nuit ?

— Je ne cesse de vous dire que nous n'avons aucune raison de nous précipiter. Les créatures modernes sont toujours tellement pressées, murmura-t-il en baissant le drap jusqu'à ma taille. Dites-moi que je suis vieux jeu, mais je veux vous faire ma cour et en savourer tous les instants.

Je voulus remonter le drap et me recouvrir, mais il fut plus rapide que moi. Il le descendit encore plus bas, hors de ma portée, le regard attentif.

— Faire votre cour ? m'indignai-je. Vous m'avez déjà offert des fleurs et du vin. Et vous venez de me dire qu'à présent, vous êtes mon époux.

J'arrachai le drap pour le découvrir et mon cœur se mit à battre en le voyant.

— En tant qu'historienne, vous devez savoir que nombre de mariages n'étaient pas consommés immédiatement. (Son regard s'attarda sur mes hanches et mes cuisses, les glaçant et les réchauffant tour à tour, d'une manière tout à fait agréable.) Dans certains cas, des années de cour étaient nécessaires.

— La plupart ont fini dans les larmes et un bain de sang.

Il sourit narquoisement et caressa mes seins du bout des doigts, jusqu'à ce que je pousse un soupir qui le fit gronder de satisfaction.

— Je vous promets de ne pas faire couler de sang si vous me jurez de ne pas pleurer.

Il était plus facile d'ignorer ses paroles que ses gestes.

— Le prince Arthur et Catherine d'Aragon ! annonçai-je triomphalement, ravie de me rappeler des détails historiques aussi pertinents dans une situation aussi troublante. Vous les avez connus ?

— Pas Arthur. J'étais à Florence. Mais Catherine, oui. Elle était presque aussi courageuse que vous. Et puisque nous parlons du passé, continua-t-il en me caressant le bras, que sait notre distinguée historienne de l'enveloppement ?

Je me retournai sur le côté et caressai sa joue du bout du doigt.

— Je connais cette coutume, qui consiste à partager un lit chacun avec son drap. Mais vous n'êtes ni amish ni anglais. Êtes-vous en train de me dire que, comme les vœux du mariage, ce sont aussi les vampires qui l'ont inventée ?

— Les créatures modernes sont non seulement pressées, mais elles sont obsédées par l'acte sexuel. C'est une définition étroite et beaucoup trop clinique. Faire l'amour, c'est être intime, connaître le corps de l'autre aussi bien que le sien.

— Répondez à ma question, insistai-je, distraite par ses baisers sur mon épaule. Les vampires ont-ils inventé l'enveloppement ?

— Non, répondit-il. (Une lueur passa dans son regard, alors que je lui caressais le menton. Il prit mon doigt entre ses dents, mais comme promis, il ne fit pas couler le sang.) Autrefois, tout le monde le faisait. Les Hollandais puis les Anglais ont inventé une variante consistant à mettre une planche entre les deux personnes vouées à former un couple. Les autres ont continué de la manière traditionnelle : nous étions chacun enveloppé dans une couverture, enfermés dans une chambre au coucher du soleil et libérés à l'aube.

— Cela a l'air épouvantable. (Sa main glissa le long de mon bras jusqu'à mon ventre. Je tentai de lui échapper, mais il me retint.) Matthew, protestai-je.

— D'après mon souvenir, continua-t-il sans relever, c'était une manière très plaisante de passer une longue nuit d'hiver. Le plus difficile était d'avoir l'air innocent le lendemain.

Ses doigts jouèrent sur mon ventre, et mon cœur fit des bonds dans ma poitrine. Je cherchai quelle serait ma prochaine cible et jetai mon dévolu sur son cou, que j'embrassai, tandis que ma main glissait sur son ventre plat.

— Je suis sûre que l'on devait aussi dormir, dis-je une fois qu'il eut retenu ma main. (Je me collai de tout mon long contre lui.) Personne ne peut bavarder toute une nuit durant.

— Ah, mais les vampires n'ont pas besoin de sommeil, me rappela-t-il en m'embrassant le ventre.

— Il n'y a qu'un vampire dans ce lit, dis-je en lui redressant la tête. C'est comme cela que vous imaginez pouvoir me tenir éveillée ?

— Je n'ai pas imaginé d'autre manière depuis l'instant où je vous ai vue. (Il baissa de nouveau la tête et je me cambrai pour venir à la rencontre de ses lèvres. Mais il me saisit les poignets et les plaqua contre le matelas.) Pas de précipitation, n'oubliez pas.

Pour moi, le sexe était jusqu'ici une satisfaction physique qui ne s'embarrassait pas de retenue ou de complications émotionnelles inutiles. Sportive et passant beaucoup de temps avec d'autres sportifs, je connaissais bien mon corps et ses besoins, et il y avait généralement quelqu'un qui était capable de les assouvir. Je n'étais pas une adepte des coucheries et je choisissais mes partenaires, mais c'étaient le plus souvent des hommes qui partageaient la même conception que moi et étaient heureux de vivre un moment passionné puis de redevenir simplement amis, comme si rien ne s'était passé.

Matthew me faisait prendre conscience que cette époque était révolue. Avec lui, il ne serait pas question de sexe pour le sexe. J'aurais aussi bien pu être vierge. Les profonds sentiments que j'éprouvais pour lui devenaient inextricablement et douloureusement liés aux réactions de mon corps.

— Nous avons tout le temps que nous voulons, dit-il en me caressant les bras, mêlant amour et désir physique, au point que cela devenait insoutenable.

Il entreprit de m'examiner avec l'attention fascinée d'un cartographe qui aborde les rivages d'un nouveau monde. J'essayai d'en faire autant, voulant découvrir son corps en même temps que lui le mien, mais il me gardait les poignets plaqués contre les oreillers. Quand je commençai à me plaindre de l'injustice de cette situation, il trouva une manière efficace de me réduire au silence. Ses doigts glacés s'insinuèrent entre mes cuisses et effleurèrent le seul endroit encore inexploré de mon corps.

— Matthew, dis-je, je crois que ce n'est plus de l'enveloppement.

— En France, si, répondit-il avec une lueur malicieuse dans le regard.

Il lâcha mes poignets, convaincu à juste titre que je ne tenterais plus de me dérober, et je pris son visage dans mes mains. Nous nous embrassâmes longuement et passionnément. Entre mes cuisses ouvertes comme les pages d'un livre, les doigts de Matthew dansèrent et glissèrent jusqu'à ce que j'éprouve un plaisir qui me laissa toute tremblante.

Il me serra contre lui le temps que mon cœur s'apaise. Quand je pus enfin rassembler assez d'énergie pour le regarder, je vis sur son visage l'expression satisfaite d'un félin.

— Que pense l'historienne de l'enveloppement, à présent ?

— C'est beaucoup moins sain qu'on ne veut le faire croire dans les manuels, dis-je en lui effleurant les lèvres du bout des doigts. Si c'est ce que font les Amish la nuit, je ne m'étonne plus qu'ils n'aient pas besoin de télévision.

Il gloussa.

— Avez-vous sommeil, à présent ?

— Oh, non, répondis-je en le retournant sur le dos. (Il passa les mains derrière sa tête et me regarda en souriant.) Pas le moins du monde. Sans compter que c'est mon tour, à présent.

Je le contemplai avec la même attention qu'il m'avait accordée. Mon regard fut attiré par une forme triangulaire blanche sur sa hanche, comme enfoncée profondément sous sa peau parfaite. Perplexe, je regardai sa poitrine et je vis d'autres étranges marques, certaines en forme de flocon, d'autres cisaillées de lignes. Mais aucune n'était sur la peau : elles étaient dessous.

— Qu'est-ce que c'est, Matthew ? demandai-je en touchant un flocon particulièrement grand sous sa clavicule.

— Juste une cicatrice, répondit-il. Celle-ci m'a été faite par l'estoc d'une épée. Pendant la guerre de Cent Ans, peut-être ? Je ne me souviens plus.

— Une cicatrice ? Retournez-vous.

Il poussa des soupirs satisfaits tandis que mes mains couraient sur son dos.

— Oh, Matthew.

Mes pires craintes étaient fondées. Il y avait des dizaines, peut-être même des centaines de marques. Je tirai le drap jusqu'à ses pieds. Il en avait aussi sur les jambes.

— Qu'y a-t-il ? demanda-t-il en relevant la tête. (Comprenant en voyant mon expression, il se retourna et s'assit.) Ce n'est rien, *mon cœur**. Ce n'est que mon corps de vampire qui garde la trace des blessures.

— Mais il y en a tant.

— Je vous ai dit que les vampires sont difficiles à tuer. Les créatures font pourtant de leur mieux.

— Cela vous a-t-il fait mal quand vous avez été blessé ?

— Vous savez que j'éprouve du plaisir. Alors pourquoi pas de la douleur ? Oui, cela m'a fait mal, mais elles ont rapidement guéri.

— Pourquoi ne les avais-je encore jamais vues ?

— Il faut une lumière rasante et y regarder de très près. Cela vous ennuie-t-il ? demanda-t-il, gêné.

— Les cicatrices ? Bien sûr que non. Cela me donne seulement envie de traquer tous ceux qui vous les ont faites.

Comme l'Ashmole 782, le corps de Matthew était un palimpseste dont la surface immaculée dissimulait l'histoire que racontaient toutes ces cicatrices. Je frémis en songeant aux batailles que Matthew avait déjà menées, dans des guerres officielles et d'autres qui l'étaient moins.

— Vous vous êtes assez battu, m'emportai-je. Ne recommencez plus.

— Il est un peu tard pour cela, Diana. Je suis un guerrier.

— Certainement pas, rétorquai-je. Vous êtes un scientifique.

— J'ai été un guerrier pendant plus longtemps. Je suis difficile à tuer. En voici la preuve, dit-il en désignant son corps blanc. (Si on les prenait comme la preuve qu'il était indestructible, les cicatrices devenaient étrangement réconfortantes.) Par ailleurs, ceux qui m'ont blessé sont morts depuis longtemps. Vous allez devoir renoncer à votre désir.

— Par quoi vais-je le remplacer ?

Je tirai les draps sur ma tête et me penchai sur lui. Ce fut le silence, interrompu de temps à autre par les gémissements de Matthew, le crépitement des bûches dans le feu, et enfin son cri de plaisir. Je me blottis sous son bras, une jambe repliée sur les siennes. Matthew baissa les yeux vers moi.

— C'est ce qu'on enseigne à Oxford, maintenant ?

— C'est de la magie. Je sais de manière innée comment vous rendre heureux.

Je posai la main sur son cœur, heureuse de comprendre instinctivement où et comment le toucher, quand montrer de la douceur et quand me déchaîner.

— Si c'est de la magie, je suis encore plus ravi de passer le reste de ma vie avec une sorcière, dit-il.

— Vous voulez dire le reste de *ma* vie, pas le reste de la vôtre.

Il resta étrangement silencieux et je me redressai pour le regarder.

— Ce soir, j'ai l'impression d'avoir trente-sept ans. Plus encore, je crois que l'an prochain, j'aurai l'impression d'en avoir trente-huit.

— Je ne comprends pas, dis-je, mal à l'aise.

Il m'attira contre lui.

— Pendant plus de mille ans, je suis resté en dehors du temps à regarder passer les jours et les années. Depuis que je suis avec vous, j'ai conscience de l'écoulement du temps. Il est facile pour les vampires d'oublier ce genre de choses. C'est pour cela qu'Ysabeau tient tant à lire les journaux, pour ne pas oublier qu'il y a toujours du changement, même si le temps ne la change pas, elle.

— Vous n'aviez encore jamais éprouvé cela ?

— Rarement, et brièvement. Une ou deux fois, sur le champ de bataille, quand je redoutais de mourir.

— Alors c'est une question de danger, pas seulement d'amour.

Parler aussi calmement de guerre et de mort me fit frissonner d'inquiétude.

— À présent, ma vie a un commencement, un milieu et une fin. Tout ce qui a précédé était un préambule. Maintenant, je vous ai. Un jour, vous ne serez plus et ma vie sera terminée.

— Pas nécessairement, me hâtai-je de dire. Je n'ai que quelques dizaines d'années devant moi, mais vous, vous avez l'éternité.

Un monde sans Matthew était impensable. Brusquement, sa sécurité devint ma première inquiétude.

— Vous ferez attention ?

— Personne ne voit défiler autant de siècles que moi sans avoir fait attention. Je suis toujours prudent. Maintenant plus que jamais, depuis que j'ai tellement plus à perdre.

— Si je devais choisir, murmurai-je, je préférerais n'avoir passé qu'une seule nuit avec vous que des siècles avec un autre.

Il réfléchit à mes paroles.

— Je suppose que s'il ne m'a fallu que quelques semaines pour avoir l'impression d'avoir à nouveau trente-sept ans, je parviendrai peut-être au stade où un seul moment avec vous suffirait. Mais cette conversation est bien trop sérieuse pour un lit de noces.

— Je croyais que la conversation faisait partie de la tradition de l'enveloppement.

— Tout dépend de ceux à qui vous posez la question, répondit-il. Ceux qui enveloppent ou ceux qui sont enveloppés. En outre, il y a une autre partie de la cérémonie nuptiale médiévale que j'aimerais aborder avec vous.

— Vraiment, mon époux ? demandai-je en lui mordillant l'oreille.

— Ne faites pas cela, dit-il d'un ton faussement sévère. Pas de mordillage au lit. (Cela ne m'empêcha pas de recommencer.) Je faisais allusion à la partie de la cérémonie où l'obéissante épouse promet d'être « bonne et généreuse au lit comme à la table ». Comment comptez-vous respecter cette promesse ?

Après plusieurs heures de discussion sur la liturgie médiévale, j'avais une toute nouvelle vision des cérémonies de l'Église et des coutumes populaires. Et me retrouver ainsi avec lui était plus intime que je ne l'avais jamais été avec quiconque.

Je posai ma tête sur sa poitrine et il passa les doigts dans mes cheveux jusqu'à ce que le sommeil me gagne.

C'est juste avant l'aube que je fus réveillée par un bruit étrange à côté de moi. Matthew dormait. Il ressemblait plus que jamais à un gisant médiéval ; il ne manquait plus qu'un chien à ses pieds et une épée à sa ceinture.

Je remontai les draps sur lui. Il ne bougea pas. Je lissai ses cheveux et il continua de respirer profondément. Je l'embrassai sur la bouche sans obtenir plus de réaction. Je souris à mon beau vampire, endormi comme un mort, et j'eus l'impression d'être la plus heureuse du monde en sortant silencieusement du lit.

Dehors, le ciel était encore chargé de nuages, mais ils étaient assez clairsemés sur l'horizon pour révéler les premiers rayons du levant. Le temps allait peut-être se lever, songeai-je en m'étirant et en regardant Matthew allongé. Il allait rester ainsi des heures. Moi, en revanche, je me sentais impatiente et étrangement rajeunie. Je m'habillai rapidement, avec l'envie de sortir dans les jardins et de rester seule un moment. Matthew dormait toujours du même sommeil aussi peu fréquent que paisible.

— Je serai de retour avant que vous ayez eu le temps de vous en apercevoir, murmurai-je en l'embrassant.

Je ne croisai ni Marthe ni Ysabeau. Dans la cuisine, je pris une pomme dans la corbeille destinée aux chevaux et la croquai.

J'errai dans le jardin le long des allées de gravier, respirant l'odeur des herbes et le parfum des roses blanches dans les premières lueurs de l'aube. Si je n'avais pas porté des vêtements modernes, j'aurais pu être au XVIe siècle, entre ces parterres rectilignes et ces clôtures en tiges de saule censées arrêter les lapins – même si les habitants du château étaient sans doute bien plus efficaces pour les tenir à distance.

Je me baissai et touchai les plantes. L'une d'elles entrait dans la composition de la tisane de Marthe. De la rue, songeai-je, constatant avec satisfaction que je n'avais pas oublié.

Une rafale de vent me frôla et fit voler ma mèche rebelle. Je la remis en place au moment où un bras me soulevait du sol.

Je fermai les yeux et sentis que je filais dans le ciel. Un léger fourmillement me confirma ce que je savais déjà. Quand je les rouvrirais, ce serait une sorcière que je verrais.

# 29

Ma ravisseuse avait les yeux bleus, de hautes pommettes marquées et des cheveux blonds. Elle portait un gros col roulé et un jean moulant. Elle n'avait ni robe noire ni balai, mais il n'y avait pas d'erreur : c'était une sorcière.

D'un claquement de doigts méprisant, elle fit taire le cri que je m'apprêtais à pousser, puis elle tendit le bras et notre ascension se transforma en vol plané.

Matthew allait se réveiller et voir que j'étais partie. Jamais il ne se pardonnerait d'avoir dormi, ni à moi d'être sortie. *Quelle idiote*, me dis-je.

— C'est bien vrai, Diana Bishop, approuva la sorcière avec un curieux accent.

Je claquai les volets imaginaires qui me protégeaient des tentatives d'intrusion des sorcières et des démons.

Elle éclata d'un rire argentin qui me glaça. Effrayée, à des centaines de mètres au-dessus de l'Auvergne, je vidai mon esprit dans l'espoir qu'elle ne trouve rien une fois qu'elle aurait abattu mes pauvres défenses. C'est alors qu'elle me lâcha.

Tandis que je plongeais dans le vide, mes pensées se concentrèrent sur un unique prénom : Matthew.

La sorcière me rattrapa avant que j'aie touché le sol.

— Vous êtes trop légère pour quelqu'un qui ne sait pas voler. Comment se fait-il, d'ailleurs ?

Je récitai mentalement la liste des souverains d'Angleterre pour qu'elle ne trouve rien.

— Je ne suis pas votre ennemie, Diana, soupira-t-elle. Nous sommes toutes les deux sorcières.

Le vent changea tandis que la sorcière nous entraînait vers le sud-ouest, loin de Sept-Tours. Je fus rapidement désorientée. Les lumières au loin devaient être Lyon, mais ce n'était pas dans cette direction que nous volions. Au contraire, nous nous enfoncions de plus en plus dans les montagnes, qui ne ressemblaient pas à celles que m'avait montrées Matthew au début de mon séjour.

Nous descendîmes vers une sorte de cratère isolé par de profonds ravins et de denses forêts. C'étaient en fait les ruines d'un château médiéval, dont les hautes et épaisses murailles s'enfonçaient profondément dans le sol. Des arbres avaient envahi les coquilles vides des bâtiments blottis à son pied. Le château n'avait rien de gracieux ni d'agréable : il n'avait qu'une seule raison d'être, repousser quiconque voulait y pénétrer. Les pauvres routes en terre traversant les montagnes étaient le seul lien vers le reste du monde. J'eus un pincement de cœur.

La sorcière pointa les pieds vers le bas et, voyant que je ne l'imitais pas, elle m'y força d'un claquement de doigts. Nous glissâmes le long des vestiges du toit sans les toucher pour parvenir dans une petite cour centrale. Mes pieds reprirent leur position et s'abattirent brutalement sur les dalles de pierre.

— Avec le temps, vous apprendrez à atterrir plus souplement.

Je ne parvenais pas à comprendre ce qui m'arrivait. Un instant plus tôt, j'étais allongée, heureuse, dans le lit aux côtés de Matthew. Et voilà que je me retrouvais dans un château humide avec une sorcière inconnue.

Quand deux silhouettes surgirent de l'ombre, ma confusion le céda à la terreur. L'une était celle de Domenico Michele. L'autre m'était inconnue, mais le frôlement glacial de son regard m'indiqua que c'était aussi un vampire. Un puissant parfum d'encens et de soufre me permit de l'identifier : Gerbert d'Aurillac, le pape vampire.

Physiquement, il n'était pas impressionnant, mais le mal que je perçus en lui me fit instinctivement reculer. La noirceur envahissait ses yeux bruns, profondément enfoncés dans leurs orbites, et ses pommettes saillaient tellement que la peau semblait tendue dessus. Il avait un nez légèrement crochu et ses lèvres minces étaient tordues par un sourire cruel. La menace représentée par Peter Knox n'était rien à côté de son regard noir, qui me clouait sur place.

— Merci pour votre hospitalité, Gerbert, dit aimablement la sorcière en me gardant à côté d'elle. Vous avez raison, je ne serai pas dérangée ici.

— Avec plaisir, Satu. Puis-je examiner votre sorcière ? demanda Gerbert en se penchant d'un côté et de l'autre comme un maquignon qui examine une bête. Étant donné qu'elle est allée avec Clairmont, c'est difficile de discerner son odeur de la sienne.

Ma ravisseuse s'offusqua de l'allusion à Matthew.

— Diana Bishop est sous ma garde, désormais. Votre présence ici n'est plus nécessaire.

Gerbert continua de me fixer tout en approchant à pas comptés. Sa lenteur exagérée ne faisait que souligner son allure menaçante.

— C'est un livre étrange, n'est-ce pas, Diana ? Il y a mille ans, je l'ai pris à une grande magicienne de Tolède.

Quand je l'ai rapporté en France, il était déjà lié par d'innombrables enchantements.

— Malgré votre connaissance de la magie, vous n'avez pu en découvrir les secrets, dit la sorcière d'un ton méprisant. Le manuscrit est toujours aussi ensorcelé aujourd'hui qu'autrefois. Laissez-nous nous en occuper.

Il continua d'avancer.

— Le prénom de ma sorcière ressemblait au vôtre : Meridiana. Bien sûr, elle a refusé de dévoiler les secrets du manuscrit. Mais j'ai conservé mon empire sur elle grâce à mon sang. (Il était si proche que le froid qui émanait de lui me glaçait.) Chaque fois que je m'abreuvais d'elle, j'absorbais un peu de sa magie et de ses connaissances. Mais de façon si fugace que j'en étais frustré. Je devais sans cesse boire davantage. Elle s'est affaiblie et est devenue facile à manipuler. (Il posa un doigt sur mon visage.) Elle avait des yeux semblables aux vôtres. Qu'avez-vous vu, Diana ? M'en ferez-vous part ?

— Assez, Gerbert, lança Satu d'une voix vibrante de menace qui fit gronder Domenico.

— N'imaginez pas que c'est la dernière fois que vous me voyez, Diana. Pour commencer, les sorciers vous mettront au pas. Ensuite, la Congrégation décidera que faire de vous. (Ses yeux plongèrent dans les miens et son doigt caressa ma joue.) Enfin, vous serez mienne. Pour l'heure, ajouta-t-il en s'inclinant devant Satu, elle est à vous.

Les vampires se retirèrent. Domenico jeta un regard en arrière, rechignant à partir. Satu attendit, impassible, jusqu'à ce qu'ils aient quitté les lieux, puis elle se tourna vers moi et d'un geste, rompit l'enchantement qui m'avait rendue muette.

— Qui êtes-vous ? gargouillai-je.

— Je m'appelle Satu Järvinen, dit-elle en tournant lentement autour de moi et en laissant traîner sa main derrière elle.

Son geste m'en rappela un autre. Un jour, Sarah avait agi de la même manière pour tenter d'immobiliser un chien errant entré dans notre jardin de Madison. Mais les talents de Sarah n'étaient rien à côté de ceux de cette sorcière. D'après sa manière de voler, sa puissance était évidente. Mais elle était également douée pour les sorts. En cet instant, elle m'enfermait dans un réseau de filaments de magie sans avoir besoin de prononcer un seul mot. Tout espoir de fuite s'envola.

— Pourquoi m'avez-vous enlevée ?

— Nous avons essayé de vous faire comprendre combien Clairmont était dangereux. En tant que sorcières, nous ne voulions pas arriver à de telles extrémités, mais vous êtes restée sourde à nos avertissements, dit-elle aimablement. Vous n'avez pas voulu vous joindre à nous pour Mabón, vous avez ignoré Peter Knox. Chaque jour, le vampire était plus proche. À présent, vous êtes à l'abri, hors de sa portée. (Je perçus instinctivement le danger.) Ce n'est pas votre faute. (Elle m'effleura l'épaule et mon tressaillement la fit sourire.) Les vampires sont si séduisants et si charmeurs. Vous êtes tombée sous son emprise, tout comme Meridiana avec Gerbert. Nous ne vous en voulons pas, Diana. Vous avez eu une enfance si protégée. Vous n'étiez pas en mesure de le voir tel qu'il est.

— Je ne suis pas sous l'emprise de Matthew.

— En êtes-vous si sûre ? demanda-t-elle aimablement. Vous n'avez jamais bu une seule goutte de son sang ?

— Bien sûr que non !

Je n'avais peut-être pas eu de formation en magie dans mon enfance, mais je n'étais pas non plus totalement ignare. Le sang de vampire était une substance puissante qui pouvait changer toute une vie.

— Aucun souvenir d'une saveur fortement salée ? Pas de fatigue inhabituelle ? Vous ne vous êtes jamais endormie profondément en sa présence, même si vous ne vouliez pas fermer les yeux ?

Lors de notre vol vers la France, Matthew s'était effleuré les lèvres du bout des doigts avant de toucher les miennes. J'avais senti un goût de sel. Et l'instant d'après, nous étions en France. Ma certitude vacilla.

— Je vois. Ainsi, il vous a donné son sang. Ce n'est pas une bonne chose, Diana. Nous nous doutions qu'il le ferait, lorsqu'il vous a suivie jusqu'à chez vous le soir de Mabon et qu'il est entré par la fenêtre.

— Que racontez-vous ?

Le sang se figea dans mes veines. Jamais Matthew ne m'aurait fait boire son sang, ni n'aurait violé mon territoire. S'il avait fait cela, il y aurait eu une raison, et il me l'aurait dit.

— Le soir de votre rencontre, Clairmont vous a suivie jusque chez vous. Il est entré par une fenêtre ouverte et est resté des heures. Vous ne vous êtes pas réveillée ? Dans ce cas, il doit s'être servi de son sang pour que vous continuiez à dormir. Comment pourrions-nous l'expliquer autrement ?

Je me rappelai douloureusement avoir senti un goût de girofle dans ma bouche et je fermai les yeux.

— Cette relation n'est rien de plus qu'une tromperie habilement montée, Diana. Matthew Clairmont ne désire qu'une seule chose depuis le début : le manuscrit. Tout ce qu'il a fait et chaque mensonge qu'il a proféré ne sert qu'à atteindre ce but.

— Non.

C'était impossible. Il ne pouvait pas m'avoir menti la nuit dernière, lorsque nous étions enlacés.

— Si. Je suis navrée de devoir vous dire cela, mais vous ne nous avez pas laissé le choix. Nous avons tenté de vous séparer, mais vous êtes si obstinée.

*Tout comme mon père*, songeai-je.

— Qu'est-ce qui me prouve que vous ne mentez pas ?

— Une sorcière ne peut mentir à une autre. Nous sommes sœurs, après tout.

— Sœurs ? répétai-je, de plus en plus soupçonneuse. Vous êtes exactement comme Gillian, vous invoquez ce prétexte pour vous renseigner et m'empoisonner avec vos mensonges sur Matthew.

— Vous êtes donc au courant pour Gillian, dit Satu avec regret.

— Je sais qu'elle me surveillait.

— Savez-vous qu'elle est morte ? rétorqua-t-elle, soudain venimeuse.

— Quoi ?

Le sol se déroba sous moi.

— Clairmont l'a tuée. C'est pour cela qu'il vous a fait quitter si rapidement Oxford. C'est là encore la mort d'une innocente que nous n'avons pas réussi à dissimuler à la presse. Que disaient les gros titres ? Ah oui : UNE JEUNE UNIVERSITAIRE AMÉRICAINE MEURT À L'ÉTRANGER LORS D'UN SÉJOUR D'ÉTUDES.

Un sourire mauvais se peignit sur ses lèvres.

— Non, protestai-je. Matthew ne l'aurait pas tuée.

— Je vous assure du contraire. Il ne fait pas de doute qu'il l'aura interrogée avant. Apparemment, les vampires n'ont jamais appris que tuer le messager ne sert à rien.

— La photo de mes parents.

Matthew était tout à fait capable de tuer celui ou celle qui me l'avait fait parvenir.

— C'était indigne de Peter Knox de vous l'avoir envoyée, et maladroit de la faire porter par Gillian, continua-t-elle. Clairmont est trop habile pour laisser des traces qui l'incriminent, cela dit. Il a maquillé cela en suicide et a laissé son cadavre contre la porte de la chambre de Peter au Randolph Hotel.

Gillian Chamberlain n'était pas une amie, mais je n'imaginais pas éprouver un tel désarroi en sachant qu'elle ne déchiffrerait plus ses papyrus.

Et c'était Matthew qui l'avait tuée. Les pensées s'entrechoquèrent dans mon esprit. Comment Matthew pouvait-il affirmer qu'il m'aimait et me dissimuler de tels forfaits ? Les secrets, c'était une chose, mais un meurtre – même sous le prétexte de la vengeance –, c'était une tout autre affaire. Il ne cessait de me répéter que je ne pouvais me fier à lui. Je ne l'avais pas écouté. Cela faisait-il partie de ses manigances là aussi, afin de me convaincre de lui faire confiance ?

— Vous devez me laisser vous aider, reprit Satu, de nouveau aimable. C'est allé trop loin et vous courez un terrible danger. Je peux vous apprendre à utiliser votre pouvoir. Dès lors, vous serez en mesure de vous protéger de Clairmont et d'autres vampires comme Domenico et Gerbert. Vous serez une grande sorcière, un jour, tout comme votre mère. Vous pouvez me faire confiance, Diana. Nous sommes de la même famille.

— De la même famille, répétai-je, accablée.

— Vos parents n'auraient pas voulu que vous tombiez dans le piège d'un vampire, m'expliqua-t-elle comme si je n'étais qu'une enfant. Ils savaient combien il était important de préserver les liens entre sorciers.

— Que venez-vous de dire ?

Mes pensées ne tourbillonnaient plus, à présent. Mon esprit était redevenu clair et ma peau fourmillait, comme si des milliers de sorciers me regardaient. Je sentais que j'oubliais quelque chose, quelque chose qui concernait mes parents et qui faisait que tout ce que me disait Satu était un mensonge.

Un bruit étrange résonna dans mes oreilles. Un sifflement, un crissement, comme des cordes qui glissent sur des pierres. Je baissai les yeux et vis de grosses racines brunes qui se tordaient sur le sol et rampaient dans ma direction.

Satu semblait ne pas s'en apercevoir.

— Vos parents auraient voulu que vous preniez vos responsabilités en tant que Bishop et en tant que sorcière.

— Mes parents ? demandai-je en fixant le sol et en essayant de me concentrer sur ses paroles.

— C'est à moi et à vos consœurs sorcières que vous devez allégeance, et non à Matthew Clairmont. Songez à votre père et à votre mère. Pensez à la peine que leur ferait cette relation, s'ils savaient.

Un doigt glacé descendit le long de mon dos et tout mon instinct me souffla que cette sorcière était dangereuse. Les racines étaient parvenues jusqu'à mes pieds. Comme si elles avaient pu sentir ma détresse, elles changèrent de direction et s'enfoncèrent dans le sol de chaque côté de moi avant de s'entrelacer en un réseau aussi solide qu'invisible sous les dalles du château.

— Gillian m'a dit que c'étaient des sorciers qui avaient tué mes parents, répliquai-je. Vous le niez ? Dites-moi la vérité sur ce qui est arrivé au Nigeria. (Elle ne répondit pas. Son silence équivalait à des aveux.) C'est bien ce que je pensais, dis-je avec aigreur.

D'un imperceptible mouvement du poignet, elle me fit tomber sur le dos et des mains invisibles me traînèrent sur les dalles de la cour glaciale jusqu'à une salle percée de hautes fenêtres, dont le toit était à moitié effondré.

J'avais le dos tout endolori, mais pire encore, mes efforts pour contrer la magie de Satu avaient été vains. Ysabeau avait raison. Ma faiblesse – mon ignorance de ce que j'étais et de la manière de me défendre – me valait de graves ennuis.

— Une fois de plus, vous refusez d'écouter la voix de la raison. Je ne veux pas vous faire de mal, Diana, mais je le ferai si c'est le seul moyen pour que vous compreniez la gravité de cette situation. Vous devez renoncer à Matthew Clairmont et nous montrer comment vous avez fait pour vous procurer le manuscrit.

— Jamais je ne renoncerai à mon époux, et je ne vous aiderai pas davantage à récupérer le manuscrit. Il ne nous appartient pas.

En récompense pour cette remarque, j'eus la sensation d'avoir le crâne fendu en deux et un hurlement suraigu déchira l'air et me glaça le sang. La cacophonie de cris terrifiants qui suivit fut si douloureuse que je tombai à genoux en me couvrant les oreilles.

Satu plissa les paupières et je me retrouvai allongée sur le flanc.

— Nous ? Vous osez vous considérer comme une sorcière alors que vous sortez tout droit du lit d'un vampire ?

— Je suis une sorcière, répliquai-je, surprise d'avoir été autant blessée par cette pique méprisante.

— Vous êtes en disgrâce, tout comme Stephen, siffla-t-elle. Obstinée, pinailleuse, indépendante. Et remplie de secrets.

— Vous avez raison, Satu, je suis exactement comme mon père. Il ne vous aurait rien dit. Et je ne le ferai pas non plus.

— Certainement que si. La seule manière dont les vampires peuvent découvrir les secrets d'une sorcière, c'est goutte à goutte.

Et, joignant le geste à la parole, elle claqua des doigts en direction de mon bras. Autrefois, une autre sorcière avait fait le même geste devant mon genou, et cela avait guéri une écorchure plus sûrement qu'un sparadrap. Cette fois, ce fut comme un couteau invisible qui m'entaillait la peau. Du sang perla. Satu le regarda couler, hypnotisée.

Je couvris la coupure de ma main et appuyai dessus. Ce fut étonnamment douloureux et l'angoisse commença à monter en moi.

*Non*, dit une voix familière et énergique. *Tu ne dois pas céder à la douleur.* Je m'efforçai de me maîtriser.

— Étant sorcière, j'ai d'autres moyens de découvrir ce que vous dissimulez. Je vais vous ouvrir en deux, Diana, et trouver tous les secrets que vous possédez, promit Satu. Nous verrons si vous vous obstinez toujours.

Je fus prise d'un étourdissement. La voix familière se rappela à moi : *À qui cachons-nous nos secrets, Diana ?*

*À tout le monde*, répondis-je muettement et machinalement, comme si la question était habituelle. D'autres portes bien plus solides claquèrent derrière les faibles défenses qui m'avaient toujours suffi jusqu'ici à empêcher un sorcier curieux de s'insinuer dans mes pensées.

Satu sourit, le regard flamboyant, en percevant ces nouvelles défenses.

— Voici déjà un premier secret découvert. Voyons ce que vous avez d'autre, en dehors de la capacité de fermer votre esprit.

Elle murmura et je fus brusquement retournée à plat ventre et plaquée au sol avec une telle violence que j'en eus le souffle coupé. Un cercle de flammes vertes et malveillantes s'éleva des pierres glacées.

Je sentis quelque chose qui me brûlait le dos, traçant une courbe d'une épaule à l'autre, puis jusqu'au bas de mon dos avant de remonter à son point de départ. La magie de Satu m'immobilisait, je ne pouvais lui échapper et la douleur était insoutenable, mais avant que je sombre dans les ténèbres, elle se retint. Puis elle reprit.

C'est alors que je compris avec révulsion qu'elle était en train de me découper, exactement comme elle l'avait promis. Elle traçait un cercle magique. Sur mon corps.

*Il faut que tu sois très, très courageuse.*

Dans le brouillard de la douleur, je suivis les racines qui serpentaient sur le sol dans la direction de la voix familière. Ma mère était assise sous un pommier au-delà du cercle de feu.

— Maman ! m'écriai-je faiblement en tendant la main vers elle.

Mais la magie de Satu tenait bon. Les yeux de ma mère – plus noirs que dans mon souvenir, mais d'une forme si semblable aux miens – étaient implacables. Elle porta un doigt à ses lèvres pour m'intimer le silence. J'usai de ma dernière énergie pour hocher la tête. Ma dernière pensée fut pour Matthew.

Après cela, ce ne fut plus que souffrance et terreur, mêlées d'un désir sourd de fermer les yeux et de m'endormir pour toujours.

Il dut s'écouler des heures avant que Satu me jette de l'autre côté de la salle, dépitée. Mon dos me cuisait encore et elle rouvrit l'entaille de mon bras, encore et encore. À un moment, elle me suspendit la tête en bas par une cheville pour m'affaiblir et se moqua de mon incapacité à voler et à m'enfuir. Malgré tous ses efforts, elle ne parvenait toujours pas à comprendre ma magie.

Grondante de fureur, elle arpenta les dalles en cherchant un nouvel angle d'attaque. Je me soulevai sur un coude pour mieux l'affronter.

*Tiens bon. Sois courageuse.* Ma mère était toujours sous le pommier, le visage brillant de larmes. Cela me rappela Ysabeau disant à Marthe que j'avais plus de courage qu'elle le pensait et Matthew me chuchotant à l'oreille : « Ma vaillante fille. » Je parvins à sourire pour que ma mère cesse de pleurer, mais mon geste ne fit qu'enrager Satu.

— Pourquoi n'utilisez-vous pas votre pouvoir pour vous protéger ? Je sais qu'il est en vous ! hurla-t-elle.

Elle projeta violemment ses bras en avant en murmurant une incantation. Mon corps roula en boule et une violente douleur irradia de mon ventre, me rappelant le corps éviscéré de mon père.

*C'était donc ce qui m'attendait.* Je fus étrangement soulagée de le savoir.

L'incantation suivante me projeta contre la paroi de la salle. Je tentai vainement de me protéger en glissant sur les pierres rugueuses entrelacées de racines et je tendis les doigts comme si je pouvais toucher Matthew par-delà les monts d'Auvergne.

Ma mère avait eu le même geste dans le cercle magique au Nigeria.

*Diana, tu dois m'écouter. Tu vas te sentir très seule.* Ma mère me parlait, et en l'entendant, je redevins une enfant, assise sur la balançoire sous le pommier du jardin de notre maison de Cambridge, par un lointain après-midi d'août. Je sentis l'odeur de l'herbe coupée, fraîche et verte, et le parfum de muguet de ma mère. *Peux-tu être courageuse si tu es toute seule ? Tu pourras le faire pour moi ?*

Je hochai la tête et ma joue s'érafla sur les pierres. Satu me retourna et leurs arêtes s'enfoncèrent dans mon dos.

— Je n'ai pas envie de faire cela, ma sœur, dit-elle d'un ton contrit. Mais il le faut. Vous comprendrez, une fois Clairmont oublié, et vous me pardonnerez.

*Il n'y a pas de danger*, songeai-je. *S'il ne te tue pas, je te hanterai jusqu'à ton dernier soupir quand je serai morte.*

Elle murmura quelques mots et un vent m'emporta dans un escalier qui s'enfonçait dans les profondeurs du château. J'entendis un froissement derrière moi. C'étaient des spectres affligés, par dizaines, qui s'engouffraient avec nous dans une procession funèbre. Malgré tout son pouvoir, Satu ne semblait pas plus les voir qu'elle n'avait vu ma mère.

Elle tenta de soulever une lourde trappe de bois. Je fermai les yeux en me préparant à être précipitée dans un trou, mais elle m'empoigna par les cheveux et poussa mon visage au bord. L'odeur de la mort monta vers moi et les spectres se mirent à gémir.

— Savez-vous ce que c'est, Diana ? C'est une oubliette. (Le mot courut de spectre en spectre et l'un d'eux, une femme menue au visage creusé par les ans, se mit à pleurer.) Ceux que l'on jetait dans ce puits d'oubli devenaient fous et mouraient de faim s'ils survivaient à leur chute. C'est très profond. Il est impossible d'en ressortir sans aide. Et personne ne vous aide jamais.

Le fantôme d'un jeune homme blessé à la poitrine hocha la tête. *Ne tombe pas, ma fille*, dit-il d'une voix plaintive.

— Mais nous ne vous oublierons pas. Je vais chercher des renforts. Vous êtes peut-être têtue devant une seule des sorcières de la Congrégation, mais pas devant les trois réunies. C'est ce que nous avons constaté avec vos parents.

Elle m'empoigna et nous plongeâmes à vingt mètres dans les profondeurs de l'oubliette.

— Je vous en prie, la suppliai-je alors qu'elle me laissait tomber sur le sol. Ne me laissez pas ici. Je n'ai aucun secret. Je ne sais pas comment utiliser ma magie ni comment récupérer le manuscrit.

— Vous êtes la fille de Rebecca Bishop, répliqua Satu. Vous avez du pouvoir, je le sens, et nous ferons en sorte de le libérer. Si votre mère était là, elle s'envolerait tout simplement. Mais vous n'êtes pas vraiment la digne fille de Rebecca, n'est-ce pas ? En tout cas, pas pour ce qui est le plus important.

Elle se baissa, leva les bras et s'élança souplement. Je la vis s'élever et disparaître dans un tourbillon bleu et blanc. Puis la trappe se referma.

Matthew ne me retrouverait jamais ici. Ma piste était depuis longtemps dispersée aux quatre vents. Sans aide de Satu, Peter Knox ou la troisième sorcière inconnue, je devrais me débrouiller par moi-même pour sortir.

Je me relevai, pliai les genoux et levai les bras comme l'avait fait Satu, mais rien ne se passa. Je fermai les yeux en tentant de me concentrer sur la sensation que j'avais éprouvée en dansant avec Matthew, espérant que je pourrais de nouveau flotter dans les airs. Cela ne servit qu'à me rappeler Matthew et les secrets qu'il m'avait cachés. Je me mis à sangloter.

Je dormis un peu, mais ce fut difficile d'ignorer les spectres, qui avaient commencé à babiller. Au moins, ils fournissaient une sorte d'éclairage. Chaque fois qu'ils bougeaient, une trace phosphorescente apparaissait dans l'air. Une jeune femme déguenillée s'assit devant moi en fredonnant avec un regard vide. Au centre de l'oubliette, un moine, un chevalier en armure et un mousquetaire regardaient au fond d'un autre puits qui exsudait un tel sentiment de désespoir que je ne pus me résoudre à m'en approcher. Le moine marmonnait la messe des morts et le mousquetaire ne cessait de tendre la main dans le vide, comme pour atteindre un être qu'il avait perdu.

Je commençai à dériver entre la souffrance, la peur et le froid. Je me concentrai pour me rappeler les derniers passages que j'avais lus dans l'*Aurora Consurgens* et je les récitai à voix haute dans l'espoir qu'ils m'aident à ne pas devenir folle.

*« C'est moi qui rassemble les éléments et les accorde. Ce qui est humide, je l'assèche et ce qui est sec, je le détrempe. Ce qui est mou, je l'endurcis et ce qui est dur, je l'adoucis. Je suis la fin et mon amant est le commencement. Je tiens dans mon sein tout l'univers de la Création et toute la connaissance est cachée en moi. »* Quelque chose se mit à briller. C'était un autre spectre venu me saluer, mais je fermai les yeux, trop lasse pour m'en soucier, et poursuivis ma récitation.

*« Qui osera me séparer de mon amour ? Personne, car notre amour est plus fort que la mort. »*

Ma mère m'interrompit. *Ne veux-tu donc pas dormir, petite sorcière ?*

Sous mes paupières closes, je revis ma chambre sous les toits à Madison. C'était quelques jours seulement avant le départ de mes parents pour l'Afrique. Ils m'avaient déposée chez Sarah où je devais séjourner pendant leur absence.

— Je n'ai pas sommeil, m'entêtai-je d'une petite voix d'enfant.

J'ouvris les yeux. Les spectres se rapprochaient de la lueur qui perçait l'ombre sur ma droite.

C'était ma mère, assise contre la paroi, les bras ouverts. Je glissai vers elle en retenant mon souffle, de peur qu'elle disparaisse. Elle m'accueillit avec un sourire, les yeux brillants de larmes. Ses doigts et ses bras se refermèrent en tremblant sur moi, tandis que je me blottissais contre sa silhouette familière.

*Veux-tu que je te raconte une histoire ?*

— Ce sont tes mains que j'ai vues quand Satu usait de sa magie.

Elle répondit par un doux rire qui me fit oublier la dureté des pierres. *Tu as été très courageuse.*

— Je suis si fatiguée, soupirai-je.

*Il est l'heure de te raconter une histoire, alors. Il était une fois une petite sorcière qui s'appelait Diana. Quand elle était enfant, sa marraine la fée l'enveloppa dans des rubans invisibles qui étaient de toutes les couleurs de l'arc-en-ciel.*

Je me rappelai ce conte de mon enfance, quand je portais un pyjama violet et rose avec des étoiles et que j'avais de longues tresses. Des vagues de souvenirs oubliés depuis la mort de mes parents m'envahirent.

— Pourquoi elle faisait cela, la fée ? demandai-je d'une voix de petite fille.

*Parce que Diana aimait faire de la magie et qu'elle savait très bien s'y prendre. Mais sa marraine la fée savait que d'autres sorcières seraient jalouses de son pouvoir. « Quand tu seras prête, lui déclara sa marraine, tu te débarrasseras de ces rubans. Jusque-là, tu ne sauras ni voler ni user de magie. »*

— Ce n'est pas juste, protestai-je comme le font toutes les gamines de sept ans. Il faut punir les autres sorcières, pas moi.

*Le monde n'est pas juste, si ?* répondit ma mère.

Je secouai tristement la tête.

*Diana avait beau essayer, elle n'arrivait pas à ôter les rubans. Elle finit par les oublier et par oublier sa magie.*

— Jamais je n'oublierai ma magie.

Ma mère fronça les sourcils. *Mais si, tu l'as oubliée*, chuchota-t-elle doucement avant de poursuivre le conte. *Et puis un jour, Diana rencontra un beau prince qui vivait dans l'ombre entre le crépuscule et le lever de la lune.*

C'était la partie que je préférais. Des souvenirs d'autres nuits déferlèrent. Parfois, je demandais comment il s'appelait, d'autres fois, je prétendais me désintéresser de ce stupide prince. Mais la plupart du temps, je me demandais pourquoi il avait envie d'être avec une sorcière aussi incapable.

*Le prince aimait Diana, bien qu'elle ne soit pas capable de voler. Il était le seul à voir les rubans qui l'emprisonnaient. Il se demandait à quoi ils servaient et ce qui arriverait si la sorcière les enlevait. Mais il pensait que ce n'était pas bien d'en parler, car cela la gênerait peut-être. Il se demandait pourquoi une sorcière n'avait pas envie de voler, si elle en était capable.*

*C'est alors que trois sorcières arrivèrent dans la ville. Elles aussi virent les rubans, et se doutèrent que Diana était plus puissante qu'elles. Elles l'enlevèrent et l'emmenèrent dans un sombre château. Mais elles eurent beau tirer dessus, les rubans refusaient de céder. Alors elles l'enfermèrent dans une pièce en espérant qu'elle aurait si peur qu'elle les enlèverait elle-même.*

— Diana était toute seule ?

*Toute seule.*

— Je n'aime pas cette histoire.

*Tu veux bien dormir, alors ?*

Je pris la couverture en patchwork que Sarah avait achetée dans un magasin de Syracuse en prévision de mon séjour et l'étendis sur le sol de l'oubliette. Ma mère me borda.

— Maman ?

*Oui, Diana ?*

— J'ai fait tout ce que tu m'as dit. J'ai caché mes secrets à tout le monde.

*Je sais que tu as eu du mal.*

— Tu as des secrets ?

*Bien sûr*, dit-elle en claquant des doigts pour me faire voler dans les airs et atterrir dans ses bras.

— Tu veux bien m'en dire un ?

*Oui.* Elle approcha ses lèvres si près de mon oreille qu'elle me chatouilla. *Toi. C'est toi mon plus gros secret.*

— Mais je suis là ! piaillai-je en me débattant et en courant vers le pommier. Comment je peux être un secret si je suis là ?

Ma mère porta ses doigts à ses lèvres.

*Par magie.*

# 30

— Où est-elle ? demanda Matthew en posant violemment les clés de la Range Rover sur la table.

— Nous la trouverons, Matthew.

Ysabeau essayait de rester calme, mais cela faisait presque dix heures qu'ils avaient trouvé une pomme entamée dans le jardin. Depuis, ils avaient passé au peigne fin tous les environs. Malgré cela, ils n'avaient pas retrouvé Diana, ni pu déceler sa piste. Elle s'était tout bonnement volatilisée.

— Ce ne peut être qu'une sorcière qui l'a enlevée. Je lui avais dit qu'elle serait en sécurité à l'intérieur du château, mais je ne pensais pas que des sorcières oseraient venir jusqu'ici.

Sa mère fit une grimace. Elle n'était pas surprise que des sorcières aient enlevé Diana.

Matthew commença à donner des ordres, comme un général sur le champ de bataille.

— Nous allons recommencer à chercher. Je vais aller à Brioude. Ysabeau, passez à Aubusson et allez voir dans le Limousin. Marthe, attends ici au cas où elle reviendrait ou quelqu'un appellerait.

Personne n'appellerait, Ysabeau en était certaine. Si Diana avait pu, elle l'aurait fait depuis longtemps. Et si la stratégie de Matthew consistait à abattre les obstacles un par un jusqu'à parvenir à son objectif, ce n'était pas la meilleure manière de procéder.

— Nous devrions attendre, Matthew.

— Attendre quoi ? gronda-t-il.

— Baldwin. Il a quitté Londres il y a une heure.

— Ysabeau, comment avez-vous pu lui en parler ?

D'expérience, Matthew savait que son frère aîné aimait tout détruire et y excellait. Au cours des années, il l'avait fait physiquement, mentalement et financièrement, une fois qu'il avait découvert que priver les gens de leurs moyens de subsistance était presque aussi excitant que raser un village.

— Quand j'ai vu qu'elle n'était pas aux écuries ni dans la forêt, j'ai jugé qu'il valait mieux. Baldwin est meilleur que toi dans ce domaine, Matthew. Il peut retrouver presque n'importe quoi.

— Oui, il a toujours été très doué pour traquer les proies. Mais retrouver mon épouse n'est que la première étape. Ensuite, il faudra que je veille à ce qu'il ne s'en prenne pas à elle. (Il reprit ses clés.) Attendez Baldwin. Je pars seul.

— Une fois qu'il saura que Diana t'appartient, il ne lui fera aucun mal. Baldwin est le chef de la famille. Et tant que la famille comptera, il doit être informé.

Il trouva cette déclaration étrange. Ysabeau savait combien il se méfiait de son frère aîné.

— On est entré dans votre demeure, *mère**. C'est une insulte qui vous a été faite. Si vous voulez que Baldwin s'en mêle, c'est votre droit.

— Je l'ai appelé pour le bien de Diana, pas pour moi. Elle ne doit pas rester entre les mains de sorciers,

Matthew, même si elle est elle-même une sorcière. (Marthe leva le nez et huma l'air.) Le voici !

Une lourde porte claqua et des pas impatients résonnèrent. Matthew se raidit et Marthe leva les yeux au ciel.

— Nous sommes en bas, dit Ysabeau sans hausser la voix.

Même dans les pires moments, elle ne l'élevait jamais. Ils étaient vampires, après tout. Ce n'était pas la peine de faire des effets de manches.

Baldwin Montclair, ainsi qu'il se faisait appeler sur les marchés financiers, remonta le hall. Ses cheveux couleur cuivre luisaient sous les lampes et il avait les réflexes d'un athlète-né. Ayant appris à manier l'épée dès l'enfance, il était imposant avant de devenir vampire, et depuis sa renaissance, rares étaient ceux qui osaient lui chercher noise. Cadet des trois fils engendrés par Philippe de Clermont, Baldwin était devenu vampire à l'époque romaine et avait toujours été le préféré de son père. Ils étaient de la même étoffe : épris de guerre, de femmes et de vin – et dans cet ordre. Malgré ces agréables traits de caractère, ceux qui les affrontaient au combat n'étaient plus là pour le raconter.

Matthew et lui s'étaient détestés dès leur première rencontre, leurs personnalités étant si opposées que même Philippe avait renoncé à ce qu'ils s'entendent. Baldwin flaira l'air, cherchant à discerner le parfum de cannelle et de girofle. Sa voix grave résonna dans le hall.

— Par tous les diables, Matthew, où es-tu ?

— Ici.

Baldwin le saisit à la gorge avant qu'il ait pu poursuivre. Front contre front, il plaqua Matthew contre une porte qui se fendit sous le choc.

— Comment as-tu pu t'acoquiner avec une sorcière, après ce qu'elles ont fait à père ?

— Elle n'était même pas née quand il a été capturé, répondit péniblement Matthew.

— Cela reste une sorcière, cracha Baldwin. Ils sont tous responsables. Ils savaient comment les nazis l'ont torturé et n'ont pas levé le petit doigt.

— Baldwin, intervint Ysabeau. Philippe avait donné pour stricte consigne qu'aucune vengeance ne soit exercée s'il lui arrivait du mal.

— Les sorciers ont aidé ces monstres à capturer Philippe. Les nazis ont procédé à des expériences sur lui pour savoir ce que l'organisme d'un vampire pouvait subir sans mourir. Et les enchantements des sorciers nous ont empêchés de le retrouver et de le libérer.

— Ils n'ont pas réussi à détruire son corps, mais ils ont anéanti son âme, dit sombrement Matthew. Pour l'amour du Ciel, Baldwin, ils pourraient faire subir la même chose à Diana.

Si les sorciers la blessaient, elle pourrait s'en remettre. Mais elle ne serait plus jamais elle-même s'ils s'en prenaient à son esprit.

— Et alors ? cracha Baldwin en jetant son frère à terre et en se précipitant sur lui.

Une énorme bouilloire en cuivre se fracassa sur le mur. Les deux frères se relevèrent d'un bond. Marthe les foudroya du regard.

— C'est son épouse, dit-elle sèchement.

— Tu t'es uni à elle ?

— Diana fait partie de la famille, à présent, répondit Ysabeau. Marthe et moi l'avons acceptée. Tu devras en faire autant.

— Jamais. Aucune sorcière ne sera jamais une Clermont ni bienvenue dans cette demeure. L'accouplement est un instinct irrépressible, mais il ne peut rien contre la mort. Si les sorciers ne tuent pas cette Bishop, je le ferai.

Matthew se jeta à la gorge de son frère. Baldwin recula en poussant un hurlement, une main à son cou.

— Tu m'as mordu !

— Menace encore mon épouse et ce sera pire, haleta Matthew.

— Assez ! intervint Ysabeau. J'ai déjà perdu mon époux, une fille et deux de mes fils. Il n'est pas question que vous vous déchiriez, ni que des sorciers s'emparent d'un membre de la famille. Et je ne resterai pas les bras ballants si l'épouse de mon fils est aux mains d'ennemis.

— En 1944, tu soutenais que défier les sorciers n'arrangerait rien, lança Baldwin à son frère. Regarde-toi à présent.

— C'est différent.

— Oh, oui, je te l'accorde. Tu nous fais prendre le risque de voir la Congrégation mettre le nez dans nos affaires de famille pour pouvoir mettre une sorcière dans ton lit.

— Ce n'était pas nous qui avions décidé d'engager les hostilités avec les sorciers à l'époque, dit Ysabeau. C'était ton père. Et il a expressément interdit de poursuivre cette guerre. Vous devez renoncer. Ce sont les autorités humaines qui ont été chargées de punir ces atrocités.

— Si je me souviens bien, Ysabeau, vous vous en êtes chargée aussi, répondit-il avec aigreur. De combien de nazis vous êtes-vous repue avant d'être satisfaite ?

C'était impardonnable de dire une chose pareille, mais elle l'avait poussé dans ses retranchements.

— Quant à Diana, continua Ysabeau sans s'émouvoir, si votre père était encore en vie, Lucius Sigéric Benoît Christophe Baldwin de Clermont, il se lancerait à sa recherche, sorcière ou non. Il aurait honte de vous voir vous chamailler avec votre frère pour de vieilles querelles.

— Merci de ce conseil et de la leçon d'histoire, Ysabeau. Cependant, heureusement, c'est à moi de décider. Matthew ne se distraira plus avec cette fille. Fin de la discussion.

Il tourna les talons, satisfait d'avoir pu exercer son autorité, mais il s'immobilisa en entendant la réponse de Matthew :

— Dans ce cas, tu ne me laisses pas le choix.

— Quel choix ? Tu feras ce que je te dirai.

— Je ne suis peut-être pas le chef de famille, mais c'est une affaire qui va bien au-delà.

— Très bien. Lance-toi dans cette ridicule croisade, si tu y tiens. Retrouve ta sorcière. Emmène Marthe, elle semble aussi éprise d'elle que toi. Si vous avez envie d'irriter les sorciers et de vous attirer les foudres de la Congrégation, c'est votre affaire. Pour protéger la famille, je te renierai.

Il allait franchir la porte quand son frère abattit sa carte maîtresse.

— J'absous les Clermont de toute responsabilité pour avoir abrité Diana Bishop. Les chevaliers de l'ordre de Saint-Lazare veilleront désormais à sa sécurité, comme nous l'avons fait pour d'autres par le passé.

Ysabeau dissimula avec peine sa fierté.

— Tu n'es pas sérieux, siffla Baldwin. Si tu fais appel à la confrérie, cela reviendra à une déclaration de guerre.

— Si c'est ce que tu décides, tu connais les conséquences. Je pourrais te tuer pour désobéissance, mais je n'ai pas le temps. Tes terres et tes biens sont confisqués. Quitte cette demeure et rends-moi ton sceau. Un nouveau maître français sera nommé cette semaine. Tu es en dehors de la protection de l'ordre, tu as sept jours pour trouver une nouvelle demeure.

— Essaie de me prendre Sept-Tours et tu le regretteras, gronda Baldwin.

— Sept-Tours ne t'appartient pas. C'est la propriété des chevaliers de Saint-Lazare. Ysabeau y habite avec la bénédiction de la confrérie. Je te laisse une dernière chance d'en bénéficier. Baldwin de Clermont, continua-t-il d'un ton solennel, je te somme de respecter ton serment et d'entrer sur le champ de bataille, où tu obéiras à mes ordres jusqu'à ce que tu en sois relevé.

Cela faisait une éternité qu'il n'avait pas prononcé ces paroles, mais il se les rappelait parfaitement. Les chevaliers de Saint-Lazare étaient dans son sang, tout comme Diana.

— Les chevaliers ne volent pas au secours de leur maître sous prétexte qu'une histoire d'amour tourne mal, Matthew. Nous avons combattu à Saint-Jean-d'Acre. Nous avons aidé les Cathares à résister au pouvoir. Nous avons survécu à l'anéantissement des Templiers et aux progrès de l'armée anglaise à Crécy et à Azincourt. Les chevaliers de Saint-Lazare étaient sur les navires qui ont repoussé l'Empire ottoman à Lépante et la guerre de Trente Ans ne s'est achevée que lorsque nous avons refusé de continuer le combat. Le but de la confrérie est d'assurer la survie des vampires dans un monde dominé par les humains.

— Nous avons commencé en protégeant ceux qui ne pouvaient le faire seuls, Baldwin. C'est en accomplissant cette mission que nous avons acquis notre réputation héroïque.

— Père n'aurait jamais dû te confier l'ordre à sa mort. Tu es un soldat et un idéaliste, pas un commandeur. Tu n'as pas les tripes pour prendre des décisions difficiles.

Le ton méprisant de Baldwin masquait mal son inquiétude.

— Diana est venue afin d'être protégée des siens. Je ferai en sorte qu'elle le soit, tout comme les chevaliers ont protégé les habitants de Jérusalem, d'Allemagne et d'Occitanie quand ils étaient menacés.

— Nul ne croira davantage aujourd'hui qu'en 1944 que ce n'est pas une affaire personnelle. Et à l'époque, tu avais refusé.

— J'ai eu tort.

Baldwin parut choqué. Matthew hésita, puis :

— Autrefois, nous aurions réagi immédiatement à un tel scandale, sans nous soucier des conséquences. Mais c'est la crainte de divulguer les secrets de famille et de m'attirer le courroux de la Congrégation qui m'a retenu. Cela n'a fait qu'encourager nos ennemis à frapper de nouveau notre famille, et je ne ferai pas la même erreur en ce qui concerne Diana. Rien n'arrêtera les sorciers pour connaître la nature de son pouvoir. Ils se sont introduits dans notre demeure et ont enlevé l'une des leurs. C'est pire que ce qu'ils ont fait à Philippe. Aux yeux des sorciers, ce n'était qu'un vampire, mais en s'en prenant à Diana, ils sont allés trop loin.

Baldwin réfléchit aux paroles de son frère, qui attendait avec anxiété.

— Diana, s'impatienta Ysabeau.

Baldwin hocha la tête.

— Merci, dit simplement Matthew. Une sorcière l'a enlevée dans les jardins. Le temps de découvrir sa disparition, la piste était froide. Voici où nous devons mener nos recherches, dit-il en sortant une carte froissée.

Baldwin considéra les endroits que son frère et Ysabeau avaient déjà fouillés et les vastes étendues encore inexplorées.

— Vous êtes déjà allés là-bas depuis son enlèvement ?

— Bien sûr.

— Matthew, s'irrita Baldwin, apprendras-tu un jour à réfléchir avant d'agir ? Montre-moi où elle a disparu.

Quand ils furent sortis, Ysabeau se mit à trembler de tous ses membres.

— C'est insoutenable, Marthe. S'ils lui ont fait du mal…

— Nous avons toujours su que ce jour viendrait, la réconforta Marthe avant de retourner aux cuisines.

Dans le jardin, Baldwin scruta la pomme entamée qui gisait encore sur le sol, près des buissons. Ysabeau avait tenu à ce que personne ne touche à rien. Ses yeux perçants remarquèrent un détail qui avait échappé à son frère. Les tiges de rue penchaient légèrement en direction d'un autre buisson dont les feuilles étaient froissées.

— De quel côté soufflait le vent ? demanda-t-il.

— De l'ouest, répondit Matthew, cherchant vainement à comprendre où son frère voulait en venir. Nous perdons du temps, nous devrions nous séparer pour couvrir plus de terrain. Je vais retourner fouiller les grottes.

— Elle n'y sera pas. Ce sont les vampires qui utilisent les grottes, pas les sorcières. D'ailleurs, elles sont parties vers le sud.

— Mais il n'y a rien, là-bas !

— Plus maintenant, certes. Mais il doit y avoir quelque chose, sinon la sorcière ne serait pas partie dans cette direction. Nous allons demander à Ysabeau.

Si les Clermont avaient survécu si longtemps, c'est parce que chaque membre de la famille avait un talent différent en cas de crise. Philippe avait toujours été un meneur d'hommes, un personnage charismatique capable de convaincre vampires et humains – et parfois démons – de lutter pour une cause commune. Leur frère Hugh avait été le médiateur, capable d'amener les parties en présence à la table des négociations et de résoudre même les pires conflits. Godfrey, le benjamin des trois fils biologiques de Philippe, avait été leur conscience. Baldwin échafaudait les stratégies de bataille, grâce à son esprit aiguisé, qui repérait les failles et les faiblesses dans un plan. Louisa avait joué le rôle d'appât ou d'espionne, selon les cas.

Fait assez improbable, Matthew avait été le plus féroce guerrier de la famille. Son manque de discipline lors de ses premières aventures avait fait enrager son père, mais il avait changé. Désormais, quand Matthew s'emparait d'une arme, il gardait la tête froide et franchissait les obstacles avec une ténacité qui le rendait invincible.

Enfin, il y avait Ysabeau. Tout le monde la sous-estimait, sauf Philippe, qui l'avait surnommée « la générale » ou « mon arme secrète ». Rien ne lui échappait et elle avait une mémoire infaillible.

Les deux frères rentrèrent ; Baldwin appela Ysabeau, fila dans la cuisine et saupoudra de la farine sur la table. Il y dessina les contours de l'Auvergne et posa le pouce à l'emplacement de Sept-Tours.

— À quel endroit au sud-ouest d'ici une sorcière en emmènerait-elle une autre ? demanda-t-il à sa mère.

— Tout dépend de la raison de son enlèvement, répondit-elle.

Matthew et Baldwin échangèrent un regard exaspéré. C'était le seul problème de l'arme secrète : Ysabeau ne répondait jamais directement à une question ; pour elle, il y en avait toujours une autre qu'il fallait résoudre avant.

— Réfléchissez, *mère**, la pressa Matthew. Les sorciers veulent éloigner Diana de moi.

— Non, mon enfant. Vous pourriez être séparés de bien d'autres manières. En venant chez moi enlever mon invitée, les sorciers ont fait insulte à notre famille et c'est impardonnable. Ce genre de combat est comme une partie d'échecs : ils ont voulu prouver combien nous nous sommes affaiblis. Vous vouliez Diana. À présent, ils l'ont prise pour que tu ne puisses plus ignorer le défi qu'ils nous lancent.

— Je vous en prie, *mère**. Où ?

— Il n'y a rien que des montagnes désolées et des sentiers de chèvres entre ici et le Cantal.

— Le Cantal ? coupa Baldwin.

— Oui, murmura-t-elle, glacée par ce que cela impliquait.

Le Cantal était le lieu de naissance de Gerbert d'Aurillac. C'était son territoire et si les Clermont y pénétraient, les sorciers ne seraient pas les seuls à s'opposer à eux.

— Si c'était une partie d'échecs, l'emmener dans le Cantal reviendrait à nous mettre mat, dit Matthew d'un ton lugubre. Il est trop tôt pour cela.

— Dans ce cas, approuva Baldwin, c'est que quelque chose nous échappe entre les deux.

— Il n'y a rien que des ruines, insista Ysabeau.

— Pourquoi la sorcière de Matthew ne peut-elle se défendre toute seule ? soupira Baldwin.

Marthe entra dans la cuisine en s'essuyant les mains sur son tablier, et échangea un regard avec Ysabeau.

— *Elle est ensorcelée**, dit-elle d'un ton bourru.

— Oui, acquiesça Ysabeau. Nous en sommes convaincues.

— Ensorcelée ?

Un sort revenait à emprisonner une sorcière dans des entraves invisibles. C'était un acte aussi impardonnable chez les sorciers que pénétrer sur un territoire sans y être invité pour les vampires.

— Oui. Ce n'est pas qu'elle refuse sa magie. On l'en a éloignée volontairement, expliqua Ysabeau, scandalisée.

— Pourquoi ? demanda son fils. C'est comme arracher les crocs et les griffes d'un tigre avant de le relâcher dans la jungle. Qui laisserait quelqu'un privé de tout moyen de défense ?

— Je vois beaucoup de gens qui en auraient envie, et pour bien des raisons. Mais je ne connais pas bien cette sorcière. Appelez sa famille et posez-leur la question.

Matthew sortit son portable et appela aussitôt Madison, qui était en mémoire, remarqua Baldwin. Les sorcières décrochèrent immédiatement.

— Matthew ? demanda une voix alarmée. Où est-elle ? Elle souffre atrocement, nous le sentons.

— Nous savons où la trouver, Sarah, l'apaisa Matthew. Mais je dois vous poser une question. Diana ne se sert pas de sa magie.

— Elle a cessé depuis la mort de ses parents, mais où est le rapport ? s'écria Sarah.

— Y a-t-il une possibilité, même infime, pour qu'elle soit ensorcelée ?

Un silence de mort accueillit sa question.

— Ensorcelée ? répondit enfin Sarah, abasourdie. Bien sûr que non !

Les Clermont entendirent un déclic.

— C'était Rebecca, dit une autre voix plus douce. Je lui avais promis de ne rien dire. Et ne m'en demandez pas plus : j'ignore ce qu'elle a fait et comment. Rebecca savait que Stephen et elle ne reviendraient jamais d'Afrique. Elle avait vu ou appris quelque chose qui la terrifiait. Elle m'a seulement dit qu'elle allait faire en sorte que Diana soit à l'abri.

— À l'abri de quoi ? demanda Sarah, horrifiée.

— Pas *de* quelque chose, mais *jusqu'à* un certain moment, expliqua Em. Diana devait être à l'abri jusqu'à ce qu'elle soit avec l'homme de l'ombre.

— L'homme de l'ombre ? répéta Matthew.

— Oui, continua Em. Dès que Diana m'a appris qu'elle fréquentait un vampire, je me suis demandé si vous étiez celui que Rebecca avait vu dans sa prémonition. Mais tout s'est passé si vite.

— Emily, voyez-vous quoi que ce soit qui puisse nous aider ?

— Non. Je vois un endroit obscur. Diana est dedans. Elle n'est pas morte, se hâta-t-elle d'ajouter, mais elle souffre et elle n'est pas tout à fait en ce monde.

Baldwin, qui avait écouté, jeta un regard admiratif à Ysabeau. Ses questions avaient peut-être été agaçantes, mais elles leur avaient ouvert la voie. Il sortit à son tour son téléphone, se détourna et murmura dans l'appareil. Puis il regarda Matthew et lui fit signe d'abréger.

— Je pars à sa recherche, dit celui-ci. Dès que nous aurons du nouveau, je vous appelle. (Il coupa avant qu'Em et Sarah aient eu le temps de répondre.) Où sont mes clés ? cria-t-il en s'apprêtant à sortir.

— Calme-toi et réfléchis, intervint son frère en lui barrant le chemin et en poussant un tabouret vers lui. Quels étaient les châteaux entre ici et le Cantal ? Nous n'avons besoin que de connaître les plus anciens, ceux qui sont les plus familiers à Gerbert.

— Enfin, Baldwin, comment veux-tu que je me souvienne ? Laisse-moi passer.

— Non. Fais preuve d'astuce. Si elles ont un peu de raison, les sorcières ne peuvent pas l'avoir emmenée sur le territoire de Gerbert. Si Diana est ensorcelée, elle représente un mystère pour elles aussi. Elles vont avoir besoin de s'isoler sans vampires dans les parages. Dans le

Cantal, les sorcières seraient obligées de se soumettre à Gerbert, donc elles doivent être quelque part aux alentours de la frontière. Réfléchis, Matthew, enfin ! C'est toi qui as dessiné les plans et bâti la plupart des châteaux !

Matthew passa rapidement en revue les possibilités : certains étaient trop proches, d'autres pratiquement détruits.

— La Pierre ! s'écria-t-il soudain.

Ysabeau se raidit et Marthe prit un air affolé. La Pierre était le château le plus redoutable de la région. Il se dressait sur des fondations de basalte que l'on ne pouvait percer et ses hautes murailles pouvaient résister à n'importe quel siège.

Ils entendirent soudain un bruit de rotors au-dessus de leurs têtes.

— C'est l'hélicoptère qui m'attendait à Clermont-Ferrand pour me ramener à Lyon, dit Baldwin. Le jardin suffira, Ysabeau, mais vous conviendrez que c'est bien peu cher payé.

Les deux vampires embarquèrent au pas de course dans l'appareil, qui redécolla pour survoler l'Auvergne plongée dans l'obscurité, ponctuée çà et là des lumières d'une ferme isolée. Il leur fallut plus d'une demi-heure pour parvenir au château, que le pilote eut du mal à repérer.

— Impossible d'atterrir ! cria-t-il.

— Et là-bas ? répondit Matthew en désignant une route de terre qui menait au château.

Pendant qu'il scrutait les murailles, Baldwin donna instruction au pilote d'atterrir à l'endroit indiqué et eut droit à un regard dubitatif. Ils étaient encore à six mètres au-dessus du sol quand Matthew sauta et s'élança vers l'entrée du château. Baldwin soupira et en fit autant, après avoir donné consigne au pilote d'attendre leur retour.

Matthew était déjà entré et appelait Diana à pleins poumons.

— Mon Dieu, elle doit être terrifiée, murmura-t-il quand l'écho s'évanouit.

Baldwin le rattrapa et l'empoigna par le bras.

— Il y a deux manières de s'y prendre. Nous pouvons nous séparer et fouiller les lieux de fond en comble. Ou bien tu te calmes un instant et tu réfléchis à l'endroit où on pourrait avoir caché quelqu'un à La Pierre.

— Lâche-moi, gronda Matthew.

— Réfléchis, ordonna son frère sans se laisser impressionner. Ce sera plus rapide, je t'assure.

Matthew visualisa mentalement le plan du château. L'entrée, les salles, le donjon, les appartements privés, la salle d'audience… Puis les cuisines, les celliers et les geôles. Il jeta un regard affolé à son frère.

— Les oubliettes ! dit-il en partant en courant vers les cuisines.

Baldwin se figea.

— *Dieu**, murmura-t-il en le suivant du regard.

Qu'y avait-il donc chez cette sorcière pour que les siens l'aient jetée au fond d'un puits de vingt mètres ? Et si elle était si précieuse, ceux qui l'avaient enfermée ne tarderaient pas à revenir.

Baldwin s'élança derrière son frère, espérant qu'il n'était déjà pas trop tard pour l'empêcher de livrer non plus un, mais deux otages aux sorciers.

# 31

*Diana, il est temps de te réveiller.*

La voix de ma mère était lointaine, mais insistante. Trop épuisée pour répondre, je remontai la couverture en patchwork sur ma tête, dans l'espoir qu'elle ne me trouve pas, et je me roulai en boule en me demandant pourquoi cela me faisait si mal.

*Réveille-toi, petite marmotte.* Les doigts de mon père saisirent l'étoffe. Un sursaut de joie me fit momentanément oublier la douleur. Il fit mine d'être un ours et grogna. Avec des piaillements ravis, je m'agrippai à la couverture en gloussant, mais il parvint à la retirer et un air glacial m'enveloppa.

Quelque chose n'allait pas. J'ouvris un œil, m'attendant à voir les posters multicolores et les peluches qui décoraient ma chambre à Cambridge. Mais je ne vis que des murs gris et suintant d'humidité.

Mon père penchait sur moi son regard pétillant. Comme d'habitude, il était tout décoiffé et son col était de travers, mais je l'adorais. Je voulus me jeter à son cou, sans y parvenir, et il m'attira doucement contre lui.

*Quelle surprise de vous voir, Ms. Bishop.* C'est ce qu'il disait toujours quand je me faufilais dans son bureau ou que je redescendais dans le salon le soir pour qu'on me raconte encore une histoire.

— Je suis si fatiguée.

Sa silhouette était transparente, mais je sentis sur sa chemise diaphane l'odeur de tabac et des caramels au chocolat qu'il avait toujours dans les poches.

*Je sais*, dit-il. *Mais tu ne peux plus dormir.*

*Il faut te réveiller*. C'était ma mère qui venait maintenant me soulever des genoux de mon père.

— Raconte-moi d'abord la fin de l'histoire, suppliai-je, mais saute les passages qui font peur.

*Cela ne se passe pas comme cela.* Ma mère secoua la tête et mon père me confia à elle, le regard triste.

— Mais je ne me sens pas bien.

Elle poussa un long soupir qui résonna sur les parois de pierre. *Je ne peux pas les sauter. Tu dois les affronter. Tu t'en sens capable, petite sorcière ?*

Après réflexion, je hochai la tête.

*Où en étions-nous ?* demanda-t-elle. Elle alla s'asseoir au centre de l'oubliette auprès du spectre du moine, qui s'écarta, offusqué. Mon père dissimula un sourire en lançant à ma mère le genre de regard que je réservais à Matthew.

*Je me souviens. Diana était enfermée toute seule dans une pièce toute noire. Elle resta là des heures à se demander comment elle pourrait jamais en sortir. Puis elle entendit frapper à la fenêtre. C'était le prince. « Je suis prisonnière des sorcières ! » s'écria-t-elle. Le prince voulut briser la fenêtre, mais elle était faite d'un verre magique qu'il ne put même pas fendiller. Puis le prince courut à la porte et voulut l'ouvrir, mais elle était fermée par une serrure enchantée. Il secoua le battant, mais le bois était trop épais, rien ne l'ébranlait.*

— Il n'était pas fort, ce prince ? demandai-je, un peu agacée qu'il ne soit pas à la hauteur de la tâche.

*Très fort*, répondit gravement ma mère, *mais ce n'était pas un magicien. Alors Diana chercha une autre solution. Elle aperçut un tout petit trou dans le toit. Il était juste assez grand pour qu'une petite sorcière comme elle puisse s'y glisser. Elle dit au prince de voler sur le toit et de la hisser dehors. Mais le prince ne savait pas voler.*

— Parce que ce n'était pas un magicien.

Le moine se signait chaque fois que nous prononcions les mots « magie » ou « magicien ».

*Exactement*, répondit ma mère. *Mais Diana se rappela qu'un jour, elle avait volé. Elle baissa les yeux et vit le bout d'un ruban en argent. Il était serré autour d'elle ; quand elle tira dessus, il céda. Diana le jeta au loin et il ne lui resta plus qu'à se laisser porter vers le ciel. Quand elle arriva auprès du trou dans le toit, elle tendit les bras bien droit et sortit dans l'air nocturne. « Je savais que vous réussiriez », lui dit le prince.*

— Et ils vécurent heureux et eurent beaucoup d'enfants, achevai-je avec conviction.

*Oui, Diana*, répondit ma mère avec un demi-sourire. Elle lança à mon père l'un de ces longs regards que les enfants ne comprennent qu'une fois grands.

Je poussai un soupir de contentement et je ne m'inquiétai plus d'avoir si mal au dos et d'être dans un endroit étrange peuplé de personnages transparents.

*C'est le moment*, dit ma mère à mon père, qui hocha la tête.

Au-dessus de moi, j'entendis une pierre se fracasser sur du bois.

— Diana ?

C'était Matthew. Il semblait éperdu. Son agitation m'apporta à la fois un soulagement et un sursaut d'énergie.

— Matthew ! m'écriai-je d'une voix rauque.

— Je descends.

Sa voix qui résonnait contre les parois me déchira les oreilles. J'avais mal au crâne et du bout du doigt, je sentis quelque chose de gluant sur ma joue, mais il faisait trop sombre pour voir ce que c'était.

— Non, dit une autre voix plus grave. Tu ne peux pas descendre là-dedans, tu ne pourras pas en ressortir. Et il faut faire vite, Matthew. Ils vont revenir.

Je levai les yeux, mais ne distinguai qu'un minuscule cercle blanc.

— Diana, écoutez-moi, reprit Matthew plus calmement. Il faut que vous voliez. Vous vous en sentez capable ?

Ma mère m'encouragea d'un signe de tête. *Le moment est venu de te réveiller et d'être une sorcière. Les secrets ne sont plus nécessaires.*

— Je crois, répondis-je. (Je me levai. Ma cheville céda sous moi et je retombai à genoux.) Vous êtes sûr que Satu est partie ?

— Il n'y a que moi ici et moi frère Baldwin. Envolez-vous, nous allons vous ramener.

L'autre homme marmonna quelque chose. Matthew le rabroua. Je ne connaissais pas Baldwin et j'avais rencontré assez d'inconnus pour la journée. Même Matthew ne m'inspirait pas entièrement confiance, après ce que Satu m'avait dit. Je cherchai un endroit où me cacher.

*Tu ne dois pas te cacher de Matthew*, me dit ma mère. *Il te retrouvera toujours, quoi que tu fasses. Tu peux lui faire confiance. C'est celui que nous attendions.*

Mon père la prit dans ses bras et je me rappelai ceux de Matthew. Quelqu'un qui m'étreignait ainsi ne pouvait pas me trahir.

— Diana, essayez, me supplia Matthew.

Pour pouvoir voler, il me fallait un ruban d'argent, mais je n'en avais aucun enroulé autour de moi. Ne sachant trop comment m'y prendre, je cherchai mes parents dans l'obscurité. Ils étaient de plus en plus pâles.

*Ne veux-tu pas voler ?* demanda ma mère.

*La magie est dans le cœur, Diana*, dit mon père. *N'oublie pas.*

Je fermai les yeux et imaginai le ruban. Tenant l'extrémité fermement dans ma main, je le lançai vers le cercle blanc qui palpitait au-dessus de moi. Le ruban se déroula et s'éleva jusqu'à l'ouverture en m'entraînant derrière lui.

Ma mère souriait et mon père parut aussi fier que le jour où il avait enlevé les roulettes de ma première bicyclette. J'aperçus le visage de Matthew penché à l'ouverture, celui d'un homme qui devait être son frère, et tout un groupe de spectres qui semblaient stupéfaits qu'après tout ce temps, quelqu'un parvienne à sortir.

— Dieu soit loué, souffla Matthew en me tendant le bras. Prenez ma main.

Dès l'instant où je l'eus saisie, mon corps me parut aussi léger qu'une plume.

— Mon bras ! criai-je en sentant l'entaille se rouvrir.

Matthew m'empoigna l'épaule, aidé de son frère. Ils me hissèrent hors de l'oubliette et je m'effondrai contre la poitrine de Matthew en m'agrippant à son pull.

— J'étais sûr que vous y arriveriez, murmura-t-il, soulagé, comme le prince du conte de ma mère.

— Nous n'avons pas de temps à perdre, dit son frère en s'élançant dans le couloir.

Matthew me prit par les épaules et examina rapidement mes blessures. Ses narines palpitèrent à l'odeur du sang séché.

— Pouvez-vous marcher ?

— Porte-la et sors-la d'ici, sinon tu auras bien d'autres soucis qu'un peu de sang ! cria l'autre vampire.

Matthew me chargea sur son épaule comme un sac de farine et se mit à courir. Je fermai les yeux : cela me rappelait trop douloureusement mon enlèvement. Puis l'air se fit plus vif et je compris que j'étais libre. Je me mis à trembler.

Matthew continua sur sa lancée vers un hélicoptère qui s'était posé sur la route et sauta à l'intérieur. Son frère nous rejoignit. Mon pied le frôla quand il s'assit et il me jeta un regard haineux mêlé de curiosité. Je reconnus son visage et ses cheveux couleur de cuivre pour l'avoir entrevu dans ma vision, une fois dans les reflets de l'armure et l'autre lorsque j'avais touché les sceaux des chevaliers de l'ordre de Saint-Lazare.

— Je croyais que vous étiez mort, dis-je en me serrant contre Matthew.

Baldwin ouvrit de grands yeux.

— En route ! cria-t-il au pilote.

Nous décollâmes et je me remis à trembler.

— Elle est en état de choc, dit Matthew. On ne peut pas aller plus vite ?

— Donne-lui un calmant, s'impatienta Baldwin.

— Je n'en ai pas sur moi.

— Bien sûr que si, répliqua son frère avec une lueur dans le regard. Tu veux que je m'en charge ?

Matthew baissa les yeux vers moi et se força à sourire. Mes tremblements diminuèrent un peu, mais chaque fois que l'hélicoptère oscillait ou tressautait, ils revenaient avec le souvenir de Satu.

— Par les dieux, Matthew, elle est terrifiée, s'emporta Baldwin. Fais-le !

Matthew se mordit la lèvre afin qu'y perle une goutte de sang et il se pencha pour m'embrasser.

— Non, dis-je en me débattant pour éviter sa bouche. Je sais ce que vous faites. Satu me l'a dit ! Vous vous servez de votre sang pour me rendre inconsciente.

— Vous êtes en état de choc, Diana. Je n'ai rien d'autre. Laissez-moi faire.

Voyant son visage torturé, je tendis le doigt et essuyai la gouttelette.

— Non. Je vais le faire moi-même.

Les sorciers arrêteraient de raconter que j'étais soumise à la volonté de Matthew. Je suçai le liquide salé : ma langue et mes lèvres me chatouillèrent, puis toute ma bouche fut comme insensibilisée.

Lorsque je repris connaissance, je sentis sur mes joues un air frais embaumant les herbes de Marthe. Nous étions dans le jardin de Sept-Tours et Matthew me portait dans ses bras. J'ouvris les yeux.

— Nous sommes rentrés à la maison, murmura-t-il en poursuivant sa marche vers les lumières du château.

— Ysabeau et Marthe, demandai-je en relevant péniblement la tête. Elles n'ont rien ?

— Elles vont parfaitement bien, répondit-il en m'étreignant de plus belle.

Nous passâmes dans le couloir des cuisines. Les lumières m'éblouirent. J'avais l'impression d'avoir un œil plus petit et je dus plisser l'autre paupière pour y voir clair. Un groupe de vampires m'apparut : Baldwin, l'air curieux, Ysabeau, furieuse, et Marthe, le visage sombre. Ysabeau s'avança ; Matthew gronda.

— Matthew, commença-t-elle d'un ton patient en posant sur moi un regard maternel. Il faut appeler sa famille. Où est ton téléphone ?

— Dans sa poche, probablement, lâcha son frère. Mais il ne va pas lâcher sa sorcière pour le sortir ni te laisser approcher pour le prendre. Utilise le mien. (Il lui tendit son téléphone et son regard s'attarda sur mon corps contusionné avec une telle attention que j'eus l'impression qu'on posait et retirait tour à tour des poches de glace d'un endroit à l'autre.) On dirait vraiment une rescapée d'un champ de bataille, fit-il, admiratif malgré lui. (Marthe murmura quelque chose en occitan.) *Òc*, répondit-il en me toisant.

— Pas cette fois, Baldwin, grogna Matthew.

— Le numéro, Matthew, lui demanda Ysabeau.

Elle composa sous sa dictée.

— Je vais bien, dis-je d'une voix rauque à peine j'entendis Sarah décrocher. Posez-moi, Matthew.

— Non, c'est Ysabeau de Clermont. Diana est avec nous. (Un silence. Le regard d'Ysabeau glissa sur moi en laissant de petites touches de givre.) Elle est blessée, mais rien de grave. Cependant, Matthew devrait la ramener chez vous.

— Non, elle va me suivre, dis-je en tentant de sauter des bras de Matthew. Il ne faut pas que Satu fasse du mal à Sarah et à Em.

— Matthew, gronda Baldwin, laisse Marthe s'occuper d'elle ou fais-la taire.

— Restez en dehors de cela, rétorqua Matthew. (Il posa ses lèvres glacées sur moi et mon cœur s'apaisa.) Nous ne ferons rien contre votre volonté, ajouta-t-il dans un murmure.

— Nous pouvons la protéger des vampires, continua Ysabeau, dont la voix était devenue lointaine. Mais pas des autres sorcières. Elle doit être auprès de gens qui peuvent le faire.

Les voix décrurent, puis une brume grise descendit sur moi.

Cette fois, je repris connaissance à l'étage, dans la tour de Matthew. Toutes les bougies étaient allumées et un feu ronflait dans l'âtre. Il faisait presque chaud mais, encore en état de choc, je frissonnais. Accroupi auprès de moi, Matthew examinait ma blessure au bras. Mon pull trempé de sang était déchiré et une tache rouge s'agrandissait sur l'étoffe.

Marthe et Ysabeau nous observaient depuis le seuil, comme deux faucons.

— Je peux m'occuper seul de mon épouse, *mère**.

— Bien sûr, Matthew, murmura Ysabeau avec son obséquiosité habituelle.

Matthew déchira le reste de ma manche pour y regarder de plus près. Il poussa un juron.

— Va me chercher ma trousse, Marthe.

— Non, répondit-elle. Elle est toute sale, Matthew.

— Fais-lui prendre un bain, renchérit Ysabeau. Diana est gelée, tu ne peux même pas examiner ses blessures. Cela ne donne pas grand-chose, mon enfant.

— Pas de bain, répondit-il d'un ton sans réplique.

— Et pourquoi donc ? s'irrita Ysabeau en faisant signe à Marthe de partir.

— Son sang va se répandre dans l'eau et Baldwin le sentira.

— Nous ne sommes pas à Jérusalem, Matthew. Il n'a jamais mis les pieds dans la tour depuis sa construction.

— Qu'est-ce qui s'est passé à Jérusalem ? demandai-je en tendant la main vers le cou de Matthew, là où l'ampoule se trouvait habituellement.

— Mon amour, il faut que je regarde votre dos.

— D'accord, marmonnai-je.

L'esprit encore embrumé, je cherchai un pommier et la voix de ma mère.

— Allongez-vous à plat ventre.

Le souvenir des dalles glacées du château où Satu m'avait clouée était encore trop vif.

— Non, Matthew. Vous croyez que je cache des secrets, mais j'ignore tout de mes pouvoirs. Satu a dit…

— Il n'y a pas de sorcière ici, et votre magie est immatérielle pour moi, s'exclama Matthew en m'empoignant la main. Penchez-vous en avant, je vous tiens.

Assise sur sa cuisse, je me pliai en deux en posant ma poitrine sur nos mains réunies. La position tira douloureusement sur mon dos, mais c'était mieux que de m'allonger sur le sol.

— Votre pull est collé à la peau, je ne vois pas grand-chose. Nous allons devoir vous faire tremper un peu pour pouvoir l'enlever. Ysabeau, vous pouvez remplir la baignoire ? (Sa mère alla dans la salle de bains.) Pas trop chaud, ajouta-t-il.

— Que s'est-il passé à Jérusalem ?

— Plus tard, dit-il en me relevant avec précaution.

— Le temps des secrets est révolu, Matthew. Dites-le-lui, et ne tardez pas, lança Ysabeau depuis la salle de bains. C'est votre épouse, elle a le droit de le savoir.

— Ce doit être affreux, sinon vous n'auriez pas porté sur vous le cercueil de Lazare, dis-je en posant ma main sur son cœur.

L'air désespéré, dans un débit haché, Matthew raconta l'histoire.

— J'ai tué une femme à Jérusalem. Baldwin et moi nous la disputions. Beaucoup de sang a été répandu. Je l'aimais et elle…

Il avait tué quelqu'un ; pas une sorcière, mais un être humain. Je posai un doigt sur ses lèvres.

— Cela suffit pour le moment. C'était il y a longtemps.

Je me sentais calme, mais je recommençai à trembler, incapable de supporter de nouvelles révélations. Il prit ma main et la baisa avec un regard qui disait tout ce qu'il ne pouvait m'avouer, puis :

— Si vous vous inquiétez à cause de Baldwin, nous pouvons procéder autrement. Nous pouvons appliquer des compresses humides sur le pull, ou bien vous pouvez prendre une douche.

La simple idée que de l'eau me gicle sur le dos ou qu'on appuie dessus me convainquit de prendre le risque d'éveiller les appétits de Baldwin.

— Un bain, ce sera mieux.

Matthew me déposa dans l'eau tiède tout habillée, chaussures comprises. Assise dans la baignoire sans toucher la paroi du dos, alors que l'eau imbibait lentement le pull, je commençai à me laisser aller. Mes jambes tressautaient : je devais ordonner à chaque muscle de se détendre, et certains refusaient d'obéir.

Pendant ce temps, Matthew s'occupa de mon visage, palpant ma pommette du bout des doigts. Il fronça les sourcils et appela Marthe. Elle arriva avec une grosse trousse médicale noire. Matthew en sortit une petite torche qu'il braqua sur mes yeux. Je frémis.

— Je me suis cogné le visage par terre. J'ai une fracture ?

— Je ne pense pas, *mon cœur**. C'est juste une grosse contusion.

Marthe déchira un sachet et une odeur d'alcool flotta jusqu'à moi. Quand Matthew appliqua le tampon sur ma joue, je m'agrippai aux rebords de la baignoire en retenant mes larmes. Le tampon ressortit écarlate.

— Je me suis coupée sur l'arête d'une pierre, dis-je très calmement pour balayer les souvenirs déplaisants que la douleur avait réveillés.

Du bout des doigts, Matthew suivit la plaie jusqu'à mes cheveux.

— C'est superficiel, vous n'aurez pas besoin de points de suture. (Il étala un peu de pommade sur la peau. Elle sentait la menthe et les herbes du jardin.) Êtes-vous allergique à quoi que ce soit ?

Je secouai la tête.

Il appela de nouveau Marthe, qui arriva avec une pile de serviettes. Il lui énuméra les médicaments dont il avait besoin, et Marthe opina en sortant un trousseau de clés de sa poche. Je ne reconnus qu'un seul nom.

— De la morphine ? demandai-je, le cœur battant.

— Pour soulager la douleur. Les autres médicaments servent à résorber les œdèmes et combattre l'infection.

Le bain avait apaisé mon angoisse, mais la douleur empirait. La perspective de me la faire oublier était séduisante et j'acceptai la morphine à condition de pouvoir sortir de l'eau, dont la teinte de plus en plus orangée me donnait la nausée.

Mais avant, Matthew tint à examiner mon pied. Il le sortit de l'eau et posa la semelle de ma chaussure sur son épaule. Même ce simple contact suffit à m'arracher un cri.

— Ysabeau, pouvez-vous venir, je vous prie ?

Comme Marthe, sa mère attendait dans la chambre au cas où il aurait besoin d'aide. Il lui demanda de me soutenir tandis qu'il coupait les lacets et tentait d'enlever doucement la chaussure. La douleur était telle qu'il renonça et entreprit de la découper, puis d'en faire autant avec ma chaussette et mon collant afin de découvrir ma cheville. Elle portait une marque circulaire, comme si elle avait été enserrée dans une entrave qui avait brûlé la chair, y laissant des cloques blanchâtres.

— Comment vous a-t-on fait cela ? s'indigna Matthew.

— Satu m'a suspendue la tête en bas. Elle voulait voir si je savais voler.

Je me détournai, incapable de comprendre pourquoi tant de gens étaient furieux contre moi pour des choses qui n'étaient pas ma faute. Ysabeau me tint délicatement le pied. Matthew s'agenouilla près de la baignoire, les cheveux ruisselant et les vêtements tachés d'eau et de sang. Il me releva le visage et me regarda avec une fierté protectrice.

— Vous êtes née en août, n'est-ce pas ? Sous le signe du Lion ? (Son accent d'Oxford avait disparu, remplacé par un accent français. J'acquiesçai.) Alors je vais devoir vous appeler ma lionne, car elle seule aurait pu se battre comme vous l'avez fait. Mais même une *lionne** a besoin d'être protégée. (Son regard remonta vers mon bras, dont la blessure s'était rouverte.) Vous avez une entorse à la cheville, mais ce n'est pas grave. Je vous mettrai une attelle tout à l'heure. Voyons votre bras et votre dos, à présent.

Il me hissa hors de la baignoire et m'assit afin que mon poids ne repose pas sur mon pied, puis il découpa mes vêtements pendant que Marthe et Ysabeau me soutenaient. Tous les trois étaient si impassibles que je n'éprouvais guère de gêne à me retrouver à demi-nue devant eux. Matthew souleva le bas de mon pull trempé, révélant une ecchymose violacée sur mon ventre.

— Mon Dieu, dit-il en me palpant. Comment a-t-elle fait cela ?

— Elle s'est déchaînée, répondis-je en claquant des dents en repensant à la scène.

— Enlevons le pull, dit-il en me mettant une serviette autour de la taille.

Je sentis un picotement glacé dans mon dos.

— Que faites-vous ? demandai-je.

Satu m'avait maintenue plaquée au sol à plat ventre pendant des heures et je ne supportais plus d'avoir quelqu'un derrière moi, même Matthew. Je me mis à trembler.

— Arrêtez, Matthew, intervint Ysabeau. Elle ne peut pas.

La paire de ciseaux tomba bruyamment sur les dalles.

— Très bien. Je vais le faire par-devant.

Il joignit le geste à la parole et coupa le pull et mon soutien-gorge. Ysabeau étouffa un cri quand mon dos fut découvert.

— *Maria, Deu maire*, murmura Matthew, abasourdi.

— Qu'est-ce qu'il y a ? Qu'est-ce qu'elle a fait ?

La salle de bains commençait à danser autour de moi. Matthew me retourna face à sa mère, qui m'enveloppa d'un regard peiné et compatissant.

— Elle vient de signer son arrêt de mort, murmura Matthew.

Il avait déjà l'intention de tuer une autre sorcière. Mon sang se glaça et je me sentis prête à défaillir.

— Restez avec nous, Diana, dit Matthew en me retenant.

— Étiez-vous obligé de tuer Gillian ? sanglotai-je.

— Oui, répondit-il sans la moindre émotion.

— Pourquoi ai-je dû l'apprendre de quelqu'un d'autre que vous ? Satu m'a raconté que vous étiez entré chez moi, que vous utilisiez votre sang pour me droguer. Pourquoi, Matthew ? Pourquoi ne m'avoir rien dit ?

— Parce que j'avais peur de vous perdre. Vous ignorez tant de choses sur moi, Diana. Le secret, le désir instinctif de protéger, de tuer, s'il le faut. Voilà ce que je suis.

Je me retournai face à lui, seulement vêtue de la serviette autour de ma taille, cachant mes seins sous mes bras. La peur et la colère laissèrent la place à une émotion plus sombre.

— Alors vous allez tuer Satu ?

— Oui. (Il ne s'en excusait pas plus qu'il ne s'en expliquait, mais je lus une fureur à peine maîtrisée dans ses yeux froids et gris qui fouillaient les miens.) Vous êtes bien plus courageuse que moi, je vous l'ai déjà dit. Voulez-vous voir ce qu'elle vous a fait ? demanda-t-il en me prenant par les coudes.

Après un moment d'hésitation, je hochai la tête.

Ysabeau protesta, mais Matthew la fit taire.

— Elle l'a subi et y a survécu, *mère**, siffla-t-il. Voir le résultat ne peut pas être pire.

Ysabeau et Marthe allèrent chercher deux miroirs pendant que Matthew me séchait en me tamponnant avec une serviette.

— Restez avec moi, répétait-il chaque fois que j'essayais de me dérober.

Les deux femmes revinrent avec un miroir baroque du salon et une immense psyché que seul un vampire pouvait transporter jusqu'en haut de l'escalier. Matthew la plaça derrière moi et sa mère tint l'autre miroir devant moi en l'inclinant afin que je puisse me voir.

Ce ne pouvait être mon dos. Ce ne pouvait qu'être celui d'une autre, que l'on avait brûlé et écorché jusqu'à ce que la peau ne soit plus qu'un ensemble de taches rouges, noires et bleutées qui formaient des cercles et d'étranges symboles. Le souvenir de la sensation cuisante me revint.

— Satu disait qu'elle allait m'ouvrir en deux, murmurai-je, fascinée. Mais j'ai gardé en moi mes secrets, maman, comme tu le voulais.

Matthew se précipita sur moi pour me retenir ; ce fut la dernière chose que je vis avant que les ténèbres m'enveloppent.

Je me réveillai près de la cheminée. J'avais encore la serviette nouée autour de ma taille et j'étais assise sur le bord d'un fauteuil damassé, penchée en avant, la poitrine reposant sur une pile d'oreillers. Je ne voyais que des pieds et quelqu'un qui appliquait un onguent sur mon dos. Je reconnus la main de Marthe à ses gestes plus brusques que les délicats frôlements de Matthew.

— Matthew ? demandai-je en tournant la tête.

— Oui, ma chérie ? dit-il en se penchant sur moi.

— Où est passée la douleur ?

— Envolée par magie, sourit-il.

— La morphine.

— C'est bien ce que je dis. Quiconque a jamais souffert sait que la morphine et la magie, c'est la même chose. Maintenant que vous êtes réveillée, nous allons vous panser.

Il jeta un rouleau de gaze à Marthe en m'expliquant que cela atténuerait les gonflements et me protégerait la peau. Sans compter que cela cacherait mes seins, or je ne risquais pas de pouvoir porter de soutien-gorge avant un certain temps.

Je me retrouvai enroulée dans des kilomètres de pansements. Grâce à la morphine, je subis l'opération avec un curieux détachement, qui s'envola cependant quand Matthew commença à fourrager dans sa trousse en parlant de sutures. Enfant, j'avais fait une chute et je m'étais enfoncé dans la cuisse une de ces longues fourchettes qui servent à griller les marshmallows. Il avait fallu me recoudre ; mes cauchemars avaient duré des mois. J'eus beau exprimer mes craintes à Matthew, il resta inébranlable.

— La blessure que vous avez au bras est profonde, Diana. Elle ne guérira pas correctement si elle n'est pas recousue.

Quand ce fut terminé, les deux femmes m'habillèrent et Matthew but un peu de vin d'une main tremblante. Comme je n'avais rien qui se boutonne par-devant, Marthe alla me chercher des vêtements appartenant à Matthew et me fit enfiler l'une de ses douces chemises en coton. Je nageais dedans, mais l'étoffe était soyeuse. Marthe me drapa les épaules d'un cardigan en cachemire noir à boutons de cuir puis, à eux deux, ils m'aidèrent à enfiler l'un de mes pantalons. Et enfin, Matthew me déposa sur le canapé dans un nid de coussins.

— Va te changer, lui ordonna Marthe en le poussant vers la salle de bains.

Matthew prit rapidement sa douche, ressortit avec un pantalon propre et se sécha sommairement les cheveux près de la cheminée avant de finir de s'habiller.

— Cela ne vous ennuie pas si je descends un moment ? me demanda-t-il. Marthe et Ysabeau vont vous tenir compagnie.

Je soupçonnai qu'il comptait aller voir son frère et j'acquiesçai, encore sous l'effet de la morphine.

En son absence, Ysabeau murmura de temps en temps dans une langue qui n'était ni du français ni de l'occitan, et Marthe émit quelques claquements de langue réprobateurs. Elles avaient débarrassé la chambre de mes vêtements déchirés et des linges souillés le temps que Matthew revienne, Fallon et Hector sur ses talons, langue pendante.

— Vos chiens n'ont rien à faire dans ma maison, observa Ysabeau.

Fallon et Hector les considérèrent tous les deux avec intérêt. Matthew claqua des doigts et désigna le sol. Les deux chiens se couchèrent immédiatement, sans me quitter des yeux.

— Ils resteront auprès d'elle jusqu'à notre départ, dit-il d'un ton sans réplique.

Sa mère soupira, mais s'abstint de discuter.

Matthew me souleva les pieds et se glissa dessous en me caressant doucement les jambes. Marthe déposa un verre de vin devant lui et me fourra un mug de thé dans les mains. Puis les deux femmes se retirèrent, nous laissant sous la garde des chiens.

Apaisé par la morphine et les caresses hypnotiques de Matthew, mon esprit dériva. Je tentai de distinguer dans mes souvenirs les vrais de ceux que je n'avais fait qu'imaginer. Le fantôme de ma mère m'était-il vraiment apparu dans l'oubliette ou bien était-ce simplement un souvenir d'avant le départ de mes parents en Afrique ? Ou avais-je basculé dans un monde imaginaire en réaction au stress ?

— Qu'avez-vous, *ma lionne** ? s'inquiéta Matthew. Souffrez-vous ?

— Non, je réfléchissais, c'est tout. Où étais-je enfermée ?

— À La Pierre. C'est un ancien château où personne n'habite plus depuis des années.

— J'ai rencontré Gerbert.

Je sautais du coq à l'âne pour ne pas avoir à m'attarder trop sur la même chose. La main de Matthew s'immobilisa.

— Il était là-bas ?

— Au début seulement. Domenico et lui attendaient quand nous sommes arrivées. Satu les a renvoyés.

— Je vois. Vous a-t-il touchée ?

— La joue. (Je frémis.) Le manuscrit était en sa possession il y a très longtemps, Matthew. Il s'est vanté de l'avoir volé en Espagne. Le livre était déjà ensorcelé à l'époque. Il avait soumis une sorcière à sa volonté dans l'espoir qu'elle réussisse à rompre l'enchantement.

— Pouvez-vous me dire ce qui s'est passé ?

Malgré mes réticences, je lui racontai tout. Quand j'arrivai au moment où Satu avait tenté de m'ouvrir pour découvrir quelle magie était en moi, il me souleva des coussins et me prit contre lui. Nous restâmes ainsi tout le temps de mon récit, durant mes silences et durant mes pleurs. Quelles qu'aient été ses émotions quand je lui fis part de ce que Satu m'avait révélé sur son compte, il n'en laissa rien paraître. Même lorsque je lui racontai avoir vu ma mère assise sous un pommier dont les racines couraient sur le sol de La Pierre, il ne me demanda pas d'autres détails, alors que des centaines de questions devaient lui brûler les lèvres.

Je ne lui racontai pas tout : je passai sur la présence de mon père, les histoires qu'on me racontait pour m'endormir et mes gambades dans les champs derrière la maison de Sarah à Madison. C'était un début, le reste viendrait en son temps.

— Que faisons-nous, à présent ? demandai-je quand j'eus terminé. Nous ne pouvons pas laisser la Congrégation s'en prendre à Sarah et à Em, ni même à Marthe ou à Ysabeau.

— C'est à vous d'en décider, répondit-il. Je comprendrai si vous me dites que vous en avez assez.

Je me dévissai le cou pour le regarder, mais il se détourna et fixa obstinément la nuit par la fenêtre.

— Vous m'avez dit que nous étions unis pour la vie.

— Rien ne changera ce que j'éprouve pour vous, mais vous n'êtes pas une vampire. Ce qui vous est arrivé aujourd'hui… Si vous changez d'avis sur tout cela… sur moi… je comprendrai.

— Même Satu n'a pas pu me faire changer d'avis, et ce n'est pas faute d'avoir essayé. Ma mère avait l'air si sûre quand elle me disait que vous étiez celui que j'attendais. C'est là que je me suis envolée.

Ce n'était pas tout à fait vrai : ma mère avait dit que Matthew était celui que *nous* attendions. Mais comme cela ne tenait pas debout, je m'abstins de le préciser.

— Vous êtes certaine ?

— Absolument.

Apparemment rasséréné, il se pencha pour m'embrasser et se ravisa.

— Il n'y a que mes lèvres qui ne me font pas mal.

Et puis j'avais besoin de me souvenir qu'il y avait dans ce monde des créatures qui pouvaient me toucher sans me faire souffrir.

Il colla doucement ses lèvres sur les miennes dans une bouffée de girofle et d'épices qui balaya les souvenirs de La Pierre. L'espace d'un moment, je pus fermer les yeux et me reposer dans ses bras. Mais le besoin irrépressible de savoir ce qui allait suivre me fit me redresser.

— Que faisons-nous maintenant ? demandai-je à nouveau.

— Ysabeau a raison. Nous devrions aller retrouver votre famille. Les vampires ne peuvent pas vous aider à apprendre la magie et les sorciers ne cesseront pas de vous traquer.

— Quand ?

Après ce que j'avais subi à La Pierre, je n'étais que trop contente de le laisser décider de ce qu'il estimait le plus sage. Il eut l'air clairement surpris de ma docilité.

— Nous allons retrouver Baldwin et prendre l'hélicoptère pour Lyon. Là-bas, un avion est prêt à décoller. Satu et les autres sorciers de la Congrégation ne vont pas revenir tout de suite, mais ils reviendront.

— Ysabeau et Marthe seront en sécurité ici sans vous ?

Son rire me fit tressauter.

— Elles ont été au cœur de tous les plus grands conflits armés qui ont secoué l'histoire. Une meute de vampires en chasse ou quelques sorciers ne risquent pas de les inquiéter. Mais il faut que je règle quelque chose avant notre départ. Vous vous reposerez, si Marthe reste avec vous ?

— Il faut que je prépare mes affaires.

— Marthe le fera et Ysabeau l'aidera, si vous acceptez.

J'acquiesçai. L'idée de voir Ysabeau revenir à mes côtés était étonnamment réconfortante.

Matthew me reposa tendrement sur les coussins. Il appela Marthe et Ysabeau et envoya en haut de l'escalier les chiens qui s'y postèrent comme les lions à l'entrée de la bibliothèque municipale de New York.

Les deux femmes s'activèrent dans la pièce, leurs murmures finirent par me bercer et m'endormir. Quand je me réveillai quelques heures plus tard, mon vieux sac de voyage était prêt et m'attendait près de la cheminée. Marthe y rangeait une boîte métallique.

— Qu'est-ce que c'est ? demandai-je en me frottant les yeux.

— Votre tisane. Une tasse par jour, n'oubliez pas.

— Oui, Marthe, répondis-je en me laissant retomber sur les coussins. Merci pour tout.

Elle me caressa le front de ses mains tordues par l'arthrose.

— Il vous aime. Vous le savez ?

— Je sais, Marthe. Et je l'aime, moi aussi.

Hector et Fallon tournèrent la tête, leur attention éveillée par un bruit trop furtif pour que je l'entende. Matthew apparut. Il s'approcha du canapé, me prit le pouls et hocha la tête avec approbation. Puis il me souleva dans ses bras comme un fétu de paille et me descendit, toujours aussi insensible à la douleur grâce à la morphine. Hector et Fallon fermaient la marche.

Le bureau n'était éclairé que par le feu de cheminée qui projetait ses ombres mouvantes sur les livres et les bibelots. Il jeta à la petite tour en bois un bref regard en guise d'adieu à Lucas et à Blanca.

— Nous reviendrons, le plus vite possible, promis-je.

Le sourire de Matthew ne monta pas jusque dans ses yeux.

Baldwin nous attendait dans le hall. Hector et Fallon gambadaient entre les jambes de Matthew, empêchant quiconque d'approcher. Il les renvoya pour qu'Ysabeau nous rejoigne.

— Soyez brave, ma fille, me dit-elle en m'embrassant sur les joues. Mais écoutez Matthew.

— Je suis désolée d'avoir amené autant d'ennuis sous votre toit.

— *Mais non**, cette maison a vu bien pire.

— Appelez-moi si vous avez besoin de quoi que ce soit, dit Baldwin en l'embrassant à son tour.

— Bien sûr, mon fils. Bon voyage.

— Il y a sept lettres dans le bureau de père, lui dit rapidement Matthew à voix basse quand son frère fut sorti. Alain viendra les prendre. Il sait quoi faire.

Ysabeau hocha la tête, les yeux brillants.

— Voilà que cela recommence, murmura-t-elle. Votre père serait fier de vous, Matthew.

Tous ensemble, suivis des chiens, nous traversâmes les pelouses. Les pales de l'hélicoptère se mirent en branle quand nous approchâmes. Matthew me hissa dans la cabine et y grimpa à son tour.

Nous décollâmes et survolâmes un instant les murailles illuminées du château avant de mettre le cap à l'est, où les lumières de Lyon se détachaient dans le ciel encore noir.

# 32

Je gardai les yeux fermés pendant tout le trajet jusqu'à l'aéroport : il faudrait attendre longtemps pour que je puisse voler sans repenser à Satu. À Lyon, le transfert se passa avec autant de rapidité que d'efficacité. Manifestement, Matthew avait tout organisé depuis Sept-Tours et informé les autorités que l'avion était un transport médical. Une fois qu'il eut présenté ses papiers et que le personnel de l'aéroport eut pu constater mon état, je fus assise dans un fauteuil roulant malgré mes protestations et poussée jusqu'à l'appareil, tandis qu'un employé de l'immigration courait derrière et tamponnait mon passeport. Baldwin ouvrait la marche ; tout le monde s'écartait précipitamment.

Le jet des Clermont était aménagé comme un yacht de luxe, avec des fauteuils qui se transformaient en lits, des canapés, des tables basses et une cuisine-bar où un steward attendait avec une bouteille de vin et de l'eau minérale. Matthew m'installa dans un fauteuil dont il arrangea les coussins pour soulager mon dos, et prit place à côté de moi. Baldwin investit une table assez vaste pour un conseil d'administration, y étala des papiers, alluma deux ordinateurs et commença à passer coup de fil sur coup de fil.

Après le décollage, Matthew m'ordonna de dormir. Comme je résistais, il menaça de m'administrer une autre dose de morphine. Nous étions encore en pleine négociation quand son téléphone sonna.

— Marcus, annonça-t-il en consultant l'écran. (Baldwin leva les yeux.) Allô, Marcus. Je suis dans un avion en route pour New York avec Baldwin et Diana, expliqua-t-il rapidement avant de raccrocher sans lui laisser le temps de répondre.

À peine avait-il coupé qu'un texto apparut sur l'écran. Les SMS devaient être un don du Ciel pour les vampires qui avaient besoin de discrétion. Matthew répondit à toute vitesse, éteignit le téléphone et me fit un sourire pincé.

— Tout va bien ? demandai-je, consciente que je ne connaîtrais le fin mot de l'histoire qu'en l'absence de Baldwin.

— Oui, il voulait juste savoir où nous étions.

Cela me parut douteux, étant donné l'heure.

Le sommeil finit par me gagner sans que Matthew ait besoin d'insister.

— Merci de m'avoir retrouvée, dis-je en fermant les yeux.

Je ne me réveillai que lorsque nous atterrîmes à La Guardia, où l'appareil se gara dans la zone réservée aux vols privés. Notre arrivée ici et non dans un aéroport plus fréquenté était un nouvel exemple de l'efficacité et de la commodité magiques du voyage quand il est organisé par un vampire. La présentation de ses papiers accéléra encore les formalités et une fois passées douanes et immigration, Baldwin nous regarda de la tête aux pieds, moi dans mon fauteuil roulant et son frère en train de me pousser.

— Vous avez une de ces allures, commenta-t-il.

— *Ta gueule**, répondit Matthew avec un faux sourire.

Malgré mon peu de connaissance du français, je sentis que ce n'était pas le genre de chose qu'on dit devant sa mère.

— Voilà qui est mieux, sourit Baldwin. Je suis heureux de voir que tu as encore un peu de combativité. Tu vas en avoir besoin. (Il consulta sa montre à multiples cadrans pour plongeurs et pilotes de chasse, d'un modèle aussi masculin que sa personne.) J'ai un rendez-vous dans une poignée d'heures, mais je voulais vous donner quelques conseils avant.

— Je n'ai pas besoin de toi, répliqua Matthew d'un ton dangereusement suave.

— Certainement que si. De toute façon, ce n'était pas à toi que je m'adressais. (Baldwin s'accroupit à ma hauteur pour plonger ses étranges yeux bruns dans les miens.) Savez-vous ce qu'est un gambit, Diana ?

— Vaguement. C'est aux échecs.

— Tout à fait. Un gambit consiste à donner à l'adversaire l'illusion qu'il ne risque rien. À sacrifier exprès une pièce pour obtenir un avantage supérieur.

Matthew gronda.

— Je connais le principe, répondis-je.

— Ce qui est arrivé à La Pierre m'apparaît comme un gambit, continua Baldwin. Les membres de la Congrégation vous ont laissée partir pour une raison connue d'eux seuls. Avancez vos pièces avant qu'ils bougent les leurs. N'attendez pas votre tour comme une gentille fille et ne vous laissez pas duper ; n'imaginez pas que la liberté que vous avez retrouvée signifie que vous êtes en sécurité. Décidez ce que vous devez faire pour survivre, et agissez.

— Merci.

C'était peut-être le frère de Matthew, mais la proximité de Baldwin était troublante. Je lui tendis mon bras emmailloté de gaze pour le saluer.

— Chère sœur, ce n'est pas ainsi que nous nous disons adieu dans notre famille, se moqua-t-il.

Sans me laisser le temps de réagir, il m'empoigna par les épaules et m'embrassa sur les joues en faisant exprès de me flairer au passage. J'eus l'impression que c'était une menace et je me demandai s'il l'avait fait intentionnellement.

— *À bientôt**, Matthew, dit-il en se relevant.

— Attends.

Matthew rejoignit son frère et, me tournant le dos, lui glissa une enveloppe. Malgré ses efforts, j'aperçus le cachet de cire noire.

— Tu disais que tu ne voulais pas obéir à mes ordres. Après La Pierre, tu as peut-être changé d'avis.

Baldwin baissa les yeux sur l'enveloppe blanche. Son visage se tordit dans une grimace, puis il se résigna, la prit en s'inclinant, et :

— *Je suis à tes ordres, seigneur**.

La formule était officielle, moins mue par la sincérité que requise par le protocole. C'était un chevalier et Matthew était son maître. Baldwin s'était incliné – théoriquement – devant l'autorité de son frère. Mais ce n'était pas parce qu'il avait suivi la tradition qu'il l'appréciait. Il porta l'enveloppe à son front dans une parodie de salut militaire.

Matthew attendit qu'il ait disparu avant de se retourner vers moi et de reprendre les poignées du fauteuil.

— Allons à la voiture.

Quelque part au-dessus de l'Atlantique, Matthew avait préparé notre arrivée. À la sortie, un homme en uniforme lui donna les clés d'une Range Rover garée devant, chargea les bagages dans le coffre et s'en alla sans prononcer un mot. Matthew prit sur la banquette arrière une parka bleue plus adaptée pour une expédition arctique que pour un automne à New York et la déploya sur le siège passager.

Bientôt, nous nous fondîmes dans la circulation matinale avant de sortir de la ville. Le GPS, programmé avec l'adresse de la maison de Madison, annonçait que nous en aurions pour un peu plus de quatre heures de route. Je contemplai le ciel qui commençait à s'éclairer et je me demandai comment Sarah et Em réagiraient en présence de Matthew.

— Nous serons chez moi juste après le petit déjeuner. Ce sera intéressant. (Sarah ne se présentait pas sous son meilleur jour avant d'avoir bu quantité de café.) Nous devrions appeler pour les prévenir de l'heure de notre arrivée.

— Elles sont déjà au courant. Je les ai appelées depuis Sept-Tours.

Me sentant intégralement prise en charge et un peu embrumée, entre morphine et fatigue, je me laissai glisser sur mon siège.

Nous passâmes devant des fermes et de petites maisons où les cuisines et les chambres étaient déjà allumées. C'est en octobre que la région au nord de New York est la plus belle. Les arbres flamboyaient de toutes leurs couleurs d'automne. Une fois les feuilles tombées, Madison et ses environs vireraient au gris ocre et resteraient ainsi jusqu'aux premières neiges.

Nous prîmes la route défoncée qui menait à la maison des Bishop. Sa silhouette fin XVIIIe, carrée et généreuse, se dressait en retrait de la route, sur une petite éminence, entourée de vieux pommiers et de buissons de lilas. La peinture des bardeaux était affreusement écaillée et la vieille clôture était cassée par endroits. Un pâle ruban s'échappait des deux cheminées, répandant dans l'air l'odeur automnale du feu de bois.

Matthew prit l'allée creusée d'ornières blanches de givre et monta se garer près de la voiture mauve et cabossée de Sarah. Un nouveau bouquet d'autocollants ornait le capot arrière. MON AUTRE VOITURE EST UN BALAI, un grand classique, voisinait avec JE SUIS PAÏENNE ET JE VOTE et ARMÉE WICCANE. Je poussai un soupir. Matthew coupa le contact et se tourna vers moi.

— C'est moi qui suis censé être dans mes petits souliers.

— Et ce n'est pas le cas ?

— Pas autant que vous.

— Quand je rentre à la maison, j'ai toujours l'impression d'être une ado. Je n'ai qu'une envie, c'est monopoliser la télécommande et me gaver de glace.

J'avais beau essayer de me montrer guillerette pour l'encourager, je n'étais pas non plus pressée d'affronter ce retour.

— Je suis sûr que nous pourrons vous contenter de ce côté-là, dit-il. En attendant, arrêtez de faire comme si rien n'était arrivé. Vous ne faites pas illusion devant moi et cela ne marchera pas plus devant vos tantes.

Il me laissa dans la voiture le temps de porter les bagages jusqu'à la porte. Nous en avions emporté une étonnante quantité, entre les deux ordinateurs, mon discutable sac de voyage et son élégante valise victorienne en cuir, que l'on aurait crue d'époque. Sans compter sa trousse de médecin, son long manteau gris, ma parka bleue toute neuve et une caisse de vin. Une sage précaution, car Sarah penchait pour les boissons plus fortes tandis qu'Em ne buvait strictement pas d'alcool.

Il revint et me hissa hors de la voiture. Une fois sur le perron, je m'appuyai un peu sur mon pied droit. Nous étions devant la porte rouge flanquée des minuscules fenêtres donnant sur l'entrée. Toutes les lampes étaient allumées en prévision de notre arrivée.

— Je sens une odeur de café, dit-il en me souriant.

— Elles sont levées, alors. (Le loquet céda sous mes doigts.) Et elles n'ont pas fermé, comme d'habitude. (Avant de me fâcher, j'entrai précautionneusement.) Em ? Sarah ?

Un mot écrit de la main énergique de Sarah était scotché sur le pilier de l'escalier.

*Sommes sorties. Avons pensé que la maison devait vous accueillir seuls au début. Pas de gestes brusques. Matthew peut prendre l'ancienne chambre d'Em. La tienne est prête.* Au-dessous, Em avait ajouté de son écriture ronde : *Vous pouvez dormir tous les deux dans l'ancienne chambre de tes parents.*

Je balayai du regard les portes qui donnaient dans le hall. Elles étaient toutes ouvertes et aucune ne claquait à l'étage. Même celles qui donnaient sur le salon étaient silencieuses, au lieu de s'agiter frénétiquement.

— C'est bon signe.

— Qu'elles soient sorties ? s'étonna Matthew.

— Non, le silence. La maison est connue pour ses facéties avec les visiteurs.

— Parce qu'elle est hantée ? demanda-t-il en regardant autour de lui avec intérêt.

— Nous sommes des sorcières, donc elle est hantée, évidemment. Mais il n'y a pas que cela. La maison est… vivante. Elle a ses humeurs bien à elle avec les visiteurs, et plus il y a de Bishop, plus elle fait des siennes. C'est pour cela qu'Em et Sarah sont sorties.

Je vis une tache phosphorescente du coin de l'œil. Ma grand-mère, que je n'avais jamais connue, était assise devant la cheminée dans un rocking-chair que je n'avais jamais vu. Elle semblait aussi jeune et belle que sur sa photo de mariage à l'étage. Quand elle sourit, mes lèvres s'incurvèrent à leur tour.

— Grand-mère ? demandai-je, hésitante.

*Il est beau garçon, n'est-ce pas ?* fit-elle d'une voix sourde avec un clin d'œil.

Une autre tête apparut dans l'embrasure.

*Je suis bien d'accord*, opina l'autre fantôme. *Mais il devrait être mort.*

*Sans doute, Elizabeth, mais il est ce qu'il est*, répondit ma grand-mère. *Il faudra s'y habituer.*

Matthew regardait dans la direction du salon.

— Il y a quelqu'un là-bas, s'émerveilla-t-il. Je sens comme une odeur et j'entends des bruits imperceptibles. Mais je ne vois personne.

— Des fantômes.

Je me rappelai l'oubliette et cherchai mes parents du regard.

*Oh, ils ne sont pas là*, dit tristement ma grand-mère.

Déçue, je délaissai ma famille défunte pour me consacrer à mon époux non mort.

— Montons poser nos bagages. Cela permettra à la maison de faire votre connaissance.

Avant que nous ayons pu faire un pas, une boule de fourrure charbonneuse surgit du fond de la maison avec un cri déchirant et s'immobilisa à quelques pas de moi pour se transformer en une chatte qui fit le gros dos en crachotant.

— Ravie de te voir aussi, Tabitha.

La petite chérie de Sarah me détestait, et c'était réciproque. Tabitha s'étira et s'avança vers Matthew.

— Les vampires sont plus à l'aise avec les chiens, en règle générale, annonça-t-il tandis que Tabitha s'enroulait autour de ses chevilles.

Avec son infaillible instinct félin, sentant le malaise de Matthew, Tabitha entreprit de le faire changer d'avis sur son espèce et frotta sa tête sur son mollet en ronronnant bruyamment.

— Je n'en crois pas mes yeux, dis-je devant l'ahurissant étalage d'affection de Tabitha. C'est vraiment la chatte la plus perverse du monde. (Tabitha me regarda en se hérissant, puis reprit ses démonstrations de tendresse.) Ne faites pas attention à elle, recommandai-je en boitillant vers l'escalier.

Matthew ramassa les sacs et me suivit.

J'empoignai la rampe et montai lentement les marches. Matthew me suivait, aussi enthousiaste qu'intéressé, sans paraître s'inquiéter que la maison soit en train de lui faire passer son examen d'entrée.

Pour ma part, j'étais aux aguets. J'avais déjà vu des cadres tomber sur des visiteurs qui ne se doutaient de rien, des portes et des fenêtres s'ouvrir et claquer ou des lumières s'allumer et s'éteindre sans crier gare. Je laissai échapper un soupir de soulagement quand nous atteignîmes le palier sans incident.

— Je n'avais pas beaucoup d'amis qui venaient, expliquai-je devant son air interrogateur. C'était plus facile de les voir au centre commercial, à Syracuse.

Les chambres étaient disposées en carré autour de l'escalier. Celle d'Em et Sarah était en face, donnant sur l'allée. Celle de mes parents était à l'arrière de la maison, avec vue sur les champs et une vieille pommeraie qui s'étendait jusqu'à une forêt d'érables et de chênes. La porte était ouverte et la pièce était allumée. J'avançai en hésitant vers ce rectangle jaune qui m'invitait.

La pièce était chaude et confortable, avec un grand lit recouvert d'édredons et d'oreillers. Rien n'était assorti, à part les rideaux blancs unis. Par endroits, les larges lames en pin étaient tellement espacées qu'on aurait pu perdre une brosse entre les deux. Dans la salle de bains qui s'ouvrait sur la droite, un radiateur sifflait et gargouillait.

— Du muguet, commenta Matthew en humant l'air.

— Le parfum préféré de ma mère.

Il y avait encore un vieux flacon de Diorissimo au col orné d'un ruban en pied-de-poule noir et blanc posé sur la commode.

— Cela vous ennuie-t-il de prendre cette chambre ? demanda Matthew en posant les bagages. Vous pourriez utiliser votre ancienne chambre, comme le propose Sarah.

— Pas question, répondis-je. Elle est au grenier et la salle de bains est ici. En plus, nous ne pourrions pas tenir dans un lit d'une personne.

— Je pensais que nous…

— Nous n'allons pas dormir dans des lits séparés. Je ne suis pas moins votre épouse chez les sorcières que chez les vampires, le coupai-je en l'attirant vers moi.

La maison sembla s'affaisser sur ses fondations en poussant un petit soupir, comme si elle se préparait à une longue conversation.

— Non, mais ce serait peut-être plus facile…

— Pour qui ?

— Pour vous, acheva-t-il. Vous souffrez. Vous dormiriez mieux seule dans un lit.

Jamais je ne pourrais dormir s'il n'était pas à mes côtés. Mais ne voulant pas l'inquiéter en le lui disant, je posai les mains sur sa poitrine et tentai de faire diversion :

— Embrassez-moi.

Sa bouche se pinça dans un non, mais ses yeux me dirent oui. Je collai mon corps contre le sien et il répondit par un baiser à la fois suave et tendre.

— Je croyais vous avoir perdue pour toujours, murmura-t-il quand nous nous séparâmes. Maintenant, j'ai peur que vous vous fracassiez en mille morceaux à cause de ce que Satu vous a fait. Si le pire vous était arrivé, je serais devenu fou.

Mon parfum l'enveloppa et il se détendit. Plus encore quand il me prit par la taille. Mes lèvres n'avaient pas trop souffert et son contact me réconforta et me galvanisa. Mon désir pour lui n'avait fait que s'accroître depuis mon éprouvant enlèvement.

— Le sentez-vous ? lui demandai-je en prenant sa main et en la posant sur ma poitrine.

— Quoi donc ? fit-il, perplexe.

Ne sachant pas très bien ce que pourraient capter ses sens surdéveloppés, je me concentrai sur la chaîne qui s'était déroulée quand il m'avait embrassée la première fois. Quand je la touchai du bout d'un doigt imaginaire, elle émit un petit bourdonnement sourd.

Il étouffa un cri de surprise.

— J'entends quelque chose. Qu'est-ce que c'est ? demanda-t-il en posant l'oreille sur ma poitrine.

— C'est vous, en moi, dis-je. Vous m'avez amarrée, comme une ancre au bout d'une longue chaîne d'argent. C'est pour cela que je suis si sûre de vous, je pense. (Je baissai la voix.) Si j'étais capable de vous sentir, de sentir ce lien avec vous, je savais que Satu aurait beau dire ou faire, rien ne m'ébranlerait.

— On dirait le bruit que fait votre sang quand vous parlez mentalement à Rakasa ou quand vous avez appelé le vent sorcier. Maintenant que je sais ce que je dois guetter, je l'entends.

Ysabeau m'avait dit qu'elle était capable d'entendre mon sang de sorcière chanter. Je tentai de rendre plus fort le chant de ma chaîne en faisant passer ses vibrations dans le reste de mon corps.

— Incroyable ! s'exclama Matthew avec un sourire rayonnant.

Le bourdonnement se fit plus intense et je perdis le contrôle de l'énergie qui palpitait en moi. Au-dessus de nous, des étoiles s'allumèrent et tombèrent en cascade dans la pièce.

— Zut.

Des dizaines d'yeux de spectres me chatouillèrent le dos. La maison ferma résolument la porte sur les regards curieux de mes ancêtres, qui s'étaient réunis pour voir ce feu d'artifice comme si c'était la fête nationale.

— C'est vous qui avez fait cela ? demanda Matthew en regardant la porte close.

— Non, expliquai-je. Les étoiles, oui. Mais la porte, c'était la maison. Elle fait une fixation sur l'intimité.

— Dieu merci, murmura-t-il en me reprenant par la taille et en me donnant un baiser qui fit courir un murmure dans la foule des fantômes.

Les étincelles disparurent dans un jet de lumière bleutée au-dessus de la commode.

— Je vous aime, Matthew Clairmont, dis-je quand j'eus repris mon souffle.

— Et moi aussi je vous aime, Diana Bishop, répondit-il cérémonieusement. Mais votre tante et Emily doivent geler. Montrez-moi le reste de la maison, pour qu'elles puissent rentrer.

Nous fîmes lentement le tour des autres pièces, pour la plupart inutilisées et remplies du bric-à-brac qu'accumulaient Em et Sarah, l'une parce qu'elle adorait chiner, et l'autre parce qu'elle était incapable de rien jeter.

Matthew m'aida à monter l'escalier jusqu'à la chambre où j'avais passé ma jeunesse. Des posters étaient encore punaisés aux murs peints du violet et du vert qu'adolescente je trouvais très raffinés.

Nous redescendîmes pour visiter les grandes pièces de réception : le salon voisin de l'entrée, le bureau et le petit boudoir en face. Nous traversâmes la salle à manger rarement utilisée pour gagner le cœur de la maison, une pièce ouverte sur la cuisine et assez vaste pour regarder la télévision et prendre les repas.

— On dirait qu'Em s'est remise à la broderie, dis-je en ramassant un canevas inachevé représentant une corbeille de fleurs. Et que Sarah a repris ses mauvaises habitudes.

— Elle fume ? demanda Matthew en humant longuement l'air.

— Quand elle est stressée. Em l'oblige à sortir pour fumer, mais on sent quand même l'odeur. Cela vous ennuie ?

— *Dieu**, Diana, j'ai senti pire.

L'immense et sombre cuisine avait toujours ses fours en brique ménagés dans la paroi et son gigantesque âtre où l'on pouvait tenir debout. Il y avait aussi tout l'équipement moderne, et les vieilles dalles avaient subi deux siècles de casseroles renversées, chiens trempés, chaussures boueuses et autres substances de sorcières. Je le fis passer dans la distillerie de Sarah, à l'origine une cuisine d'été en plein air, désormais reliée à la maison et encore équipée de broches et de crémaillères pour accrocher les chaudrons. Des herbes séchaient au plafond et une petite remise en soupente abritait les provisions de fruits et ses bocaux de lotions et potions. Après quoi, nous retournâmes dans la cuisine.

— Cette pièce est tellement marron, dis-je après un regard circulaire.

J'allumai la lampe du porche, signal familial indiquant que l'on pouvait entrer. Le réfrigérateur était marron, tout comme les placards, le téléphone, les briques et le vieux papier peint écossais.

— Il faudrait passer un bon coup de blanc.

Matthew releva le nez en observant la porte de derrière.

— Février serait idéal pour le faire, si tu te proposes, dit une voix de gorge depuis la porte du jardin.

Sarah apparut, vêtue d'un jean et d'une chemise à carreaux trop grande. Elle était échevelée et avait les joues rougies par le froid.

— Bonjour, Sarah, fis-je en reculant vers l'évier.

— Bonjour, Diana, répondit-elle en fixant l'ecchymose sous mon œil. C'est le vampire, je suppose ?

— Oui. (Je m'avançai en claudiquant pour faire les présentations. Elle jeta un regard aigu à ma cheville.) Sarah, voici Matthew Clairmont. Matthew, je vous présente ma tante, Sarah Bishop

Matthew tendit la main en la fixant droit dans les yeux.

Sarah se contenta de faire une moue. Comme moi, elle avait le menton des Bishop, un peu trop allongé. Là, il saillait encore plus.

— Matthew, dit-elle en prenant sa main et en tressaillant. Oui, c'est clairement un vampire, Em.

— Merci de ton aide, Sarah, répondit Em en faisant son apparition, les bras chargés de bois.

Elle était plus grande que Sarah et moi, et ses cheveux argentés la rajeunissaient curieusement. Son visage étroit s'éclaira d'un sourire quand elle nous vit.

Matthew se précipita pour la soulager de son fardeau. Tabitha, qui n'était pas là durant les présentations, alla s'installer près de la cheminée en suivant un parcours tortueux. Miraculeusement, Matthew parvint à l'autre bout de la cuisine sans lui marcher dessus.

— Merci, Matthew. Et merci aussi de nous l'avoir ramenée, nous étions si inquiètes, dit Em en époussetant les débris d'écorce sur son pull.

— Je vous en prie, Emily, répondit-il chaleureusement.

Em semblait déjà sous le charme. Sarah allait être plus difficile à convaincre, même si elle était stupéfaite de voir Tabitha tenter de sauter dans ses bras. Je voulus retourner dans la pénombre pour qu'Em ne puisse voir mon visage, mais il était trop tard.

— Oh, Diana, s'exclama-t-elle, horrifiée.

— Assieds-toi, ordonna Sarah en tirant un tabouret.

Matthew croisa les bras comme s'il résistait à la tentation de s'en mêler. Son instinct de loup protecteur n'avait pas diminué sous prétexte que nous étions à Madison, et son déplaisir lorsque d'autres créatures m'approchaient ne s'arrêtait pas aux autres vampires.

Le regard de ma tante descendit jusqu'à mes épaules.

— Enlevons la chemise, dit-elle.

Je commençai à me déboutonner docilement.

— Peut-être que tu devrais l'examiner en haut, suggéra Em avec un regard inquiet vers Matthew.

— Je ne pense pas que ce sera très nouveau pour lui. Vous avez faim, peut-être ? lui demanda-t-elle sans se retourner.

— Non, répondit Matthew avec amusement. J'ai mangé dans l'avion.

Le regard de mes tantes me chatouilla le cou.

— Sarah ! Em !

— Je regardais juste, dit Sarah.

La chemise ôtée, elle vit les bandes qui m'enveloppaient le bras, la poitrine et les autres entailles et bleus.

— Matthew m'a déjà examinée. Il est docteur, n'oublie pas.

Elle palpa ma clavicule. Je frémis.

— Mais il n'a pas vu cela. L'os est fêlé. (Elle passa à ma pommette et je tressaillis de nouveau.) Qu'a-t-elle à la cheville ?

Je ne pouvais décidément rien cacher à Sarah.

— Une grosse entorse accompagnée de brûlures superficielles aux premier et deuxième degrés, déclara Matthew en fixant les mains de Sarah, prêt à l'écarter si elle me faisait le moindre mal.

— Comment peut-on avoir une entorse et des brûlures au même endroit ? rétorqua Sarah, comme si Matthew était un étudiant en première année de médecine.

— Quand une sorcière sadique te suspend par le pied, répondis-je.

— Et ça, qu'est-ce que c'est ? demanda Sarah en désignant mon bras.

— Une entaille assez profonde pour exiger des points de suture, répondit patiemment Matthew.

— Vous l'avez mise sous quoi ?

— Analgésiques, un diurétique pour éviter les œdèmes et un antibiotique à spectre large, répondit-il, légèrement agacé.

— Pourquoi est-elle enveloppée comme une momie ? demanda Em avec inquiétude.

Je blêmis. Sarah s'interrompit et me jeta un regard inquisiteur.

— Nous verrons cela plus tard, Em. Chaque chose en son temps. Qui t'a fait cela, Diana ?

— Une sorcière du nom de Satu Järvinen. Je crois qu'elle est suédoise.

Matthew me laissa le temps d'aller rajouter du bois dans le feu.

— Elle n'est pas suédoise, mais finlandaise, corrigea Sarah. Et très puissante. Mais la prochaine fois que je la croise, elle regrettera d'avoir vu le jour.

— Il ne restera plus grand-chose d'elle une fois que j'en aurai fini avec elle, murmura Matthew. Si vous voulez lui régler son compte, il faudra la trouver avant moi. Et je suis connu pour ma rapidité.

Sarah le regarda. Elle s'était contentée de maugréer une menace, mais Matthew, lui, venait de prononcer un serment.

— Qui a soigné Diana en dehors de vous ?

— Ma mère et sa gouvernante, Marthe.

— Elles connaissent les simples. Mais je peux aller un peu plus loin, dit Sarah en se retroussant les manches.

— Il est un peu tôt pour de la sorcellerie. As-tu pris assez de café ?

Je jetai un regard suppliant à Em pour qu'elle retienne Sarah.

— Laisse Sarah faire, ma chérie, dit-elle en me prenant la main. Plus tôt ce sera fait, plus vite tu guériras.

Sarah avait déjà commencé à murmurer. Matthew se rapprocha discrètement, fasciné. Elle posa ses doigts sur mon visage. L'os me chatouilla, chargé d'électricité, puis la fracture se résorba avec un claquement.

— Aïe ! m'écriai-je en portant la main à ma joue.

— Cela ne va piquer qu'un petit peu, dit Sarah. Si tu as été assez robuste pour supporter la blessure, tu n'auras aucun problème avec le remède.

Elle examina avec satisfaction ma joue avant de se pencher sur la clavicule. La décharge électrique fut un peu plus puissante, sans doute parce que l'os était plus épais.

— Enlevez-lui sa chaussure, demanda-t-elle à Matthew avant d'aller dans la distillerie.

C'était l'infirmier le plus surqualifié qui soit, mais il obéit sans un mot.

Quand elle revint avec un pot d'onguent maison, Matthew avait posé mon pied sur sa cuisse.

— Il y a des ciseaux dans ma trousse en haut, dit-il en reniflant avec curiosité le pot qu'elle avait ouvert. Voulez-vous que j'aille les chercher ?

— Pas besoin.

Sarah marmonna quelques mots et fit un geste au-dessus de ma cheville. La gaze commença à se dérouler.

— C'est commode, dit Matthew, envieux.

— Crâneuse, murmurai-je.

Tous les yeux se tournèrent vers ma cheville une fois la gaze roulée en boule. Elle avait une sale allure et la plaie commençait à suinter. Sarah récita un sort, calmement, mais ses joues rouges trahissaient sa colère. Quand elle eut terminé, les marques noires et blanches avaient disparu, et bien qu'il soit resté un anneau rougeâtre autour de ma cheville, elle avait nettement désenflé.

— Merci, Sarah, dis-je en pliant le pied pendant qu'elle y passait de l'onguent.

— Tu ne feras pas de yoga pendant une semaine et pas de jogging pendant trois. Il faut du repos pour qu'elle se remette complètement.

Elle murmura quelques mots sur un rouleau de gaze propre qui s'enroula autour de ma cheville.

— Stupéfiant, dit Matthew.

— Vous permettez que je regarde le bras ?

— Bien sûr, répondit-il avec empressement. Le muscle a été légèrement atteint. Vous pouvez le soigner aussi bien que la peau ?

— Probablement, répondit-elle avec un rien de satisfaction.

Un quart d'heure et quelques sorts plus tard, il ne restait rien de plus qu'une fine ligne rouge comme trace des méfaits de Satu.

— Beau travail, admira Matthew.

— Le vôtre aussi. Très jolie suture, répondit Sarah en descendant un verre d'eau d'un trait.

— Vous devriez aussi examiner son dos, reprit-il alors que je m'apprêtais à me rhabiller.

— Cela peut attendre, dis-je en lui jetant un regard noir. Sarah est fatiguée et moi aussi.

— Matthew ? interrogea Sarah, me reléguant au rang de quantité négligeable.

— Je voudrais que vous examiniez son dos, répéta-t-il sans me quitter des yeux.

— Non, protestai-je.

— Vous avez vu ce dont Sarah est capable, me dit-il. Vous vous remettrez plus vite si vous la laissez vous soigner.

Me remettre ? Aucune magie ne pourrait m'aider à me remettre de l'épreuve de La Pierre.

— Je vous en prie, *mon cœur**, insista-t-il en me prenant doucement la chemise des mains.

Je finis par accepter en rechignant. Je sentis un chatouillis quand Em et Sarah passèrent dans mon dos et je réprimai l'envie de m'enfuir à toutes jambes. Mais je me contentai de prendre les mains de Matthew.

— Je suis là, m'assura-t-il pendant que Sarah murmurait un sort et que la gaze se découpait en deux.

Le cri que réprima Em et le silence de Sarah m'indiquèrent qu'elles avaient vu les marques.

— C'est un sort d'ouverture, s'emporta Sarah. On ne fait pas cela sur un être vivant. Elle aurait pu te tuer.

— Elle essayait de faire sortir ma magie, comme si j'étais une *piñata*.

Je faillis glousser en m'imaginant suspendue la tête en bas pendant qu'une Satu les yeux bandés me frappait avec un bâton. Matthew remarqua l'hystérie qui me gagnait.

— Plus vite ce sera fait, mieux cela vaudra, Sarah, dit-il. Sans vouloir vous presser, bien sûr, ajouta-t-il précipitamment, ayant sans doute eu droit à un regard furibard. Nous parlerons de Satu plus tard.

Tous les gestes magiques qu'utilisa Sarah me rappelèrent la Finlandaise et avec deux sorcières dans mon dos, je ne pus m'empêcher de repenser à La Pierre. Je tentai de vider mon esprit tandis que Sarah continuait sa tâche.

— Avez-vous terminé ? demanda Matthew avec inquiétude.

— Il reste deux marques sur lesquelles je ne peux pas grand-chose. Il y aura des cicatrices là et là, dit-elle en traçant avec son doigt les contours d'une étoile entre mes omoplates et une forme incurvée au niveau de mes côtes.

Brusquement, la lumière se fit en moi alors que je visualisais le geste de ma tante.

*Une étoile au-dessus d'un croissant de lune.*

— Ils ont des soupçons, Matthew ! m'écriai-je, pétrifiée de terreur.

Je revis mentalement le tiroir secret où étaient dissimulés les sceaux de Matthew. L'ordre de chevalerie devait être tout aussi secret, mais Satu connaissait son existence, ce qui impliquait que les autres sorciers de la Congrégation devaient savoir eux aussi.

— Quoi donc, ma chérie ? demanda Matthew en m'attirant contre lui.

Je me dégageai pour qu'il m'écoute.

— Quand j'ai refusé de céder, Satu m'a marquée… avec votre sceau.

Il me retourna. En voyant la marque, il s'immobilisa.

— Ce ne sont plus des soupçons, dit-il. Ils savent, maintenant.

— De quoi parlez-vous ? demanda Sarah.

— Puis-je avoir la chemise de Diana, je vous prie ?

— Je ne pense pas que les cicatrices se verront beaucoup, se défendit ma tante.

— La chemise, répéta Matthew, glacial.

Em la lui lança. Matthew la drapa délicatement sur mes épaules. Il avait la tête baissée, mais je vis palpiter la veine sur son front.

— Je suis désolée, murmurai-je.

— Vous n'avez aucune raison de l'être, dit-il en me prenant le visage dans les mains. N'importe quel vampire saurait que vous êtes mienne, avec ou sans marque. Satu a voulu faire en sorte que toutes les autres créatures puissent aussi le savoir. À l'époque où j'ai été créé, on tondait les femmes qui s'étaient données à l'ennemi. C'était une manière brutale de désigner les traîtres. C'est la même chose. C'est Ysabeau qui vous a parlé de l'ordre ?

— Non, j'ai trouvé le tiroir et les sceaux en cherchant du papier.

— Mais qu'est-ce qui se passe ? intervint Sarah.

— J'ai violé votre intimité, je n'aurais pas dû, dis-je en me réfugiant dans ses bras.

Il me serra contre lui sans plus se soucier de mes blessures. Heureusement, les talents de Sarah avaient nettement atténué la douleur.

— Mon Dieu, Diana. Satu vous a dit ce que j'avais fait. Je vous ai suivie chez vous et je suis entré. Comment pourrais-je vous reprocher d'avoir découvert toute seule ce que j'aurais dû vous confier moi-même ?

Un coup de tonnerre retentit dans la cuisine et agita les casseroles.

— Si personne ne me dit *immédiatement* ce qui se passe, je vous garantis que je vais déchaîner un enfer ici, dit Sarah.

Je la vis commencer à murmurer un sort. Mes doigts me chatouillèrent et je sentis du vent autour de mes pieds.

— Arrière, Sarah !

Le vent se mit à rugir dans mes veines et je m'interposai entre ma tante et Matthew. Elle continua de murmurer et je plissai les paupières.

Em retint Sarah d'un geste.

— Ne la pousse pas à bout. Elle ne se maîtrise pas.

Je vis un arc dans ma main gauche et une flèche dans la droite. Ils me paraissaient lourds, mais étrangement familiers. Sarah était à quelques pas devant moi. Sans hésiter, je levai l'arc et me préparai à tirer.

Ma tante s'arrêta au milieu de sa récitation.

— Nom d'un chien, souffla-t-elle, stupéfaite.

— Ma chérie, éteins ce feu, dit Em. (Perplexe, je regardai mes mains. Je ne voyais aucun feu.) Pas dans la maison. Si tu veux déchaîner un feu sorcier, il faut sortir.

— Calmez-vous, Diana, dit Matthew en me forçant à baisser les bras.

L'arc et la flèche disparurent.

— Je n'aime pas qu'elle vous menace, dis-je d'une voix qui me parut étrange et lointaine.

— Elle ne me menaçait pas. Elle voulait simplement savoir de quoi nous parlions. Il faut le lui dire.

— Mais c'est un secret, répondis-je, déroutée.

Nous devions dissimuler nos secrets à tout le monde, que ce soient mes pouvoirs de sorcière ou les chevaliers de Matthew.

— Plus de secrets, dit-il d'un ton ferme. Ce n'est bon ni pour vous ni pour moi.

Le vent s'apaisa et il me serra contre lui.

— Elle est toujours incapable de se maîtriser ? demanda Sarah.

— Votre nièce s'en est brillamment sortie, répliqua Matthew.

Ils se toisèrent longuement.

— Probablement, admit-elle de mauvaise grâce quand leur combat silencieux fut terminé. Mais tu aurais pu nous dire que tu pouvais maîtriser le feu sorcier, Diana. Ce n'est pas un don très courant.

— Je ne sais rien maîtriser ! répondis-je.

Brusquement, je me sentis si épuisée que mes genoux se dérobèrent sous moi.

— Montons, dit Matthew. Nous terminerons la conversation là-haut.

Dans la chambre de mes parents, après m'avoir fait prendre une autre dose d'analgésiques et d'antibiotiques, Matthew me coucha et me borda. Puis il expliqua à mes tantes ce qu'étaient les marques faites par Satu. Tabitha condescendit à s'asseoir sur mes pieds afin de mieux pouvoir l'entendre.

— La marque que lui a faite Satu appartient à… une organisation que ma famille a mise sur pied il y a très longtemps. La plupart des gens l'ont oubliée et les autres pensent qu'elle n'existe plus. Nous préférons que cette illusion perdure. En traçant le croissant de lune et l'étoile sur son dos, Satu a marqué votre nièce comme ma propriété et fait savoir que les sorciers connaissent le secret de ma famille.

— Cette organisation secrète a-t-elle un nom ? demanda Sarah.

— Vous n'avez pas à tout leur dire, Matthew.

Je tendis la main vers la sienne. C'était dangereux de dévoiler trop de choses sur les chevaliers de Saint-Lazare. Je le sentais, c'était comme un nuage noir qui m'enveloppait et je ne voulais pas qu'il enveloppe aussi Sarah et Em.

— Les chevaliers de l'ordre de Saint-Lazare de Béthanie, dit-il d'une seule traite, comme s'il craignait de se raviser. C'est un ordre de chevalerie ancien.

— Jamais entendu parler, ricana Sarah. C'est le même genre que les chevaliers de Colomb ? Ils ont un chapitre à Oneida.

— Pas vraiment, répondit Matthew avec une grimace. Les chevaliers de l'ordre de Saint-Lazare remontent aux croisades.

— Nous n'avons pas vu un documentaire télévisé sur les croisades où il en était question ? demanda Em à ma tante.

— C'étaient les Templiers. Mais toutes ces théories du complot sont absurdes. Il n'y a plus de Templiers, décréta Sarah.

— Il n'est pas censé y avoir de vampires ni de sorcières non plus, Sarah, lui fis-je remarquer.

Matthew me prit le pouls.

— Cette conversation est terminée pour le moment, dit-il d'un ton ferme. Nous aurons tout le temps de débattre pour savoir si les chevaliers de l'ordre de Saint-Lazare existent ou non.

Il fit sortir Em et Sarah. À peine furent-elles dans le couloir que la maison s'occupa de la question et ferma la porte avant de tourner la clé dans la serrure.

— Je n'ai pas la clé de cette chambre ! cria Sarah à travers le battant.

Sans relever, Matthew monta dans le lit et me prit dans ses bras, ma tête sur son cœur. Chaque fois que je voulais parler, il me faisait taire.

— Plus tard, répétait-il.

Son cœur battit une fois puis, plusieurs minutes plus tard, une deuxième.

Et avant que j'aie pu entendre la troisième, je m'endormis.

# 33

Le mélange de médicaments, la fatigue et le fait d'être chez moi me firent dormir des heures. Je me réveillai à plat ventre, un genou plié et un bras tendu, cherchant vainement Matthew.

Trop embrumée pour me redresser, je me tournai vers la porte. Une grosse clé était enfoncée dans la serrure et j'entendis des voix étouffées de l'autre côté.

— C'est consternant, dit sèchement Matthew. Comment avez-vous pu la laisser partir ainsi ?

— Nous ne connaissions pas l'étendue de son pouvoir, pas vraiment, rétorqua Sarah sur le même ton. C'était logique qu'elle soit différente, avec ses parents. Mais je ne m'attendais pas à du feu sorcier, tout de même.

— Comment avez-vous su qu'elle allait l'invoquer, Emily ? demanda-t-il.

— J'ai vu une sorcière le faire à Cape Cod quand j'étais petite. Elle devait avoir dans les soixante-dix ans. Je n'ai jamais oublié son expression ni l'effet que cela faisait d'être à côté.

— Le feu sorcier est mortel. Aucun sort ne peut le repousser et aucune magie ne peut en guérir les blessures. Ma mère m'a appris à en reconnaître les signes pour que je puisse me protéger, l'odeur de soufre, les mouvements des bras, expliqua Sarah. Elle m'a dit que la déesse est présente quand le feu sorcier est invoqué. Je pensais mourir avant de jamais le voir et je ne pensais certainement pas que ma nièce essaierait de le déchaîner sur moi dans ma cuisine. Elle déchaîne aussi l'eau sorcière ?

— J'espérais que le feu serait récessif, avoua Matthew. Parlez-moi de Stephen Proctor.

Jusqu'à récemment, le ton autoritaire qu'il employait dans ce genre de circonstances m'avait semblé être un vestige de son passé de soldat. Maintenant que je connaissais l'existence des chevaliers de l'ordre de Saint-Lazare, je comprenais que cela faisait partie de son présent.

En revanche, Sarah n'avait pas l'habitude qu'on lui parle sur ce ton et elle s'en offusqua.

— Stephen était discret. Il ne faisait pas étalage de son pouvoir.

— Pas étonnant que les sorciers aient tout fait pour le découvrir, dans ce cas.

Je fermai les yeux pour ne pas revoir l'image du cadavre de mon père, éventré par les sorciers qui voulaient comprendre sa magie. J'avais failli connaître le même destin.

Le parquet du couloir grinça sous le poids de Matthew.

— C'était un magicien expérimenté, mais il n'était pas de taille face à eux. Diana a peut-être hérité de ses capacités et, espérons-le, de celles de Rebecca. Mais faute de posséder leurs connaissances, elle ne peut pas faire grand-chose. C'est comme si on avait peint une cible sur elle.

Je continuai d'écouter sans vergogne.

— Ce n'est pas un transistor qu'on nous aurait livré avec les piles et le mode d'emploi, Matthew, se défendit Sarah. Nous avons fait ce que nous avons pu. Elle a changé après la mort de ses parents, elle s'est tellement repliée sur elle-même que c'était difficile de communiquer. Que vouliez-vous que nous fassions ? Que nous la forcions à affronter ce qu'elle refusait farouchement ?

— Je ne sais pas. Mais vous n'auriez pas dû la laisser ainsi. Cette Satu l'a retenue captive pendant plus de douze heures.

— Nous lui apprendrons le nécessaire.

— J'espère que cela ne prendra pas trop de temps.

— Il lui faudra toute sa vie, répliqua Sarah. La magie, ce n'est pas comme le macramé. Il faut du temps.

— Nous n'en avons pas, siffla Matthew. La Congrégation jouait au chat et à la souris jusqu'ici, mais la marque sur le dos de Diana indique que cette époque est révolue.

— Comment osez-vous dire que ce qui est arrivé à ma nièce était un jeu ? s'indigna Sarah.

— Chut, intervint Em. Tu vas la réveiller.

— Qu'est-ce qui pourrait nous aider à comprendre comment Diana est ensorcelée, Emily ? continua Matthew en baissant la voix. Vous rappelez-vous les derniers jours précédant le départ de ses parents en Afrique ? Même de petits détails que vous auriez remarqués ?

*Ensorcelée.*

Le mot résonna en moi tandis que je me redressais. L'ensorcellement était réservé aux circonstances extrêmes – danger de mort, folie, mal incontrôlable à l'état pur. Il suffisait de menacer de le faire pour que tous les sorciers vous tournent le dos.

*Ensorcelée ?*

Le temps que je me lève, Matthew était arrivé à mes côtés.

— De quoi avez-vous besoin ? s'inquiéta-t-il.

— Je veux parler à Em.

Mes doigts crépitaient et viraient au bleu, tout comme mes orteils qui dépassaient des bandages. Je me levai précipitamment. Sarah et Em attendaient avec impatience dans le couloir.

— Qu'est-ce qui cloche chez moi ? demandai-je.

— Mais rien du tout, dit Emily en se réfugiant auprès de ma tante.

— Vous avez dit que j'étais ensorcelée. Que c'était ma propre mère qui l'avait fait.

J'étais une sorte de monstre : c'était la seule explication possible.

Emily entendit mes pensées sans que j'aie à les formuler.

— Mais non, tu n'es pas un monstre, ma chérie. Rebecca l'a fait parce qu'elle avait peur pour toi.

— Peur de moi, tu veux dire.

Mes doigts bleutés en étaient une bonne preuve. Je voulus les cacher, mais je préférais éviter de brûler la chemise de Matthew ou de mettre le feu à la rampe.

*Fais attention au tapis, ma fille !* me dit le fantôme de la grande femme du salon en désignant le sol.

— Personne n'a peur de vous, dit Matthew.

— Elles, si, rétorquai-je en tendant un index crépitant d'étincelles vers mes tantes.

*Moi aussi*, avoua un autre fantôme familial, un adolescent aux dents de travers, en culottes courtes déchirées, qui portait un panier de myrtilles.

Mes tantes reculèrent devant mon regard furieux.

— Vous avez toutes les raisons d'être frustrée, dit Matthew en me rejoignant. (Le vent commença à se lever et je sentis le givre de son regard me glacer les cuisses.) Vous invoquez le vent sorcier parce que vous avez l'impression d'être prise au piège. (Il se rapprocha et je sentis l'air commencer à tourbillonner.) Vous voyez ?

Oui, ce que j'éprouvais était peut-être plus du dépit que de la colère. Mon esprit ayant été détourné de la question de l'ensorcellement, je me retournai pour le questionner sur ses théories. Mes doigts commençaient à reprendre leur couleur normale et les crépitements avaient disparu.

— Tu dois comprendre, supplia Em. Rebecca et Stephen sont allés en Afrique pour te protéger. Ils t'ont ensorcelée pour la même raison. Ils voulaient simplement que tu sois en sécurité.

La maison gémit et retint son souffle en grinçant. Un froid commença à m'envahir.

— Alors c'est ma faute s'ils sont morts ? Ils sont allés en Afrique et on les a tués… à cause de moi ? demandai-je, horrifiée.

Sans attendre de réponse et sans me soucier de la douleur à ma cheville, je dévalai l'escalier.

— Non, Sarah, laissez-la aller, intervint Matthew.

La maison ouvrait ses portes devant moi et les claquait aussitôt que je les avais franchies. Arrivée dans la cuisine, j'enfilai les bottes de jardinage de Sarah et sortis pour me réfugier dans les bois, comme je le faisais toujours quand je ne supportais plus la famille.

Je ne ralentis l'allure qu'une fois que j'eus dépassé les vieux pommiers rabougris et atteint l'ombre des chênes et des érables. Hors d'haleine et encore sous le choc, je me retrouvai au pied d'un arbre presque aussi large que haut. Ses interminables et basses branches couvertes de feuilles rouges touchaient presque le sol.

Durant toute mon enfance et mon adolescence, j'étais allée soulager mon cœur à cet endroit. Des générations de Bishop qui y avaient trouvé du réconfort avaient gravé leurs initiales dans l'écorce couleur de cendre. Les miennes figuraient à côté du RB que ma mère y avait laissé avant moi. Je les effleurai du doigt avant de m'asseoir au pied de l'arbre et de m'y blottir comme une enfant.

Un léger souffle frôla mes cheveux avant que la parka bleue m'enveloppe les épaules. Matthew s'accroupit à côté de moi.

— Elles vous ont dit ce qui ne va pas chez moi ?

— Mais il n'y a rien, *mon cœur**.

— Vous avez encore beaucoup à apprendre sur les sorcières, dis-je, le menton sur les genoux. Elles n'ensorcellent pas quelqu'un sans une sacrée bonne raison.

Matthew ne répondit pas. Je le regardai à la dérobée.

— Vos parents avaient une excellente raison, dit-il enfin. Ils voulaient sauver la vie de leur fille. C'est ce que j'aurais fait.

— Vous saviez que j'étais ensorcelée, vous aussi ?

— Marthe et Ysabeau l'avaient deviné. Elles me l'ont dit juste avant que je parte à votre recherche. Emily me l'a confirmé, je n'avais pas eu le temps de vous en parler.

— Comment Em a-t-elle pu me le cacher ?

Je me sentais seule et trahie.

— Vous devez pardonner à vos parents et à Emily. Ils ont fait ce qu'ils pensaient être le mieux pour vous.

— Vous ne comprenez pas, Matthew, m'obstinai-je. Ma mère m'a ligotée dans un sort et est partie en Afrique comme si j'étais une créature malfaisante et dérangée à laquelle on ne pouvait pas se fier.

— Vos parents avaient peur de la Congrégation.

— C'est absurde. La Congrégation n'est pas la cause de tout, Matthew.

— Non, mais de cela, oui. Pas besoin d'être une sorcière pour le voir.

La table blanche m'apparut soudainement et les pièces du passé et du présent éparpillées dessus commencèrent à s'organiser. Ma mère qui me poursuivait pendant que je battais des mains en volant au-dessus du lino de la cuisine de Cambridge ; mon père qui s'emportait devant Peter Knox dans son bureau à la maison ; un conte qui parlait d'une marraine fée et de rubans magiques ; mes parents penchés au-dessus de mon lit qui prononçaient des sorts alors que j'étais allongée sur l'édredon. Je commençais à comprendre.

— Les histoires que ma mère me racontait pour m'endormir, dis-je, stupéfaite. Comme elle ne pouvait pas me faire part directement de ses craintes, elle en avait fait un conte sur de méchantes sorcières, des rubans magiques et une marraine fée. Tous les soirs, elle me la racontait, pour que cela reste gravé en moi à jamais.

— Vous rappelez-vous autre chose ?

— Avant qu'ils m'ensorcellent, Peter Knox était venu voir mon père. (Je frémis en me remémorant le coup de sonnette et la tête de mon père qui était allé ouvrir.) Cette créature était chez nous. Il m'a touché la tête. (Je me rappelai l'étrange sensation de cette main sur ma nuque.) Mon père m'a envoyée dans ma chambre et ils se sont disputés. Ma mère est restée dans la cuisine. C'était curieux qu'elle n'aille pas voir ce qui se passait. Puis mon père s'est absenté pendant un long moment. Ma mère était hystérique. Elle a appelé Em, ce soir-là.

Les souvenirs commençaient à déferler, à présent.

— Emily m'a dit que le sort de Rebecca avait été conçu pour tenir jusqu'à ce que « l'homme de l'ombre » arrive. Votre mère pensait que je serais en mesure de vous protéger de Knox et de la Congrégation, dit-il d'un air sombre.

— Personne n'aurait pu me protéger à part moi. Satu avait raison. Je suis une bien piètre sorcière. (Je baissai de nouveau la tête.) Je ne suis pas du tout comme ma mère.

— Venez, dit brusquement Matthew en se levant.

Je pris sa main tendue, pensant qu'il allait me réconforter en me serrant contre lui, mais il se contenta de m'enfiler les manches de la parka et de reculer.

— Vous êtes une sorcière, il est temps que vous appreniez à vous débrouiller seule.

— Pas maintenant, Matthew.

— J'aimerais pouvoir vous laisser décider, mais c'est impossible. La Congrégation convoite votre pouvoir ou du moins, elle veut savoir en quoi il consiste. Elle convoite aussi l'Ashmole 782, et vous êtes la seule créature à avoir pu le consulter en plus d'un siècle.

— Ils veulent aussi s'emparer de vous et des chevaliers de l'ordre de Saint-Lazare, dis-je, refusant d'être le centre de toute cette affaire.

— Ils auraient pu abattre la confrérie depuis longtemps, les occasions ne leur ont pas manqué. (Matthew était en train de jauger du regard mes quelques forces et mes innombrables faiblesses et cela me mit mal à l'aise.) Ce n'est pas ce qui les intéresse vraiment. Ils ne veulent pas que vous ou le manuscrit soient à moi.

— Mais je suis entourée de protecteurs. Vous êtes avec moi, et il y a aussi Sarah et Em.

— Nous ne pouvons pas être constamment avec vous, Diana. D'ailleurs, voulez-vous que Sarah et Emily risquent leurs vies pour sauver la vôtre ?

— Vous me faites peur.

L'effet de la morphine s'était dissipé et je sentis l'adrénaline monter en moi.

— Non, pas du tout. Je le sentirais, si vous aviez peur. Vous êtes juste déstabilisée.

Un grondement monta dans sa gorge, bien différent de ses grognements de plaisir. Je reculai.

— C'est mieux, gronda-t-il. Au moins, vous savez un peu ce qu'est la peur, à présent.

— Pourquoi faites-vous cela ? murmurai-je. (Il se volatilisa soudain sans un mot.) Matthew ?

Je sentis deux taches glaciales sur le dessus de mon crâne. Matthew était suspendu par les pieds dans les branches, comme une chauve-souris, les bras tendus comme des ailes, et me regardait fixement.

— Je ne suis pas un collègue avec qui vous vous disputez. Il ne s'agit pas d'une querelle universitaire, mais de vie et de mort.

— Descendez, dis-je sèchement. J'ai compris la leçon.

Je ne le vis pas atterrir à côté de moi, mais je sentis ses doigts glacés enserrer mon cou et mon menton puis incliner ma tête pour découvrir ma gorge.

— Si j'étais Gerbert, vous seriez déjà morte, siffla-t-il.

— Arrêtez, Matthew, dis-je en me débattant vainement.

— Non, répondit-il en serrant encore. Satu a tenté de vous briser et vous voulez vous cacher. Mais ce qu'il faut, c'est riposter.

— C'est ce que je fais.

— Il faut vous défendre comme une sorcière, pas comme un humain.

Il disparut de nouveau. Cette fois, il ne s'était pas perché dans l'arbre, et je ne sentais plus son regard sur moi.

— Je suis fatiguée. Je rentre.

Je n'avais pas fait trois pas qu'un souffle me frôla. Matthew m'avait hissée sur ses épaules et m'emportait en courant dans l'autre direction.

— Vous n'irez nulle part.

— Sarah et Em vont finir par sortir, si vous continuez.

L'une ou l'autre allait forcément se rendre compte qu'il se passait quelque chose. Et sinon, Tabitha commencerait à s'agiter.

— Non, elles ne viendront pas, répondit-il en me déposant à terre après s'être enfoncé dans la forêt. Elles m'ont promis de rester dans la maison, même si vous criez, quel que soit le danger qu'elles perçoivent.

Je reculai, mais je le vis se tendre, prêt à bondir. Quand je m'élançai, il apparut aussitôt devant moi. Je changeai de direction. Il me barrait déjà le chemin. Un souffle s'éleva autour de mes pieds.

— Bien, apprécia-t-il.

Il se baissa comme lorsque je l'avais vu à l'affût du cerf à Sept-Tours et recommença à gronder. Le vent continua de tourbillonner autour de mes chevilles, sans s'élever. Un fourmillement descendit de mes coudes jusqu'au bout de mes doigts. Au lieu de lutter contre ma frustration, je la laissai augmenter. Des arcs électriques bleutés jaillirent entre mes doigts.

— Utilisez votre pouvoir, dit-il d'une voix rauque. Vous ne pourrez rien contre moi, sinon.

Je tendis la main vers lui. Ce n'était pas très menaçant, mais ce fut tout ce qui me vint à l'esprit. Matthew me prouva combien mes efforts étaient pitoyables en fondant sur moi et en tourbillonnant avant de disparaître dans les arbres.

— Vous êtes morte. Une fois de plus, dit une voix sur ma droite.

— Je ne sais pas ce que vous essayez de faire, mais cela ne marche pas ! criai-je dans sa direction.

— Je suis juste derrière vous, me murmura-t-il à l'oreille.

Mon cri déchira le silence de la forêt et le vent s'éleva autour de moi comme un cocon.

— Ne m'approchez pas ! hurlai-je.

Matthew se jeta sur moi avec un regard déterminé, traversant la barrière de vent. Mon instinct prit le dessus, je lançai mes mains en avant et une rafale le repoussa. Il parut surpris et je vis apparaître le prédateur dans son regard. Il porta un nouvel assaut ; j'eus beau me concentrer, l'air n'obéit pas comme je l'escomptais.

— Cessez de tenter de le forcer, dit Matthew, qui avait traversé le tourbillon et m'empoignait par le bras. Votre mère vous a ensorcelée pour que personne, vous y compris, ne puisse forcer votre magie à apparaître.

— Alors comment voulez-vous que je l'invoque quand j'en ai besoin et que je la fasse cesser quand elle n'est plus nécessaire ?

— Débrouillez-vous.

Son regard de neige glissa sur mon cou et mes épaules, repérant instinctivement mes veines et mes artères.

— Je ne peux pas, dis-je, paniquée. Je ne suis pas une sorcière.

— Arrêtez de répéter cela. Vous savez très bien que c'est faux. Fermez les yeux et marchez.

— Quoi ?

— Je vous ai observée pendant des semaines, Diana. (Il tournait autour de moi comme un fauve ; l'odeur de girofle me submergea.) Vous avez besoin de mouvement et de privation sensorielle pour vous libérer.

Il me poussa, je trébuchai Quand je me retournai, il avait disparu. Je balayai la forêt du regard. Un silence irréel régnait entre les arbres. Tous les animaux s'étaient cachés, sentant la présence d'un puissant prédateur.

Je fermai les yeux et commençai à respirer profondément. Un souffle me frôla, puis un autre. C'était Matthew qui me narguait. Je me concentrai sur ma respiration pour être aussi immobile que les autres créatures de la forêt.

Je sentis une tension entre mes yeux. Je me concentrai dessus en me rappelant les instructions d'Amira au yoga et Marthe qui m'avait conseillé de laisser les visions me traverser. La tension laissa la place à un fourmillement, puis à l'impression que mon troisième œil – l'œil de la sorcière – s'ouvrait entièrement pour la première fois.

Je perçus alors tout ce qui était vivant dans la forêt : végétation, énergie de la terre, eaux souterraines. Chaque force vitale avait sa couleur propre. Je vis les lapins dissimulés dans le creux d'un tronc, le cœur battant de terreur devant l'odeur du vampire. Je décelai les chouettes dont la sieste avait été prématurément troublée par cette créature qui sautait d'arbre en arbre comme un singe. Tous savaient qu'il leur serait impossible de lui échapper.

— Le roi des animaux. (Le rire sourd de Matthew résonna entre les arbres. Aucune créature de la forêt ne pouvait lutter victorieusement contre lui.) Sauf moi, soufflai-je.

Mon troisième œil balaya la forêt. Un vampire n'étant pas entièrement vivant, il était difficile de le repérer dans le torrent éblouissant d'énergie qui déferlait autour de moi. Je finis par déceler sa silhouette, une concentration de ténèbres comme un trou noir, frangé d'un rouge de braise, là où sa vie d'outre-tombe touchait à la vitalité du monde. Instinctivement, je tournai la tête vers lui et le fis décamper dans la pénombre des arbres.

Les yeux fermés, mais ce troisième œil ouvert, je me mis en marche, espérant l'attirer derrière moi. Je sentis sa ténèbre – son absence de vie – se détacher d'un érable. Cette fois, je ne bougeai pas.

— Je vous vois, Matthew, dis-je à mi-voix.

— Vraiment, *ma lionne** ? Et que comptez-vous faire ? gloussa-t-il en continuant de me suivre.

À chaque pas, mon troisième œil était de plus en plus précis. Je sentis un buisson sur ma gauche et j'obliquai dans la direction opposée. Puis, devant moi, ce fut une pierre enfoncée dans le sol. Je l'évitai elle aussi.

Le mouvement de l'air m'indiqua que je parvenais à une clairière. Ce n'était plus seulement la vie de la forêt qui me parlait, à présent. Tout autour de moi, les éléments me guidaient. Terre, air, feu et eau communiquaient avec moi d'une manière bien distincte de la vie de la forêt.

L'énergie de Matthew se concentra et devint plus sombre. Puis sa ténèbre bondit en l'air avec une grâce qu'un lion lui aurait enviée.

*Vole*, me dis-je, une seconde avant que ses bras se referment sur moi.

Le vent s'éleva de moi dans un sursaut soudain. La terre me poussa délicatement en l'air. Comme l'avait promis Matthew, je n'eus aucune peine à laisser mon corps aller où le conduisait ma pensée. Ce ne fut pas plus difficile que d'imaginer un ruban qui montait dans le ciel.

Tout en bas, Matthew acheva son saut périlleux en retombant à l'endroit où je me trouvais une seconde plus tôt.

Je m'élevai au-dessus des arbres, les yeux grands ouverts. Ils me semblaient vastes comme la mer, comme l'horizon, et baignés par la lumière du soleil et des étoiles. Mes cheveux flottaient sur l'air, leurs pointes enflammées frôlant mon visage sans me brûler. Un corbeau passa auprès de moi, stupéfait de voir cette nouvelle créature avec laquelle il devait partager les airs.

Le visage de Matthew était levé vers moi, admiratif. Quand nos regards se croisèrent, il sourit.

Jamais je n'avais rien vu d'aussi beau. Une vague de désir monta en moi, puissante et viscérale, avec la fierté de le savoir mien.

Je plongeai vers lui et son expression émerveillée laissa la place à l'inquiétude. Il gronda, décontenancé, son instinct lui soufflant que j'allais peut-être l'attaquer.

Je ralentis mon plongeon et descendis jusqu'à ce que nos visages soient face à face, mes pieds flottant à l'horizontale. Le vent chassa une mèche de flammes vers lui.

*Ne lui fais pas de mal.* Toutes mes pensées étaient tendues vers cela. L'air et le feu m'obéissaient et mon troisième œil absorba sa ténèbre.

— Éloignez-vous de moi, gronda-t-il. Juste un moment.

Il luttait contre son instinct de prédateur. Il voulait que je sois sa proie, à présent. Le roi des animaux n'aimait pas être détrôné.

Sans prêter attention à sa mise en garde, je laissai mes pieds descendre jusqu'à ce qu'ils soient à quelques centimètres du sol, puis tendis la main, paume ouverte. Mon troisième œil était rempli de l'image de mon énergie : une masse mouvante d'argent et d'or, vert et bleu, chatoyant comme une étoile au matin. J'en pris un peu et la regardai glisser depuis mon cœur jusque dans mon épaule et mon bras.

Une boule palpitante de ciel, de terre et de feu tourbillonna dans ma paume. Les anciens philosophes auraient appelé cela un microcosme – un petit univers contenant des fragments de moi ainsi que de l'univers lui-même.

— Pour vous, dis-je d'une voix sans timbre en étendant les doigts vers lui.

Matthew attrapa la boule au vol. Tremblotant comme une bille de mercure, elle se modela au contact de sa chair froide et mon énergie s'immobilisa au creux de sa main.

— Qu'est-ce que c'est ? demanda-t-il, oubliant son besoin de chasser en voyant la substance brillante.

— Moi, répondis-je simplement. (Matthew scruta mon visage, ses pupilles dilatées engloutissant leurs iris gris-vert.) Vous ne me ferez aucun mal. Je ne vous en ferai pas non plus.

Le vampire referma précautionneusement la main sur mon microcosme, de peur d'en répandre une seule goutte.

— Je ne sais toujours pas comment me battre, dis-je tristement. J'arrive seulement à voler pour m'enfuir.

— C'est la leçon la plus importante qu'apprend un guerrier, sorcière. (Matthew avait transformé en terme affectueux un mot habituellement utilisé comme une insulte par les vampires.) Vous apprenez à choisir vos combats et vous renoncez à ceux que vous ne pouvez pas gagner, pour les mener un autre jour.

— Avez-vous peur de moi ? demandai-je, toujours en lévitation.

— Non.

Mon troisième œil fourmilla. Il disait la vérité.

— Malgré ce que j'ai en moi ? insistai-je en jetant un regard à la boule tremblotante dans sa main.

— J'ai déjà vu des sorcières puissantes, répondit-il prudemment. Nous ne savons toujours pas ce qu'il y a en vous. Nous devons le découvrir.

— Je n'ai jamais voulu le savoir.

— Pourquoi, Diana ? Pourquoi ne voulez-vous pas de ces dons ?

Il serra les doigts, comme si ma magie pouvait lui être dérobée et détruite avant qu'il en comprenne les possibilités.

— Par peur ? Par désir ? dis-je à mi-voix en lui effleurant les pommettes, bouleversée par l'amour que j'éprouvais pour lui.

Je citais de nouveau ce qu'avait écrit son démon Giordano Bruno au XVIe siècle : *Le désir me pousse en avant quand la peur me freine.*

— Cela n'explique-t-il pas tout ce qui se passe dans le monde ?

— Tout sauf vous, dit-il. Rien ne peut vous expliquer.

Mes pieds touchèrent le sol et mes mains quittèrent son visage. Mon corps semblait connaître ce mouvement, mais je le trouvai étrange. Le fragment de moi-même que j'avais donné à Matthew sauta de sa main dans la mienne. Je la refermai et l'énergie retourna aussitôt en moi. Je sentis le frémissement du pouvoir sorcier et je le reconnus comme mien. Je baissai la tête, effrayée par la créature que je devenais.

— Rien ne vous mettra hors de portée de cette magie, me dit Matthew. Ni la science, ni la volonté, ni la concentration. Elle vous trouvera toujours. Et vous ne pouvez pas vous cacher de moi non plus.

— C'est ce que ma mère m'a dit dans l'oubliette. Elle était au courant pour nous.

Me voyant tressaillir au souvenir de La Pierre, il m'attira dans ses bras. Je ne me sentis pas réchauffée, mais au moins, j'étais en sécurité.

— Peut-être que cela leur a facilité les choses de savoir que vous ne seriez pas seule, dit-il en rajustant la parka sur mes épaules.

— Vous m'apprendrez à me battre, comme l'un de vos chevaliers ?

— Ils savaient se défendre bien avant de me rejoindre. J'ai entraîné des guerriers autrefois, humains, vampires et démons. Même Marcus, et Dieu sait que cela a été difficile. Mais jamais une sorcière.

— Rentrons.

Ma cheville m'élançait encore et j'étais épuisée. Après quelques pas hésitants, Matthew me prit sur son dos comme un enfant et m'emporta dans le crépuscule.

— Merci encore de m'avoir trouvée, dis-je.

Cette fois, il sut que je ne parlais pas de La Pierre.

— J'avais cessé ma quête depuis longtemps. Mais vous étiez dans la bibliothèque Bodléienne le jour de Mabon. Une historienne. Une sorcière, rien de moins.

— C'est ce qui fait toute la magie de cette rencontre, dis-je en lui embrassant la nuque.

Une fois que nous fûmes arrivés, il alla à l'appentis chercher du bois en me laissant avec mes tantes, qui avaient toutes les deux l'air mal à l'aise.

— Je comprends que vous ayez gardé le secret, dis-je en étreignant Em. Mais maman m'a dit que le temps des secrets était révolu.

— Tu as vu Rebecca ? demanda Sarah en blêmissant.

— À La Pierre. Quand Satu tentait de me forcer à coopérer. Et papa, aussi.

— Étaient-ils… heureux ? demanda péniblement Sarah.

Derrière elle, ma grand-mère nous regardait avec inquiétude.

— Ils étaient ensemble, dis-je simplement en guettant Matthew par la fenêtre.

— Et ils étaient avec toi, ajouta Em, les yeux embués de larmes. Cela veut dire qu'ils étaient plus qu'heureux.

Ma tante faillit dire quelque chose, puis elle se ravisa.

— Qu'y a-t-il, Sarah ?

— Elle t'a parlé ? chuchota-t-elle.

— Elle m'a raconté des histoires. Les mêmes que lorsque j'étais petite, des contes avec des sorcières, des princes et une marraine fée. Même si papa et elle m'ont ensorcelée, elle a essayé de me rappeler ma magie. Mais je voulais oublier.

— Le dernier été, avant que tes parents partent en Afrique, Rebecca m'a demandé ce qui laissait l'impression la plus durable sur les enfants. Je lui ai répondu que c'étaient les histoires que leurs parents leur racontent pour les endormir, qu'elles contiennent tous les messages d'espoir, de courage et d'amour, dit Em, en larmes.

— Tu avais raison, répondis-je.

Bien que les trois sorcières se soient réconciliées, quand Matthew entra, les bras chargés, Sarah s'en prit à lui.

— Ne me demandez plus jamais d'ignorer les appels à l'aide de Diana et ne la menacez plus, quelle que soit la raison. Sinon, je vous jette un tel sort que vous regretterez d'être jamais né une seconde fois. C'est compris, vampire ?

— Bien sûr, Sarah, répondit Matthew dans une parfaite imitation d'Ysabeau.

Nous dînâmes dans la salle. Matthew et Sarah étaient sur le qui-vive, mais les hostilités se déclarèrent quand ma tante vit qu'il n'y avait pas la moindre viande sur la table.

— Tu fumes comme un pompier, dit patiemment Em à Sarah qui grommelait. Tes artères me remercieront.

— Tu ne l'as pas fait pour moi, rétorqua Sarah avec un regard accusateur vers Matthew. Mais pour qu'il n'éprouve pas l'envie de mordre Diana.

Avec un sourire, Matthew déboucha l'une des bouteilles qu'il avait apportées.

— Du vin, Sarah ?

— Importé ? demanda-t-elle, soupçonneuse.

— C'est du vin français, répondit-il en servant un verre.

— Je n'aime pas les Français.

— Ne croyez pas tout ce que vous lisez. Nous sommes beaucoup plus agréables que nous ne le paraissons, dit-il, la forçant à sourire. Faites-moi confiance, vous allez apprendre à nous apprécier.

Comme pour le prouver, Tabitha sauta sur son épaule et y resta perchée comme un perroquet tout au long du dîner.

Matthew but du vin et interrogea Sarah et Em sur l'état de la ferme et l'histoire de la région. Il ne me restait plus qu'à les regarder, ces trois personnes que j'aimais tant, tout en engloutissant ce qu'on m'avait servi.

Quand nous allâmes enfin nous coucher, je me glissai toute nue dans les draps, attendant impatiemment de sentir son corps contre le mien. Il vint me rejoindre et m'attira contre lui.

— Vous êtes chaude.

— Mmm. Vous sentez bon, répondis-je, mon nez sur sa poitrine. (La clé tourna dans la serrure.) La clé était dans la commode ?

— C'est la maison qui l'avait, dit-il en riant. Elle a jailli d'entre deux lames du plancher au pied du lit, a rebondi sur le mur et est retombée. Comme je ne la ramassais pas, elle a volé à travers la chambre et a atterri sur mes genoux.

Je me mis à rire tandis qu'il me prenait à la taille, évitant soigneusement les marques laissées par Satu.

— Vous avez vos cicatrices, dis-je pour le tranquilliser. Maintenant, j'ai les miennes.

Ses lèvres trouvèrent les miennes dans l'obscurité. Une main se posa sur le bas de mon dos, recouvrant le croissant de lune. L'autre glissa entre mes omoplates pour cacher l'étoile. Je n'avais pas besoin de magie pour comprendre sa peine et son regret. Je les sentais partout, dans la douceur de ses mains, les paroles qu'il murmurait, son corps auprès du mien. Petit à petit, sa peur et sa colère le quittèrent. Nos bouches et nos doigts coururent sur nos corps en prenant le temps de prolonger la joie d'être de nouveau réunis.

Des étoiles apparurent lorsque je fus submergée par le plaisir et quelques-unes demeurèrent un moment au plafond, scintillantes, tandis que nous restions enlacés dans l'attente du matin.

# 34

Matthew déposa un baiser sur mon épaule avant que le soleil soit apparu, puis il se leva. À la fois ankylosée et pleine de langueur, je finis par me traîner hors du lit pour le rejoindre.

Je tombai sur Sarah et Em dans la cuisine, près de la fenêtre, chacune un mug de café fumant à la main. Je mis la bouilloire sur le feu. Matthew pouvait attendre – pas le thé.

— Qu'est-ce que vous regardez ? demandai-je, m'attendant à entendre le nom d'une espèce rare de la région.

— Matthew. Il est dehors depuis des heures et je ne crois pas qu'il a bougé d'un pouce. Un corbeau est passé ; je sens qu'il ne va pas tarder à se poser sur lui, dit Sarah.

Matthew était debout, fermement campé sur ses pieds, les bras tendus à l'horizontale, index et pouces joints. Avec son tee-shirt gris et son pantalon de yoga noir, il avait effectivement l'air d'un épouvantail, mais d'une stature et d'une élégance peu communes.

— On doit s'inquiéter pour lui ? demanda Em en le lorgnant par-dessus le rebord de sa tasse. Il est pieds nus, il doit être gelé.

— Les vampires brûlent, Em, ils ne gèlent pas. Il rentrera quand il y sera disposé.

Je préparai le thé et attendis avec mes tantes en observant Matthew sans mot dire. À ma deuxième tasse, il baissa enfin les bras et les plia à hauteur de taille. Sarah et Em s'éloignèrent précipitamment de la fenêtre.

— Il sait que nous le regardons, n'oubliez pas que c'est un vampire, me moquai-je.

Je chaussai les bottes de Sarah et sortis.

— Merci de votre patience, dit Matthew après m'avoir prise dans ses bras et bruyamment embrassée.

J'avais emporté ma tasse, qui menaçait de se renverser dans son dos.

— La méditation est votre seul repos. Je ne vais pas vous le gâcher. Depuis combien de temps étiez-vous là ?

— Depuis l'aube. J'avais besoin de réfléchir.

— La maison a cet effet-là sur les gens. Il y a trop de voix, trop de choses qui se passent.

Il faisait froid et je rentrai la tête dans mon sweat-shirt orné d'un lynx bordeaux. Matthew effleura mes cernes.

— Vous êtes encore épuisée. Le yoga ne vous ferait pas de mal non plus, vous savez.

J'avais passé une nuit agitée, remplie de rêves, de bribes de poésie alchimique et d'imprécations contre Satu. Même ma grand-mère s'était inquiétée. Elle m'avait observée, appuyée sur la commode, pendant que Matthew essayait de m'apaiser.

— Il m'a été formellement interdit de faire du yoga pendant une semaine.

— Et vous obéissez à votre tante dès qu'elle édicte des règles ?

— Généralement non, répondis-je en riant tout en l'entraînant vers la maison.

Il m'enleva ma tasse des mains et me fit quitter les bottes en un instant. Puis il me redressa et se plaça derrière moi.

— Vous avez les yeux fermés ?

— Maintenant, oui, répondis-je en m'agrippant des orteils dans la terre glacée.

Des pensées s'agitaient dans mon esprit comme des chatons espiègles.

— Vous êtes en train de penser, s'impatienta-t-il. Contentez-vous de respirer.

Je calmai ma respiration. Matthew passa devant moi et me leva les bras dans la position qu'il avait tenue, pouces effleurant annulaires et auriculaires.

— Maintenant j'ai moi aussi l'air d'un épouvantail, dis-je. Qu'est-ce que je fais avec les mains ?

— *Prana mudra*, expliqua-t-il. La posture restaure l'énergie vitale et favorise la guérison.

Alors que je tenais la pose, debout, bras tendus et paumes dirigées vers le ciel, le silence et la paix enveloppèrent mon corps endolori. Au bout de cinq minutes, la tension entre mes yeux disparut et mon troisième œil s'ouvrit. Je sentis en même temps un changement subtil en moi – un flux et un reflux, comme des vaguelettes sur un rivage. À chaque inspiration, une goutte d'eau fraîche se formait dans ma paume. Mon esprit restait résolument vide, sans se soucier que je risque d'être engloutie dans l'eau sorcière.

Mon troisième œil s'éclaira et se concentra sur ce qui m'entourait. Les champs environnants m'apparurent alors comme je ne les avais encore jamais vus. De l'eau coulait sous le sol en un réseau de veines bleutées. Les racines des pommiers serpentaient vers elles et un imperceptible réseau liquide scintillait dans les feuilles qui bruissaient dans la brise matinale. Sous mes pieds, l'eau commença à couler vers moi pour tenter de comprendre l'énergie qui l'attirait.

Je continuai de respirer calmement. L'eau montait et descendait dans mes paumes au rythme des courants en moi et sous mes pieds. Quand je ne fus plus capable de maîtriser l'eau, les *mudras* cédèrent et l'eau s'écoula en cascade de mes mains. Je me retrouvai au milieu du jardin, les yeux ouverts et les bras tendus, une petite flaque d'eau par terre sous chaque main.

À quelques mètres de moi, bras croisés, mon vampire me regardait avec fierté. Mes tantes étaient sorties sur le seuil, stupéfaites.

— C'était impressionnant, murmura Matthew en se baissant pour ramasser ma tasse. Vous allez être aussi douée pour cela que dans vos recherches, vous savez. La magie n'est pas seulement émotionnelle et mentale. C'est également physique.

— Vous avez déjà entraîné des sorcières ? demandai-je en remettant les bottes, l'estomac gargouillant.

— Non, vous êtes la première et vous serez la seule. Oui, je sais que vous avez faim. Nous discuterons de tout cela après le petit déjeuner.

Il me tendit la main et nous retournâmes vers la maison.

— On peut gagner beaucoup d'argent avec l'eau sorcière, tu sais, cria Sarah à notre approche. Tout le monde a besoin d'un nouveau puits en ville et le vieux Harry a emporté sa baguette de sourcier dans la tombe quand on l'a enterré l'an dernier.

— Je n'ai pas besoin de baguette, j'en suis une à part entière. Et si vous voulez creuser, faites-le là-bas, ajoutai-je en désignant des pommiers un peu moins rabougris que les autres.

Matthew fit chauffer la bouilloire avant de s'intéresser au *Syracuse Post-Standard*. Le journal ne valait pas *Le Monde*, mais il parut s'en contenter. Mon vampire étant occupé, j'engloutis toast sur toast. Em et Sarah se resservirent du café en lorgnant mes mains avec inquiétude dès que je les approchais d'un appareil électrique.

— Ça va être une matinée cent pour cent café, annonça Sarah en préparant une nouvelle cafetière.

Je lançai un regard alarmé à Em.

*Il n'y a presque plus de caféine dedans*, dit-elle sans parler, un petit sourire sur les lèvres. *Cela fait des années que je le trafique.* Comme les textos, la télépathie était précieuse quand on voulait communiquer discrètement dans cette maison. Avec un grand sourire, j'étalai le reste de beurre sur mon toast en me demandant s'il y en avait d'autre. Une plaquette apparut sur la table.

Je me tournai pour remercier Em, mais elle était de l'autre côté de la cuisine. Tout comme Sarah. Matthew leva le nez de son journal et fixa le réfrigérateur. La porte était ouverte et les pots de confiture en train de se remettre en ordre sur les étagères. Quand ce fut fait, la porte se referma sans un bruit.

— C'était la maison ? demanda-t-il sans s'émouvoir.

— Non, répondit Sarah en me dévisageant. C'était Diana.

— Que s'est-il passé ? demandai-je en fixant le beurre.

— À toi de nous le dire, répondit Sarah. Tu tripotais pensivement ton neuvième toast quand le réfrigérateur s'est ouvert et que le beurre s'en est envolé.

— Je me suis juste demandé s'il y en avait d'autre.

Em battit des mains, ravie de cette nouvelle démonstration de mon pouvoir et Sarah demanda que je réitère mon exploit. Mais j'eus beau essayer, rien n'arriva.

— Essaie les placards, proposa Em. Les portes sont moins lourdes.

— Vous avez simplement pensé au beurre parce que vous en vouliez d'autre ? demanda Matthew, qui avait suivi l'échange avec intérêt.

— Oui.

— Et quand vous avez volé hier, vous avez demandé à l'air de vous aider ?

— J'ai pensé « vole » et j'ai volé. Mais j'en avais encore plus besoin que du beurre : vous alliez me tuer. Une fois de plus.

— Diana a volé ? demanda faiblement Sarah.

— Avez-vous besoin de quoi que ce soit d'autre ? interrogea Matthew.

— De m'asseoir, dis-je, les genoux flageolants.

Un tabouret glissa sur le sol et s'arrêta obligeamment sous mes fesses.

— C'est bien ce qu'il me semblait, fit Matthew en reprenant son journal avec un sourire satisfait.

Sarah le lui arracha des mains.

— Arrêtez de sourire comme un matou. Il vous semblait quoi ?

À la mention d'un membre de son espèce, Tabitha entra par la chatière. Avec un air totalement enamouré, elle déposa aux pieds de Matthew une musaraigne morte.

— *Merci, ma petite**, dit gravement Matthew. Malheureusement, je n'ai pas faim pour le moment.

Tabitha poussa un miaulement de dépit et emporta sa prise dans un coin, où elle entreprit de jouer avec.

— Il vous semblait quoi ? répéta Sarah sans se démonter.

— Les sorts que Rebecca et Stephen ont jetés étaient destinés à empêcher quiconque de forcer la magie à opérer chez Diana. Sa magie est conditionnée à la nécessité. C'est très astucieux, conclut-il en lissant le journal et en reprenant sa lecture.

— Astucieux et impossible, grommela Sarah.

— Pas impossible, répliqua-t-il. Nous n'avons qu'à penser comme ses parents. Rebecca avait eu la vision de ce qui arriverait à La Pierre, pas en détail, mais elle savait que sa fille serait retenue prisonnière par une sorcière. Elle savait également qu'elle serait sauvée. C'est pourquoi le sort a tenu bon. Diana n'avait pas besoin de sa magie.

— Comment sommes-nous censées lui apprendre à maîtriser son pouvoir, si elle ne peut pas l'invoquer ? demanda ma tante.

La maison ne nous laissa pas le temps d'y réfléchir. Il y eut une détonation, suivie d'un bruit de claquettes.

— Oh, quelle plaie, gémit Sarah. Qu'est-ce qu'elle veut, à présent ?

— Quelque chose ne va pas ? demanda Matthew en posant son journal.

— La maison nous demande. Elle claque les portes et elle déplace les meubles pour attirer notre attention.

Je me léchai les doigts et me levai. La lumière s'alluma dans le hall.

— C'est bon, c'est bon, s'agaça Sarah. On arrive.

Nous suivîmes mes tantes dans le salon. La maison envoya un fauteuil à oreilles dans ma direction.

— C'est Diana qu'elle veut, observa inutilement Em.

La maison me demandait peut-être, mais elle n'avait pas prévu les réflexes protecteurs d'un vampire rapide comme l'éclair. Matthew tendit la jambe et arrêta le fauteuil avant qu'il arrive derrière moi.

— Ne vous inquiétez pas, Matthew, elle veut seulement que je m'assoie.

— Qu'elle apprenne un peu les bonnes manières.

— D'où sort le fauteuil à bascule de grand-mère ? Nous l'avons jeté il y a des années…, s'étonna Sarah en voyant le fauteuil devant la fenêtre.

— Il est revenu et grand-mère aussi, dis-je. Elle nous a salués quand nous sommes arrivés.

— Elizabeth était avec elle ? demanda Em en prenant place sur l'inconfortable canapé victorien. Grande ? L'air sérieuse ?

— Oui. Je n'ai pas très bien pu la voir. Elle était presque toujours derrière la porte.

— Les fantômes ne viennent plus tellement ces derniers temps, dit Sarah. Nous pensons que c'est une cousine éloignée morte dans les années 1870.

Une pelote de laine verte et deux aiguilles tombèrent par la cheminée et roulèrent dans l'âtre.

— Elle pense que je devrais me mettre au tricot ? demandai-je.

— C'est à moi. J'ai commencé un pull il y a des années et un jour, tout a disparu. La maison prend des tas de choses et les garde, expliqua Em à Matthew en ramassant ses affaires. Venez vous asseoir avec moi, ajouta-t-elle en désignant l'ignoble canapé fleuri. Parfois, la maison met du temps à s'expliquer. Il nous manque aussi des photos, un annuaire, le grand plat à volaille et mon manteau d'hiver préféré.

Matthew eut du mal à se détendre, ce qui n'était pas étonnant, puisqu'un plat en porcelaine pouvait le décapiter à tout moment, mais il fit de son mieux. Sarah prit place dans un fauteuil Windsor, l'air agacée.

— Allez, qu'on en finisse, pesta-t-elle quelques minutes plus tard. J'ai des choses à faire.

Une épaisse enveloppe marron surgit en se tortillant d'une fissure dans les lambris près de la cheminée. Une fois libérée, elle traversa la pièce comme une fusée et atterrit sur mes genoux. « *Diana* » était écrit dessus au stylo bille bleu. Je reconnus l'écriture de ma mère pour l'avoir vue sur les mots d'absence et les cartes d'anniversaire.

— C'est de maman, dis-je à Sarah, stupéfaite. Qu'est-ce que c'est ?

— Je n'en ai pas la moindre idée, répondit-elle, tout aussi surprise.

À l'intérieur se trouvait une autre enveloppe plus petite et quelque chose de soigneusement enveloppé dans du papier de soie. La petite enveloppe était vert pâle, avec une bordure plus foncée de même couleur. Elle provenait d'un nécessaire de correspondance que mon père m'avait aidée à choisir pour l'anniversaire de ma mère. Les pages étaient ornées dans le coin supérieur d'un bouquet de muguet vert et blanc. Mes yeux s'embuèrent.

— Voulez-vous être seule ? demanda Matthew en se levant.

— Restez, je vous en prie.

Je déchirai nerveusement l'enveloppe et dépliai les feuilles. Sous le bouquet de muguet, la date attira immédiatement mon regard : 13 août 1983.

Mon septième anniversaire. Quelques jours seulement avant le départ de mes parents pour le Nigeria.

Je lus rapidement la première page et la lâchai. Elle flotta dans l'air et glissa jusqu'à mes pieds.

— Diana ? Qu'est-ce que c'est ? demanda Em, inquiète.

Sans répondre, je posai le reste de la lettre sur ma cuisse et pris l'enveloppe marron que la maison avait gardée pour ma mère. J'écartai le papier de soie et sentis un objet plat et rectangulaire. Il était plus lourd qu'il n'avait l'air et frémissait d'énergie.

Je reconnus ce pouvoir que j'avais déjà senti.

Matthew entendit mon sang qui commençait à chanter. Il vint se placer derrière moi, les mains sur mes épaules.

Je défis le paquet. Sur le dessus, empêchant Matthew de voir le reste et posé sur d'autres couches de papier de soie, il y avait un morceau de papier blanc ordinaire, aux bords jaunis par le temps. Trois lignes y figuraient, d'une écriture en pattes de mouche.

— *Au commencement étaient l'absence et le désir*, murmurai-je la gorge serrée. *Au commencement étaient le sang et la peur.*

— *Au commencement était le livre perdu des sortilèges*, acheva Matthew en lisant par-dessus mon épaule.

Je lui passai le mot, qu'il flaira un moment avant de le tendre à Sarah. Je soulevai le papier de soie.

J'avais sur mes genoux l'une des pages manquantes de l'Ashmole 782.

— Mon Dieu, souffla-t-il. Est-ce bien ce que j'imagine ? Comment votre mère se l'est-elle procurée ?

— Elle l'explique dans la lettre, dis-je en fixant l'image aux couleurs vives.

Matthew se pencha et prit la page tombée à terre.

— *Ma chère Diana*, lut-il à haute voix. *Aujourd'hui, tu as sept ans, un âge magique pour une sorcière, celui où tes pouvoirs devraient commencer à s'éveiller et prendre forme. Mais tes pouvoirs n'ont cessé de se manifester depuis ta naissance. Tu as toujours été différente.* (Mon genou ploya sous le poids surnaturel de l'image.) *Si tu lis ces lignes, c'est que ton père et moi avons réussi. Nous sommes parvenus à convaincre les membres de la Congrégation que c'étaient les pouvoirs de ton père et non les tiens qu'ils recherchaient. Tu ne dois pas te sentir responsable. C'était l'unique décision que nous pouvions prendre. Nous sommes certains que tu es à présent en âge de comprendre.* (Il me pressa l'épaule avant de poursuivre.) *Tu es aussi en âge de reprendre la quête que nous avons commencée à ta naissance – la recherche d'informations sur toi et ta magie. Nous avons reçu le mot et l'image ci-joints quand tu avais trois ans, dans une enveloppe portant un cachet de la poste israélienne. La secrétaire nous a dit qu'il n'y avait aucune adresse d'expéditeur ni de signature. Simplement le mot et l'image.*

*Nous avons passé les quatre dernières années à tenter de comprendre ce que cela signifiait. Nous ne pouvions poser trop de questions. Mais nous pensons que l'image représente des noces.*

— Ce sont bien des noces, les noces chymiques du mercure et du soufre. C'est une étape cruciale de la fabrication de la pierre philosophale, dis-je d'une voix rauque.

C'était l'une des plus belles représentations des noces chymiques que j'aie jamais vue. Une femme aux cheveux d'or vêtue d'une robe blanche, une rose blanche dans la main. Elle signifiait ainsi à son époux, un homme pâle aux cheveux noirs, qu'elle était pure et digne de lui. Il portait une robe noir et rouge et lui tenait la main. Dans l'autre, il avait aussi une rose, mais rouge sang, gage d'amour et de mort. Derrière le couple, des sels et des métaux incarnaient les invités des noces dans un paysage de forêts et de collines rocheuses. Toute une ménagerie assistait à la cérémonie : corbeaux, aigles, crapauds, lions verts, paons et pélicans. Une licorne et un loup étaient côte à côte au centre, derrière le couple. Toute la scène était peinte dans les ailes déployées d'un phénix dont les plumes flambaient et qui penchait la tête pour en voir le déroulement.

— Qu'est-ce que cela signifie ? demanda Em.

— Que quelqu'un attendait depuis longtemps que Matthew et moi nous rencontrions.

— Comment se peut-il que cette image parle de vous ? demanda Sarah en se penchant pour regarder.

— La reine porte les armes de Matthew.

Un anneau d'or et d'argent retenait les cheveux de la femme. Au milieu, posé sur son front, brillait un joyau en forme de croissant de lune surmonté d'une étoile.

Matthew prit le reste de la lettre.

— Permettez-vous que je continue ?

J'acquiesçai, la page du manuscrit toujours posée sur mes genoux. Em et Sarah, inquiètes de son pouvoir, faisaient montre de la plus grande prudence en présence d'un objet magique inconnu et ne bougèrent pas de leur place.

— *Nous pensons que la femme en blanc te représente, Diana. Nous sommes moins certains de l'identité de l'homme en noir. Je l'ai vu dans tes rêves, mais j'ai du mal à l'identifier. Il traverse ton avenir, mais il est aussi dans le passé. Il est toujours dans l'ombre, jamais dans la lumière. Et bien qu'il soit dangereux, l'homme de l'ombre n'est pas une menace pour toi. Est-il avec toi à présent ? Je l'espère. J'aimerais l'avoir connu. J'aurais eu tant de choses à lui dire sur toi.* (La voix de Matthew s'étrangla.) *Nous espérons que tous les deux, vous serez en mesure de découvrir la provenance de cette image. Ton père pense qu'elle vient d'un livre ancien. Parfois, nous voyons le texte bouger au dos de la page, puis il disparaît pendant des semaines, voire des mois.*

— Donne-moi l'image, dit Sarah en se levant d'un bond.

— Elle vient du livre dont je vous ai parlé. Celui d'Oxford, expliquai-je en la lui donnant à contrecœur.

— Elle est tellement lourde, dit-elle en s'approchant de la fenêtre et en inclinant la page dans la lumière. Mais je ne vois pas de texte. Rien d'étonnant, évidemment. Si cette page a été découpée du livre auquel elle appartient, sa magie est très endommagée.

— Est-ce pour cela que le texte que j'ai vu défilait aussi vite ?

— Probablement. Les mots cherchaient cette page et ne pouvaient pas la trouver.

— Les pages.

C'était un détail dont je n'avais pas parlé à Matthew.

— Comment cela, « les pages » ? demanda Matthew.

— Ce n'est pas la seule page qui manque dans l'Ashmole 782.

— Combien en a-t-on enlevé ?

— Trois, murmurai-je. Il manquait les trois premières. J'ai vu les morceaux qui dépassaient de la reliure. Cela ne m'a pas paru important sur le moment.

— Trois, répéta Matthew.

Il avait parlé calmement, mais il semblait prêt à fracasser quelque chose.

— Quelle importance qu'il en manque trois ou trois cents ? demanda Sarah, qui continuait de scruter la page. La magie est rompue, de toute façon.

— Parce qu'il y a trois types de créatures surnaturelles, répondit Matthew en me caressant le visage pour me faire comprendre que sa colère n'était pas dirigée contre moi.

— Et si nous avons l'une d'elles…, commençai-je.

— Qui a les autres ? acheva Em.

— Mais enfin, pourquoi Rebecca ne nous en a-t-elle rien dit ?

Sarah avait elle aussi l'air de vouloir casser quelque chose. Emily lui reprit la page et la posa prudemment sur la table.

Matthew reprit sa lecture.

— *Ton père dit que tu devras voyager pour en découvrir les secrets. Je n'en dévoile pas plus, de peur que ce mot tombe entre de mauvaises mains. Mais je sais que tu comprendras.* (Il me rendit le feuillet et passa au suivant.) *La maison ne t'aurait pas donné cette lettre si tu n'étais pas prête. Cela signifie que tu sais également que ton père et moi t'avons ensorcelée. Sarah sera furieuse, mais c'était le seul moyen de te protéger de la Congrégation avant que l'homme de l'ombre soit avec toi. Il t'aidera à découvrir ta magie. Sarah dira que ce n'est pas à lui de le faire parce qu'il n'est pas un Bishop. Ne l'écoute pas.* (Sarah se renfrogna et jeta un regard assassin au vampire.) *Parce que tu l'aimeras comme personne, j'ai lié ta magie à l'amour que tu éprouves pour lui. Quand bien même, tu seras la seule à pouvoir la faire surgir. Pardonne-moi pour tes crises de panique. C'est tout ce que j'ai pu trouver. Parfois, ton excès de courage te fait prendre des risques. Bon courage dans l'apprentissage de tes enchantements... Sarah est une perfectionniste.*

— J'avais toujours trouvé bizarres vos crises d'angoisse, sourit Matthew.

— À quel égard ?

— Après notre rencontre dans la bibliothèque, il était presque impossible de provoquer une crise de panique chez vous.

— Mais j'ai paniqué en vous voyant surgir du brouillard près des hangars à bateaux.

— Je vous ai surprise. Instinctivement, vous auriez dû pousser des hurlements quand je suis apparu, mais vous vous êtes rapprochée.

Il me baisa le sommet du crâne et passa à la dernière page.

— *J'ai peine à savoir comment terminer cette lettre alors que j'ai tant sur le cœur. Les sept dernières années ont été les plus heureuses de ma vie. Je ne renoncerais pas à un seul de ces précieux instants avec toi, même pour un empire de pouvoirs ou une longue vie sans danger mais sans toi. Nous ignorons pourquoi la déesse t'a confiée à nous, mais pas un jour n'a passé sans que nous ne l'en remerciions.* (Je ne pus réprimer mes larmes.) *Je ne peux te protéger des défis que tu devras relever. Tu connaîtras de grands dangers et de profondes peines, mais aussi d'immenses joies. Tu douteras peut-être de tes instincts dans les années à venir, mais tes pas ont emprunté cette voie depuis ton premier jour. Nous l'avons su lorsque tu es née coiffée. Tu es restée entre deux mondes depuis. C'est ce que tu es, et c'est ta destinée. Que personne ne t'empêche de la vivre.*

— Qu'est-ce que c'est, « née coiffée » ? demandai-je.

— C'est ainsi qu'on appelle les enfants qui naissent sans percer la membrane du sac amniotique, expliqua Sarah. C'est un heureux présage.

— Ce n'est pas qu'un heureux présage, ajouta Matthew. On croyait autrefois que la coiffe indiquait que l'enfant deviendrait un vampire, un sorcier ou un loup-garou.

— Où est-elle ? demanda Em à Sarah.

— Quoi donc ? demandâmes Matthew et moi en chœur.

— Les coiffes possèdent un immense pouvoir. Stephen et Rebecca ont dû la conserver.

Nous levâmes tous les yeux vers la fissure dans les lambris. Un annuaire atterrit lourdement dans l'âtre en faisant voler des cendres partout.

— Comment garde-t-on une coiffe ? me demandai-je à haute voix. On la met dans un sachet ou autre chose ?

— Traditionnellement, on applique un morceau de papier ou de tissu sur le visage du bébé et la coiffe y reste collée, expliqua Em. Et on garde le papier.

Tous les yeux se tournèrent vers la page de l'Ashmole 782. Sarah s'en empara et l'examina attentivement. Elle marmonna quelques mots, en tenta d'autres.

— Il y a quelque chose d'étrange dans cette image, annonça-t-elle, mais elle ne porte pas la coiffe de Diana.

Ce fut un soulagement. Cela aurait franchement été la coïncidence de trop.

— Alors c'est tout, ou bien ma sœur a d'autres secrets à nous annoncer ? ironisa Sarah. (Matthew la fusilla du regard.) Pardon, Diana, murmura-t-elle.

— Il ne reste plus grand-chose à lire. Vous supporterez, *mon cœur** ?

Je lui pris la main en hochant la tête. Il s'assit sur l'accoudoir du fauteuil et reprit.

— *Essaie de ne pas être trop dure avec toi-même alors que tu avances dans la vie. Fais preuve de bon sens et aie confiance en ton instinct. Nous avons de la peine à te quitter, mais faute de quoi, nous risquerions de te perdre pour toujours. Pardonne-nous. Si nous t'avons fait du mal, c'était parce que nous t'aimions tant. Maman.*

Le silence retomba dans la maison, qui semblait elle aussi retenir son souffle. Un sanglot monta en moi et une larme coula de mon œil. Elle enfla jusqu'à devenir une boule et s'écrasa bruyamment sur le sol. J'avais l'impression que mes jambes étaient liquides.

— Ça commence, avertit Sarah.

Matthew laissa tomber la lettre, me souleva de mon fauteuil et courut me porter dehors. Je me campai fermement dans l'allée et l'eau sorcière s'écoula sans dommages dans le sol tandis que je continuais à pleurer.

Après un moment, Matthew me serra contre lui, me protégeant du reste du monde.

— Laissez-vous aller, murmura-t-il à mon oreille.

L'eau sorcière diminua, laissant en moi un douloureux chagrin qui ne me quitterait jamais complètement.

— Si seulement ils étaient là, pleurai-je. Ma mère et mon père sauraient quoi faire.

— Je sais qu'ils vous manquent. Mais ils ignoraient ce qu'il fallait faire. Comme tous les parents, ils ont agi de leur mieux, au jour le jour.

— Ma mère vous a vu, elle a vu ce que la Congrégation risquait de faire. C'était une grande prophétesse.

— Et vous en serez une aussi un jour. En attendant, nous allons devoir nous débrouiller sans savoir ce que nous réserve l'avenir. Mais nous sommes deux. Vous n'aurez pas à affronter cela toute seule.

Nous rentrâmes dans le salon où Em et Sarah continuaient d'examiner la page du manuscrit. Je déclarai que du thé et du café étaient nécessaires et Matthew m'accompagna dans la cuisine, après s'être un instant arrêté pour contempler l'image.

La cuisine était un véritable chantier, comme d'habitude. Il y avait de la vaisselle partout. Une fois la bouilloire allumée et le café en route, je me mis en devoir de tout ranger. Le téléphone de Matthew sonna dans sa poche. Il ne répondit pas, occupé à remettre des bûches dans la cheminée.

— Vous devriez décrocher, répondis-je depuis l'évier.

Il sortit son téléphone et je vis à son expression que ce n'était pas un appel qu'il avait envie de prendre.

— *Oui** ?

Ce devait être Ysabeau. Quelque chose s'était passé, quelqu'un n'était pas là où il devait être – ce fut impossible de suivre les détails de leur rapide conversation, mais l'agacement de Matthew était évident. Il aboya quelques ordres et raccrocha.

— Ysabeau va bien ? demandai-je, espérant qu'il n'y avait pas un nouveau drame.

— Elle va bien, dit-il en venant me masser les épaules. Cela n'avait rien à voir avec elle. C'était Alain. Il s'occupe de certaines affaires pour la famille et il était dans une situation inattendue.

— Des affaires ? Pour les chevaliers de l'ordre de Saint-Lazare ?

— Oui.

— Qui est Alain ?

— Il a commencé comme écuyer de mon père. Comme Philippe ne pouvait rien faire sans lui, que ce soit en temps de guerre ou de paix, Marthe en a fait un vampire. Il connaît tous les aspects des affaires de la confrérie. Quand mon père est mort, il a reporté sa loyauté sur moi. Il m'appelait pour me dire que Marcus n'était pas content de recevoir mon message.

— Était-ce le même que celui que vous avez remis à Baldwin à La Guardia ? demandai-je en me retournant. (Il hocha la tête.) Je ne suis qu'une source d'ennuis pour votre famille.

— Ce n'est plus une affaire qui ne concerne que les Clermont, Diana. Les chevaliers de l'ordre de Saint-Lazare protègent ceux qui ne peuvent le faire seuls. Marcus le savait quand il a accepté d'en faire partie. (Son téléphone sonna de nouveau.) Et ce doit être lui, ajouta-t-il d'un ton lugubre.

— Allez lui parler en privé, dis-je en désignant la porte.

Il m'embrassa et sortit dans la cour.

— Allô, Marcus, l'entendis-je dire.

Je continuai ma vaisselle ; ces gestes répétitifs me calmaient.

— Où est Matthew ? demandèrent Sarah et Em en arrivant à leur tour.

— Dehors, en communication avec l'Angleterre.

Sarah sortit un mug propre dans le placard – le quatrième de la matinée – et se servit du café. Emily prit le journal. Mais je vis leurs regards curieux. La porte se rouvrit. Je m'attendais au pire.

— Comment va Marcus ?

— Il est en route pour New York avec Miriam. Ils ont quelque chose à discuter avec vous, dit Matthew d'un air sombre.

— Moi ? Quoi donc ?

— Il n'a pas voulu me le préciser.

— Marcus ne voulait pas que vous restiez seul avec des sorcières pour toute compagnie, souris-je.

Il se détendit.

— Ils seront ici à la tombée de la nuit et ils descendront à l'hôtel le plus proche. J'irai les voir ce soir. Ce qu'ils veulent vous dire peut attendre demain.

Il jeta un regard inquiet à Sarah et à Em. Je repris ma vaisselle.

— Rappelez-le, Matthew. Ils devraient venir ici.

— Ils ne veulent déranger personne, répondit-il.

Matthew ne voulait pas chambouler l'existence de Sarah et le reste de la famille Bishop en faisant entrer deux autres vampires dans la maison. Mais ma mère n'aurait jamais laissé Marcus descendre dans un hôtel après tout ce trajet.

Marcus était le fils de Matthew. Il était mon fils.

Mes doigts fourmillèrent et la tasse que je lavais m'échappa, flotta un instant dans l'eau puis sombra.

— Aucun de mes fils ne descendra dans un hôtel. Sa place est dans la maison des Bishop, et Miriam ne doit pas rester seule. Ils viendront ici, fin de la discussion.

— Ton fils ? demanda Sarah d'une toute petite voix.

— Marcus est le fils de Matthew, ce qui en fait donc mon fils. Et aussi un Bishop. Par conséquent, cette maison lui appartient autant qu'à toi, à moi ou à Em, conclus-je en me retournant vers elles et en rabaissant mes manches. (Ma grand-mère apparut dans le couloir pour voir ce qui se passait.) Tu m'as entendue, grand-mère ?

*Je crois que nous t'avons tous entendue, Diana*, répondit-elle de sa voix enrouée.

— Bon. Pas de petit numéro. Et c'est valable pour tous les Bishop de la maison, vivants ou morts.

La maison ouvrit les portes de l'entrée et du jardin dans un geste de bienvenue prématuré qui fit s'engouffrer un courant d'air.

— Où vont-ils dormir ? grommela Sarah.

— Ils ne dorment pas, Sarah : ce sont des vampires.

Le fourmillement s'accentuait dans mes doigts.

— Diana, dit Matthew, éloignez-vous de l'évier, *mon cœur**. L'électricité.

Je me cramponnai à mes manches. Le bout de mes doigts était déjà bleu.

— Nous avons compris, se hâta de dire Sarah en les voyant briller. Nous avons déjà un vampire chez nous.

— Je vais préparer leurs chambres, dit Emily avec un sourire qui semblait sincère. Je suis heureuse d'avoir l'occasion de faire la connaissance de votre fils, Matthew.

Matthew se détacha du comptoir où il était adossé et vint m'éloigner de l'évier. Il me releva le menton d'un geste.

— Très bien, dit-il, nous avons compris. Je vais appeler Marcus et lui dire qu'ils sont les bienvenus ici.

— Ne lui dites pas que je l'ai appelé mon fils. Peut-être qu'il n'a pas envie d'une belle-mère.

— Vous verrez cela entre vous, répondit-il en réprimant un sourire.

— Qu'est-ce qu'il y a de drôle ?

— Avec tout ce qui s'est passé ce matin, la seule chose qui vous soucie, c'est de savoir si Marcus a ou non envie d'avoir une belle-mère. Vous êtes incroyable. Toutes les sorcières sont aussi surprenantes, Sarah, ou ce sont seulement les Bishop ?

— Uniquement les Bishop, répondit Sarah après réflexion.

Je lui fis un sourire plein de gratitude par-dessus l'épaule de Matthew. Mes tantes étaient entourées d'une foule de fantômes qui hochèrent la tête à l'unisson.

# 35

Une fois la vaisselle terminée, Matthew et moi emportâmes le contenu de l'enveloppe dans la salle à manger et l'étalâmes sur la table. Elle n'était plus guère utilisée, étant trop grande pour deux personnes alors qu'elle pouvait en accueillir une douzaine. Mes tantes nous rejoignirent, tasses à la main.

Sarah et Matthew se penchèrent sur la page du manuscrit.

— Pourquoi est-elle si lourde ? demanda-t-elle en la soupesant.

— Je ne la trouve pas particulièrement lourde, avoua Matthew en la prenant, mais je lui trouve une odeur bizarre.

— Non, elle sent juste le vieux, dit Sarah après l'avoir longuement reniflée.

— Pas seulement. Je connais l'odeur de vieux, ironisa-t-il.

Em et moi nous intéressions davantage à l'énigmatique message.

— Qu'est-ce qu'il signifie, selon toi ? demandai-je en m'asseyant.

— Je ne sais pas, hésita Em. Le sang symbolise généralement la famille, la guerre, la mort. Mais l'absence ? Cela veut-il dire que cette page est absente du livre ? Ou bien était-ce pour avertir tes parents qu'ils ne seraient plus là quand tu grandirais ?

— Regarde le dernier vers. Mes parents ont-ils découvert quelque chose en Afrique ?

— À moins que ce soit *toi* qu'ils aient découverte, suggéra-t-elle.

— Le dernier vers doit concerner la découverte de l'Ashmole 782 par Diana, intervint Matthew en levant le nez de l'image.

— Vous vous imaginez que tout tourne autour de moi et de ce manuscrit, grommelai-je. Le message parle du sujet de votre dissertation à All Souls, la peur et le désir. Vous ne trouvez pas cela étrange ?

— Pas plus que le fait que la reine de cette image porte mes armes.

— Elle représente le mercure, le principe volatil de l'alchimie.

— Le mercure ? s'amusa Matthew. Une machine métallique de mouvement perpétuel.

— On peut dire cela, admis-je en songeant à la boule d'énergie que je lui avais donnée.

— Et le roi rouge ?

— Il est stable et équilibré. (Je réfléchis.) Mais il est aussi censé symboliser le soleil, que l'on ne représente généralement pas en noir et rouge. D'habitude, il est seulement rouge.

— Alors peut-être que le roi et la reine ne sont ni vous ni moi, dit-il en frôlant son visage du bout des doigts.

— Peut-être, fis-je pensivement en me rappelant un passage de son *Aurora Consurgens. Rejoignez-moi, tous, et m'écoutez, vous qui habitez ce monde : mon bien-aimé, qui est rouge, m'a appelée. Il m'a cherchée et m'a trouvée. Je suis la fleur dans le champ, le lis qui croît dans la vallée. Je suis la mère de l'amour véritable, et de la peur, et de l'entendement, et de la bienheureuse espérance.*

— Qu'est-ce que c'est ? demanda Matthew. Cela sonne comme la Bible, mais ce ne sont pas les bons termes.

— C'est l'un des passages sur les noces chymiques dans l'*Aurora Consurgens*. (Nos regards se croisèrent. L'ambiance s'alourdit et je changeai de sujet.) Que voulait dire mon père en parlant du voyage lointain que nous devions faire pour comprendre le sens de l'image ?

— Le cachet de la poste indique Israël. Peut-être que Stephen a voulu dire que nous devions retourner là-bas.

— Il y a beaucoup de manuscrits alchimiques à Jérusalem, à l'Université hébraïque. La plupart appartenaient à Isaac Newton.

Étant donné la relation que Matthew entretenait avec la région, sans parler des chevaliers de l'ordre de Saint-Lazare, ce n'était pas une ville que j'étais pressée de visiter.

— Israël, ce n'était pas un « voyage lointain » pour ton père, dit Sarah.

— Qu'est-ce qui aurait pu l'être, dans ce cas ? demanda Matthew en reprenant la lettre de ma mère dans l'espoir d'y trouver un nouvel indice.

— Le bush australien, le Wyoming, le Mali. C'était les endroits où il aimait voyager dans le temps.

Le mot me frappa autant que le terme « ensorcelé » quelques jours plus tôt. Je savais que certains sorciers étaient capables de voyager entre passé, présent et avenir, mais je n'avais jamais pensé à demander si un membre de ma propre famille avait cette faculté. Elle était rare, presque autant que le feu sorcier.

— Stephen Proctor était capable de voyager dans le temps ? demanda Matthew avec la nonchalance qu'il affectait chaque fois qu'il était question de magie.

— Oui, répondit Sarah. Stephen allait dans le passé ou l'avenir au moins une fois par an, généralement en décembre, après la convention annuelle d'anthropologie.

— Il y a quelque chose au dos de la lettre de Rebecca, dit Em en se penchant pour regarder dessous.

Matthew la retourna d'un geste vif.

— Je l'avais posée pour vous porter dehors au moment de l'eau sorcière et je n'ai pas vu. Ce n'est pas l'écriture de votre mère, dit-il en me la tendant.

Les mots au crayon étaient marqués de pleins et de déliés.

*N'oublie pas, Diana : « La plus belle expérience que nous puissions vivre est le mystérieux. C'est l'émotion fondamentale qui est au cœur de l'art véritable et de la vraie science. Celui qui ne la connaît pas et ne peut plus s'émerveiller ne vaut pas mieux qu'un mort et ses yeux sont aveugles*[1]. » J'avais déjà vu cette écriture quelque part. Je fouillai vainement ma mémoire.

— Qui aurait recopié une citation d'Einstein au dos de la lettre de maman ? demandai-je à mes tantes.

— On dirait l'écriture de ton père. Il prenait des leçons de calligraphie. Rebecca le taquinait parce que cela lui donnait une écriture démodée.

Je retournai la page et examinai de nouveau le texte. C'était vrai qu'il faisait très XIX^e^, comme l'écriture des employés qui compilaient les catalogues de la Bodléienne sous le règne de Victoria. Je me raidis, me penchai un peu plus et secouai la tête.

---

1. Extrait d'Albert Einstein, *Comment je vois le monde*, traduction de Régis Hanrion, Paris, Champs-Flammarion, 1979.

— Non, ce n'est pas possible.

Il était inconcevable que mon père ait été l'un de ces employés, qu'il ait pu être l'auteur du sous-titre de l'Ashmole 782 rédigé au XIXe.

Mais mon père était capable de voyager dans le temps. Et la citation d'Einstein m'était clairement destinée. Je reposai la feuille sur la table et me pris la tête dans les mains. Matthew vint s'asseoir à côté de moi et attendit. Quand Sarah commença à s'impatienter, il la fit taire d'un geste impérieux. Lorsque mes pensées se furent éclaircies, je repris la parole.

— Il y avait deux inscriptions sur la première page du manuscrit. L'une était à l'encre, de la main d'Elias Ashmole : *Anthropologie, traité contenant une brève description de l'Homme.* L'autre était d'une écriture différente et au crayon : *en deux parties : la première anatomique, la seconde psychologique.*

— La seconde mention est obligatoirement postérieure, observa Matthew. On ne parlait pas de « psychologie » à l'époque d'Ashmole.

— J'ai estimé qu'elle datait du XIXe siècle, dis-je en reprenant le mot de mon père. Mais en voyant cela, je me dis que c'est mon père qui l'a écrite.

Le silence s'abattit dans la pièce.

— Touche le texte, proposa finalement Sarah. Vois ce que cela te dira.

Je passai les doigts sur les lettres. Des images surgirent de la page ; mon père, vêtu d'une redingote noire à larges revers avec un gros nœud papillon, penché sur un bureau recouvert de livres. Puis, lui encore, dans son bureau à la maison, avec sa veste en velours si familière, griffonnant une note avec un crayon HB pendant que ma mère regardait par-dessus son épaule en pleurant.

— C'était lui, fis-je en tremblant.

— Cela fera assez de bravoure pour la journée, *ma lionne**, dit Matthew.

— Mais ce n'est pas ton père qui a découpé l'image des noces chymiques dans le livre de la Bodléienne, observa pensivement Em. Donc, que faisait-il là-bas ?

— Stephen Proctor ensorcelait l'Ashmole 782 pour que personne en dehors de sa fille ne puisse le demander en consultation, répondit Matthew d'un ton catégorique.

— Alors c'est pour cela que le sort m'a reconnue. Mais pourquoi le livre ne s'est-il pas comporté de la même manière la deuxième fois ?

— Parce que vous n'en aviez pas besoin. Bien sûr, vous le *vouliez*, ajouta-t-il devant mes récriminations, mais c'est différent. N'oubliez pas que vos parents ont ensorcelé votre magie afin que personne ne puisse vous extorquer votre pouvoir. Le sort jeté sur le manuscrit était de la même espèce.

— Quand j'ai demandé l'Ashmole 782 la première fois, j'avais simplement besoin de cocher un article sur ma bibliographie. C'est difficile de croire qu'une nuance aussi insignifiante ait pu produire une telle réaction.

— Vos parents ne pouvaient pas tout prévoir, comme le fait que vous deveniez une historienne spécialiste de l'alchimie travaillant régulièrement à la Bodléienne. Rebecca pouvait voyager dans le temps aussi ? demanda-t-il à Sarah.

— Non. C'est rare, bien sûr, et la plupart de ceux qui maîtrisent cette faculté sont très versés dans la sorcellerie. Sans les sorts et les précautions nécessaires, on peut très facilement se retrouver dans un endroit non désiré, quel que soit le pouvoir que l'on possède.

— Oui, ironisa Matthew. Il y a un grand nombre d'époques et de lieux où je préférerais ne pas échouer.

— Rebecca a accompagné Stephen parfois, mais il devait la porter, continua Sarah. Tu te souviens de Vienne ? dit-elle en souriant à Em. Stephen avait voulu l'emmener valser. Il a passé un an à chercher quel chapeau elle devait porter pour le voyage.

— Il faut trois objets de l'époque et du lieu où vous voulez aller. Ils vous empêchent de vous perdre, expliqua Em. Si vous voulez aller dans l'avenir, vous devez utiliser la sorcellerie, parce que c'est la seule manière de s'orienter.

Se désintéressant du voyage dans le temps, Sarah prit l'image des noces chymiques.

— Que représente la licorne ? demanda-t-elle.

— Oublie-la, répondis-je avec impatience. Il est impossible que papa ait voulu que je remonte dans le passé pour obtenir le manuscrit. Qu'est-ce qu'il pensait ? Que je voyagerais dans le temps et que je m'en emparerais avant qu'il soit ensorcelé ? Et si j'étais tombée sur Matthew par accident ? Il est évident que cela aurait posé des problèmes de continuum espace-temps.

— Oh, la relativité, fit Sarah, méprisante. Cela ne vaut pas grand-chose comme explication.

— Stephen disait que voyager dans le temps, c'était comme prendre une correspondance de chemin de fer, dit Em. Tu descends d'un train, puis tu attends à la gare jusqu'à ce qu'il y ait une place dans un autre train. Quand tu voyages dans le temps, tu pars d'ici et maintenant et tu restes en dehors du temps jusqu'à ce qu'il y ait de la place pour toi à une autre époque.

— C'est un peu comme la manière dont les vampires changent de vie, dit pensivement Matthew. Nous abandonnons une existence, nous faisons croire à un décès, une disparition, un déménagement, et nous en cherchons une autre. Vous n'imaginez pas combien les gens quittent facilement un foyer, un travail ou une famille.

— Ils doivent tout de même remarquer que le type qu'ils connaissaient la semaine d'avant n'a plus la même tête, protestai-je.

— C'est encore plus stupéfiant, avoua Matthew. Du moment qu'on choisit soigneusement, personne ne dit rien. Quelques années en Terre sainte, une maladie grave, la possibilité de perdre un héritage, tout cela fournit d'excellents prétextes aux créatures et aux humains pour fermer les yeux.

— Eh bien, que ce soit ou non possible, je ne sais pas voyager dans le temps. Ce n'était pas dans les résultats d'analyse d'ADN.

— Bien sûr que tu le peux. Tu le fais depuis que tu es toute petite, dit Sarah, ravie de discréditer les découvertes scientifiques de Matthew. La première fois, tu avais trois ans. Tes parents ont failli mourir de peur, la police a été appelée, cela a fait un drame. Quatre heures après, on t'a retrouvée assise dans la cuisine sur ta chaise de bébé en train de manger une part de gâteau d'anniversaire. Tu avais dû avoir faim et tu es remontée jusqu'à la fête qu'on t'avait donnée. Après cela, chaque fois que tu disparaissais, nous nous disions que tu étais dans une autre époque et que tu finirais par revenir. Tu disparaissais souvent.

D'abord terrorisée à l'idée qu'un bébé puisse voyager dans le temps, je me rendis compte que j'avais la possibilité de résoudre la moindre énigme historique. Cela me requinqua considérablement.

Matthew l'avait déjà deviné et attendait patiemment que je m'en aperçoive.

— Quoi qu'ait voulu votre père, il est hors de question que vous retourniez en 1859, déclara-t-il d'un ton ferme.

Le temps, ce n'est pas fait pour jouer avec. C'est compris ?

Même après que j'eus assuré que je resterais dans le présent, personne ne voulut me laisser seule un instant. Tous les trois se relayèrent auprès de moi dans une chorégraphie digne des grands moments de Broadway. Em me suivit à l'étage pour vérifier qu'il y avait des serviettes, alors que je savais parfaitement où elles étaient rangées. Quand je sortis de la salle de bains, Matthew était allongé sur le lit en train de tripoter son téléphone. Il y resta quand je descendis me préparer une tasse de tisane, sachant qu'Em et Sarah m'attendaient dans la cuisine.

J'avais emporté la boîte de Marthe et je me sentais coupable d'avoir oublié d'en boire la veille et de ne pas avoir tenu ma promesse. Bien décidée à la respecter aujourd'hui, je remplis la bouilloire et ouvris la boîte métallique. L'odeur de rue me rappela mon enlèvement et je me concentrai sur les autres parfums et souvenirs plus heureux de Sept-Tours. Les murailles grises, les jardins, Marthe et Rakasa me manquaient. Ysabeau aussi.

— D'où sors-tu cela ? demanda Sarah en s'approchant.

— C'est Marthe et moi qui l'avons préparée.

— La gouvernante de sa mère ? Celle qui a préparé les remèdes pour ton dos ?

— Oui, Marthe est la gouvernante d'Ysabeau, dis-je en insistant sur les prénoms. Les vampires ont des prénoms, comme les sorcières. Il faut que tu les retiennes.

— J'aurais pensé que tu irais voir un médecin pour te faire prescrire des médicaments, dit Sarah en reniflant. Pas que tu ferais confiance à l'herboristerie.

— Le docteur Fowler te prendra si tu veux quelque chose de plus fiable, ajouta Em. Même Sarah n'est pas une partisane de la contraception par les simples.

Je dissimulai ma gêne en me détournant pour jeter un sachet dans la tasse.

— Ça ira très bien, pas besoin d'aller voir le docteur Fowler.

— C'est vrai, si tu couches avec un vampire. Ils ne peuvent pas se reproduire, enfin, pas d'une manière qui nécessite un contraceptif. Il suffit d'éloigner leurs dents de ton cou.

— Je sais, Sarah.

Mais je n'en savais rien. Pourquoi Marthe avait-elle tenu à m'enseigner comment préparer une tisane totalement inutile ? Matthew avait certifié qu'il ne pouvait pas engendrer d'enfants comme les sang-chauds. Malgré ma promesse à Marthe, je vidai la tasse à moitié infusée dans l'évier et le sachet à la poubelle. Quant à la boîte, elle finit rangée hors de vue, en haut d'un placard.

Vers la fin de l'après-midi, malgré de nombreuses discussions sur le message, la lettre et l'image, nous n'étions guère plus avancés dans la résolution du mystère de l'Ashmole 782 et de son rapport avec mon père. Mes tantes commencèrent à préparer le dîner, c'est-à-dire qu'Em fit rôtir un poulet pendant que Sarah buvait du bourbon en s'insurgeant contre la quantité de légumes qu'elle devait éplucher. Matthew rôdait autour des plans de travail, en proie à une agitation inhabituelle.

— Venez, dit-il en me prenant la main. Vous avez besoin de vous dépenser un peu.

C'était lui qui avait besoin d'air frais et non moi, mais la perspective de sortir était plaisante. Je retrouvai mes vieilles baskets dans le vestiaire : elles étaient usées, mais elles m'allaient mieux que les bottes de Sarah.

Nous étions à peine arrivés aux premiers pommiers que Matthew me fit faire volte-face et me colla contre l'un des vieux troncs tordus. Le rideau de branches basses nous dissimulait aux regards de la cuisine.

Bien que prise au piège, je ne sentis pas monter en moi de vent sorcier, mais quantité d'autres émotions.

— Nom d'un chien, il n'y a jamais moyen d'être tranquille dans cette maison, dit-il entre deux baisers.

Nous n'avions guère passé de temps seuls depuis son retour d'Oxford, quelques jours plus tôt seulement, mais cela paraissait une éternité. Il glissa l'une de ses mains dans la ceinture de mon jean. Je sentis ses doigts sur ma peau nue. Je frissonnai de plaisir et il m'attira plus encore contre lui, cherchant de l'autre les courbes de ma poitrine. Nous étions étroitement enlacés, mais je sentis que cela ne lui suffisait pas. Il ne restait qu'une possibilité. L'espace d'un instant, il sembla vouloir consommer notre union à l'ancienne mode – debout, dehors, dans un accès de désir aveuglant. Mais il se maîtrisa et s'écarta.

— Pas comme cela, murmura-t-il d'une voix rauque.

— Je m'en moque, répondis-je en l'attirant contre moi.

— Pas moi. (Il laissa échapper un bref soupir.) Quand nous ferons l'amour pour la première fois, je vous veux pour moi seul, pas entouré d'autres gens. Et je veux que cela dure plus longtemps que les quelques moments que nous avons dérobés jusqu'ici, croyez-moi.

— Je vous désire aussi, mais je ne suis pas réputée pour ma patience.

Il étouffa un petit rire approbateur.

Son pouce courut au creux de ma gorge et mon sang fit un bond dans mes veines. Il posa ses lèvres à la place de son pouce, les pressant délicatement sur ce signe de vitalité qui palpitait sous la peau et le suivit jusqu'à mon oreille.

— J'adore apprendre où vous aimez que l'on vous touche. Ici, par exemple, dit-il en me baisant derrière l'oreille. Et là. (Il posa ses lèvres sur mes paupières.) Ou là. (Son pouce glissa sur mes lèvres.)

— Matthew, murmurai-je avec un regard suppliant.

— Quoi, *mon cœur** ?

Il regarda, fasciné, le sang que ses doigts faisaient monter sous ma peau. Je l'étreignis de plus belle, sans me soucier du froid, de l'obscurité qui venait et de l'écorce rugueuse sous mon dos endolori. Nous restâmes ainsi jusqu'à ce que Sarah nous appelle depuis le porche.

— Vous n'êtes pas allés bien loin, hein ? ricana-t-elle de l'autre bout du jardin. On ne peut guère appeler cela du sport.

Me sentant comme une lycéenne surprise à bécoter son petit ami dans l'allée, je rajustai mon pull et rentrai vers la maison. Matthew me suivit en gloussant.

— Vous avez l'air de bonne humeur, dit-elle quand il entra.

En pleine lumière, il avait tout à fait l'allure d'un vampire – très content de lui, d'ailleurs. Mais son regard n'était plus agité et j'en fus soulagée.

— Laisse-le tranquille, dit Em d'un ton sec qui ne lui était pas habituel. (Elle me tendit la salade en me désignant la table.) Toi et moi, nous sommes suffisamment allées dans les pommiers quand Diana était petite.

— Hum, fit Sarah en prenant trois verres à vin et en les agitant vers Matthew. Vous avez encore de votre vin, Casanova ?

— Je suis français, Sarah, pas italien. Et étant vampire, j'ai toujours du vin, ajouta-t-il avec un sourire malicieux. Nous ne risquons pas d'en manquer de toute façon : Marcus va en apporter. Il n'est pas français, ni italien, hélas, mais son éducation a compensé.

Nous nous attablâmes et les trois sorcières entreprirent de s'attaquer au poulet rôti et aux pommes de terre d'Em. Tabitha s'installa à côté de Matthew, agitant de temps en temps la queue entre ses pieds d'une manière aguicheuse. Il ne cessait de remplir le verre de Sarah et je buvais le mien à petites gorgées. Em lui demanda plusieurs fois s'il voulait goûter quelque chose, mais il déclina.

— Je n'ai pas faim, Emily, mais merci.

— Il n'y a vraiment rien que vous souhaitiez manger, du tout ? insista Em, qui n'avait pas l'habitude qu'on refuse sa cuisine.

— Des fruits secs, dis-je. Si tu veux lui acheter quelque chose à manger, des fruits secs.

— Et de la viande crue ? demanda Em après une hésitation.

Matthew me prit la main et la pressa dans la sienne avant que j'aie pu répondre.

— Si vous tenez à me faire manger, de la viande crue conviendra très bien. J'aime aussi le bouillon, mais sans légumes.

— Est-ce aussi ce que mangent votre fils et votre collègue, ou bien c'est juste votre goût personnel ?

Je comprenais à présent l'agacement qu'avaient suscité chez Matthew mes premières questions sur son mode de vie et ses habitudes alimentaires.

— C'est un régime relativement courant pour un vampire quand nous sommes en compagnie de sang-chauds, répondit-il en se servant du vin.

— Vous devez beaucoup fréquenter les bars, si vous aimez le vin et les cacahuètes, observa Sarah. (Em posa sa fourchette et la fusilla du regard.) Quoi ?

— Sarah Bishop, si tu nous mets dans l'embarras devant le fils de Matthew, jamais je ne te pardonnerai.

Mes gloussements se transformèrent rapidement en un fou rire qui gagna Sarah, puis Em. Matthew ne broncha pas et sourit comme s'il était tombé dans un asile de fous et était trop poli pour faire le moindre commentaire. Il attendit que nous soyons calmées, puis :

— Je me demandais si je pourrais me servir de votre distillerie pour analyser les pigments utilisés dans l'image des noces chymiques. Peut-être que cela nous apprendra où et quand elle a été peinte.

— Vous n'allez rien prélever sur cette image, s'indigna l'historienne en moi.

— Je ne l'endommagerai pas. Je suis assez compétent pour analyser un échantillon infime.

— Non ! Nous ne devons pas y toucher tant que nous ignorons à quoi nous avons affaire.

— Ne fais pas ta vertueuse, Diana. En plus, il est un peu tard pour cela, puisque c'est toi qui as rendu le livre, dit Sarah en se levant, le regard pétillant. Voyons si le livre de cuisine peut nous aider.

— Eh bien, eh bien, murmura Em. Vous faites partie de la famille, à présent, Matthew.

Sarah disparut dans la distillerie et en revint avec un livre relié de cuir de la taille d'une bible. Ses pages abritaient les connaissances et les légendes familiales des Bishop, transmises de sorcière à sorcière depuis près de quatre siècles. Le premier nom à y figurer était celui de Rebecca, accolé à la date 1617 dans une écriture ronde et fleurie. D'autres s'alignaient sur la première page en deux colonnes, chacune d'une encre différente avec une date particulière. La liste continuait au dos, avec une majorité de Susannah, Elizabeth, Margaret, Rebecca et Sarah. Ma tante ne montrait jamais le livre à personne – pas même à d'autres sorcières. Il fallait être de la famille pour pouvoir voir le « livre de cuisine ».

— Qu'est-ce que c'est, Sarah ? demanda Matthew en levant le nez, alerté par l'odeur de vieux papier, d'herbes et de fumée qui s'en éleva quand elle l'ouvrit.

— Le grimoire des Bishop, dit-elle en désignant le premier nom. Appartenant à l'origine à Rebecca Davies, la grand-mère de Bridget Bishop, puis à sa mère, Rebecca Playfer. Bridget a transmis le livre à sa première fille, née hors mariage en Angleterre en 1650. Bridget était encore adolescente et elle prénomma sa fille comme sa mère et sa grand-mère. Comme elle n'était pas en mesure de l'élever, Bridget l'avait confiée à une famille de Londres. (Elle eut une moue dédaigneuse.) Les rumeurs de son immoralité l'ont poursuivie jusqu'à son dernier jour. Plus tard, sa fille Rebecca la rejoignit et travailla dans la taverne de sa mère. Bridget était remariée et avait une autre fille, prénommée Christian.

— Et vous descendez de Christian Bishop ? demanda-t-il.

— Christian Oliver, plutôt, c'était la fille de Bridget de son second mariage. Edward Bishop était le troisième mari de Bridget. Non, notre ancêtre est Rebecca. Après l'exécution de Bridget, Rebecca prit légalement le nom de Bishop. Elle était veuve, sans mari avec qui se disputer. C'était un geste de défi.

Matthew me jeta un regard appuyé. Le défi, semblait-il dire, était clairement un trait héréditaire.

— Plus personne ne se rappelle les nombreux noms de famille de Bridget, étant donné qu'elle a été mariée trois fois, continua Sarah. On se souvient seulement de celui qu'elle portait quand elle a été reconnue coupable de sorcellerie et exécutée. Depuis l'époque, les femmes de la famille ont conservé le nom, même si elles se mariaient ou si celui de leur père était différent.

— J'ai lu un article dans une gazette peu après sa mort, dit Matthew. C'était une époque sombre pour les créatures. Même si la science nouvelle semblait dévoiler les mystères du monde, les humains étaient toujours convaincus que des forces invisibles les entouraient. Ils avaient raison, évidemment.

— Eh bien, l'écart entre ce que la science promettait et ce qu'ils considéraient vrai par bon sens a conduit à la mort de centaines de sorcières, répondit Sarah en continuant de feuilleter le livre.

— Que cherches-tu ? demandai-je. L'un des Bishop était-il dépositaire de manuscrits ? Sinon, tu ne trouveras pas grand-chose d'utile dans ce grimoire.

— Tu ne sais pas ce qu'il y a dans ce livre, jeune fille, répliqua sereinement Sarah. Tu ne lui as jamais témoigné le moindre intérêt.

— Personne ne va endommager cette image, déclarai-je.

— Ah, voilà, annonça Sarah en posant l'index sur une page. L'un des sorts de Margaret Bishop datant de 1780 et quelques. C'était une puissante sorcière. *Ma méthode pour percevoir les obscurités du papier ou du tissu*. C'est par là que nous allons commencer, dit-elle en se levant.

— Si tu taches…

— J'ai entendu les deux premières fois, Diana. C'est un sort de vapeur. Il n'y a que de l'air qui touchera ta précieuse page de manuscrit. Cesse tes simagrées.

— Je vais la chercher, dit Matthew avec un empressement qui lui valut un regard noir de ma part.

Il revint de la salle à manger avec la page et Sarah et lui allèrent dans la distillerie. Ma tante débita ses explications à toute vitesse pendant que Matthew l'écoutait attentivement.

— Qui l'eût cru ? dit Em en secouant la tête.

Em et moi lavâmes la vaisselle. Nous avions entrepris de ranger la cuisine, qui avait l'air d'un champ de bataille, quand des phares éclairèrent l'allée.

— Ils sont là, dis-je, le ventre noué.

— Tout ira bien, ma chérie. C'est la famille de Matthew, m'encouragea Emily.

Le temps que j'arrive à la porte, Marcus et Miriam descendaient de la voiture. L'air gauche et déplacée, avec son pull beige aux manches remontées, sa minijupe et ses bottines, Miriam contempla la ferme et ses environs d'un regard incrédule. Vêtu d'un tee-shirt d'une tournée pop de 1982 et d'un jean, Marcus observa l'architecture de la maison et huma l'air, qui devait sentir le café et les sorcières.

Quand j'ouvris la porte, il m'accueillit d'un regard pétillant et d'un :

— Salut, maman ! On est arrivés !

— Il vous l'a dit ? demandai-je, furieuse que Matthew n'ait pas tenu sa promesse.

— Dit quoi ?

— Rien, marmonnai-je. Bonjour, Marcus, bonjour, Miriam.

— Diana, fit Miriam avec son habituelle moue réprobatrice.

— Jolie maison, dit Marcus en gravissant les marches du porche, une bouteille marron à la main.

Sous la lumière, ses cheveux dorés et sa peau blanche brillaient littéralement.

— Entrez donc, soyez les bienvenus.

Je les poussai précipitamment à l'intérieur en espérant que personne ne les verrait depuis la route.

— Comment allez-vous, Diana ? demanda-t-il avec inquiétude, les narines frémissantes.

Matthew lui avait raconté l'épisode de La Pierre.

— Je vais bien. (À l'étage, une porte claqua.) Pas de cinéma ! Je suis sérieuse !

— À propos de quoi ? demanda Miriam.

— Rien. Ne prêtez pas attention.

Maintenant que les deux vampires étaient à l'abri de ses murs, la maison poussa un soupir.

— Rien ? demanda Miriam, qui avait perçu elle aussi le soupir.

— La maison est un peu inquiète quand elle reçoit des visites, c'est tout.

— Combien abrite-t-elle de personnes ? continua Miriam en levant le nez vers l'escalier.

C'était une question simple, à laquelle il n'y avait pas de réponse simple.

— Je ne sais pas trop, répondis-je en hissant l'un de leurs sacs. Qu'est-ce que vous avez là-dedans ?

— C'est le sac de Miriam. Laissez-moi faire, intervint Marcus en le soulevant sans peine du bout de l'index.

Je les emmenai voir leurs chambres. Em avait demandé à Matthew s'ils partageaient le même lit. Il avait d'abord paru choqué d'une telle question, puis il avait éclaté de rire en lui assurant que s'ils n'étaient pas séparés, il y aurait un vampire de moins au matin. « Marcus et Miriam, mais quelle idée ! » avait-il régulièrement répété à mi-voix durant la journée en gloussant.

Marcus était dans la chambre d'amis, qui avait été celle d'Em, et nous avions mis Miriam dans la mienne, sous les toits. Des piles de serviettes moelleuses les attendaient sur leurs lits et je leur indiquai où était la salle de bains. Il n'y avait pas grand-chose à faire pour les accueillir – on ne pouvait rien leur offrir à manger ni leur proposer de s'allonger pour se reposer. Heureusement, il n'y avait eu ni apparition de fantôme ni chute de plâtre indiquant que la maison n'appréciait pas leur présence.

Matthew devait savoir que son fils et Miriam étaient arrivés, mais la distillerie était assez éloignée pour que Sarah ne s'en soit pas aperçue. Quand je fis entrer les deux vampires dans le salon, Elizabeth apparut dans une embrasure en ouvrant des yeux grands comme des soucoupes.

— Va retrouver grand-mère. Désolée, ajoutai-je pour mes visiteurs, nous avons des fantômes.

— Tous vos ancêtres habitent avec vous ? demanda Marcus en tentant de garder son sérieux. (Je secouai la tête en repensant à mes parents.) Dommage, murmura-t-il.

Em attendait dans la salle à manger avec un grand sourire sincère.

— Vous devez être Marcus, dit-elle en lui tendant la main. Je suis Emily Mather.

— Et voici la collègue de Matthew, Miriam Shephard.

Miriam s'avança. Bien qu'Em soit menue, à côté, Miriam avait l'air d'une poupée de porcelaine.

— Soyez la bienvenue, Miriam. Voulez-vous boire quelque chose ? Matthew a ouvert une bouteille de vin, demanda-t-elle très naturellement, comme si nous avions constamment des vampires à la maison.

— Où est-il ? s'enquit Miriam, désireuse que ses priorités soient bien claires. Je l'entends.

Nous emmenâmes les deux vampires vers la vieille porte de bois qui fermait l'antre personnel de Sarah. En chemin, Marcus et Miriam continuaient de humer les odeurs de la maison – nourriture, vêtements, sorcières, café, chatte.

Tabitha surgit en miaulant de l'âtre et fonça sur Miriam comme si elles étaient deux ennemies mortelles. Miriam crachota et Tabitha s'arrêta en pleine course. Toutes les deux se jaugèrent, prédatrice contre prédatrice. La chatte fut la première à détourner les yeux, sous prétexte d'un besoin urgent de faire sa toilette, reconnaissant par là qu'elle n'était plus la seule femelle importante des lieux.

— C'est Tabitha, dis-je d'une voix faible. Elle aime beaucoup Matthew.

Dans la distillerie, Matthew et Sarah, l'air absorbés, étaient penchés sur une casserole qui bouillait sur un réchaud. Des bouquets d'herbes pendaient aux solives et l'ancien four colonial, toujours en état de marche, attendait ses lourds chaudrons.

— L'euphraise est indispensable, expliquait doctement Sarah. Elle éclaircit la vision.

— Cela empeste, observa Miriam en fronçant le nez et en s'avançant un peu.

Matthew se rembrunit.

— Matthew, dit calmement son fils.

— Marcus, répondit son père.

Sarah se redressa et dévisagea les nouveaux arrivants qui luisaient littéralement. La faible lumière de la distillerie ne faisait qu'accentuer leur pâleur et leurs pupilles dilatées.

— Par la déesse, mais comment peut-on vous prendre pour des humains ?

— Cela a toujours été un mystère pour moi, répliqua Miriam en étudiant Sarah avec tout autant d'intérêt. Vous n'êtes pas non plus du genre à passer inaperçue, avec vos cheveux roux et cette forte odeur de jusquiame que vous dégagez. Je m'appelle Miriam Shephard.

Matthew et moi échangeâmes un long regard, nous demandant comment Miriam et Sarah allaient pouvoir cohabiter.

— Bienvenue chez les Bishop, Miriam, fit Sarah en plissant les paupières, aussitôt imitée par Miriam. Et vous, continua-t-elle en se tournant vers Marcus, vous êtes donc son fils.

Comme d'habitude, elle ne se perdait pas en politesses.

— Oui, le fils de Matthew, dit Marcus qui lui tendit la bouteille, avec l'air d'avoir vu un fantôme. J'ai connu une guérisseuse qui s'appelait comme vous. Sarah Bishop. Elle m'a enseigné à réduire une fracture de la jambe après la bataille de Bunker Hill. Et je continue de procéder comme elle.

Deux pieds chaussés de godillots apparurent au bord du grenier de la distillerie.

*Espérons qu'il a plus de force aujourd'hui qu'il n'en avait alors*, commenta une femme qui était le portrait craché de Sarah.

— Du whiskey ! dit Sarah avec entrain en regardant la bouteille.

— Comme elle aimait l'alcool fort, je me suis dit que peut-être vous aussi.

Les deux Sarah Bishop opinèrent.

— Vous avez bien deviné, approuva ma tante.

— Où en est la potion ? demandai-je en me retenant d'éternuer.

— Elle doit infuser pendant neuf heures, répondit Sarah. Ensuite, nous la referons bouillir, nous passerons la page dans la vapeur et nous verrons bien.

— Faisons une pause, dans ce cas, proposa Matthew, la voyant lorgner la bouteille. Voulez-vous que je la débouche ?

— Une pause me dirait bien, oui, dit-elle en prenant la bouteille. Merci, Marcus.

Elle éteignit le réchaud et posa un couvercle sur la casserole avant de nous suivre dans la cuisine. Matthew se servit du vin, en proposa à Miriam et à Marcus, qui refusèrent de nouveau, et servit du whiskey à Sarah. Je me préparai du thé pendant que Matthew interrogeait les vampires sur leur voyage et la situation au laboratoire.

Il n'y avait nulle chaleur dans sa voix, ni rien qui témoigne qu'il était heureux de l'arrivée de son fils. Marcus se dandinait, conscient qu'il n'était pas le bienvenu. Je proposai que nous allions dans le salon, en espérant que la gêne se dissiperait.

— Allons plutôt dans la grande salle à manger, dit Sarah en levant son verre à son charmant petit-neveu. Nous allons leur montrer la lettre. Prenez l'image, Matthew. Il faut qu'ils la voient.

— Ils ne vont pas rester longtemps, dit Matthew. Ils ont un message pour Diana, et ensuite ils rentreront en Angleterre.

— Mais ils sont de la famille, fit observer Sarah, qui n'avait pas remarqué la tension.

Elle alla chercher l'image elle-même pendant que Matthew continuait de foudroyer son fils du regard. Sarah nous installa dans la grande salle, Matthew, Em et moi d'un côté de la table, Miriam, Marcus et Sarah de l'autre. Elle commença à exposer les événements de la matinée. Chaque fois qu'elle demandait à Matthew une précision, il répondait laconiquement. Tout le monde sauf elle semblait comprendre que Matthew ne voulait pas que Miriam et Marcus connaissent les détails, mais ma tante continua avec entrain, et conclut avec la lecture de la lettre de ma mère et du post-scriptum de mon père, tandis que Matthew se cramponnait à ma main.

Miriam prit l'image des noces chymiques et l'étudia attentivement avant de se tourner vers moi.

— Votre mère avait raison. Cette image vous représente, vous et Matthew.

— Je sais, répondis-je. Savez-vous ce qu'elle signifie ?

— Miriam ? dit sèchement Matthew.

— Nous pouvons attendre demain, intervint Marcus, mal à l'aise, en se levant. Il est tard.

— Elle le sait déjà, dit Miriam à mi-voix. Qu'arrive-t-il après le mariage, Diana ? Quelle est l'étape suivante de la transmutation alchimique, après la *conjunctio* ?

La pièce vacilla et je sentis les herbes composant la tisane de Sept-Tours.

— La *conceptio*.

Je me sentis flageoler. Je glissai de mon siège, puis ce fut le trou noir.

# 36

Je gardai la tête penchée entre mes jambes tandis que tout le monde s'agitait autour de moi. Matthew me tenait la main et je fixais le motif du tapis oriental sous mes pieds. Derrière, j'entendis Marcus prévenir Sarah que son père risquait de lui arracher la tête si elle s'approchait de moi.

— C'est un truc de vampires, dit-il pour la rassurer. Nous sommes très protecteurs vis-à-vis de nos épouses.

— Parce qu'ils sont mariés ? Depuis quand ? demanda Sarah, un peu décontenancée.

Miriam prit moins de gants pour calmer Em.

— Nous appelons cela l'égide, dit-elle de son élégant soprano. Vous avez déjà vu un faucon couvrir sa proie de ses ailes ? C'est ce qu'est en train de faire Matthew.

— Mais Diana n'est pas sa proie, n'est-ce pas ? Il ne va pas la… la mordre ? s'inquiéta Em.

— Je ne pense pas, répondit posément Miriam. Comme il n'a pas faim et qu'elle ne saigne pas, le danger est faible.

— Arrête un peu, Miriam, coupa Marcus. Vous n'avez aucun souci à vous faire, Emily.

— Je peux me redresser, à présent, marmonnai-je.

— Ne bougez pas, dit Matthew. Votre tête n'est pas encore totalement irriguée.

Sarah étouffa un cri étranglé, désormais certaine que Matthew surveillait constamment ma circulation sanguine.

— Penses-tu qu'il va me laisser passer devant Diana pour aller chercher ses résultats d'examens ? demanda Miriam à Marcus.

— Tout dépend de son énervement. Si je te voyais passer en catimini près de ma femme, je te hacherais menu et j'en ferais mon déjeuner. Je ne bougerais pas, si j'étais toi.

— Je prends le risque, dit Miriam en se levant.

— Nom d'un chien, souffla Sarah.

— Elle est d'une rapidité peu commune, la rassura Marcus, même pour une vampiresse.

Matthew me redressa. Ce simple mouvement me donna l'impression que ma tête allait exploser et la pièce tourbillonna autour de moi. Je fermai les yeux. Quand je les rouvris, Matthew me regardait avec sollicitude.

— Tout va bien, *mon cœur** ?

— Je suis un petit peu bouleversée, dis-je tandis qu'il me prenait le pouls.

— Je suis désolé, Matthew, s'excusa Marcus. Je n'imaginais pas que Miriam se conduirait ainsi.

— Tu as de quoi l'être, répondit son père sans lever le nez, la veine sur son front commençant à palpiter. Commence par expliquer la raison de cette visite, et vite.

— Miriam…, commença Marcus.

— Ce n'est pas à elle que je demande, mais à toi, coupa son père.

— Que se passe-t-il, Diana ? demanda ma tante, affolée.

— Miriam pense que l'image alchimique nous représente, Matthew et moi, dis-je prudemment. Qu'elle représente le stade de la fabrication de la pierre philosophale appelé *conjunctio*, ou mariage. L'étape suivante est la *conceptio*.

— *Conceptio ?* répéta Sarah. C'est bien ce que j'imagine ?

— Probablement. C'est le mot latin pour « conception », expliqua Matthew.

— Comme dans « concevoir des enfants » ? demanda Sarah en ouvrant de grands yeux.

Mais, déjà l'esprit ailleurs, je feuilletais mentalement les illustrations de l'Ashmole 782.

— La *conceptio* manquait également, dis-je à Matthew. Quelqu'un possède cette page, tout comme nous avons celle de la *conjunctio*.

Miriam entra dans la pièce à point nommé, avec une liasse de documents.

— À qui dois-je donner cela ?

Ayant reçu de Matthew un regard que j'espérais ne plus jamais revoir, elle se hâta de lui tendre les rapports.

— Tu t'es trompée de dossier, Miriam. C'est celui d'un homme, dit-il après avoir parcouru rapidement les premières pages.

— Ce sont bien les résultats de Diana, dit Marcus. C'est une chimère, Matthew.

— Qu'est-ce que c'est ? demanda Em.

Une chimère était un animal fabuleux ayant le poitrail d'un lion, le milieu du corps d'une chèvre et la queue d'un dragon. Je baissai les yeux, m'attendant à moitié à la voir dépasser entre mes jambes.

— Un individu dont les cellules possèdent plusieurs profils génétiques différents, dit Matthew en regardant la première page, incrédule.

— C'est impossible.

J'eus un pincement de cœur et Matthew me prit par l'épaule en posant les feuilles devant nous.

— C'est rare, mais pas impossible, reprit-il en parcourant les graphiques.

— Je pencherais pour le SJP, dit Miriam. Ce sont les résultats des cheveux. Il en restait sur l'édredon que nous avons apporté à Old Lodge.

— Le syndrome du jumeau perdu, expliqua Marcus en se tournant vers Sarah. Rebecca a-t-elle eu des problèmes en début de grossesse ? Des saignements ou un soupçon de fausse-couche ?

— Non, il ne me semble pas. Mais ils n'étaient pas là, ils étaient en Afrique tous les deux. Ils ne sont rentrés aux États-Unis qu'à la fin de son premier trimestre.

Personne ne m'avait jamais dit que j'avais été conçue en Afrique.

— S'il y avait eu le moindre problème, Rebecca l'aurait su, intervint Matthew d'un ton catégorique. Le SJP survient avant que la plupart des femmes aient conscience de leur grossesse.

— Donc j'aurais eu un jumeau ou une jumelle et ma mère aurait fait une fausse-couche ?

— Ce serait un jumeau, dit Matthew en me montrant les résultats. Vous aviez un frère. Dans des cas comme le vôtre, le fœtus viable absorbe le sang et les tissus de l'autre. Cela se produit à un stade très précoce et dans la plupart des cas, il ne reste aucune trace du jumeau perdu. Les cheveux de Diana indiquent-ils qu'elle possède des facultés supplémentaires que ne révélaient pas les autres examens ?

— Quelques-unes. Voyage dans le temps, métamorphisme, divination, répondit son fils. Diana en a absorbé la plupart.

— C'était mon frère qui était censé voyager dans le temps, pas moi.

Une traînée phosphorescente signala le passage de ma grand-mère dans la pièce. Elle me frôla légèrement l'épaule et alla s'asseoir à l'autre bout de la table.

— Il aurait eu la prédisposition génétique d'invoquer le feu sorcier aussi, acquiesça Marcus. Nous n'avons trouvé que le marqueur du feu dans l'échantillon de cheveux. Pas d'autres traces de magie élémentaire.

— Et vous pensez que ma mère était au courant pour mon frère ? demandai-je en touchant les graphiques du bout des doigts.

— Oh, elle le savait, affirma Miriam. Vous êtes née le jour de la fête de la déesse. Elle vous a prénommée Diana.

— Et alors ?

Je frémis en songeant qu'au moment du feu sorcier, je m'étais vue vêtue d'une tunique et de sandales, chevauchant dans une forêt avec un arc et des flèches.

— La déesse de la lune avait un frère jumeau, Apollon. *Ce Lyon faict que le Soleil bientôt / est rejoint par sa sœur la Lune*[1], dit-elle, récitant deux vers du poème alchimique.

Je vis où elle voulait en venir.

— Vous connaissez *La Chasse au Lion Vert*.

— Je connais aussi la suite : *Par truchement de noce merveilleuse / Ce Lyon leur faict concevoir un roi.*

— De quoi parle-t-elle ? demanda Sarah, inquiète.

Miriam voulut répondre, mais Matthew la fit taire d'un geste.

— Le Soleil Roi et la Lune Reine, le soufre et le mercure philosophiques, s'unissent et conçoivent un enfant,

---

1. Poème de 1652 d'Abraham Andrews, *Theatrum Chemicum Brittanicum*, cité par Isaac Newton dans ses textes alchimiques.

expliquai-je à Sarah. Dans l'imagerie alchimique, l'enfant est un hermaphrodite qui symbolise une substance chimique mélangée.

— En d'autres termes, Matthew, poursuivit Miriam, sarcastique, l'Ashmole 782 ne traite pas seulement des origines, de l'évolution et de l'extinction. Il parle de la reproduction.

— C'est absurde, dis-je.

— C'est ce que vous pensez, Diana, mais pour moi, c'est clair. Les vampires et les sorcières peuvent peut-être avoir des enfants ensemble, finalement. Et d'autres mélanges d'espèces sont peut-être possibles.

Elle s'adossa triomphalement à son siège, défiant Matthew.

— Mais les vampires ne peuvent pas se reproduire biologiquement, contra Em. Ils n'en ont jamais été capables. Et des espèces différentes ne peuvent pas se croiser comme cela.

— Les espèces changent pour s'adapter aux nouvelles circonstances, expliqua Marcus. L'instinct de survie par le biais de la reproduction est très puissant, sûrement assez pour provoquer des modifications génétiques.

— À vous entendre, on croirait que nous sommes en voie d'extinction, dit Sarah.

— C'est fort possible, admit Matthew en poussant au milieu de la table les documents. Les sorcières ont de moins en moins d'enfants et leurs pouvoirs diminuent. Les vampires ont de plus en plus de mal à faire subir aux sang-chauds le processus de renaissance. Et les démons sont plus instables que jamais.

— Je ne vois toujours pas pourquoi cela permettrait aux vampires et aux sorcières de faire des enfants ensemble, dit Em. Et si changement il y a, pourquoi devrait-il commencer avec Diana et Matthew ?

— Miriam a commencé à se poser la question quand elle les observait dans la bibliothèque, expliqua Marcus.

— Nous avons vu des vampires présenter un comportement protecteur vis-à-vis d'une proie ou de leur compagnon, dit Miriam. Mais à un moment, leur instinct, chasser, se nourrir, l'emporte toujours sur le besoin de protection. Or l'instinct protecteur de Matthew n'a fait que s'accroître. Puis il a eu le même comportement pour un vampire que l'oiseau qui étale son plumage et fait des arabesques dans les airs pour détourner l'attention de sa partenaire.

— C'est un comportement qui permet de protéger la descendance à venir, dit Marcus à son père. Un prédateur n'en arrive à ces extrémités que dans ce cas.

— Emily a raison. Les vampires et les sorcières sont trop différents. Diana et moi ne pouvons pas avoir d'enfants, coupa Matthew en fixant Marcus droit dans les yeux.

— Nous n'en avons aucune certitude. Regarde le crapaud pélobate, répondit Marcus.

— Le crapaud pélobate ? répéta Sarah en saisissant la représentation des noces chymiques. Attendez un peu. Diana est le lion, le crapaud ou la reine, dans cette image ?

— C'est la reine. Peut-être aussi la licorne, dit Marcus en lui reprenant délicatement la page pour revenir aux amphibiens. Dans certaines situations, la femelle pélobate s'accouple avec une espèce de crapaud différente, mais apparentée. Sa descendance hérite de nouvelles caractéristiques, comme un développement plus rapide, qui l'aide à survivre.

— Les vampires et les sorcières ne sont pas des crapauds, Marcus, dit Matthew d'un ton glacial. Et tous les changements qui en résultent ne sont pas positifs.

— Pourquoi vous entêtez-vous ? s'impatienta Miriam. Le croisement d'espèces est le stade suivant de l'évolution.

— Les supercombinaisons génétiques, comme celles qui se produiraient si une sorcière et un vampire avaient des enfants, conduisent à des développements évolutionnaires accélérés. Toutes les espèces passent ce cap. Ce sont tes propres découvertes que nous sommes en train de t'exposer, Matthew, dit Marcus.

— L'un et l'autre, vous ne tenez pas compte du taux élevé de mortalité associé aux supercombinaisons. Et si vous pensez que vous allez le vérifier avec Diana, vous vous trompez grossièrement, gronda Matthew.

— Étant donné que c'est une chimère, et qu'elle est AB négatif, il y a moins de probabilités qu'elle rejette un fœtus qui serait à moitié vampire. Elle a le groupe sanguin receveur universel et elle a déjà absorbé un ADN étranger dans son organisme. Comme le pélobate, la nécessité de la survie l'a peut-être conduite à toi.

— Cela fait beaucoup de suppositions.

— Diana est différente, Matthew. Elle n'est pas comme les autres sorcières. Tu n'as pas regardé les résultats des tests d'ADN mitochondrial.

Matthew feuilleta les pages et retint son souffle.

La feuille était couverte de cercles colorés. Miriam avait écrit en rouge en haut de la feuille *Clan inconnu*, avec un symbole qui ressemblait à un E à l'envers avec une longue queue. Matthew parcourut rapidement la feuille et passa à la suivante.

— Comme je savais que vous mettriez les résultats en doute, dit Miriam, j'ai apporté des comparatifs.

— Qu'est-ce que c'est qu'un clan ? demandai-je en scrutant Matthew.

— Une lignée génétique. À travers l'ADN mitochondrial d'une sorcière, nous pouvons remonter à l'une des quatre femmes qui étaient les ancêtres de toutes les sorcières que nous avons étudiées.

— Sauf vous, me dit Marcus. Sarah et vous ne descendez d'aucune d'elles.

— Qu'est-ce que cela veut dire ? demandai-je en désignant le E inversé.

— C'est le glyphe ancien pour *he*, la cinquième lettre de l'alphabet hébraïque, dont la valeur numérique est 5. De quand date-t-il ? demanda-t-il à Miriam.

— Le clan He est ancien, dit prudemment Miriam, quelle que soit la théorie de l'Ève mitochondriale que l'on considère.

— Plus ancien que le clan Gimel ? demanda Matthew, faisant référence à la lettre représentant le chiffre 3.

— Oui, répondit Miriam après une hésitation. Et pour répondre à votre prochaine question, il y a deux possibilités. Le clan He pourrait très bien être une autre descendance de mtLilith, la Lilith mitochondriale. (Sarah ouvrit la bouche pour poser une question, mais je la fis taire d'un geste.) Ou encore, le clan He pourrait descendre d'une sœur de mtLilith, ce qui ferait de l'ancêtre de Diana une mère de clan, mais pas l'équivalent de l'Ève mitochondriale pour les sorcières. Dans un cas comme dans l'autre, il est possible que sans le problème de Diana, le clan He s'éteigne avec cette génération.

Je glissai l'enveloppe marron de ma mère dans la direction de Matthew.

— Vous pourriez dessiner un schéma ?

Personne ne risquait de comprendre sans illustration.

Matthew dessina rapidement deux diagrammes. L'un ressemblait à un serpent, l'autre se divisait en embranchements. Il désigna le premier.

— Ce sont les sept filles connues de l'Ève mitochondriale, mtÈve, en abrégé. Les scientifiques les considèrent comme les plus récents ancêtres communs matrilinéaires de tous les humains originaires d'Europe occidentale. Chaque femme apparaît dans l'ADN à une époque différente de l'histoire et dans une région différente du monde. Mais elles partageaient autrefois une ancêtre commune.

— Qui serait donc mtÈve.

— Oui. (Il désigna le deuxième schéma.) Voici ce que nous avons découvert sur la lignée maternelle des sorcières. Il y a quatre lignées, ou clans. Nous les avons numérotés dans l'ordre de leur découverte, bien que la femme qui ait donné naissance au clan Aleph, le premier que nous avons identifié, ait vécu à une époque plus récente que les autres.

— Récemment ? C'est-à-dire ? demanda Em.

— Aleph a vécu il y a environ sept mille ans.

— Sept mille ans ? répéta Sarah, incrédule. Mais les Bishop ne peuvent remonter qu'à 1617 pour notre ancêtre maternelle.

— Gimel a vécu il y a environ quarante mille ans, continua Matthew. Donc, si Miriam ne se trompe pas, et que le clan He est plus ancien, vous remontez à bien plus.

— Eh bien, fit Sarah. Et qui est Lilith ?

— La première sorcière. (J'attirai à moi la feuille en me rappelant qu'à Oxford, il avait répondu de manière obscure quand je lui demandais s'il cherchait le premier vampire.) Ou du moins la première dont les sorcières actuelles peuvent se réclamer les descendantes par la lignée maternelle.

— Marcus adore les préraphaélites et Miriam est très férue de mythologie. C'est pour cela qu'ils ont choisi ce nom, expliqua Matthew.

— Les préraphaélites adoraient Lilith. Dante Gabriel Rossetti la décrivait comme la sorcière qu'Adam aima avant Ève, dit Marcus, le regard rêveur. *Ainsi passa en lui / ton enchantement qui fit ployer sa nuque droite / et ceignit son cœur d'une mèche dorée.*

— C'est le *Cantique des cantiques*, observa Matthew. *Tu me ravis le cœur, ma sœur, mon épouse / Tu me ravis le cœur par l'un de tes regards / Par l'un des colliers de ton cou.*

— Les alchimistes admiraient le même passage, murmurai-je en secouant la tête. Il figure aussi dans l'*Aurora Consurgens*.

— Nous avons d'autres descriptions de Lilith qui sont moins voluptueuses, dit Miriam d'un ton austère. Dans les légendes antiques, elle est une créature de la nuit, la déesse du vent et de la lune et la compagne de Samaël, l'ange de la mort.

— La déesse de la lune et l'ange de la mort ont-ils eu des enfants ? interrogea Sarah.

Une fois de plus, les similitudes entre les légendes antiques, les textes alchimiques et ma relation avec le vampire étaient troublantes.

— Oui, dit Matthew en prenant les documents et en les rangeant méticuleusement.

— Alors c'est ce que redoute la Congrégation, dis-je à mi-voix. Ils craignent la naissance d'enfants qui ne seraient ni vampires, ni sorciers, ni démons, mais tout cela à la fois. Que feraient-ils, dans ce cas ?

— Combien d'autres créatures se sont trouvées dans la même situation que vous et Matthew jusqu'ici ? se demanda Marcus.

— Et combien y en a-t-il aujourd'hui ? ajouta Miriam.

— La Congrégation ignore tout des résultats des examens, et Dieu merci, dit Matthew. Mais nous n'avons toujours aucune preuve que Diana et moi puissions avoir des enfants.

— Alors pourquoi la gouvernante de votre mère a-t-elle enseigné à Diana la préparation de cette tisane ? demanda Sarah. Elle doit penser que c'est possible.

*Oh, mon Dieu*, compatit ma grand-mère. *Cela va faire un drame.*

Matthew se raidit et son odeur devint particulièrement épicée.

— Je ne comprends pas.

— La tisane que Diana et cette Marthe ont préparée en France. Elle est remplie d'herbes abortives et contraceptives. Je les ai senties dès qu'elle a ouvert la boîte.

— Vous le saviez ? demanda Matthew, furieux.

— Non, murmurai-je. Mais il n'y a pas de mal.

Matthew se leva et sortit son téléphone en évitant mon regard.

— Excusez-moi, dit-il à Em et à Sarah avant de sortir à grands pas.

— Sarah, comment as-tu osé ? criai-je à ma tante.

— Il a le droit de savoir, et toi aussi. Personne ne doit prendre de remède à son insu.

— Ce n'était pas à toi de le lui dire.

— Non, fit Miriam avec satisfaction. C'était à vous.

— Restez en dehors de cela, Miriam, dis-je, furieuse, les mains tremblantes.

— J'y suis déjà mêlée, Diana. Votre relation avec Matthew met toutes les créatures ici présentes en danger. Cela va *tout* changer, que vous ayez ou non des enfants. Et à présent, il y a mêlé aussi les chevaliers de l'ordre de Saint-Lazare, cracha-t-elle, aussi fâchée que moi. Plus il y aura de créatures à approuver votre relation, plus le risque qu'une guerre éclate est grand.

— Ne soyez pas ridicule. Une guerre ? (Les marques laissées par Satu dans mon dos me brûlèrent.) Les guerres éclatent entre les nations, pas parce qu'un vampire et une sorcière s'aiment.

— Ce que Satu vous a fait était un défi. Matthew y a réagi exactement comme ils l'espéraient : en faisant appel à la confrérie. Depuis que vous êtes apparue dans la Bodléienne, il a perdu l'esprit. Et la dernière fois que cela lui est arrivé à cause d'une femme, mon mari y a laissé la vie.

Un silence de mort s'abattit dans la pièce. Même ma grand-mère parut surprise.

Matthew n'était pas un tueur, du moins, c'était ce que je me répétais sans cesse. Mais il tuait pour se nourrir, ou lorsqu'il était possédé par la colère. Je le savais et je l'aimais tout de même. Qu'avait-il dit à mon propos, que je ne pourrais pas aimer une créature si entièrement ?

— Calme-toi, Miriam, intervint Marcus.

— Non, rétorqua-t-elle. C'est mon histoire et pas la tienne, Marcus.

— Alors racontez-la, répliquai-je.

— Bertrand était le meilleur ami de Matthew. Quand Eleanor St. Leger fut tuée, Jérusalem frôla la guerre. Les Anglais et les Français s'en prirent les uns aux autres. Il appela les chevaliers de l'ordre de Saint-Lazare pour résoudre le conflit. Nous avons failli être découverts par les humains à cause de cela. (Sa voix se brisa.) Quelqu'un devait payer pour la mort d'Eleanor. Les St. Leger ont demandé justice. Eleanor était morte des mains de Matthew, mais il était le grand-maître à l'époque, tout comme aujourd'hui. Mon mari a endossé la responsabilité, pour protéger Matthew et l'ordre. Un bourreau sarrasin l'a décapité.

— Je suis désolée, Miriam, je vous assure, de la mort de votre mari. Mais je ne suis pas Eleanor et nous ne sommes pas à Jérusalem. C'était il y a longtemps et Matthew n'est plus la même personne.

— Pour moi, c'est comme si c'était hier, répondit-elle simplement. Une fois de plus, Matthew de Clermont veut quelque chose qu'il ne peut avoir. Il n'a absolument pas changé.

Le silence retomba. Sarah était effarée. L'histoire de Miriam lui avait confirmé ses pires soupçons sur les vampires en général et sur Matthew en particulier.

— Peut-être que vous lui resterez fidèle, même une fois que vous le connaîtrez mieux, continua Miriam d'une voix sans timbre. Mais combien de créatures Matthew anéantira-t-il à cause de vous ? Pensez-vous que Satu Järvinen échappera au sort qu'il a réservé à Gillian Chamberlain ?

— Que lui est-il arrivé ? demanda Em.

Miriam s'apprêta à répondre, mais je pliai instinctivement les doigts de la main droite, puis je détendis l'index et le majeur dans sa direction d'un geste sec. Elle porta les mains à sa gorge en gargouillant.

*Ce n'était pas très gentil, Diana*, me morigéna ma grand-mère. *Il faut que tu te surveilles, ma fille.*

— Reste en dehors de cela, grand-mère, et vous aussi, Miriam. Gillian est morte, dis-je à Em. Peter Knox et elle m'ont envoyé une photo de papa et maman au Nigeria. C'était une menace et Matthew a estimé qu'il fallait me protéger. C'est instinctif chez lui. Essayez de lui pardonner.

— Matthew l'a tuée pour t'avoir envoyé une *photo* ? blêmit Em.

— Pas uniquement pour cela, répondit Marcus. Elle espionnait Diana depuis des années. Gillian et Knox se sont introduits dans son logement de New College et l'ont mis sens dessus dessous. Ils cherchaient des échantillons d'ADN pour en apprendre plus sur son pouvoir. S'ils avaient découvert ce que nous savons aujourd'hui…

Je connaîtrais un sort bien pire que la mort si Gillian et Knox avaient connaissance de mes résultats d'examens. Mais j'étais effondrée que Matthew ne me l'ait pas dit lui-même. Je dissimulai mes pensées : mes tantes n'avaient pas besoin de savoir que mon époux m'avait caché des choses.

Mais je ne pus empêcher ma grand-mère de les lire.

*Oh, Diana*, chuchota-t-elle. *Es-tu sûre de savoir ce que tu fais ?*

— Je veux que vous quittiez tous cette maison, dit Sarah en se levant brusquement. Toi aussi, Diana.

Un long frémissement courut dans les caves sous la pièce et se communiqua au plancher, avant de remonter le long des murs et de secouer les fenêtres. La chaise de Sarah fut projetée en avant, la coinçant contre la table, et la porte entre salon et salle à manger claqua violemment.

*La maison n'aime pas que Sarah essaie de prendre les choses en main*, commenta ma grand-mère.

Ma propre chaise recula et me laissa tomber sans cérémonie par terre. À peine me fus-je relevée que des mains invisibles me firent faire volte-face et me poussèrent jusqu'à l'entrée. La porte de la salle à manger claqua derrière moi, enfermant deux sorcières, deux vampires et un fantôme. J'entendis des murmures scandalisés.

Un autre fantôme – que je n'avais encore jamais vu – sortit du salon et me fit signe de m'approcher. Elle était vêtue d'un corset lourdement brodé et d'une longue jupe qui frôlait le sol. Son visage était ridé par les ans, mais son menton buté et son nez crochu était indiscutablement Bishop.

*Prends garde, ma fille*, dit-elle d'une voix sourde. *Tu es une créature à la croisée des chemins, ni d'ici ni de là. L'entre-deux est un endroit dangereux.*

— Qui êtes-vous ?

Elle regarda la porte de la maison sans répondre. Elle s'ouvrit sans un bruit, alors qu'elle grinçait d'habitude. *J'ai toujours su qu'il viendrait, et que ce serait pour toi. Ma propre mère me l'avait dit.*

J'étais déchirée entre les Bishop et les Clermont : d'un côté, je voulais retourner dans la salle à manger, et de l'autre, j'avais besoin d'être auprès de Matthew. Le fantôme sourit devant mon dilemme.

*Tu as toujours été une enfant entre les deux, une sorcière à part. Mais il n'y a aucune voie devant toi qui ne conduise à lui. Où que tu ailles, tu dois le choisir.*

Elle disparut en laissant une traînée phosphorescente. J'aperçus les mains blanches et le visage de Matthew par la porte ouverte, dans l'obscurité au bout de l'allée. En le voyant, je n'eus aucune peine à prendre ma décision.

Je sortis en rabaissant mes manches contre le froid. Je levai le pied… et l'instant d'après, je me retrouvai derrière Matthew. Je n'avais eu besoin que de faire un seul pas pour couvrir toute la longueur de l'allée.

Il était en train de parler avec animation en occitan. Ce devait être avec Ysabeau.

— Matthew, dis-je doucement pour ne pas le faire sursauter.

Il fit volte-face.

— Diana, je ne vous avais pas entendue.

— Non, vous ne risquiez pas. Puis-je parler à Ysabeau, je vous prie ? demandai-je en tendant la main vers le téléphone.

— Diana, il vaudrait mieux…

Nos familles étaient enfermées dans la salle à manger et Sarah menaçait de tous nous jeter dehors. Nous avions assez de problèmes comme cela sans nous fâcher en plus avec Ysabeau et Marthe.

— Qu'est-ce que c'était, la phrase d'Abraham Lincoln sur les maisons ?

— *Une maison divisée ne peut tenir debout*, répondit Matthew, perplexe.

— Exactement. Donnez-moi le téléphone.

Il obéit à contrecœur.

— Diana ? demanda nerveusement Ysabeau.

— Quoi que vous ait dit Matthew, je ne suis pas fâchée contre vous. Il n'y a eu aucun mal.

— Merci, souffla-t-elle. J'essayais de le lui dire, c'était un sentiment que nous avions, un vague souvenir d'une époque lointaine. Diana était la déesse de la fertilité, à l'époque. Votre odeur m'a rappelé ce temps et la prêtresse qui aidait les femmes à concevoir.

— Vous transmettrez le message à Marthe ?

— Oui, Diana. (Un silence.) Matthew m'a fait part des résultats de vos examens et des théories de Marcus. Cela prouve à quel point il a été surpris, pour qu'il me le raconte. Je ne sais pas si je dois pleurer de joie ou de chagrin à cette nouvelle.

— Il est encore un peu tôt, Ysabeau. Les deux, peut-être ?

— Ce ne serait pas la première fois que mes enfants me poussent aux larmes, dit-elle avec un petit rire. Mais je ne renoncerais jamais à la peine si cela m'obligeait à ne plus connaître la joie.

— Tout va bien à la maison ?

Le mot m'échappa avant que je m'en aperçoive et le regard de Matthew se radoucit. Sa signification n'échappa pas non plus à Ysabeau.

— « À la maison » ? Oui, tout va très bien. C'est très… calme depuis votre départ.

Je me sentis émue. Malgré son caractère tranchant, Ysabeau avait un côté maternel.

— Les sorcières sont plus bruyantes que les vampires, je le crains.

— Oui, et le bonheur est toujours plus bruyant que le malheur. Il n'y a pas assez eu du premier dans cette maison. (Elle se ressaisit.) Matthew m'a dit tout ce qu'il avait besoin de me dire. Nous espérons que sa colère va lui passer. Vous prendrez soin l'un de l'autre.

Ce n'était pas un vœu, mais une constatation. C'était ainsi qu'agissaient les femmes de sa famille – de ma famille – envers ceux qu'elles aimaient.

— Toujours.

Je regardai mon vampire, dont la peau blanche luisait dans l'obscurité, et je coupai. De part et d'autre, les champs couverts de givre scintillaient sous les premiers rayons de la lune.

— Vous le soupçonniez aussi ? demandai-je. C'est pour cela que vous ne vouliez pas me faire l'amour ?

— Je vous ai expliqué pourquoi. Faire l'amour est une question d'intimité, pas seulement de besoin physique.

— Si vous ne voulez pas avoir d'enfants avec moi, je comprendrai, dis-je d'un ton ferme, bien que protestant intérieurement.

— Enfin, Diana, répliqua-t-il en me saisissant par les bras. Comment pouvez-vous penser que je ne veuille pas d'enfants avec vous ? Mais cela pourrait être dangereux, pour vous comme pour eux.

— Il y a toujours des risques avec les grossesses. Même vous, vous ne pouvez pas assujettir la nature.

— Nous ignorons totalement ce que seraient nos enfants. Et s'ils héritaient de mon besoin de sang ?

— Tous les bébés sont des vampires, Matthew. Ils sont tous nourris du sang de leur mère.

— Ce n'est pas la même chose, et vous le savez bien. J'ai renoncé à avoir des enfants il y a très longtemps. (Nos regards se croisèrent, cherchant à vérifier que rien n'avait changé entre nous.) Mais il est trop tôt pour que j'imagine vous perdre.

*Et je ne supporterais pas de perdre nos enfants.*

J'entendis aussi distinctement que la chouette qui ululait au-dessous de nous les mots qu'il n'avait pas prononcés. Le chagrin de la mort de Lucas ne le quitterait jamais. Il était plus profond que la mort de Blanca ou celle d'Eleanor. Quand il avait perdu son fils, il avait perdu une part de lui-même qu'il ne pourrait jamais retrouver.

— Alors vous avez décidé. Pas d'enfants. Vous êtes certain.

— Je ne suis certain de rien, dit-il. Nous n'avons pas eu le temps d'en discuter.

— Dans ce cas, nous prendrons toutes les précautions. Je boirai la tisane de Marthe.

— Vous ferez bien plus que cela, dit-il. Sa tisane est toujours mieux que rien, mais elle n'arrive pas à la cheville de la médecine moderne. Malgré tout, il est possible qu'aucune forme de contraception humaine soit efficace dans le cas d'un couple vampire et sorcière.

— Je prendrai tout de même la pilule, lui assurai-je.

— Mais vous, demanda-t-il, voulez-vous porter mes enfants ?

— Je ne me suis jamais imaginée en mère. (Une ombre passa sur son visage.) Mais quand je pense à vos enfants, j'ai l'impression que j'étais vouée à le devenir.

Nous restâmes silencieux dans l'obscurité, enlacés. L'air était alourdi du poids de la responsabilité. Matthew avait la charge de sa famille, de son passé et des chevaliers de l'ordre de Saint-Lazare. Et maintenant de moi.

— Vous craignez de ne pouvoir les protéger, répondis-je, comprenant brusquement.

— Je ne peux même pas vous protéger, vous, dit-il en caressant le croissant de lune dans mon dos.

— Nous ne sommes pas obligés de décider maintenant. Avec ou sans enfants, nous avons déjà une famille à faire tenir.

Toute ma vie, j'avais vécu pour moi seule en évitant les obligations de la famille et de la tradition. Même en cet instant, j'avais envie de retrouver l'indépendance.

— Que s'est-il passé après mon départ ? demanda-t-il en levant la tête vers la maison.

— Oh, rien de surprenant. Miriam nous a raconté l'histoire de Bertrand à Jérusalem et elle a divulgué la mort de Gillian. Marcus nous a dit qui était entré chez moi par effraction. Et puis il a été question du risque de déclencher une guerre ou je ne sais quoi.

— *Dieu**, mais ils ne peuvent donc pas tenir leur langue ? Au début, j'étais certain que tout était à cause du manuscrit. Ensuite, j'ai pensé que c'était uniquement à cause de vous. Maintenant, que je sois damné si je comprends la cause de tout cela. Un ancien et redoutable secret est en train de voir le jour et nous sommes pris dans cette tourmente.

— Miriam a-t-elle raison de se demander combien d'autres créatures y sont mêlées ?

— Je doute que nous soyons les premiers à aimer quelqu'un qui nous est interdit, et nous ne serons sûrement pas les derniers. Venez, rentrons. Nous avons quelques explications à donner.

En route, il fit observer que les explications, comme les remèdes, passent mieux quand on les accompagne d'un liquide. Nous passâmes par la porte du jardin pour prendre le nécessaire à la cuisine. Il me regarda pendant que je préparais un plateau.

— Qu'y a-t-il ? J'ai oublié quelque chose ?

— Non, *ma lionne**, sourit-il. Je suis juste en train de me demander comment j'ai pu trouver une épouse aussi féroce. Même quand vous posez des tasses sur un plateau, vous paraissez redoutable.

— Mais non, dis-je en tripotant ma queue-de-cheval, gênée.

— Bien sûr que si, sourit-il. Miriam ne serait pas dans un tel état, sinon.

Quand nous arrivâmes à la porte de la salle à manger, nous guettâmes des bruits de bagarre, mais nous n'entendîmes que des murmures. La maison ouvrit la porte.

— Nous nous sommes dit que vous auriez soif, annonçai-je en posant le plateau.

Une foule d'yeux se tournèrent vers nous : vampires, sorcières, fantômes. Ma grand-mère était entourée d'une flopée de Bishop qui s'agitaient et essayaient d'éviter les vampires.

— Du whiskey, Sarah ? proposa Matthew.

Elle lui jeta un regard appuyé.

— D'après Miriam, en acceptant votre relation, nous ouvrons la voie à la guerre. Mon père a combattu dans la Seconde Guerre mondiale.

— Le mien aussi, dit Matthew en la servant.

Lui aussi, sans doute, mais il n'en fit pas état.

— Il disait toujours que le whiskey lui permettait de fermer les yeux la nuit sans se haïr pour tous les ordres qu'il avait subis dans la journée.

— Ce n'est pas une garantie, mais cela aide, répondit-il en lui tendant son verre.

— Tueriez-vous votre propre fils si vous pensiez que c'est une menace pour Diana ? demanda-t-elle en le prenant.

— Sans hésitation.

— C'est ce qu'il disait, fit-elle en désignant Marcus du menton. Servez-le aussi. Ce ne doit pas être facile de savoir que votre père est capable de vous tuer.

Matthew servit un whiskey à son fils et du vin à Miriam. Je préparai un café au lait à Em. Elle avait pleuré et semblait encore plus fragile que d'habitude.

— Je ne sais pas si je vais pouvoir supporter tout cela, Diana, me dit-elle en prenant la tasse. Marcus a expliqué ce que Gillian et Peter Knox mijotaient. Mais quand je pense à Barbara Chamberlain et à ce qu'elle doit éprouver, maintenant que sa fille est morte…

— Gillian était une femme ambitieuse, Emily, dit Matthew. Elle voulait seulement siéger à la Congrégation.

— Mais vous n'étiez pas obligé de la tuer, insista Em.

— Gillian était fermement convaincue que vampires et sorciers ne devaient pas se fréquenter. La Congrégation, estimant qu'elle n'avait jamais pleinement compris le pouvoir de Stephen Proctor, lui a donné comme mission de surveiller Diana. Elle n'aurait eu de cesse que Diana et l'Ashmole 782 soient enfin aux mains de la Congrégation.

— Mais ce n'était qu'une photo, sanglota Em.

— C'était une menace. Il fallait que la Congrégation comprenne que je n'allais pas rester les bras ballants pendant qu'elle enlevait Diana.

— Satu l'a quand même enlevée, fit remarquer sèchement Em.

— Cela suffit, Em, dis-je en prenant sa main.

— Et pour la question des enfants ? interrogea Sarah. Vous n'allez tout de même pas tenter quelque chose d'aussi risqué ?

— Cela suffit, répétai-je en me levant et en assenant un coup de poing sur la table. (Tout le monde sursauta, sauf Matthew et ma grand-mère.) Si nous sommes en guerre, nous n'allons pas nous battre pour un manuscrit ensorcelé ni pour ma sécurité ni pour notre droit à nous marier et à avoir des enfants. Nous nous battons pour notre avenir à tous. (À cet instant, j'entrevis brièvement cet avenir qui se déployait dans toutes les directions.) Si nos enfants ne franchissent pas l'étape suivante de l'évolution, ce seront les enfants d'autres. Et le whiskey ne suffira pas à m'aider à fermer les yeux et à l'oublier. Personne ne subira ce genre d'enfer sous prétexte qu'il ou elle aime quelqu'un qui lui est interdit. Je ne le permettrai pas. (Ma grand-mère me fit un grand sourire. *Bravo ma fille. Voilà qui est parlé comme une Bishop*.) Nous ne nous attendons pas à ce que d'autres combattent à nos côtés. Mais que ce soit bien clair : notre armée a un général, et c'est Matthew. Si cela ne vous plaît pas, vous n'êtes pas obligés de vous engager.

Dans l'entrée, la vieille horloge commença à sonner minuit.

*L'heure des sorcières*. Ma grand-mère hocha la tête.

— Alors, ma chérie ? demanda Sarah à Em. Allons-nous rejoindre Diana dans l'armée de Matthew ou nous occuper de nous sans nous soucier du reste ?

— Je ne comprends pas cette histoire de guerre, dit Em. Il y aura des batailles ? Des vampires et des sorcières vont venir ici ?

— La Congrégation est convaincue que Diana détient les réponses à ses questions. Ils continueront à la traquer.

— Mais Matthew et moi ne sommes pas obligés de rester. Nous pouvons partir dès demain matin.

— Ma mère m'a toujours dit que ma vie ne vaudrait pas la peine d'être vécue si je m'acoquinais avec les Bishop, dit Em avec un faible sourire.

— Merci, Em, fit Sarah avec un regard éloquent.

L'horloge sonna le dernier coup. Les rouages se remirent en place, prêts à sonner l'heure suivante.

— Miriam ? demanda Matthew. Vous restez ici ou vous rentrez à Oxford ?

— Ma place est avec les Clermont.

— Diana est une Clermont, désormais, observa-t-il, glacial.

— Je comprends, Matthew, dit Miriam. Cela ne se reproduira plus.

— Comme c'est étrange, murmura Marcus en balayant la pièce du regard. Au début, c'était un secret partagé. À présent, trois sorcières et trois vampires se sont prêté serment de fidélité. Si nous avions un trio de démons, nous formerions une Congrégation de l'ombre.

— Nous ne risquons pas de tomber sur des démons à Madison, ironisa Matthew. Et quoi qu'il arrive, ce dont nous avons discuté ce soir reste entre nous. C'est clair ? L'ADN de Diana ne regarde personne.

Tout le monde hocha la tête autour de la table. L'armée hétéroclite de Matthew venait de s'aligner derrière lui, prête à affronter un ennemi qu'elle ne connaissait ni ne pouvait nommer.

Nous prîmes congé et allâmes nous coucher. Matthew m'accompagna, un bras autour de la taille, et je me glissai dans les draps glacés en claquant des dents. Quand son corps froid se serra contre le mien, je cessai de grelotter.

Je dormis profondément et ne me réveillai qu'une seule fois. Les yeux de Matthew brillaient dans l'obscurité et il m'attira contre lui.

— Dormez, dit-il en m'embrassant derrière l'oreille. Je suis là.

Sa main se posa sur mon ventre, protégeant déjà les enfants à naître.

# 37

Au cours des jours qui suivirent, la petite armée de Matthew apprit les premières règles de la guerre : les alliés ne doivent pas s'entre-tuer.

Si difficile que ce soit pour mes tantes d'accepter des vampires chez elles, ce furent ces derniers qui eurent le plus de mal à s'adapter. Ce n'étaient pas seulement les fantômes et la chatte. Il fallait plus que des fruits secs pour permettre à des vampires et à des sang-chauds de cohabiter dans un endroit aussi exigu. Le lendemain, Marcus et Miriam conversèrent avec Matthew dans l'allée, puis ils partirent dans la Range Rover. Quelques heures après, ils revinrent avec un petit réfrigérateur frappé d'une croix rouge et contenant assez de sang et de matériel médical pour équiper un hôpital de campagne. À la demande de Matthew, Sarah débarrassa un coin de la distillerie qui servirait de banque de sang.

— Simple précaution, lui assura Matthew.

— Au cas où Miriam aurait une petite fringale ? demanda-t-elle en soulevant un sachet de groupe O négatif.

— J'ai mangé avant de quitter l'Angleterre, se récria Miriam en allant ranger leurs courses à petits pas menus.

Figuraient également parmi les achats un flacon de pilules contraceptives d'un jaune hideux au capuchon orné d'une fleur, que Matthew me donna au moment du coucher.

— Vous pouvez commencer à les prendre maintenant ou attendre quand vous aurez vos règles dans quelques jours.

— Comment savez-vous la date ?

— Si je devine quand vous vous mettez en tête de sauter une clôture, vous vous doutez bien que je n'ai pas de mal à sentir cela aussi.

— Vous pouvez être à côté de moi pendant que j'ai mes règles ?

Il eut l'air surpris, puis il se mit à rire.

— *Dieu**, Diana, il ne resterait plus une femme en vie sur terre si ce n'était pas possible. Non, c'est différent.

Je pris ma première pilule le soir même.

À mesure que nous nous habituions à la cohabitation dans une petite maison, de nouveaux comportements apparurent, principalement centrés sur moi. Je n'étais jamais seule et jamais à plus de trois mètres d'un vampire. C'était l'exemple même du comportement de meute. Les vampires resserraient les rangs autour de moi.

Ma journée était divisée en zones d'activités ponctuées par les repas, que Matthew tenait à ce que je prenne à des horaires réguliers pour me remettre de La Pierre. Il faisait du yoga avec moi entre le petit déjeuner et le déjeuner, ensuite, Sarah et Em essayaient de m'enseigner à perfectionner ma magie et à jeter des sorts. Quand je m'arrachais les cheveux de dépit, Matthew m'emmenait faire une longue promenade avant le dîner. Nous nous attardions pour bavarder dans le salon une fois que les sang-chauds avaient mangé. Marcus dénicha un échiquier et jouait avec son père pendant qu'Em et moi débarrassions.

Sarah, Marcus et Miriam partageaient le goût des vieux films policiers, qui conditionna dès lors le choix des programmes télévisés. Sarah avait découvert cette heureuse coïncidence quand, durant l'une de ses fréquentes insomnies, elle était descendue au milieu de la nuit et avait trouvé Miriam et Marcus en train de regarder *La Griffe du passé* de Jacques Tourneur. Ils avaient également en commun l'amour du Scrabble et du pop-corn. Le temps que le reste de la maison se soit réveillé, le salon avait été transformé en cinéma et tout avait été enlevé de la table basse, à l'exception d'un plateau de jeu, d'un bol fendu rempli de lettres et de deux vieux dictionnaires.

Miriam se révélait un génie pour se rappeler de vieux mots de sept lettres :

— Drayoir ! entendis-je un matin Sarah s'exclamer alors que je descendais. Qu'est-ce que ce mot ?

— C'est le nom des couteaux de tanneur, expliqua Miriam. Regardez dans le dictionnaire si vous ne me croyez pas.

Sarah grommela et battit en retraite dans la cuisine pour se faire du café.

— Qui gagne ? m'enquis-je.

— Vous avez besoin de demander ? sourit Miriam d'un air satisfait.

Quand elle ne jouait pas au Scrabble et ne regardait pas de vieux films, elle enseignait les fondamentaux concernant les vampires. En l'espace de quelques après-midi, elle parvint à apprendre à Em l'importance des noms, le comportement de meute, les rituels possessifs, les sens ultra-développés et le régime alimentaire. Plus tard, elle passa à des sujets plus spécifiques, comme la manière de tuer un vampire.

— Non, même en nous tranchant la gorge, ce n'est pas garanti de réussir, lui dit-elle patiemment dans le salon pendant que je préparais du thé. Il faut provoquer une hémorragie la plus abondante possible. On peut aussi viser l'entrejambe.

Matthew secoua la tête en surprenant leur échange et en profita (puisque tout le monde était occupé) pour me plaquer contre le réfrigérateur. Ma chemise était de travers et j'étais toute décoiffée quand notre fils entra avec un chargement de bois.

— Aurais-tu perdu quelque chose derrière le frigo ? demanda innocemment Marcus.

— Non, feula Matthew avant d'enfouir son visage dans mes cheveux pour respirer l'odeur du désir, tandis que je tentais vainement de le repousser.

— Merci pour la corvée de bois, Marcus, dis-je.

— Il faut que j'aille en chercher encore ? interrogea-t-il en haussant ses sourcils blonds dans une parfaite imitation de son père.

— Bonne idée, il va faire froid, ce soir.

Je tournai la tête pour tenter de raisonner Matthew, mais il prit cela pour une invitation à m'embrasser et j'en oubliai Marcus et le bois.

Quand il n'était pas à l'affût dans les coins sombres, Matthew se joignait à Sarah et à Marcus pour former le plus scandaleux trio de bouilleurs de potions depuis le légendaire trio de sorcières autour d'un chaudron imaginé par Shakespeare. La vapeur qu'ils avaient préparée pour révéler l'image des noces chymiques n'avait eu aucun succès, mais cela ne les avait pas découragés. Ils passaient des heures dans la distillerie à consulter le grimoire des Bishop et à préparer des décoctions qui empestaient, explosaient ou les deux à la fois. Un jour, Em et moi vînmes aux nouvelles après une forte détonation suivie d'un grondement de tonnerre.

— Qu'est-ce que vous mijotez là-dedans, tous les trois ? demanda Em, les mains sur les hanches.

Sarah avait le visage noirci de suie et des débris tombaient de la cheminée.

— Rien, grommela ma tante. J'ai voulu fendre l'air et le sort a dérapé, c'est tout.

— Fendre l'air ? demandai-je en contemplant le carnage.

Matthew et Marcus hochèrent solennellement la tête.

— Tu ferais bien de nettoyer avant le dîner, Sarah Bishop, sinon je vais te montrer ce que c'est que fendre l'air ! s'indigna Em.

Évidemment, toutes les rencontres entre les occupants n'étaient pas aussi heureuses. Marcus et Matthew partaient ensemble à l'aube, me laissant aux bons soins de Miriam, de Sarah et de la théière. Ils n'allaient jamais bien loin. Je les voyais toujours depuis la fenêtre de la cuisine en grande conversation. Un matin, Marcus tourna les talons et laissa son père planté dans le verger pour revenir à grands pas à la maison.

— Diana, grommela-t-il en guise de salut avant de foncer vers le salon. Je suis carrément trop jeune pour cela ! cria-t-il en ressortant dans l'allée.

J'entendis le moteur gronder – il préférait les voitures de sport aux 4 × 4 – et les pneus crisser sur le gravier quand il s'en alla.

— Pourquoi Marcus est-il fâché ? demandai-je à Matthew à son retour.

— C'est une question professionnelle, répliqua-t-il en prenant le journal.

— Vous ne l'avez pas fait sénéchal ? demanda Miriam, incrédule.

— Vous devez avoir une très haute opinion de moi, Miriam, si vous pensez que la confrérie a fonctionné pendant toutes ces années sans sénéchal. Le poste est déjà occupé.

— Qu'est-ce que c'est qu'un sénéchal ? demandai-je en glissant deux tranches dans le grille-pain.

— Mon bras droit, dit laconiquement Matthew.

— Si ce n'est pas lui le sénéchal, pourquoi est-il parti comme cela ? insista Miriam.

— Je l'ai nommé maréchal, dit Matthew en parcourant les titres.

— C'est le maréchal le plus improbable qui soit, fit-elle d'un ton sévère. C'est un médecin, enfin ! Pourquoi pas Baldwin ?

— Baldwin ? répéta Matthew en haussant les sourcils.

— D'accord, pas Baldwin, se hâta de corriger Miriam. Il doit bien y avoir quelqu'un d'autre.

— Si j'avais à choisir parmi deux mille chevaliers comme c'était le cas autrefois, oui, il pourrait y avoir quelqu'un d'autre. Mais je n'en ai plus que huit sous mes ordres à présent, dont l'un est le neuvième chevalier et n'est pas obligé de se battre, une poignée de sergents et quelques écuyers. Il faut bien que quelqu'un soit maréchal. J'étais celui de Philippe. À présent, c'est le tour de Marcus.

La terminologie était tellement désuète qu'elle prêtait à sourire, mais l'expression de Miriam m'obligea à garder mon sérieux.

— Lui avez-vous dit qu'il devait commencer à lever des bannières ?

Miriam et Matthew continuèrent de parler dans un langage de guerre qui m'était étranger.

— Qu'est-ce que c'est qu'un maréchal ? demandai-je alors que le toast sautait du grille-pain.

— L'aide de camp de Matthew, dit Miriam en lorgnant la porte du réfrigérateur qui s'ouvrait apparemment tout seul.

— Tenez.

Matthew attrapa le beurrier quand il passa par-dessus son épaule et me le tendit avec un sourire, malgré l'insistance de sa collègue. Bien que vampire, Matthew était de toute évidence du matin.

— Les bannières, Matthew. Vous levez une armée ?

— Bien sûr que oui, Miriam. C'est vous qui ne cessez de parler de guerre. Si elle éclate, vous n'imaginez pas que Marcus, Baldwin et moi allons nous battre tout seuls contre la Congrégation ? Vous n'êtes pas si bête, voyons.

— Et Fernando ? Il doit être encore en vie.

— Je ne vais pas discuter de stratégie avec vous. Arrêtez de vous mêler de ce qui ne vous regarde pas et laissez-moi m'occuper de Marcus.

Ce fut au tour de Miriam de partir, pincée. Je mangeai mon toast en silence et Matthew retourna à son journal. Au bout de quelques minutes, il le reposa avec exaspération.

— Sortez aussi, Diana. Je vous sens en train de penser et je n'arrive pas à me concentrer.

— Oh, ce n'est rien, répondis-je. Une immense machinerie militaire qui s'ébranle, dont je ne connais pas la nature exacte, et que vous ne risquez pas de m'expliquer, étant donné que c'est une sorte de secret de la confrérie.

— *Dieu**, fit Matthew en se passant une main dans les cheveux. Miriam cause plus de problèmes que toute autre créature que j'aie jamais connue, à l'exception de Domenico Michele et de ma sœur Louisa. Si vous voulez que je vous explique ce que sont les chevaliers, je vais le faire.

Deux heures plus tard, j'étais tout étourdie de ce que j'avais appris. Matthew avait esquissé l'organigramme au dos de mes résultats d'analyse. Il était d'une complexité effarante – et encore, il ne comprenait pas l'aspect militaire. Celui-ci fut dessiné sur le bloc à en-tête de Harvard de mes parents que nous trouvâmes sur la desserte. Je me penchai sur les nouvelles responsabilités de Marcus.

— Pas étonnant qu'il soit dans tous ses états, murmurai-je en suivant les traits qui reliaient Marcus à Matthew au-dessus de lui et aux sept maîtres-chevaliers au-dessous, puis aux bataillons de vampires que chacun était censé réunir.

— Il s'y fera, dit Matthew en me massant les épaules. Marcus pourra se reposer sur Baldwin et les autres chevaliers. Il peut assumer cette responsabilité, sinon je ne lui aurais pas demandé.

Peut-être, mais il ne serait plus jamais le même maintenant qu'il avait accepté cette fonction. Chaque nouveau défi entamerait un peu plus son caractère charmeur et facile à vivre. C'était douloureux d'imaginer le vampire que Marcus allait devenir.

— Et ce Fernando ? Il aidera Marcus ?

Le visage de Matthew se ferma.

— Fernando était mon premier choix pour le poste de maréchal, mais il a décliné. C'est lui qui a recommandé Marcus.

— Pourquoi ?

D'après la manière dont Miriam en avait parlé, c'était un guerrier respecté ayant des siècles d'expérience.

— Marcus rappelle Philippe à Fernando. S'il y a une guerre, nous aurons besoin de quelqu'un qui possède le charme de mon père pour convaincre les vampires de combattre non seulement les sorcières, mais aussi leurs propres congénères, dit Matthew en contemplant pensivement l'esquisse de son empire. Oui, Fernando l'aidera. Et il l'empêchera de commettre trop d'erreurs.

Quand nous revînmes dans la cuisine, Matthew pour reprendre son journal et moi pour déjeuner, Sarah et Em revenaient de faire les courses. Elles déballèrent des cartons de pop-corn à faire au micro-ondes, des boîtes de mélanges de fruits secs et tout ce qu'on pouvait trouver comme fruits rouges en octobre dans l'État de New York. Je pris un sachet de cranberries.

— Ah, te voilà, dit Sarah. C'est l'heure de tes cours.

— Avant, il faut que je reprenne du thé et que je mange un peu, protestai-je en grignotant. On ne fait pas de la magie le ventre vide.

— Donne-moi cela, dit Em en m'arrachant le sachet. Tu les écrases et ce sont les préférées de Marcus.

— Tu pourras manger plus tard, renchérit Sarah en me poussant vers la distillerie. Arrête de faire l'enfant et avance.

Je me révélai aussi peu douée pour les sorts qu'à mon adolescence. Incapable de me rappeler le début, et distraite comme je l'étais, je mélangeais les formules et le résultat fut désastreux.

Sarah posa une bougie sur la grande table.

— Allume-la ! ordonna-t-elle en se tournant vers le grimoire maculé de taches.

C'était un tour simple que même une jeune sorcière savait exécuter. Mais quand je récitais le sort, soit la bougie fumait sans que la mèche s'enflamme, soit c'était autre chose qui prenait feu. Cette fois, ce fut un bouquet de lavande séchée.

— Il ne suffit pas de prononcer les mots, Diana, me sermonna Sarah en éteignant le feu. Il faut que tu te concentres. Recommence.

Et je m'exécutais, encore et encore. Une fois, la bougie crépita une minuscule flammèche.

— Je n'y arrive pas.

Mes mains fourmillaient, mes ongles étaient bleus et j'avais envie de hurler de frustration.

— Tu sais invoquer le feu sorcier et tu n'es pas fichue d'allumer une bougie.

— Je bouge les bras d'une manière qui te rappelle quelqu'un qui est capable d'invoquer le feu sorcier. Ce n'est pas la même chose et apprendre ce qu'est la magie est plus important que ce truc, dis-je en désignant le grimoire.

— La magie n'est pas la seule réponse, rétorquait-elle, sarcastique. C'est comme couper du pain à la tronçonneuse. Parfois, il suffit d'un couteau.

— Tu n'as pas une haute opinion de la magie, mais j'en ai beaucoup en moi et je veux l'exprimer. Il faut que quelqu'un m'enseigne comment la contrôler.

— Je ne peux pas, dit Sarah avec regret. Je ne suis pas née avec le don d'invoquer le feu sorcier ou l'eau sorcière. Mais t'apprendre à allumer une bougie avec l'un des sorts les plus simples qui ait été conçu, cela, je peux le faire.

Elle avait raison. Mais il fallait tellement de temps pour maîtriser cela, et les sorts ne me seraient d'aucun secours si je recommençais à faire jaillir de l'eau.

Pendant que je retournais à ma bougie et marmonnais la formule, Sarah chercha un nouveau défi dans le grimoire.

— En voilà un bon, dit-elle en désignant une page maculée de résidus marron, verts et rouges. C'est un sort d'apparition modifié qui crée un écho : il reproduit les paroles de quelqu'un, mais dans un autre endroit. Très utile. Essayons cela.

— Non, faisons une pause.

Je me détournai et levai le pied. Quand je le reposai, je me retrouvai au beau milieu de la pommeraie.

— Diana ? Où es-tu ? cria Sarah depuis la maison.

Matthew surgit comme une flèche dans le jardin, me repéra aussitôt et fut à côté de moi en quelques foulées.

— Que se passe-t-il ?

— J'avais besoin de m'éloigner de Sarah. Quand j'ai posé le pied par terre, je me suis retrouvée ici. Il m'est arrivé la même chose dans l'allée l'autre soir.

— Vous aviez envie d'une pomme aussi ? Aller dans la cuisine n'aurait pas été plus simple ? fit-il, amusé.

— Non.

— Trop de choses en même temps, *ma lionne** ?

— Je ne suis pas douée pour la sorcellerie, c'est trop…

— Précis ?

— Cela exige trop de patience, avouai-je.

— La sorcellerie et les sorts ne sont peut-être pas votre arme favorite, dit-il en caressant la joue. Mais vous allez apprendre à les utiliser, ajouta-t-il d'un ton ferme. Allons vous trouver quelque chose à manger. Cela vous met toujours de meilleure humeur.

— Vous ne seriez pas en train de gérer ma vie ?

— Vous venez seulement de vous en rendre compte ? gloussa-t-il. C'est mon travail à plein temps depuis des semaines.

Et il continua dans l'après-midi en rapportant les faits divers qu'il avait lus dans le journal, entre chats perdus, incendies et préparatifs d'Halloween. Le temps que j'aie dévoré tous les restes du réfrigérateur, la nourriture et son babillage avaient fait leur effet et je fus de nouveau en mesure d'affronter Sarah et le grimoire des Bishop. Dans la distillerie, je me rappelais les paroles de Matthew chaque fois que j'avais envie de planter là Sarah et ses consignes détaillées, et je me concentrais de nouveau pour tenter d'invoquer feu, voix ou quoi que ce soit qu'elle me demandait.

J'avais passé des heures à jeter des sorts – sans y réussir particulièrement bien – quand il frappa à la porte et annonça que c'était l'heure de notre promenade. J'enfilai un gros pull et des chaussures et m'élançai. Matthew me rejoignit plus posément en humant l'air en connaisseur et en admirant la lumière qui jouait dans les prairies alentour.

La nuit tombait rapidement à la fin octobre et le crépuscule était devenu mon moment préféré de la journée. Matthew était peut-être du matin, mais son instinct protecteur se relâchait au coucher du soleil. Il semblait se détendre dans les ombres qui s'allongeaient et dans la lumière qui faiblissait, ses traits découpés s'adoucissaient et sa peau pâle paraissait un peu moins surgie d'outre-tombe.

Il me prit la main et nous marchâmes dans un agréable silence, heureux d'être ensemble loin de nos familles. À l'orée de la forêt, il pressa le pas et je restai exprès derrière, voulant demeurer le plus longtemps possible dehors.

— Allez, dit-il, agacé de ma lenteur.

— Non ! fis-je en ralentissant de plus belle. Nous sommes un couple normal qui fait une promenade avant de dîner.

— Nous sommes le couple le moins normal de l'État de New York, ironisa-t-il. Et ce n'est pas à cette allure que vous allez transpirer.

— Qu'est-ce que vous avez derrière la tête ?

Au cours de nos dernières promenades, j'avais clairement perçu que le loup en Matthew adorait gambader dans les bois comme un chiot géant. Il trouvait constamment une nouvelle manière de jouer avec mon pouvoir pour que son apprentissage ne soit pas une corvée pour moi. Les aspects mornes et scolaires, il les laissait à Sarah.

— Chat ! (Il me jeta un regard malicieux auquel il était impossible de résister et s'élança.) Attrapez-moi.

Je me mis à rire et courus derrière lui, en essayant de visualiser le moment où ma main toucherait ses larges épaules. Ma vitesse augmenta alors que la vision se faisait plus précise, mais mon agilité laissait beaucoup à désirer. L'utilisation de mon pouvoir de fuite et de prémonition à grande vitesse me fit trébucher. Avant que je tombe, Matthew m'avait déjà rattrapée.

— Vous sentez l'air frais et le feu de bois, dit-il en humant mes cheveux.

Je sentis soudain plus que je ne vis quelque chose d'anormal dans la forêt. Une déformation de la lumière, quelque chose aux aguets, une aura obscure. Je jetai des regards de part et d'autre.

— Il y a quelqu'un ici.

Nous étions sous le vent. Matthew leva la tête en tentant de flairer l'odeur et l'identifia rapidement.

— Un vampire, dit-il calmement en me prenant la main et en me poussant contre un chêne.

— Ami ou ennemi ? demandai-je, tremblante.

— Partez. Vite. (Il sortit son téléphone et appela Marcus. Il pesta en tombant sur le répondeur.) Quelqu'un nous suit, Marcus. Arrive, et vite. (Il coupa et s'apprêta à envoyer un texto. Le vent changea et sa bouche se pinça.) Nom d'un chien ! (Il tapa rapidement deux mots avant de jeter son téléphone dans les buissons : *SOS. Juliette*. Puis il se tourna et me prit par les épaules.) Faites comme dans la distillerie. Levez votre pied et retournez dans la maison. Immédiatement. Je ne vous le demande pas, Diana, je l'exige.

Mes pieds étaient paralysés et refusaient de lui obéir.

— Je ne sais pas comment j'ai fait. Je n'y arrive pas.

— Vous allez le faire. (Il me plaqua contre l'arbre, tournant le dos à la forêt.) Gerbert m'a présenté cette vampiresse il y a longtemps, et on ne peut ni lui faire confiance ni la sous-estimer. Nous avons passé du temps ensemble en France au XVIIIe siècle et à La Nouvelle-Orléans au XIXe. Je vous expliquerai tout plus tard, mais partez, maintenant.

— Je ne pars pas sans vous, m'obstinai-je. Qui est Juliette ?

— Moi. Juliette Durand. (La voix mélodieuse, teintée d'un accent français, venait d'au-dessus. Nous levâmes la tête.) Quels ennuis vous avez causés, tous les deux.

Une éblouissante vampiresse était perchée sur la grosse branche d'un érable voisin. Sa peau était couleur de lait avec un soupçon de café et ses cheveux d'un brun mêlé de cuivre. Vêtue des couleurs de l'automne – brun, vert et or –, elle semblait faire partie de l'arbre. Ses yeux noisette et ses pommettes délicates ne devaient pas faire oublier sa force.

— Je vous surveille depuis un moment, et je vous écoute aussi. Vos odeurs sont complètement mélangées, ajouta-t-elle d'un ton réprobateur.

Je ne la vis pas quitter la branche, mais Matthew, si. Il se retourna pour lui faire face quand elle atterrit devant nous et retroussa les lèvres. Elle ignora l'avertissement.

— Il faut que je l'examine, fit-elle en inclinant la tête et en posant sur moi un regard scrutateur.

Je fronçai les sourcils.

Elle fronça les sourcils.

Matthew frissonna. Je le regardai avec inquiétude et les yeux de Juliette suivirent les miens. Elle imitait précisément le moindre de mes gestes. Son menton était levé exactement comme le mien, sa tête inclinée de même. C'était comme voir mon reflet.

Je me sentis envahie par la panique. Je déglutis et elle en fit autant. Ses narines se dilatèrent et elle éclata d'un rire tranchant et dur comme du diamant.

— Comment as-tu pu lui résister, Matthew ? (Elle inspira longuement.) Son odeur devrait t'affamer et te rendre fou. Tu te rappelles cette femme terrifiée que nous avons traquée à Rome ? Elle avait un peu la même odeur, je trouve.

Matthew ne répondit pas, les yeux fixés sur elle. Juliette s'écarta sur la droite, le forçant à se tourner.

— Tu attends Marcus, observa-t-elle tristement. Je crains qu'il ne vienne pas. Ce beau garçon. J'aurais bien aimé le revoir. La dernière fois que nous nous sommes croisés, il était si jeune et si impressionnable. Il nous a fallu des semaines pour nettoyer les dégâts qu'il avait faits à La Nouvelle-Orléans, n'est-ce pas ? (Un abîme s'ouvrit devant moi. Avait-elle tué Marcus ? Sarah et Em ?) Il est au téléphone. Gerbert voulait s'assurer que ton fils comprenait le risque qu'il prenait. La Congrégation est seulement en colère contre vous deux, pour le moment. Mais si vous persistez, d'autres devront aussi en payer le prix.

Marcus n'était pas mort. Malgré mon soulagement, le sang se glaça dans mes veines devant son expression. Matthew ne répondait toujours pas.

— Pourquoi te tais-tu, mon amour ? dit-elle avec une chaleur qui contrastait avec son regard mort. Tu devrais être heureux de me voir. Je suis tout ce que tu désires. Gerbert y a veillé. (Il ne répondait toujours pas.) Ah. Tu te tais parce que je t'ai surpris, reprit-elle malicieusement. Toi aussi, tu m'as surprise. Une sorcière ?

Elle feinta sur la gauche et Matthew suivit le mouvement. Puis, d'un saut périlleux, elle passa au-dessus de sa tête et atterrit à côté de moi, une main à ma gorge. Je me figeai.

— Je ne comprends pas pourquoi il vous désire autant, grinça-t-elle. Qu'est-ce que vous lui faites ? Qu'est-ce que Gerbert a oublié de me dire ?

— Juliette, laisse-la.

Matthew ne pouvait pas bouger de peur qu'elle me brise le cou, mais il se maîtrisait difficilement.

— Patience, Matthew, dit-elle en penchant la tête.

Je fermai les yeux, m'attendant à sentir ses dents. Mais ce furent des lèvres glaciales qui se posèrent sur les miennes. Le baiser de Juliette fut étrangement impersonnel, alors qu'elle glissait sa langue entre mes lèvres, cherchant vainement à me faire réagir. Elle poussa un cri de dépit.

— Cela aurait dû me permettre de le comprendre, mais je n'ai pas réussi.

Elle me projeta contre Matthew, mais elle continuait de me tenir par le poignet, ses ongles acérés prêts à s'enfoncer dans mes veines.

— Embrasse-la. Il faut que je sache comment elle s'y prend.

— Pourquoi ne renonces-tu pas, Juliette ?

— Je dois apprendre de mes erreurs, c'est ce que me dit Gerbert depuis que tu m'as abandonnée à New York, répondit-elle avec un regard si avide que j'en eus la chair de poule.

— C'était il y a plus d'un siècle. Si tu n'as pas encore appris, c'est que tu ne le feras jamais, répondit Matthew avec une fureur qui me fit trembler.

— Embrasse-la, Matthew, répéta-t-elle en enfonçant ses ongles dans ma chair. Sinon, je la ferai saigner.

Il me prit le visage délicatement dans la main et s'efforça de sourire.

— Tout ira bien, *mon cœur**.

Ses pupilles n'étaient plus que des têtes d'épingles dans un océan gris-vert. Son pouce caressa mon menton tandis qu'il se penchait, frôlant mes lèvres. Le baiser long et tendre était un témoignage de ses sentiments. Juliette nous observa froidement, absorbant tous les détails. Elle se rapprocha alors que Matthew s'écartait de moi.

— Ah, fit-elle avec aigreur. Tu aimes comment elle réagit quand tu la touches. Mais moi, je n'éprouve plus rien.

J'avais vu la colère d'Ysabeau et la nature impitoyable de Baldwin. J'avais perçu le désespoir de Domenico et l'odeur caractéristique du mal qu'exhalait Gerbert. Mais Juliette était différente. Quelque chose était brisé en elle.

Elle lâcha mon poignet et s'écarta vivement hors de portée de Matthew. Il me serra contre lui, me poussant les hanches du bout des doigts pour m'intimer l'ordre de fuir.

Mais je n'avais aucunement l'intention de laisser mon époux seul avec une vampiresse psychotique. Au fond de moi, quelque chose s'ébroua. Si le vent sorcier ou l'eau n'étaient ni l'un ni l'autre capables de tuer Juliette, ils pouvaient faire diversion suffisamment longtemps pour que nous puissions fuir. Mais aucun ne voulut m'obéir. Et j'avais déjà oublié tous les sorts que j'avais si laborieusement appris ces derniers jours.

— Ne t'inquiète pas, dit doucement Juliette à Matthew, le regard étincelant. Ce sera terminé très vite. J'aimerais bien m'attarder un peu, bien sûr, pour que nous puissions nous rappeler que nous nous appartenions autrefois. Mais aucune de mes caresses ne te la fera oublier. C'est pourquoi je dois te tuer et enlever ta sorcière pour qu'elle affronte Gerbert et la Congrégation.

— Laisse Diana partir, dit Matthew. Cela ne regarde que toi et moi, Juliette.

Elle secoua la tête.

— Je suis l'instrument de Gerbert, Matthew. Quand il m'a créée, il n'a laissé aucune place à mes désirs. Je ne voulais pas apprendre la philosophie ou les mathématiques. Mais Gerbert y a tenu, afin que je puisse te séduire. Et je t'ai séduit, n'est-ce pas ?

Elle fixait Matthew et sa voix rauque était brisée comme son esprit dément.

— Oui, tu m'as séduit.

— Il me semblait bien. Mais Gerbert me possédait déjà. (Elle tourna son regard vers moi. Ses yeux brillaient, indiquant qu'elle venait de se nourrir.) Il vous possédera aussi, Diana, d'une manière que vous n'imaginez pas. Que je suis seule à connaître. Vous serez à lui et vous serez perdue pour tous les autres.

— Non !

Matthew se jeta sur elle, mais elle lui échappa.

— L'heure n'est pas aux jeux, Matthew.

Son mouvement fut si vif que je n'eus pas le temps de le voir, puis elle recula lentement de lui avec une expression triomphante. J'entendis une déchirure, et du sang commença à couler de la gorge de Matthew.

— Voilà qui suffira pour commencer, observa-t-elle, satisfaite.

Un grondement résonna dans ma tête. Matthew s'interposa entre moi et Juliette. Même mon piètre odorat de sang-chaud percevait l'odeur métallique de son sang qui coulait sur son pull et faisait une tache sombre sur sa poitrine.

— Ne fais pas cela, Juliette. Si tu m'as jamais aimé, tu la laisseras partir. Elle ne mérite pas de subir Gerbert.

Je vis un tourbillon brun quand la jambe de Juliette s'élança et frappa Matthew au ventre. Il se plia en deux.

— Moi non plus je ne le méritais pas, dit-elle, au bord de l'hystérie. Mais je te méritais, toi. Tu m'appartiens, Matthew.

Mes mains me paraissaient lourdes et je sentis sans même regarder que je tenais un arc et une flèche. Je reculai et levai les bras.

— Fuyez ! cria Matthew.

— Non, répondis-je d'une voix qui n'était plus la mienne en fermant un œil.

Juliette était proche de Matthew, mais je pouvais décocher ma flèche sans le toucher. Quand ma main la lâcherait, Juliette serait morte. Pourtant, j'hésitai : je n'avais encore jamais tué personne.

Cet instant suffit à Juliette. Ses doigts plongèrent dans la poitrine de Matthew, arrachant étoffe et chair comme du simple papier. Il poussa un cri de douleur et elle rugit victorieusement.

Sans plus hésiter, je fermai la main droite et la rouvris. Une boule de feu jaillit au bout de ma main gauche. Juliette entendit l'explosion des flammes et sentit l'odeur de soufre dans l'air. Elle se retourna, dégageant sa main de la poitrine de Matthew. Je vis son regard incrédule, juste avant que la boule noir, rouge et or l'enveloppe. Ses cheveux prirent feu et elle recula, en proie à la panique. Mais j'avais prévu ce geste et une autre boule de feu attendait. Elle se précipita dedans.

Matthew tomba à genoux, les mains plaquées sur sa poitrine, au-dessus de son cœur. En hurlant, Juliette tendit les mains pour tenter de l'entraîner dans la fournaise.

D'un geste rapide du poignet et d'un mot jeté dans le vent, je la soulevai et la repoussai à quelques mètres. Elle s'effondra alors que le reste de son corps prenait feu.

J'avais envie de me précipiter sur Matthew, mais je continuai de regarder Juliette, dont les os et la chair résistaient aux flammes. Ses cheveux s'étaient consumés et sa peau n'était plus qu'une croûte noire, mais elle n'était pas encore morte. Ses lèvres bougeaient et elle appelait Matthew.

Je restai les mains levées, prête à frapper encore. Elle parvint à se redresser, et je lançai une autre boule de feu qui lui enfonça la poitrine, déchiqueta la cage thoracique et ressortit de l'autre côté. Ses poumons et ses os calcinés, une grimace horrifiée tordit ses lèvres. Il lui serait impossible de s'en remettre, si puissant que soit son sang de vampire.

Je me précipitai sur Matthew et m'agenouillai. Incapable de tenir debout, il gisait sur le dos, les jambes repliées. Il y avait du sang partout, coulant de sa poitrine et de son cou en vagues noires comme de la poix.

— Que dois-je faire ? demandai-je en posant mes mains sur sa gorge.

Ses mains blanches étaient crispées sur sa poitrine, mais ses forces l'abandonnaient davantage à chaque instant.

— Voulez-vous me prendre dans vos bras ? chuchota-t-il.

Adossée au chêne, je le tirai entre mes jambes.

— J'ai froid, s'étonna-t-il. Comme c'est étrange.

— Vous ne pouvez pas m'abandonner. C'est hors de question.

— Je ne peux rien y faire pour le moment. La mort me tient.

— Non, répondis-je en ravalant mes larmes. Vous devez vous battre, Matthew.

— Je me suis battu, Diana. Et vous êtes en sécurité. Marcus va vous emmener loin d'ici avant que la Congrégation apprenne ce qui s'est passé.

— Je n'irai nulle part sans vous.

— Vous le devez, dit-il en levant son visage vers moi.

— Je ne peux pas vous perdre, Matthew. Tenez bon le temps que Marcus arrive.

La chaîne en moi vibra, un maillon cédant après l'autre. Je tentai de résister en le serrant contre mon cœur.

— Chut, dit-il en portant un doigt à mes lèvres qui tressaillirent et s'anesthésièrent au contact de son sang. Marcus et Baldwin sauront quoi faire. Ils vous emmèneront en sûreté chez Ysabeau. Sans moi, la Congrégation aura du mal à s'en prendre à vous. Les vampires et les sorciers ne l'apprécieront pas, mais vous êtes une Clermont, à présent, sous la protection de ma famille et des chevaliers de l'ordre de Saint-Lazare.

— Restez avec moi, Matthew.

Je baissai la tête et posai mes lèvres sur les siennes. Il respirait à peine et ses paupières s'étaient fermées.

— Depuis ma naissance, je vous ai cherchée, reprit-il en souriant avec un fort accent français. Depuis que je vous ai trouvée, j'ai pu vous tenir dans mes bras, entendre votre cœur battre contre le mien. Cela aurait été affreux de mourir sans savoir ce qu'est l'amour véritable.

Il frissonna.

— Matthew ! m'écriai-je, mais il ne m'entendait plus. Marcus ! hurlai-je vers les arbres en suppliant la déesse.

Le temps que son fils nous rejoigne, j'avais déjà cru plusieurs fois que Matthew était mort.

— Mon Dieu ! s'exclama Marcus en voyant le cadavre calciné de Juliette et le corps ensanglanté de son père.

— L'hémorragie ne s'arrête pas. D'où vient tout ce sang ?

— Il faut que je l'examine tout de suite, Diana, dit-il en s'avançant vers moi avec hésitation.

Je resserrai mon étreinte sur mon époux et sentis mes yeux se glacer. Le vent commença à s'élever autour de moi.

— Je ne vous demande pas de le lâcher, dit Marcus, comprenant instinctivement ma réaction. Mais je dois examiner sa poitrine.

Il s'agenouilla auprès de nous et déchira le pull. Une longue entaille allait de la jugulaire au cœur, où Juliette avait enfoncé la main pour tenter d'atteindre l'aorte.

— La jugulaire est presque coupée, mais l'aorte est intacte. Même le sang de Matthew ne peut pas agir assez rapidement pour soigner deux endroits à la fin.

Marcus n'avait pas besoin de le dire : je comprenais que Juliette lui avait porté un coup mortel.

Mes tantes étaient accourues entre-temps, hors d'haleine. Miriam apparut à son tour, livide. À peine eut-elle jeté un regard qu'elle repartit précipitamment vers la maison.

— C'est ma faute, sanglotai-je en berçant Matthew comme un enfant. Je pouvais frapper, mais j'ai hésité. Je n'avais encore jamais tué personne. Elle n'aurait pas atteint le cœur si je n'avais pas attendu.

— Diana, ma chérie, murmura Sarah. Ce n'est pas ta faute. Tu as fait ce que tu pouvais. Tu vas devoir renoncer à lui.

Je poussai un gémissement et mes cheveux se dressèrent autour de mon visage.

— Non !

Marcus et ma tante s'alarmèrent tandis qu'un silence s'abattait sur toute la forêt.

— Éloignez-vous d'elle, Marcus ! cria Em.

Il bondit juste à temps. J'étais devenue un être, une chose pour qui ces créatures et leurs tentatives pour m'aider n'avaient plus d'importance. J'avais fait l'erreur d'hésiter un instant plus tôt. À présent, je ne voulais plus qu'une seule chose : un couteau. Je tendis soudain le bras vers ma tante.

Sarah en avait toujours deux sur elle, l'un émoussé, à manche noir, et l'autre aiguisé, à manche blanc. À mon appel, le blanc jaillit de sa ceinture et vola vers moi, pointe en avant. Sarah leva la main pour le rappeler et j'imaginai un mur de feu et de ténèbres entre moi et les visages surpris de ma famille. Le couteau fendit sans peine la muraille et s'arrêta pour flotter doucement devant mon genou. Matthew dodelina de la tête quand je le lâchai, le temps de m'en emparer.

Je tournai son visage vers le mien et l'embrassai longuement et passionnément. Il ouvrit les yeux. Il semblait épuisé et sa peau était devenue grise.

— Ne vous inquiétez pas, mon amour, je vais vous soigner, dis-je en levant le couteau.

Deux femmes se tenaient devant la muraille de flammes. L'une, jeune, les cheveux noirs, portait une tunique ample, des sandales et un carquois rempli de flèches. L'autre était la vieille femme que j'avais vue dans le salon, avec sa jupe ample.

— Aidez-moi, les implorai-je.

*Il faudra payer le prix*, dit la jeune chasseresse.

— Je le paierai.

*Ne fais pas à la légère une promesse à la déesse, ma fille*, m'avertit la vieille femme. *Tu devras la tenir.*

— Prenez ce que vous voulez, qui vous voulez. Mais laissez-le-moi.

La chasseresse réfléchit et hocha la tête. *Il est à toi.*

Je ne quittai pas les deux femmes des yeux tandis que je levais le couteau. Serrant Matthew contre moi pour qu'il ne puisse pas me voir faire, j'entaillai le creux de mon coude gauche à travers l'étoffe. Mon sang coula, d'abord faiblement, puis avec abondance. Je lâchai le couteau et baissai le bras pour qu'il se trouve devant ses lèvres.

— Buvez, dis-je en lui redressant la tête. (Matthew ouvrit faiblement les paupières et ses narines se dilatèrent. Reconnaissant l'odeur de mon sang, il chercha à reculer. Mais mes bras étaient aussi rigides et résistants que les branches du chêne, auquel j'étais reliée en m'y adossant. J'approchai un peu plus mon bras.) Buvez.

La force de l'arbre et de la terre coururent dans mes veines en une offrande inattendue de vie à un vampire au bord de la mort. Je souris de gratitude à la chasseresse et au fantôme de la vieille femme tout en offrant à Matthew la nourriture de mon corps. J'étais la mère, désormais, le troisième aspect de la déesse, en plus de la jeune vierge et de la vieille femme. Et avec l'aide de la déesse, mon sang le guérirait.

Finalement, Matthew céda à l'instinct de survie. Ses lèvres se refermèrent sur ma blessure et sa langue fouilla la plaie, puis il but de longues gorgées. J'éprouvai un bref accès de terreur.

Sa peau commença à reprendre un peu de sa couleur normale, mais le sang veineux ne pouvait suffire à le soigner complètement. J'espérai qu'y avoir goûté allait lui faire perdre sa maîtrise et qu'il franchirait le pas, mais je cherchai à tâtons le couteau, au cas où. Avec un dernier regard à la chasseresse et à la sorcière, je revins à mon époux. Un autre sursaut d'énergie parcourut mon corps alors que je m'adossais plus fermement à l'arbre.

Pendant qu'il se nourrissait, je commençai à l'embrasser. Mes cheveux retombèrent sur son visage, mêlant mon odeur familière à celle de son sang et du mien. Il tourna vers moi ses yeux, vert pâle et lointains, comme s'il n'était pas sûr que ce soit moi. Je l'embrassai de nouveau. Son baiser avait le goût de mon sang.

Puis, en deux mouvements vifs et souples que je n'aurais pu retenir même si je l'avais voulu, Matthew empoigna mes cheveux. Il inclina ma tête sur le côté et en arrière et baissa ses lèvres sur ma gorge. En cet instant, je n'éprouvais aucune terreur, juste de l'abandon.

— Diana, dit-il avec satisfaction.

*C'est donc ainsi que cela se fait*, songeai-je. *C'est de là que provient la légende.*

Le sang appauvri de mes veines lui avait donné la force de désirer quelque chose de frais et vivant. Il mordit sa lèvre et une goutte y perla. Puis il posa sa bouche sur mon cou dans une furtive caresse. Je frissonnai, submergée d'un désir inattendu. Ma chair s'anesthésia au contact de son sang. Ses mains avaient retrouvé leur vigueur.

*Pas d'erreur*, priai-je.

Je sentis un picotement le long de ma carotide. J'ouvris de grands yeux surpris quand je sentis qu'il avait atteint le sang qu'il cherchait.

Sarah se détourna, incapable de regarder. Marcus tendit la main vers Em, qui se réfugia dans ses bras en pleurant.

Je serrai le corps de Matthew contre le mien pour l'encourager à boire encore. Le plaisir qu'il en retirait fut évident. Comme il avait eu faim de moi, et comme il avait été fort pour y résister. Mais désormais, il buvait à longues gorgées régulières.

*Matthew, écoutez-moi*. Grâce à Gerbert, je savais que mon sang pouvait lui transmettre des messages. Ma seule inquiétude était qu'il soit distrait et que mes tentatives de communication restent vaines. Il sursauta brièvement, puis il recommença à boire.

*Je vous aime.*

Il sursauta de nouveau, surpris.

*C'est le présent que je vous offre. Je suis en vous, je vous donne la vie.*

Il secoua la tête comme pour chasser un insecte agaçant et continua de boire.

*Je suis en vous, je vous donne la vie.* J'avais de plus en plus de mal à penser et à voir à travers le feu. Je me concentrai sur Em et Sarah, voulant leur faire comprendre d'un regard qu'il n'y avait pas lieu de s'inquiéter. Je voulus regarder Marcus, mais j'étais incapable de bouger les yeux.

*Je suis en vous, je vous donne la vie.* Je répétai mon mantra jusqu'à l'épuisement. Je perçus une lente pulsation, celle de mon cœur qui commençait à mourir. La mort n'était pas du tout comme ce que je m'étais imaginé.

Il y eut un moment de silence qui pénétra jusque dans mes os. La sensation d'une séparation et d'un regret.

Puis plus rien.

# 38

Dans mes os retentit le fracas de deux mondes qui s'entrechoquent.

Quelque chose me piqua le bras droit, accompagné d'une odeur de latex et de plastique, et j'entendis Matthew se quereller avec Marcus. Il y avait la terre froide sous moi, et l'odeur âcre de feuilles en décomposition fut remplacée par d'autres senteurs. J'avais les yeux ouverts, mais je ne voyais que des ténèbres. Au prix d'un grand effort, je parvins à distinguer les branches dénudées qui s'entrecroisaient au-dessus de moi.

— Prends le bras gauche, il est déjà ouvert, s'impatienta Matthew.

— Ce bras-là est inutilisable, Matthew. Les tissus sont gorgés de ta salive et ne peuvent plus rien absorber. Le droit conviendra mieux. Sa tension artérielle est si faible que j'ai du mal à trouver une veine, c'est tout.

La voix de Marcus avait le calme irréel du médecin urgentiste qui côtoie quotidiennement la mort.

Deux gros spaghettis se déroulèrent sur mon visage. Des doigts froids touchèrent mon nez ; je voulus les repousser, mais on me cloua au sol.

La voix de Miriam surgit de l'obscurité sur ma droite.

— Tachycardie. Je la mets sous sédatifs.

— Non, l'arrêta Matthew. Pas de sédatifs. Elle est à peine consciente, elle tomberait dans le coma.

— Alors faites-la tenir tranquille, répondit Miriam. (Des doigts menus appuyèrent sur mon cou avec une fermeté inattendue.) Je ne peux pas arrêter l'hémorragie et l'empêcher de bouger en même temps.

Je ne discernais ce qui se passait autour de moi que par bribes – ce qui était juste au-dessus, ce que j'apercevais du coin de l'œil, lorsque je parvenais à le faire rouler dans son orbite.

— Pouvez-vous faire quelque chose, Sarah ? demanda Matthew avec angoisse.

Le visage flou de ma tante apparut.

— La sorcellerie ne peut pas soigner les morsures de vampires. Sinon, nous n'aurions jamais rien eu à redouter de créatures comme vous.

Je commençai à dériver vers un lieu paisible, mais je me sentis arrêtée par la main d'Em qui se glissait dans la mienne et me retenait dans mon corps.

— Nous n'avons pas le choix, dans ce cas, dit Matthew, désespéré. Je vais le faire.

— Non, Matthew, intervint Miriam. Vous n'êtes pas encore assez fort. En plus, je l'ai fait des centaines de fois.

J'entendis déchirer quelque chose. Après l'attaque de Juliette sur Matthew, je reconnus le bruit de la chair de vampire.

— Ils font de moi un vampire ? demandai-je faiblement à Em.

— Non, *mon cœur**, répondit Matthew avec la même fermeté que Miriam. Vous avez perdu, je vous ai pris, beaucoup de sang. Marcus vous transfuse du sang humain. Mais Miriam a besoin de voir votre cou.

— Oh. (C'était trop compliqué à suivre. J'avais le cerveau embrumé et la gorge desséchée.) J'ai soif.

— Vous avez envie de sang de vampire, mais vous n'en aurez pas. Restez calmement allongée, continua-t-il en me maintenant les épaules. Miriam ?

— Arrêtez de vous affoler, Matthew, répliqua-t-elle sèchement. Vous n'étiez pas encore né que je faisais déjà cela à des sang-chauds.

Je sentis que l'on me faisait une entaille au cou et l'odeur de sang flotta dans l'air. Puis suivit une douleur qui me glaça et me brûla tout à la fois, s'accentua et gagna ma chair tout entière.

Je voulais échapper à ces coups de langue glacés, mais deux vampires me maintenaient. J'avais la bouche bloquée et je ne pus laisser échapper qu'un cri étouffé.

— Son artère est bouchée, dit calmement Miriam. La blessure doit être nettoyée.

Je l'entendis distinctement boire une gorgée pour évacuer le sang. Ma peau fut brièvement anesthésiée, mais la douleur réapparut quand Miriam se retira. La douleur aiguë déclencha un flot d'adrénaline et je fus saisie de panique. Les murailles grises de La Pierre se dressèrent autour de moi, menaçantes. Incapable de les repousser, je me crus de nouveau entre les mains de Satu.

Matthew me saisit par les épaules et me fit revenir dans les bois près de la maison des Bishop.

— Dites-lui ce que vous faites, Miriam. Depuis cette sorcière finlandaise, elle est terrifiée de ce qu'elle ne peut pas voir.

— Diana, ce sont juste des gouttes de mon sang qui coulent de mon poignet, dit-elle calmement. Je sais que cela fait mal, mais nous n'avons rien d'autre. Le sang des vampires soigne par contact. Il va refermer votre artère mieux que n'importe quelle suture chirurgicale. Et vous n'avez aucune raison de vous inquiéter. Il est impossible qu'une si faible quantité appliquée localement vous transforme en vampire.

Après avoir entendu cela, je pus reconnaître chaque goutte qui tombait dans ma plaie ouverte. Elles s'y mêlaient à ma chair de sorcière, provoquant immédiatement la formation d'un tissu cicatriciel. Je songeai qu'il devait falloir une immense maîtrise de soi à un vampire pour entreprendre une telle procédure sans céder à la faim. Enfin, les dernières gouttes glaciales coulèrent.

— C'est terminé, dit Miriam avec soulagement. Je n'ai plus qu'à suturer l'incision. (Ses doigts volèrent au-dessus de mon cou.) J'ai essayé de vous recoudre proprement, Diana, mais Matthew vous a déchiqueté la chair avec les dents.

— Nous allons vous transporter dans la maison, à présent, dit Matthew.

Il soutint ma tête et mes épaules pendant que Marcus prenait mes jambes. Miriam suivit en transportant le matériel. La Range Rover, que quelqu'un avait amenée à travers champs, attendait, hayon ouvert. Matthew me confia à Miriam et alla débarrasser la plage arrière.

— Miriam, murmurai-je. (Elle se pencha sur moi.) Si quelque chose tourne mal…

Je ne pus achever, mais il fallait absolument qu'elle me comprenne. J'étais encore une sorcière. Mais je préférais devenir vampire que mourir. Elle me scruta un moment, puis elle hocha la tête.

— D'accord. Mais ne vous avisez pas de mourir. Il me tuera si je fais ce que vous me demandez.

Pendant le trajet du retour, Matthew ne cessa de parler en m'embrassant délicatement chaque fois que je m'assoupissais. Malgré sa douceur, c'était un supplice.

À la maison, Sarah et Em coururent rassembler des coussins et des oreillers et me dressèrent un lit devant la cheminée du salon. Sarah alluma le feu d'un geste ; des flammes s'élevèrent, mais je continuai de frissonner.

Matthew me déposa sur les coussins et me couvrit pendant que Miriam me pansait le cou. Pendant ce temps, Matthew et son fils conféraient à l'écart.

— C'est ce dont elle a besoin et je sais où se trouvent ses poumons, s'agaça Marcus. Je ne percerai rien.

— Elle est forte. Pas de cathéter veineux central. La discussion est close. Enlève simplement ce qui reste du corps de Juliette, ordonna Matthew.

— Je m'en occupe, obéit Marcus.

Il tourna les talons et j'entendis la porte de l'entrée se refermer et la Range Rover démarrer.

Le tic-tac de la vieille horloge de l'entrée égrenait les secondes. Progressivement, la chaleur revint en moi et m'assoupit. Matthew, assis à mon chevet, me tenait la main pour pouvoir me secouer dès que j'essayais de sombrer dans une bienfaisante inconscience.

Finalement, Miriam prononça le mot magique : « stable ». Je pus alors céder aux ténèbres qui flottaient autour de moi. Sarah et Em m'embrassèrent et sortirent, suivies de Miriam. Il ne resta plus que Matthew, moi et un bienheureux silence.

Mais rapidement, je pensai à Juliette.

— Je l'ai tuée, dis-je, le cœur battant.

— Vous n'aviez pas le choix, répondit-il d'un ton sans réplique. C'était de la légitime défense.

— Non. Le feu sorcier…

C'est seulement lorsqu'il avait été en danger que l'arc et la flèche étaient apparus dans mes mains.

— Nous en parlerons demain, dit-il en me faisant taire d'un baiser.

Mais il y avait quelque chose qui ne pouvait pas attendre et que je voulais qu'il sache maintenant.

— Je vous aime, Matthew.

Je n'avais pas eu l'occasion de le lui dire avant que Satu m'enlève à Sept-Tours. Cette fois, je voulais être sûre de lui dire avant qu'il arrive autre chose.

— Je vous aime aussi. Vous vous rappelez notre dîner à Oxford ? Vous vouliez savoir quel goût vous aviez. (Je hochai la tête.) Vous avez le goût du miel, dit-il. Et de l'espoir.

Un sourire se peignit sur mes lèvres et je m'endormis.

Mais ce ne fut pas un sommeil reposant. J'étais prise entre deux feux, entre veille et sommeil, entre La Pierre et Madison, entre la vie et la mort. La vieille femme fantôme m'avait avertie du danger de l'entre-deux. Il y avait des moments où la mort semblait attendre patiemment à mon côté que je choisisse une route.

Cette nuit-là, je parcourus d'innombrables kilomètres, fuyant d'un endroit à un autre, mais sans jamais pouvoir semer ceux qui me poursuivaient – Gerbert, Satu, Juliette, Peter Knox. Chaque fois que mes pas me ramenaient à la maison des Bishop, Matthew était là. Parfois, Sarah l'accompagnait. D'autres fois, c'était Marcus. Mais le plus souvent, il était seul.

Au cœur de la nuit, quelqu'un se mit à fredonner l'air sur lequel nous avions dansé dans le grand salon d'Ysabeau. Ce n'étaient ni Matthew ni Marcus, qui étaient en train de converser, mais j'étais trop fatiguée pour deviner d'où venait la musique.

— Où a-t-elle appris cet air ? demanda Marcus.

— À la maison. Mon Dieu, même quand elle dort, elle essaie d'être courageuse, dit Matthew. Baldwin a raison, je ne suis pas doué pour la stratégie. J'aurais dû prévoir cela.

— Gerbert a misé sur le fait que tu aurais oublié Juliette. Cela faisait si longtemps. Et il savait que tu serais avec Diana quand elle frapperait. Il s'en est vanté au téléphone.

— Oui, il sait que je suis assez arrogant pour penser qu'elle était en sécurité avec moi.

— Tu as essayé de la protéger, mais tu ne peux pas. Personne ne le peut. Elle n'est pas la seule qui doit arrêter de jouer les courageuses.

Il y avait quelque chose que Marcus ignorait et que Matthew était en train d'oublier. Des bribes d'une conversation me revinrent. La musique cessa pour me laisser parler.

— Je vous l'ai déjà dit, murmurai-je. (Je cherchai sa main à tâtons dans l'obscurité et ne trouvai que son pull qui sentait la girofle.) Je peux être courageuse pour nous deux.

— Diana, dit-il. Ouvrez les yeux et regardez-moi.

Il était juste à côté de moi. D'une main, il me soutenait la tête et de l'autre, le bas de mon dos, où était tracé le croissant de lune.

— Vous êtes là, murmurai-je. Je crois que nous sommes perdus.

— Non, ma chérie, nous ne sommes pas perdus. Nous sommes à la maison des Bishop. Et vous n'avez pas besoin d'être courageuse. C'est à moi de l'être.

— Parviendrez-vous à deviner quelle route nous devons prendre ?

— Je la trouverai. Reposez-vous et laissez-moi m'en occuper.

Les yeux de Matthew étaient d'un vert intense.

Je sombrai de nouveau dans le sommeil, fuyant à toutes jambes Gerbert et Juliette qui étaient sur mes talons. Vers l'aube, mon sommeil se fit plus profond et quand je me réveillai, c'était le matin. Je m'aperçus que j'étais toute nue sous des couches de couvertures, comme une patiente dans un hôpital. Une canule s'enfonçait dans mon bras droit, mon coude gauche était enveloppé d'un pansement et j'avais quelque chose sur le cou. Matthew était assis par terre à côté de moi, adossé au canapé.

— Matthew ? Tout le monde va bien ?

J'avais affreusement soif.

— Tout le monde va bien.

Il me prit la main et son regard glissa sur mon poignet, où les ongles de Juliette avaient laissé de profondes marques rouges.

Le bruit de nos voix fit venir tout le reste de la maisonnée dans la pièce, mes tantes les premières. Sarah, les yeux cernés, était perdue dans ses pensées. Em, l'air fatiguée, mais soulagée, me caressa les cheveux en m'assurant que tout irait bien. Puis ce fut Marcus, qui m'examina et m'ordonna de me reposer. Enfin, Miriam fit sortir tout le monde afin de changer mes pansements.

— C'était grave ? demandai-je une fois que nous fûmes seules.

— Si vous parlez de Matthew, oui, c'était grave. Les Clermont ont du mal à supporter la perte d'êtres chers. Ysabeau était dans tous ses états quand Philippe est mort. C'est heureux que vous soyez encore en vie, et je ne dis pas cela que pour moi, dit-elle en appliquant une pommade sur mes blessures avec une surprenante délicatesse.

Ses paroles éveillèrent en moi des images de Matthew lancé dans un carnage vengeur. Je fermai les yeux.

— Parlez-moi de Juliette.

— Ce n'est pas à moi de parler de Juliette Durand. Demandez à votre époux.

Elle débrancha la perfusion et me tendit l'une des chemises à carreaux de Sarah. En m'aidant à l'enfiler, elle vit les marques dans mon dos.

— Elles ne me gênent pas, dis-je. Elles montrent seulement que j'ai combattu et survécu.

— Elles ne le gênent pas non plus. Aimer un Clermont laisse toujours une marque. Matthew le sait mieux que personne.

Je boutonnai la chemise d'une main tremblante, en essayant de ne pas croiser son regard. Elle me tendit un collant noir.

— Lui donner votre sang ainsi était incroyablement dangereux. Il se pouvait très bien qu'il n'arrive pas à s'arrêter de boire, dit-elle d'un ton admiratif.

— Ysabeau m'a dit que les Clermont se battaient pour ceux qu'ils aimaient.

— Sa mère comprendra, mais Matthew, c'est une autre affaire. Il faut qu'il évacue tout cela de lui. Votre sang, ce qui s'est passé hier soir, tout.

*Juliette*. Le prénom restait suspendu entre nous.

Miriam rebrancha la perfusion et la régla.

— Marcus va l'emmener au Canada. Il faudra des heures avant que Matthew trouve quelqu'un dont il acceptera de se nourrir, mais c'est indispensable.

— Sarah et Em ne risquent rien en leur absence ?

— Vous nous avez fait gagner un sursis. La Congrégation n'aurait jamais imaginé que Juliette puisse échouer. Gerbert est aussi orgueilleux que Matthew, et presque aussi infaillible. Il va leur falloir quelques jours pour retrouver leurs esprits.

Elle se figea, une expression coupable sur le visage.

— J'aimerais parler à Diana, à présent, dit Matthew depuis le seuil.

Il avait une allure épouvantable. La faim creusait son visage et des cernes violacés s'étalaient sous ses yeux.

Il regarda Miriam faire le tour de mon lit improvisé, sortir et refermer la porte, puis il se tourna vers moi, l'air soucieux. Son besoin de sang se heurtait à son instinct protecteur.

— Quand partez-vous ?

— Je ne pars pas.

— Vous avez besoin de retrouver vos forces. La prochaine fois, la Congrégation n'enverra pas un seul vampire ou une seule sorcière.

Je me redressai péniblement en me demandant combien de créatures surgies du passé de Matthew la Congrégation pouvait convoquer.

— Vous avez tant d'expérience de la guerre, désormais, *ma lionne**, que vous comprenez leur stratégie ? demanda-t-il avec une pointe d'amusement dans la voix.

— Nous avons prouvé que nous ne nous laissions pas faire si facilement.

— Facilement ? Vous avez failli mourir, dit-il en venant s'asseoir avec moi.

— Vous aussi.

— Vous avez utilisé la magie pour me sauver. Je l'ai sentie. Une odeur d'alchémille et d'ambre gris.

— Ce n'était rien, dis-je, ne voulant pas qu'il sache ce que j'avais promis en échange de sa vie.

— Pas de mensonges, répondit-il en me relevant le menton. Si vous ne voulez pas me l'avouer, dites-le. Vos secrets vous appartiennent, mais pas de mensonges.

— Si j'ai des secrets, je ne serai pas la seule dans cette famille. Parlez-moi de Juliette Durand.

Il se leva et alla nerveusement à la fenêtre.

— Vous savez que c'est Gerbert qui nous a présentés. Il l'avait enlevée dans un bordel du Caire, et lui avait fait frôler la mort maintes et maintes fois avant de la transformer en vampire, puis de la façonner en un être que je trouverais séduisant. Je ne sais toujours pas si elle était folle lorsqu'il l'a trouvée ou si elle l'est devenue après ce qu'il lui a fait subir.

— Pourquoi ? demandai-je, incrédule.

— Elle était censée se frayer un chemin dans mon cœur puis dans nos affaires de famille. Gerbert a toujours voulu faire partie des chevaliers de l'ordre de Saint-Lazare et mon père le lui a toujours refusé. Une fois que Juliette eut découvert la complexité de la confrérie et tout ce qu'il y avait à savoir sur la famille Clermont, elle avait le droit de me tuer. Gerbert l'avait formée à être mon assassin autant que ma maîtresse. Lorsque je l'ai connue, elle parvenait mieux à dissimuler son mal. Il m'a fallu longtemps pour en discerner les signes. Baldwin et Ysabeau ne lui ont jamais fait confiance et Marcus la détestait. Mais moi… Gerbert l'avait bien entraînée. Elle me rappelait Louisa et sa fragilité émotionnelle semblait expliquer son comportement incohérent.

*Il a toujours eu un penchant pour les choses fragiles*, m'avait avertie Ysabeau. Matthew n'avait pas seulement été séduit physiquement par Juliette. Ses sentiments avaient été plus profonds.

— Vous l'aimiez vraiment.

Je me rappelai l'étrange baiser de Juliette et je frémis.

— Autrefois. Il y a longtemps. Et pour toutes sortes de mauvaises raisons. Je l'ai surveillée, de loin, en m'assurant que l'on s'occupait d'elle, car elle en était incapable toute seule. Quand la Première Guerre a éclaté, elle a disparu et j'ai pensé qu'elle avait été tuée. Jamais je n'aurais imaginé qu'elle était encore en vie quelque part.

— Et pendant tout le temps où vous la surveilliez, elle en faisait de même.

— Si j'avais su, elle n'aurait jamais réussi à vous approcher. Mais il y a un autre sujet dont nous devons parler. Vous devez me promettre de ne *jamais* utiliser votre magie pour me sauver. Je n'ai aucun désir de vivre plus longtemps que je n'y suis destiné. La vie et la mort sont des forces puissantes. Ysabeau s'y est frottée une fois pour moi. Vous ne le ferez plus. Et ne demandez pas à Miriam ou à quiconque de faire de vous un vampire, ajouta-t-il d'un ton glacial avant de me rejoindre à grandes enjambées. Personne, pas même moi, ne vous transformera en quelque chose que vous n'êtes pas.

— Vous devez me promettre quelque chose en échange.

— Quoi donc ? demanda-t-il avec irritation.

— Ne me demandez jamais de vous abandonner quand vous êtes en danger, dis-je farouchement. Je refuserai.

Matthew calcula ce qui serait exigé de lui pour tenir sa promesse tout en m'évitant le danger. J'étais tout aussi occupée à essayer de comprendre lequel de mes pouvoirs je devais maîtriser afin de pouvoir le protéger sans le réduire en cendres ou me noyer. Nous nous observâmes un long moment, puis je lui caressai la joue.

— Allez chasser avec Marcus. Nous ne risquons rien pendant quelques heures.

Il avait toujours un teint aussi étrange. Il n'était pas le seul à avoir perdu beaucoup de sang.

— Vous ne devez pas rester seule.

— J'ai mes tantes, et aussi Miriam. Elle m'a dit à la Bodléienne que ses dents étaient aussi aiguisées que les vôtres, et je la crois.

À présent, j'en savais assez long sur le sujet.

— Nous serons rentrés à la tombée de la nuit, dit-il avec réticence. Avez-vous besoin de quoi que ce soit avant que je parte ?

— J'aimerais parler à Ysabeau.

Sarah s'était montrée distante dans la matinée et j'avais besoin d'entendre une voix maternelle.

— Bien sûr, dit-il en prenant son téléphone et en composant le numéro.

— *Mère* ?* (Un torrent de français jaillit du téléphone.) Elle va bien, la coupa-t-il. Diana désire vous parler, c'est elle qui l'a demandé.

Il y eut un silence, puis un *oui**. Matthew me tendit l'appareil.

— Ysabeau ? dis-je, la voix brisée et les yeux soudain embués de larmes.

— Je suis là, Diana, répondit Ysabeau de sa voix toujours aussi mélodieuse.

— J'ai failli le perdre.

— Vous auriez dû lui obéir et vous éloigner le plus possible de Juliette. Mais je suis heureuse que vous ne l'ayez pas fait, se radoucit-elle.

Je laissai les larmes couler. Matthew caressa mes cheveux, remettant ma mèche rebelle derrière mon oreille avant de me laisser à ma conversation.

Je pus confier à Ysabeau mon chagrin et avouer que je n'avais pas réussi à tuer Juliette à la première occasion. Je lui racontai tout – l'allure éblouissante de la vampiresse, son étrange baiser, ma terreur quand Matthew avait commencé à boire mon sang, l'impression de mourir avant de revenir brusquement à la vie. La mère de Matthew comprit, comme je l'escomptais. Elle m'interrompit seulement lorsque j'abordai l'épisode de la vierge et de la vieille femme.

— C'est donc la déesse qui a sauvé mon fils, murmura-t-elle. Elle a un certain sens de la justice, et de l'humour aussi. Mais c'est une histoire trop longue à raconter pour aujourd'hui. Je vous en ferai part la prochaine fois que vous reviendrez à Sept-Tours.

Le nom du château me pinça le cœur.

— J'aimerais tellement être là-bas. Je ne suis pas sûre qu'à Madison, on puisse m'apprendre tout ce que j'ai besoin de savoir.

— Alors nous devons trouver un autre professeur. Il y a quelque part une créature qui devrait en être capable.

Ysabeau me donna pour consignes d'obéir à Matthew, de veiller sur lui et sur moi-même et de revenir le plus tôt possible au château. J'acceptai tout avec une allégresse qui ne me ressemblait pas et raccrochai.

Après avoir attendu les quelques minutes qu'imposait le tact, Matthew revint.

— Merci, dis-je en reniflant et en lui rendant le téléphone.

— Gardez-le. Appelez Marcus ou Ysabeau quand vous le souhaitez. Ils sont en mémoire sur les touches 2 et 3. Vous avez besoin d'un nouveau téléphone et d'une montre. Le vôtre ne tient pas la charge. Miriam est en train de travailler dans la salle à manger, mais elle peut vous entendre.

— Sarah et Em ?

— Elles viennent vous voir.

Après la visite de mes tantes, je dormis quelques heures, jusqu'à ce que l'irrésistible besoin de Matthew me réveille.

Em se leva du fauteuil à bascule de ma grand-mère récemment réapparu et vint m'apporter un verre d'eau, le front soucieux. Assise sur le canapé, grand-mère fixait les lambris sur le côté de la cheminée, attendant de toute évidence l'apparition d'un nouveau message de la maison.

— Où est Sarah ? demandai-je.

Je pris le verre. J'avais toujours la gorge desséchée et l'eau me ferait un bien immense.

— Elle est sortie faire un tour, répondit Em, pincée.

— Elle reproche à Matthew tout ce qui est arrivé.

Em s'agenouilla à côté de moi.

— Cela n'a rien à voir avec lui. Tu as offert ton sang à un vampire désespéré et mourant. (Elle fit taire mes protestations d'un regard.) Je sais que ce n'est pas n'importe quel vampire, mais quand bien même, Matthew aurait pu te tuer. Et Sarah est accablée parce qu'elle n'arrive pas à t'apprendre comment maîtriser tes pouvoirs.

— Sarah ne devrait pas s'inquiéter pour moi. As-tu vu ce que j'ai fait à Juliette ?

— Et d'autres choses aussi.

Ma grand-mère s'était détournée des lambris et m'observait, à présent.

— J'ai vu la faim en Matthew quand il a bu ton sang, continua Em. Et j'ai aussi vu la vierge et la vieille femme de l'autre côté du feu.

— Sarah les a vues ?

— Non. Matthew est au courant ?

— Non, répondis-je, soulagée que Sarah n'ait pas conscience de tout ce qui s'était passé.

— Qu'as-tu promis à la déesse en échange de sa vie, Diana ?

— Tout ce qu'elle désirait.

— Oh, ma chérie, dit Em, consternée. Tu n'aurais pas dû. Nous ignorons quand elle réclamera son dû et ce qu'elle exigera.

À présent, ma grand-mère se balançait furieusement dans le fauteuil à bascule. Em le regarda s'agiter.

— J'étais obligée, Em. La déesse n'a pas eu l'air surprise. Pour moi, c'était inévitable. Juste, en quelque sorte.

— Avais-tu déjà vu la vierge et la vieille femme ?

— Oui, j'ai vu la vierge dans mes rêves. Parfois, c'est comme si j'étais en elle, je vois par ses yeux quand elle chasse ou qu'elle chevauche dans la forêt. La vieille femme, je l'ai vue devant le salon.

*Tu es dedans jusqu'au cou, Diana*, chevrota ma grand-mère. *J'espère que tu sais nager.*

— Il ne faut pas invoquer la déesse avec désinvolture, m'avertit Em. Ce sont des forces puissantes que tu ne comprends pas encore.

— Je ne l'ai absolument pas invoquée. Elles sont apparues toutes les deux quand j'ai décidé d'offrir mon sang à Matthew. Elles m'ont aidée volontairement.

*Peut-être que ce n'était pas ton sang que tu donnais*, continua ma grand-mère. *Y as-tu songé ?*

— Tu connais Matthew depuis seulement quelques semaines. Pourtant, tu obéis à ses ordres sans peine et tu étais prête à mourir pour lui. Tu dois comprendre pourquoi Sarah est inquiète. La Diana que nous connaissions depuis toujours a disparu.

— Je l'aime. Et il m'aime.

Je balayai les innombrables secrets de Matthew, comme son caractère colérique et son besoin de tout diriger autour de lui.

Mais Em sut ce que je pensais et secoua la tête.

— Tu ne peux pas ignorer tout cela, Diana. Tu as essayé d'ignorer ta magie et elle t'a rattrapée. Ce que tu n'aimes pas et que tu ne comprends pas chez Matthew finira par te rattraper aussi. Tu ne peux pas te cacher éternellement. Surtout en ce moment.

— Comment cela ?

— Il y a trop de créatures qui s'intéressent au manuscrit, à toi et à Matthew. Je les sens qui exercent leur pression sur la maison et sur toi. J'ignore de quel côté elles sont, mais mon sixième sens me souffle que nous allons bientôt le savoir.

Elle me borda, rajouta une bûche dans le feu et me laissa. Je fus réveillée par l'odeur épicée caractéristique de mon époux.

— Vous êtes rentré, dis-je en me frottant les yeux.

Il paraissait reposé et sa peau avait repris son habituelle couleur nacrée. Il s'était nourri. De sang humain.

— Vous aussi, dit-il en me baisant la main. Miriam m'a dit que vous avez dormi presque toute la journée.

— Sarah est là ?

— Tout le monde est là, sourit-il. Même Tabitha.

Je demandai à les voir et il débrancha ma perfusion. Comme j'étais encore trop faible pour me lever, il me prit dans ses bras. Em et Marcus me déposèrent très cérémonieusement sur le canapé. Je fus rapidement épuisée par une conversation pourtant calme et Matthew me souleva de nouveau dans ses bras.

— Nous montons, annonça-t-il. À demain matin.

— Voulez-vous que je vous apporte la perfusion de Diana ? demanda Miriam.

— Non, elle n'en a pas besoin, répondit-il avec brusquerie.

— Merci de ne pas me brancher sur ce truc, dis-je alors que nous passions dans le hall.

— Votre organisme est encore faible, mais il est remarquablement résistant pour une sang-chaud, dit-il en montant. C'est l'avantage d'être une machine à mouvement perpétuel, je suppose.

Quand il eut éteint, je me lovai contre lui avec un soupir de satisfaction, ma main jalousement posée sur sa poitrine. Le clair de lune qui filtrait par les fenêtres soulignait ses nouvelles cicatrices, qui commençaient déjà à s'estomper.

J'avais beau être fatiguée, je sentais Matthew si préoccupé que je ne parvenais pas à dormir. Je voyais à ses dents serrées et à son regard qu'il était en train de chercher quelle direction nous allions prendre, comme il me l'avait promis la veille.

— Dites-le-moi, demandai-je, quand le suspense devint intolérable.

— C'est de temps, dont nous avons besoin, répondit-il pensivement.

— La Congrégation ne risque pas de nous en donner.

— Alors nous le prendrons, dans ce cas. (Sa voix était presque inaudible.) Nous voyagerons dans le temps.

# 39

Nous n'arrivâmes pas à la moitié de l'escalier que j'eus besoin de me reposer, mais j'étais décidée à atteindre la cuisine par mes propres moyens. À ma surprise, Matthew ne tenta pas de m'en dissuader et nous nous assîmes sur les marches usées dans un agréable silence. Une pâle lumière filtrait par les vitres troubles de part et d'autre de l'entrée, promettant une journée ensoleillée. J'entendis des pièces de Scrabble crépiter dans le salon.

— Quand leur direz-vous ?

Il n'y avait pas grand-chose à divulguer pour l'instant : il travaillait toujours sur les grandes lignes du projet.

— Plus tard, dit-il en se penchant vers moi.

— Sarah aura beau ingurgiter des quantités de café, elle sautera au plafond quand elle l'apprendra. (Je me cramponnai à la rampe et me hissai sur mes pieds.) Reprenons nos efforts.

Quand je fus arrivée dans le salon, Em m'apporta ma première tasse de thé. Je la bus sur le canapé pendant que Matthew et Marcus partaient faire leur promenade matinale avec ma bénédiction. Il fallait qu'ils passent le plus de temps possible ensemble avant que nous partions.

Ensuite, Sarah me prépara ses célèbres œufs brouillés, chargés d'oignons, de champignons et de fromage et recouverts d'une cuillerée de sauce, et déposa l'assiette fumante devant moi.

— Merci, Sarah, dis-je avant de me jeter dessus sans plus de façons.

— Il n'y a pas que Matthew qui ait besoin de se nourrir et de se reposer, dit-elle en jetant un coup d'œil vers le verger où les deux vampires bavardaient.

— Je me sens beaucoup mieux aujourd'hui, répondis-je en croquant un toast.

— Au moins, ton appétit semble revenu.

Quand Marcus et Matthew rentrèrent, j'en étais à ma deuxième assiette. Ils semblaient lugubres, mais Matthew secoua la tête devant mon regard interrogateur.

Apparemment, ils n'avaient pas parlé de nos projets de voyage dans le temps ; c'était autre chose qui provoquait cette mauvaise humeur. Matthew prit un tabouret, ouvrit le journal d'un geste sec et se plongea dans les nouvelles. Je terminai mes œufs et mes toasts, préparai encore du thé et patientai pendant que Sarah débarrassait. Matthew replia enfin le journal.

— J'aimerais aller dans les bois. Là où Juliette est morte, annonçai-je.

— Je vais amener la Range Rover devant la porte, dit-il en se levant.

— C'est de la folie, Matthew, il est trop tôt, intervint Marcus en cherchant du regard le soutien de Sarah.

— Laissez-les y aller, dit-elle. Mais que Diana mette des vêtements chauds, il fait froid.

Em fit son apparition, l'air perplexe.

— Nous attendons des visites ? C'est ce que pense la maison.

— Tu plaisantes ! répondis-je. La maison n'a pas ajouté de pièce depuis la dernière réunion de famille. Où est-elle, cette fois ?

— Entre la salle de bains et le débarras, dit Em en désignant le plafond. *Je t'avais dit qu'il ne s'agissait pas seulement de toi et Matthew*, ajouta-t-elle mentalement alors que nous montions tous pour assister à la transformation. *Mes prémonitions me trompent rarement.*

La pièce qui venait de se matérialiser contenait un lit ancien en cuivre avec d'énormes boules à chaque coin, des rideaux rouges en guingan usé qu'Em exigea de décrocher immédiatement, un tapis bordeaux et violet et une commode qui supportait une vasque et un broc roses ébréchés. Personne ne reconnut aucun de ces objets.

— D'où cela sort-il ? demanda Miriam, fascinée.

— Qui sait où la maison garde tous ces trucs, dit Sarah en essayant énergiquement le matelas, qui grinça avec indignation.

— Les exploits les plus légendaires de la maison sont survenus vers mon treizième anniversaire, me rappelai-je en souriant. Un record : elle nous a sorti quatre chambres et un salon victorien complet.

— Et un service en porcelaine bleue de vingt-quatre pièces, se rappela Em. Nous avons encore quelques-unes des tasses, mais la plupart des grosses pièces ont disparu après le départ de la famille.

Une fois que tout le monde eut inspecté la nouvelle chambre et le débarras désormais considérablement réduit, je me changeai et descendis à petits pas jusqu'à la Range Rover. Quand nous arrivâmes près de l'endroit où Juliette avait connu son dernier instant, Matthew s'arrêta.

— Nous faisons le reste à pied ? proposa-t-il. Nous irons doucement.

Ce matin, il était différent. Il ne me couvait pas et ne me disait pas ce que je devais faire.

— Qu'est-ce qui a changé ? demandai-je alors que nous approchions du chêne.

— Je vous ai vue vous battre, dit-il à voix basse. Sur le champ de bataille, les plus braves s'évanouissent de peur et sont incapables de lutter, même pour se sauver eux-mêmes.

— Mais je suis restée pétrifiée.

— Bien sûr. Vous étiez sur le point de prendre une vie. Mais vous ne craignez pas la mort.

— Non.

Je vivais avec la mort – et parfois, je la désirais – depuis l'âge de sept ans.

— Après La Pierre et Satu, vous étiez brisée et hésitante. Toute votre vie, vous avez refusé d'affronter vos peurs. Je ne savais pas si vous seriez capable de vous battre en cas de nécessité. À présent, je n'ai plus qu'à veiller à ce que vous ne preniez pas de risques inutiles.

Son regard glissa sur mon cou. Il reprit sa marche en m'entraînant doucement. Une portion d'herbe calcinée m'indiqua que nous étions arrivés. Je me raidis et il me lâcha. Les marques laissées par le feu menaient à l'endroit où Juliette était tombée. La forêt était plongée dans un silence surnaturel, sans le moindre chant d'oiseau. Je ramassai un morceau de bois brûlé qui s'effrita entre mes doigts.

— Je ne connaissais pas Juliette, mais sur le moment, je l'ai assez haïe pour pouvoir la tuer.

Ses yeux noisette allaient me hanter éternellement.

Je suivis du doigt le cercle de feu jusqu'à l'endroit où la vierge et la vieille femme avaient accepté de m'aider à sauver Matthew. Je levai les yeux vers les branches du chêne et étouffai un cri.

— Cela a commencé hier, dit Matthew. D'après Sarah, vous l'avez vidé de sa vie.

Au-dessus de moi, les branches fendues et desséchées me rappelèrent des cornes de cerf. Des feuilles brunes voletèrent à mes pieds. Matthew avait survécu parce que j'avais aspiré cette force vive dans mes veines et jusque dans son corps. L'écorce rugueuse du chêne m'avait parue si solide, mais elle n'était plus qu'une coquille vide.

— Le pouvoir demande toujours un prix, dit Matthew, qu'il soit magique ou non.

— Qu'ai-je fait ?

La mort d'un arbre n'allait pas régler ma dette avec la déesse. Pour la première fois, je fus effrayée du marché que j'avais conclu.

Matthew traversa la clairière et me prit dans ses bras. Nous nous étreignîmes, conscients de ce que nous avions failli perdre.

— Vous m'avez promis que vous seriez moins imprudente, dit-il, fâché.

— Vous étiez censé être indestructible.

— J'aurais dû vous parler de Juliette.

— Oui, vraiment. Elle a failli me priver de vous.

Le sang battait sous le pansement de mon cou. Matthew posa le pouce à l'endroit où il m'avait mordue et je le trouvai étonnamment chaud.

— C'était beaucoup trop près.

Il caressa mes cheveux et sa bouche se colla à la mienne. Nous restâmes enlacés, cœur contre cœur.

— Quand j'ai pris la vie de Juliette, cela a fait d'elle une partie de moi-même, pour toujours.

— La mort est une magie puissante.

Calmée, je remerciai silencieusement la déesse non seulement pour la vie de Matthew, mais aussi pour la mienne.

Nous retournâmes à la voiture, mais je titubais de fatigue. Matthew me hissa sur son dos et me porta sur le reste du chemin.

Lorsque nous arrivâmes à la maison, Sarah sortit à une vitesse digne d'un vampire et ouvrit la portière.

— Enfin, Matthew ! s'indigna-t-elle en voyant mon visage épuisé.

Ils me portèrent jusqu'au salon et m'allongèrent sur le canapé, où je posai la tête sur les genoux de Matthew. Je m'endormis dans le bourdonnement d'activité autour de moi et la dernière chose dont je me souvins clairement fut une odeur de vanille et le bruit du vieux mixeur d'Em.

Matthew me réveilla pour le déjeuner qui se révéla être un potage de légumes. Son expression suggéra que cela ne me suffirait pas. Il s'apprêtait à faire part de son projet à nos familles.

— Vous êtes prête, *mon cœur** ? demanda-t-il. (J'acquiesçai en raclant le fond de mon assiette.) Nous avons quelque chose à vous annoncer.

La nouvelle tradition de la maison était de se rendre dans la salle à manger lorsqu'un sujet important devait être débattu. Une fois que nous y fûmes réunis, tout le monde se tourna vers lui.

— Qu'avez-vous décidé ? demanda Marcus sans attendre.

— Nous devons aller dans un endroit où il sera difficile à la Congrégation de nous suivre, où Diana aura du temps et des maîtres qui lui enseigneront à contrôler sa magie.

Sarah éclata de rire.

— Et où se trouve cet endroit qui abrite des sorciers patients et puissants qui ne seront pas gênés par la présence d'un vampire ?

— Ce n'est pas un endroit particulier que j'ai en tête, répondit énigmatiquement Matthew. Nous allons cacher Diana dans le *temps*.

Ce fut un tollé général. Matthew me prit la main.

— *Courage**, murmura-t-il avec un sourire, comme lorsque j'avais fait la connaissance d'Ysabeau.

Je comprenais un peu leur incrédulité. La veille, dans le lit, j'avais à peu près réagi de la même manière. D'abord, j'avais soutenu que c'était impossible, puis j'avais demandé maints détails sur notre destination. Il m'avait expliqué ce qu'il avait pu – c'est-à-dire pas grand-chose.

— Vous voulez utiliser votre magie, mais pour le moment, c'est elle qui se sert de vous. Vous avez besoin d'un maître plus compétent que Sarah ou Emily. Ce n'est pas leur faute si elles ne peuvent pas vous aider. Les sorcières du passé étaient différentes et une grande partie de leur savoir a été perdu.

— Où et quand ? avais-je chuchoté dans l'obscurité.

— Pas très loin, bien que le passé récent soit risqué, mais suffisamment pour que nous trouvions une sorcière capable de vous former. Avant cela, nous devons demander à Sarah si nous pouvons le faire sans risque. Et ensuite, nous devons trouver trois objets qui nous guideront jusqu'à la bonne époque.

— Nous ? m'étais-je étonnée. Je ne vous retrouverai pas simplement là-bas ?

— Uniquement si c'est la seule solution. Je n'étais pas le même à l'époque et en ce qui vous concerne, je ne me fie pas entièrement à mon moi passé.

Il s'était détendu, soulagé, quand j'avais acquiescé. Quelques jours auparavant, lui-même rejetait l'idée du voyage dans le temps. Apparemment, il était plus risqué de rester où nous étions.

— Que feront les autres ?

Son pouce avait lentement suivi les veines sur ma main.

— Miriam et Marcus retourneront à Oxford. C'est là-bas que la Congrégation commencera à vous chercher. Il vaudrait mieux que Sarah et Emily partent quelque part, au moins pour un certain temps. Elles accepteraient d'aller chez Ysabeau ?

De prime abord, cela avait paru une idée ridicule. Sarah et Ysabeau sous le même toit ? Mais plus j'y songeais, plus cela me paraissait envisageable.

— Je ne sais pas, avais-je répondu pensivement avant que surgisse une nouvelle inquiétude. Marcus.

Je ne connaissais pas les complexités des chevaliers de l'ordre de Saint-Lazare, mais en l'absence de Matthew, il devrait endosser encore plus de responsabilités.

— Il n'y a pas d'autre solution, avait dit Matthew en me tranquillisant d'un baiser.

Et c'était précisément le point dont Emily voulait débattre en cet instant.

— Il doit y en avoir une autre, protesta-t-elle.

— J'ai essayé de la trouver, s'excusa Matthew.

— Où, je devrais plutôt dire « à quelle époque », comptez-vous aller ? Diana ne risque pas de passer inaperçue. Elle est trop grande, dit Miriam en considérant ses mains menues.

— Même si elle passait inaperçue, intervint Marcus, ce serait trop dangereux. Vous pourriez tomber au beau milieu d'une épidémie ou d'une guerre.

— Ou d'une chasse aux sorcières.

Miriam n'avait pas dit cela par malice, mais trois têtes indignées se tournèrent tout de même vers elle.

— Sarah, qu'en pensez-vous ? demanda Matthew.

De nous tous, c'était la plus calme.

— Vous allez l'emmener à une époque où elle sera en compagnie de sorcières qui pourront l'aider ?

— Oui.

Elle ferma les yeux un moment, puis :

— Vous n'êtes pas en sécurité ici, tous les deux. Juliette Durand nous l'a démontré. Et si vous n'êtes pas en sécurité à Madison, vous ne le serez nulle part.

— Merci, commença Matthew.

— Ne me promettez rien, coupa Sarah en l'arrêtant d'un geste. Je sais que vous veillerez sur elle, sinon sur vous-même.

— À présent, nous n'avons plus qu'à nous soucier de la question du voyage dans le temps, dit Matthew, très professionnel. Diana va avoir besoin de trois choses provenant d'un lieu et d'une époque précis afin de pouvoir s'y rendre sans risque. (Sarah opina.) Est-ce qu'on peut me considérer comme une chose ?

— Votre cœur bat, non ? Évidemment que vous n'êtes pas une chose !

C'était l'une des déclarations les plus positives que Sarah ait jamais faites sur les vampires.

— Si vous avez besoin d'un vieux truc pour vous guider, je vous donne ceux-là avec plaisir, dit Marcus.

Il ôta de son cou un lien de cuir où était passé un étrange assortiment d'objets, dont une dent, une pièce, un morceau d'une matière noire et or et un vieux sifflet en argent.

— N'as-tu pas pris cela sur une victime de la fièvre jaune ? demanda Matthew en tripotant la dent.

— À La Nouvelle-Orléans, répondit son fils. L'épidémie de 1879.

— La Nouvelle-Orléans, c'est hors de question, répliqua Matthew.

— Oui, j'imagine, fit Marcus. Pourquoi pas Paris ? Tu as une des boucles d'oreilles de Fanny.

Matthew effleura une minuscule pierre rouge montée sur une résille d'or.

— Philippe et moi t'avons fait quitter Paris et Fanny aussi. On appelait cela la Terreur, tu te souviens ? Ce n'est pas un endroit pour Diana.

— Vous vous affolez comme des vieilles dames, tous les deux. J'ai déjà connu une révolution. Mais si vous cherchez un endroit sûr dans le passé, vous allez avoir un mal de chien à en trouver un, grommela-t-il. (Puis son visage s'éclaira.) Philadelphie ?

— Je n'étais pas à Philadelphie avec toi ni en Californie, le coupa précipitamment Matthew avant qu'il ait pu poursuivre. Ce serait mieux que nous allions dans un endroit et une époque que je connais.

— Même si vous connaissez l'endroit où nous allons, Matthew, je ne suis pas sûre de pouvoir y arriver.

— Mais si, tu peux, dit Sarah. Tu le fais depuis toujours. Quand tu étais tout bébé, et quand tu étais enfant, tu jouais à cache-cache avec Stephen. Et quand tu étais adolescente, aussi. Tu ne te rappelles pas le nombre de fois où il a fallu qu'on te sorte des bois et qu'on te nettoie pour aller en cours ? Qu'est-ce que tu imagines que tu faisais, à l'époque ?

— Sûrement pas des voyages dans le temps, dis-je, sincère. Mais le côté scientifique de l'affaire m'inquiète. Où va mon corps, quand je suis ailleurs ?

— Qui sait ? Mais ne t'inquiète pas. Cela arrive à tout le monde. Par exemple, tu pars au bureau et tu ne te souviens pas comment tu y es parvenue. Ou bien tout un après-midi passe et tu ne sais même pas ce que tu as fait de tout ce temps. Quand il arrive ce genre de choses, tu peux parier que c'est parce qu'il y a un voyageur du temps dans les parages, expliqua Sarah, qui n'avait pas du tout l'air affolée par cette perspective.

Sentant mon appréhension, Matthew me prit la main.

— Selon Einstein, tous les physiciens étaient conscients de ce que les distinctions entre passé, présent et avenir étaient seulement ce qu'il appelait « une illusion obstinément persistante ». Il croyait non seulement aux merveilles et aux miracles, mais aussi à l'élasticité du temps.

On frappa en hésitant à la porte.

— Je n'ai pas entendu de voiture, dit Miriam en se levant.

— Ce n'est que Sammy qui vient se faire payer le journal, dit Em en quittant son fauteuil.

Nous attendîmes sans un mot qu'elle gagne l'entrée. D'après leur expression, je devinai que Matthew et Marcus étaient prêts à voler jusqu'à la porte eux aussi. Un courant d'air glacé souffla dans la salle à manger.

— Oui ? demanda Em d'un ton interloqué.

En un instant, Matthew et son fils se levèrent et la rejoignirent, accompagnés par Tabitha, qui tenait à soutenir le chef de meute dans les moments les plus cruciaux.

— Ce n'est pas le gamin, dit inutilement Sarah en regardant la chaise vide à côté de moi.

— Êtes-vous Diana Bishop ? demanda une voix grave d'homme à l'accent étranger familier.

— Non, je suis sa tante, répondit Em.

— Puis-je faire quelque chose pour vous ? demanda Matthew avec une politesse glaciale.

— Je m'appelle Nathaniel Wilson et voici ma femme Sophie. On nous a dit que nous pourrions trouver Diana Bishop ici.

— Qui vous l'a dit ? demanda Matthew.

— Sa mère. Agatha, répondis-je en me levant pour les rejoindre.

Sa voix me rappela le démon de chez Blackwell, la créatrice de mode australienne aux beaux yeux bruns. Miriam tenta de me barrer le chemin, mais s'écarta quand elle vit mon expression. J'eus plus de mal avec Marcus. Il m'empoigna le bras et m'entraîna dans la pénombre de l'escalier.

Le regard de Nathaniel me frôla doucement le visage. Il avait vingt ans et quelques, les cheveux clairs et les yeux bruns, ainsi que la grosse bouche et les traits délicats de sa mère. Cependant, alors qu'Agatha était courte sur pattes, il était presque aussi grand que Matthew, avec des épaules larges et des hanches étroites de nageur. Il portait un énorme sac à dos noir.

— Vous êtes Diana Bishop ? demanda-t-il.

À côté de lui apparut un visage de femme, doux et rond, avec des yeux bruns éveillés et une fossette au menton. Elle avait le même âge et la caresse délicate et insidieuse de son regard m'indiqua que c'était elle aussi une démone.

— C'est elle, dit la jeune femme avec un accent du sud. Elle est exactement comme dans mes rêves.

— Il n'y a pas de problème, Matthew, dis-je.

Ces deux démons ne présentaient pas plus de danger pour moi que Marthe ou Ysabeau.

— Alors vous êtes un vampire, dit Nathaniel en regardant Matthew de la tête aux pieds. Ma mère m'a mis en garde contre vous.

— Vous devriez l'écouter, répliqua Matthew d'un ton dangereusement doucereux.

Nathaniel ne sembla pas impressionné.

— Elle m'a dit que vous n'accueilleriez pas avec bienveillance le fils d'un membre de la Congrégation. Mais je ne suis pas venu de sa part. Je suis ici à cause de Sophie.

Il attira contre lui sa femme dans un geste protecteur et elle se blottit en frissonnant. Ni l'un ni l'autre n'étaient vêtus pour la saison. Il portait une vieille veste de chasse et elle un simple col roulé et un cardigan tricoté maison qui lui arrivait aux genoux.

— Ce sont tous les deux des démons ? me demanda Matthew.

— Oui, répondis-je, bien qu'un détail m'ait fait hésiter.

— Vous aussi, vous êtes un vampire ? demanda Nathaniel à Marcus.

— Zut, repéré, fit celui-ci avec un sourire carnassier.

Sophie continuait de me frôler avec son regard caractéristique de démone, mais je sentais un autre fourmillement sur ma peau. Elle posa une main protectrice sur son ventre.

— Vous êtes enceinte ! m'écriai-je.

Marcus fut si surpris qu'il me lâcha. Matthew m'attrapa au passage. La maison, agitée par l'apparition de deux visiteurs et le bond soudain de Matthew, fit connaître son déplaisir en claquant violemment les portes du salon.

— Ce que vous sentez, c'est moi, dit Sophie en se serrant contre son mari. Je descends d'une famille de sorciers, mais je suis née à part.

Sarah arriva dans le hall, vit les deux visiteurs et leva les bras au ciel.

— Et voilà que cela recommence. Je vous avais bien dit que des démons n'allaient pas tarder à faire leur apparition à Madison. Mais bon, la maison sait généralement mieux que nous ce qu'il faut faire. Et puisque vous êtes là, autant que vous entriez, par le temps qu'il fait.

La maison gémit quand les démons entrèrent, comme si elle en avait vraiment assez de nous supporter.

— Ne vous inquiétez pas, les rassurai-je. La maison nous a prévenus de votre arrivée, même si cela n'en a pas l'air.

— Celle de ma grand-mère était exactement pareille, sourit Sophie. Elle habitait la vieille maison des Norman à Seven Devils. C'est de là que je suis originaire. Cela fait officiellement partie de la Caroline du Nord, mais mon père disait toujours que personne ne s'était donné la peine d'en informer les gens de la ville. Nous sommes une sorte de nation à part entière.

Les portes du salon s'ouvrirent toutes grandes, révélant ma grand-mère et quatre autres Bishop, qui suivirent tous l'activité avec intérêt. Le gamin qui portait le panier de myrtilles agita la main. Sophie lui répondit timidement.

— Grand-mère aussi avait des fantômes, expliqua-t-elle sans s'émouvoir.

Les fantômes, deux vampires inamicaux et une maison très extravertie, ce fut un peu trop pour Nathaniel.

— Nous ne resterons pas plus longtemps qu'il ne le faut, Sophie. Tu es venue donner quelque chose à Diana. Finissons-en et repartons.

Miriam choisit ce moment pour surgir de la pénombre de la salle à manger, les bras croisés. Nathaniel recula d'un pas.

— D'abord des vampires, et maintenant des démons. Et ensuite ? murmura Sarah avant de se tourner vers Sophie. Alors, vous êtes à votre cinquième mois ?

— Le bébé a commencé à remuer la semaine dernière, répondit Sophie en posant les mains sur son ventre. C'est là qu'Agatha nous a dit où nous pourrions trouver Diana. Elle n'était pas au courant pour ma famille. Cela faisait des mois que je rêvais de vous. Et je ne sais pas ce qu'Agatha a vu pour être aussi effrayée.

— Quels rêves ? demanda vivement Matthew.

— Faisons asseoir Sophie avant de la soumettre à un interrogatoire, dit Sarah. Em, tu nous apportes des cookies ? Et du lait ?

Em partit dans la cuisine.

— Ce sont soit mes rêves, soit les siens, expliqua Sophie en baissant la tête sur son ventre tandis que nous l'emmenions. C'est une sorcière, voyez-vous, ajouta-t-elle pour Matthew. C'est probablement ce qui a inquiété la mère de Nathaniel.

Tous les yeux se rivèrent sur le ventre rond.

— Dans la salle à manger, dit Sarah d'un ton péremptoire. Tout le monde dans la salle à manger.

— Il y a quelque chose d'un peu trop commode dans leur arrivée pile à ce moment, dit Matthew en me retenant. Ne parlez pas de voyage dans le temps devant eux.

— Ils sont inoffensifs, dis-je.

Tous mes instincts me le confirmaient.

— Personne n'est inoffensif, et cela vaut certainement pour le fils d'Agatha Wilson.

Tabitha, qui était assise à côté de Matthew, acquiesça d'un miaulement.

— Vous nous rejoignez, vous deux, ou il faut que j'aille vous chercher ? nous héla Sarah.

— Nous arrivons, répondit aimablement Matthew.

Sarah était en bout de table. Elle nous désigna les places libres à sa droite.

— Asseyez-vous.

Nous nous retrouvâmes face à Sophie et Nathaniel, qui étaient séparés de Marcus par une chaise vide. Le fils de

Matthew observait tour à tour son père et les démons. J'étais entre Matthew et Miriam, qui ne quittaient pas Nathaniel des yeux. Em entra avec un plateau chargé de vin, de lait, de bols de fruits rouges et de fruits secs et d'une énorme assiette de cookies.

— Mon Dieu, ces cookies me font regretter comme jamais de ne plus être un sang-chaud, dit Marcus, admiratif, en prenant l'un d'eux pour le flairer. Ils sentent si bon. Mais ils ont un goût épouvantable.

— Prenez plutôt cela, dit Em en faisant glisser vers lui un bol de noix sur la table. Elles sont glacées au sucre vanillé. Ce n'est pas comme des cookies, mais presque. Débouchez cela aussi et servez votre père, ajouta-t-elle en lui donnant une bouteille de vin et un tire-bouchon.

— Merci, Em, dit Marcus en s'emparant de la bouteille, la bouche pleine de noix. Vous êtes la meilleure.

Sarah regarda avec attention Sophie qui buvait avidement son lait et mangeait un cookie.

— Alors, où est votre voiture ? demanda-t-elle à Nathaniel.

C'était une curieuse question pour commencer.

— Nous sommes venus à pied, répondit Nathaniel, qui n'avait touché à rien de ce qu'Em lui avait servi.

— D'où ? demanda Marcus incrédule en tendant un verre à son père.

Il avait suffisamment vu la campagne environnante pour savoir qu'il n'y avait rien aux alentours.

— Un ami nous a amenés en voiture de Durham à Washington, expliqua Sophie. Ensuite, nous avons pris le train jusqu'à New York. Je n'ai pas beaucoup aimé la ville.

— Nous avons gagné Albany en train, puis Syracuse. Le bus nous a déposés à Cazenovia, acheva Nathaniel en posant la main sur le bras de sa femme.

— Il ne veut pas que je dise que nous avons été pris en stop par quelqu'un, sourit Sophie. La dame savait où était la maison. Ses enfants adorent venir ici à Halloween parce que vous êtes de vraies sorcières. Encore que nous n'avions pas besoin qu'on nous indique l'endroit. La maison dégage beaucoup d'énergie. Nous n'aurions pas pu la manquer.

— Y a-t-il une raison pour que vous ayez suivi un itinéraire si compliqué ? demanda Matthew à Nathaniel.

— Quelqu'un nous a suivis jusqu'à New York, mais quand Sophie et moi sommes montés dans le train de Washington, on s'est désintéressé de nous, répondit Nathaniel, blessé.

— Ensuite, nous sommes descendus du train dans le New Jersey et rentrés en ville. À la gare, l'employé nous a dit que les touristes se trompent tout le temps de train. Il ne nous a pas fait payer un nouveau billet, n'est-ce pas, Nathaniel ? demanda-t-elle, apparemment ravie de l'accueil.

— Où êtes-vous descendus ? continua Matthew.

— Ici, dit sèchement Em. Ils n'ont pas de voiture et la maison a créé une chambre pour eux. En plus, Sophie a besoin de parler à Diana.

— J'aimerais bien. Agatha a dit que vous pourriez m'aider. Une histoire de livre pour le bébé, dit Sophie à mi-voix.

Le regard de Marcus se posa vivement sur la page de l'Ashmole 782, qui dépassait de sous l'organigramme de l'ordre de Saint-Lazare. Il rangea précipitamment le tout et posa une feuille de résultats d'analyse dessus.

— Quel livre, Sophie ? demandai-je.

— Nous n'avons pas dit à Agatha que j'étais d'une famille de sorciers. Je ne l'ai dit à Nathaniel que lorsqu'il est venu chez nous faire la connaissance de mon père.

Nous étions ensemble depuis quatre ans et mon père était malade, il ne contrôlait plus sa magie. Je ne voulais pas affoler Nathaniel. De toute façon, quand nous nous sommes mariés, nous avons préféré ne pas faire de vagues. Agatha siégeait à la Congrégation et parlait toujours des règles de ségrégation et de ce qui arrivait à ceux qui les enfreignaient. Pour moi, cela ne tenait pas debout.

— Le livre ? répétai-je.

— Oh.

Elle plissa le front, pensive, puis elle se tut.

— Ma mère est tout excitée à l'idée de la naissance du bébé. Elle dit que ce sera l'enfant le mieux habillé du monde, dit Nathaniel en souriant tendrement à sa femme. C'est là que les rêves ont commencé. Sophie a senti que des ennuis nous guettaient. Elle a des prémonitions très fortes pour une démone, exactement comme ma mère. En septembre, elle a commencé à voir le visage de Diana et à entendre son nom. Sophie disait que des gens voulaient quelque chose de vous.

Matthew frôla mes reins, là où Satu avait laissé sa marque.

— Montre-leur la cruche avec son visage, Nathaniel. C'est juste une photo. Je voulais l'apporter, mais Nathaniel a dit que nous n'allions pas transporter une énorme cruche de Durham à New York.

Son mari sortit docilement son téléphone et fit apparaître une photo sur l'écran avant de le tendre à Sarah, qui poussa un cri.

— Je suis potière, comme ma maman et sa mère. Grand-mère utilisait le feu sorcier dans son four, mais je procède normalement. Je modèle sur mes poteries tous les visages que je vois en rêve. Ils ne sont pas tous effrayants. Le vôtre ne l'était pas.

Sarah passa le téléphone à Matthew.

— C'est très beau, Sophie, la complimenta-t-il.

Je fus forcée d'en convenir. La cruche était haute, ronde, gris pâle, avec deux anses prenant naissance sur le bec étroit. Sur le devant figurait un visage – le mien, bien que déformé par les proportions de la cruche. Mon menton saillait, tout comme mon nez, mes oreilles et mes arcades sourcilières. Les cheveux étaient tracés en épais rubans d'argile. Les yeux fermés, j'arborais un sourire serein, comme si je gardais un secret.

— C'est pour vous aussi, dit Sophie en sortant de sa poche un objet volumineux enveloppé et ficelé dans de la toile cirée. Quand le bébé a commencé à bouger, j'ai été certaine que cela vous appartenait. Le bébé le sait aussi. Peut-être est-ce pour cela qu'Agatha s'est autant inquiétée. Et évidemment, nous ne savons pas quoi en faire, étant donné que le bébé est sorcier. La mère de Nathaniel a pensé que vous auriez peut-être une idée.

Nous regardâmes sans rien dire Sophie qui défaisait les nœuds.

— Excusez-moi, murmura-t-elle. C'est mon père qui les a faits. Il était dans la marine.

— Je peux vous aider ? proposa Marcus.

— Non, j'y suis, sourit-elle aimablement. Il faut l'envelopper, sinon il noircit. Et il ne doit pas être noir, mais blanc.

Notre curiosité à tous était maintenant bien éveillée et le silence régnait, seulement troublé par Tabitha qui faisait sa toilette.

— Voilà, dit enfin Sophie en ouvrant le paquet. Je ne suis peut-être pas une sorcière, mais je suis la dernière des Norman. Nous avons gardé cela pour vous.

C'était une petite figurine d'une dizaine de centimètres de haut, en vieil argent, qui luisait avec l'éclat poli des objets de musée. Sophie la tourna vers moi.

— Diane, précisa-t-elle inutilement.

La déesse était représentée avec toutes ses caractéristiques, depuis le croissant de lune sur son front jusqu'à ses pieds chaussés de sandales, en train de marcher et de prendre d'une main une flèche dans le carquois sur son épaule, l'autre main reposant sur les cornes d'un cerf.

— D'où la tenez-vous ? demanda Matthew d'une voix étrange.

— On ne sait pas, répondit-elle. Elle a toujours été dans la famille, transmise de sorcier en sorcier. « Le moment venu, donne-la à qui en aura besoin. » C'est ce que ma grand-mère avait dit à mon père et ce qu'il m'a dit. La phrase était écrite sur un petit bout de papier, mais nous l'avons perdu il y a longtemps.

— Qu'est-ce que c'est, Matthew ? demanda Marcus, mal à l'aise, tout comme Nathaniel.

— Une pièce d'échecs, dit Matthew d'une voix brisée. La reine blanche.

— Comment le savez-vous ? demanda Sarah en regardant la figurine d'un œil critique. Je n'ai jamais vu de pièce d'échecs de ce genre.

Matthew dut se forcer pour répondre.

— Parce qu'elle m'a appartenu autrefois. Mon père me l'avait offerte.

— Et comment a-t-elle échoué en Caroline du Nord ?

Je tendis la main vers l'objet, et la figurine glissa sur la table comme si elle voulait que j'entre en sa possession. Les cornes du cerf s'enfoncèrent dans ma main quand je la refermai et le métal se réchauffa rapidement à mon contact.

— Je l'ai perdue lors d'un pari, dit Matthew à voix basse. J'ignore comment elle a atterri en Caroline du Nord. (Il enfouit son visage dans ses mains et murmura un mot qui n'avait aucun sens pour moi.) Kit.

— Vous rappelez-vous la dernière fois que vous l'avez eue en main ? demanda vivement Sarah.

— Je m'en souviens avec précision, dit-il en relevant la tête. J'ai joué une partie avec il y a des années, le soir de All Souls Day, le lendemain de la Toussaint. C'est là que j'ai perdu mon pari.

— C'est la semaine prochaine, dit Miriam en se tournant vers Sarah. Le voyage dans le temps ne devrait-il pas être plus facile pendant la Toussaint et le jour suivant ?

— Miriam, gronda Matthew, trop tard.

— De quoi parlent-ils ? demanda Nathaniel à sa femme.

— Maman voyageait dans le temps, répondit Sophie. Et elle était douée. Elle revenait toujours du XVIIIe siècle avec des tas d'idées de poterie.

— Ta mère voyageait dans le passé ? demanda Nathaniel d'une voix faible. (Il parcourut l'assemblée hétéroclite du regard et s'arrêta sur le ventre de sa femme.) C'est un trait héréditaire chez les sorciers, aussi, comme le don de seconde vue ?

Pendant ce temps, Sarah répondait à Miriam.

— Il n'y a pas grand-chose qui sépare les vivants des morts pendant Halloween et la Toussaint. Il devrait être plus facile de passer entre présent et passé à ce moment-là.

Nathaniel eut l'air encore plus angoissé.

— Les vivants et les morts ? Sophie et moi sommes simplement venus apporter une statuette, parce qu'elle n'en dormait plus la nuit.

— Diana sera-t-elle assez forte ? demanda Marcus à son père, sans prêter attention à Nathaniel.

— À cette époque de l'année, ce devrait être plus facile pour Diana de voyager dans le temps, dit pensivement Sarah.

Sophie parcourut la tablée d'un regard ravi.

— Cela me rappelle le temps où grand-mère et ses sœurs se réunissaient pour bavarder. Elles avaient l'air de ne pas s'écouter les unes les autres, mais elles savaient très bien ce qui s'était dit.

Le brouhaha de conversations disparates fut brutalement interrompu quand les portes de la salle à manger s'ouvrirent et claquèrent, suivies de celles du salon. Nathaniel, Miriam et Marcus bondirent.

— Qu'est-ce que c'était que ça ? demanda Marcus.

— La maison, dis-je d'un ton las. Je vais voir ce qu'elle veut.

Matthew s'empara de la statuette et me suivit.

La vieille femme au corset brodé attendait sur le seuil du salon.

— Bonjour, madame, dit Sophie, qui nous avait emboîté le pas. Elle vous ressemble un peu, non ? demanda-t-elle en la scrutant.

*Alors vous avez choisi votre voie*, dit la vieille femme, d'une voix plus faible qu'auparavant.

— En effet, répondis-je.

Des pas résonnèrent derrière moi à mesure que les autres nous rejoignaient.

*Il te faudra autre chose pour ton voyage*, répondit-elle.

Les portes s'ouvrirent sur une assemblée de fantômes réunis devant la cheminée.

*Voilà qui devrait être intéressant*, s'amusa ma grand-mère, qui se tenait devant eux.

Les murs de la maison grondèrent. Je m'assis sur le fauteuil à bascule, incapable de tenir debout.

Une fente apparut dans le lambris entre la fenêtre et la cheminée, puis s'élargit et s'étendit en diagonale. Le vieux bois gémit et craqua. Quelque chose de mou avec des bras et des jambes en jaillit et atterrit sur mes genoux.

— Nom de Dieu, jura Sarah.

*Ces lambris sont tout abîmés*, déplora ma grand-mère en contemplant le bois fendu.

Ce qui avait sauté sur moi était fait d'une étoffe grossière qui était devenue d'un gris marron avec le temps. Outre les quatre membres, c'était pourvu d'une boule hérissée de touffes de cheveux en guise de tête. Un X était brodé à l'emplacement du cœur.

— Qu'est-ce que c'est ? demandai-je en désignant les points inégaux et rougeâtres.

— N'y touche pas ! s'écria Em.

— J'y touche déjà, répondis-je en levant la tête, déconcertée. C'est posé sur mes genoux.

— Je n'ai jamais vu une poupée aussi ancienne, fit Sophie en l'examinant.

— Une poupée ? demanda Miriam. L'un de vos ancêtres n'a-t-il pas eu des ennuis à cause d'une poupée ?

— Bridget Bishop, répondîmes-nous en chœur, Em, Sarah et moi.

La vieille femme au corset brodé s'était approchée de ma grand-mère.

— Elle est à toi ? chuchotai-je.

Un sourire se peignit sur les lèvres de Bridget. *Souviens-toi d'être rusée quand tu te trouveras à la croisée des chemins, ma fille. Il est impossible de dire quels secrets y sont enfouis.*

Je baissai les yeux vers la poupée et effleurai le X brodé sur la poitrine. Le tissu se déchira d'un coup, libérant son contenu d'herbes, de feuilles et de fleurs séchées dont l'odeur emplit l'air.

— De la rue, dis-je, reconnaissant celle de la tisane de Marthe.

— De la girofle, du genêt, de la renouée et de l'écorce d'orme rouge, d'après l'odeur, précisa Sarah en reniflant.

Cette poupée était faite pour attirer quelqu'un, probablement Diana, mais elle contient aussi un bon sort de protection.

*Tu lui as bien enseigné*, dit Bridget à ma grand-mère en désignant Sarah du menton.

Quelque chose luisait dans les débris brunâtres. Quand je tirai délicatement dessus, la poupée tomba en morceaux.

*Et c'en est fini*, soupira Bridget tandis que ma grand-mère posait une main consolatrice sur son épaule.

— C'est une boucle d'oreille.

Les facettes dorées scintillaient dans la lumière et une énorme perle en forme de goutte y était accrochée.

— Comment l'une des boucles de ma mère a-t-elle pu arriver dans la poupée de Bridget Bishop ? demanda Matthew, le visage grisâtre.

— Les boucles de votre mère étaient-elles au même endroit que vos pièces d'échecs lors de cette nuit lointaine ? demanda Miriam.

La boucle et la pièce étaient anciennes, plus vieilles que la poupée et que la maison des Bishop.

— Oui, dit Matthew après réflexion. Une semaine suffira-t-elle ? me demanda-t-il. Serez-vous prête ?

— Je ne sais pas.

— Bien sûr que vous serez prête, roucoula Sophie en s'adressant à son ventre. Elle va tout arranger pour toi, petite sorcière. Vous serez sa marraine, me dit-elle avec un sourire radieux. Cela lui plaira.

— Si je compte le bébé, et pas les fantômes, bien entendu, dit Marcus d'un ton faussement désinvolte, celui que Matthew adoptait quand il était stressé, nous sommes huit dans cette pièce.

— Trois sorcières, trois vampires et deux démons, dit rêveusement Sophie, les mains sur son ventre. Mais il nous manque un démon pour former un conventicule. Et une fois Matthew et Diana partis, il nous faudra un autre vampire, aussi. La mère de Matthew est-elle encore en vie ?

— Elle est fatiguée, s'excusa Nathaniel pour sa femme, en la prenant par les épaules. Dans ces cas-là, elle a du mal à se concentrer.

— Qu'avez-vous dit ? demanda Em à Sophie en se maîtrisant avec peine.

— Un conventicule, répéta Sophie, sortant de sa rêverie. C'est comme cela qu'on appelait les assemblées des séparatistes de l'Église, autrefois. Demandez-leur, ajouta-t-elle en désignant Marcus et Miriam.

— Quand je te disais que ce n'était pas seulement une histoire de Bishop et de Clermont, fit Em à Sarah. Ce n'est même pas à cause de Diana ou de Matthew ou de leur droit à être ou non ensemble. Cela concerne aussi Sophie et Nathaniel. C'est en rapport avec l'avenir, exactement comme l'a dit Diana. C'est comme cela que nous allons combattre la Congrégation, non pas en tant que familles individuelles, mais sous la forme d'un… comment avez-vous dit ?

— Un conventicule, répondit Miriam. J'ai toujours adoré ce mot. Il est si délicieusement de mauvais augure, ajouta-t-elle avec un sourire satisfait.

Matthew se tourna vers Nathaniel.

— Il semblerait que votre mère ait eu raison. Votre place est bien ici, parmi nous.

— Évidemment que oui, s'offusqua Sarah. Votre chambre est prête, Nathaniel. À l'étage, deuxième porte à droite.

— Merci, dit Nathaniel avec un soulagement prudent, tout en gardant un œil circonspect sur Matthew.

— Je m'appelle Marcus, dit le fils de Matthew en lui tendant la main.

Nathaniel la serra énergiquement, sans prêter attention à la froideur de la chair du vampire.

— Tu vois. Nous n'avions pas besoin de faire une réservation dans cet hôtel, mon chéri, dit Sophie à son mari avec un sourire béat. Il reste des cookies ? demanda-t-elle à Em.

# 40

Quelques jours plus tard, Sophie était dans la cuisine avec une demi-douzaine de citrouilles et un couteau quand Matthew et moi rentrâmes de promenade. Le temps s'était refroidi et l'air sentait l'hiver.

— Qu'est-ce que vous en pensez ? demanda-t-elle en tournant la citrouille.

Comme toutes les lanternes d'Halloween, celle-ci avait les yeux creux, les sourcils arqués et la bouche ouverte, mais Sophie avait accentué ces traits : des rides partaient de la bouche et le front était plissé, décalant légèrement les yeux. L'effet produit était terrifiant.

— Excellent ! déclara Matthew en regardant le résultat avec délices.

Elle se mordit la lèvre et jaugea son travail d'un œil critique.

— Je ne suis pas sûre que les yeux soient réussis.

— Au moins, elle en a, dis-je en riant. Parfois, Sarah se contente de percer trois trous avec un tournevis et c'est tout.

— Les sorcières ont beaucoup à faire à Halloween. Nous n'avons pas toujours le temps de peaufiner, dit

Sarah en sortant de la distillerie pour inspecter le travail. Mais cette année, toute la région nous enviera.

Avec un sourire timide, Sophie prit la citrouille suivante.

— Je vais faire la suivante moins effrayante. Le but du jeu n'est pas de faire pleurer les enfants.

À une semaine d'Halloween, Em et Sarah, qui voulaient être prêtes pour la fête d'automne du coven de Madison, étaient très occupées. Il fallait préparer à manger, les boissons à volonté (dont le célèbre punch d'Em, qui pouvait se targuer d'être la cause d'au moins une naissance en juillet) et suffisamment d'occupations magiques pour éloigner les enfants surexcités du feu de joie après qu'ils ont fait le tour des maisons pour quémander des friandises. Pêcher des pommes avec la bouche dans un baquet d'eau était nettement plus difficile si les fruits étaient ensorcelés.

Mes tantes laissèrent entendre qu'elles étaient disposées à annuler leurs projets, mais Matthew avait refusé.

— Tout le monde en ville se poserait des questions si vous ne veniez pas. Il faut que ce soit un Halloween comme les autres.

Nous étions restés dubitatifs. Après tout, Sarah et Em n'étaient pas les seules à compter les heures jusqu'à Halloween.

La veille, Matthew avait exposé le plan des départs progressifs de la maison, commençant avec celui de Nathaniel et Sophie et se concluant par celui de Marcus et Miriam. D'après lui, notre propre départ passerait ainsi plus facilement inaperçu. De toute façon, ce n'était pas sujet à débat.

Marcus et Nathaniel avaient échangé un long regard à la fin de la déclaration de Matthew. Le démon avait secoué la tête en pinçant les lèvres et le jeune vampire avait fixé la table en serrant les dents.

— Mais qui donnera les bonbons ? avait demandé Em.

— Diana et moi le ferons, avait répondu Matthew après réflexion.

Les deux jeunes hommes avaient quitté précipitamment la pièce à la fin de la réunion sous le prétexte d'aller chercher du lait. Puis ils avaient pris la voiture de Marcus et étaient partis en trombe.

— Il faut que vous arrêtiez de leur dire ce qu'ils doivent faire, avais-je grondé Matthew, qui m'avait rejointe sur le seuil. Ce sont des adultes l'un comme l'autre. Nathaniel a une femme et ils attendent un enfant.

— S'ils étaient laissés à eux-mêmes, Marcus et Nathaniel auraient une armée de vampires sur le dos demain.

— Vous ne serez plus là la semaine prochaine pour les houspiller, lui rappelai-je. C'est votre fils qui sera aux commandes.

— C'est bien ce qui m'inquiète.

Le véritable problème était que nous étions au milieu d'une tempête de testostérone. Nathaniel et Matthew ne pouvaient pas être dans la même pièce sans qu'il y ait des étincelles et le nombre croissant d'occupants de la maison les empêchait de s'éviter facilement.

La dispute suivante survint cet après-midi-là, quand fut livré un paquet qui portait la mention BIOHAZARD en grosses lettres rouges sur toutes les faces.

— Qu'est-ce que c'est que ça ? demanda Marcus en apportant précautionneusement le carton dans le salon.

Nathaniel leva les yeux de son ordinateur, l'air alarmé.

— C'est pour moi, dit aimablement Matthew en prenant le paquet.

— Ma femme est enceinte ! s'indigna Nathaniel en refermant son ordinateur. Comment pouvez-vous introduire des substances dangereuses ici ?

— Ce sont des vaccins pour Diana, répondit Matthew, dissimulant à peine son agacement.

— Quels vaccins ? demandai-je en reposant mon magazine.

— Nous n'allons pas partir dans le passé sans vous protéger de toutes les maladies possibles. Venez dans la distillerie, dit-il en me tendant la main.

— Dites-moi d'abord ce qu'il y a là-dedans.

— Les vaccins de rappel contre le tétanos, la typhoïde, la polio et la diphtérie, ainsi que d'autres que vous n'avez probablement jamais eu, comme une mono-injection contre la rage, les dernières souches de grippe et le choléra. (Il marqua une pause, puis :) Et la variole.

— La variole ?

On ne vaccinait plus les enfants contre cela des années avant ma naissance. Ce qui voulait dire que Sophie et Nathaniel n'étaient pas non plus immunisés.

— Mettons-nous au travail, dit Matthew en me tendant la main.

— Pas question que vous me fassiez des piqûres aujourd'hui.

— Mieux vaut avoir quelques piqûres aujourd'hui que la variole et le tétanos demain.

— Un instant ! coupa sèchement Nathaniel. Le vaccin antivariolique va vous rendre contagieuse. Vous avez pensé à Sophie et à l'enfant ?

— Explique-lui, Marcus, ordonna Matthew en s'effaçant pour me laisser passer.

— Elle ne sera pas contagieuse pour la variole, en fait, tenta de le rassurer Marcus. C'est une souche différente de la maladie. Sophie ne risque rien du moment qu'elle ne touche pas le bras de Diana ou ce qui entrerait en contact avec.

— D'accord, sourit Sophie. Ce n'est pas compliqué.

— Vous faites toujours tout ce qu'il vous dit ? demanda avec mépris Nathaniel à Marcus. Sophie, nous partons.

— Arrête de t'affoler, Nathaniel, dit sa femme. Tu vas énerver la maison et le bébé si tu dis que tu veux partir. Nous ne bougerons pas d'ici.

Avec un regard noir à Marcus, Nathaniel se rassit.

— Marcus m'écoute tout autant que vous écoutez Sophie, lui fit remarquer Matthew.

Dans la distillerie, mon pull enlevé, Matthew me nettoya le bras à l'alcool. La porte s'entrouvrit. C'était Sarah. Elle avait assisté sans rien dire à l'échange entre Marcus et Nathaniel, mais elle n'avait guère quitté le paquet du regard.

Matthew avait déjà fendu la bande protectrice de l'emballage intérieur en polystyrène. Il abritait sept petites ampoules ainsi qu'un sachet de pilules, un flacon de poudre et un instrument métallique fourchu qui m'était inconnu. Matthew avait déjà pris l'attitude clinique et détachée que je lui avais vue dans son laboratoire d'Oxford, ne se perdant ni en bavardages ni en politesses. Sarah était bienvenue pour me soutenir.

— J'ai de vieilles chemises blanches que vous pourrez mettre, dit-elle. Elles peuvent passer à l'eau de Javel. J'ai aussi des serviettes blanches. Laissez votre linge en haut et je m'en occuperai.

— Merci, Sarah. Cela fait un risque de contagion de moins, dit Matthew en prenant une ampoule. Commençons par le rappel de tétanos.

Je frémis à chaque piqûre. À la troisième, mon front perlait de sueur et j'avais le cœur battant.

— Sarah, fis-je d'une voix faible, tu peux ne pas rester derrière moi ?

— Pardon, dit-elle en allant se poster ailleurs. Je vais te donner de l'eau.

Elle me tendit un verre que je pris avec gratitude pendant que Matthew continuait ses injections.

— C'est le dernier, dit Matthew en décapsulant le flacon de poudre et en le mélangeant à un autre de liquide qu'il secoua avant de me le donner. C'est le vaccin anticholérique. Il se prend par voie orale. Ensuite, il y aura le vaccin antivariolique et quelques cachets à prendre après le dîner ces prochains jours.

Je le bus rapidement en retenant une nausée : le liquide était visqueux et avait un goût ignoble.

Matthew ouvrit le sachet sous vide contenant le scarificateur.

— Savez-vous ce que Thomas Jefferson écrivit à Edward Jenner concernant ce vaccin ? demanda-t-il d'une voix hypnotique. Que c'était la découverte la plus utile de la médecine. (Je sentis l'alcool glacial sur mon bras, puis l'instrument fourchu percer ma peau.) Le président se contenta de qualifier la découverte de la circulation sanguine d'Harvey comme rien de plus qu'un « beau supplément » au savoir médical, dit-il en introduisant le virus vivant sous ma peau. (Sa méthode de diversion fonctionna. J'étais trop occupée à l'écouter pour prêter attention à mon bras.) Mais Jefferson louait Jenner parce que l'inoculation reléguait la variole au rang de maladie qui ne serait plus connue que des historiens. Il avait sauvé la race humaine de l'un de ses ennemis les plus mortels. Et voilà, c'est fait, conclut-il en jetant l'instrument dans un récipient à déchets hospitaliers hermétique.

— Vous avez connu Jefferson ? demandai-je, m'imaginant déjà en train de remonter jusqu'à la Virginie du XVIIIe siècle.

— J'ai mieux connu Washington. C'était un soldat, un homme qui laisse ses actes parler pour lui. Jefferson était plus porté sur les discours. Mais ce n'était pas facile de cerner l'homme. Jamais je ne serais passé chez lui à l'improviste avec une intellectuelle comme vous. (J'allais me rhabiller, mais Matthew me retint pour appliquer un pansement sur la scarification.) Comme c'est un virus vivant, il faut le garder couvert. C'est une précaution pour Sophie et Nathaniel, dit-il avant de se laver soigneusement les mains.

— Combien de temps ?

— Vous allez avoir une pustule, puis elle formera une croûte. Personne ne doit y toucher jusqu'à ce qu'elle soit cicatrisée.

J'enfilai mon pull en prenant bien garde de ne pas déloger le pansement.

— Maintenant que c'est fait, nous devons trouver comment Diana va se transporter, et vous avec, dans une époque lointaine pour Halloween. Elle a peut-être voyagé dans le temps quand elle était petite, mais ce n'est tout de même pas simple, dit Sarah, l'air soucieux.

Em apparut dans l'embrasure. Nous lui fîmes une place à la table.

— J'ai voyagé dans le temps récemment aussi, avouai-je.

— Quand ? demanda Matthew en terminant de ranger le matériel.

— D'abord dans l'allée quand vous parliez à Ysabeau. Puis de nouveau le jour où Sarah essayait de me faire allumer une bougie, quand je suis allée de la distillerie jusqu'au verger. Les deux fois, j'ai simplement levé le pied en pensant à l'endroit où je voulais aller, et je m'y suis retrouvée quand je l'ai reposé par terre.

— On dirait bien du voyage express, dit Sarah. Évidemment, tu n'es pas allée bien loin et tu ne transportais rien.

Elle jaugea la carrure de Matthew d'un air dubitatif. On frappa à la porte.

— Je peux entrer ? demanda Sophie.

— Oui, du moment qu'elle ne touche pas Diana, dit Matthew à Em.

Elle alla ouvrir. Sophie caressait doucement son ventre.

— Tout va bien se passer, dit-elle d'un ton serein. Du moment que Matthew a un lien avec l'endroit où ils vont, il aidera Diana. Cela ne l'alourdira pas.

— Il se passe quelque chose d'intéressant ? demanda Miriam, surgissant derrière elle.

— Nous parlions de voyage dans le temps.

— Comment allez-vous vous entraîner ? interrogea Miriam.

Elle contourna Sophie et la repoussa fermement vers la porte quand elle voulut la suivre.

— Diana va remonter dans le temps de quelques heures, puis nous augmenterons la période et ensuite la distance. Après, elle prendra Matthew et nous verrons de quoi il retourne, dit Sarah. Tu peux l'aider ? demanda-t-elle à Em.

— Un peu, répondit prudemment celle-ci. Stephen m'avait dit comment il procédait. Il n'utilisait jamais de sort pour remonter le temps, son pouvoir lui suffisait. Étant donné que Diana a précocement vécu des épisodes de voyage dans le temps et qu'elle a du mal avec la sorcellerie, peut-être vaut-il mieux suivre l'exemple de son père.

— Et si tu allais essayer avec Diana dans la grange à houblon ? proposa Sarah. Elle n'a qu'à tenter de revenir jusqu'ici.

Quand Matthew voulut nous accompagner, Sarah l'arrêta d'un geste.

— Vous, vous restez ici.

Il se rembrunit : il n'aimait pas me savoir dans une autre pièce que lui, alors à un autre moment dans le temps, c'était pire.

La grange à houblon avait gardé l'odeur douceâtre des récoltes passées. Em se plaça face à moi et me donna calmement ses instructions.

— Reste aussi immobile que possible, et vide-toi l'esprit.

— On dirait mon professeur de yoga, dis-je en prenant la posture familière de la montagne.

— J'ai toujours trouvé que le yoga et la magie avaient beaucoup en commun, sourit-elle. Maintenant, ferme les yeux. Pense à la distillerie que tu viens de quitter. Il faut que tu aies plus envie d'être là-bas qu'ici.

Recréant mentalement la distillerie, je la remplis d'objets, d'odeurs et de gens. Puis je fronçai les sourcils.

— Où seras-tu ?

— Tout dépend du moment où tu arrives. Si c'est avant que nous partions, j'y serai. Sinon, je serai ici.

— Les lois physiques de ce système ne tiennent pas debout.

Je commençai à songer que l'univers allait devoir gérer des Diana et des Em multiples. Sans oublier quantités de Miriam et de Sarah.

— Arrête de penser à la physique. Rappelle-toi ce que ton père a écrit dans son message : *Celui qui ne peut plus s'émerveiller ne vaut pas mieux qu'un mort.*

— Oui, c'est à peu près cela, admis-je de mauvaise grâce.

— Il est temps que tu sautes le pas pour entrer dans le mystérieux, Diana. La magie et le merveilleux qui t'appartiennent depuis ta naissance t'attendent. Maintenant, pense à l'endroit où tu veux être.

Pendant que les images de l'endroit se bousculaient dans mon esprit, je levai un pied. Quand je le reposai, j'étais toujours dans la grange avec Em.

— Cela n'a pas marché.

— Tu te concentrais trop sur les détails de la pièce. Pense à Matthew. Tu as envie d'être avec lui, n'est-ce pas ? La magie est dans le cœur, pas dans l'esprit. Elle ne consiste pas à suivre des procédures et à réciter des formules, comme la sorcellerie. Il faut que tu la *ressentes*.

— Du désir.

Je me revis appeler *Notes et Recherches* sur l'étagère de la Bodléienne, je sentis une fois de plus le contact des lèvres de Matthew sur les miennes dans son appartement d'All Souls. La grange disparut, Matthew était en train de me raconter l'anecdote sur Jefferson et Jenner.

— Non, dit fermement Em. Ne pense pas à Jefferson. Pense à Matthew.

— Matthew.

Je repensai à ses doigts glacés sur ma peau, à sa voix profonde, à cette sensation de vie débordante quand nous étions ensemble.

Je levai un pied.

Et je le reposai dans un coin de la distillerie, où je me retrouvai coincée derrière un vieux tonneau.

— Et si elle se perd ? demanda Matthew d'une voix tendue. Comment allons-nous la récupérer ?

— Nous n'avons pas à nous inquiéter de cela, répondit Sophie en tendant le bras. Elle est déjà là.

Matthew fit volte-face et laissa échapper un sifflement.

— Combien de temps s'est écoulé ? demandai-je, un peu étourdie et désorientée, mais indemne.

— Un peu plus d'une minute, répondit Sarah. Largement assez longtemps pour que Matthew ait fait une dépression nerveuse.

— Dieu soit loué, dit celui-ci en me prenant dans ses bras. Quand va-t-elle pouvoir m'emmener avec elle ?

— Ne mettons pas la charrue avant les bœufs, le calma Sarah. Procédons par étapes.

— Où est Em ? demandai-je.

— Dans la grange, répondit Sophie, rayonnante. Elle va revenir.

Il fallut plus de vingt minutes à Em pour arriver, les joues rosies par le froid et l'inquiétude. Mais son visage s'éclaira quand elle me vit avec Matthew.

— Beau travail, Em, commenta Sarah en l'embrassant, elle qui faisait si rarement étalage d'affection.

— Diana a commencé à penser à Jefferson, dit Em. Elle aurait très bien pu finir à Monticello. Puis elle s'est concentrée sur ses sentiments et son corps a commencé à devenir flou. Et en un clin d'œil, elle avait disparu.

L'après-midi, sous la férule d'Em, je remontai jusqu'à l'heure du petit déjeuner. Les jours suivants, je voyageai chaque fois un peu plus longtemps. Remonter dans le temps avec l'aide de trois objets était toujours plus facile que de revenir dans le présent, ce qui exigeait une énorme concentration ainsi que la faculté de prévoir précisément où et quand je voulais atterrir. Finalement, le moment arriva où je dus essayer de transporter Matthew.

Sarah avait tenu à limiter les variables pour compenser les efforts supplémentaires nécessaires.

— Commence à l'endroit où tu veux aller, conseilla-t-elle. Comme cela, tu auras seulement à te soucier de penser à un moment particulier. Pour le lieu, cela se fera tout seul.

J'emmenai Matthew dans la chambre au crépuscule sans lui dire ce que je lui réservais. La statuette de Diane et la boucle d'oreille trouvée dans la poupée de Bridget étaient posées sur la commode, devant une photographie de mes parents.

— J'adorerais passer quelques heures seul avec vous ici, mais le dîner est presque prêt, protesta-t-il avec une lueur calculatrice dans le regard.

— Nous avons amplement le temps. Sarah estime que je suis prête à vous emmener dans le temps. Nous allons retourner à notre première nuit ici.

Il réfléchit un instant, puis son regard s'éclaira encore.

— Celle où les étoiles se sont mises à jaillir ? (Je lui fis un baiser pour toute réponse.) Oh, dit-il, ravi. Que dois-je faire ?

— Rien du tout. (C'était ce qui serait le plus difficile dans cette entreprise.) Qu'est-ce que vous me répétez constamment ? De fermer les yeux, de me détendre et de vous laisser vous occuper du reste. À votre tour, dis-je avec un sourire malicieux.

— Sorcière, répondit-il en prenant ma main.

— Vous ne vous rendrez même pas compte de ce qui se passe, lui assurai-je. C'est rapide. Levez simplement le pied et reposez-le quand je vous le dirai. Et ne me lâchez pas.

— Aucun risque.

Je repensai à cette nuit, la première que nous avions passée ensemble depuis mon enlèvement. Je me rappelai sa main sur mon dos, à la fois douce et ferme. Je ressentis le lien immédiat et indéfectible que j'entretenais avec ce moment du passé que nous avions vécu ensemble.

— Maintenant, murmurai-je.

Nous levâmes un pied ensemble.

Mais voyager dans le temps avec Matthew fut différent. L'avoir avec moi nous ralentit et pour la première fois, j'eus conscience de ce qui se passait.

Le passé, le présent et l'avenir scintillèrent autour de nous dans un réseau de lumière et de couleurs. Chaque fil bougeait lentement, presque imperceptiblement, touchant parfois un autre filament avant de s'en séparer, comme soulevé par un souffle. Chaque fois que les fils du temps se touchaient – et ils étaient des milliers – résonnait l'écho d'un son originel et inaudible.

Distraits par les possibilités apparemment illimitées qui s'offraient à nous, nous aurions très facilement pu perdre de vue le fil du temps rouge et blanc que nous suivions. Je me concentrai de nouveau dessus, sachant qu'il nous ramènerait à notre première nuit à Madison.

Je posai le pied et sentis le plancher sous ma peau nue.

— Vous disiez que cela irait vite, fit-il. Je n'ai pas trouvé.

— Non, c'est vrai, c'était différent. Vous avez vu les lumières ?

— Non, il n'y avait que des ténèbres. Je tombais, lentement, et je n'avais que votre main pour me retenir.

Il la porta à ses lèvres et l'embrassa.

Une odeur de chili flottait dans la maison silencieuse. C'était la nuit.

— Vous arrivez à sentir qui est là ?

Il huma l'air et ferma les yeux. Puis il sourit et soupira de plaisir.

— Juste Sarah, Em, vous et moi. Personne d'autre.

Je l'attirai contre moi en riant.

— Si des gens continuent d'arriver dans cette maison, elle va exploser, dit-il en enfouissant son visage dans mon cou. Vous avez toujours votre pansement, ajouta-t-il en se redressant. Cela veut dire que lorsque nous remontons dans le temps, nous ne cessons pas d'être ce que nous sommes dans le présent et que nous n'avons pas oublié comment nous sommes arrivés dans le passé. (Il glissa ses doigts dans mon encolure.) Maintenant que vous avez retrouvé vos facultés de voyageuse, avez-vous une notion précise du temps qui passe ?

Nous nous attardâmes agréablement dans le passé, mais nous fûmes revenus dans le présent avant qu'Emily ait terminé de préparer la salade.

— Le voyage dans le temps vous réussit, Matthew, dit Sarah en regardant son visage détendu et en lui tendant un verre de vin.

— Merci, Sarah, mais j'étais dans de bonnes mains, répondit-il en me portant un toast.

— Heureuse de l'apprendre, ironisa Sarah.

Elle jeta des lamelles de radis dans un immense saladier.

— D'où sort-il ? demandai-je en me penchant pour qu'elles ne voient pas mes lèvres rougies.

— C'est la maison, dit Em en préparant la vinaigrette. Elle est ravie d'avoir tant de bouches à nourrir.

Le lendemain matin, la maison nous fit savoir qu'elle en attendait d'autres.

Sarah, Matthew et moi discutions de la prochaine destination de notre voyage, à Oxford ou à Sept-Tours, quand Em apparut avec un tas de linge dans les bras.

— Quelqu'un arrive.

— Parfait, dit Matthew en se levant. J'attendais une livraison ce matin.

— Ce n'est pas une livraison et ce n'est pas encore arrivé. Mais la maison est prête à accueillir.

— Il y a une autre pièce ? cria Sarah alors qu'Em repartait. Mais où elle nous l'a mise, cette fois ?

— À côté de la chambre de Marcus, répondit Em depuis la buanderie.

Nous fîmes des paris sur l'identité du prochain visiteur. Cela alla d'Agatha Wilson à des amis d'Emily qui aimaient débarquer de Cherry Valley sans prévenir pour le coven d'Halloween.

En fin de matinée, des coups autoritaires furent frappés à la porte. Elle s'ouvrit sur un petit homme brun au regard vif. Je le reconnus immédiatement pour l'avoir vu à la télévision et sur des photos de soirées people dans des journaux londoniens. Les derniers doutes furent levés par les petites touches de son regard sur mes joues.

Notre mystérieux visiteur était l'ami de Matthew, Hamish Osborne.

— Vous devez être Diana, dit-il sans plaisir ni préambule.

Il portait un costume anthracite à fines rayures d'une coupe parfaitement ajustée, une chemise rose pâle avec de gros boutons de manchettes en argent et une cravate fuchsia brodée de minuscules mouches noires.

— C'est bien moi. Bonjour, Hamish. Matthew vous attendait ?

— Probablement pas, répondit sèchement Hamish, sans bouger. Où est-il ?

— Hamish. (Matthew était arrivé si rapidement que je sentis le souffle derrière moi avant de l'entendre. Il tendit la main.) Quelle surprise.

— Une surprise ? fit Hamish en la serrant. Parlons-en. Quand j'ai rejoint ton… « affaire familiale », tu m'as juré que tout cela n'arriverait jamais.

Il brandit une enveloppe dont le cachet de cire noire était brisé.

— C'est vrai.

— Tu parles d'une promesse. D'après ce que je comprends de cette lettre et de ma conversation avec ta mère, il y a quelques problèmes.

Son regard alla de moi à Matthew.

— Oui, mais tu es le neuvième chevalier. Tu n'as pas à t'y impliquer.

— Vous avez fait d'un démon le neuvième chevalier ? demanda Miriam en arrivant à son tour avec Nathaniel.

— Qui est-ce ? s'enquit celui-ci, une poignée de lettres de Scrabble dans la main.

— Hamish Osborne. Et vous-même ? demanda Hamish comme s'il s'adressait à un employé impertinent.

Nous n'avions pas besoin d'un surcroît de testostérone dans cette maison.

— Oh, je ne suis personne, répondit Nathaniel d'un ton désinvolte en s'appuyant à la porte de la salle à manger et en regardant Marcus arriver.

— Hamish ? Mais que fais-tu là ? demanda celui-ci, surpris. (Puis, voyant la lettre :) Ah.

Mes ancêtres étaient en train de se rassembler dans le salon et la maison frémissait.

— Pourrions-nous poursuivre à l'intérieur ? C'est la maison, voyez-vous. Elle est un peu mal à l'aise, étant donné que vous êtes un démon. Et en colère.

— Entre, Hamish. Marcus et Sarah n'ont pas encore épuisé nos provisions de whiskey. Nous allons prendre un verre auprès de la cheminée.

Hamish ne bougea pas d'un pouce et poursuivit :

— Pendant ma visite à ta mère, qui était bien plus disposée à répondre à mes questions que toi, j'ai appris que tu désirais quelques objets de chez toi. J'ai estimé que c'était scandaleux d'obliger Alain à faire un si long trajet, alors que je venais moi-même pour te demander ce que tu étais en train de mijoter.

Il souleva une énorme valise en cuir munie d'une grosse serrure, et une autre plus petite.

— Merci, Hamish, répondit Matthew d'un ton cordial, mais manifestement agacé que ses consignes n'aient pas été respectées.

— Puisque nous en sommes aux explications, c'est une bonne chose que les Français se moquent bien que l'on exporte des trésors nationaux anglais. As-tu une idée de la paperasserie que j'aurais dû remplir pour faire sortir tout cela d'Angleterre ? À condition qu'on m'y ait autorisé, ce dont je doute.

Matthew lui prit la petite valise, l'empoigna par le coude et l'attira à l'intérieur.

— Plus tard, glissa-t-il. Marcus, emmène Hamish et présente-le à la famille de Diana pendant que je range ceci.

— Oh, c'est vous, dit Sophie avec ravissement en sortant de la salle à manger. Vous êtes comme Nathaniel, pas une distraite comme moi. J'ai votre tête aussi sur une de mes poteries.

Elle fit un grand sourire à Hamish, qui eut l'air aussi charmé que surpris.

— Il y en a d'autres ? demanda-t-il en inclinant la tête comme un petit oiseau curieux.

— Des tas, répondit Sophie avec entrain. Mais vous ne les verrez pas.

— Venez, que je vous présente à mes tantes, dis-je précipitamment.

— Les sorcières ?

Il était impossible de savoir ce que pensait Hamish. Rien n'échappait à ses yeux vifs et il gardait en permanence une expression aussi impassible que Matthew.

— Oui, les sorcières.

Matthew disparut à l'étage avec la valise pendant que Marcus et moi présentions Hamish à Em. Il parut moins ennuyé devant elle qu'avec Matthew et moi, et elle se répandit aussitôt en politesses avec lui. Sarah surgit de la distillerie, se demandant ce qui provoquait toute cette agitation.

— Nous formons un vrai conventicule, à présent, Sarah, fit observer Sophie en prenant un cookie tout chaud dans la cuisine. Nous sommes neuf : trois sorcières, trois démons et trois vampires. Tout le monde est là.

— On dirait bien, fit Sarah en toisant Hamish et en regardant sa compagne qui s'affairait dans la cuisine. Em, je ne crois pas que notre nouvel invité désire du thé ou du café. Le whiskey est dans la salle à manger ?

— Diana et moi l'avons baptisée « l'état-major », confia Sophie en prenant familièrement Hamish par le bras, mais il me paraît peu probable que nous puissions mener une guerre sans que les humains s'en aperçoivent. C'est la seule pièce assez grande pour tous nous accueillir. Et certains des fantômes arrivent à s'y glisser aussi.

— Des fantômes ? demanda Hamish en desserrant sa cravate.

— À la salle à manger, dit Sarah en lui empoignant l'autre bras. Tout le monde dans la salle à manger.

Matthew y était déjà. L'odeur de cire chaude flottait dans l'air. Quand nous eûmes tous pris notre boisson favorite et un siège, il dirigea les débats.

— Hamish a des questions, dit-il. Nathaniel et Sophie aussi. Et je suppose que c'est à moi d'y répondre. Et à Diana.

Sur ce, il prit une profonde inspiration et se lança. Il énuméra tout : l'Ashmole 782, les chevaliers de l'ordre de Saint-Lazare, les cambriolages d'Oxford, mon enlèvement à La Pierre par Satu, et jusqu'à la colère de Baldwin. La poupée, la boucle d'oreille et les visages sur les poteries également. Hamish lui jeta un regard aigu quand il aborda le voyage dans le temps et les trois objets dont j'avais besoin pour revenir à un lieu et à une époque précis.

— Matthew Clairmont, siffla-t-il en se penchant en avant. C'est ce que j'ai rapporté de Sept-Tours ? Diana le sait ?

— Non, avoua Matthew, l'air un peu mal à l'aise. Elle le saura à Halloween.

— Eh bien, il vaudrait mieux, n'est-ce pas ? répliqua Hamish avec un sourire agacé.

Malgré un échange un peu animé entre les deux hommes, il n'y eut que deux moments où la tension menaça de déboucher sur un conflit ouvert. Les deux fois, ce fut bien évidemment à cause de Matthew et de Nathaniel.

D'abord, Matthew expliqua à Sophie de quoi serait faite cette guerre : les attaques inattendues, le conflit immémorial entre vampires et sorciers qui finirait par éclater, les morts violentes qui risquaient de survenir lorsque des créatures se battraient en utilisant magie, sorcellerie, force brute, vitesse et facultés supérieures.

— Ce n'est plus comme cela que se déroulent les guerres, déclara Nathaniel dans le brouhaha qui s'ensuivit.

Matthew haussa les sourcils d'un air impatient.

— Ah bon ?

— Les guerres se font par ordinateur. Nous ne sommes plus au XIIIe siècle. Le combat à mains nues n'est plus nécessaire. (Il désigna son ordinateur sur la desserte.) Avec ce genre de matériel, on peut abattre un ennemi sans tirer un seul coup ni répandre une goutte de sang.

— Nous ne sommes peut-être plus au XIIIe siècle, Nathaniel, mais certains des combattants ont connu cette époque et ils tiennent à anéantir leurs ennemis à l'ancienne mode, par attachement sentimental. (Matthew crut le chapitre clos, mais Nathaniel secoua la tête.) Vous avez autre chose à ajouter ? demanda Matthew avec un feulement menaçant.

— Vous avez très clairement exposé que vous alliez faire comme bon vous semble, quoi qu'il arrive, répliqua Nathaniel. Faites comme vous voulez. Mais vous commettez une erreur si vous pensez que vos ennemis ne recourront pas à des méthodes modernes pour vous détruire. Il y a les humains à prendre en compte, après tout. Ils ne manqueront pas de remarquer si des vampires et des sorciers commencent à se battre dans les rues.

Le deuxième point de discorde ne concerna pas la guerre, mais le sang. Cela commença assez innocemment, quand Matthew aborda les liens de parenté entre Nathaniel et Agatha Wilson, et les parents de Sophie.

— Il est impératif que leur ADN soit analysé. Tout comme celui du bébé quand il sera né.

Marcus et Miriam opinèrent, sans s'étonner. Les autres furent un peu surpris.

— Nathaniel et Sophie remettent en question votre théorie selon laquelle les caractéristiques démoniaques résultent de mutations imprévisibles plutôt que de l'hérédité, dis-je, comprenant où il voulait en venir.

— Nous avons très peu de données, poursuivit Matthew en regardant Hamish et Nathaniel avec le regard froid du scientifique examinant des spécimens tout frais. Dans l'état actuel, nos conclusions sont peut-être erronées.

— Le cas de Sophie soulève également la question d'une relation plus étroite que nous le pensions entre démons et sorcières, ajouta Miriam en lorgnant le ventre de la jeune fille. Je n'ai jamais entendu parler d'une sorcière qui donnerait naissance à un démon, et encore moins d'une démone qui enfanterait un sorcier.

— Vous vous imaginez que je vais confier le sang de Sophie, et de mon enfant, à une bande de vampires ? s'emporta dangereusement Nathaniel.

— Diana n'est pas la seule créature ici présente que la Congrégation souhaite étudier, Nathaniel. (Les paroles de Matthew n'apaisèrent nullement le démon.) Votre mère a pris la mesure du danger auquel votre famille doit faire face, sinon elle ne vous aurait pas envoyé ici. Un jour, vous risquez de découvrir que votre femme et votre enfant ont disparu. Et si cela arrive, vous avez très peu de chances de jamais les revoir.

— Assez, intervint Sarah. Vous n'avez pas besoin de le menacer.

— Ne touchez pas à ma famille, déclara Nathaniel.

— Je ne représente pas de danger pour elle, répliqua Matthew. Le danger, c'est la Congrégation, la possibilité d'un conflit ouvert entre trois espèces, et surtout, le fait de se voiler la face.

— Ils vont s'en prendre à nous, Nathaniel, je l'ai vu, dit posément Sophie.

— Pourquoi ne m'as-tu rien dit ?

— J'ai commencé à en parler à Agatha, mais elle m'a arrêtée et demandé de ne pas aller plus loin. Elle était terrifiée. Puis elle m'a donné le nom de Diana et l'adresse de la maison des Bishop. (Elle prit son habituelle expression rêveuse.) Je suis contente que la mère de Matthew soit encore en vie. Elle aime mes poteries. Je vais mettre son visage sur l'une d'elles. Et vous pouvez prendre mon ADN quand vous voulez, Matthew, et celui du bébé aussi.

La déclaration de Sophie mit un terme aux objections de Nathaniel. Quand Matthew eut répondu à toutes les questions qu'il était disposé à entendre, il prit une enveloppe qu'il avait gardée à côté de lui. Elle portait un cachet de cire noire.

— Il ne nous reste plus qu'une seule question à régler, dit-il en se levant et en tendant la lettre à Hamish. C'est pour toi.

— Oh, non, pas question, dit Hamish en croisant les bras. Donne-la à Marcus.

— Tu es peut-être le neuvième chevalier, mais tu es également le sénéchal des chevaliers de l'ordre de Saint-Lazare et mon bras droit. Nous devons suivre le protocole, dit Matthew, pincé.

— Matthew est bien placé pour savoir, murmura Marcus. C'est le seul grand-maître de toute l'histoire de l'ordre à avoir démissionné.

— Et à présent, je serai le seul grand-maître à avoir renoncé deux fois à ma fonction, dit Matthew en brandissant toujours l'enveloppe.

— Au diable le protocole, éclata Hamish en assenant un coup de poing sur la table. Que tout le monde sorte de cette pièce, sauf Matthew, Marcus et Nathaniel. S'il vous plaît, ajouta-t-il.

— Pourquoi devons-nous sortir ? demanda Sarah, soupçonneuse.

Hamish la dévisagea un moment, puis :

— Finalement, vous feriez mieux de rester aussi.

Tous les cinq restèrent enfermés dans la pièce jusqu'à la fin de la journée. Hamish, épuisé, en sortit une seule fois pour réclamer des sandwiches, expliquant que les cookies étaient avalés depuis longtemps.

— C'est moi qui me fais des idées, ou bien vous avez aussi l'impression que les hommes nous ont expédiées pour pouvoir fumer le cigare et parler politique ? demandai-je.

Je tentais d'oublier la réunion en zappant entre des émissions de télévision et de vieux films. Em et Sophie tricotaient et Miriam était penchée sur une grille dans un livre intitulé *Sudokus démoniaques*. De temps en temps, elle gloussait et griffonnait une marque dans la marge.

— Que faites-vous, Miriam ? lui demanda Sophie.

— Je note mon score, dit-elle en continuant son manège.

— De quoi parlent-ils ? Et qui est en train de l'emporter ? interrogeai-je, envieuse de sa faculté d'entendre les conversations.

— Ils fomentent une guerre, Diana. Et pour le reste, c'est soit Matthew, soit Hamish. Le combat est serré. Marcus et Nathaniel ont réussi à placer quelques bonnes idées, et Sarah campe sur ses positions.

La nuit tombait et Em et moi préparions le dîner quand la réunion se termina. Nathaniel et Sophie allèrent discuter dans le salon.

— Il faut que je passe quelques coups de fil, dit Matthew d'un ton léger qui contrastait avec son visage préoccupé.

Il m'embrassa. Voyant sa fatigue, je décidai que mes questions attendraient.

— Bien sûr, répondis-je en lui effleurant la joue. Prenez votre temps, le dîner n'est pas avant une heure.

Il m'embrassa de nouveau, longuement et passionnément, avant de sortir dans le jardin.

— J'ai besoin d'un verre, grommela Sarah en filant dehors fumer une cigarette en catimini.

Matthew n'était plus qu'une ombre quand il passa dans le verger pour gagner la grange. Hamish surgit derrière moi ; je sentis son regard sonder ma nuque.

— Vous êtes totalement remise ? demanda-t-il à mi-voix.

— À votre avis ?

La journée avait été longue et Hamish ne dissimulait aucunement sa méfiance envers moi. Je secouai la tête. Nous regardâmes tous les deux Matthew qui disparaissait dans la grange.

— *Tigre, tigre qui flamboies / Dans les forêts nocturnes*, dit Hamish, citant le poème de William Blake[1]. Ce poème m'a toujours fait penser à lui.

Je posai mon couteau sur la planche à découper et me retournai.

— Qu'avez-vous en tête, Hamish ?

— Êtes-vous certaine de vos sentiments pour lui, Diana ?

Em s'essuya les mains sur son tablier et quitta la pièce en me jetant un regard malheureux.

— Oui, répondis-je en le fixant droit dans les yeux.

Il hocha la tête sans s'étonner.

— Je me demandais vraiment si vous l'accepteriez une fois que vous sauriez qui il était, qui il est toujours. On dirait que vous n'avez pas peur de tirer le tigre par la queue.

Sans un mot, je repris l'épluchage des légumes.

— Prenez garde, dit-il en m'arrêtant d'une main sur le bras. Matthew ne sera pas le même là où vous allez.

— Certainement que si. Mon Matthew part avec moi. Il sera exactement le même.

---

1. William Blake, « Le Tigre », in *Chants d'innocence et d'expérience*, traduit par Pierre Leyris, Paris, Flammarion, 1974.

— Non, dit tristement Hamish. Il ne le sera pas.

Hamish connaissait Matthew depuis bien plus longtemps que moi. Et il avait déduit où nous partions du contenu de la valise. Je n'en savais encore rien, hormis que nous allions au-delà de 1976 et dans un endroit où Matthew avait joué aux échecs.

Hamish rejoignit Sarah dehors et bientôt, deux rubans de fumée bleutée s'élevèrent dans le ciel nocturne.

— Tout va bien là-bas ? demandai-je à Em quand elle rentra du salon où Miriam, Marcus, Nathaniel et Sophie bavardaient devant la télévision.

— Oui. Et ici ?

— Tout va bien, dis-je en fixant les pommiers, en attendant que Matthew ressurgisse de l'obscurité.

# 41

La veille d'Halloween, encore couchée, je sentis des palpitations dans mon ventre.

— Je suis inquiète, dis-je à Matthew.

Il referma son livre et m'attira contre lui.

— Je sais. Vous l'étiez avant d'ouvrir les yeux.

La maison bourdonnait déjà d'activité. Dans le bureau, en bas, l'imprimante de Sarah crachait page après page. La télévision était allumée et le séchoir gémissait sous une nouvelle charge de linge. Je sentis qu'Em et Sarah étaient très avancées dans leur consommation quotidienne de café et j'entendis un sèche-cheveux dans le couloir.

— Nous sommes les derniers à nous lever ?

— Je crois, oui, répondit-il en souriant malgré son inquiétude.

En bas, nous trouvâmes Sarah en train de préparer des œufs à la demande tandis qu'Em sortait des plateaux de muffins du four. Nathaniel les retirait un par un de leur moule et les gobait méthodiquement, en entier.

— Où est Hamish ? demanda Matthew.

— Dans mon bureau, à l'imprimante, répondit Sarah en retournant à sa poêle.

Marcus abandonna sa partie de Scrabble et vint chercher son père pour l'emmener en promenade. Il prit une poignée de fruits secs au passage et flaira les muffins avec un soupir de désir frustré.

— Que se passe-t-il ? demandai-je.

— Hamish joue les juristes, répondit Sophie en beurrant un muffin. Selon lui, il y a des papiers à signer.

Hamish nous appela dans la salle à manger à la fin de la matinée. Nous arrivâmes avec verres de vin et tasses. Il avait l'air d'avoir passé une nuit blanche. Des papiers étaient proprement empilés sur la table, avec des bâtons de cire noire et les deux sceaux appartenant à l'ordre de Saint-Lazare – un grand et un petit. J'eus un pincement de cœur.

— Nous nous asseyons ? demanda Em qui avait apporté une cafetière et resservait Hamish.

— Merci, Em, dit-il. (Deux chaises vides attendaient au bout de la table. Il nous fit signe de nous y asseoir et prit la première pile de documents.) Hier après-midi, nous avons passé en revue plusieurs questions pratiques relatives à la situation dans laquelle nous nous trouvons actuellement.

Mon cœur se mit à battre et je regardai de nouveau les sceaux.

— Un peu moins de jargon de juriste, Hamish, s'il te plaît, dit Matthew.

— Diana et Matthew vont comme prévu voyager dans le temps le jour d'Halloween. Ne tenez aucun compte de ce que Matthew vous a dit de faire, dit Hamish, apparemment ravi de cette précision. Nous sommes convenus qu'il serait de l'intérêt de tous si tout le monde… disparaissait pendant un certain temps. À partir de maintenant, vos anciennes vies sont temporairement suspendues. (Il déposa un document devant moi.) C'est un mandat de représentation, Diana. Il m'autorise, moi ou quiconque occupant la fonction de sénéchal, à agir légalement pour votre compte.

Ce mandat de représentation donnait à l'idée abstraite de voyage dans le temps un caractère irréversible. Matthew sortit un stylo plume de sa poche.

— Tenez, dit-il en le posant devant moi.

La plume, qui n'était pas habituée à mon écriture, gratta quand je signai. Après quoi, Matthew prit le document, laissa couler un peu de cire noire en bas de la page, puis y appliqua son cachet personnel. Hamish prit la pile suivante.

— Ces lettres sont également à signer. L'une informe les organisateurs de la conférence que vous ne pourrez pas y participer en novembre. L'autre est une demande de congé pour raison médicale pour l'an prochain. Votre médecin, un certain docteur Marcus Whitmore, y a joint son certificat. Si jamais vous ne reveniez pas avant avril, je l'enverrai à Yale.

Je lus soigneusement les lettres et les signai d'une main tremblante, renonçant ainsi à ma vie au XXIe siècle.

Hamish posa les mains sur la table, manifestement prêt à aborder un nouveau sujet.

— Il est impossible de savoir quand Matthew et Diana reviendront parmi nous. (Il n'avait pas dit « si », mais le mot resta tout de même en suspens dans la pièce.) Quand un membre de la société ou de la famille Clermont se prépare à un long voyage ou à disparaître un certain temps, ma tâche est de veiller à ce que ses affaires soient en ordre. Diana, vous n'avez pas de testament.

— Non, répondis-je, l'esprit vide. Mais je n'ai pas de biens, pas même une voiture.

— Ce n'est pas tout à fait vrai, n'est-ce pas, Matthew ?

— Donne-le-moi, répondit Matthew à contrecœur. (Hamish lui tendit un document.) Ceci a été rédigé lors de mon dernier séjour à Oxford.

— Avant La Pierre, ajoutai-je sans toucher les feuilles.

— Oui. C'est en gros notre contrat de mariage. Il vous accorde de manière définitive un tiers de mes biens personnels. Même si vous deviez me quitter, ces biens vous resteraient acquis.

Il était daté d'avant son retour, avant que nous nous unissions selon l'usage des vampires.

— Je ne vous quitterai jamais et je ne veux pas de cela.

— Vous ne savez même pas de quoi il s'agit, dit-il en posant les feuilles devant moi.

Cela faisait trop de choses à absorber. Des sommes d'argent renversantes, une maison de ville dans un quartier huppé de Londres, un appartement à Paris, une villa des environs de Rome, Old Lodge, une maison à Jérusalem, d'autres encore dans des villes comme Venise et Séville, des jets, des voitures… La tête me tourna.

— J'ai un travail sûr, dis-je en repoussant le document. C'est totalement inutile.

— Cela reste à vous tout de même, grogna Matthew.

Hamish me laissa reprendre mes esprits avant de passer à la révélation suivante.

— Si jamais Sarah venait à décéder, vous hériteriez de cette maison également, à la condition qu'Emily en conserve l'usufruit pour la durée qui lui convient. Et vous êtes la seule héritière de Matthew. Donc, vous possédez des biens et je dois connaître vos dispositions.

— Je refuse de parler de cela.

Le souvenir de Satu et de Juliette était encore trop récent et la mort me paraissait trop proche. Je me levai, prête à fuir, mais Matthew me saisit la main.

— Vous devez le faire, *mon cœur**. Nous ne pouvons pas laisser Marcus et Sarah se débrouiller et décider.

Je me rassis et réfléchis sans un mot à ce que je devais faire de cette inconcevable fortune et de cette ferme délabrée qui pourraient un jour être à moi.

— Mes biens devront être répartis à égalité entre nos enfants, dis-je finalement. Et cela comprend *tous* les enfants de Matthew, vampires comme biologiques, ceux qu'il a faits seul et tous ceux que nous pourrions avoir ensemble. Ils devront hériter également de la maison Bishop, quand Em ne l'utilisera plus.

— J'y veillerai, m'assura Hamish.

Les seuls documents restants étaient enfermés dans des enveloppes. Deux portaient le cachet de Matthew. L'autre était entourée d'un ruban noir et argent cacheté de cire noire. Au bout du ruban pendait un épais disque noir, large comme une assiette à dessert, frappé du sceau de l'ordre de Saint-Lazare.

— Enfin, nous devons nous occuper de la confrérie. Quand le père de Matthew a fondé l'ordre des chevaliers de Saint-Lazare, ils étaient connus pour protéger ceux qui n'en étaient pas capables seuls. Et nous devons continuer ainsi même après le départ de Matthew. Demain, avant que Marcus quitte la maison, Matthew renoncera officiellement à son rang dans l'ordre et nommera son fils grand-maître. (Hamish tendit à Matthew les deux enveloppes portant son cachet personnel. Puis il confia celle qui portait le grand sceau à Nathaniel. Miriam écarquilla les yeux.) Dès que Marcus aura accepté sa nouvelle fonction, c'est-à-dire *sur-le-champ*, ajouta-t-il avec un regard sévère pour Matthew, il appellera Nathaniel, qui a accepté de rejoindre la firme en tant que l'un de nos huit provinciaux. Lorsque Nathaniel aura brisé le cachet de cette lettre, il sera un chevalier de l'ordre de Saint-Lazare.

— Vous ne pouvez pas continuer à ordonner des démons comme Hamish et Nathaniel dans la confrérie ! Comment Nathaniel va-t-il se battre ? demanda Miriam, consternée.

— Avec cela, dit Nathaniel en agitant les doigts. Je connais l'informatique et je peux jouer un rôle. Il est hors de question qu'on fasse à ma femme ou à ma fille ce qu'on a fait subir à Diana, ajouta-t-il avec un regard farouche pour Sophie.

Il y eut un silence abasourdi.

— Ce n'est pas tout, dit Hamish en s'asseyant et en croisant les doigts devant lui. Miriam est convaincue qu'il y aura une guerre. Je ne partage pas son point de vue. D'une certaine façon, cette guerre a déjà commencé.

Tous les regards étaient tournés vers lui. Il était facile de comprendre qu'on souhaite sa présence au gouvernement et que Matthew en ait fait son bras droit. C'était un chef-né.

— Toutes les personnes présentes ici comprennent pourquoi une telle guerre pourrait avoir lieu. Elle concerne Diana et les efforts inimaginables que la Congrégation fera pour comprendre le pouvoir dont elle a hérité. Elle concerne la découverte de l'Ashmole 782 et notre crainte que les secrets de ce livre soient perdus pour toujours s'il tombe entre les mains des sorciers. Et nous partageons la conviction que personne n'a le droit de déclarer à deux créatures qu'elles ne peuvent pas s'aimer, quelle que soit leur espèce. (Il parcourut l'assemblée du regard pour s'assurer de l'attention de tous avant de poursuivre.) Il ne s'écoulera pas longtemps avant que les humains prennent conscience de ce conflit. Ils seront forcés de reconnaître que démons, vampires et sorciers sont parmi eux. Quand ce jour viendra, nous devrons réellement être le conventicule dont parlait Sophie, dans les faits et pas seulement de nom. Et il sera de notre devoir, conventicule comme confrérie, de les aider à comprendre tout cela et à veiller à ce que les victimes et les dommages soient réduits au minimum.

— Ysabeau vous attend à Sept-Tours, dit Matthew. Les terres du château sont probablement l'unique territoire où les autres vampires n'oseront pas pénétrer. Sarah et Emily essaieront de tenir les sorcières à distance. Le nom des Bishop devrait les y aider. Et les chevaliers de l'ordre de Saint-Lazare protégeront Sophie et son bébé.

— Donc nous nous disperserons, dit Sarah. Puis nous nous retrouverons à la demeure des Clermont. Et le moment venu, nous déciderons de la suite des événements. Ensemble.

— Sous la direction de Marcus, dit Matthew en levant son verre. À Marcus, Nathaniel et Hamish. Honneur et longue vie.

— Cela faisait longtemps que je n'avais pas entendu ces mots, murmura Miriam.

Marcus et Nathaniel parurent intimidés et mal à l'aise devant leurs nouvelles responsabilités. Hamish semblait seulement très fatigué.

Après avoir rendu hommage aux trois hommes – qui paraissaient tous beaucoup trop jeunes pour devoir s'inquiéter d'avoir une longue vie –, Em nous emmena déjeuner dans la cuisine. Elle déposa les victuailles sur le comptoir et nous nous dispersâmes dans le salon, évitant le moment où nous devrions nous faire nos adieux.

Finalement, ce fut le moment pour Sophie et Nathaniel de partir. Marcus rangea les quelques affaires du couple dans le coffre de sa petite voiture de sport bleue. Marcus et Nathaniel tinrent conciliabule, tête blonde contre tête blonde, pendant que Sophie disait au revoir à Sarah et

Em. Puis elle se tourna vers moi. J'avais été reléguée dans le salon afin que personne ne me touche par mégarde.

— Ce ne sont pas vraiment des adieux, lança-t-elle depuis l'entrée.

Mon troisième œil s'ouvrit et dans le rayon de soleil brisé par les barreaux de l'escalier, je me vis dans les bras de Sophie.

— Non, dis-je, surprise et réconfortée par la vision.

Elle hocha la tête comme si elle avait elle aussi entrevu l'avenir.

— Vous voyez, je vous l'avais dit. Peut-être que le bébé sera né quand vous reviendrez. N'oubliez pas que vous serez sa marraine.

Pendant que Sophie et Nathaniel faisaient leurs adieux, Matthew et Miriam avaient disposé toutes les citrouilles sur l'allée. D'un geste du poignet et en murmurant quelques mots, Sarah les alluma. Le crépuscule était encore loin, mais Sophie aurait au moins une idée de l'allure qu'elles auraient pendant la nuit d'Halloween. Elle battit des mains et dévala les marches pour se jeter dans les bras de Matthew et de Miriam. Elle réserva la dernière embrassade pour Marcus, qui échangea quelques mots couverts avec elle avant de la faire monter côté passager.

— Merci pour la voiture, dit Sophie en admirant le tableau de bord en ronce de noyer. Nathaniel conduisait vite, avant, mais maintenant, il roule comme une vieille dame à cause du bébé.

— Pas d'excès de vitesse, recommanda Matthew avec la fermeté d'un père. Appelez-nous quand vous serez arrivés.

Ils partirent. Quand ils eurent disparu, Sarah éteignit les citrouilles, Matthew m'enlaça pendant que tout le monde rentrait.

— Je reste à votre disposition, Diana, dit Hamish en sortant sur le porche. Il avait déjà enfilé sa veste, prêt à partir pour New York avant de regagner Londres.

Je signai les deux exemplaires du testament avec Em et Sarah comme témoins. Hamish en roula un avant de le glisser dans un cylindre métallique, en ferma les extrémités avec le ruban noir et argent et le cacheta avec le sceau de Matthew.

Celui-ci attendait près de la voiture de location pendant qu'Hamish prenait congé de Miriam, et embrassait Sarah et Em en les invitant à passer chez lui sur le chemin de Sept-Tours.

— Appelez-moi si vous avez besoin de quoi que ce soit, dit-il à Sarah. Vous avez mes numéros.

— Au revoir, Hamish, dis-je en l'embrassant sur les joues. Merci pour tout le mal que vous vous êtes donné pour que Matthew ait l'esprit tranquille.

— Je n'ai fait que mon travail, répondit-il, jovial. N'oubliez pas ce que je vous ai dit, ajouta-t-il en baissant la voix. Il n'y aura aucun moyen d'appeler à l'aide si vous en avez besoin.

— Je n'en aurai pas besoin.

Quelques minutes plus tard, le moteur démarrait et Hamish s'en allait à son tour.

La maison, mécontente de se retrouver vide, se révolta en faisant bouger les meubles et en gémissant chaque fois que quelqu'un entrait dans une pièce ou la quittait.

— Ils vont me manquer, avoua Em en préparant le dîner.

La maison opina en soupirant.

— Va, me dit Sarah en prenant le couteau des mains d'Em. Emmène Matthew à Sept-Tours et reviens à l'heure pour préparer la salade.

Après une longue discussion, nous avions décidé de remonter le temps jusqu'à la nuit où j'avais découvert son exemplaire de *L'Origine des espèces*.

Mais emmener Matthew à Sept-Tours se révéla plus difficile que je ne l'avais prévu. Comme je devais porter des objets pour me guider – l'un de ses stylos et deux livres de son bureau –, il fallut que Matthew me tienne par la taille. Et nous nous retrouvâmes coincés.

Des mains invisibles semblaient retenir mon pied, l'empêchant de se poser à Sept-Tours. Plus nous remontions dans le temps, plus les fils qui retenaient ma cheville semblaient s'épaissir. Et le temps s'accrochait à Matthew comme des lianes implacables.

Nous finîmes par arriver dans le bureau de Matthew. La pièce était exactement comme nous l'avions laissée, avec le feu allumé et une bouteille de vin sans étiquette attendant sur la table.

Je posai les livres et le stylo sur le canapé, tremblante de fatigue.

— Qu'y a-t-il ? demanda Matthew.

— C'était comme si tout un tas de passés se rassemblaient et que je n'arrivais pas à naviguer à travers. J'ai eu peur que vous lâchiez.

— Je n'ai senti aucune différence, dit-il. Cela a pris un peu plus longtemps que la dernière fois, mais je m'y attendais, étant donné la distance.

Il nous servit du vin et nous hésitâmes à descendre au salon. Finalement, notre désir de voir Ysabeau et Marthe l'emporta. Matthew se rappela que je portais un pull bleu. Comme l'encolure haute cacherait mon pansement, je montai me changer. Quand je redescendis, un sourire appréciateur se peignit lentement sur ses lèvres.

— Vous êtes encore plus belle aujourd'hui qu'à l'époque, dit-il. Peut-être même davantage.

— Prenez garde, l'avertis-je en riant. À l'époque en question, vous n'aviez pas encore décidé de m'aimer.

— Oh, mais si, répondit-il en m'embrassant de plus belle. Simplement, je ne vous l'avais pas dit.

Les deux femmes étaient là où nous nous attendions à les trouver, Marthe avec son roman policier, Ysabeau avec ses journaux. La conversation risquait de ne pas être tout à fait la même, mais cela n'avait pas d'importance. Le plus difficile fut de regarder Matthew danser avec sa mère. Son expression mi-figue, mi-raisin était nouvelle, alors qu'il la faisait tourbillonner, et il ne l'enlaça pas tendrement quand ils eurent terminé. Lorsqu'il vint m'inviter à mon tour, je pressai sa main dans la mienne.

— Merci, me chuchota-t-il à l'oreille en dansant.

Il déposa un petit baiser dans mon cou. Cela, il ne l'avait certainement pas fait la première fois.

Matthew conclut la soirée comme auparavant, en annonçant qu'il m'emmenait me coucher. Cette fois, nous leur souhaitâmes une bonne nuit en ayant conscience que c'étaient des adieux que nous faisions. Le voyage du retour se passa de la même manière, mais moins effrayante, nous étant connu. Je ne paniquai pas et quand le temps résista au passage, je me concentrai sur les préparatifs familiers du dîner chez les Bishop. Nous arrivâmes largement à temps pour faire la salade.

Durant le dîner, Sarah et Em régalèrent les vampires d'anecdotes de mon enfance. Quand elles furent à court, Matthew taquina Marcus sur ses désastreuses affaires immobilières au XIX$^{e}$ siècle, les énormes investissements qu'il avait faits au XX$^{e}$ dans les nouvelles technologies qui n'avaient jamais rien rapporté et son éternel faible pour les rousses.

— Je savais que je vous aimais bien, déclara Sarah en tripotant sa tignasse flamboyante et en lui resservant du whiskey.

L'aube se leva, claire et ensoleillée, le jour d'Halloween. La neige était toujours une possibilité dans la région, mais cette année, le temps semblait au beau fixe. La promenade de Matthew et de Marcus dura un peu plus longtemps que d'habitude et je m'attardai avec Sarah et Em devant café et thé.

Quand le téléphone sonna, nous sursautâmes tous. Sarah décrocha et nous comprîmes en l'entendant que l'appel était inattendu.

Elle raccrocha et nous retrouva à la table.

— C'était Faye. Janet et elle sont chez les Hunter. Dans leur camping-car. Elles demandent si nous voulons les accompagner pour leurs vacances d'automne. Elles descendent dans l'Arizona et ensuite, elles remontent vers Seattle.

— La déesse s'est donné du mal, sourit Em. (Toutes les deux se demandaient depuis des jours comment elles allaient pouvoir quitter Madison sans faire jaser.) Je pense que cela règle la question. Nous allons prendre la route, et ensuite, nous irons chez Ysabeau.

Nous transportâmes bagages et provisions dans la vieille voiture de Sarah. Quand elle fut remplie à ras bord, elles commencèrent à égrener les consignes.

— Les bonbons sont sur le comptoir de la cuisine, nous informa Em. Et mon costume est accroché derrière la porte de la distillerie. Il t'ira sans problème. N'oublie pas les bas. Les gosses les adorent.

— Je n'y manquerai pas, lui assurai-je. Ni le chapeau, même s'il est complètement ridicule.

— Bien évidemment que tu vas le mettre, s'indigna Sarah. C'est une tradition. Assure-toi que le feu est éteint avant de partir. Tabitha a son repas à 16 heures piles, sinon, elle se met à vomir.

— Nous savons déjà tout, tu nous as laissé une liste, dis-je en lui tapotant l'épaule.

— Tu nous appelleras chez les Hunter, quand Miriam et Marcus seront partis ? demanda Em.

— Tenez, prenez-le. Vous pourrez appeler Marcus vous-même. Il n'y aura pas de réception, là où nous allons, dit Matthew en lui confiant son portable avec un sourire espiègle.

— Vous êtes sûr de ne pas vouloir le garder ? demanda-t-elle.

Nous considérions tous le portable de Matthew comme faisant partie de lui ; c'était étrange de le voir s'en priver.

— Absolument. J'ai effacé presque tout le contenu, sauf quelques numéros pour vous. Si vous avez besoin de quoi que ce soit, appelez qui vous voulez. Si vous êtes inquiète ou s'il arrive quelque chose d'étrange, contactez Ysabeau ou Hamish. Ils feront le nécessaire pour qu'on vienne vous chercher, où que vous soyez.

— Ils ont des hélicoptères, murmurai-je à Em en lui prenant le bras.

Le téléphone de Marcus sonna.

— Nathaniel, dit-il en regardant l'écran.

Il s'écarta pour répondre, adoptant la même attitude que son père en pareil cas. Matthew le suivit d'un regard triste.

— Ces deux-là vont s'attirer toutes sortes d'ennuis, mais au moins, Marcus ne s'y sentira pas seul.

— Ils vont bien, annonça Marcus en raccrochant et en se passant la main dans les cheveux, là aussi comme son père. Il faut que j'informe Hamish. Je vais donc vous dire au revoir avant de l'appeler.

Em l'étreignit longuement, les yeux embués de larmes.

— Appelez-nous aussi, dit-elle. Nous voulons être sûres que vous allez bien.

— Bon courage, ajouta Sarah en le serrant à son tour dans ses bras. Et ne doutez pas de vous.

Les adieux de Miriam à mes tantes furent nettement plus dignes, les miens beaucoup moins.

— Nous sommes très fières de toi, dit Em en me prenant le visage dans ses mains. Tes parents le seraient aussi. Veillez l'un sur l'autre.

— Ne vous inquiétez pas, répondis-je en retenant mes larmes.

Sarah me prit les mains.

— Écoute bien tes maîtres, quels qu'ils soient. Ne refuse rien sans les avoir écoutés avant. (J'acquiesçai.) Tu as plus de talent inné qu'aucune autre sorcière, et peut-être même plus que toutes celles qui ont vécu. Je suis heureuse que tu ne le gâches pas. La magie est un don, Diana, tout comme l'amour. (Elle se tourna vers Matthew.) Je vous confie ce que j'ai de plus précieux. Ne me décevez pas.

— J'en prendrai soin, promit Matthew.

Elle se laissa embrasser, puis elle courut jusqu'à la voiture.

— Sarah a du mal avec les adieux, expliqua Em. Je vous appelle demain, Marcus.

Elle monta dans la voiture qui démarra, descendit en cahotant l'allée et prit la direction de la ville.

Quand nous rentrâmes, Miriam et Marcus attendaient dans l'entrée, leurs bagages à leurs pieds.

— Nous avons pensé qu'il fallait vous laisser un peu tous les deux, dit-elle en tendant son sac à Marcus. Et je déteste les adieux prolongés. (Elle se détourna.) Eh bien, conclut-elle en sortant, nous nous reverrons à votre retour.

Matthew la suivit du regard, puis il alla chercher dans la salle à manger une enveloppe qu'il remit à son fils.

— Prends, dit-il d'un ton bourru.

— Je n'ai jamais voulu être grand-maître.

— Tu crois que je le voulais, moi ? C'était le rêve de mon père. Philippe m'a fait promettre que la confrérie ne tomberait jamais aux mains de Baldwin. Je te demande d'en faire autant.

— Je le promets, dit Marcus en prenant l'enveloppe. J'aurais préféré que tu n'aies pas à partir.

— Je suis désolée, Marcus, ajoutai-je, peinée.

— De quoi ? demanda-t-il avec un grand sourire sincère. De rendre mon père heureux ?

— De vous mettre dans cette situation et de vous laisser tous ces problèmes à régler.

— Je n'ai pas peur de la guerre, si c'est de cela que vous parlez. C'est suivre les traces de Matthew qui m'inquiète.

Il brisa le cachet. Par ce geste apparemment anodin, il devenait le grand-maître de l'ordre des chevaliers de Saint-Lazare.

— *Je suis à tes ordres, seigneur**, murmura Matthew en s'inclinant.

Baldwin avait prononcé les mêmes paroles à La Guardia. Elles sonnaient si différemment quand elles étaient sincères.

— Dans ce cas, je t'ordonne de revenir et de reprendre le commandement des chevaliers de l'ordre de Saint-Lazare avant que je gâche tout, répondit Marcus. Je ne suis pas français, et encore moins chevalier.

— Tu as plus d'une goutte de sang français en toi et tu es le seul en qui j'ai confiance pour cette tâche. Et puis, tu peux t'appuyer sur ton célèbre charme américain. Et il se peut que tu prennes goût à ta fonction de grand-maître, avec le temps.

Marcus ricana et appela un numéro en mémoire.

— C'est fait, dit-il à son interlocuteur. (Un bref échange.) Merci.

— Nathaniel a accepté sa fonction, murmura Matthew avec une légère grimace. Il parle étonnamment bien français. Marcus fusilla son père du regard, s'éloigna pour poursuivre sa conversation, puis il revint.

Le père et le fils échangèrent un long regard, se saluèrent en s'empoignant les avant-bras et en se faisant une tape dans le dos, comme ils l'avaient fait tant de fois. J'eus droit à un petit baiser et à un « Portez-vous bien », puis Marcus s'en alla à son tour.

Je pris la main de Matthew.

Nous étions seuls.

# 42

— Il ne reste plus que nous et les fantômes, dis-je.

Mon estomac gargouilla.

— Quel est votre plat préféré ?

— La pizza, répondis-je aussitôt.

— Autant en manger pendant que c'est encore possible. Commandez-en une et nous irons la chercher.

Nous n'étions pas allés plus loin que les alentours immédiats de la maison depuis notre arrivée ; ce fut étrange de rouler vers Madison en Range Rover avec un vampire. Nous passâmes par Hamilton et les collines et en route, je lui montrai où j'allais me baigner quand j'étais petite et où mon premier vrai petit copain habitait. La ville était constellée de décorations d'Halloween, entre chats noirs, sorcières sur leurs balais, jusqu'aux arbres qui portaient des œufs noirs et orange. Dans cette partie du monde, il n'y avait pas que les sorcières pour prendre cette fête au sérieux.

À la pizzeria, Matthew m'accompagna, apparemment sans se soucier que des sorciers ou des humains nous voient. Je me haussai sur la pointe des pieds pour lui faire un baiser qu'il me rendit avec un rire presque léger.

L'étudiante qui nous servit regarda Matthew avec admiration.

— Heureusement que ce n'est pas une sorcière, dis-je en remontant dans la voiture. Elle m'aurait transformée en salamandre et vous aurait emporté sur son balai.

Ragaillardie par la pizza pepperoni et champignons, je décidai de ranger la cuisine et le salon. Matthew apporta des poignées de documents qu'il brûla dans la cheminée.

— Que faisons-nous de cela ? demanda-t-il en montrant la lettre de ma mère, la mystérieuse épigramme et la page de l'Ashmole 782.

— Laissez-les dans le salon, la maison va s'en occuper.

Je continuai par la lessive, puis j'allai remettre de l'ordre dans le bureau de Sarah. C'est seulement quand je montai ranger nos vêtements que je remarquai que nos deux ordinateurs n'étaient plus là. Je dévalai l'escalier, paniquée.

— Matthew ! Les ordinateurs ont disparu !

— C'est Hamish qui les a pris, dit-il en m'attrapant au vol. Ce n'est rien. Personne ne s'est introduit dans la maison.

Je laissai échapper un soupir de soulagement, le cœur encore battant à l'idée d'avoir été de nouveau surprise par un autre Domenico ou une autre Juliette.

Il prépara du thé et me massa les pieds pendant que je le buvais. Pendant tout ce temps, il bavarda de choses et d'autres – les maisons d'Hamilton qui lui rappelaient des endroits d'autrefois, la première fois qu'il avait senti une tomate, ce qu'il avait pensé en me voyant faire de l'aviron à Oxford – jusqu'à ce que je me détende.

Matthew était toujours différent quand nous étions seuls, mais le contraste était particulièrement marqué maintenant que nos familles étaient parties. Depuis notre arrivée à la maison des Bishop, il avait progressivement pris la responsabilité de huit autres personnes. Il avait veillé sur chacune, avec la même jalousie féroce, sans se soucier de ce qu'elles étaient ou de leurs relations avec lui. À présent, il n'y avait plus que moi.

— Nous n'avons pas eu beaucoup de temps pour bavarder, dis-je en repensant aux journées mouvementées que nous avions vécues depuis notre rencontre. En tête à tête.

— Les dernières semaines ont été de véritables épreuves bibliques. Je crois que nous n'avons échappé qu'à la pluie de sauterelles. Mais si l'univers voulait nous éprouver à l'ancienne, nous sommes arrivés à leur terme. Cela fera quarante jours ce soir.

Tant d'événements en si peu de temps. Je posai ma tasse et lui pris les mains.

— Où allons-nous partir, Matthew ?

— Ne pouvez-vous pas attendre encore un peu, *mon cœur** ? (Il jeta un regard par la fenêtre.) Je désire que cette journée se prolonge. Et il fera bientôt nuit.

— Vous aimez jouer au papa et à la maman avec moi, dis-je en repoussant une mèche tombée sur son front.

— J'aime y jouer avec vous, oui, répondit-il en m'attrapant la main.

Nous bavardâmes encore pendant une demi-heure, puis Matthew jeta à nouveau un coup d'œil à la fenêtre.

— Montez prendre un bain. Savourez-le jusqu'à sa dernière goutte et prenez aussi une douche bien chaude. Vous regretterez peut-être la pizza de temps en temps ces prochains jours, mais ce ne sera rien à côté de l'eau chaude. Dans quelques semaines, vous serez prête à tuer pour prendre une douche.

Il me monta mon costume d'Halloween pendant mon bain : une longue robe noire à col haut, des bottines et un chapeau pointu.

— Et qu'est-ce que c'est que cela, si vous me permettez de vous poser la question ? demanda-t-il en brandissant une paire de bas à rayures rouges et blanches.

— Les bas dont parlait Em. Elle le saura, si je ne les mets pas.

— Si j'avais encore mon téléphone, je prendrais une photo de vous dans ce costume hideux et je vous ferais chanter toute votre vie.

— Y a-t-il quelque chose qui puisse garantir votre discrétion ? demandai-je en m'enfonçant dans l'eau.

— Voyons voir…, répondit-il en jetant les bas.

Au début, ce fut un jeu. Comme la veille au dîner et au petit déjeuner, nous évitâmes soigneusement de mentionner que c'était peut-être notre dernier moment ensemble. J'étais encore une novice, mais Em m'avait dit que même les voyageurs du temps expérimentés reconnaissaient qu'il y avait des imprévus et qu'il était facile d'errer indéfiniment entre passé et avenir.

Matthew sentit mon changement d'humeur et y répondit d'abord par une douceur redoublée, puis avec une férocité passionnée qui exigeait que je ne pense plus qu'à lui.

Malgré notre besoin évident d'être réconfortés et rassurés, nous ne consommâmes pas notre mariage.

— Quand nous serons en sécurité, murmura-t-il en m'embrassant l'épaule. Quand nous aurons plus de temps.

Durant nos ébats, la pustule de mon vaccin antivariolique se perça. Matthew l'examina et estima qu'elle s'annonçait très bien – étrange diagnostic pour une blessure enflammée de la taille d'une pièce. Il ôta le pansement de mon cou, découvrant les imperceptibles points de suture de Miriam, ainsi que celui de mon bras.

— Vous cicatrisez vite, approuva-t-il en m'embrassant le creux du coude où il avait bu mon sang.

Ses lèvres me parurent chaudes.

— Comme c'est étrange, dis-je en portant la main à mon cou et à mon bras. Ma peau est froide. Et là aussi.

Matthew passa le pouce sur ma carotide. Je tressaillis, comme si le nombre de terminaisons nerveuses avait triplé à cet endroit.

— Ultrasensibilité, dit Matthew. Comme si vous étiez en partie vampire.

Il posa ses lèvres à l'intérieur de mon poignet.

— Oh ! m'exclamai-je, stupéfaite de l'intensité de la sensation.

Voyant le temps passer, j'enfilai ma robe. Si j'avais eu une longue tresse, j'aurais pu figurer sur une photo prise à la fin du XIXe siècle.

— Dommage que nous ne partions pas pour la Grande Guerre, dit Matthew en me voyant. Vous auriez fait une maîtresse d'école de 1912 très convaincante, dans cet accoutrement.

— Pas avec cela, rétorquai-je en chaussant les bas.

Il éclata de rire et me supplia de coiffer aussitôt le chapeau.

— Je vais me mettre le feu, protestai-je. Attendez que les lanternes soient allumées.

Nous sortîmes avec une boîte d'allumettes, pensant pouvoir les allumer à la manière des humains. Mais le vent s'était levé et ce fut impossible.

— Zut, dis-je. Et Sophie qui s'est donné tant de mal.

— Ne pouvez-vous pas utiliser un sort ? demanda Matthew.

— Si je n'y arrive pas, je n'ai pas le droit de vouloir me faire passer pour une sorcière le soir d'Halloween.

La seule idée de devoir expliquer mon échec à Sophie me força à me concentrer et la mèche s'enflamma. J'allumai les onze autres citrouilles alignées le long de l'allée, toutes plus spectaculairement terrifiantes les unes que les autres.

À 18 heures, on tambourina à la porte aux cris de : « Des bonbons ou des coups de bâton ! » Matthew, qui n'avait jamais vécu un Halloween américain, s'empressa d'aller ouvrir en gratifiant les visiteurs de l'un de ses plus éblouissants sourires.

Une petite sorcière et un vampire à peine plus grand se tenaient la main sur le seuil.

— Des bonbons ou des coups de bâton ! répétèrent-ils en ouvrant leurs taies d'oreillers.

— Je suis un vampire, dit le garçonnet en découvrant ses crocs. Et ma sœur, c'est une sorcière.

— Je vois cela, répondit Matthew en contemplant la cape noire et le maquillage blanc. Moi aussi, je suis un vampire.

Le garçonnet le dévisagea d'un œil connaisseur.

— Ta mère aurait dû se donner plus de mal pour ton costume. Tu n'as pas l'air du tout d'un vampire. Et elle est où, ta cape ? demanda-t-il en soulevant la sienne, qui était en forme d'ailes de chauve-souris. Tu vois, il faut une cape pour pouvoir voler. Sinon, tu ne peux pas te transformer en chauve-souris.

— Ah, c'est un problème. Ma cape est chez moi et maintenant, je ne peux plus rentrer en volant. Peut-être que tu voudras bien me prêter la tienne.

Matthew jeta une poignée de bonbons dans chaque taie et les enfants ouvrirent de grands yeux devant une telle générosité. J'apparus pour saluer leurs parents.

— On voit bien que c'est une sorcière, elle, dit la fillette, qui appréciait manifestement mes bas à rayures et mes bottines noires.

Leurs parents les pressant, ils nous remercièrent et retournèrent à la voiture qui les attendait.

Pendant les trois heures suivantes, nous accueillîmes un flot ininterrompu de princesses de contes de fées, de pirates, de fantômes, de squelettes et quantité d'autres vampires et sorcières. J'informai gentiment Matthew qu'un seul bonbon suffisait par lutin et que s'il continuait de les distribuer par poignées, nous serions à court avant la fin du jeu à 21 heures.

Malgré tout, j'avais du mal à lui en vouloir, tant il semblait y prendre plaisir. Son attitude avec les enfants me révéla un aspect inconnu de sa personne. Accroupi pour paraître moins intimidant, il leur posait des questions sur leurs costumes et disait à chaque petit garçon déguisé en vampire qu'il n'avait jamais vu créature plus effrayante.

Mais ce fut devant une petite fée portant des ailes en tulle qu'il m'attendrit le plus. Épuisée et bouleversée, elle fondit en larmes quand Matthew lui demanda quel bonbon elle préférait. Son frère, déguisé en pirate, lui lâcha la main, horrifié.

— Nous allons demander à ta maman, dit Matthew en la prenant dans ses bras et en entraînant le pirate. Il ramena les deux enfants à leurs parents, mais la petite fée avait déjà séché ses larmes entre-temps et lui assenait sur le crâne des coups de sa baguette en répétant : « Abracadabra ! »

— Quand elle sera grande et qu'elle rêvera du prince charmant, c'est à vous qu'il ressemblera, lui dis-je à son retour.

Une avalanche de paillettes tomba de ses cheveux quand il se pencha pour m'embrasser.

— Vous êtes couvert de poudre de fée ! dis-je en l'époussetant et en riant.

Vers 20 heures, quand la marée de princesses et de pirates laissa la place à des adolescents en cuir noir et chaînes gothiques arborant du rouge à lèvres noir, Matthew me confia le panier de bonbons et se retira dans le salon.

— Lâche ! le taquinai-je en rajustant mon chapeau avant d'aller répondre à un autre groupe lugubre.

Trois minutes seulement avant qu'il soit permis d'éteindre le porche sans ruiner la réputation des Bishop pour Halloween, nous entendîmes frapper et l'inévitable « Des bonbons ou des coups de bâton ! » résonna.

— Qui cela peut-il être, gémis-je en remettant mon chapeau.

Deux jeunes magiciens attendaient sur le seuil. L'un était le livreur de journaux. Il était accompagné d'un adolescent efflanqué et boutonneux, avec un piercing dans le nez et que je reconnus vaguement comme appartenant au clan des O'Neil. Leurs costumes consistaient en jean déchirés, tee-shirts et épingles à nourrice, faux sang, dents en plastique et des kilomètres de chaînes.

— Tu n'es pas un peu vieux pour cela, Sammy ?

— C'est Sam, maintenant, zozota-t-il à travers ses fausses dents, d'une voix qui commençait à muer.

— Bonsoir, Sam. (Il restait une dizaine de bonbons au fond du panier.) Tu peux prendre ce qui reste, nous allions éteindre. Tu ne devrais pas plutôt être chez les Hunter à pêcher des pommes ?

— On a entendu dire que vos citrouilles étaient super, cette année, répondit Sammy en se dandinant. Et puis, euh… (Il rougit et ôta son dentier.) Rob a juré qu'il avait vu un vampire ici l'autre jour. Je lui ai parié vingt dollars que jamais les Bishop en laisseraient jamais entrer un chez eux.

— Qu'est-ce qui te fait croire que tu saurais reconnaître un vampire ?

Le vampire en question sortit du salon et se planta derrière moi.

— Messieurs, dit-il.

Les deux adolescents restèrent bouche bée.

— Faudrait être soit humain soit complètement idiot pour pas le reconnaître, dit Rob, ébahi. J'ai jamais vu un vampire grand comme ça.

— Cool, fit Sammy avec un sourire jusqu'aux oreilles, avant de prendre les derniers bonbons.

— N'oublie pas de payer, Sam, dis-je sévèrement.

— Et puis, Samuel, ajouta Matthew avec un accent français encore plus prononcé que d'habitude. Puis-je te demander, pour me faire plaisir, de ne rien dire de tout cela à personne ?

— Jamais ? demanda Sammy, qui n'en revenait pas de devoir garder un tel secret pour lui tout seul.

— Non. Jusqu'à demain.

— Pas de souci ! dit Sammy. Ça fait que trois heures à attendre. On peut le faire.

Ils remontèrent sur leurs bicyclettes et s'en allèrent.

— Les routes ne sont pas éclairées, dit Matthew avec inquiétude. Nous devrions les reconduire.

— Il ne leur arrivera rien. Ce ne sont pas des vampires, mais ils n'auront aucun mal à retrouver le chemin de la ville.

Les deux bicyclettes s'arrêtèrent dans une gerbe de gravier au bout de l'allée.

— Vous voulez qu'on éteigne les citrouilles ? cria Sammy.

— Si tu veux, répondis-je. Merci !

D'un simple geste dont j'enviai la facilité, Rob O'Neil éteignit un côté et Sammy l'autre. Puis les deux garçons s'en allèrent en cahotant dans les ornières, guidés par le clair de lune et par leur bourgeonnant sixième sens de jeunes sorciers.

Je fermai la porte et m'adossai contre le battant.

— J'ai les pieds en feu, dis-je en délaçant mes bottines et en jetant le chapeau sur les marches.

— La page de l'Ashmole 782 a disparu, annonça calmement Matthew en s'adossant à la rampe.

— Et la lettre de ma mère ?

— Également.

— L'heure est venue, dans ce cas.

Je me décollai de la porte et la maison gémit doucement.

— Préparez-vous du thé et retrouvez-moi dans le salon. Je vais chercher le sac.

Il m'attendait sur le canapé, la grosse valise posée à ses pieds, la statuette et la boucle d'oreille sur la table basse. Je lui tendis un verre et m'assis à côté de lui.

— C'est tout ce qui reste du vin.

— Et ce sera votre dernière tasse de thé aussi. (Il se passa nerveusement une main dans les cheveux.) J'aurais voulu que nous partions pour une époque plus proche où il y avait moins de morts et de maladies, commença-t-il en hésitant. Et dans un endroit plus proche, avec du thé et de la plomberie. Mais je pense que vous aimerez, une fois que vous vous y serez habituée.

Je ne savais toujours pas où nous allions, ni à quelle époque.

Matthew se baissa pour ouvrir la valise et laissa échapper un soupir de soulagement en voyant ce qui était sur le dessus.

— Dieu soit loué. J'avais peur qu'Ysabeau se soit trompée.

— Vous ne l'aviez pas encore ouverte ? demandai-je, stupéfaite.

— Non, répondit-il en prenant un livre. Je ne voulais pas trop y penser. Au cas où.

Il me tendit le livre, qui était relié en cuir avec des fers argentés.

— Il est magnifique, dis-je en le caressant du bout des doigts.

— Ouvrez-le.

— Je vais savoir où nous allons en l'ouvrant ?

Maintenant que j'avais le troisième objet entre les mains, j'éprouvais une étrange réticence.

— Je crois.

La couverture s'ouvrit en craquant et l'odeur caractéristique du vieux papier et de l'encre monta à mes narines. Il n'y avait pas de pages de garde ni d'ex-libris ou de pages vierges comme les collectionneurs des XVIIIe et XIXe siècles avaient l'habitude d'ajouter. Et la couverture était lourde, indiquant la présence d'une lamelle de bois sous le cuir.

Deux lignes figuraient à l'encre noire sur la première page, de l'écriture serrée et pointue de la fin du XVIe siècle.

— *À mon bien-aimé Matt*, lus-je à haute voix. *Celui qui doit aimer, aime à première vue*[1].

La dédicace n'était pas signée, mais elle était familière.

— Shakespeare ? demandai-je en levant les yeux vers Matthew.

---

1. Shakespeare, *Comme il vous plaira*, III, 5, in *Œuvres complètes*, t. II, Paris, Gallimard, « Bibliothèque de la Pléiade », 1959.

— Pas à l'origine, répondit-il, tendu. Will était un peu une pie voleuse qui chapardait les vers des autres.

Je tournai lentement la page. Ce n'était pas un livre imprimé, mais un manuscrit, rédigé de la même écriture que la dédicace. Je dus y regarder de plus près pour distinguer les mots.

*Aux études choisis. Sonde, pour commencer,*
*La profondeur de celle où tu veux exceller*[1].

— Seigneur, murmurai-je en refermant le livre, les mains tremblantes.

— Il va rire comme un dément quand il apprendra votre réaction, dit Matthew.

— C'est bien ce que je crois ?

— Probablement.

— Comment l'avez-vous eu ?

— Kit me l'a donné, répondit-il en caressant la couverture. *Faust* a toujours été mon préféré.

Tous les historiens spécialistes de l'alchimie connaissaient la pièce de Marlowe sur le docteur Faust, qui avait vendu son âme au diable en échange de pouvoir et de connaissances magiques. J'ouvris le livre et caressai l'inscription du bout des doigts pendant que Matthew poursuivait.

— Kit et moi étions amis, très amis, à une époque dangereuse où on ne pouvait se fier qu'à de rares créatures. Nous avons provoqué bien des histoires et des haussements de sourcils. Quand Sophie nous a donné la pièce d'échecs que j'avais perdue en pariant contre lui, il m'a paru clair que l'Angleterre était notre destination.

1. Marlowe, *La Tragique Histoire du docteur Faust*.

Le sentiment que je percevais sous mes doigts n'était cependant pas de l'amitié. C'était la dédicace d'un amoureux.

— Vous l'aimiez aussi ? demandai-je calmement.

— Non, répondit-il sèchement. J'aimais beaucoup Kit, mais pas comme vous l'entendez ni comme il le voulait. S'il n'y avait eu que lui, les choses auraient été différentes, mais ce n'était pas à Kit de décider et nous n'avons jamais été plus que des amis.

— Savait-il ce que vous êtes ? demandai-je en serrant le livre sur ma poitrine comme un trésor.

— Oui. Nous ne pouvions nous permettre d'avoir des secrets. En plus, c'était un démon, et particulièrement perspicace. Vous découvrirez bientôt qu'il est inutile d'essayer de lui dissimuler quoi que ce soit.

Que Christopher Marlowe ait été un démon, c'était plutôt logique, d'après le peu que je savais de lui.

— Donc nous allons en Angleterre, dis-je. Quand, exactement ?

— En 1590.

— Où ?

— Chaque année, nous étions un groupe qui se réunissait à Old Lodge pour les anciennes fêtes catholiques de la Toussaint. Peu osaient encore les respecter, mais ce faisant, Kit avait l'impression de faire dangereusement preuve d'audace. Il nous lisait ses dernières esquisses de son *Faust*. Il le remaniait sans cesse, il n'en était jamais satisfait. Nous buvions avec excès, nous jouions aux échecs et nous veillions jusqu'à l'aube. (Il me reprit le livre, le posa sur la table et prit mes mains dans les siennes.) Cela vous convient-il, *mon cœur** ? Nous ne sommes pas obligés d'y aller. Nous pouvons choisir un autre endroit et une autre époque.

Mais il était déjà trop tard. L'historienne en moi avait commencé à réfléchir aux possibilités que lui réservait l'Angleterre élisabéthaine.

— Il y a des alchimistes en Angleterre en 1590.

— Oui, répondit-il avec circonspection. Aucun n'était très agréable à fréquenter, étant donné le risque d'empoisonnement au mercure et leurs étranges habitudes de travail. Mais surtout, Diana, il y a des sorciers, puissants, qui peuvent vous aider à maîtriser votre magie.

— Vous m'emmènerez dans les théâtres ?

— Pourrai-je vous en empêcher ?

— Probablement pas. (Mon imagination s'emballa devant les perspectives qui s'offraient à nous.) Pourrons-nous nous promener dans Royal Exchange ? Avec les lumières allumées ?

— Oui, dit-il en me prenant dans ses bras. Et aller à St. Paul écouter un sermon, et à Tyburn assister à une exécution. Nous parlerons même des détenus avec le geôlier de Bedlam. (Il réprima un rire.) Seigneur, Diana, je vous emmène à une époque où il y avait la peste, peu de confort, pas de thé ni de dentistes, et tout ce qui vous intéresse, c'est savoir de quoi Gresham Exchange[1] avait l'air la nuit.

Je me reculai.

— Est-ce que je rencontrerai la reine ?

— Certainement pas, dit-il en m'attirant de nouveau contre lui. La simple pensée de ce que vous pourriez dire à Elizabeth Tudor, et de ce qu'elle vous dirait, me noue le ventre.

— Lâche, fis-je pour la deuxième fois de la soirée.

---

1. Ancien nom de Royal Exchange, la Bourse de Londres.

— Vous ne diriez pas cela si vous la connaissiez mieux. Elle mange des courtisans au petit déjeuner. Et puis, il y a autre chose que nous pouvons faire en 1590.

— Quoi donc ?

— Quelque part à cette époque, il y a un manuscrit alchimique qui appartiendra un jour à Elias Ashmole. Nous pourrions nous lancer à sa recherche.

— Il serait peut-être entier et le sort intact. (Je me libérai de son étreinte et m'enfonçai dans le canapé en fixant les trois objets sur la table.) Nous allons vraiment remonter dans le passé.

— En effet. Sarah m'a prévenu de ne rien emporter de moderne dans le passé. Marthe vous a confectionné une robe et pour moi une chemise. (Il plongea la main dans la valise et en sortit deux vêtements à longues manches en tissu blanc uni au col lacé.) Elle a dû les coudre à la main et elle n'avait pas beaucoup de temps. Ce n'est pas très luxueux, mais au moins, nous ne choquerons pas les premières personnes que nous croiserons.

Il les secoua et une petite bourse en velours noir en tomba.

— Qu'est-ce que c'est que cela ? demanda-t-il en la ramassant.

Un mot était agrafé dessus. Il l'ouvrit.

— C'est d'Ysabeau. *C'était un cadeau d'anniversaire de votre père. J'ai pensé que vous aimeriez en faire présent à Diana. C'est un peu désuet, mais cela lui ira très bien.*

La bourse contenait une bague faite de trois anneaux d'or entrelacés. Les anneaux extérieurs, en forme de manches, étaient émaillés et constellés de petites pierreries, comme s'ils étaient brodés. De chaque manche sortait une main, parfaitement reproduite, jusque dans les moindres détails. Les deux mains enserraient sur l'anneau intérieur une énorme pierre transparente comme du verre et non taillée, enchâssée dans de l'or peint en noir. Aucun joaillier n'aurait monté un morceau de verre sur une si belle bague : c'était un diamant.

— C'est fait pour un musée, pas pour que je la porte.

J'étais fascinée par ces mains parfaitement ciselées et je préférai ne pas penser au poids de la pierre.

— Ma mère la portait tout le temps, dit Matthew en la prenant. Elle l'appelait sa gribouilleuse, parce qu'elle pouvait écrire sur du verre avec la pierre.

Son œil perçant vit un détail qui m'avait échappé. Il tourna les deux mains, et les trois anneaux se séparèrent. Chacun d'eux était gravé de lettres minuscules.

— Ce sont des poésies, des vers que l'on s'écrivait en gage d'affection. Celui-ci dit : *À ma vie de coer entier*, lut Matthew. C'est de l'ancien français pour : « De tout mon cœur et pour toute ma vie. ». Et celui-ci : *Mon début et ma fin*.

— Qu'y a-t-il sur l'anneau intérieur ?

— Il est gravé des deux côtés. *Se souvenir du passé* sur une face, et *et qu'il y a un avenir*.

— Ces poésies sont faites pour nous !

C'était surnaturel que Philippe ait choisi autrefois pour Ysabeau ces vers qui avaient encore du sens pour Matthew et moi aujourd'hui.

— Les vampires sont aussi des voyageurs du temps, en quelque sorte, dit Matthew en remontant la bague. (Il prit ma main gauche et hésita, craignant ma réaction.) Accepterez-vous de la porter ?

Je pris son menton du bout des doigts et tournai son visage vers moi en hochant la tête, incapable de parler. Matthew prit un air timide, baissa les yeux vers ma main, puis il me glissa la bague au pouce, juste avant l'articulation.

— Avec cette bague, je t'épouse, et avec mon corps, je t'honore, dit-il à mi-voix, presque tremblant. (Puis il enleva la bague et la glissa à mon index jusqu'à la deuxième phalange.) Et avec tous les biens que je possède en ce monde, je te comble. (Il sauta mon majeur et la mit à mon annulaire.) Au nom du Père, du Fils et du Saint-Esprit. (Il leva ma main à ses lèvres et la baisa sans me quitter des yeux.) Amen.

— Amen, répétai-je. À présent, nous sommes mariés aux yeux des vampires et selon la loi de l'Église.

La bague était lourde, mais Ysabeau ne s'était pas trompée : elle m'allait.

— Et à tes yeux aussi, j'espère, hésita Matthew.

— Bien sûr que nous sommes mariés à mes yeux.

Mon bonheur devait se voir, car il répondit par un immense sourire qui venait du cœur.

— Voyons voir si *mère** nous a envoyé d'autres surprises.

Il replongea dans la valise et en sortit d'autres livres, ainsi qu'un autre mot, également d'Ysabeau.

— *Je les ai trouvés à côté du manuscrit que vous me demandiez*, lut-il. *Je vous les envoie, au cas où.*

— Ils datent aussi de 1590 ?

— Non, aucun, répondit Matthew, pensif.

Il replongea la main dans la valise et en sortit l'insigne en argent de pèlerin de Béthanie. Aucun mot ne venait expliquer sa présence. La pendule de l'entrée sonna 22 heures. Nous devions partir. Bientôt.

— J'aimerais savoir pourquoi elle me les a envoyés, dit Matthew, l'air inquiet.

— Peut-être a-t-elle pensé que nous devions emporter d'autres objets qui t'étaient précieux ? dis-je, connaissant son attachement au petit cercueil d'argent.

— Pas si cela t'empêche de te concentrer sur l'année 1590.

Il jeta un regard à la bague. Je refermai ma main. Il était hors de question que je l'enlève, qu'elle date de 1590 ou non.

— Nous pourrions appeler Sarah et lui demander ce qu'elle en pense.

— Non, répondit-il. Ne la dérangeons pas. Nous savons ce que nous devons faire. Emporter trois objets et rien d'autre du passé ou du présent qui puisse provoquer une interférence. Nous ferons exception pour la bague, puisque tu la portes, à présent.

Il ouvrit le premier livre de la pile et se figea.

— Qu'y a-t-il ?

— Mes notes sont dans ce livre et je ne me rappelle pas les y avoir mises.

— Il a plus de quatre siècles. Peut-être que tu as oublié, dis-je, sentant le doigt glacé d'un frisson me parcourir l'échine.

Il continua de le feuilleter et se figea.

— Si nous laissons ces livres dans le salon, avec l'insigne, la maison s'en occupera ?

— Oui, si nous le lui demandons. Matthew, qu'y a-t-il ?

— Je te le dirai plus tard. Nous devons partir, mais ceci, fit-il en soulevant les livres et l'insigne, doit rester ici.

Nous nous changeâmes en silence. J'ôtai tout ce que je portais, j'enfilai en frissonnant la robe en lin qui m'arrivait jusqu'aux chevilles, et je laçai le col.

Matthew mit moins de temps que moi, étant plus familier de ce genre de tenue. La chemise lui descendait jusqu'aux genoux et laissait dépasser ses longues jambes blanches. Pendant que je ramassais nos vêtements, il alla dans la salle à manger et revint avec du papier à lettres et l'un de ses stylos préférés. Il griffonna rapidement sur une feuille, la plia et la mit dans une enveloppe.

— Un mot pour Sarah, expliqua-t-il. Nous allons demander à la maison de s'en occuper aussi.

Nous emportâmes les livres, le mot et l'insigne dans le salon et Matthew les déposa sur le canapé.

— Devons-nous laisser allumé ? demanda-t-il.

— Non. Juste celle du porche, au cas où il ferait nuit quand elles rentreront.

Une tache verte apparut quand nous éteignîmes. C'était ma grand-mère qui se balançait dans son fauteuil. Ni Bridget ni Elizabeth n'étaient avec elle.

— Au revoir, grand-mère.

*Au revoir, Diana.*

— Il faut que la maison s'occupe de cela, dis-je en désignant les objets sur le canapé.

*Ne t'inquiète de rien, seulement de l'endroit où tu vas.*

Lentement, nous traversâmes les pièces en les éteignant au fur et à mesure. Dans le salon, Matthew ramassa le *Docteur Faust*, la boucle d'oreille et la pièce d'échecs. Je jetai un dernier regard à la cuisine que je connaissais si bien.

— Au revoir, la maison.

Entendant ma voix, Tabitha sortit en miaulant de la distillerie, s'arrêta et nous regarda fixement.

— Au revoir, *ma petite**, dit Matthew en se baissant pour la gratter derrière les oreilles.

Nous avions choisi la grange comme point de départ. L'endroit était calme, sans aucun vestige moderne qui puisse nous distraire. Nous traversâmes la pommeraie, nous hâtant dans l'herbe couverte de givre qui crissait sous nos pieds nus.

— Je gèle, dis-je en claquant des dents, tandis que Matthew ouvrait la porte.

— Il y aura un feu quand nous arriverons à Old Lodge, répondit-il en me donnant la boucle.

Je l'accrochai à mon oreille et pris la statuette qu'il me tendait.

— Quoi d'autre ?

— Du vin, bien sûr. Rouge.

Il me donna le livre et m'enveloppa dans ses bras en déposant résolument un baiser sur mon front.

— Où sont vos appartements ? demandai-je en fermant les yeux pour me rappeler le manoir.

— En haut, sur l'aile ouest de la cour et le parc aux cerfs.

— Et l'odeur ?

— Celle de la maison. Le feu de bois, la viande rôtie, la cire des bougies et la lavande dans les armoires à linge.

— On entend un bruit particulier ?

— Rien du tout. Sauf les cloches de St. Mary et de St. Michael, le crépitement du feu et les chiens qui ronflent dans les escaliers.

— Qu'est-ce que tu éprouves quand tu es là-bas ? demandai-je en me concentrant sur ses réponses et les émotions qu'elles suscitaient en moi.

— Je me suis toujours senti… quelqu'un d'ordinaire à Old Lodge, dit-il à mi-voix. C'est un endroit où je peux être moi-même.

Un parfum de lavande flotta dans l'air, incongru dans une grange à houblon de Madison au mois d'octobre. Je m'émerveillai de ce parfum et pensai au mot de mon père. Mes yeux étaient maintenant grands ouverts aux possibilités de la magie.

— Que ferons-nous demain ?

— Nous nous promènerons dans le parc, murmura-t-il en m'enserrant dans ses bras. Si le temps le permet, nous monterons à cheval. Il n'y a pas grand-chose dans les jardins à cette saison. Il doit y avoir un luth quelque part. Je t'apprendrai à en jouer, si tu veux.

Un autre parfum, à la fois épicé et sucré, se mêla à la lavande et je vis un arbre chargé de lourds fruits dorés. Une main se tendit et un diamant scintilla au soleil, mais le fruit restait hors d'atteinte. Je fus gagnée par la frustration et le désir et je me rappelai ce qu'avait dit Emily : la magie est dans le cœur comme dans l'esprit.

— Il y a un cognassier dans le jardin ?

— Oui, répondit-il. Les fruits seront mûrs, à présent.

L'arbre s'estompa, mais l'odeur de miel demeura. Je vis un plat en argent sur une longue table de bois vernie où se reflétaient les flammes des bougies et de la cheminée. Sur le plat étaient entassés les coings jaune vif qui embaumaient tant. Mes doigts se crispèrent sur le livre que je tenais dans le présent, mais dans mon esprit, ils se refermaient sur le fruit dans le passé.

— Je sens les coings.

Notre nouvelle existence à Old Lodge m'appelait déjà.

— N'oublie pas : ne me lâche pas, quoi qu'il arrive.

Avec le passé qui m'enveloppait, la possibilité de le perdre était la seule chose qui m'effrayait.

— Jamais, répondit-il.

— Lève le pied et ne le repose que lorsque je te le dirai.

— Je t'aime, *ma lionne**, dit-il en riant.

C'était une réponse inattendue, mais cela me suffisait.

*À la maison*, pensai-je.

Mon cœur n'aspirait qu'à cela.

Une cloche que je ne connaissais pas sonna.

Je sentis la chaleur d'un feu me frôler.

L'air se remplit d'une odeur de lavande, de cire d'abeille et de coing.

— Maintenant.

Ensemble, nous levâmes un pied pour plonger dans l'inconnu.

# 43

Il régnait dans la maison un silence inhabituel.

Pour Sarah, ce n'était pas seulement l'absence de conversations ou le départ de sept esprits enfiévrés qui la faisaient paraître si vide.

C'était de ne pas savoir.

Elles étaient rentrées plus tôt que d'habitude de l'assemblée du coven, prétendant qu'elles devaient préparer leurs bagages pour partir avec Faye et Janet. Em avait trouvé la valise vide près du canapé et Sarah les vêtements entassés sur le lave-linge.

— Ils sont partis, avait dit Em.

Sarah s'était jetée dans ses bras en sanglotant.

— Ils vont bien ? avait-elle chuchoté.

— Ils sont ensemble, avait répondu Em.

Ce n'était pas la réponse qu'attendait Sarah, mais elle était franche, comme Em.

Elles avaient jeté leurs vêtements dans des sacs sans y prêter trop attention. À présent, Em et Tabitha avaient rejoint Faye et Janet dans le camping-car et attendaient patiemment que Sarah ferme la maison.

La veille, devant une bouteille de vin rouge, elle avait discuté pendant des heures avec le vampire dans la distillerie. Matthew lui avait confié une partie de son passé et fait part de ses craintes pour l'avenir. Sarah avait écouté, s'efforçant de ne pas lui laisser voir combien elle était bouleversée et surprise par certaines des choses qu'il lui racontait. Bien que païenne, Sarah comprenait qu'il veuille se confesser et lui ait donné le rôle d'un prêtre. Elle l'avait absous comme elle pouvait, tout en sachant que certains actes ne pouvaient jamais être pardonnés ni oubliés.

Mais il restait un secret qu'il n'avait pas voulu lui confier. Sarah ne savait toujours pas où sa nièce était partie, ni à quelle époque.

Le plancher de la maison se lança dans un concert de gémissements et de grincements tandis qu'elle parcourait les pièces obscures et familières. Elle ferma les portes du salon et se tourna pour dire adieu au seul foyer qu'elle avait jamais connu.

Les portes du salon s'ouvrirent bruyamment. L'une des lames du plancher près de la cheminée se souleva brutalement et révéla un petit livre relié de cuir noir et une enveloppe crème qui luisait dans le clair de lune.

Sarah étouffa un cri et tendit la main. L'enveloppe s'envola vers elle, se posa dans sa paume, puis se retourna. Elle portait un seul mot.

*Sarah.*

Elle effleura les lettres et vit les longs doigts blancs de Matthew. Elle la décacheta, le cœur battant.

*Sarah. Ne vous inquiétez pas. Nous avons réussi.*

Elle se détendit. Puis elle posa la feuille sur le fauteuil à bascule de sa mère et appela le livre d'un geste. Une fois que la maison l'eut libéré, la lame du plancher reprit sa position en grinçant.

Elle l'ouvrit à la première page. *L'Ombre de la Nuit, comprenant deux Hymnes Poëtiques conçus par G.C.*

*1594*[1]. Le livre sentait l'ancien, mais ce n'était pas désagréable, comme de l'encens dans une cathédrale poussiéreuse.

*Exactement comme Matthew*, songea Sarah avec un sourire.

Une feuille de papier dépassait de la couverture, indiquant la page de dédicace. *À mon cher & très précieux ami Matthew Roydon.* Sarah scruta la page et distingua un dessin presque effacé représentant une main sortant d'une manchette de dentelle et désignant impérieusement le nom, avec le nombre *29* inscrit dessous à l'encre brune. Elle passa docilement la page 29 et retint ses larmes en lisant le passage souligné[2] :

*Elle se faict chasseresse ; et de cette substance des chiens*
*Dont les gueules rendent sourd le ciel et entaillent la terre*
*Et merveille, nulle nymphe si pleine de grâce*
*Ne soit offerte aux poursuites brutales des chiens*
*Car se pouvait tourner en toute forme*
*Des bêtes les plus rapides, et à loisir échapper.*

Les vers lui évoquèrent l'image de Diane et de Diana – claire, lumineuse, libre –, le visage encadré d'ailes diaphanes et la gorge ornée d'argent et de diamants. Un unique rubis tremblait sur sa peau comme une goutte de sang, niché au creux de sa gorge.

Dans la distillerie, alors que le soleil se levait, il avait promis de trouver le moyen de lui faire savoir que Diana était saine et sauve.

— Merci, Matthew.

Sarah déposa un baiser sur le livre et le mot, avant de les jeter dans la cheminée et de lancer un sort de feu. Le

---

1. George Chapman.
2. Extrait de *Hymnus in Cynthiam*, traduit par Pascal Loubet.

papier s'embrasa rapidement et les pages du livre commencèrent à se recroqueviller.

Sarah le regarda brûler un moment. Puis elle sortit de la maison, sans la fermer à clé ni jeter un regard en arrière.

Quand la porte se fut refermée, un cercueil d'argent usé tomba dans la cheminée et atterrit sur le livre en feu. Deux gouttelettes de sang et de mercure, libérées de l'ampoule par la chaleur, coururent un instant en tourbillonnant sur la couverture avant de tomber dans l'âtre. Elles s'insinuèrent dans le ciment friable et plongèrent jusqu'au cœur de la maison. Quand elles y parvinrent, la vieille demeure exhala dans un soupir de soulagement un parfum oublié et interdit.

Sarah inspira longuement l'air froid de la nuit avant de monter dans le camping-car. Ses sens n'étaient pas assez aiguisés pour percevoir l'odeur de cannelle, d'épine noire, de chèvrefeuille et de camomille qui montait dans le ciel.

— Ça va ? demanda Em, sereine.

Par-dessus la cage où voyageait Tabitha, Sarah posa la main sur le genou de sa compagne.

— Très bien.

Faye démarra et descendit l'allée, pour gagner la petite route, puis l'autoroute, tandis qu'elles débattaient déjà de l'endroit où elles s'arrêteraient pour prendre le petit déjeuner.

Les quatre sorcières étaient trop loin pour percevoir le changement d'atmosphère autour de la maison, alors que des centaines de créatures nocturnes respiraient les parfums intimement mêlés d'une sorcière et d'un vampire, ni pour voir les pâles silhouettes tremblotantes des deux fantômes à la fenêtre du salon.

Bridget Bishop et la grand-mère de Diana regardèrent le véhicule s'éloigner.

*Qu'allons-nous faire, à présent ?* demanda la grand-mère.

*Ce que nous avons toujours fait,* répondit Bridget. *Nous rappeler le passé et attendre l'avenir.*

## REMERCIEMENTS

Je remercie avant tout les amies et membres de ma famille qui ont lu ce livre chapitre après chapitre à mesure que je l'écrivais : Cara, Karen, Lisa, Margaret et ma mère, Olive. Peg et Lynn, comme toujours, m'ont offert leur merveilleuse cuisine, leur chaleureuse amitié et leurs sages conseils. Je suis tout particulièrement reconnaissante du travail éditorial de Lisa Halttunen dans la préparation du manuscrit.

Des collègues m'ont généreusement fourni leur expertise lorsque je m'éloignais des domaines de ma spécialité. Philippa Levine, Andrés Reséndez, Vanessa Schwarz et Patrick Wyman m'ont remise dans la bonne direction au moindre faux pas. Toutes les erreurs qui demeurent dans ces pages sont, bien entendu, les miennes.

Je serai éternellement reconnaissante à Sam Stoloff de l'agence littéraire Frances Goldin d'avoir pris avec grâce et bonne humeur le fait que j'avais écrit un roman et non un ouvrage historique de plus. Il a lu les premiers jets avec un œil aiguisé. Je remercie également, à l'agence, Ellen Geiger, pour son choix inspiré de convives !

L'équipe de Viking est devenue pour moi une deuxième famille. Mon éditrice, Carole DeSanti, incarne tout ce qu'espère un auteur : quelqu'un qui non seulement apprécie ce que vous avez écrit, mais sait aussi voir quelle histoire ces mots pourraient raconter au prix d'une infime inflexion. Maureen Sugden, extraordinaire relectrice, a mis la touche finale à ce livre en un temps record. Je remercie également Clare Ferraro, Christopher Russell, Leigh Butler, Hal Fessenden, Manisha Chakravarthy, Carolyn Coleburn, Nancy Sheppard, Rachelle Andujar, et tous ceux qui m'ont aidée à transformer une pile de feuilles en un livre.

Comme ce roman parle de livres, j'ai consulté un grand nombre de textes au cours de sa rédaction. Les lecteurs curieux pourront en trouver certains en consultant la traduction Douay-Rheims de la Bible, l'édition critique de l'*Aurora Consurgens* de Marie-Louise von Franz (Pantheon Books, 1966), et la traduction des *Héros furieux* de Giordano Bruno par Paul Eugene Memmo (University of North Carolina Press, 1964). Que les lecteurs qui désireront s'y plonger sachent que les traductions présentées ici sont de mon cru et portent donc mes particularités personnelles. Quiconque souhaite connaître en détail les idées de Charles Darwin se tournera idéalement vers l'ouvrage de Janet Browne, *Charles Darwin : A biography* (2 vol., Alfred Knopf, 1995 et 2002). Et pour une introduction limpide à l'ADN mitochondrial et son application aux problèmes de l'histoire humaine, le lecteur consultera l'ouvrage de Brian Sykes, *Les Sept Filles d'Ève* (Albin Michel, 2001).

Composition réalisée par FACOMPO, LISIEUX

Imprimé en Italie par Grafica Veneta
en mars 2022
Dépôt légal 1re publication : mai 2012
Édition 18 – avril 2022
Librairie Générale Française
21, rue du Montparnasse – 75298 Paris Cedex 06

31/6425/8